BASTEI
LÜBBE
TASCHENBUCH

Von Craig Russel sind bei Bastei Lübbe Taschenbücher erschienen:

15746 Blutader
16302 Brandmal

Über den Autor:

Craig Russell, geboren 1956, war zunächst in der Werbebranche tätig. Danach arbeitete er mehrere Jahre im Polizeidienst und als selbstständiger Marketing-Berater für große britische Firmen. Für seine Thriller um den deutschen Kommissar Jan Fabel, die inzwischen in mehr als 20 Ländern erscheinen, wurde Russell im Februar 2007 durch den Polizeipräsidenten und den Innensenator von Hamburg mit dem Polizeistern ausgezeichnet. In Großbritanien erhielt er 2008 den Silver Dagger Award der britischen Bibliotheken. Lennox ist der Beginn einer neuen Serie, die im Glasgow der 50er-Jahre spielt.

Craig Russel

WOLFSFÄHRTE

Thriller

Aus dem Englischen von Bernd Rullkötter

BASTEI
LÜBBE
TASCHENBUCH

BASTEI LÜBBE TASCHENBUCH
Band 27004

Vollständige Taschenbuchausgabe
der im Ehrenwirth Verlag erschienenen Hardcoverausgabe

Bastei Lübbe Taschenbuch und Ehrenwirth
in der Bastei Lübbe GmbH & Co. KG

Titel der englischen Originalausgabe: »Brother Grimm«

Textredaktion: Anita Krätzer
Umschlaggestaltung: HildenDesign, München
Titelbild: Artwork: © Jacques Alomo/ HildenDesign,
unter Verwendung eines Motives von Shutterstock
Druck und Verarbeitung: Norhaven A/S
Printed in Denmark, April 2010
ISBN 978-3-404-27004-0

Für Wendy

1.

Elbstrand, Hamburg-Blankenese, Mittwoch, den 17. März, 9.30 Uhr

Fabel fuhr mit seinem Handschuh sanft über ihre Wange. Eine dumme Geste, wahrscheinlich eine unangemessene Geste, doch er hielt sie irgendwie für notwendig. Er merkte, wie seine Finger bebten, während sie über die Biegung ihrer Wange glitten. Panikartig schnürte sich seine Brust zusammen, als ihm bewusst wurde, wie sehr sie ihn an seine Tochter Gabi erinnerte. Er lächelte mühsam, und seine Lippen zitterten, als hätten sich seine Gesichtsmuskeln angestrengt gespannt. Sie blickte mit ihren großen Augen zu ihm auf. Mit starren, himmelblauen Augen.

Seine Panik wuchs. Am liebsten hätte er sie in die Arme genommen und ihr versichert, dass alles gut werden würde. Aber das konnte er nicht; nichts würde gut werden. Immer noch richtete sie ihre himmelblauen Augen unverwandt auf ihn.

Fabel spürte Maria Klee neben sich. Er zog die Hand zurück und erhob sich aus der Hocke.

»Wie alt?«, fragte er, ohne seine Augen von denen des Mädchens abzuwenden.

»Schwer zu sagen. Vielleicht fünfzehn oder sechzehn. Wir haben noch keinen Namen.«

Eine Morgenbrise wirbelte Teile des feinen Sandes auf und rührte ihn um wie eine dicke Flüssigkeit in einem Glas. Einige Körner bliesen dem Mädchen in die Augen und ließen sich auf dem Weiß nieder, aber sie blinzelte trotzdem nicht. Fabel konnte sie nicht mehr ansehen und riss den Blick von ihr los. Er schob die Hände tief in die Manteltaschen und wandte, um etwas anderes vor sich zu haben als das Bild eines ermordeten Mädchens, den Kopf in Richtung der rotweiß gestreiften Spindel des Blankeneser Leuchtturms. Dann drehte er sich zu

Maria hin. Er schaute in ihre blaugrauen, aufrichtigen Augen, die nie sehr viel über ihre Persönlichkeit zu verraten schienen. Das ließ auf eine gewisse Kälte, einen Mangel an Emotionen schließen, wenn man sie nicht gut kannte. Fabel seufzte, als hätte ihm ein mächtiger Schmerz oder eine tiefe Trauer den Atem aus dem Leib gepresst.

»Manchmal glaube ich, dass ich nicht mehr weitermachen kann, Maria.«

»Ich weiß, was du meinst«, sagte sie mit einem Blick auf das Mädchen.

»Nein…, wirklich, Maria. Ich mache diese Arbeit fast die Hälfte meines Lebens, und manchmal habe ich einfach genug davon. Herrje, Maria, sie hat so viel Ähnlichkeit mit Gabi.«

»Warum überlässt du die Sache nicht mir?«, schlug Maria vor. »Jedenfalls vorläufig. Ich rede mit den Spurensicherern.«

Fabel schüttelte den Kopf. Er fühlte sich zu dem Mädchen hingezogen. Er musste bleiben, musste sich die Szene ansehen, musste Schmerz empfinden. Ihre Augen, ihr Haar, ihr Gesicht – er würde sich an jede Einzelheit erinnern. Dieses Gesicht, das zu jung für die Spuren des Todes war, würde von seinem Gedächtnis gespeichert werden, genau wie all die anderen Gesichter aus den Jahren der Mordermittlung – manche jung, manche alt, alle tot.

Nicht zum ersten Mal war Fabel verbittert über die einseitige Beziehung, die er zu diesen Menschen knüpfen musste. In den kommenden Wochen und Monaten würde er das Mädchen kennen lernen. Er würde mit ihren Eltern, ihren Geschwistern, ihren Freunden und Freundinnen reden, sich über ihren Tagesablauf, ihre Lieblingsmusik und ihre Hobbys kundig machen. Dann würde er seine Nachforschungen vertiefen: Er würde ihren engsten Freundinnen wichtige Geheimnisse abringen; er würde das Tagebuch lesen, das sie vor der Welt verborgen gehalten hatte, und Gedanken mit ihr teilen, die sie mit niemandem hatte teilen wollen; er würde die Namen der

Jungen lesen, die sie in aller Stille auf ein Blatt gekritzelt hatte. Er würde ein vollständiges Bild der Hoffnungen und Träume, des Geistes und der Persönlichkeit aufbauen, die einst hinter jenen himmelblauen Augen gelebt hatten.

Schließlich würde Fabel das Mädchen durch und durch kennen, doch sie würde nie etwas über ihn erfahren. Seine Wahrnehmung ihrer Person begann damit, dass ihre Wahrnehmung ausgelöscht worden war. Durch ihren Tod. Es war Fabels Beruf, die Toten kennen zu lernen.

Sie starrte ihn immer noch vom Sand her an. Ihre Kleidung war alt – keine Lumpen, doch schäbig und abgetragen. Ein sackförmiges Sweatshirt mit einem verblassten Aufdruck und verwaschene Jeans. Selbst als die Kleidungsstücke noch neu waren, mussten sie billig gewesen sein.

Sie lag mit halb untergeschlagenen Beinen auf dem Sand. Ihre Hände waren gefaltet und ruhten auf ihrem Schoß. Es war, als hätte sie auf dem Sand gekniet und wäre in dieser Haltung umgekippt. Aber sie war nicht hier gestorben. Daran hatte Fabel keinen Zweifel. Allerdings wusste er nicht, ob ihre Gliedmaßen zufällig so angeordnet waren oder ob es sich um eine absichtliche Pose handelte, in der der Täter sie zurückgelassen hatte.

Fabel wurde durch Holger Brauner, den Chef des Spurensicherungsteams, aus seinen quälenden Gedanken gerissen. Brauner näherte sich über auf Ziegeln ruhende Holzbretter, die er als einzigen Zugang zum Fundort der Leiche hintereinander gelegt hatte. Fabel nickte ihm zur Begrüßung grimmig zu.

»Was haben wir, Holger?«, fragte er.

»Nicht viel«, erwiderte Brauner betrübt. »Der Sand ist trocken und fein, und der Wind verweht ihn immer wieder. Er bläst sämtliche Spuren weg. Ich glaube nicht, dass dies der Tatort ist. – Und du?«

Fabel schüttelte den Kopf. Brauner schaute mit bewölkter Miene auf die Leiche des Mädchens hinunter. Er hatte ebenfalls eine Tochter, und Fabel erkannte in der Düsterkeit des Mannes Spuren seines eigenen dumpfen Schmerzes.

Brauner atmete tief durch. »Wir machen eine vollständige forensische Untersuchung, bevor wir das Mädchen zur Autopsie an Möller weitergeben.«

Fabel sah schweigend zu, wie die Spezialisten des Spurensicherungsteams in ihrer weißen Kleidung die Szene absuchten. Wie altägyptische Balsamierer, die eine Mumie einhüllen, bedeckten die Männer jeden Quadratzentimeter des Körpers mit Tesastreifen, die jeweils nummeriert und fotografiert und dann auf eine Polyäthylenfolie geklebt wurden. Dann hoben zwei Angestellte der Pathologie den Körper des Mädchens behutsam hoch, legten ihn in einen Vinylsack und zogen den Reißverschluss zu. Darauf hievten sie den Sack auf eine Karre, die sie halb über den nachgebenden Sand schoben und halb trugen. Fabel wandte die Augen nicht von dem Leichensack ab, bis er aus dem Gesichtsfeld verschwand – ein undeutlich werdender Fleck vor den hellen Farben des Sandes, der Felsen und der Uniformen der Angestellten. Er drehte sich um und ließ den Blick über den gelblich-weißen Sand zum Blankeneser Leuchtturm, über die Elbe hinweg zum fernen, grünen Ufer des Alten Landes und zurück über die gepflegten, grünen Hänge von Blankenese mit seinen eleganten, teuren Villen schweifen.

Fabel hatte den Eindruck, nie ein elenderes Bild gesehen zu haben.

2.

Krankenhaus Mariahilf, Hamburg-Heimfeld, Mittwoch, den 17. März, 9.50 Uhr

Die Oberschwester beobachtete ihn vom Korridor her. Dabei verspürte sie eine bleierne Schwere im Herzen. Er saß, ohne etwas von der Beobachtung zu ahnen, nach vorn geneigt auf dem Stuhl am Bett, und seine Hand ruhte auf der grau-weißen, gefurchten Stirn der alten Frau. Gelegentlich fuhr seine Hand sanft und langsam durch das weiße Haar, und währenddessen murmelte er ihr leise etwas, das nur sie hören konnte, ins Ohr. Die Oberschwester merkte, dass eine ihrer Kolleginnen hinter sie getreten war. Auch die zweite Schwester lächelte voll bitterer Sympathie, während sie den nicht mehr jungen Sohn und seine alte Mutter betrachtete, die in ihr eigenes Universum versunken waren.

Mit einer schwachen Bewegung des Kinns deutete die Oberschwester auf die Szene. »Er lässt nie einen Tag aus.« Sie lächelte freudlos. »Von meinen wird sich keiner einen Dreck um mich kümmern, wenn ich in dem Alter bin, das kann ich dir sagen.«

Die andere Schwester verzog wissend das Gesicht. Die beiden Frauen standen einen Moment lang schweigend da und musterten das Bild. Beide waren in trübsinnige, erschreckende Gedanken über ihre eigene ferne Zukunft vertieft.

»Kann sie überhaupt hören, was er sagt?«, fragte die zweite Krankenschwester.

»Mit höchster Wahrscheinlichkeit. Der Schlaganfall hat sie zwar so gut wie gelähmt und der Sprache beraubt, aber soweit wir wissen, funktionieren ihre Sinne noch.«

»Mein Gott... lieber würde ich sterben. Stell dir vor, in deinem eigenen Körper eingesperrt zu sein.«

»Wenigstens hat sie ihn«, meinte die Oberschwester. »Er

bringt ihr jeden Tag Bücher, liest ihr daraus vor und sitzt dann noch eine Stunde lang da, um ihr über das Haar zu streichen und leise mit ihr zu sprechen. Wenigstens hat sie das.«

Die andere Krankenschwester nickte und seufzte traurig.

Im Zimmer merkten weder die alte Frau noch ihr Sohn, dass fremde Augen auf sie gerichtet waren. Sie lag regungslos – unfähig, sich zu bewegen – auf dem Rücken, sodass sie ihrem Sohn, der nach vorn gebeugt auf dem Stuhl saß, ihr geradezu edles Profil mit der hohen Stirn und der Adlernase präsentierte. Hin und wieder tröpfelte ihr Speichel aus den Mundwinkeln, und der fürsorgliche Sohn wischte ihn ihr mit einem gefalteten Taschentuch ab. Er strich ihr das Haar erneut aus der Stirn und lehnte sich wieder so weit vor, dass seine Lippen fast ihr Ohr berührten. Während er leise sprach, gerieten die silbernen Haarsträhnen an ihrer Schläfe durch seinen Atem in Bewegung.

»Ich habe heute wieder mit dem Arzt geredet, Mama. Er sagt, dass sich dein Zustand stabilisiert hat. Das ist schön, nicht wahr?« Er wartete nicht auf eine Antwort, die sie ihm ohnehin nicht geben konnte. »Jedenfalls meint der Arzt, dass du nach deinem großen Schlaganfall noch eine Reihe kleiner Anfälle hattest, die den Schaden angerichtet haben. Aber die sind nun vorbei, und dein Zustand wird sich nicht verschlimmern, wenn ich dafür sorge, dass du deine Medikamente bekommst.« Er machte eine Pause und atmete langsam aus. »Das bedeutet, ich könnte mich zu Hause um dich kümmern. Der Arzt war zuerst nicht sehr begeistert von dem Gedanken, aber du lässt dich doch nicht gern von Fremden versorgen, stimmt's, Mama? Das habe ich dem Arzt erklärt. Zu Hause, mit mir zusammen, würdest du dich viel wohler fühlen. Ich habe ihm gesagt, dass ich eine Pflege für dich organisieren kann, wenn ich bei der Arbeit bin, und die übrige Zeit … na ja, die übrige Zeit hättest du ja mich, oder? Die Gemeindeschwester kann uns in der gemütlichen kleinen Wohnung besuchen, die ich gekauft habe. Der Arzt meint, dass du möglicherweise gegen Ende des Monats entlassen werden kannst. Ist das nicht wunderbar?«

Er wartete, damit sie den Gedanken verarbeiten konnte, und musterte die geschwächten grauen Augen, die sich in dem starren Kopf träge bewegten. Wenn sich hinter den Augen irgendeine Emotion verbarg, so konnte sie nicht an die Oberfläche dringen. Er schob den Stuhl, der auf dem polierten Krankenhausfußboden quietschte, noch dichter ans Bett heran. »Natürlich wissen wir beide, dass es nicht so sein wird, wie ich dem Arzt weisgemacht habe, nicht, Mama?« Die Stimme blieb sanft und beruhigend. »Aber schließlich konnte ich dem Arzt nichts über das andere Haus erzählen… über *unser* Haus. Oder darüber, dass ich dich in Wirklichkeit tagelang in deiner eigenen Scheiße liegen lassen werde, richtig? Oder dass ich Stunden damit verbringen werde, deine noch vorhandene Schmerzempfindlichkeit zu testen. Nein, nein, das wäre unangebracht, findest du nicht auch, Mama?« Er lachte leise und kindlich. »Ich glaube nicht, dass der Arzt dich zu mir nach Hause zurückkehren lassen würde, wenn er das wüsste. Nur keine Sorge, ich werde ihm nichts verraten, wenn du es nicht tust – aber du *kannst* es ja nicht, stimmt's, Mama? Schließlich hat Gott dich geknebelt und gefesselt. Das muss ein Zeichen sein. Ein Zeichen für mich.«

Der Kopf der alten Frau blieb reglos, doch eine Träne sickerte aus ihrem Augenwinkel und erreichte die Falten an der Haut ihrer Schläfe. Er sprach noch leiser und ging in einen verschwörerischen Tonfall über. »Du und ich, wir werden zusammen sein. Allein. Und wir können über die alten Zeiten reden. Über die guten Zeiten in unserem großen, alten Haus. Als ich ein Kind war. Als ich schwach war und du stark.« Die Stimme zischte nun, und er atmete Gift in das Ohr der alten Frau. »Ich habe es wieder getan, Mama. Noch eine. Genau wie vor drei Jahren. Aber diesmal kannst du dich nicht einmischen, weil

Gott dich in deinen eigenen grässlichen Körper eingesperrt hat. Diesmal kannst du mich nicht aufhalten, und ich werde es immer wieder tun. Es ist unser kleines Geheimnis. Am Ende wirst du dabei sein, Mama, das verspreche ich dir. Aber wir sind erst am Anfang ...«

Auf dem Korridor wandten sich die beiden Schwestern, die nicht ahnen konnten, was sich zwischen Sohn und Mutter abspielte, von dem Krankenzimmer und dem rührenden Bild des versiegenden Lebens und der beständigen Kindesliebe ab. Sie beendeten ihren kurzen Blick auf eine traurige Existenz und kehrten zu praktischen Dingen wie dem Dienstplan, den Fieberkurven und der Verabreichung von Medikamenten zurück.

3.

Polizeipräsidium Hamburg, Mittwoch, den 17. März, 16.30 Uhr

Die frische, helle Morgenkälte war einer ungemütlichen Diesigkeit mit natriumfarbenem Himmel gewichen, der sich träge von der Nordsee vorgeschoben hatte. Ein schwaches Nieseln besprenkelte Fabels Bürofenster, und die Aussicht auf den Winterhuder Stadtpark schien ihr Leben und ihre Farbe verloren zu haben.

Auf der anderen Seite des Schreibtisches saßen zwei Personen: Maria und ein stämmiger, schroff wirkender Mann von Mitte fünfzig, auf dessen Kopf schwarz-graue Borsten schimmerten. Kriminaloberkommissar Werner Meyer arbeitete seit vielen Jahren mit Fabel zusammen, länger als jeder andere im Team. Der rangniedrigere, doch ältere Werner war nicht nur Fabels Kollege, sondern auch sein Freund und häufig sein Ratgeber.

Werner hatte den gleichen Dienstgrad wie Maria Klee, und die beiden bildeten Fabels unmittelbare Zuarbeiter im Team. Doch Werner war die Nummer eins, denn er besaß mehr praktische Erfahrung als Maria, die sich während eines Jurastudiums und dann später an der Polizeifachhochschule und an der Landespolizeischule hervorgetan hatte. Ungeachtet seines groben Äußeren und seines massigen Körpers zeichnete sich Werner durch methodische Gründlichkeit und Aufmerksamkeit für Details aus. Er befolgte stets die Vorschriften und hielt seinen Chef oft im Zaum, wenn dieser sich zu weit auf einem seiner »intuitiven« Pfade vorwagte. Er sah sich als Fabels Partner, und es hatte einige Zeit – und etliche dramatische Ereignisse – erfordert, bevor er sich an die Arbeit mit Maria gewöhnte.

Inzwischen waren die beiden jedoch ein erfolgreiches Gespann. Fabel hatte sie wegen ihrer Unterschiede zusammengebracht: weil sie verschiedenen Polizeigenerationen angehörten und weil sie Erfahrung mit Fachkenntnis, Theorie mit Praxis kombinierten. Doch was sie wirklich zu einem schlagkräftigen Team machte, war ihre Gemeinsamkeit: ein kompromissloser Einsatz für ihre Aufgaben als Mitglieder der Mordkommission.

Es handelte sich um das übliche Planungstreffen. Bei Mordfällen gibt es zwei Ermittlungsmöglichkeiten: die energische Jagd, wenn man eine Leiche kurz nach dem Tod gefunden hat oder wenn klare Beweise den Weg vorgeben; oder die Verfolgung einer kalten Spur, wenn sich der Mörder bereits zeitlich und geografisch von der Tat entfernt hat und der Polizei nur bruchstückhafte Hinweise hinterlässt, die sie mühselig zusammenfügen muss. Die Ermordung des Mädchens am Strand war ein Fall der zweiten Art: ohne erkennbare Spuren und Motive. Sie würden umfangreiche Nachforschungen anstellen müssen, bevor die Sache Formen annahm. Das Treffen am Nachmittag war deshalb typisch für derartige Vorbesprechungen. Sie sichteten die dürftigen Fakten und verabredeten weitere Sitzungen, um die kommenden Berichte der Spurensicherung und der Gerichtsmedizin unter die Lupe zu nehmen.

Die Leiche war der Ausgangspunkt: kein Mensch mehr, sondern eine Ansammlung materieller Einzelheiten, die Aufschluss geben über Zeit, Art und Ort des Todes. Mögliche DNS-Daten und andere Spuren des Täters auf der Leiche würden den ersten Schritt für die Identifizierung des Mörders einleiten. Im Mittelpunkt der Besprechung standen die verschiedenen Ermittlungsaufgaben. Zunächst mussten sich fast alle mit der Feststellung der Identität des toten Mädchens beschäftigen. Fabel wollte ihre Identität unbedingt herausfinden, aber zugleich war dies auch der Moment, den er am meisten fürchtete, denn dadurch wurde die Leiche zu einer Person und die Fallnummer zu einem Namen.

Nach dem Treffen forderte Fabel Maria auf, noch in seinem Zimmer zu bleiben. Werner nickte seinem Vorgesetzten wissend zu, wodurch er die Peinlichkeit der Situation unterstrich. Maria Klee – sie trug eine teure schwarze Bluse und eine graue Hose, ihre Beine waren übereinander geschlagen und ihre langen Finger um ihr Knie verschränkt – saß ausdruckslos und etwas förmlich da und wartete darauf, dass Fabel das Wort ergriff. Wie immer drückte ihre Haltung Verschlossenheit und Beherrschung aus, und ihre blau-grauen Augen unter den fragend gewölbten Brauen blieben distanziert. Alles an ihr deutete auf Zuversicht, Selbstkontrolle und Autorität hin. Aber im Moment gab es etwas Unbehagliches zwischen Fabel und ihr.

Sie hatte ihre Arbeit einen Monat zuvor wieder aufgenommen, und dies war der erste große Fall seit ihrer Rückkehr. Deshalb wollte Fabel, dass das Ungesagte ausgesprochen wurde. Die Umstände hatten Fabel und Maria zu einer einzigartigen Intimität gezwungen, einer engeren Intimität, als hätten sie miteinander geschlafen. Neun Monate zuvor hatten sie mehrere Minuten gemeinsam unter einem Sternenhimmel auf einem einsamen Feld im Alten Land verbracht. Der Atem der beiden hatte sich miteinander vermischt, und die selbstbewusste Maria Klee war durch die sehr reale Furcht, sterben zu müssen, in ein kleines Mädchen verwandelt worden. Fabel hatte ihr den Kopf gehalten, die Augen nicht von den ihren abgewandt und unablässig beruhigend auf sie eingesprochen, damit sie nicht in einen Schlaf abglitt, aus dem sie nicht mehr erwachen würde. Er hatte ihr nicht gestattet, den Blick von seinem loszureißen und nach unten zu richten, wo der hässliche Schaft eines Messers mit breiter Schneide aus ihrem Brustkorb ragte.

Es war die schlimmste Nacht in Fabels Karriere gewesen. Sie hatten den gefährlichsten Psychopathen gestellt, dem er je begegnet war – ein Ungeheuer, das eine Reihe teuflischer ritueller Morde begangen hatte. Die Jagd hatte zum Tod zweier Polizisten geführt: eines intelligenten jungen Beamten namens Paul Lindemann aus Fabels Team und eines uniformierten Schutzpolizisten vom örtlichen Kommissariat. Zuletzt war der flüchtende Psychopath auf Maria gestoßen. Statt sie zu töten, hatte er ihr eine lebensgefährliche Verletzung zugefügt, weil er Fabel dadurch zwang, sich zwischen der Rettung seiner Mitarbeiterin und der Fortsetzung der Verfolgung zu entscheiden. In Wirklichkeit hatte Fabel natürlich keine Wahl gehabt.

Seither trugen Fabel und Maria unterschiedliche Narben. Fabel hatte nie zuvor im Dienst einen Beamten verloren, doch an jenem Abend waren zwei Kollegen ermordet worden – und fast wären es drei gewesen. Maria hatte eine gewaltige Menge Blut eingebüßt und war dem Tod auf dem Operationstisch sehr nahe gewesen. Es folgten zwei kritische Wochen auf der Intensivstation, in denen Maria in dem unsicheren Niemandsland zwischen Bewusstsein und Bewusstlosigkeit, zwischen Leben und Tod schwebte. Fabel wusste, dass Maria die beiden letzten Monate ihrer Erholung vorwiegend in einem Fitnessstudio verbracht hatte, um nicht nur ihre physische Kraft, sondern auch die eiserne Entschlossenheit zurückzugewinnen, die sie als erfolgreiche Polizistin ausgezeichnet hatte.

Nun saß sie hier vor Fabel: dieselbe vertraute Maria mit ihrem harten, unerschütterlichen Blick und den ums Knie verschränkten Fingern. Doch während Fabel ihre selbstsichere Körpersprache registrierte, hatte er noch immer die Nacht vor Augen, in der er ihre kühl gewordene Hand hielt und ihrem schwachen Atem lauschte. Gleichzeitig hatte sie ihn mit einer Kleinmädchenstimme angefleht, sie nicht sterben zu lassen. Das war etwas, das sie beide verarbeiten mussten.

»Du weißt, warum ich mit dir sprechen möchte, Maria?«

»Nein, Chef. Hat es mit diesem Fall zu tun?« Aber ihre ernsten blau-grauen Augen wurden unsicher, und sie tat so, als entferne sie einen unsichtbaren Fleck von ihrer makellosen Hose.

»Ich glaube, du weißt Bescheid, Maria. Ich muss sicher sein, dass du einem anstrengenden Fall gewachsen bist.« Maria wollte protestieren, doch Fabel brachte sie mit einer Geste zum Schweigen. »Hör zu, Maria, ich will ehrlich sein. Ich könnte ganz einfach den Mund halten und dich in allen kommenden Ermittlungen mit nebensächlichen Aufgaben betrauen, bis ich sicher bin, dass du bereit bist. Aber so gehe ich nicht vor. Das weißt du doch.« Fabel stützte seine Ellbogen auf den Schreibtisch. »Ich schätze dich zu sehr als Beamtin, um dich so respektlos zu behandeln. Andererseits schätze ich dich auch zu sehr, um deine Gesundheit – und deine Effektivität in unserem Team – dadurch zu gefährden, dass ich dich zu früh mit zentralen Aufgaben in einer Ermittlung betraue.«

»Ich bin bereit.« Stählerner Frost knisterte in Marias Stimme. »Ich habe alles bewältigt, was ich bewältigen muss. Und ich wäre nicht an meine Arbeit zurückgekehrt, wenn ich befürchtet hätte, die Effektivität des Teams aufs Spiel zu setzen.«

»Verdammt noch mal, Maria, ich fordere dich nicht heraus. Ich stelle deine Fähigkeiten nicht in Frage.« Fabel fixierte ihre Augen. »An jenem Abend hätte ich dich fast verloren, Maria.

Ich habe Paul verloren, und dich um ein Haar auch. Ich habe dich und das Team im Stich gelassen. Nun ist es meine Pflicht, mich davon zu überzeugen, dass du einsatzfähig bist.«

Marias eisige Miene schmolz ein wenig. »Es war nicht deine Schuld, Chef. Zuerst dachte ich, es sei meine gewesen. Weil ich nicht schnell genug oder nicht richtig reagiert habe. Aber einem Menschen wie ihm waren wir noch nie begegnet. Etwas so Böses ist einzigartig. Höchstwahrscheinlich werde ich nie wieder auf jemanden … auf *etwas* … wie ihn stoßen.«

»Und die Tatsache, dass er noch in Freiheit ist?«, fragte Fabel und bedauerte seine Worte sofort. Es war ein Gedanke, der ihn in mehr als einer Nacht um den Schlaf gebracht hatte.

»Er ist inzwischen weit weg von Hamburg«, erwiderte Maria. »Wahrscheinlich fern von Deutschland oder sogar von Europa. Aber falls nicht und falls wir seine Spur wieder aufnehmen sollten, wäre ich bereit für ihn.«

Fabel wusste, dass sie es ernst meinte. Er war sich jedoch nicht sicher, ob er selbst bereit war, dem Blutadler-Mörder erneut gegenüberzutreten. Jetzt oder in Zukunft. Aber diesen Gedanken behielt er für sich.

»Es ist keine Schande, sich erst einmal wieder einzuarbeiten, Maria.«

Sie lächelte auf eine Weise, die Fabel noch nie bei ihr gesehen hatte – ein erstes Anzeichen dafür, dass irgendetwas in ihrem Innern anders geworden war. »Es geht mir bestens, Jan. Das versichere ich dir.« Sie hatte seinen Vornamen noch nie im Büro benutzt und ihn überhaupt zum ersten Mal ausgesprochen, als sie auf dem langen Gras eines Feldes im Alten Land irgendwo zwischen Leben und Tod lag.

Fabel lächelte ebenfalls. »Es ist schön, dass du wieder da bist, Maria.«

Maria wollte gerade antworten, als Anna Wolff an die Tür klopfte und ohne abzuwarten eintrat.

»Entschuldigung, wenn ich störe«, sagte Anna, »aber die Spurensicherung hat mich gerade angerufen. Es gibt etwas, das wir uns sofort ansehen müssen.«

Holger Brauner sah nicht wie ein Wissenschaftler und auch nicht wie ein Akademiker aus. Er war ein mittelgroßer Mann mit dunkelblondem Haar und dem kräftigen Äußeren eines Naturfreundes. Fabel wusste, dass Holger in seiner Jugend Sportler gewesen war und sich seine muskulöse Gestalt bewahrt hatte. Er arbeitete seit einem Jahrzehnt mit dem Leiter der Spurensicherung zusammen, und aus ihrem gegenseitigen fachlichen Respekt hatte sich eine echte Freundschaft entwickelt.

Brauner gehörte dem LKA 3 an, das heißt der Abteilung Kriminaltechnik, die für die Sicherung und Auswertung sämtlicher Spuren zuständig ist. Er verbrachte einen großen Teil seiner Zeit im Institut für Rechtsmedizin, doch daneben hatte er auch ein Büro neben der Kriminaltechnischen Untersuchungsstelle im Präsidium.

Als Fabel sein Zimmer betrat, war Brauner über den Schreibtisch gebeugt und musterte einen Gegenstand durch ein schwenkbares Vergrößerungsglas mit integrierter Beleuchtung. Brauner blickte auf und begrüßte Fabel nicht mit seinem gewohnten breiten Grinsen, sondern winkte ihn ernst heran.

»Der Mörder hat sich mit uns in Verbindung gesetzt«, sagte er grimmig und reichte Fabel ein paar OP-Handschuhe. Dann trat er zurück, damit Fabel das Objekt auf dem Schreibtisch betrachten konnte. Auf einer kleinen Plastikscheibe lag ein rechteckiges Stück gelbes Papier, das ungefähr zehn Zentimeter breit und fünf Zentimeter hoch war. Brauner hatte den Zettel zwischen zwei Scheiben aus durchsichtigem Plexiglas gelegt, um sämtliche darauf vorhandenen Spuren zu sichern. Die Schrift aus roter Tinte war eng, gleichmäßig, sauber und sehr klein.

»Das haben wir in der Faust des Mädchens gefunden. Ich vermute, jemand hat es ihr in die Hand gelegt und die Finger darum geschlossen, bevor die Leichenstarre eingesetzt hat.«

Obwohl die Schrift winzig war, konnte man sie mit bloßem Auge gut lesen, doch Fabel inspizierte sie mit Brauners beleuchtetem Vergrößerungsglas. Durch die Linse sah er nicht nur Worte auf dem Papier, sondern jeder kleine rote Strich wurde zu einem langen Band auf einer zerklüfteten gelben Landschaft. Fabel schob das Vergrößerungsglas zur Seite und las die Botschaft.

Nun bin ich gefunden worden. Ich heiße Paula Ehlers und wohne im Buschberger Weg, Harksheide, Norderstedt. Ich bin unter der Erde gewesen, und nun wird es Zeit für mich heimzukehren.

Fabel richtete sich auf. »Wann hast du das entdeckt?«

»Wir haben die Leiche heute Morgen hinüber zum Butenfeld gebracht, damit Dr. Möller die Autopsie vornehmen kann.« Butenfeld ist die Straße in Eppendorf, in der das Institut für Rechtsmedizin liegt, und ihr Name dient als polizeiliches Kürzel für das dortige Leichenschauhaus. »Bei der vor der Autopsie üblichen Untersuchung haben wir den Zettel in ihrer Hand bemerkt. Wie du weißt, schieben wir Beutel über Hände und Füße, damit unterwegs keine Spuren vernichtet werden, und diese Notiz war, nachdem die Leichenstarre nachgelassen hatte, an ihrer Handfläche kleben geblieben.«

Fabel las den Zettel noch einmal. Er spürte einen Druck in der Magengegend, und eine leichte Übelkeit stieg in ihm hoch. *Paula.* Nun besaß sie einen Namen. Die himmelblauen Augen, die zu ihm heraufgestarrt hatten, gehörten *Paula.* Er zog ein Notizbuch aus seiner Tasche und schrieb den Namen und die Adresse nieder. Fabel hatte keinen Zweifel daran, dass nicht das Opfer, sondern der Mörder die Botschaft zu Papier gebracht hatte. Hätte der Mörder das Mädchen gezwungen, die Worte zu schreiben, wäre ihre Schrift bestimmt nicht so sauber und präzise ausgefallen. Er wandte sich zu Brauner um.

»*Ich bin unter der Erde gewesen*… Bedeutet das, dass sie irgendwo begraben wurde und man sie dann wieder ausgrub, zum Strand in Blankenese brachte und dort zurückließ?«

»Das habe ich zuerst auch gedacht, als ich den Zettel las, aber ich kann dir mit Sicherheit sagen, dass diese Leiche nie begraben worden ist. Aus der postmortalen Blässe und der bis vor kurzem vorhandenen Starre lässt sich schließen, dass sie erst etwas länger als einen Tag tot ist. Vielleicht handelt es sich um einen Hinweis darauf, dass man sie vor ihrem Tod in einem Keller oder etwas Ähnlichem eingesperrt hat. Wir untersuchen ihre Kleidung auf Staub und einzelne Substanzen, die uns Aufschluss über die Umgebung liefern können, in der sie in den letzten Stunden vor ihrem Tod festgehalten wurde.«

»Habt ihr noch etwas anderes gefunden?«

»Nein.« Brauner nahm einen Ordner von seinem Schreibtisch und blätterte ihn durch. »Natürlich wird Dr. Möller uns noch die vollständigen pathologischen Details liefern, aber nach unseren Anfangsbefunden war der Strand nicht der Tatort, sondern das Opfer wurde irgendwo anders getötet und später am Strand zurückgelassen.«

»Nein, Holger.« Fabel ließ die Bilder vom Strand durch seine Erinnerung gleiten. »Nicht zurückgelassen. *In Pose gelegt.* Das macht mir seit heute Morgen zu schaffen. Sie schien sich auszuruhen oder auf etwas zu warten. Es war keine beliebig zurückgelassene Leiche, sondern eine Art Statement… Ich weiß bloß nicht, was es bedeutet.«

Brauner dachte über Fabels Worte nach. »Kann sein«, meinte er schließlich. »Aber ich muss sagen, dass ich die Sache etwas anders sehe. Zwar wurde sie mit einer gewissen Sorgfalt am Strand abgelegt, aber ich konnte keine absichtliche Pose erkennen. Vielleicht verspürte er Reue über das, was er getan hatte. Vielleicht ist er so krank, dass er ihren Tod nicht vollauf begriffen hat.«

Fabel lächelte. »Das ist nicht auszuschließen. Aber entschuldige, du wolltest fortfahren …?«

Brauner richtete die Augen erneut auf den Ordner. »Es gibt nicht viel hinzuzufügen. Die Kleidung des Mädchens war von keiner hohen Qualität und ziemlich abgetragen. Vor allem waren die Sachen nicht frisch. Ich würde sagen, sie hat dieselbe Kleidung – einschließlich der Unterwäsche – mindestens drei oder vier Tage lang vor ihrem Tod angehabt.«

»Ist sie vergewaltigt worden?«

»Du weißt ja, dass Möller mich zur Schnecke machen würde, wenn ich seine Befunde vorausnähme, und, um ehrlich zu sein, kann nur er dir eine definitive Antwort geben. Jedenfalls habe ich keine Spuren sexueller Gewalt an ihrem Körper entdeckt. Überhaupt konnte ich außer den Würgemalen an ihrem Hals kein Zeichen von Gewalt finden. Und auch an ihrer Kleidung deutet nichts darauf hin.«

»Vielen Dank, Holger«, erwiderte Fabel. »Ich gehe davon aus, dass du das Papier und die Tinte untersuchen wirst?«

»Ja. Es trägt kein Wasserzeichen. Ich werde dir bald das Gewicht, den Typus et cetera nennen können, aber es wird einige Zeit dauern, bis ich Auskunft über die spezifische Marke geben kann.« Brauner sog sich die Luft durch die Zähne. »Ich befürchte, dass wir ein weit verbreitetes Massenprodukt vor uns haben, was bedeutet, dass es fast unmöglich sein wird, die konkrete Verkaufsstelle aufzuspüren.«

»Das bedeutet auch, dass unser Freund die Sache durchdacht hat und seine Spuren verwischt.« Fabel seufzte und klopfte Brauner auf die Schulter. »Sieh zu, was du tun kannst, Holger. Während du dich mit dem Medium befasst, werde ich mich mit der Botschaft beschäftigen. Kannst du ein paar Fotokopien zur Mordkommission schicken lassen? Im Idealfall auf das Dreifache vergrößert?«

»Kein Problem, Jan.«

»Und ich sorge dafür, dass du ein Exemplar von Möllers Autopsiebericht bekommst.« Fabel wusste, dass Möllers brüske Art Brauner noch stärker verärgerte als ihn selbst. »Damit du prüfen kannst, ob er irgendetwas Wichtiges enthält.«

In die Mordkommission zurückgekehrt, blieb Fabel an Anna Wolffs Schreibtisch stehen. Er reichte ihr das Blatt mit dem Namen und der Adresse des Mädchens, die der Mörder auf dem Zettel angegeben hatte. Annas Lächeln verschwand, als sie die Notiz las.

»Sind das die Daten des toten Mädchens?«

»Genau das sollst du herausfinden«, sagte Fabel bitter. »Der Mörder hat dem Opfer einen Zettel in die Hand gedrückt. Darauf stand, dass dies der Name und die Adresse des Mädchens sind.«

»Ich kümmere mich sofort darum, Chef.«

Fabel schloss die Tür hinter sich, als er sein Büro betrat. Er setzte sich an seinen Schreibtisch und schaute durch die gläserne Trennwand, die ihn vom Großraumbüro der Mordkommission abgrenzte. Er hatte sich nie völlig an das neue Polizeipräsidium gewöhnen können. Das alte Hauptquartier Beim Strohhause unweit des Berliner Tors hatte ihm viel besser gefallen. Die Polizei Hamburg wurde umstrukturiert, und das meiste davon sagte Fabel nicht sehr zu. Sie waren nun in einem nagelneuen, fünfstöckigen Gebäude untergebracht, das sternförmig um ein zentrales Atrium angeordnet war.

Nicht alles war so glatt abgelaufen, wie man geplant hatte. Ursprünglich hatte sich im Atrium ein Teich befunden, der jedoch zur Heimat von wolkenartigen Mückenschwärmen geworden war. Als das Präsidium daraufhin von großen Spinnenpopulationen heimgesucht wurde, die sich an der reichen Beute des Teiches labten, schüttete man den Teich mit Kies zu. Und es kam zu weiteren Änderungen: Die Uniformen der Hamburger Schutzpolizei sollten nach und nach durch blaue Dienstkleidung ersetzt werden, die sich vom Beige-Grün der bundesdeutschen Polizeikräfte unterschied. Was Fabel jedoch nur mühsam verkraften konnte, war die Militarisierung von Teilen der Hamburger Polizei. Seine Vorgesetzten versicherten ihm, die Mobilen Einsatzkommandos – oder MEKS – seien ein notwendiges Übel, und Fabel selbst forderte manchmal selbst bewaffnete Einheiten zur Unterstützung an, besonders nachdem er ein Mitglied seines Teams verloren hatte, aber er hegte schwere Vorbehalte gegen die Einstellung mancher MEK-Angehöriger.

Fabel betrachtete sein Team durch die Trennwand. Diese Mannschaft würde die Jagd auf Paulas Mörder aufnehmen. Die Beamten würden in unterschiedliche Richtungen ausschwärmen, um ihre jeweiligen Aufgaben zu erfüllen, bis alle im entscheidenden Moment der Lösung zusammenkamen. Für Fabel galt es, die Übersicht zu behalten und über die Details hinauszublicken. Sein Urteilsvermögen und seine Organisation der Ermittlung würden darüber entscheiden, ob man Paulas Mörder fand oder nicht.

Er zog es vor, nicht über diese Verantwortung nachzusinnen, denn wenn er es tat, wurde die Last nahezu unerträglich. In solchen Momenten hatte er Zweifel an den Entscheidungen, die er treffen musste. Wäre es so schlimm gewesen, sich mit dem Leben als Hochschullehrer an einer Provinzuniversität abzufinden? Oder als Englisch- oder Geschichtslehrer an einer friesischen Schule? Vielleicht wäre seine Ehe mit Renate dann nicht zerbrochen. Vielleicht würde er dann nachts ruhig schlafen, ohne von den Toten zu träumen.

Anna Wolff klopfte an die Tür und trat ein. Ihr hübsches Gesicht mit den dunklen Augen und den allzu roten Lippen war umwölkt. Sie nickte ernst und beantwortete damit Fabels unausgesprochene Frage. »Ja. Paula Ehlers ist auf ihrem Heimweg von der Schule verschwunden. Ich habe mir die Datenbank angesehen und dann mit dem Polizeirevier Norderstedt gesprochen. Auch ihr Alter könnte stimmen. Aber es gibt etwas, das nicht zu den übrigen Umständen passt.«

»Was denn?«

»Wie gesagt, ihr Alter würde dem des toten Mädchens entsprechen … heute jedenfalls. Nur, Paula Ehlers ist vor drei Jahren verschwunden, als sie dreizehn war.«

4.

Hamburg-Norderstedt, Mittwoch, den 17. März, 19.30 Uhr

Normalerweise dauerte die Fahrt vom Präsidium nach Norderstedt nur rund eine halbe Stunde, doch Fabel und Anna Wolff legten eine Pause ein, um etwas zu essen. Der Rasthof war leer, abgesehen von zwei Männern, die, wie Fabel annahm, zu den beiden draußen geparkten Fahrzeugen – einem LKW und einem großen Lieferwagen – gehörten. Die Trucker saßen am selben Tisch und arbeiteten sich stumm und finster durch einen Lebensmittelberg. Fabel warf einen flüchtigen Blick auf die beiden Fahrer, die beide den schlaffen Bauch der lethargischen mittleren Jahre hatten. Aber als er dicht an ihnen vorbeiging, bemerkte Fabel, dass einer der beiden nicht älter als Ende zwanzig oder Anfang dreißig sein konnte.

Eine solche Verschwendung der Jugend deprimierte den Hauptkommissar. Er dachte an das, was Anna und ihm bevorstand: die Begegnung mit einem Leben und einer Jugend, die nicht verschwendet, sondern gestohlen worden waren, und mit einer zerbrochenen, nicht mehr vollständigen Familie. Das, was ihm bei seiner Arbeit als Mordermittler am stärksten zusetzte, war die Begegnung mit den Familien von Vermissten. Besonders wenn ein Kind verschwunden war. In solchen Haushalten breitete sich immer ein Gefühl des Unvollständigen,

Ungelösten aus. In den meisten Fällen war es einfach die überwältigende Empfindung des Wartens: darauf, dass der Mann, die Frau, der Sohn oder die Tochter heimkehrten. Oder darauf, dass jemand das Warten beendete, indem er die Familie über den Tod des Vermissten unterrichtete. Jemand wie Fabel.

Fabel und Anna Wolff setzten sich an einen Tisch am Ende des Cafés, möglichst weit weg von den Truckern, damit ihr Gespräch nicht belauscht werden konnte. Anna bestellte eine Bratwurst und einen Kaffee. Fabel entschied sich für ein belegtes Brot und bestellte ebenfalls Kaffee. Dann legte Anna die Akte, die sie aus dem Auto mitgebracht hatte, auf den Tisch und drehte sie um, damit Fabel den Text lesen konnte.

»Paula Ehlers. Sie war dreizehn Jahre alt, als sie verschwand. – Genauer gesagt, sie wurde am Tag nach ihrem dreizehnten Geburtstag vermisst und wäre heute sechzehn Jahre alt. Wie es auf dem Zettel heißt, wohnte sie im Buschberger Weg in Norderstedt, und zwar im Bezirk Harksheide. Das Haus war zu Fuß etwa zehn Minuten von ihrer Schule entfernt, und laut dem Bericht der Norderstedter Kripo verschwand sie während dieses zehnminütigen Weges.«

Fabel schlug die Akte auf. Das Gesicht, das ihm von dem Foto entgegenlächelte, war das eines sommersprossigen Mädchens. Eines Kindes. Fabel runzelte die Stirn. Er dachte an die Leiche am Strand und an das Gesicht, das ihn von dem kalten Sandboden her ausdruckslos angeschaut hatte, und verglich es mit dem Foto vor ihm. Die Gesichter waren ähnlich geschnitten, doch die Augen schienen nicht die gleichen zu sein. War es bloß der Unterschied zwischen der Androgynie der Kindheit und der schon fast vollständig ausgebildeten Weiblichkeit einer Sechzehnjährigen? Waren die Veränderungen des Gesichts das Ergebnis von drei Jahren unvorstellbarer Pein? Die Augen. Er hatte die Augen des toten Mädchens, das scheinbar lebendig am Strand von Blankenese lag, lange gemustert. Diese Augen beunruhigten Fabel.

Anna biss in die Bratwurst. Als sie weitersprach, pochte sie mit dem Finger der einen Hand auf die Akte, während sie sich die andere Hand vor den Mund hielt, als wolle sie die Akte vor Fettspritzern schützen.

»Die Norderstedter Polizei hat alles Notwendige getan und auch ihren Spaziergang nach Hause rekonstruiert. Einen Monat später hatte man immer noch nichts gefunden und stufte die Sache als Vermisstenfall und gleichzeitig als möglichen Mordfall ein.«

Fabel blätterte die übrigen Seiten der Akte durch. Brauner hatte ein halbes Dutzend vergrößerter Fotokopien des Zettels angefertigt. Eine war nun ans Schwarze Brett im Hauptbüro der Mordkommission geheftet, eine weitere lag in der Akte vor Fabel.

»Ein Jahr später haben sie den Fall wieder aufgerollt«, fuhr Anna fort. »Sie haben jeden befragt, der am Jahrestag von Paulas Verschwinden durch die Gegend ging oder fuhr. Wieder blieben sämtliche Bemühungen ergebnislos. Die Ermittlung wurde von einem Kriminalkommissar Klatt von der Norderstedter Kripo geleitet. Ich habe ihn heute Nachmittag angerufen. Er steht uns zur Verfügung und hat mir sogar seine private Telefonnummer gegeben, falls wir ihn nach unserem Gespräch mit der Familie Ehlers anrufen wollen. Laut Klatt wurden keine echten Hinweise gefunden, obwohl er einen von Paulas Lehrern sehr genau unter die Lupe nahm…« Anna drehte die Akte teilweise wieder zu sich um und überflog rasch die Seiten, die die Norderstedter Polizei dem Präsidium zugefaxt hatte. »Da… ein Herr Fendrich. Klatt gibt an, keine Handhabe gegen Fendrich zu haben, nur ein ungutes Gefühl wegen der Beziehung zwischen dem Lehrer und Paula.«

Fabel betrachtete das sommersprossige Gesicht auf dem Foto. »Aber sie war erst dreizehn…«

Anna setzte eine »Das weißt du doch besser«-Miene auf. Fabel seufzte. Es war ein naiver, wenn nicht gar dummer Kommentar gewesen. Nach mehr als einem Jahrzehnt an der Spitze einer Mordkommission sollte ihn kaum noch etwas überraschen, wozu Menschen fähig waren, schon gar nicht die Möglichkeit, dass ein pädophiler Lehrer eine Leidenschaft für eine seiner Schutzbefohlenen entwickelte.

»Jedenfalls konnte Klatt nichts Konkretes finden, um seinen Verdacht zu erhärten?«, fragte Fabel.

Anna biss wieder in ihre Bratwurst und schüttelte den Kopf. »Er hat ihn mehrere Male verhört.« Sie sprach mit vollem Mund und hielt ihre Fingerspitzen erneut vor die Lippen. »Fendrich begann von Schikanierung zu reden. Klatt musste ihn schließlich in Ruhe lassen. Man kann Fendrich zugute halten, dass keinerlei eindeutige Indizien gegen ihn vorlagen.«

Fabel schaute durch das Fenster, in dem sich sein Gesicht dunkel spiegelte, auf den beleuchteten Parkplatz. Ein Mercedes bremste, und ein Paar in den Dreißigern stieg aus. Der Mann öffnete die hintere Tür, und ein Mädchen von ungefähr zehn Jahren sprang hinaus und griff automatisch nach der Hand seines Vaters. Es war eine instinktive, gewohnheitsmäßige Geste: die angeborene Erwartung eines Kindes, beschützt zu werden.

Er wandte sich wieder Anna zu. »Ich bin nicht sicher, dass es dasselbe Mädchen ist.«

»Bitte?«

»Ich behaupte nicht, dass sie es nicht sein kann. Aber ich bin mir nicht sicher. Es gibt Unterschiede. Vor allem die Augen.«

Anna lehnte sich in ihrem Stuhl zurück und schürzte die Lippen. »Dann ist es ein verdammt seltsamer Zufall, Chef. Wenn es nicht Paula Ehlers ist, dann ist es zumindest ein Mädchen, das ihr verteufelt ähnlich sieht. Und das außerdem noch ihren Namen und ihre Adresse in der Hand hatte. Wie gesagt, ein verdammt seltsamer Zufall … und wenn ich gelernt habe, Dingen zu misstrauen, dann sind es Zufälle.«

»Ich weiß. Aber es passt einfach nicht recht zusammen.«

Die B 433 führt auf ihrem Weg nach Norden, das heißt nach Schleswig-Holstein und Dänemark, durch Norderstedt. Harksheide liegt nördlich des Ortszentrums, und der Buschberger Weg verläuft rechts von der B 433. Kurz bevor sie die Abzweigung zum Buschberger Weg erreichten, bemerkte Fabel, dass die Schule, die Paula besucht hatte, in einiger Entfernung links von der Hauptstraße lag. Paula musste diese verkehrsreiche Straße also auf ihrem Heimweg überquert haben und konnte eine Weile an ihr entlanggegangen sein. Hier war sie vermutlich entführt worden – höchstwahrscheinlich am Rand der nach Hamburg führenden Fahrspur.

Als sie bei der Familie Ehlers ankamen, war es, wie Fabel vermutet hatte: Es knisterte eine finstere Elektrizität – etwas zwischen Vorahnung und Entsetzen. Das Haus selbst war ein ganz gewöhnlicher Bungalow mit einem steilen, roten Ziegeldach – die Art Behausung, wie man sie von den Niederlanden bis zur Ostseeküste, von Hamburg bis zur Nordspitze Jütlands immer wieder sieht. Ein gepflegter, doch fantasieloser Garten mit üppiger Bepflanzung umgab das Haus.

Frau Ehlers war Anfang vierzig. Ihr Haar war offensichtlich so blond gewesen wie das ihrer Tochter, doch die Jahrzehnte hatten seinen Glanz um eine Nuance gedämpft. Ihr nordisches Aussehen war typisch für die Menschen von Schleswig-Holstein: hellblaue Augen und vorzeitig durch die Sonne gealterte Haut. Ihr Mann, den Fabel auf rund fünfzig Jahre schätzte, wirkte ernst. Er war hoch gewachsen und schlaksig. Auch er hatte blonde Haare, doch es war noch ein wenig matter als das seiner Frau. Seine dunkelblauen Augen stachen aus seinem blassen Gesicht hervor. Während Fabel Anna Wolff und sich selbst vorstellte, verglich er das, was er sah, mit den Bildern in seinem Gedächtnis: das Ehepaar Ehlers, das Mädchen auf dem Foto in der Akte und das Mädchen am Strand. Wieder hakte sich etwas in seinem Hirn fest – ein kaum wahrnehmbarer Widerspruch.

»Haben Sie unser Kindchen gefunden?« Frau Ehlers blickte Fabel so sehnsüchtig an, dass er es kaum ertragen konnte.

»Ich weiß es nicht, Frau Ehlers. Es ist möglich. Sie oder Ihr Mann müssen die Leiche identifizieren.«

»Also besteht eine Chance, dass es nicht Paula ist?« Ein Anflug von Trotz war aus der Stimme von Herrn Ehlers herauszuhören. Fabel erhaschte Annas Blick aus dem Augenwinkel.

»Durchaus, Herr Ehlers, aber alle Anzeichen deuten darauf hin, dass es Paula sein könnte. Die Tote ist größer, als es Paula bei ihrem Verschwinden war, aber sie könnte in den letzten drei Jahren entsprechend gewachsen sein. Außerdem gibt es Indizien, die das Opfer mit Ihrer Adresse in Verbindung bringen.« Fabel verschwieg den beiden den Zettel, den der Mörder dem toten Mädchen wie ein Etikett in die Hand gedrückt hatte.

»Wie ist sie gestorben?«, fragte Frau Ehlers.

»Ich glaube, darauf sollten wir erst eingehen, wenn wir sicher sein können, dass es sich um Paula handelt«, antwortete Fabel. Die Verzweiflung in Frau Ehlers' Augen schien sich zu verstärken, und ihre Unterlippe zitterte. Fabel ließ sich erweichen. »Das Opfer wurde erwürgt.«

Frau Ehlers Körper wurde von stummen Schluchzern geschüttelt. Anna trat vor und wollte ihr einen Arm um die Schulter legen, doch die Frau wich zurück. Es kam zu einem verlegenen Schweigen, und Fabels Blick glitt durch das Zimmer. An der Wand hing ein großes eingerahmtes Foto. Es war anscheinend mit einer gewöhnlichen Kamera aufgenommen und dann stark vergrößert worden. Der Hintergrund war körnig, und das Mädchen im Zentrum des Bildes hatte vom Blitzlicht gerötete Pupillen. Paula Ehlers lächelte hinter einer mächtigen Geburtstagstorte, die mit der Zahl Dreizehn geschmückt war, in die Kamera. Fabel packte ein Frösteln, als er begriff, dass sie ihn einen Tag vor der Entführung anlächelte.

»Wann können wir sie sehen?«, wollte Herr Ehlers wissen.

»Wir haben mit der Ortspolizei vereinbart, Sie heute Abend vorbeibringen zu lassen, wenn Ihnen das recht ist«, antwortete Anna. »Wir werden uns dort mit Ihnen treffen. Ein Wagen holt Sie gegen 21.30 Uhr ab. Ich weiß, das ist spät…«

Herr Ehlers schnitt ihr das Wort ab. »Das macht nichts. Wir werden bereit sein.«

Auf dem Rückweg zum Auto bemerkte Fabel eine gewisse Anspannung in Annas Bewegungen. Sie schwieg.

»Alles in Ordnung?«, fragte er.

»Eigentlich nicht.« Sie schaute zurück zu dem traurigen Häuschen mit seinem gepflegten Garten und seinem roten Dach. »Es war schwer. Ich weiß nicht, wie sie es so lange ausgehalten haben. All das Warten. All die Hoffnung. Sie haben sich darauf verlassen, dass wir ihre Tochter finden. Das ist uns nun auch gelungen, aber wir können sie ihnen nicht lebendig zurückbringen.«

Fabel deaktivierte die Alarmanlage des Autos mit einem Piepton und antwortete erst, nachdem sie eingestiegen waren. »So ist es leider. Happyends gibt's nur im Film, nicht im wirklichen Leben.«

»Aber sie scheinen uns zu hassen.«

»Das tun sie auch«, erwiderte Fabel resigniert. »Und wer will es ihnen verübeln? Es stimmt ja, dass wir ihnen ihre Tochter lebendig zurückbringen sollten, statt ihnen mitzuteilen, dass wir die irgendwo zurückgelassene Leiche gefunden haben. Sie haben ein Happyend von uns erwartet.« Fabel ließ den Motor an. »Aber wir müssen uns auf den Fall konzentrieren. Es wird Zeit, dass wir mit Kriminalkommissar Klatt sprechen.«

Norderstedt steht unter doppelter Verwaltung. Es ist ein Teil von Groß-Hamburg, seine Telefonnummern haben die Hamburger Vorwahl 040, und als Fabel und Anna durch Fuhlsbüttel und Langenhorn nach Norderstedt hineinfuhren, hatten sie das Gefühl, sich in einem zusammenhängenden Stadtgebiet zu befinden. Doch in Norderstedt ist nicht die Polizei Hamburg, sondern die Landespolizei Schleswig-Holstein zuständig. Wegen der geografischen Nähe und der ständigen Überschneidung von Fällen haben die Norderstedter Polizisten jedoch häufiger mit ihren Hamburger Kollegen Kontakt als mit ihrer eigenen Truppe in der sanften Landschaft und den Kleinstädten von Schleswig-Holstein. Anna hatte Kommissar Klatt angerufen und mit ihm ein Treffen im Polizeirevier Norderstedt-Mitte in der Rathausallee vereinbart.

Dort angekommen, wurden sie nicht wie erwartet in die Amtsräume der Kriminalpolizei, sondern vielmehr von einer jungen uniformierten Polizistin in ein nüchternes, fensterloses Vernehmungszimmer geführt. Die Schutzpolizistin fragte sie, ob sie einen Kaffee wünschten, und beide bejahten.

Anna schaute sich bedrückt um und sah, nachdem die Polizistin hinausgegangen war, Fabel vielsagend an. »Nun weiß ich, was es heißt, zu den Verdächtigten zu gehören«, meinte sie.

Fabel lächelte ironisch. »Genau. Meinst du, das hier soll eine Anspielung sein?«

Bevor Anna Zeit hatte, etwas zu entgegnen, sprang die Tür des Vernehmungszimmers auf, und ein Mann von Anfang dreißig trat ein. Er war recht klein, doch kräftig gebaut und hatte ein großes, freundliches, unauffälliges Gesicht, das von dunklem Haar und einem Stoppelbart umrahmt war. Er bedachte die beiden Hamburger Beamten mit einem breiten Lächeln und stellte sich als Kriminalkommissar Klatt vor. Dann legte er die Akte, die er unter dem Arm gehabt hatte, auf den Tisch und bedeutete Anna und Fabel, Platz zu nehmen.

»Es tut mir Leid, dass wir uns in einem so engen Raum treffen müssen«, entschuldigte sich Klatt. »Dies ist nicht mein üblicher Arbeitsplatz. Mein Büro liegt in der Europaallee, aber ich dachte, es wäre einfacher für Sie, hierher zu kommen. Man tut mir einen Gefallen, aber der Raum hier ist etwas bescheidener, als ich erwartet hatte.« Er setzte sich. Seine freundliche

Miene nahm einen ernsteren Ausdruck an. »Wie ich höre, haben Sie Paula gefunden…«

»Das können wir erst mit Sicherheit sagen, wenn die Eltern die Leiche identifiziert haben, Herr Kommissar Klatt… Aber es hat den Anschein.«

»Es war bloß eine Frage der Zeit.« Resignierte Trauer zeichnete sich in Klatts breitem Gesicht ab. »Trotzdem hofft man immer, den einen oder anderen lebendig zurückzubringen.«

Fabel nickte. Klatts Gefühle entsprachen seinen eigenen. Der einzige Unterschied bestand darin, dass Klatt zumindest eine Chance hatte, denn er ging meist mit den Lebenden um, während Fabel als Mordermittler erst dann herangezogen wurde, wenn jemand gestorben war. Einen flüchtigen Moment lang überlegte Fabel, wie es wäre, sich zur allgemeinen Kripo zurückversetzen zu lassen. Dann brachte die Polizistin den Kaffee.

»Haben Sie mit der Möglichkeit gerechnet, sie unversehrt zu finden?«, fragte Anna.

Klatt überlegte. »Nein, wahrscheinlich nicht. Sie kennen die Statistik. Wenn wir jemanden nicht während der ersten vierundzwanzig Stunden aufspüren, überwiegt die Wahrscheinlichkeit, dass die Person nicht mehr lebend zurückkehrt. Aber Paula war für mich das erste verschwundene Kind. Ich fühlte mich betroffen. Vielleicht zu betroffen. Es war schwer, mit einer Familie, die so sehr litt, umzugehen.«

»War sie ein Einzelkind?«, fragte Anna.

»Nein, sie hatte noch einen älteren Bruder… Edmund.«

»Wir haben ihn im Haus der Ehlers' nicht gesehen«, meinte Fabel.

»Nein. Er ist ungefähr drei Jahre älter. Heute wohl neunzehn oder zwanzig. Er leistet seinen Wehrdienst ab.«

»Vermutlich haben Sie ihn gründlich überprüft.« Fabels Worte waren weniger eine Frage als eine Feststellung, denn gerade die engsten Familienangehörigen zählten in solchen Fällen stets mit zu den Hauptverdächtigen. Fabel hatte sich vorsichtig ausgedrückt, denn er wollte nicht andeuten, dass Klatt sein Handwerk nicht verstand.

Wenn der Kommissar verärgert war, so ließ er sich jedenfalls nichts anmerken. »Natürlich. Wir haben jeden seiner Schritte an jenem Tag genau überprüft. All seine Angaben wurden bestätigt. Außerdem schien er ernsthaft besorgt um seine Schwester zu sein. So gut kann man sich einfach nicht verstellen.«

Doch, das kann man, dachte Fabel. Er hatte zahllose aufrichtig betrübt wirkende Liebhaber, Freunde oder Verwandte eines Opfers erlebt, die sich schließlich als die Mörder erwiesen. Aber er zweifelte nicht daran, dass Klatt Paula Ehlers' Familie gründlich überprüft hatte.

»Sie hatten Paulas Lehrer im Verdacht…«, meinte Anna mit einem Blick auf die ihr vorliegende Akte.

»Fendrich. Er war Paulas Deutschlehrer. Ich würde nicht behaupten, dass er verdächtig war… Irgendetwas an ihm kam mir bloß seltsam vor. Aber auch er hatte ein ziemlich stichhaltiges Alibi.«

Klatt ging den Bericht mit Fabel und Anna durch. Offensichtlich hatte sich ein großer Teil der Ermittlung seinem Gedächtnis eingeprägt. Fabel wusste, was es bedeutete, sich mit einem solchen Fall herumzuschlagen. Es gab Nächte, in denen er verzweifelt versucht hatte zu schlafen, doch am Ende nur die dunkle Decke anstarrte, während ihm unbeantwortete Fragen zusammen mit den Bildern der Toten, der Trauernden und der Verdächtigen durch den ruhelosen, erschöpften Geist zogen. Als Fabel und Anna alles gehört hatten, was sie wissen wollten, standen sie auf und dankten Klatt für seine Zeit und Mühe.

»Wir sehen uns heute Abend noch«, meinte der Kommissar. »Ich nehme an, Sie werden dabei sein, wenn Herr und Frau Ehlers die Leiche identifizieren?«

Anna und Fabel wechselten einen Blick. »Ja«, bestätigte Fabel. »Wir werden dort sein. Sie also auch?«

Klatt lächelte traurig. »Ja, falls Sie nichts dagegen haben. Ich werde die Eltern nach Hamburg fahren. Wenn dies der Abschluss des Falles Paula Ehlers ist, dann möchte ich dabei sein und mich verabschieden.«

»Selbstverständlich«, nickte Fabel. Aber er dachte: Dies ist nicht der Abschluss des Falles Paula Ehlers, sondern erst der Anfang.

5.

Institut für Rechtsmedizin, Universitätsklinikum Hamburg-Eppendorf, Mittwoch, den 17. März, 22.10 Uhr

Das Universitätsklinikum Hamburg-Eppendorf, in dem die wichtigsten medizinischen Zentren und Institute der Hamburger Universität untergebracht sind, erstreckt sich von der Martinistraße aus wie eine Kleinstadt nach Norden. Der Komplex setzt sich aus hohen und niedrigen Gebäuden verschiedenen Alters zusammen und wird von einem Straßennetz durchzogen. Der größte der wenigen Parkplätze liegt genau in der Mitte des Klinikums, doch Fabel wusste, dass er sein Auto wegen der späten Stunde in der Nähe des Instituts für Rechtsmedizin abstellen konnte. Er kannte das Institut gut. Es war zum Zentrum für jegliche gerichtlich verwertbare Form der Wissenschaft geworden, nämlich für serologische und DNS-Tests sowie für forensische Medizin; außerdem bot das Institut einen forensisch-psychiatrischen Expertenservice an. Fabel hatte nicht nur beruflich mit dem Institut zu tun. Seit einem Jahr unterhielt er eine Beziehung zu Susanne Eckhardt, einer Kriminalpsychologin. Susanne arbeitete offiziell in der Klinik für

Psychiatrie und Psychotherapie, doch den größten Teil ihrer Zeit verbrachte sie im benachbarten Institut.

Fabel bog nicht zum Haupteingang ab, sondern fuhr weiter auf der Martinistraße, bis er den BMW nach rechts in den Lokstedter Steindamm und dann ins Butenfeld lenkte. Wie er angenommen hatte, gab es eine Reihe freier Parkplätze vor dem breiten, zweistöckigen Pavillon des Instituts. Das Institut genießt international einen guten Ruf, und das Gebäude ist stark erweitert worden, damit man Lehrgänge für künftige Gerichtsmediziner und Gerichtschemiker aus allen Teilen der Welt abhalten kann. Alljährlich werden hier 3000 Leichen forensisch untersucht und 1000 Autopsien vorgenommen. Und hier lag auch das tote Mädchen in der Dunkelheit eines gekühlten Stahlschrankes und wartete darauf, identifiziert zu werden.

Unter den vor dem Institut geparkten Autos befand sich Susannes Porsche. Endlich einmal schienen Fabel und sie ungefähr die gleichen Arbeitszeiten zu haben, was hoffentlich bedeutete, dass sie häufiger zusammen sein konnten.

Fabel und Anna wurden von einem älteren Sicherheitsbeamten, den der Hauptkommissar als früheren Obermeister der Schutzpolizei erkannte, ins Institut eingelassen. In der Empfangshalle saßen bereits ein uniformierter Hamburger Polizist, Kommissar Klatt sowie Herr und Frau Ehlers. Fabel begrüßte sie und fragte Klatt, ob sie schon lange warteten. Der Kommissar erwiderte, sie seien erst vor zehn Minuten eingetroffen.

Ein Sektionsgehilfe führte die kleine Gruppe in die Leichenhalle. Die in einem ausrollbaren Schubfach liegende Bahre, auf der die Leiche ruhte, war mit einem tiefblauen Überzug bedeckt, und Kopf und Körper der Toten waren mit einem sauberen weißen Laken verhüllt. Fabel ließ Klatt das Ehepaar Ehlers zu der Leiche führen. Anna trat vor, legte einen Arm um Frau Ehlers und sagte ein paar beruhigende Worte, bevor sie dem Sektionsgehilfen ein Zeichen gab, das Laken zurückzuziehen. Frau Ehlers keuchte auf und schwankte ein wenig in Annas Arm. Fabel sah, wie sich Herr Ehlers straffte, als hätte ein Stromstoß all seine Muskeln gleichzeitig erstarren lassen.

Es war ein kurzes, sekundenlanges Schweigen, eine winzige, kristallklare Ruhe. Danach wusste Fabel, dass das Mädchen auf der Bahre nicht Paula Ehlers war. Und als Frau Ehlers die Stille mit einem langen, tiefen, schmerzerfüllten Schrei zersplittern ließ, gab sie nicht ihrer Trauer oder ihrem Verlust, sondern einer erneuten Verzweiflung Ausdruck.

Danach nahmen alle im Empfangsbereich Platz und tranken Kaffee aus einem Automaten. Frau Ehlers schien ihren Blick nicht auf irgendetwas in der Gegenwart, sondern auf einen fernen Moment in der Zukunft gerichtet zu haben. Ganz im Gegensatz dazu ließ die Miene ihres Mannes Verwirrung erkennen.

»Warum, Herr Fabel?« Herr Ehlers musterte den Hauptkommissar. »Warum wird uns das angetan? Sie sah so sehr wie Paula aus… war ihr so ähnlich. Wie kann jemand so grausam sein?«

»Sie sind sicher, dass es nicht Ihre Tochter ist?«

»Es ist lange her. Und wie gesagt, sie ist Paula sehr ähnlich, aber…«

»Das Mädchen ist nicht meine Tochter«, schnitt Frau Ehlers ihrem Mann das Wort ab. Ihre Augen waren immer noch glasig und umnebelt, doch ihre Stimme verriet eine kompromisslose Entschiedenheit. Sie äußerte keine Meinung, sondern eine unwiderlegbare, unbestreitbare Gewissheit.

Fabel spürte, wie der Stahl ihres Willens ihn durchbohrte und einen Splitter in ihm zurückließ. Zorn und Hass stiegen in ihm auf wie bittere Galle. Jemand hatte nicht nur ein junges Leben ausgelöscht, sondern auch ein lange begrabenes Messer brutal ins Herz einer weiteren Familie getrieben. Und das war erst der Anfang, denn nun gab es jeden Grund zu der Annahme, dass der Mörder des Mädchens am Strand auch Paula

Ehlers drei Jahre zuvor entführt und ermordet hatte. Warum sonst hätte er – oder sie – die Familie Ehlers in dieses perverse Spiel einbeziehen sollen? Eine Leiche, zwei Mordfälle. Er wandte sich wieder dem neu aufgewühlten Leid von Paulas Eltern zu. Die Familie war zu der Qual der Ungewissheit und zu einer unvernünftigen, unbegründeten Hoffnung zurückgekehrt.

»Wir haben es offensichtlich mit einer stark gestörten und bösen Persönlichkeit zu tun.« In Fabels Stimme hallten Ehlers' Frustration und Zorn nach. »Wer immer dieses Mädchen ermordet hat, wollte, dass wir hier sitzen und schmerzerfüllt nach dem Warum fragen. Dies ist genauso ein Verbrechensschauplatz wie der Strand, an dem er die Leiche des Mädchens zurückgelassen hat.«

Herr Ehlers starrte Fabel verständnislos an. Seine Frau richtete ihre Augen auf Fabel. »Ich möchte, dass Sie ihn fassen.« Ihr bohrender Blick fixierte nun Klatt und dann wieder Fabel, als wolle sie die Last ihrer Worte in gleichem Maße auf beide Männer verteilen. »Am liebsten möchte ich, dass Sie ihn finden und töten. Ich weiß, dass ich Sie nicht darum bitten kann… aber ich kann verlangen, dass Sie ihn fangen und bestrafen. Wenigstens das.«

»Ich verspreche Ihnen, dass wir alles in unserer Macht Stehende tun werden, um dieses Ungeheuer zu finden«, versicherte Fabel, und er meinte es ernst.

Fabel und Anna begleiteten Klatt und das Ehepaar Ehlers hinaus auf den Parkplatz. Herr und Frau Ehlers setzten sich auf den Rücksitz von Klatts Audi. Die Trauer, die Fabel in Klatts Miene bemerkt hatte, war nun in einen leidenschaftlichen Zorn umgeschlagen.

»Das ist Ihr Fall, Herr Kriminalhauptkommissar. Aber es gibt eine deutliche Verbindung zwischen dem Tod des Mädchens und dem Fall Paula Ehlers. Ich wäre Ihnen daher sehr dankbar, wenn Sie mich über alle Entwicklungen, die den Fall Ehlers in irgendeiner Weise berühren, auf dem Laufenden halten würden.« Klatts Stimme hörte sich geradezu herausfordernd an: Er war an dieser Ermittlung beteiligt und wollte nicht, dass Fabel es vergaß. Fabel musterte den Jüngeren: ein nicht sehr hoher Beamter der Polizei eines anderen Bundeslandes, nicht sehr groß und ein wenig zu schwer. Aber an dem bescheidenen, unscheinbaren Gesicht ließen sich eine ruhige Entschlossenheit und eine scharfe Intelligenz ablesen. Deshalb traf Fabel auf dem Parkplatz des Instituts für Rechtsmedizin eine Entscheidung.

»Kommissar Klatt, es ist anzunehmen, dass der Mörder des Mädchens Paula Ehlers' Identität gewählt hat, weil er von dem Fall wusste. Vielleicht hat er damals davon gelesen. Die einzige Verbindung zwischen den beiden Fällen könnte darin bestehen, dass wir es mit einem Wahnsinnigen zu tun haben, der Zeitung liest.«

Klatt schien Fabels Worte abzuwägen. »Das bezweifle ich. Was ist mit der erstaunlichen Ähnlichkeit zwischen den beiden Mädchen? Wenigstens muss er sich eingehend mit dem Fall Ehlers befasst haben. Aber ich glaube eher, dass der Mörder, der sich dieses Mädchen als Opfer ausgesucht und ihm Paulas Identität gegeben hat, Paula bei Lebzeiten gesehen haben muss. Ich habe nicht Ihre Erfahrung oder Ihre Fachkenntnisse, Herr Hauptkommissar, aber ich kenne den Fall Ehlers. Drei Jahre lang habe ich damit gelebt. Ich weiß einfach, dass die Verbindung nicht nur darin besteht, dass jemand rein zufällig einem ermordeten Mädchen ihre Identität gegeben hat.«

»Sie erwarten also von uns, dass wir Ihnen jedes Detail unserer Ermittlungen zukommen lassen?«, fragte Fabel.

»Nein … nur die Dinge, die Ihrer Meinung nach für den Fall Ehlers relevant sind.« Klatt blieb ruhig und entspannt.

Fabel erlaubte sich ein schwaches Lächeln. Klatt war nicht leicht aus der Fassung zu bringen, und er ließ sich auch nicht durch den höheren Rang eines Kollegen einschüchtern. »Um ehrlich zu sein, Kommissar Klatt, ich glaube, dass Sie Recht haben. Mein Instinkt sagt mir, dass Sie und ich nach derselben Person suchen. Deshalb möchte ich, dass Sie über eine Abordnung in mein Team für die Dauer dieser Ermittlung nachdenken.«

In Klatts breitem Gesicht spiegelte sich Überraschung wider, bevor es sich zu einem Grinsen verzog. »Ich weiß nicht, was ich sagen soll, Herr Fabel. Ich meine, es würde mich sehr freuen. Aber ich wüsste nicht, wie sich das bewerkstelligen ließe ...«

»Ich kümmere mich um den bürokratischen Teil. Ich möchte, dass Sie Ihre Ermittlungen im Fall Ehlers fortsetzen und als Verbindungsmann zwischen uns und der Norderstedter Polizei fungieren. Aber es wäre mir auch lieb, wenn Sie direkt an diesem Fall mitarbeiteten. Vielleicht gibt es Einzelheiten über das Mädchen am Strand, die wir übersehen, während Sie durch Ihre gründliche Kenntnis des Falles Ehlers imstande sind, einen Zusammenhang herzustellen. Deshalb würde ich es vorziehen, wenn Sie vorläufig in der Hamburger Mordkommission stationiert wären. Ich werde einen Schreibtisch für Sie bereitstellen lassen. Aber ich muss betonen, dass dies eine zeitweilige Zusammenarbeit ist – ausschließlich für die Dauer der Untersuchung.«

»Natürlich, Herr Kriminalhauptkommissar. Allerdings muss ich erst noch einmal mit meinem Chef, Hauptkommissar Pohlmann, sprechen, damit ein, zwei aktuelle Fälle von Kollegen übernommen werden.«

»Ich werde mit Ihrem Chef reden und jeglichen Beschuss auf mich lenken.«

»Es wird keinen geben«, entgegnete Klatt. »Herr Pohlmann wird sich freuen, dass ich die Chance erhalte, diesen Fall abzuschließen.« Die beiden Männer reichten einander die Hand. Klatt machte eine Kopfbewegung zu dem Ehepaar hinüber, das stumm in seinem Audi saß. »Darf ich Herrn und Frau Ehlers mitteilen, dass wir zusammenarbeiten werden? Ich glaube, sie werden es als …« Er rang nach dem richtigen Wort. »… als beruhigend empfinden.«

Fabel und Anna blieben schweigend stehen, bis Klatts Audi ins Butenfeld abgebogen war.

»Nun haben wir also ein neues Teammitglied«, sagte Anna in einem Tonfall, der zwischen dem einer Frage und dem einer Feststellung lag.

»Nur für die Dauer dieser Ermittlung, Anna. Er ist kein Ersatz für Paul.« Paul Lindemann, der im Vorjahr erschossen worden war, hatte als Annas Partner zu Fabels Team gehört. Die offene Wunde, die immer noch im Team schwärte, machte Anna am stärksten zu schaffen.

»Das weiß ich«, gab Anna etwas trotzig zurück. »Hältst du ihn für fähig?«

»Allerdings«, sagte Fabel. »Ich glaube, dass er den richtigen Instinkt für diesen Fall hat, und außerdem ist er uns um einiges voraus. Er dürfte uns nützlich sein, aber im Moment ist das alles.« Er reichte Anna den Schlüssel für seinen BMW. »Könntest du im Auto auf mich warten? Ich muss noch einmal ganz kurz ins Institut.«

Anna lächelte vielsagend. »Okay, Chef.«

Susanne saß in ihrem Büro am Schreibtisch und las trübsinnig einen Bericht auf ihrem Computerschirm. Ihr pechschwarzes Haar war zurückgebunden, und sie trug eine Brille, hinter der ihre Augen von Müdigkeit umschattet waren. Ihr Lächeln bei Fabels Anblick war erschöpft, doch herzlich. Sie stand auf, durchquerte das Zimmer und küsste ihn auf die Lippen.

»Du siehst so müde aus, wie ich mich fühle«, sagte sie im Münchner Tonfall. »Ich will gerade Feierabend machen. Was ist mit dir? Kommst du später vorbei?«

Fabel setzte eine entschuldigende Miene auf. »Ich werd's versuchen. Vielleicht wird es spät. Warte nicht auf mich.« Er ließ sich auf den Stuhl vor Susannes Schreibtisch sacken. Sie verstand die Andeutung und kehrte an ihren Platz zurück.

»Na schön. Ich höre ...«

Fabel schilderte die Ereignisse des Tages. Er erzählte von dem lange verschollenen Mädchen, dem gefundenen Mädchen und der Familie, die durch den Tod wieder vereint worden war, um dann erneut auseinander gerissen zu werden. Als er geendet hatte, schwieg Susanne eine Weile.

»Du möchtest also wissen, ob die Person, die das heute Morgen entdeckte Mädchen ermordet hat, meiner Meinung nach auch das vor drei Jahren verschwundene Mädchen getötet haben könnte?«

»Ich möchte nur deine Meinung hören, aber ich will dich nicht festnageln.«

Susanne atmete langsam aus. »Es ist durchaus möglich. Wäre nicht so viel Zeit vergangen, würde ich es für wahrscheinlich halten. Aber drei Jahre sind eine sehr große Zeitspanne. Wie du weißt, ist die erste Gewalteskalation für einen Straftäter der größte Schritt: der Sprung von der Fantasie zur Tat.«

»Zum ersten Mord.«

»Genau. Danach wird es leichter. Und die Straftaten häufen sich sehr rasch – allerdings nicht immer. Manchmal wird der erste Mord in der Kindheit oder in der frühen Jugend begangen, und es kann Jahrzehnte bis zum zweiten dauern. Drei Jahre sind ein seltsamer Abstand.« Susanne runzelte die Stirn. »Das würde mich vermuten lassen, dass wir es mit verschiedenen Tätern zu tun haben. Aber die starke Ähnlichkeit der beiden Mädchen und der Umstand, dass der Mörder dem zweiten die Identität des ersten gegeben hat, machen mich nachdenklich.«

»Gut«, meinte Fabel, »nehmen wir einmal an, dass es derselbe Mörder ist. Was verrät uns die Zeitspanne von drei Jahren?«

»Wenn es derselbe Täter ist, dann dürfte es, die bewusste Grausamkeit bedacht, mit der die Identitäten der beiden Mädchen verknüpft wurden, höchst unwahrscheinlich sein, dass die Verzögerung geplant war. Ich glaube nicht, dass die Pause das Ergebnis von Schuldgefühlen oder innerer Qual oder Abscheu infolge der Tat ist. Eher könnte die Ursache in äußeren Zwängen liegen – in irgendeiner Grenze oder einem Hindernis, das die Eskalation hinausgezögert hat.«

»Zum Beispiel?«

»Vielleicht war es ein physisches, geografisches oder persönliches Hemmnis. Mit ›physisch‹ meine ich, dass der Mörder vielleicht durch einen Aufenthalt im Gefängnis oder in einem Krankenhaus in seiner Bewegungsfreiheit eingeschränkt war. Das geografische Hindernis könnte darin bestehen, dass er drei Jahre in einer anderen Gegend gearbeitet und gewohnt hat und erst vor kurzem zurückgekehrt ist. In einem solchen Fall würde ich erwarten, dass der Täter, wenn sich ihm die Gelegenheit bot, anderswo ähnliche Verbrechen begangen hat. Und mit persönlichen Hemmnissen meinte ich, dass es in seinem privaten Umfeld eine Person gegeben haben mag, die fähig war, ihn von einer Wiederholung seiner Mordtaten abzuhalten. Irgendeine dominierende Gestalt, die den Täter gebremst hat – möglicherweise ohne etwas über den ersten Mord zu wissen.«

»Und diese Person ist nun nicht mehr vorhanden?«

»Vielleicht. Es könnte sich um einen tyrannischen Elternteil oder um einen Lebensgefährten gehandelt haben, der gestorben ist… oder um eine gescheiterte Ehe. Oder der Tötungsdrang des Mörders hat sich einfach so verstärkt, dass er keiner äußeren Kontrolle mehr gehorcht. Wenn das zutrifft, dann möge Gott der Person helfen, die ihn zurückgehalten hat.« Susanne setzte die Brille ab. Die Lider ihrer dunklen Augen waren schwer, und ihre Stimme klang schleppend vor Erschöpfung. Dabei trat ihr süddeutscher Akzent deutlicher hervor. »Natürlich gibt es noch eine andere Erklärung…«

Fabel kam ihr zuvor. »Und diese Erklärung lautet, dass der Mörder in den letzten drei Jahren nicht untätig gewesen ist. Wir haben seine Opfer bloß noch nicht gefunden oder keine Beziehung zwischen ihnen hergestellt.«

6.

Polizeipräsidium Hamburg, Donnerstag, den 18. März, 8.30 Uhr

Fabel war früh aufgewacht und starrte an die Decke, während das schwache Morgenlicht langsam und widerwillig über sie hinwegglitt. Susanne hatte schon geschlafen, als er aus dem Präsidium zurückgekehrt war. Ihre Beziehung hatte jenes Zwischenstadium erreicht, in dem man einander die Hausschlüssel gibt. Deshalb hatte Fabel ihre Wohnung in Övelgönne betreten und leise in ihr Bett schlüpfen können. Der Austausch von Schlüsseln war ein Symbol für die Exklusivität ihres Verhältnisses und für die Toleranz gewesen, die es ihnen gestattete, den anderen in das persönlichste Territorium vordringen zu lassen. Aber sie hatten noch nicht die Entscheidung getroffen zusammenzuziehen und nicht einmal über diese Möglichkeit gesprochen. Beide waren auf ihre Privatsphäre bedacht und hatten aus verschiedenen Gründen unsichtbare Burggräben um sich und ihr Leben gezogen. Keiner von beiden war bisher bereit, die Zugbrücke ganz hinunterzulassen.

Als Susanne erwachte, lächelte sie ihn schläfrig und einladend an, bevor sie sich liebten. Für Fabel und Susanne gab es morgens einen goldenen Zeitraum, in dem sie nicht über ihre Arbeit sprachen, sondern plauderten und scherzten und gemeinsam frühstückten, als hätten sie beide einen harmlosen, einfachen Beruf, der sich nicht auf ihr Privatleben erstreckte. Sie hatten keine Regel aufgestellt, wo und wann sie auf ihre

Arbeit eingehen konnten, doch irgendwie waren sie in die Gewohnheit verfallen, jeden Tag unbeschwert zu beginnen. Danach schritten sie auf ihren separaten, doch parallelen Pfaden hinunter in die Welt der Verwirrung, der Gewalt und des Todes, die ihren beruflichen Alltag ausmachte.

Fabel hatte die Wohnung kurz vor Susanne verlassen. Er war knapp nach acht Uhr im Präsidium eingetroffen und hatte die Fallakten und seine Notizen vom Vortag durchgesehen. Eine halbe Stunde lang fügte er der Skizze, die sich bereits in seinem Geist herauszubilden begann, Einzelheiten hinzu. Er versuchte, objektiv zu bleiben, aber er konnte nicht verhindern, dass sich das entsetzte, kraftlose Gesicht von Frau Ehlers immer wieder in seine Gedanken schob. Und dabei wuchs Fabels Zorn erneut: Die Glut des vergangenen Abends entfachte sich noch intensiver in der kalten, hellen Luft des neuen Tages. Was für ein Ungeheuer konnte Befriedigung daraus beziehen, eine Familie einer solchen psychischen Folter auszusetzen? Und dann noch eine Familie, deren Tochter, wie Fabel glaubte, ebenfalls ermordet worden war. Aber er wusste, dass er ihre Qual verlängern musste, denn er konnte sich nicht auf die gescheiterte Identifizierung eines Opfers verlassen, das seit drei Jahren verschollen war. Es bestand durchaus die Möglichkeit, dass sich ihr Äußeres durch die Zeit, das Trauma und die inzwischen erlittenen Misshandlungen verändert hatte.

Fabel wartete bis neun Uhr, bevor er zum Telefonhörer griff, die Kurzwahltaste mit der einprogrammierten Nummer des Instituts für Rechtsmedizin drückte und bat, mit Herrn Dr. Möller verbunden zu werden. Möller war der Gerichtsmediziner, mit dem Fabel am häufigsten zu tun hatte. Seine arrogante, schroffe Art hatte Möller die Antipathie fast jedes Mordermittlers in Hamburg eingebracht, doch Fabel empfand einen großen Respekt vor seiner Fachkenntnis.

»Möller…« Die Stimme am anderen Ende der Leitung

klang abweisend, als werde er bei der Erledigung einer unendlich wichtigeren Aufgabe unterbrochen.

»Guten Morgen, Herr Dr. Möller. Kriminalhauptkommissar Fabel.«

»Was gibt's, Herr Fabel?«

»Sie werden eine Autopsie des Mädchens durchführen, das wir am Blankeneser Strand gefunden haben. Hinsichtlich ihrer Identität besteht eine gewisse Verwirrung.« Fabel erzählte die Vorgeschichte, darunter auch die Szene im Institut für Rechtsmedizin, wo das Ehepaar Ehlers die Leiche identifizieren sollte. »Ich habe den Verdacht, dass das tote Mädchen trotz alledem Paula Ehlers sein könnte, obwohl diese Möglichkeit sehr gering ist. Ich möchte die Familie nicht noch mehr belasten, aber ich muss die Identität der Toten feststellen.«

Möller schwieg einen Moment lang. Als er antwortete, fehlte seiner Stimme der übliche herrische Klang. »Wie Sie wissen, könnte ich das anhand der Unterlagen ihres Zahnarztes überprüfen. Aber leider besteht die schnellste und sicherste Methode darin, einen Mundschleimhautabstrich bei der Mutter des verschwundenen Mädchens zu machen. Dann könnte ich umgehend einen DNS-Vergleich hier im Labor des Instituts vornehmen lassen.«

Fabel dankte Möller und legte auf. Dann rief er Holger Brauner an, dessen taktvolle Art er schätzte, und bat ihn, den Mundschleimhautabstrich bei der Mutter persönlich vorzunehmen.

Nachdem er das Telefonat beendet hatte, sah er durch die gläserne Trennwand seines Büros, dass Anna Wolff und Maria Klee nun beide an ihrem Schreibtisch saßen. Er rief Anna an und bat sie, in sein Büro zu kommen. Nachdem sie eingetreten war, schob er ihr das Foto des toten Mädchens über den Schreibtisch zu.

»Ich möchte wissen, wer sie wirklich ist, Anna. Und zwar bis heute Abend. Wie weit bist du inzwischen?«

»Ich habe eine Anfrage bei der BKA-Datenbank für vermisste Personen laufen. Vermutlich ist sie dort aufgeführt. Außerdem habe ich die Suche auf weibliche Personen zwischen zehn und fünfundzwanzig Jahren eingeschränkt und den Schwerpunkt auf Fälle mit einem Radius von 200 Kilometern um Hamburg gelegt. Davon kann es nicht allzu viele geben.«

»Das genügt für heute als Aufgabe für dich, Anna. Lass alles andere liegen und konzentriere dich darauf, die Identität des Mädchens zu ermitteln.«

Anna nickte. »Chef…« Sie zögerte. Ihre Haltung wirkte verlegen, als wisse sie nicht, was sie sagen sollte.

»Was ist los, Anna?«

»Das war schlimm. Gestern Abend, meine ich. Ich konnte danach nicht schlafen.«

Fabel lächelte freudlos und bedeutete Anna, Platz zu nehmen. »Du warst nicht die Einzige.« Er überlegte. »Möchtest du etwas anderes übernehmen?«

»Nein«, erwiderte Anna entschieden. Sie setzte sich auf den Stuhl Fabel gegenüber. »Nein… Ich möchte weiter an diesem Fall arbeiten. Ich würde gern herausfinden, wer dieses Mädchen ist, und ich will dabei helfen, die wirkliche Paula Ehlers zu finden. Es war nur ziemlich schwer, auf eine Familie zu treffen, die zum zweiten Mal in Stücke gerissen wird. Die andere Sache war – ich weiß, das klingt verrückt –, dass ich Paulas Gegenwart, oder besser gesagt, das Fehlen ihrer Gegenwart, in dem Haus geradezu spüren konnte.«

Fabel hörte ihr schweigend zu. Anna hatte einen Gedanken zu entwickeln begonnen, und er wollte, dass sie ihn bis ans Ende ausführte.

»Ich erinnere mich an ein Mädchen in meiner Schule. Sie hieß Helga Kirsch und war ungefähr ein Jahr jünger als ich. Ein unscheinbares kleines Ding. Sie hatte ein Gesicht, das man nicht bemerkte, aber wiedererkannte, wenn man es in einer anderen Umgebung sah. Zum Beispiel am Wochenende in der

Stadt.« Fabel nickte. »Also gut, eines Tages mussten wir uns alle in der Schule versammeln. Man teilte uns mit, dass Helga vermisst wurde. Sie war mit dem Rad fortgefahren und einfach verschwunden. Danach bemerkte ich plötzlich, dass sie nicht mehr da war. Ich hatte nie ein Wort mit ihr gewechselt, aber irgendwie hatte sie einen gewissen Platz in meiner Welt eingenommen. Es dauerte eine Woche, bis man ihr Fahrrad und dann ihre Leiche fand.«

»Ich entsinne mich«, sagte Fabel. Er war damals ein junger Kommissar gewesen, und man hatte ihn nur am Rande zu der Ermittlung herangezogen, aber an den Namen konnte er sich noch erinnern. Helga Kirsch, dreizehn Jahre alt, in einem kleinen Feld aus dichtem Gras neben dem Fahrradweg vergewaltigt und erwürgt. Ihr Mörder war nach einem Jahr aufgespürt worden, aber erst nachdem er ein weiteres junges Leben ausgelöscht hatte.

»Von dem Moment ihres Verschwindens bis zu der Bekanntmachung, dass man ihre Leiche gefunden hatte, herrschte ein seltsames Gefühl in der Schule. Als hätte jemand einen kleinen Teil des Gebäudes geraubt, den wir nicht identifizieren konnten, von dessen Fehlen wir jedoch wussten. Nachdem sie gefunden worden war, breitete sich eine Art Trauer aus. Ein Schuldbewusstsein. Ich lag nachts im Bett und versuchte, mich daran zu erinnern, ob ich Helga je angelächelt oder überhaupt irgendetwas mit ihr zu tun gehabt hatte. Natürlich war das nicht der Fall. Aber die Trauer und das Schuldbewusstsein waren eine Erleichterung nach dem Gefühl des Fehlens.« Anna drehte sich um und schaute durch Fabels Fenster auf den wolkenverhangenen Himmel. »Ich weiß noch, dass ich mit meiner Großmutter darüber gesprochen habe. Sie erzählte mir, wie es ihr als Mädchen im Dritten Reich erging, bevor sie und ihre Eltern sich versteckten. Damals machten sie etwas Ähnliches durch: Menschen, die sie kannten, wurden in der Nacht von den Nazis abgeholt… manchmal eine ganze Familie. – Danach klaffte eine unerklärliche Lücke in der Welt. Und man hatte nicht einmal eine Todesnachricht, um die Lücke zu füllen.«

»Das kann ich mir vorstellen«, sagte Fabel, obwohl er es nicht konnte. Annas jüdische Herkunft hatte bei ihrer Auswahl für sein Team keine Rolle gespielt. Fabel hatte dieses Merkmal schlicht nicht wahrgenommen. Aber zuweilen saß er ihr so wie jetzt an einem Tisch gegenüber und machte sich bewusst, dass er ein deutscher Polizist und sie eine deutsche Jüdin war, und dann schien sich das Gewicht einer unerträglichen Geschichte auf ihn zu legen.

Anna wandte sich vom Fenster ab. »Es tut mir Leid. Ich wollte eigentlich nicht auf etwas Bestimmtes hinaus. Die Sache geht mir einfach nahe.« Sie stand auf und richtete ihren beunruhigend freimütigen Blick auf Fabel. »Ich werde sie identifizieren.«

Nachdem Anna hinausgegangen war, holte Fabel einen großen Skizzenblock aus seiner Schreibtischschublade hervor, legte ihn auf den Tisch und schlug ihn auf. Einen Moment lang betrachtete er die breite Fläche weißen Papiers. Leer. Sauber. Ein weiteres Symbol für den Beginn eines neuen Falles. Fabel benutzte solche Skizzenblöcke seit mehr als einem Jahrzehnt bei seinen Mordermittlungen. Auf diesen dicken Seiten, die für eine schöpferischere Aufgabe gedacht waren, fasste er den Inhalt von Schautafeln zusammen, notierte sich die Kürzel der Namen von Menschen, Orten und Geschehnissen und verband sie durch Linien. Das waren seine Skizzen: seine Umrisse einer Mordermittlung, die er zuerst mit Licht und Schatten und dann mit Details versah.

Zunächst brachte er die Örtlichkeiten zu Papier: den Strand in Blankenese und das Haus von Paulas Eltern in Norderstedt. Danach schrieb er die Namen derjenigen nieder, auf die er in den vergangenen vierundzwanzig Stunden getroffen war. Er führte die vier Mitglieder der Familie Ehlers auf und verlieh der Abwesenheit, die Anna beschrieben hatte, eine greifbare Form: drei real existierende Mitglieder einer Familie – Vater, Mutter und Bruder; drei Personen, die man aufspüren, mit denen man reden und von denen man sich ein lebendiges Bild machen konnte. Und dann war da das vierte Familienmitglied. Die Tochter. Für Fabel blieb sie vorläufig noch eine abstrakte Vorstellung, ein unwirkliches Gemenge aus den Eindrücken und Erinnerungen anderer Personen; die Fotografie eines Mädchens, das die Kerzen auf einer Geburtstagstorte ausbläst.

Während Paula ein Name ohne Gestalt war, erschien das am Strand gefundene Mädchen als Gestalt ohne Namen, als Körper ohne Identität. Fabel schrieb die Worte »Blaue Augen« in die Mitte des Blattes. Natürlich hätte er die Fallnummer einsetzen können, doch solange er keinen Namen besaß, war »Blaue Augen« die konkreteste Bezeichnung. Sie hörte sich eher nach einer Person als nach der toten Sache an, zu der sie durch eine Fallnummer gemacht wurde. Er zog einen Strich von »Blaue Augen« zu Paula und ließ in der Mitte eine Lücke, in die er ein doppeltes Fragezeichen eintrug. Fabel war davon überzeugt, dass sich hier sowohl der Mörder des Mädchens am Strand als auch der Entführer und wahrscheinliche Mörder von Paula Ehlers verbarg. Zwar konnte es sich um zwei Personen handeln, nicht jedoch um zwei oder mehr unabhängig voneinander agierende Individuen. Ob es ein Einzelner, ein Duo oder ein Team war – wer immer »Blaue Augen« ermordet hatte, musste auch Paula Ehlers entführt haben.

Plötzlich klingelte das Telefon.

7.

Norddeich, Ostfriesland, Donnerstag, den 18. März, 18.30 Uhr

Er hatte diesen Ort, durch den er geprägt worden war, bisher als seine Heimat bezeichnet. Aber während er nun wieder einmal in der vom Horizont beherrschten Landschaft stand, wusste er, dass er woanders hingehörte. Inzwischen war Hamburg der Ort, der Fabel und das, was er geworden war, wirklich definierte. Sein Abschied von dieser Landschaft hatte sich in zwei Stadien vollzogen: zuerst mit dem Umzug aus dem Familienwohnsitz landeinwärts nach Oldenburg, wo er an der neu gegründeten Carl-von-Ossietzky-Universität Englisch und Geschichte studiert hatte; dann, nach dem Abschluss, mit dem Wechsel an die Universität Hamburg, wo er europäische Geschichte studierte und ein neues Leben führte.

Fabel parkte seinen BMW hinter dem Haus. Er ließ die Hintertür aufschwingen und griff nach seiner hastig gepackten Reisetasche. Danach richtete er sich auf und blieb einen Moment lang still stehen, um all die Formen und Klänge seiner Kindheit in sich aufzunehmen: das unablässige, langsame Pulsieren des Meeres jenseits der Baumgruppe, des Deiches und der Dünen hinter dem Haus; die einfache, ernste Geometrie seines Elternhauses, gedrungen und entschlossen unter seinem riesigen roten Ziegeldach; die hellgrünen Gräser, die sich in der frischen Brise wie Wasser kräuselten, und den mächtigen Himmel, der sich auf die flache Landschaft senkte.

Die akute Panik, die er bei dem Anruf im Präsidium verspürt hatte, war während der dreieinhalbstündigen Fahrt auf der A 28 zu einem bohrenden, nicht nachlassenden Schmerz geworden. Immerhin war es eine gewisse Erleichterung gewesen, dass ihn seine Mutter, die sich in ihrem Krankenhausbett in Norden schon aufrichten und sitzen konnte, bei seinem Besuch ermahnt hatte, sich nicht aufzuregen und dafür zu sorgen, dass auch sein Bruder Lex die Nerven behielt.

Aber nun, in der vertrauten Umgebung seiner Kindheit, verstärkte sich sein Panikgefühl wieder. Er tastete in der Tasche seines Mantels, den er über sein Reisegepäck geworfen hatte, nach dem Ersatzschlüssel und schloss die schwere hölzerne Küchentür auf. Unten an der Tür waren nach all den Jahrzehnten noch immer die dunklen Schrammen im Lack zu erkennen, die Fabel und sein Bruder, die Hände voller Schulbücher, mit ihren Schuhspitzen hinterlassen hatten. Sogar jetzt noch, nicht mit einer Schultasche, sondern mit einer ledernen Reisetasche in der Hand und einem teuren Jaeger-Mantel über dem Arm, wollte er die Tür instinktiv mit dem Fuß aufstoßen, während er den Griff niederdrückte.

Fabel betrat die Küche. Das Haus war leer und still. Er legte seine Tasche und seinen Mantel auf den Tisch und blieb einen Moment lang stehen, um alles zur Kenntnis zu nehmen, was sich in der Küche nicht geändert hatte: die geblümten Handtücher über den Chromgriffen des Herdes, den alten Tisch und die Stühle aus Kiefernholz, das Korkwandbrett, an das zahlreiche Notizen und Postkarten über- und untereinander geheftet waren, und das schwere Holzbüfett an der Wand. Fabel merkte, dass sich das Kind in ihm über die kleinen Veränderungen ärgerte, die seine Mutter vorgenommen hatte: über einen neuen Kessel, einen Mikrowellenherd und ein neues Ikea-Vorratsregal in der Ecke. Irgendwo in seinem tiefsten Inneren gab es ein Gefühl, dass diese Neuerungen ein winziger Verrat waren, dass sich das Haus seiner Kindheit nicht – wie er selbst – mit den Jahren hätte verändern sollen.

Ihm stand der Sinn nach einem Tee. Es wäre ihm gar nicht eingefallen, sich einen Kaffee zu kochen, schließlich war er daheim in Ostfriesland, wo das Teetrinken ein wichtiger Teil des Lebens ist. Seine Mutter, obwohl keine gebürtige Ostfriesin, hatte sich die örtlichen Teerituale begeistert angeeignet. Dazu gehörte auch die morgendliche Teepause um elf Uhr, die auf Frysk, dem zwischen dem Deutschen, dem Niederländischen und dem Altenglischen angesiedelten Dialekt, als »Elfürtje« bekannt ist. Er griff automatisch in den Schrank, wo er, wie erwartet, alles auf einen Griff fand: den Tee, die traditionellen Kluntjes aus Kandiszucker sowie die weißen und hellblauen Tassen. Er goss den Tee auf, setzte sich an den Tisch und trank ihn, während er dem Echo der tief in der Stille verborgenen Stimmen seines Vaters und seiner Mutter lauschte. Das Klingeln seines Handys ließ die Ruhe zersplittern. Es war Susanne. Die Sorge schien ihr die Kehle zuzuschnüren.

»Jan... Ich habe deine Nachricht gerade erhalten. Ist alles in Ordnung? Wie geht's deiner Mutter?«

»Gut. Sie hat einen leichten Herzanfall gehabt, aber nun ist ihr Zustand stabil.«

»Bist du noch im Krankenhaus?«

»Nein, ich bin zu Hause... Ich meine, bei meiner Mutter. Ich werde hier übernachten und auf meinen Bruder warten. Er dürfte morgen eintreffen.«

»Möchtest du, dass ich zu dir komme? Ich könnte jetzt aufbrechen und in zwei oder drei Stunden dort sein...«

Fabel versicherte ihr, das sei nicht nötig. Er werde schon zurechtkommen, und wahrscheinlich werde seine Mutter in ein oder zwei Tagen wieder zu Hause sein. »Es war einfach ein Schuss vor den Bug«, erklärte er. Aber nachdem Fabel aufgelegt hatte, fühlte er sich plötzlich sehr einsam. Er hatte ein paar belegte Brote gekauft, mochte sie im Moment jedoch nicht essen und legte sie in den Kühlschrank. Dann trank er den Rest seines Tees und stieg die Treppe zu seinem einstigen Zimmer unter dem steilen Giebeldach hinauf. Fabel warf seine Reisetasche und den Mantel in die Ecke und legte sich auf das Einzelbett, ohne das Licht anzuschalten.

In der Dunkelheit versuchte er, sich an die Stimme seines seit langem toten Vaters zu erinnern, wie er Fabel und seinen

Bruder Lex von der Treppe aus aufforderte, endlich aufzustehen. Er hörte nur ein einziges Wort: »Traanköppe«. So hatte der Vater die beiden Jungen morgens oft genannt. Fabel seufzte. Das war typisch für die mittleren Jahre: Stimmen, die man früher täglich gehört hat, verblassen in der Erinnerung, bis nur noch ein oder zwei Worte übrig sind.

Fabel nahm sein Handy vom Nachttisch und suchte, immer noch, ohne das Licht einzuschalten, im Verzeichnis nach Anna Wolffs Privatnummer. Es klingelte mehrere Male, bevor sich ihr Anrufbeantworter meldete. Er beschloss, keine Nachricht zu hinterlassen, sondern wählte Annas Direktnummer im Präsidium. Die gewöhnlich muntere Stimme der Kommissarin war durch Müdigkeit gedämpft.

»Chef… ich hatte nicht erwartet, von dir zu hören… Deine Mutter…«

»Sie wird sich erholen. Ein leichter Herzanfall, sagen die Ärzte. Ich war den größten Teil des Nachmittags im Krankenhaus und fahre später wieder hin. Hast du etwas über die Identität des Mädchens herausfinden können?«

»Leider nein, Chef. Das Ergebnis meiner BKA-Recherche ist eingetroffen. Keine vermissten Personen mit den entsprechenden Merkmalen. Ich habe die Suche erweitert. Schließlich könnte sie aus einem anderen Teil Deutschlands oder sogar aus dem Ausland stammen. Bei dem verstärkten Handel mit Frauen aus Osteuropa kann man nie wissen.«

Fabel seufzte. Der Handel mit jungen Frauen aus Russland, dem Balkan und anderen Ländern östlich des vermögenden Westens war in Hamburg zu einem brennenden Problem geworden. Angelockt durch das Versprechen, als Model oder Hausangestellte arbeiten zu können, wurden diese Frauen und Mädchen als rechtlose Sklavinnen in die Prostitution verkauft. »Bleib dran, Anna«, sagte Fabel, obwohl er wusste, dass es nicht nötig war – so wie er gewusst hatte, dass er sie im Präsidium vorfinden würde. Wenn Anna sich einmal eine Aufgabe vorgenommen hatte, war sie unermüdlich. »Gibt es sonst noch etwas?«

»Kommissar Klatt ist heute Nachmittag hier aufgetaucht. Ich habe ihm erklärt, dass deine Mutter erkrankt ist und dass du zu ihr fahren musstest. Ich habe ihn durchs Präsidium geführt und ihn allen vorgestellt. Er schien beeindruckt zu sein. Sonst gibt's nichts Neues. – Ach, doch. Holger Brauner hat angerufen. Er hat das Material für die DNS-Tests beschafft und wird Möller die Ergebnisse morgen früh im Institut für Rechtsmedizin vorlegen.«

»Vielen Dank, Anna. Ich rufe morgen an und lasse euch wissen, welche Pläne ich habe.«

»Vielleicht kannst du dann auch mit Werner sprechen. Er macht sich Sorgen um dich. Um deine Mutter.«

»Einverstanden.« Fabel brach die Verbindung mit seiner neuen Welt ab und ließ sich wieder in die Dunkelheit und Stille seiner alten Welt fallen.

Als Fabel zum Kreiskrankenhaus Norden zurückkehrte, hatte der Arzt, mit dem er am Nachmittag gesprochen hatte, seine Schicht beendet, doch die Oberschwester war noch auf der Station. Eine Frau mittleren Alters mit einem runden, offenen und ehrlichen Gesicht lächelte Fabel an und brachte ihn auf den neuesten Stand, ohne dass er Fragen stellen musste.

»Ihrer Mutter geht es bestens«, versicherte die Schwester. »Sie hat geschlafen, nachdem Sie fortgegangen sind. Danach haben wir noch ein EKG gemacht. Es gibt wirklich keinen Grund zur Beunruhigung, wenn sie sich nicht überanstrengt.«

»Besteht die Gefahr eines neues Anfalls?«

»Na ja, wenn man einen Infarkt gehabt hat, kann ein zweiter durchaus folgen. Aber das muss nicht so sein. Wichtig ist, dass Ihre Mutter in den nächsten Tagen wieder auf die Beine kommt und in Bewegung bleibt. Vermutlich kann sie morgen nach Hause entlassen werden. Oder übermorgen.«

»Haben Sie vielen Dank, Schwester«, sagte Fabel und wandte sich dem Zimmer seiner Mutter zu.

»Du erinnerst dich wohl nicht an mich, Jan?«, fragte die Schwester. Er drehte sich um. Nun war ihr Lächeln zaghaft und schüchtern geworden. »Hilke. Hilke Tietjen.«

Es dauerte ein oder zwei Sekunden, bis Fabel den Namen in der langen Liste seines Gedächtnisses gefunden hatte. »Mein Gott. Hilke. Das muss zwanzig Jahre her sein! Wie geht's dir?«

»Eher fünfundzwanzig. Mir geht's gut, danke. Und dir? Ich habe gehört, dass du Kommissar bei der Hamburger Polizei bist.«

»Inzwischen Erster Hauptkommissar«, erwiderte Fabel lächelnd. Er suchte in dem runden Gesicht mittleren Alters nach Spuren der jüngeren, schlankeren, hübscheren Hilke Tietjen, die er einst gekannt hatte. Er fand die Spuren hinter einer archäologischen Schicht aus Jahren und zusätzlichem Gewicht. »Wohnst du noch in Norddeich?«

»Nein, ich wohne hier in Norden. Jetzt heiße ich Hilke Freericks. Erinnerst du dich an Dirk Freericks aus der Schule?«

»Natürlich«, log Fabel. »Hast du Kinder?«

»Vier«, lachte sie. »Alles Jungen. Und du?«

»Eine Tochter. Gabi.« Fabel war verärgert über sich selbst, als er merkte, dass er seine Scheidung nicht eingestehen wollte. Er lächelte verlegen.

»Es war schön, dich wiederzusehen, Jan«, sagte Hilke. »Du brennst wahrscheinlich darauf, deine Mutter zu besuchen.«

»Ich habe mich auch gefreut, dich wiederzusehen«, meinte Fabel. Er blickte ihr hinterher, während sie über den Krankenhauskorridor davonging. Eine kleine, breithüftige Frau mittleren Alters namens Hilke Freericks, die 24 Jahre zuvor Hilke Tietjen geheißen, eine schlanke Figur und ein hübsches, sommersprossiges Gesicht mit üppigem langem, rotblondem Haar besessen hatte. Fabel erinnerte sich an die leidenschaftlichen, atemlosen Momente mit ihr in den Sanddünen der Küste von Norddeich. Der starke Wandel, den das Verstreichen fast eines Vierteljahrhunderts bei ihr bewirkt hatte, bildete einen fast unerträglich deprimierenden Kontrast zur Vergangenheit. Und damit kehrte der alte Drang in ihm wieder, sich so weit wie möglich von Norddeich und Norden zu entfernen.

Fabels Mutter saß auf einem Stuhl neben ihrem Bett und schaute sich »Wetten, dass…?« im Fernsehen an, als er das Zimmer betrat. Der Ton war abgestellt, und Thomas Gottschalk grinste und plauderte stumm. Sie lächelte freundlich und schaltete den Apparat über die Fernbedienung ab.

»Hallo, Junge. Du siehst müde aus.« Ihre Aussprache war eine fast komische Kombination aus ihrem britischen Akzent und dem starken Frysk-Einschlag, mit dem sie Deutsch sprach.

Er beugte sich zu ihr hinab, um ihr die Wange zu küssen. Sie tätschelte seinen Arm. »Mir geht's bestens, Mutti. Um mich brauchst du dir keine Sorgen zu machen. Und was dich betrifft, so scheint es nur positive Nachrichten zu geben. Die Schwester sagt, dein EKG sei normal und du könntest vielleicht schon morgen entlassen werden.«

»Du hast mit Hilke Freericks gesprochen? Ihr beide wart doch einmal ein Paar, wenn ich mich nicht irre.«

Fabel setzte sich auf den Rand des Bettes. »Das ist sehr, sehr lange her, Mutti. Ich habe sie zuerst gar nicht erkannt.« Wieder kontrastierte das Bild Hilkes, deren langes, rotgoldenes Haar in der hellen Sonne eines fernen Sommers glänzte und deren Haut durchsichtig zu sein schien, mit dem der altbackenen, nicht mehr jungen Frau, mit der er sich auf dem Korridor unterhalten hatte. »Sie hat sich verändert.« Er zögerte. »Habe ich mich auch so sehr verändert, Mutti?«

Seine Mutter lachte. »Das darfst du nicht mich fragen. Du und Lex, ihr seid immer noch meine Babys. Aber ich würde mich davon nicht aus der Fassung bringen lassen. Wir alle verändern uns.«

»Immer wenn ich herkomme, erwarte ich einfach, dass alles beim Alten geblieben ist.«

»Das liegt daran, dass dies hier eine Vorstellungswelt für dich ist, ein Ort deiner Vergangenheit und keine Realität. Du kehrst hierher zurück, um deine Erinnerungen aufzufrischen. Früher habe ich genau das Gleiche getan, wenn ich zurück nach Schottland gereist bin. Aber die Dinge ändern sich, die Umgebung ändert sich. Die Welt schreitet fort.« Sie lächelte, streckte die Hand aus und fuhr sanft durch das Haar an seiner Schläfe. Sie kämmte es mit den Fingern wie früher, als er noch ein Schuljunge war. »Was macht Gabi? Wann kommst du mich mit meiner Enkelin besuchen?«

»Bald, hoffe ich«, sagte Fabel. »Es ist geplant, dass sie für ein Wochenende zu mir kommt.«

»Wie geht's ihrer Mutter?« Seit dem Scheitern der Ehe hatte Fabels Mutter seine Exfrau Renate nie mehr beim Namen genannt. Auch jetzt konnte er hören, wie sich Eis in ihrer Stimme kristallisierte.

»Ich weiß nicht, Mutti. Ich spreche selten mit ihr, und wenn ich's tue, ist es nie sehr erfreulich. Egal, lass uns nicht über Renate reden. Das verdirbt dir nur die Stimmung.«

»Und was ist mit deiner neuen Freundin? Na ja, inzwischen nicht mehr ganz so neu. Du bist schon ziemlich lange mit ihr zusammen. – Ist es ernst?«

»Was… mit Susanne?« Er wirkte einen Augenblick lang verblüfft. Es war weniger die Frage, die ihn aus dem Gleichgewicht gebracht hatte, als die plötzliche Erkenntnis, dass er die Antwort nicht kannte. Er zuckte die Achseln. »Wir kommen gut miteinander aus. Sehr gut.«

»Ich komme sehr gut mit Herrn Heermans, dem Schlachter, aus, aber das bedeutet nicht, dass wir eine gemeinsame Zukunft haben.«

Fabel lachte. »Ich weiß nicht, Mutti. Die Sache ist noch offen. Sag mir lieber, was der Arzt dir zu tun empfohlen hat, wenn du entlassen wirst…«

Fabel und seine Mutter verbrachten die folgenden beiden Stunden damit, sich in aller Ruhe zu unterhalten. Dabei betrachtete er seine Mutter aufmerksamer als seit langem. Wann war sie so alt geworden? Wann war ihr Haar weiß geworden, und warum hatte er es nicht bemerkt? Er dachte über ihre Worte nach, dass Norddeich eine Vorstellungswelt für ihn sei, und ihm wurde bewusst, dass seine Mutter ebenfalls eine Vorstellung war, eine Konstante, von der man nicht erwartete, dass sie sich je änderte oder alterte. Oder gar starb…

Es war 22.30 Uhr, als Fabel wieder das Haus seiner Mutter erreichte. Er holte sich ein Jever aus dem Kühlschrank und nahm es mit hinaus in den kühlen Abend. Er ging zum Ende des Gartens, durch die niedrige Pforte und zu der Baumgruppe. Dann kletterte er die steile Grasböschung des Deiches hinauf, setzte sich auf seine Krone, stützte die Ellbogen auf die Knie und hob die Flasche des würzigen Bieres hin und wieder an die Lippen. Die Nacht war frisch und klar, und der unendlich weite Himmel war von Sternen übersät. Vor ihm erstreckten sich die Dünen, und auf halbem Weg zum Horizont bemerkte er die funkelnden Lichter eines heimkehrenden Fischkutters.

Dieser Ort, an dem er oberhalb des flachen Landes hinter sich und des flachen Meeres vor sich saß, war eine weitere Konstante. Hier hatte er als Junge, als Jugendlicher und als Mann oft gesessen. Fabel atmete tief ein und versuchte, die ihn bedrängenden Gedanken hinwegzufegen, aber sie schwirrten ihm weiterhin unerbittlich durch den Kopf. Das Bild einer längst verschwundenen Hilke Tietjen in den Norddeicher Dünen überschnitt sich mit dem des toten Mädchens am Strand von Blankenese. Er dachte daran, wie sich sein Elternhaus während seiner Abwesenheit geändert hatte und wie Paula Ehlers' Heim während ihres Verschwindens in der Zeit erstarrt war. Die Fähre, die letzte des Abends, näherte sich dem Norddeicher Ufer. Er nahm einen weiteren Schluck von seinem Jever und versuchte, sich an Hilke Tietjens jetziges Aussehen zu erinnern, doch es gelang ihm nicht, denn das Bild der halbwüchsigen Hilke schob sich in den Vordergrund. Wie konnte sich jemand so sehr verändern? Und irrte er sich, was das tote Mädchen anging? Konnte sie sich in einem kurzen Zeitraum derart gewandelt haben?

»Habe mir gedacht, dass ich dich hier finde...«

Fabel zuckte beim Klang der Stimme zusammen. Er drehte sich halb um und sah seinen hinter ihm stehenden Bruder Lex. »Herrgott, Lex. Du hast mir vielleicht einen Schreck eingejagt!«

Lex lachte und gab Fabel einen kräftigen Stoß mit dem Knie. »Du verbringst zu viel Zeit mit Ganoven, Jannik. Deshalb erwartest du wahrscheinlich immer, dass sich einer an dich heranschleicht. Du musst dich abregen.« Er setzte sich neben seinen Bruder und drückte Fabel eine der beiden weiteren Flaschen Jever, die er aus dem Kühlschrank geholt hatte, an die Brust.

»Ich hatte erst morgen mit dir gerechnet«, sagte Fabel mit einem herzlichen Begrüßungslächeln.

»Ich weiß, aber ich habe meinen Sous-Chef überreden können, eine Doppelschicht für mich einzulegen. Mit ihm und dem übrigen Personal wird Hanna schon zurechtkommen, bis ich zurück bin.«

Fabel nickte. Lex besaß ein Hotelrestaurant auf der Insel Sylt.

»Wie geht's Mutti?«

»Gut, Lex. Wirklich gut. Sie wird wahrscheinlich morgen rauskommen. Es war ein sehr leichter Anfall, meinen die Ärzte.«

»Es ist zu spät, sie heute Abend noch zu besuchen. Ich fahre morgen so früh wie möglich.«

Fabel musterte Lex. »Älter an Jahren, doch jünger im Geist«, lautete die Wendung, mit der er seinen älteren Bruder gewöhnlich beschrieb. Sie hatten nicht die geringste Ähnlichkeit miteinander. Fabel war ein typischer Norddeutscher, während Lex die keltischen Wurzeln seiner Mutter widerspiegelte. Er war beträchtlich kleiner als Fabel und hatte dichtes dunkles Haar. Und die Unterschiede beschränkten sich nicht auf ihr Äußeres. Fabel beneidete Lex häufig um seine Sorglosigkeit und seinen unverwüstlichen Humor. Lex fiel es leichter zu lächeln als seinem jüngeren Bruder, und seine gute Laune hatte ihre Spuren in seinem Gesicht, besonders um die Augen, hinterlassen.

»Was machen Hanna und die Kinder?«, fragte Fabel.

»Alles wunderbar. Du weißt schon, das übliche Chaos. Aber es geht uns allen prächtig, und das Hotel hat ein gutes Jahr gehabt. Wann kommst du mal mit deiner sexy Psychologin vorbei?«

»Bald, hoffe ich. Aber ich schlage mich gerade mit einem teuflischen Fall herum, und auch Susanne hat eine Menge Arbeit. Egal, mit etwas Glück sollte es nicht zu lange dauern. Und ich kann weiß Gott eine Erholungspause gebrauchen.«

Lex nahm einen weiteren Schluck Bier und legte seinem Bruder eine Hand auf die Schulter. »Du siehst müde aus, Jan. Es war ein böser Schock mit Mutti, nicht wahr? Ich werde jedenfalls keine Ruhe haben, bevor ich sie nicht morgen gesehen habe.«

Fabel schaute seinem Bruder in die Augen. »Es war ein schlimmer Schlag, Lex. So ähnlich wie damals, als ich wegen Papa angerufen wurde. Ich habe einfach nie über ein Leben ohne Mutti nachgedacht.«

»Ich weiß. Aber wenigstens ist es nicht allzu ernst.«

»Diesmal«, sagte Fabel.

»Das Leben ist voller Probleme, die wir bewältigen müssen, wenn sie sich auftun, Jan. Du hast dir immer zu viele Sorgen gemacht.« Lex lachte plötzlich. »Du warst ein so ernster Junge.«

»Und du warst nie ernst, Lex. Du bist immer noch ein Junge«, sagte Fabel ohne einen Hauch von Bitterkeit.

»Es geht nicht nur um Mutti, oder?«, fragte Lex. »Du bist verkrampft, das spüre ich. Noch verkrampfter als sonst.«

Fabel hob die Schultern. Die Lichter der Fähre waren hinter der Landzunge verschwunden, und die Sterne hatten die Nacht wieder für sich allein. »Wie gesagt, Lex, mein laufender Fall ist ein schwerer Brocken.«

»Warum erzählst du mir zur Abwechslung nicht einmal davon, Jan? Du sprichst nie über die Dinge, die dich belasten. Das war schon in deiner Ehe mit Renate nicht anders. Es könnte ein Teil des Problems zwischen euch gewesen sein.«

Fabel schnaubte. »Das Problem zwischen uns war, dass sie anfing, sich mit einem anderen rumzutreiben. Dadurch habe ich meine Tochter verloren.« Er drehte sich zu Lex um. »Aber vielleicht hast du Recht. Ich sehe unvorstellbare Dinge und erfahre, was Menschen einander antun können. Dinge, von denen man besser sein ganzes Leben lang nichts wissen sollte. Wenn ich nicht darüber spreche, dann nicht deshalb, weil ich abweisend bin, sondern weil ich versuche, andere davor zu schützen. Das hat Renate nie verstanden. Und sie hat auch nie begriffen, dass ich manchmal alles – meine Aufmerksamkeit, meine Zeit – für einen Fall einsetzen muss. Das schulde ich den Opfern und ihren Familien. Vielleicht passen Susanne und ich deshalb gut zusammen. Als Gerichtspsychologin muss sie durch denselben Schmutz stapfen wie ich. Sie weiß, was für ein Drecksjob das sein kann und wie man darunter leidet. Renate hat immer gesagt, es sei eine Art Spiel für mich. Ich gegen den Übeltäter. Ein Wettkampf. Aber so ist es nicht, Lex. Ich messe mich nicht mit irgendeinem listigen Feind, sondern ich versuche, einem kranken Geist zuvorzukommen und ihn zu erwischen, bevor er sein nächstes Opfer erreicht. Es geht nicht darum, einen Verbrecher zu fangen, sondern darum, ein Leben zu retten.«

Lex seufzte. »Ich weiß nicht, wie du das schaffst, Jan. Wahrscheinlich verstehe ich, *warum*, aber ich kann nicht begreifen, wie du mit all dem Schmerz und Entsetzen fertig wirst.«

»Manchmal schaffe ich es nicht, Lex. Nehmen wir zum Beispiel diesen Fall. Den Ausgangspunkt bildet ein Mädchen… fünfzehn, vielleicht sechzehn Jahre alt, erwürgt und an einem Strand zurückgelassen. Ein Mädchen wie Gabi. Ein Mädchen wie deine Karin. Ein junges Leben, das ausgelöscht wurde. Das ist schlimm genug, aber der Scheißkerl hat ihr einen Zettel mit dem Namen und der Adresse eines anderen Mädchens in die Hand gedrückt, eines Mädchens, das seit drei Jahren vermisst wird. Das ist makaber und unglaublich grausam… als hätte er geplant, eine Familie zu zerstören, die ohnehin schon zerbrochen ist.«

»Und es war ganz bestimmt nicht dasselbe Mädchen?«

»Wir sind fast sicher. Aber um einen Irrtum auszuschließen, musste ich die arme Mutter einem DNS-Test aussetzen.«

»Meine Güte«, sagte Lex und schaute über die Dünen und die dunklen, samtenen Wellen hinweg. »Meinst du, dass der Mörder des Mädchens am Strand vielleicht auch das vermisste Kind umgebracht hat?«

Fabel zuckte die Achseln. »Das ist sehr wahrscheinlich.«

»Also ist es wieder ein Rennen gegen die Uhr. Du musst ihn erwischen, bevor er noch ein Mädchen tötet.«

»So sieht's aus.«

Lex atmete langsam durch. »Es wird kalt hier draußen, und ich könnte noch ein Bier gebrauchen.« Er stand auf und schlug Fabel mit der Hand auf die Schulter. »Lass uns reingehen.«

Fabel warf einen letzten langen Blick auf die Dünen und das Meer, bevor er sich erhob und seinem Bruder den Deich hinunter folgte, zurück zum Haus ihrer Kindheit.

8.

Norddeich, Ostfriesland, Freitag, den 19. März, 15.30 Uhr

Fabel hatte nicht gut geschlafen. Er hatte von der jungen Hilke Tietjen geträumt, die am Norddeicher Strand entlanglief und ihn aufforderte, ihr zu folgen. Plötzlich verschwand sie hinter einer Düne, doch als Fabel sie einholte, lag nicht Hilke im Sand, sondern ein anderes Mädchen an einer anderen Küste, das mit starren, himmelblauen Augen zu Fabel aufschaute.

Am Morgen waren Lex und er nach Norden gefahren, um ihre Mutter zu besuchen. Man hatte ihnen mitgeteilt, sie sei in einem hinreichend guten Zustand, um entlassen zu werden, aber man werde dafür sorgen, dass in der nächsten Zeit vorsichtshalber noch täglich ein Arzt bei ihr einen Hausbesuch machte. Während sie zum Auto zurückkehrten, war sich Fabel der Zerbrechlichkeit seiner Mutter schmerzlich bewusst geworden. Lex hatte vorgeschlagen, dass Fabel, da er an einem sehr wichtigen Fall arbeitete, nach Hamburg zurückkehrte, während er selbst in den kommenden Tagen noch in Norddeich bleiben werde. Der Hauptkommissar war seinem Bruder dankbar für diese Entlastung, obwohl er ein gewisses Schuldgefühl nicht unterdrücken konnte.

»Nur keine Aufregung«, hatte Fabels Mutter ihn beruhigt. »Du weißt, wie sehr ich so etwas hasse. Ich komme schon über die Runden. Du kannst mich am nächsten Wochenende besuchen.«

Sobald Fabel wieder auf der A 28 war, rief er Werner im Präsidium an. Nachdem Werner sich nach dem Befinden von Fabels Mutter erkundigt hatte, diskutierten sie über den Fall.

»Wir haben eine Bestätigung vom Institut für Rechtsmedizin«, sagte Werner. »Die DNS von dem Mädchen am Strand stimmt nicht mit den bei Frau Ehlers gemachten Abstrichen überein. Jedenfalls ist das Mädchen nicht Paula Ehlers.«

»Hat Anna Fortschritte bei der Aufdeckung ihrer wirklichen Identität gemacht?«

»Nein. Sie hat ihre Suche ausgeweitet und ein paar passende Fälle gefunden, aber die Vermissten erwiesen sich bei genauer Nachprüfung als nicht mit dem Opfer identisch. Seit deiner Abfahrt ist Anna unermüdlich auf der Suche... Gott weiß, wann sie das Präsidium gestern Abend verlassen hat. Oh, übrigens, als Möller gestern wegen des DNS-Ergebnisses angerufen hat, wollte er auch seinen Autopsiebefund mit dir besprechen. Der arrogante Schnösel war nicht bereit, mit mir zu reden – du kennst ihn ja. Er meint, der Bericht werde bei deiner Rückkehr auf deinem Schreibtisch liegen. Aber ich habe ihm erklärt, dass ich die wichtigsten Fakten erfragen und sofort an dich weitergeben soll.«

»Was hat er daraufhin gesagt?«

Werners verzögerter Redefluss ließ erkennen, dass er seine Notizen durchblätterte. »Die Tote ist laut Möller fünfzehn oder sechzehn Jahre alt. Es gibt Anzeichen der Vernachlässigung: schlechte Zähne, ein paar alte, nicht sachgerecht behandelte Brüche und so weiter.«

»Dann könnte sie über einen langen Zeitraum misshandelt worden sein«, meinte Fabel. »Was vielleicht bedeutet, dass der Mörder ein Elternteil oder ein sonstiger Erziehungsberechtigter war.«

»Das würde auch erklären, warum Anna das Mädchen nicht auf den Vermisstenlisten finden kann«, sagte Werner. »Wenn ein Elternteil verantwortlich ist, wurde möglicherweise noch gar keine Vermisstenmeldung abgegeben, damit wir dem Mörder nicht auf die Spur kommen.«

»Das klingt erst einmal einleuchtend.« Fabel schwieg einen Moment lang, um nachzudenken. »Allerdings spricht dagegen, dass Kinder auch außerhalb ihrer Familie existieren. Es muss eine Schule geben, in der ihre Abwesenheit auffällt. Und sie muss Freunde und Verwandte haben, die sie vermissen.«

»Anna ist längst so weit, Chef. Sie überprüft bereits die Anwesenheitslisten der Schulen. Bisher ebenfalls ohne Ergebnis. Und du kannst auch einen möglichen Freund auf die Liste setzen. Möller sagt, das tote Mädchen war sexuell aktiv, aber es gibt keinen Hinweis auf sexuelle Kontakte in den letzten beiden Tagen vor dem Mord.«

Fabel seufzte. Er sah, dass er Ammerland hinter sich gelassen hatte, und ein Schild wies auf die Ausfahrt zu seiner alten Universitätsstadt Oldenburg hin. Ostfriesland lag noch nicht weit hinter ihm, und schon tauchte er wieder in den Morast der Grausamkeiten ein, die Menschen einander – und ihren Kindern – zufügen können. »Noch etwas?«

»Nein, Chef. Höchstens vielleicht, dass das Mädchen laut Möller in den 48 Stunden vor ihrem Tod nicht viel gegessen hat. Kommst du zurück ins Präsidium?«

»Ja. In ungefähr zwei Stunden.«

Er legte auf und schaltete das auf NDR 1 eingestellte Radio an. Ein Literaturwissenschaftler kritisierte gerade einen Autor, der einen offenbar sehr umstrittenen Roman geschrieben hatte. Ein Großteil der Diskussion war bereits vorbei, aber Fabel begriff, dass sich der Autor einer fiktiven These bediente, der zufolge eine bekannte historische Persönlichkeit ein Kindesmörder war. Das Gespräch setzte sich fort, und Fabel erfuhr, dass es sich bei der Persönlichkeit um einen der Brüder Grimm handelte, jener Philologen des neunzehnten Jahrhunderts, die deutsche Sagen, Märchen, Mythen und Volkslieder gesammelt hatten.

Der Literaturwissenschaftler ereiferte sich immer mehr, während der Schriftsteller unerschütterlich ruhig blieb. Sein Name war Gerhard Weiss, und sein Roman trug den Titel *Die Märchenstraße*. Das Werk war in Form eines fiktiven Reisetagebuchs von Jacob Grimm geschrieben worden. Der Moderator erläuterte für die Zuhörer, dass Jacob Grimm seinen Bruder Wilhelm in diesem Bericht begleite, während sie die Geschichten sammelten, die schließlich unter dem Titel *Kinder- und Hausmärchen* erscheinen sollten. Der Roman wich von den Tatsachen ab, indem Jacob Grimm als Serienmörder beschrieben wurde, der in den Städten und Dörfern, die er zusammen mit seinem Bruder besuchte, etliche Verbrechen an Kindern und Frauen beging. Mit jedem Mord ahmte er eine der gesammelten Erzählungen nach. In dem Roman lautete die Rechtfertigung des wahnsinnigen Grimm, er wolle die Wahrhaftigkeit dieser Geschichten am Leben erhalten. Der fiktive Jacob Grimm gelangte schließlich zu dem Schluss, dass Mythen, Sagen und Märchen den Zweck hätten, der Finsternis der menschlichen Seele Ausdruck zu verleihen.

»Es ist eine Allegorie«, erklärte Gerhard Weiss, »ein literarischer Kunstgriff. Es gibt nicht das geringste Indiz dafür, dass Jacob Grimm pädophil oder gar ein Mörder war. Mein Buch *Die Märchenstraße* ist eine Erzählung, eine erfundene Geschichte. Ich habe Jacob Grimm gewählt, weil sein Bruder und er deutsche Volksmärchen sammelten und untersuchten sowie die Mechanik der deutschen Sprache analysierten. Wenn jemand die Macht von Sagen und Folklore verstehen konnte, dann waren es die Brüder Grimm. Heute fürchten wir uns, unsere Kinder außer Sichtweite spielen zu lassen. Wir wittern in jedem Aspekt des modernen Lebens Gefahren. Wir gehen ins Kino, um uns durch moderne Mythen erschrecken zu lassen, die unserer Meinung nach das heutige Leben und die heutige Gesellschaft widerspiegeln. Tatsache aber ist, dass die Gefahr immer existiert hat. Der Kindesmörder, der Vergewaltiger, der wahnsinnige Täter sind Bestandteile der menschlichen Erfahrung. Neu ist nur, dass wir uns früher durch Erzählungen über den bösen Wolf, über die grausige Hexe oder über das Böse, das im Dunkel der Wälder lauert, in Angst versetzten, während wir uns heute durch Filmmythen über den superintelligenten Serienmörder, den übelwollenden Verfolger, den Außerirdischen oder das von der Wissenschaft geschaffene Monster erschrecken... Wir haben nichts anderes getan, als den bösen Wolf neu zu erfinden, und wir benutzen lediglich moderne Allegorien für sich dauernd wiederholende Gräuel.«

»Und das gibt Ihnen das Recht, den Ruf eines großen Deutschen in den Schmutz zu ziehen?«, fragte der Literaturwissenschaftler. In seiner Stimme mischten sich Zorn und Unglaube.

Wieder blieb der Autor ruhig. Erstaunlich ruhig, dachte Fabel. Fast emotionslos. »Ich sehe ein, dass ich einen großen Teil des deutschen literarischen Establishments und die Nachfahren von Jacob Grimm verärgert habe, aber ich erfülle nur meine Pflicht als Autor heutiger Fabeln. Es ist meine Aufgabe, die Tradition der Einschüchterung des Lesers durch die Verbindung von äußerer Gefahr und innerer Dunkelheit fortzusetzen.«

Der Moderator stellte die nächste Frage: »Aber was die Nachkommen von Jacob Grimm besonders erbost hat, ist der Umstand, dass Sie zwar Ihre Beschreibung Jacob Grimms als Mörder ganz und gar fiktiv nennen, doch gleichzeitig behaupten, Ihr Roman stütze Ihre Theorie der ›Prosa als Wahrheit‹. Was bedeutet das? Ist das Buch nun fiktiv oder nicht?«

»Wie Sie bereits gesagt haben«, antwortete Weiss mit immer noch ausgeglichener, emotionsloser Stimme, »basiert mein Roman nicht auf Tatsachen. Aber ich habe keinen Zweifel daran, dass künftige Generationen, wie in so vielen Beispielen der Literatur, glauben werden, dass das Buch einen Teil Wahrheit enthält. Die Angehörigen einer weniger gebildeten, gleichgültigeren Zukunft werden sich an die Erfindung erinnern und sie als Tatsache akzeptieren. Dieser Prozess vollzieht sich seit Jahrhunderten. Nehmen Sie zum Beispiel Shakespeares Porträt des schottischen Königs Macbeth. In Wirklichkeit war Macbeth ein beliebter, geachteter und erfolgreicher König. Aber weil Shakespeare der damaligen britischen Monarchin gefällig sein wollte, verteufelte er Macbeth in seinem literarischen Werk. Heutzutage ist Macbeth eine monumentale Gestalt. Ein Symbol für brutalen Ehrgeiz, Habgier, Gewalt und Blutrünstigkeit. Das jedoch sind die Merkmale der shakespeareschen Figur, nicht die des historischen Macbeth. Wir verwandeln nicht einfach Geschichte in Sage und dann in Mythos, sondern wir erfinden hinzu, schmücken aus, verfälschen. Schließlich werden Mythos und Sage zur dauerhaften Wahrheit.«

Der Literaturwissenschaftler ignorierte die Entgegnung des Autors und wiederholte seinen Vorwurf, dass der Roman Jacobs Grimms Ruf beeinträchtige. Dann wurde die Debatte wegen des Endes der Sendezeit abgebrochen. Fabel schaltete das Radio aus. Unwillkürlich dachte er über die Worte des Schriftstellers nach: darüber, dass es unter den Menschen immer das gleiche Böse, die rein zufällige grausame Gewalt und den brutalen Tod gegeben habe. Der kranke Unmensch, der das Mädchen erwürgt und ihre Leiche dann am Strand abgelegt hatte, war damit nur der Letzte in einer Reihe psychopathischer Geister.

Fabel wusste dies natürlich seit langem. Er hatte ein Buch über Gilles de Rais gelesen, den französischen Aristokraten des sechzehnten Jahrhunderts, dessen absolute Macht über sein Lehen ihm ermöglichte, jahrelang ungestraft Jungen zu entführen, zu vergewaltigen und zu ermorden. Die geschätzte Zahl der Opfer lag in den Hunderten und mochte sogar die Tausende erreicht haben. Andererseits hatte Fabel sich einzureden versucht, dass der Serienmörder ein modernes Phänomen sei: das Ergebnis einer sich auflösenden Gesellschaftsordnung, das

Produkt kranker Geister, die durch Missbrauch geschaffen und durch die Verfügbarkeit widerlicher Pornos auf der Straße oder im Internet inspiriert würden. In diesem Glauben verbarg sich eine gewisse Hoffnung, denn wenn nur unsere heutige Gesellschaft solche Ungeheuer hervorbrachte, waren wir vielleicht in der Lage, das Problem zu lösen. Ihre Akzeptanz als grundlegender Bestandteil der menschlichen Existenz hingegen schien der Aufgabe fast jeder Hoffnung gleichzukommen.

Fabel schob eine CD in den Player. Während Herbert Grönemeyers Stimme den Innenraum des Autos erfüllte und die Kilometer vorbeiglitten, versuchte er, seine Gedanken von dem im Wald lauernden ewigen Bösen abzulenken.

In seinem Büro rief Fabel als Erstes bei seiner Mutter an. Sie versicherte ihm, es gehe ihr immer noch gut. Lex mache viel Aufhebens um sie und bereite herrliche Mahlzeiten zu. Ihre Stimme am Telefon schien das Gleichgewicht in Fabels Universum wieder herzustellen. Aus der durch die Leitung überbrückten Distanz wirkten ihr markanter Akzent und ihr Timbre wie die einer jüngeren Mutter. Einer Mutter, deren Gegenwart er stets für einen unveränderlichen, unerschütterlichen Bestandteil seines Lebens gehalten hatte. Als Nächstes rief er Susanne an, und sie verabredeten, sich nach der Arbeit in seiner Wohnung zu treffen.

Anna Wolff klopfte an Fabels Tür und trat ein. Ihr Gesicht mit dem dunklen Eyeliner unter dem schwarzen Haarschopf wirkte noch bleicher als sonst. Der zu rote Lippenstift schien vor der müden Blässe ihrer Haut aufzuflammen.

»Du siehst aus, als bekämst du nicht viel Schlaf«, sagte Fabel und bedeutete ihr, Platz zu nehmen.

»Du auch, Chef. Wie geht's deiner Mutter?«

Fabel lächelte. »Besser, danke. Mein Bruder bleibt noch ein paar Tage bei ihr. Wie ich höre, mühst du dich immer noch damit ab, die Identität des Mädchens herauszufinden.«

Anna nickte. »Nach dem Autopsiebericht wurde sie in den früheren Jahren vernachlässigt und wahrscheinlich misshandelt. Vielleicht ist sie vor langer Zeit irgendwo in Deutschland oder sogar im Ausland davongelaufen. Aber ich bleibe dran.« Sie zögerte, als sei sie sich nicht sicher, wie Fabel auf ihre nächsten Worte reagieren würde. »Ich hoffe, es macht dir nichts aus, Chef, aber ich habe auch den Fall Paula Ehlers gründlich unter die Lupe genommen. Mein Gefühl sagt mir, dass wir es in beiden Fällen mit demselben Mann zu tun haben.«

»Wegen der falschen Identität, die er in der Hand des toten Mädchens hinterlassen hat?«

»Deshalb und auch, weil die beiden Mädchen, wie du selbst unterstrichen hast, einander so ähnlich sind, dass er Paula Ehlers vermutlich in natura und nicht nur auf einem Pressefoto gesehen hat. Schließlich mussten wir DNS-Tests durchführen lassen, um sicherzustellen, dass das tote Mädchen nicht Paula Ehlers ist.«

»Ich weiß, worauf du hinauswillst. Also, was hast du unternommen?«, fragte Fabel.

»Ich bin die Fallunterlagen mit Robert Klatt durchgegangen.«

»Verdammt, Kommissar Klatt hatte ich ganz vergessen. Wie gewöhnt er sich ein?«

Anna hob die Schultern. »Gut. Er ist wohl recht tüchtig. Und er scheint die Arbeit in der Mordkommission aufregend zu finden.« Sie schlug eine Akte auf und fuhr fort: »Jedenfalls haben wir uns noch einmal mit Fendrich beschäftigt. Erinnerst du dich? Heinrich Fendrich, Paulas Deutschlehrer?«

Fabel nickte knapp. Anna hatte ihn auf der Fahrt zur Familie Ehlers im Rasthof über den Mann informiert.

»Tja, wie du weißt, hatte Klatt ihn in Verdacht. Aber er gibt zu, dass er keinerlei Beweise gegen Fendrich besaß. Es war eher eine Verbindung aus Intuition, Vorurteil und einem Mangel an Indizien.«

Fabel runzelte die Stirn. »Vorurteil?«

»Fendrich ist ein etwas seltsamer Einzelgänger. Mitte dreißig... Inzwischen wohl eher Ende dreißig, immer noch alleinstehend, und er wohnt mit seiner alten Mutter zusammen. Allerdings schien er damals eine mehr oder weniger feste Freundin zu haben. Aber offenbar haben sie sich ungefähr zum Zeitpunkt von Paulas Verschwinden getrennt.«

»Kommissar Klatt wollte also unbedingt einen Verdächtigen finden, und er entdeckte jemanden nach Art von Norman Bates«, sagte Fabel. Anna setzte eine verwirrte Miene auf. »Aus dem amerikanischen Film *Psycho*.«

»Ach ja, natürlich. Du hast wohl bis zu einem gewissen Grad Recht. Aber wer kann Klatt Vorwürfe machen? Ein Mädchen war verschollen und mittlerweile wahrscheinlich tot, und es gab einen Lehrer, zu dem sie eine enge Beziehung hatte und der keine normalen Verbindungen anzuknüpfen schien. Hinzu kamen Behauptungen von Paulas Freundinnen, dass Fendrich ihr unverhältnismäßig viel Zeit im Klassenzimmer widmete. Bestimmt hätten auch wir Fendrich ein wenig in die Zange genommen.«

»Mag sein. Aber Paulas Entführer und vermutlicher Mörder könnte genauso gut ein typischer Familienvater sein. Wie steht Klatt denn inzwischen zu Fendrich?«

»Tja...« Anna dehnte das Wort und betonte dadurch ihre Unsicherheit. »Ich habe das Gefühl, dass er meint, sich geirrt zu haben. Schließlich hat Fendrich ein überzeugendes Alibi für den Zeitpunkt von Paula Ehlers' Verschwinden.«

»Aber?«

»Aber Klatt sagt, dass er immer noch ein ›ungutes Gefühl‹ gegenüber Fendrich hat. Seiner Meinung nach hatte er als Lehrer eine unangemessene Beziehung zu Paula. Klatt schlägt vor, Fendrich noch einmal zu verhören. Allerdings möchte er nicht mitkommen, da Fendrich ihm mit einer einstweiligen Verfügung und einer Klage wegen Schikanierung gedroht hat.«

»Wo können wir Fendrich finden? Ist er noch an der Schule?«

»Nein«, antwortete Anna, »er hat sich an eine andere Schule versetzen lassen. Auch in Hamburg...« Anna blätterte in der Akte. »...in Rahlstedt. Aber anscheinend wohnt er noch in demselben Haus wie vor drei Jahren. Das liegt ebenfalls in Rahlstedt.«

»Okay.« Fabel warf einen Blick auf seine Uhr und stand auf. »Herr Fendrich dürfte längst Feierabend haben. Ich würde gern erfahren, ob er auch für den Mord des Mädchens am Strand ein Alibi hat. Statten wir ihm einen Besuch ab.«

Fendrichs Haus in Rahlstedt war eine ziemlich große, robuste Vorkriegsvilla. Sie stand in einer Reihe aus fünf ähnlichen Gebäuden, die sich von den übrigen Häusern in der Straße deutlich unterschieden. Früher mochten sie nach einem Bruchteil des Prestiges gestrebt haben, das die eindrucksvolleren Häuser in Rotherbaum und Eppendorf genossen, doch nun, da sie die britischen Bombenangriffe des Krieges und die Städteplaner der Fünfzigerjahre überlebt hatten, wirkten sie zwischen den Sozialwohnungen der Nachkriegszeit schlicht fehl am Platze. Rahlstedt war hastig geplant und entwickelt worden, um die in die Obdachlosigkeit gebombte Bevölkerung von Hamburg-Mitte aufzunehmen.

Fabel parkte auf der anderen Straßenseite. Während Anna und er sich der Villenreihe näherten, merkte er, dass man die anderen Häuser zu zwei oder mehr Wohnungen umgebaut hatte, während das Haus der Fendrichs weiterhin nur eine Familie beherbergte. Das Gebäude war durch eine melancholische Düsterkeit gekennzeichnet, und in dem kleinen, ungepflegten Vorgarten häuften sich die unerwünschten Hinterlassenschaften von Passanten.

Fabel legte die Hand auf Annas Arm, als sie das halbe Dutzend Stufen zur Vordertür hinaufsteigen wollte. Er deutete auf die Stelle, wo die Hauswand auf den überwucherten Garten traf. Dort waren zwei kleine, verschmutzte Fenster zu erkennen. Hinter jedem der Fenster war die undeutliche Silhouette von drei Gittern zu sehen.

»Ein Kellergeschoss …«, sagte Anna.

»Dort könnte man jemanden ›unter der Erde‹ festhalten.«

Sie gingen die Treppe hinauf, und Fabel drückte auf einen alten Klingelknopf aus Porzellan. Irgendwo tief im Inneren des Hauses läutete es mehrmals. »Du führst das Gespräch, Anna. Ich stelle nur dann eine Frage, wenn ich zusätzliche Informationen benötige.«

Die Tür öffnete sich. Fendrich schien eher Ende vierzig als Ende dreißig zu sein. Er war groß und mager und hatte eine graue Haut. Sein stumpfes blondes Haar war dünn und glatt, und die Haut seines hohen, gewölbten Schädels schimmerte unter der hellen Lampe in der ausladenden Eingangshalle. Er schaute mit einem Ausdruck gedämpfter Neugier zwischen Anna und Fabel hin und her. Anna streckte ihm ihre ovale Dienstmarke hin.

»Kriminalpolizei Hamburg, Herr Fendrich. Können wir mit Ihnen sprechen?«

Fendrichs Züge verhärteten sich. »Worum geht's?«

»Wir sind von der Mordkommission, Herr Fendrich. Vorgestern wurde die Leiche eines jungen Mädchens am Blankeneser Strand gefunden …«

»Paula?«, unterbrach Fendrich. »War es Paula?« Seine Miene änderte sich erneut, und Fabel glaubte, einen Anflug von Furcht in ihr zu entdecken.

»Wenn wir uns vielleicht drinnen unterhalten könnten, Herr Fendrich«, schlug Fabel mit leiser, beruhigender Stimme vor.

Fendrich schien einen Moment lang verstört zu sein und trat dann resigniert zur Seite, um sie einzulassen. Nachdem er die Tür geschlossen hatte, wies er auf das erste Zimmer, das links von der Halle abging. »Kommen Sie mit in mein Arbeitszimmer.«

Der Raum war groß und unaufgeräumt und wurde scharf von einer zu hellen Neonröhre beleuchtet, die unharmonisch von einer schmuckvollen Deckenrose herabhing. An sämtlichen Wänden außer der, deren Fenster auf die Straße hinausblickte, befanden sich Bücherregale. Ein mächtiger Schreibtisch stand fast genau in der Mitte des Zimmers. Darauf waren weitere Bücher und Papiere verstreut, und ein Gewirr aus Kabeln und Drähten ergoss sich aus einem Computer und einem Drucker. Bündel von Zeitschriften und Zeitungen, mit Bindfäden umschnürt, waren wie Sandsäcke unter dem Fenster aufgestapelt. All das wirkte chaotisch. Doch als Fabel das gesamte Zimmer betrachtete, spürte er eine organisierte Unordnung, die vermuten ließ, dass Fendrich jeden Gegenstand, den er benötigte, auf Anhieb fand. Irgendetwas an dem Raum strahlte Konzentration aus, als ob sich Fendrichs Leben – ein traurig funktionelles Leben – hauptsächlich hier abspielte. Fabel hatte plötzlich den Drang, den Rest dieses großen Hauses zu durchsuchen, um herauszufinden, was es jenseits dieses kleinen Konzentrationspunktes barg.

»Nehmen Sie Platz«, sagte Fendrich und befreite zwei Stühle von ihrer Last aus Büchern und Zeitungen. Noch bevor die beiden sich hingesetzt hatten, fragte er erneut: »Dieses Mädchen, das Sie gefunden haben – war es Paula?«

»Nein, Herr Fendrich«, antwortete Anna. Die Spannung in Fendrichs Miene ließ nach, doch Fabel hätte sie nicht als erleichtert bezeichnet. Anna fuhr fort: »Aber wir haben Grund zu der Annahme, dass es einen Zusammenhang zwischen dem Tod des Mädchens und Paulas Verschwinden gibt.«

Fendrich lächelte säuerlich. »Also wollen Sie mich wieder drangsalieren. Das habe ich von Ihren Norderstedter Kollegen schon zur Genüge erlebt.« Er ließ sich hinter dem Schreibtisch nieder. »Ich wünschte, Sie würden mir glauben, dass ich nichts mit Paulas Verschwinden zu tun hatte. Ich wünschte, Sie würden mich in Ruhe lassen, verflucht noch mal.«

Anna hob die Hand zu einer versöhnlichen Geste und lächelte entwaffnend. »Hören Sie zu, Herr Fendrich. Ich weiß, dass Sie, äh, vor drei Jahren *Probleme* mit den Norderstedter Ermittlern hatten. Aber wir sind aus Hamburg und arbeiten für die Mordkommission. Wir untersuchen den Fall Paula Ehlers nur, um festzustellen, ob es eine Verbindung zu dem toten Mädchen gibt. Unser Gespräch mit Ihnen dient einer ganz anderen Ermittlung. Sie verfügen vielleicht über eine Information, die für diesen neuen Fall relevant ist.«

»Sie behaupten also, dass ich in keinem dieser Fälle verdächtigt werde?«

»Sie wissen, dass wir keine derart absolute Erklärung abgeben können, Herr Fendrich«, sagte Fabel. »Wir rätseln noch, nach wem wir Ausschau halten. Aber im Moment interessieren wir uns für Sie als Zeugen, nicht als Verdächtigen.«

Fendrich zuckte die Achseln und ließ sich auf seinen Stuhl zurücksacken. »Was möchten Sie wissen?«

Anna zählte die wesentlichen Fakten über den Lehrer auf. Als sie fragte, ob seine Mutter noch bei ihm wohne, verzog Fendrich das Gesicht, als wäre ihm ein Stich versetzt worden.

»Meine Mutter ist tot«, sagte er und brach zum ersten Mal den Augenkontakt zu Anna ab. »Sie ist vor sechs Monaten gestorben.«

»Das tut mir Leid.« Fabel konnte sich in Fendrich hineinversetzen und dachte an den Schrecken, den die Krankheit seiner eigenen Mutter ihm gerade eingejagt hatte.

»Sie war seit langem krank.« Fendrich seufzte. »Ich lebe jetzt allein.«

»Sie haben die Schule nach Paulas Verschwinden gewechselt«, stellte Anna fest, um den Gesprächsfluss nicht abbrechen zu lassen. »Was war der Grund dafür?«

Fendrich stieß ein weiteres bitteres Lachen aus. »Nachdem

Ihr Kollege – er hieß Klatt –, nachdem also Herr Klatt keinen Zweifel daran gelassen hatte, dass er mich für verdächtig hielt, entwickelten auch die anderen mir gegenüber ein Misstrauen. Eltern, Schüler, sogar meine Kollegen... Ich konnte den Argwohn an ihren Augen ablesen. Einige Male wurde ich sogar am Telefon bedroht. Also ließ ich mich versetzen.«

»Haben Sie nicht befürchtet, dass sich der Verdacht dadurch verstärken würde?«, fragte Anna freundlich lächelnd.

»Das war mir scheißegal. Ich hatte die Schnauze voll. Niemand war bereit, sich auch nur eine Sekunde lang vorzustellen, dass ich selbst zutiefst erschüttert war. Ich mochte Paula sehr gern, denn sie hatte ein enormes Potenzial. Niemand schien sich daran zu stören. Außer Ihrem Kollegen Klatt, dem es irgendwie gelang, die Sache...« Fendrich rang nach dem passenden Wort. »... anrüchig wirken zu lassen.«

»Sie waren Paulas Deutschlehrer, nicht wahr?«, fragte Anna. Fendrich nickte. »Sie sagen, das Mädchen hätte zu besonderen fachlichen Hoffnungen berechtigt... und Ihr Interesse hätte sich allein darauf beschränkt.«

Fendrich riss den Kopf trotzig zurück. »Das stimmt.«

»Aber keiner ihrer anderen Lehrer schien dies bemerkt zu haben, und ihre Schulzeugnisse zeigen nur durchschnittliche Leistungen in fast allen Fächern.«

»Das alles habe ich schon Gott weiß wie oft erklärt. *Ich* erkannte das Potenzial in ihr. Sie hatte eine natürliche Begabung für die deutsche Sprache. Das ist so wie mit der Musik. Man hat ein Ohr für die Sprache, oder man hat es nicht. Paula hatte ein gutes Ohr. Und sie konnte sich wunderbar ausdrücken, wenn es ihr in den Sinn kam.« Er beugte sich vor, stützte die Ellbogen auf die unaufgeräumte Tischplatte und musterte Anna mit ernstem Blick. »Paula hatte trotz ihrer dürftigen Leistungen die Fähigkeit, wirklich etwas zu vollbringen, aber sie war in Gefahr, zum Opfer des Systems, zum Niemand zu werden. Es stimmt, dass die anderen Lehrer das nicht wahrnahmen. Und dass auch ihre Eltern ihr Talent nicht sahen. Deshalb habe ich so viel Zeit darauf verwendet, ihr zu helfen. Es war meiner Ansicht nach eine reale Möglichkeit für sie, sich den begrenzten Erwartungen ihrer Eltern zu entziehen.«

Fendrich lehnte sich wieder zurück und hielt die Handflächen nach oben, als hätte er sein Plädoyer vor einem Gericht beendet. Dann ließ er die Hände schwer auf die Tischplatte fallen, als wäre seine Energie aufgebraucht. Fabel beobachtete ihn schweigend. Etwas an dem Ernst und dem fast leidenschaftlichen Ton, in dem Fendrich über Paula sprach, beunruhigte ihn.

Anna wechselte das Thema und kam auf die Details von Fendrichs Alibi vor Paulas Verschwinden zu sprechen. Seine Antworten waren genau die gleichen wie die, die er der Akte zufolge drei Jahre vorher gegeben hatte. Aber seine Geduld ließ unter Annas Befragung zunehmend nach.

»Ich dachte, es gehe um einen neuen Fall«, sagte er, als Anna geendet hatte. »Dabei haben Sie nur den alten Kram aufgewärmt. Ich dachte, Sie wollten sich nach einem anderen Mädchen erkundigen. Nach einem Mord.«

Fabel bedeutete Anna, ihm die Akte zu reichen. Er nahm ein großes Hochglanzfoto heraus, das an dem Ort, wo man die Tote entdeckt hatte, aufgenommen worden war. Er legte es direkt vor Fendrich hin und wandte die Augen nicht vom Gesicht des Lehrers ab, um seine Reaktion abzuschätzen. Und die Reaktion fiel heftig aus. Fendrich murmelte: »Oh, mein Gott…«, und schlug sich eine Hand vor den Mund. Dann erstarrte er, ließ das Bild jedoch nicht aus den Augen. Er beugte sich vor und schien jedes Pixel zu untersuchen. Schließlich entspannten sich seine Züge vor Erleichterung, und er blickte zu Fabel auf. »Ich dachte…«

»Sie dachten, es sei Paula?«

Fendrich nickte. »Es war ein Schock.« Wieder starrte er das Bild an. »Meine Güte, sie sieht Paula so ähnlich. Natürlich älter, aber eine solche Ähnlichkeit. Glauben Sie deshalb, dass hier eine Verbindung besteht?«

»Das ist nicht alles«, erklärte Anna. »Der Mörder ließ etwas zurück, um uns über die Identität des toten Mädchens irrezuführen. Wir sollten glauben, es sei Paula.«

»Können Sie uns sagen, wo Sie von Montagnachmittag bis Dienstagmorgen waren, Herr Fendrich?«

Fendrich spitzte die Lippen und blies den Atem aus, während er über Fabels Frage nachdachte. »Es gibt nicht viel zu sagen. Ich bin an beiden Tagen wie üblich zur Arbeit gegangen. Am Montag bin ich sofort nach Hause gekommen und habe ein paar Arbeiten korrigiert. Am Dienstag… habe ich auf dem Heimweg noch im Minimarkt eingekauft. Ich war gegen 17.30 Uhr zu Hause, und danach bin ich den ganzen Abend nicht mehr aus dem Haus gegangen.«

»Kann das jemand bestätigen?«

Eine gewisse Härte erschien in Fendrichs Augen. »Ach so… Sie konnten mich nicht für Paulas Verschwinden verantwortlich machen, und nun versuchen Sie, mich wegen dieser Sache einzulochen.«

»Davon kann keine Rede sein, Herr Fendrich.« Wieder versuchte Anna, ihn zu besänftigen. »Wir müssen einfach alles überprüfen – sonst würden wir unsere Arbeit nicht ordentlich machen.«

Die Spannung in Fendrichs eckigen Schultern ließ nach, und sein herausfordernder Blick trübte sich, doch er wirkte immer noch skeptisch. Wieder betrachtete er das Foto des toten Mädchens. Lange und schweigend.

»Es ist derselbe Mann«, sagte er schließlich. Anna und Fabel wechselten einen Blick.

»Was meinen Sie damit?«, fragte Anna.

»Ich meine, dass Sie Recht haben… Es gibt eine Verbindung. Mein Gott, dieses Mädchen könnte ihre Schwester sein, so ähnlich sind sie einander. Wer dieses Mädchen ermordet hat, muss Paula gekannt haben. Und zwar ziemlich gut.« Der Schmerz war in Fendrichs stumpfe Augen zurückgekehrt. »Paula ist tot. Oder?«

»Das wissen wir noch nicht, Herr Fendrich …«

»Doch.« Fabel kam Anna zuvor. »Doch, ich fürchte auch, dass sie tot ist.«

9.

Naturpark Harburger Berge, Freitag, den 19. März, 21.30 Uhr

Buxtehude war ein Witz für sie – der Ort, wo die Hunde mit dem Schwanz bellen. Ihre Herkunft aus Buxtehude bedeutete für Hanna, dass sie aus der tiefsten Provinz stammte, eine Hinterwäldlerin war, ein Niemand. Hanna Grünn hatte Buxtehude inzwischen verlassen, aber während sie in ihrem fünf Jahre alten VW Golf auf diesem gruseligen Parkplatz mitten im Wald wartete, wurde ihr bitter bewusst, dass sie sich nicht weit von Buxtehude entfernt hatte. Nur die paar Kilometer bis zu der blöden Bäckerei.

Schon mit ungefähr vierzehn Jahren war Hanna für Jungen attraktiv gewesen. Sie war hoch gewachsen, hatte eine üppige Figur und langes blondes Haar. Kein anderes Mädchen an ihrer Schule war so begehrt gewesen wie sie. Hanna war nicht sonderlich intelligent, doch gescheit genug, um die Situation zu durchschauen und weitere Mittel einzusetzen, um das zu erreichen, was sie wollte. Und hauptsächlich wollte sie aus dem verdammten Buxtehude weg. Sie hatte Zeitungsausschnitte über Claudia Schiffers Karriere gesammelt: darüber, wie Claudia in einer Disko entdeckt und dann ins Rampenlicht befördert worden war; über ihre ersten Modelverträge; über die Riesenbeträge, die sie verdiente, und über die fernen Länder, in die sie reiste.

Also war die achtzehnjährige Hanna mit dem unerschütterlichen Optimismus der Jugend von Buxtehude nach Hamburg gezogen, um dort eine Modelkarriere zu beginnen. Doch sie hatte sehr bald gemerkt, dass sich im Empfangsbereich sämtlicher Agenturen weitere Claudia-Schiffer-Kopien drängten. Zu ihrem ersten Vorstellungsgespräch hatte sie eine Aufnahmenserie mitgenommen, die ein örtlicher Fotograf vor ihrer Abreise angefertigt hatte. Ein großer, magerer Schwuler und eine Frau von Ende vierzig, offensichtlich ein früheres Model, unterdrückten ein Kichern, als sie sich Hannas Fotos anschauten. Dann erkundigten sie sich nach Hannas Herkunft. Sie antwortete: »Ich komme aus Buxtehude«, und da brachen die Miststücke tatsächlich in Gelächter aus.

In fast allen Agenturen spielte sich das Gleiche ab. Das Leben, das Hanna vorgeschwebt hatte, schien sich aufzulösen. Sie wollte auf keinen Fall nach Buxtehude zurückkehren, aber das, was sie für eine sichere Modelkarriere gehalten hatte, wurde nun zu einem Traum, der sich zunehmend in ein Fantasiegebilde verwandelte. Sie arbeitete sich durch das Branchenverzeichnis, bis sie schließlich auf eine Agentur in St. Pauli stieß. Hanna begriff, was es bedeutete, dass sich der Sitz der Agentur über einem Striptease Club befand. Auf dem Schild an der Tür stand, die Firma sei auf »Models, exotische Tänzerinnen und Escort Girls« spezialisiert, und der untersetzte, mit einer Lederjacke bekleidete Italiener, der die Agentur leitete, glich eher einem Gangster als einem Vertreter der Modebranche. Er beschönigte die Lage nicht, sondern erklärte Hanna, sie habe einen großartigen Körper und er könne ihr eine Menge Arbeit verschaffen, in erster Linie jedoch für Videos. »Echtes Ficken … verstehst du?«

Hanna antwortete dem Italiener, an so etwas sei sie nicht interessiert. Daraufhin zuckte er die Achseln und sagte: »Dann eben nicht.« Aber er gab ihr seine Karte für den Fall, dass sie es sich anders überlegte. In ihr möbliertes Zimmer zurückgekehrt, presste Hanna ihr Kissen an den Mund, um das Schluchzen, das ihren Körper zerriss, zu ersticken. Am deprimierendsten war die geschäftsmäßige, nüchterne Art gewesen, mit der der Italiener ihr mitgeteilt hatte, zur Videoarbeit gehöre »echtes Ficken«. Er war weder sonderlich anzüglich noch lüstern aufgetreten, sondern hatte ihr lediglich eine Stellenbeschreibung gegeben, als wäre es um die Einzelheiten einer Bürotätigkeit gegangen. Außerdem entmutigte sie, dass er offensichtlich glaubte, sie könne mit nichts Besserem rechnen. Danach hatte sie sich nach einem gewöhnlichen Arbeitsplatz umgesehen, doch ohne Abitur oder Sekretariatskenntnisse war ihre Auswahl begrenzt gewesen.

Hanna nahm einen Job in der Backstube Albertus an: an einem Fließband mit dicken, albernen Frauen mittleren Alters, die in ihrem ganzen Leben nie den geringsten Ehrgeiz gehabt hatten. Nun stand sie einen ermüdenden Tag nach dem anderen – ihr herrliches blondes Haar unter einer Bäckerhaube mit Gummizug und ihr vollkommener Körper unter einem formlosen weißen Bäckerkittel verborgen – in der Backstube und glasierte Geburtstagstorten. Dabei wuchs in ihr ein Gefühl der Verzweiflung.

Aber ihr Elend würde nicht mehr lange dauern. Bald würde Markus sie aus all dem retten. Bald würde sie über das Vermögen und den Lebensstil verfügen, die sie sich immer gewünscht hatte. Markus gehörte die Bäckerei, und wenn sie den Chef vögeln musste, um ihre Wünsche erfüllt zu bekommen, dann würde sie genau das tun. Sie war ihrem Ziel bereits nahe, denn Markus hatte versprochen, seine frigide Frau zu verlassen. Und dann würde er Hanna heiraten.

Sie schaute auf ihre Armbanduhr. Wo zum Teufel war er? Er verspätete sich oft, hauptsächlich wegen seiner Frau. Sie musterte die dicht stehenden Bäume, die sich um den Parkplatz drängten – ein tiefes Schwarz vor einem dunklen, mondlosen Himmel. Hanna hasste es, sich hier mit ihm zu treffen.

Es war so gespenstisch. Sie glaubte, eine Bewegung zwischen den Bäumen wahrzunehmen, und spähte einen Moment lang in die Dunkelheit. Dann beruhigte sie sich und seufzte ungeduldig.

Er hatte sie schon einmal hierher verfolgt, doch es war unmöglich gewesen, den Weg zum Parkplatz hinaufzufahren, weil er sonst Aufmerksamkeit erregt hätte: mit dem einzigen anderen Fahrzeug auf einer einsamen Strecke, die nur zu einem einzigen Ort führte. Deshalb war er bei Tageslicht zurückgekommen und hatte die Gegend ausgekundschaftet. Heute Abend war er ihr lange genug gefolgt, um sich über ihr Ziel im Klaren zu sein und sie dann zu überholen und als Erster hier einzutreffen. Bei seiner Erforschung des Naturparks hatte er einen schmalen Pfad entdeckt. Er war ihn mit seinem Motorrad zur Hälfte hinaufgefahren, hatte den Scheinwerfer und den Motor ausgeschaltet und war einen Moment lang weitergerollt, bevor er sein Fahrzeug zwischen den Bäumen versteckte. Danach hatte er den Rest des Weges zu Fuß zurückgelegt, damit man ihn nicht vom Parkplatz aus hören konnte.

Nun war er ungesehen am Rand der Bäume angelangt und beobachtete die Hure, die auf ihren verheirateten Liebhaber wartete. Er verspürte das Beben einer grimmigen Vorfreude, das Wissen, dass der Zorn und der Hass, die wie eine Krebskrankheit an ihm nagten, bald freigesetzt werden würden. Die beiden sollten Schmerzen erleiden. Sie würden erfahren, wie es ist, echte Qualen durchzumachen. Das Mädchen blickte in seine Richtung. Er trat nicht zurück, sondern blieb reglos stehen. Sie spähte in die Dunkelheit, genau dorthin, wo er wartete. Aber die dumme Ziege konnte ihn nicht sehen. Sie würde ihn sehen – sehr bald.

Das Licht von Autoscheinwerfern tastete über die Bäume hinweg, und er wich ein wenig zurück. Es war ein Mercedes-Coupé, das Auto von Markus Schiller. Der Mercedes hielt neben dem Golf an, Schiller ließ die Scheibe hinuntergleiten und machte eine entschuldigende Geste. Aus dem Versteck zwischen den Bäumen war zu sehen, wie Hanna aus dem Golf ausstieg, den Schlag zuknallte, schlecht gelaunt auf den Mercedes zumarschierte und sich auf den Beifahrersitz schob.

Das war der richtige Zeitpunkt.

10.

Krankenhaus Mariahilf, Hamburg-Heimfeld, Samstag, den 20. März, 10.20 Uhr

Die helle Frühlingssonne, die schräg durch die große Fensterscheibe fiel, teilte das Krankenzimmer in deutlich voneinander abgehobene Bereiche aus Licht und Schatten. Der Sohn hatte die Jalousien hochgezogen, sodass die Sonne gnadenlos in das ungeschützte Gesicht seiner Mutter schien.

»So, Mama, das ist besser, nicht wahr?« Er trat zurück an das Bett und rückte den Stuhl ganz nahe heran, bevor er sich hinsetzte. Dann beugte er sich vor zu seiner gewöhnlichen Haltung, die Hingabe und Fürsorglichkeit erkennen ließ. Mit einer scheinbar sanften und rücksichtsvollen Geste, hinter der sich jedoch eine böse Absicht verbarg, legte er ihr die Hand auf die Stirn, ließ die Finger unmerklich vom Haaransatz hinabgleiten und zog die schweren Lider der alten Frau hoch, sodass sich das grelle Licht der Sonne in ihre farblosen Augen brannte.

»Gestern Abend bin ich wieder zum Spielen gefahren, Mama. Diesmal waren es zwei. Ich habe ihnen die Kehle durchgeschnitten. Ihm zuerst. Daraufhin hat sie um ihr Leben gebettelt. Sie hat gebettelt und gebettelt. Es war *so komisch*, Mama. Immer wieder rief sie: ›O nein, o nein…‹ Dann habe ich ihr das Messer ins Fleisch gestochen. Auch in die Kehle.

Ich habe sie weit aufgeschlitzt, und da hat sie den Mund gehalten.« Der Mann lachte leise, und seine Finger glitten von ihrer Stirn und dem schwachen Winkel ihrer Wange über ihren dünnen, faltigen Hals. Er neigte den Kopf mit einem wehmütigen Ausdruck zur Seite. Dann zog er die Hand plötzlich zurück und lehnte sich nach hinten.

»Weißt du noch, Mama, wie du mich früher bestraft hast? Als ich ein Junge war? Weißt du noch, wie du mich gezwungen hast, die Geschichten immer wieder aufzusagen? Und wie du mich mit deinem Spazierstock geschlagen hast, wenn ich auch nur ein einziges Wort falsch wiederholte? Mit dem Spazierstock, den du von unseren Wanderferien in Bayern zurückgebracht hattest? Weißt du noch, wie du einmal einen Schrecken bekamst, weil du mich so schwer verprügelt hattest, dass ich in Ohnmacht fiel? Du hast mir eingebleut, dass ich ein Sünder bin. Einen wertlosen Sünder hast du mich immer genannt, erinnerst du dich?« Er machte eine Pause, als erwarte er die Antwort, die sie ihm nicht mehr geben konnte, und fuhr dann fort: »Und immer wieder musste ich die Geschichten aufsagen. Ich habe so viel Zeit damit verbracht, sie mir einzuprägen. Immer wieder habe ich sie gelesen, bis mir die Buchstaben vor Augen tanzten. Ich habe mich so sehr bemüht, kein einziges Wort zu vergessen oder an der falschen Stelle zu erwähnen. Aber trotzdem ist es immer wieder passiert, nicht? Damit hattest du einen Vorwand, mich zu schlagen.« Er seufzte, schaute auf den hellen Tag jenseits des Fensters und richtete den Blick dann wieder auf die alte Frau. »Bald, sehr bald wird es Zeit für dich, mit mir heimzukehren, Mutter.« Er stand auf, beugte sich vor und küsste ihr die Stirn. »Und ich habe den Spazierstock immer noch …«

11.

Naturpark Harburger Berge, Sonntag, den 21. März, 9.15 Uhr

Maria war einige Zeit vor Fabel am Schauplatz eingetroffen. Es war eher eine Lichtung als ein Parkplatz, und Fabel vermutete, dass der Ort zwei Zwecken diente: tagsüber als Ausgangspunkt für Wanderer, abends als diskreter Treffpunkt für unerlaubte Begegnungen. Er stellte seinen BMW neben einem der grün-weiß lackierten Streifenwagen ab und stieg aus. Es war ein luftiger Frühlingsmorgen, und der dichte Wald, der den Parkplatz umrahmte, schien sich nicht nur durch die Brise, sondern auch durch das Zwitschern von Vögeln zu bewegen.

»In the midst of life …«, sagte er auf Englisch zu Maria, die auf ihn zukam, und deutete mit der Hand auf die Bäume und den Himmel. Sie sah ihn verständnislos an. »Mitten im Leben sind wir vom Tod umfangen …«, übersetzte er ins Deutsche. Maria zuckte die Achseln. »Wo sind sie?«, fragte Fabel.

»Dort drüben …« Maria wies auf eine kleine Lücke zwischen den Bäumen. »Es ist ein Wanderweg. Er führt durch den Wald, und ungefähr dreihundert Meter von hier gibt es eine kleine Lichtung mit einem Picknicktisch. Aber mit dem Auto kommt man nur bis zu dieser Stelle.« Fabel bemerkte, dass man die Hälfte des Parkbereiches vor dem Wanderweg abgesperrt hatte.

»Wollen wir?« Fabel bedeutete Maria voranzugehen. Auf dem unebenen, hier und da etwas feuchten Pfad hatte das Spurensicherungsteam in unregelmäßigen Abständen Schutzplanen niedergelegt. Fabel warf Maria einen fragenden Blick zu.

»Reifenspuren«, erklärte sie. »Und ein paar Fußabdrücke, die überprüft werden müssen.«

Fabel blieb stehen und musterte den Pfad. »Mountainbiker?«

Maria schüttelte den Kopf. »Motorrad. Möglicherweise hat es nichts mit der Sache zu tun, genauso wenig wie die Fußabdrücke.«

Sie gingen weiter. Fabel musterte die Bäume zu beiden Seiten. Die Zwischenräume zwischen ihnen wurden dunkler, während sie zurückwichen – wie grüne Höhlen, in die der helle Tag nicht eindringen konnte. Er dachte an das Rundfunkinterview. Die Dunkelheit des Waldes am helllichten Tage: die Metapher für die Gefahr, die sich im Alltäglichen verbirgt. Der Pfad machte einen Bogen und endete plötzlich auf einer kleinen Lichtung. Ungefähr ein Dutzend Polizisten und Spurensicherer waren auf dem Gelände beschäftigt. Sie konzentrierten sich zur Rechten des Pfades auf einen hölzernen Picknicktisch mit davor aufgestellten Bänken. Ein Mann und eine Frau saßen, an die Tischbeine gelehnt, auf dem Boden. Beide starrten Fabel und Maria mit dem gleichgültigen Blick des Todes an. Sie saßen Seite an Seite und hatten jeweils einen Arm in Richtung des anderen ausgestreckt. Ihre schlaffen Hände berührten sich, waren jedoch nicht ineinander verschränkt. Zwischen ihnen lag ein säuberlich ausgebreitetes Taschentuch.

Die Todesursache war unverkennbar: Jemand hatte beiden mit einem tiefen, breiten Schnitt die Kehle aufgeschlitzt. Der Mann war Ende dreißig, mit kurz geschorenem Haar, das sich bereits zu lichten begann. Sein Mund war aufgerissen, schwarz-rot von dem Blut, das in den letzten Sekunden seines Lebens aus der gespaltenen Kehle hochgeschäumt war. Fabel trat näher heran und musterte die Kleidung des Mannes. Für ihn war es eines der erschütternsten Dinge an einer Mordszene: wie der Tod seine eigene Planung hat, wie er sich weigert, die trivialen Einzelheiten, die wir in unser Leben einbauen, anzuerkennen. Der hellgraue Anzug und die braunen Lederschuhe des Mannes waren offensichtlich teuer. Sie hatten ihm zu Lebzeiten als Zeichen für seinen Status, seinen Geschmack, seinen Platz auf der Welt gedient. Nun aber war der Anzug ein zerknitterter, mit Schlamm und Blut verschmierter Lumpen. Das Hemd schob sich blutgetränkt unter dem dunklen Spalt hoch, die sich über die Kehle zog. Einer der Schuhe lag einen halben Meter von dem Fuß entfernt, der auf ihn wies, als fordere er ihn zurück. Die graue Seidensocke war halb hinunter geschoben, sodass man das gesprenkelte, bleiche Fleisch an der Ferse des Mannes sehen konnte.

Fabel richtete seine Aufmerksamkeit auf die Frau. Im Vergleich zu dem Mann hatte sie erheblich weniger Blut auf ihrer Kleidung. Ein Blutstreifen war diagonal über die Schenkel ihrer Jeans gespritzt. Sie mochte Anfang zwanzig sein und hatte langes blondes Haar. Der Wind hatte ein paar Strähnen in die aufgeschnittene Kehle geweht, wo sie sich mit Blut vollgesogen hatten und festgeklebt waren. Fabel fiel auf, dass ihre Kleidung zwar geschmackvoll und modisch, aber erheblich billiger war als die des Mannes. Sie trug ein hellgrünes T-Shirt und eine neue Jeans, die eine billigere Alternative zu den Designerjeans darstellte, deren Stil sie nachempfunden war. Die beiden konnten kein Paar sein – jedenfalls kein seit langem liiertes Paar. Fabel beugte sich vor und schaute sich das Taschentuch an. Auf ihm lagen mehrere Brotkrümel. Er stand auf.

»Ist das verwendete Messer gefunden worden?«, fragte er Maria.

»Nein. Auch auf den Boden, den Tisch oder sonstwo in der Umgebung ist kein Blut gespritzt. – Hallo, Jan.«

Holger Brauner, der Chef des Spurensicherungsteams, trat zu ihnen.

Fabel lächelte. Als er den Blutstreifen auf den Jeans der Frau bemerkt hatte, war ihm klar gewesen, dass sie es nicht mit dem Tatort zu tun hatten. Der Mord hatte woanders stattgefunden.

»Du bist aber schnell hier gewesen«, sagte er zu Brauner.

»Wir sind von einem Kommissar der Ortspolizei angerufen worden, der es nicht dem Lagedienst überlassen wollte, mich zu informieren. Wahrscheinlich derselbe, der euch benachrichtigt hat. Ein Kommissar…« Brauner versuchte, sich an den Namen zu erinnern.

»Hermann«, ergänzte Maria. »Dort drüben, das ist er.« Sie zeigte auf einen hoch gewachsenen, uniformierten Mann von Anfang dreißig. Er stand bei einer Gruppe von Schutzpolizisten, aber als er bemerkte, dass er den Mittelpunkt des Interesses bildete, machte er eine entschuldigende Geste gegenüber seinen Kollegen und schritt auf die Beamten der Mordkommission zu. Seine Bewegungen hatten eine ernste Zielstrebigkeit, und Fabel entging nicht, dass die brennende Energie in seinen hellgrünen Augen einen Kontrast zu seinem unscheinbaren Äußeren, seinem sandfarbenen Haar und seiner sommersprossigen, bleichen Haut bildete. Seine Erscheinung erinnerte Fabel an Paul Lindemann, den Beamten, den er verloren hatte. Aber als Hermann näher kam, zeigte sich, dass nur eine oberflächliche Ähnlichkeit bestand.

Der Schutzpolizist nickte Maria zu und reichte zuerst Fabel und dann Brauner die Hand. Fabel bemerkte den einzelnen silbernen Kommissarstern auf den Achselklappen der kurzen schwarzen Lederjacke.

Maria stellte ihn vor. »Das ist Kommissar Henk Hermann von der hiesigen Polizeidirektion.«

»Warum haben Sie gerade uns angerufen, Herr Hermann?«, fragte Fabel lächelnd. Die normale Aufgabe der Schutzpolizei bestand darin, den Tatort zu sichern und keine Unbefugten in den abgesperrten Bereich vordringen zu lassen, während sich die Kriminalpolizei um den Tatort selbst kümmerte. Für die Benachrichtigung der Kripo war der Lagedienst verantwortlich, und die zur Kripo gehörende Mordkommission untersuchte jeden nicht durch Krankheit oder Unfall verursachten Tod.

Ein unsicheres Lächeln ließ Hermanns dünne Lippen noch schmaler wirken. »Also …« Er schaute an Fabel vorbei zu den Leichen. »Also, ich weiß, dass sich Ihr Team auf solche Dinge spezialisiert hat …«

»Was für Dinge?«, fragte Maria.

»Na, das ist offensichtlich kein Selbstmord. Und dies ist nicht der Tatort des Verbrechens…«

»Woraus folgern Sie das?«

Hermann zögerte einen Moment lang. Es war ungewöhnlich für einen Schutzpolizisten, eine Meinung zu einer Mordszene zu äußern, und noch ungewöhnlicher, dass ein Kriminalpolizist von Fabels Rang zuhörte. Er ging um die Gruppe herum und trat an die Leichen heran, hielt dabei jedoch genug Abstand, um keine Spuren zu verwischen. Er kniete sich hin, balancierte auf den Fußballen und zeigte auf die zerschnittene Kehle des Mannes. »Natürlich kann ich nicht völlig sicher sein, da wir die Leichen nicht anrühren dürfen, aber ich habe den Eindruck, dass das männliche Opfer mit zwei Messerschnitten getötet wurde. Der erste traf ihn an der Seite des Halses, an der Schlagader, und er verblutete rasch. Der zweite durchtrennte ihm die Luftröhre.« Hermann deutete auf das weibliche Opfer. »Meiner Meinung nach ist das Mädchen an einem einzigen Schnitt durch die Kehle gestorben. Dieses Blut hier…« Er wies auf die breite Blutspur über ihre Schenkel hinweg. »…stammt offenbar nicht von ihr. Höchstwahrscheinlich kommt es von dem männlichen Opfer. Sie war dicht neben ihm, als er überfallen wurde, und das Arterienblut aus seinem Hals muss auf sie gespritzt sein. Ansonsten gibt es hier keine nennenswerte Blutmenge, was vermuten lässt, dass sich der Tatort woanders befindet und der Mörder sie hierher gebracht hat. Und das veranlasst mich zu der Meinung, dass es sich bei dem Mörder um einen großen – oder zumindest starken – Mann handelt. Es gibt kaum Schleifspuren, abgesehen von dem Moment, als er das männliche Opfer in Position brachte und der Schuh abgestreift wurde. Da man hier im Wald kein Fahrzeug benutzen kann, muss er die Opfer getragen haben.«

»Noch etwas?«, fragte Fabel.

»Ich kann nur mutmaßen, aber ich würde sagen, dass der Mörder den Mann zuerst umgebracht hat. Wahrscheinlich war es ein Überraschungsangriff. Dadurch verringerte er den zu erwartenden Widerstand. Sein zweites Opfer hatte nicht die gleiche Kraft und stellte nicht die gleiche Bedrohung für ihn dar wie der Mann.«

»Eine waghalsige Annahme«, kommentierte Maria mit einem bitteren Lächeln. Hermann richtete sich auf und zuckte die Achseln.

»Sie haben den Modus operandi des Mordes beschrieben«, sagte Fabel. »Aber Sie haben noch nicht erklärt, warum Sie der Meinung waren, dass ausgerechnet mein Team die Ermittlungen übernehmen sollte.«

Hermann trat zurück und neigte den Kopf ein wenig, während er den Schauplatz betrachtete, als stünde er vor einem Gemälde oder einem anderen Ausstellungsstück, das er einschätzen sollte.

»Deshalb«, sagte er. »Sehen Sie sich's an.«

»Was?«, fragte Fabel.

»Na ja… Dies ist nicht einfach irgendeine Stelle, wo der Mörder beschlossen hat, die Leichen zurückzulassen. Er hätte sie zwanzig Meter weiter im Waldesinneren verstecken können, und wir hätten vielleicht Wochen oder Monate gebraucht, um sie zu finden. Das hier ist eine Botschaft. Er teilt uns etwas mit. Die Wahl des Ortes, die Anordnung der Leichen, das Taschentuch, die Brotkrumen – all das ist für uns gedacht. Es ist eine Pose.«

Fabel nickte zu Holger Brauner hinüber, der verständnisvoll lächelte.

»Eine Pose«, wiederholte Hermann offensichtlich frustriert. »Alles ist sorgfältig arrangiert. Und das bedeutet, dass diesen Morden ein krankhafter Plan zugrunde liegt, was wiederum heißt, dass wir es möglicherweise mit einem Serienmörder zu tun haben. Und *darum* habe ich es für richtig gehalten, Sie direkt und unverzüglich zu benachrichtigen, Herr Erster Hauptkommissar.« Er wandte sich Holger Brauner zu. »Und der

Grund dafür, dass ich Kontakt mit Ihnen aufgenommen habe, Herr Brauner, ist der, dass Sie an diesem Schauplatz vielleicht etwas finden werden, was unserem Team entgehen würde. Ich verfolge Ihre Arbeit mit Interesse und habe mehrere Ihrer Seminare besucht.«

Brauner strahlte gut gelaunt und nickte mit gekünstelter Bescheidenheit. »Und Sie haben offenkundig gut aufgepasst, Herr Kommissar.«

Auch Fabel grinste. »Entschuldigen Sie, Herr Hermann; ich wollte nicht andeuten, dass Sie unsere Zeit verschwenden. Alles, was Sie über diese Szene gesagt haben, trifft zu… auch Ihre Vermutung, dass es sich hier nicht um den Tatort, sondern lediglich um den Fundort handelt. Ich wollte nur Ihre Argumentation hören.«

Hermanns Miene lockerte sich ein wenig, doch die Schärfe in seinen hellgrauen Augen blieb unverändert.

»Die Frage, mit der wir uns nun befassen müssen«, fuhr Fabel fort, »ist die, wo sich der Tatort befindet… wo sich der Mord ereignet haben könnte.«

»Auch dazu habe ich eine Theorie, Herr Hauptkommissar«, schaltete sich Hermann ein, bevor jemand anders einen Kommentar abgeben konnte.

Brauner lachte. »Das habe ich mir schon gedacht.«

»Wie gesagt, ich glaube, dass die Leichen hierher getragen wurden. Es gibt Fußspuren auf dem Pfad. Große Fußspuren, die wahrscheinlich von einem hoch gewachsenen Mann stammen. Sie haben tiefe Eindrücke in dem Boden hinterlassen, der hier und da ein wenig feucht, aber nicht matschig ist. Daraus schließe ich, dass die Fußabdrücke von jemandem stammen, der etwas Schweres getragen hat.«

»Vielleicht war er einfach nur übergewichtig«, meinte Brauner. »Die Spuren können auch von jemandem herrühren, der im Wald spazieren gegangen ist, um ein paar Kalorien zu verbrauchen.«

»Dann war seine Methode sehr effizient«, erwiderte Hermann, »denn wir haben zwei Arten von Spuren. Die einen kommen, und die anderen gehen. Die Spuren, die zum Parkplatz zurückführen, weisen weniger tiefe Eindrücke auf. Daraus folgere ich, dass er – wenigstens einmal – etwas Schweres zu dieser Stelle getragen hat und dann unbeladen zum Parkbereich zurückgekehrt ist.«

»Sie meinen also, dass die Tat auf dem Parkplatz durchgeführt wurde?«, fragte Fabel.

»Nein, nicht unbedingt. Er könnte sie dort ermordet haben, aber bisher haben wir noch keine entsprechenden Hinweise gefunden. Deshalb habe ich die Hälfte des Parkplatzes vor dem Wanderweg absperren lassen. Ich glaube, die Opfer wurden woanders ermordet und mit dem Auto hierher transportiert. Vielleicht wurden sie auch in einem Auto ermordet, das auf dem Parkplatz stand. Wenn er sie jedoch hierher gebracht hat, würde ich meinen, dass er sein Auto vor dem Pfad geparkt hat.«

Fabel nickte anerkennend. Brauner lachte bellend und gab Hermann einen wohlmeinenden Schlag auf die Schulter. Doch offenbar freute sich der Kommissar nicht über diese Geste. »Ich stimme Ihnen zu, Herr Kollege«, meinte Brauner. »Allerdings müssen wir zunächst noch einige Untersuchungen durchführen, bevor wir definitiv sagen können, ob es sich hier tatsächlich um die Fußabdrücke des Mörders handelt. Aber Sie haben wirklich sehr gute Arbeit geleistet. Kaum jemand hätte daran gedacht, den Parkplatz zu sichern.«

»War der Parkplatz leer, als die Leichen gefunden wurden?«, wollte Fabel wissen.

»Ja«, antwortete Hermann. »Das Fahrzeug, in dem der Mord stattfand oder das zum Transport der Leichen benutzt wurde, muss also schon vorher verschwunden sein. Vielleicht wurde es sogar irgendwo in Brand gesteckt, um jegliches Beweismaterial zu vernichten.« Er deutete auf einen Wanderweg, der in die entgegengesetzte Richtung wies. »Dieser Weg führt zu einem anderen Parkbereich in etwa drei Kilometer Entfernung. Ich habe für alle Fälle einen Wagen dorthin geschickt, um ihn überprüfen zu lassen, aber es war nichts zu finden.«

Fabel bemerkte, dass Maria während des gesamten Gesprächs geschwiegen hatte. Sie war an die Leichen herangetreten, und ihr Blick schien von dem weiblichen Opfer magisch angezogen zu werden. Fabel hob die Hand und sagte: »Entschuldigung«, bevor er sich neben Maria stellte. »Alles in Ordnung?«, fragte er.

Maria riss den Kopf herum und betrachtete ihn ein paar Sekunden lang ausdruckslos, als wäre sie innerlich weit weg. Ihre Haut straffte sich weiß über ihren eckigen Zügen. »Was? Oh… ja.« Dann entschlossener: »Ja, mir geht's gut. Die Sache hat keinen posttraumatischen Stress bei mir ausgelöst, wenn du das meinst.«

»Nein, Maria, das meine ich nicht. Was ist dir aufgefallen?«

»Ich hatte mir gerade überlegt, was er mit alledem sagen will. Dann sah ich ihre Hände.«

»Ja, sie scheinen sich an den Händen zu halten. Das wollte der Mörder mit dieser Pose offenbar bewirken.«

»Nein, das nicht«, sagte Maria. »Die anderen Hände. Seine rechte und ihre linke. Sie sind zu Fäusten geballt. Es sieht so aus, als wäre es ein Teil der Pose.«

Fabel drehte sich jäh um. »Holger, komm mal her und guck dir das an.«

Brauner und Hermann eilten herbei, und Fabel erläuterte ihnen Marias Beobachtung.

»Ich glaube, du hast Recht, Maria«, sagte Brauner. »Es sieht so aus, als wären die Fäuste nach dem Tod, aber vor der Leichenstarre geschlossen worden.« Plötzlich zuckte er zusammen und wandte sich jäh zu Fabel um. »Mein Gott, Jan… das Mädchen am Strand…«

Brauner griff in seine Jackentasche und holte ein ungeöffnetes Päckchen mit chirurgischen Handschuhen hervor. Mit einer hastigen Bewegung streifte er sich einen der Latexhandschuhe über, zog eine Pinzette aus seiner Brusttasche, trat vor und drehte die Hand des Mädchens um. Dann rief er Hermann zu sich und hielt ihm ein Paar Latexhandschuhe hin.

»Ziehen Sie die an, bevor Sie den Körper berühren. Ich möchte, dass Sie ihre umgedrehte Hand festhalten.«

Hermann tat wie ihm geheißen. Brauner öffnete die Finger der Frau, drehte sich zu Fabel um und nickte bitter, bevor er mit einer Pinzette ein kleines, eng zusammengerolltes Stück Papier aus der Handfläche nahm. Er schob den Zettel in eine durchsichtige Spurensicherungstüte und entrollte ihn darin vorsichtig. Dann stand er auf und trat in seinen eigenen Fußspuren von den Leichen zurück. Hermann folgte ihm.

»Was steht darauf?«

Brauner reichte Fabel die Tüte. Beim Anblick des Zettels verspürte Fabel ein bis tief in die Knochen reichendes Frösteln. Es war wieder ein rechteckiges Stück desselben gelben Papiers, etwa zehn Zentimeter breit und fünf Zentimeter hoch. Er erkannte die kleinen, regelmäßigen, mit roter Tinte geschriebenen Buchstaben von dem Zettel wieder, den das tote Mädchen am Blankeneser Strand in der Hand gehalten hatte. Diesmal stand nur ein einziges Wort darauf: »Gretel.« Fabel zeigte Maria das Stück Papier.

»Scheiße… Es ist derselbe Kerl.« Brauner öffnete bereits die geballte Faust des männlichen Opfers.

»Das hier ist anscheinend ›Hänsel‹«, sagte Brauner, erhob sich und ließ einen weiteren gelben Zettel in eine Spurensicherungstüte gleiten.

Fabels Brust schnürte sich zusammen. Er blickte hinauf zum hellblauen Himmel, dann wieder hinunter auf den Pfad, der zurück zum Parkplatz führte, in die grüne Gruft des Waldes und erneut auf den Mann und die Frau, die mit bis zum Rückgrat durchgetrennter Kehle dasaßen, deren Hände sich berührten und zwischen denen ein großes, mit Brotkrumen übersätes Taschentuch im Gras ausgebreitet war. Hänsel und Gretel. Der Drecksack wollte wohl auch noch witzig sein.

»Es war richtig von Ihnen, uns zu benachrichtigen, Kommissar Hermann. Sie könnten die Distanz zwischen uns und einem Serienmörder verringert haben, der, wie wir nun wissen, schon einmal – oder vielleicht zweimal – zugeschlagen hat.« Hermann strahlte vor Genugtuung. Fabel erwiderte sein Lächeln nicht. »Nun möchte ich, dass sich Ihr gesamtes Team zu einer Einsatzbesprechung auf dem Parkplatz versammelt. Wir müssen das ganze Gelände durchkämmen und den Tatort finden.«

12.

Hamburg-Blankenese, Sonntag, 21. März, 10 Uhr

Sie saß auf ihrem Stuhl und wurde älter. Sie saß aufrecht und reglos und lauschte dem Ticken der Uhr. Jede Sekunde glich einer Welle, die ihre Jugend und Schönheit fortschwemmte. Und ihre Schönheit hatte nicht ihresgleichen. Laura von Klosterstadts feine Eleganz war über jede vergängliche Mode erhaben, die bald mädchenhaft schmale, bald üppigere Figuren bevorzugte. Sie war eine wahre Schönheit: von zeitloser, eisiger, grausamer Perfektion. Ihr Aussehen brauchte nicht von einem Fotografen »entdeckt« zu werden, sondern hatte sich über Generationen herausgebildet. Und es hatte sich als äußerst vermarktungsfähig erwiesen – eine Eigenschaft, für die Modehäuser und Kosmetikfirmen hohe Summen bezahlten.

Der Grad von Lauras Schönheit entsprach dem ihrer Einsamkeit. Es fällt durchschnittlichen Menschen schwer, sich vorzustellen, dass Schönheit genauso abstoßen kann wie Hässlichkeit. Hässlichkeit erzeugt Abscheu, während große Schönheit Furcht auslöst. Lauras Äußeres ließ einen Zaun um sie herum entstehen, den wenige Männer zu überwinden wagten.

Sie saß da und merkte, wie sie alterte. In einer Woche würde sie 31 Jahre alt werden. Ihr Agent Heinz sollte bald erscheinen, um ihr bei den Vorbereitungen für die Party zu helfen. Er würde dafür sorgen, dass alles glatt ging. Heinz war ein extravaganter, überschäumender Homosexueller, der grenzenlose Energie mit stählerner Entschlossenheit und Tüchtigkeit verband. Und er war nicht nur ein guter Agent, sondern wohl auch der einzige wirkliche Freund, den Laura hatte. Sie wusste, dass seine Anteilnahme an ihrem Leben über »die Betreuung des Stars« hinausging, und er war der Einzige, der Lauras Abwehrwall zu durchdringen vermochte und das Ausmaß ihrer Trauer kannte. Sehr bald würde die Villa von Heinz' Temperament erfüllt sein, doch vorläufig war noch alles still.

Das Zimmer, in dem Laura saß, war einer von zwei Orten, an die sie sich gewöhnlich zurückzog. Beide befanden sich in ihrer riesigen Blankeneser Villa: dieser große, lichtdurchflutete und bewusst funktionslose Raum mit dem harten Stuhl, dem Hartholzboden und den weißen Wänden; und der Swimmingpool, der sich an der Seite des Hauses über den Hang erstreckte. Wer sich dem mächtigen Panoramafenster am Ende des Pools näherte, hatte das Gefühl, in den Himmel hinein zu schwimmen. Das waren die Orte, an denen Laura von Klosterstadt sich selbst begegnete.

Das Zimmer war leer, abgesehen von dem unnachgiebigen Stuhl, auf dem sie saß, und einem Schrank an der Wand. Die darauf stehende CD-Anlage war der einzige Komfort, den sie hier zugelassen hatte.

Es war ein helles Zimmer. Wegen dieses Raumes war sie hierher gezogen. Er hatte eine hohe Stuckdecke, die von schmuckvollen Leisten umrahmt war, und durch das ausladende Erkerfenster fiel Licht in alle Winkel. Ideal für ein Kinderzimmer, hatte sie gedacht, und in jenem Moment hatte sie beschlossen, die Villa zu kaufen.

Aber es war kein Kinderzimmer. Sie hatte es nüchtern und weiß gelassen und seine Helligkeit in etwas Steriles verwandelt. Hier ließ Laura sich nieder und dachte über ein zehnjähriges Kind nach, das nicht existierte. Das nie wirklich existiert hatte. Laura saß auf dem unbequemen Stuhl in dem sterilen weißen Zimmer und stellte sich vor, wie es mit bunten Farben und Spielzeug hätte aussehen können. Mit einem Kind darin.

Doch es war besser so. Laura war durch ihre Erfahrung mit ihrer eigenen Mutter zu der Überzeugung gelangt, dass ihr eigenes Elend, hätte sie selbst ein Kind gehabt, einfach nur an die nächste Generation weitergegeben worden wäre. Nicht, dass Lauras Mutter sie grausam behandelt hätte. Sie hatte ihre Tochter nicht geschlagen und nicht bewusst gedemütigt. Margarethe von Klosterstadt hatte schlicht nie sonderlich viel für sie empfunden. Manchmal hatte Margarethe sie auf beunruhigende, leicht missbilligende Art gemustert, als versuchte sie herauszufinden, wer und was Laura genau war und wie sie in ihr Leben passte. Laura bezweifelte nie, dass sie auf eine Weise, die nur für ihre Mutter offensichtlich war, ein böses Mädchen gewesen sein musste. Ein unartiges Kind.

Margarethe hatte die Mängel der kleinen Laura klar identifiziert und sie mit den eisigen Scheinwerfern ihrer Missbilligung ausgeleuchtet. Doch ihre Mutter hatte auch ihre außergewöhnliche Schönheit erkannt und sie sogar als einzigen Vorzug ihrer Tochter bezeichnet. Am Anfang, bevor Heinz angestellt worden war, hatte sie sogar Lauras Karriere gemanagt. Sie hatte unermüdlich und geradezu obsessiv daran gearbeitet, Lauras Karriere zu fördern und sie zu einem prominenten Teil der Gesellschaftskreise zu machen, denen die Klosterstadts angehörten. Aber Laura hatte keine Kindheitserinnerungen daran, dass ihre Mutter je mit ihr gespielt, sich um sie gekümmert oder sie mit echter Wärme angelächelt hätte.

Dann war das Problem aufgetaucht.

Fast genau zehn Jahre zuvor, als Lauras Schönheit gerade erblühte und die Zahl der Modelverträge zunahm, hatte jemand es geschafft, durch den Stacheldrahtzaun zu schlüpfen, den Margarethe von Klosterstadt um ihre Tochter – und auch Laura um sich selbst – errichtet hatte.

Lauras Mutter beaufsichtigte und organisierte alles. Obwohl Laura gerade erst selbst herausgefunden hatte, dass sie schwanger war, wusste Margarethe aus unerklärlichen Gründen, die Laura nicht mit mütterlichem Instinkt in Verbindung bringen konnte, bereits von ihrer Schwangerschaft. Laura sah ihren Liebhaber nie wieder, erwähnte ihn nie mehr und dachte auch nicht mehr an ihn. Ihre Mutter hatte dafür gesorgt, dass er fernblieb, denn die Familie von Klosterstadt hatte die Macht, anderen ihren Willen aufzuzwingen, und das Vermögen, diejenigen zu kaufen, die sich nicht fügen wollten. Eine Woche vor Lauras einundzwanzigstem Geburtstag wurde ein kurzer Urlaub arrangiert – in einer Privatklinik in London. Danach setzten sich Lauras Gesellschafts- und Modelkarriere fort, als wäre nichts passiert.

Seltsamerweise dachte sie immer, es wäre ein Junge gewesen. Sie wusste nicht, warum, aber so stellte sie sich ihr Kind vor.

Sie hörte ein Auto in der Auffahrt. Heinz. Sie seufzte, stand auf und ging hinaus zur Eingangshalle.

13.

Naturpark Harburger Berge, Sonntag, den 21. März, Mittag

Sie machten die Entdeckungen fast gleichzeitig. Kommissar Hermann meldete über Funk, dass zwei Autos – ein schickes Mercedes-Coupé und ein älterer VW Golf – in einem Waldgebiet am Südrand des Naturparks gefunden worden waren.

Der Mann ging kühl-berechnend vor. Methodisch. Nachdem er das erste Auto an diese Stelle gefahren hatte, musste er rund zwanzig Minuten zum zweiten Wagen zurückgehen. Fabel benötigte Details, aber er wollte nicht über Sprechfunk darüber diskutieren. Deshalb rief er Hermann auf dessen Handy zurück.

»Ich werde Herrn Brauner und sein Team rüberschicken, sobald sie hier fertig sind. Achten Sie darauf, dass der Ort abgeschirmt bleibt.«

»Selbstverständlich«, sagte Hermann, und Fabel merkte, dass er ein wenig gekränkt war.

»Entschuldigen Sie«, sagte Fabel. »Sie haben durch Ihre Arbeit hier bereits gezeigt, dass Sie wissen, wie man ein Gelände sichert. Ist Ihnen dort etwas aufgefallen?«

»Der Mercedes war der Tatort, wie ich vermutet hatte. Um es freundlich zu umschreiben: Die Polster werden nie wieder so aussehen wie früher. Auf dem Rücksitz liegt eine Aktentasche, aber wir haben sie natürlich nicht angerührt. Dafür haben wir die Nummer überprüft: Der Wagen ist auf eine Firma zugelassen, und zwar auf die Backstube Albertus in Bostelbek. Ich habe meine Mitarbeiter losgeschickt, um herauszufinden, wer den Wagen fährt. Vorerst sagen wir nur, dass er verlassen aufgefunden worden sei. Der Golf gehört einer gewissen Hanna Grünn und ist in Buxtehude registriert.«

»Gut. Ich komme mit Herrn Brauner zu Ihnen, sobald wir die Arbeit hier abgeschlossen haben.«

»Komisch«, schob Hermann nach, »es ist fast so, als hätte er die Autos nur halbherzig versteckt. Schließlich hätte er sie auch verbrennen können.«

»Nein«, widersprach Fabel. »Der Mörder hat nur beabsichtigt, sich etwas mehr Zeit verschaffen, um eine zusätzliche Entfernung zwischen sich und uns zu bringen. Er wollte, dass wir feststellen, wo er sie getötet hat, aber erst, wenn es in seine Pläne passt.«

Die andere Entdeckung machte Holger Brauner. Er führte Fabel zurück zum Hauptparkplatz am Waldrand. An einer Stelle wurde das Dickicht spärlicher, und als die beiden Männer einige Zweige beiseite schoben, kamen sie auf einen sehr schmalen Pfad. Er musste einmal einen zweiten Zugang zu der Lichtung gebildet haben, doch anscheinend nur für Spaziergänger und Radfahrer. Fabel fluchte, als die lohfarbenen Schuhe, für die er in London so viel bezahlt hatte, in dem morastigen Boden versanken.

»Hier ...«, Brauner zeigte auf mehrere Faltkartons, die er zwecks Spurensicherung auf den Boden gelegt hatte. »Das sind frische Stiefelabdrücke, und zwar deutliche. Aus der Größe würde ich schließen, dass sie von einem Mann stammen.« Er folgte dem Pfad und deutete auf einen weiteren Stiefelabdruck. »Sei vorsichtig, Jan, ich habe noch keine Fotos und keinen Abguss.«

Fabel ging hinter Brauner her und bahnte sich mühsam einen Weg am grasbewachsenen Saum des Pfades. Brauner blieb neben einer Reihe von weiteren Faltkartons stehen. »Und das hier sind Reifenspuren – ebenfalls frisch.«

Fabel hockte sich hin und untersuchte die Spuren. »Motorrad?«

»Ja.« Brauner zeigte nach vorn, wo der Pfad abbog und von der Dunkelheit des Waldes verschlungen wurde. »Wenn du einen deiner Leute diesem Pfad folgen lässt, wird er wahrscheinlich irgendwo in der Nähe der Hauptstraße rauskommen. Jemand ist mit dem Motorrad hierher gefahren und hat sich dem Parkplatz auf ungefähr hundertfünfzig Meter genähert. Wenn ich die Spuren und Stiefelabdrücke richtig deute, hat er dann den Motor abgestellt und sein Gefährt den Rest des Weges geschoben.« Er wies auf den ersten Stiefelabdruck zurück. »Daraus können wir folgern, dass er hier knapp außerhalb der Sichtweite der Parkplatzbesucher gestanden und die Lichtung beobachtet hat.«

»Der Mörder?«

»Könnte sein.« Brauners Gesicht verzog sich zu dem üblichen gutmütigen Grinsen. »Oder vielleicht einfach ein Naturliebhaber, der sich für das nächtliche Tierleben auf dem Parkplatz interessierte.«

Fabel erwiderte Brauners Lächeln, doch in seinem Inneren schrillte eine Alarmglocke. Er musterte die Fußabdrücke erneut und spreizte dabei die Beine, um nicht auf sie zu treten. Die Zweige, die er zur Seite geschoben hatte, um den Pfad zu erreichen, schirmten nun seinen Körper ab. Im Geist drehte er die Uhr bis zum späten Abend zurück. Du hast hier gewartet, stimmt's? Du warst unsichtbar, ein Teil des Waldes. Du hast dich hier sicher und geborgen gefühlt, während du beobachtetest und wartetest. Du sahst sie eintreffen, wahrscheinlich getrennt. Du hast einen der Partner im Auge behalten, während er oder sie auf die Ankunft des anderen wartete. Also kanntest du sie oder wenigstens ihre Pläne. Du wusstest, dass dein zweites Opfer eintreffen würde. Und dann hast du zugeschlagen.

Fabel drehte sich zu Brauner um. »Ich hoffe, du kannst einen guten Abguss herstellen, Holger. Der Kerl war kein zufälliger Spanner. Er hatte ein klares Ziel vor Augen.«

14.

Hamburg-Hausbruch, Sonntag, den 21. März, 15.30 Uhr

Als Fabel und Werner eintrafen, hatte die örtliche Schutzpolizei Vera Schiller bereits mitgeteilt, dass man eine Leiche gefunden habe, die allem Anschein nach die ihres Mannes sei. Bei der Durchsuchung der Taschen habe man eine Brieftasche und einen Personalausweis mit dem Namen Markus Schiller gefunden.

Holger Brauner und sein Spurensicherungsteam hatten die beiden abgestellten Fahrzeuge untersucht und bestätigt, dass das männliche Opfer im Innern des Mercedes ermordet worden war. Auf dem Beifahrersitz war ein »Schatten« zu sehen, wo das Mädchen gesessen und das Arterienblut des Mannes von den Lederpolstern abgehalten hatte. An den Leisten der Motorhaube befanden sich Blutspuren, und Brauner hatte aus ihnen gefolgert, dass das Mädchen aus dem Auto gerissen und ihre Kehle durchgeschnitten worden war, während der Täter sie auf die Motorhaube presste. »Wie auf einem Schlachtblock«, sagte Brauner. Das Spurensicherungsteam hatte die Aktentasche vom Rücksitz genommen. Sie enthielt nur ein Bündel Tankstellenrechnungen, eine Quittung für ein Bußgeld wegen Geschwindigkeitsüberschreitung und ein paar Broschüren über kommerzielle Backgeräte und Backprodukte.

Das Haus der Schillers stand auf einem riesigen Gelände am Rand des Staatsforstes. Man näherte sich dem Haus durch eine Gruppe dicht gepflanzter Bäume, die sich dunkel an den Seiten der Auffahrt drängten, bevor sie von ausladenden Rasenflächen abgelöst wurden. Fabel hatte das Gefühl, wieder eine Lichtung im Wald erreicht zu haben. Das Haus war eine stattliche, im neunzehnten Jahrhundert gebaute Villa mit einer cremefarbenen Fassade und großen Fenstern.

»Mit Brötchen ist offensichtlich Geld zu verdienen«, murmelte Werner, als Fabel auf der makellosen Kiesauffahrt einparkte.

Vera Schiller öffnete selbst die Tür und führte die Männer durch eine mit Marmorfußboden und Säulen versehene Halle in einen geräumigen Salon. Sie bot den Polizisten an, auf einem antiquarischen Sofa Platz zu nehmen. Fabel bevorzugte zeitgenössische Möbel, aber er sah, dass es sich um ein wertvolles Stück handelte. Und es war nicht das einzige in Vera Schillers Salon. Sie setzte sich ihnen gegenüber auf einen Sessel, schlug die Beine übereinander und ließ die Hände – mit den Handflächen nach unten – auf ihrem Schoß ruhen. Sie war eine attraktive dunkelhaarige Frau von Ende dreißig, und alles an ihr – ihr Gesicht, ihre Haltung, ihr höfliches, schwaches Lächeln bei der Begrüßung – brachte eine krampfhafte Gelassenheit zum Ausdruck.

»Zuallererst möchte ich sagen, Frau Schiller, dass ich weiß, wie bedrückend dies alles für Sie sein muss«, begann Fabel. »Natürlich müssen Sie die Leiche erst einmal identifizieren, aber es gibt kaum einen Zweifel daran, dass es sich um Ihren Mann handelt. Ich darf Ihnen versichern, dass wir Ihren Verlust zutiefst bedauern.« Er rückte unbeholfen hin und her, denn das Sofa, das an die zweihundert Jahre alt sein musste, war ausgesprochen unbequem.

»Tatsächlich?« Vera Schillers Stimme enthielt keine Feindseligkeit. »Sie kannten Markus nicht. Und Sie kennen mich nicht.«

»Trotzdem tut es mir sehr Leid, Frau Schiller«, entgegnete Fabel. »Wirklich.«

Vera Schiller nickte brüsk. Fabel wusste nicht, ob sie hastig einen Damm um sich errichtet hatte, um ihren Kummer zurückzuhalten, oder ob sie schlicht gefühlskalt war. Er zog eine durchsichtige Spurensicherungstüte aus der Tasche. Durch den Kunststoff war Markus Schillers Foto auf seinem Personalausweis zu erkennen. Er reichte ihr den Beutel.

»Ist das Ihr Mann, Frau Schiller?«

Sie warf einen raschen Blick auf den Beutel und starrte Fabel dann an. »Ja, das ist Markus.«

»Haben Sie eine Ahnung, weshalb Herr Schiller so spät am Abend im Naturpark gewesen sein könnte?«, fragte Werner.

Sie lachte bitter. »Das liegt doch wohl auf der Hand. Wie ich hörte, haben Sie auch eine Frau gefunden?«

»Ja«, meinte Werner. »Eine Frau namens Hanna Grünn, soweit wir dies bisher ermitteln können. Sagt Ihnen der Name etwas?«

Zum ersten Mal zeigten Vera Schillers Augen so etwas wie Schmerz. Dann gewann sie ihre Selbstbeherrschung zurück, und sowohl ihr falsches Lachen als auch ihre Antwort waren von Sarkasmus getränkt.

»Treue war für meinen Mann ein so abstrakter und schwer verständlicher Begriff wie Kernphysik. Sie befand sich einfach jenseits seines Verständnishorizontes. Es gab zahllose andere Frauen, und ich kenne auch diesen Namen. Wissen Sie, Herr Hauptkommissar, was ich so geschmacklos an alledem finde, ist nicht die Tatsache, dass Markus eine Affäre mit einer anderen Frau hatte… daran bin ich nun wirklich gewöhnt…, sondern dass er nicht die Höflichkeit oder die Fantasie oder den Geschmack besaß, sich wenigstens außerhalb der Belegschaft umzusehen.«

Fabel tauschte einen raschen Blick mit Werner aus. »Dieses Mädchen hat für Sie gearbeitet?«

»Ja. Hanna Grünn arbeitet seit ungefähr sechs Monaten für uns. Am Fließband, unter Herrn Biedermeyer. Er kann Ihnen mehr über sie mitteilen als ich. Aber ich weiß noch, wie sie bei uns anfing. Sehr hübsch, auf eine provinzielle Art. Ich wusste sofort, dass sie Markus' Kragenweite war. Aber ich hätte nicht gedacht, dass er eine der Arbeiterinnen ficken würde.«

Fabel erwiderte ihren Blick. Die Obszönität ließ sich nicht mit Vera Schillers demonstrativer Würde und Gelassenheit vereinbaren. Genau deshalb hatte sie das Wort natürlich benutzt.

»Sie verstehen bestimmt, dass ich Sie fragen muss, wo Sie gestern Abend waren, Frau Schiller?«

Wiederum ein bitteres Lachen. »Die wütende betrogene Ehefrau, die Rache nimmt? Nein, Herr Fabel, es gab für mich keinen Anlass, Gewalt anzuwenden. Ich wusste nichts von Markus und Fräulein Grünn, und es wäre mir ohnehin gleichgültig gewesen. Markus war klar, dass er gewisse Grenzen nicht überschreiten durfte. Mir gehört nämlich die Backstube Albertus. Es war das Geschäft meines Vaters. Markus ist…« Sie stockte, runzelte die Stirn und schüttelte dann den Kopf, als wäre sie verärgert über ihre Unfähigkeit, sich der neuen Realität anzupassen. »…Markus war nur ein Angestellter. Auch dieses Haus gehört mir. Ich hatte keine Veranlassung, Markus zu ermorden, weil ich ihn mit einem einzigen Schlag um sein Einkommen und um sein Heim hätte bringen können. Für jemanden mit Markus' kostspieligen Ansprüchen war das die größte Bedrohung.«

»Und wo waren Sie gestern Abend?«, hakte Werner nach.

»Ich war auf einer Veranstaltung in Hamburg, einem Ereignis der Catering-Branche, bis etwa ein Uhr morgens. Ich kann Ihnen das detailliert belegen.«

Fabel ließ den Blick noch einmal durch das Zimmer schweifen. Hier war echtes Geld vorhanden. Eine Menge davon. Wenn man genug Geld und die richtigen Beziehungen hatte, konnte man in Hamburg alles kaufen. Auch einen Mörder. Er erhob sich aus der teuren Unbequemlichkeit des Sofas.

»Vielen Dank, dass Sie uns Ihre Zeit geschenkt haben, Frau Schiller. Wenn Sie nichts dagegen haben, würde ich gern Ihren Betrieb aufsuchen und mit einigen Ihrer Angestellten sprechen. Wahrscheinlich werden Sie die Backstube für ein paar Tage schließen, aber…«

Vera Schiller unterbrach ihn: »Wir werden morgen wie üblich öffnen. Ich werde in meinem Büro sein.«

»Sie wollen morgen arbeiten?« Werner konnte sein Erstaunen nicht verbergen.

Frau Schiller stand auf. »Sie können mich dort über die Formalitäten der Identifizierung in Kenntnis setzen.«

Als Fabel und Werner von der Auffahrt auf die Hauptstraße abbogen, schienen sich die Bäume hinter ihnen zu schließen. Fabel versuchte, sich vorzustellen, wie Frau Schiller nun in einem ihrer reich ausgestatteten Zimmer saß und wie die Dämme brachen, sodass die Flut ihres Kummers und ihrer Tränen freie Bahn hatte. Aber es wollte ihm nicht gelingen.

15.

Hamburg-Pöseldorf, Sonntag, den 21. März, 21 Uhr

Als Fabel seine Wohnungstür öffnete, hörte er die Klänge einer Klassik-CD, und aus der Küchennische drangen Geräusche. Seltsam gemischte Gefühle stiegen in ihm hoch. Einerseits beruhigte und ermutigte es ihn, dass er nicht in eine leere Wohnung zurückkehrte – dass jemand auf ihn wartete. Aber andererseits hatte er unwillkürlich das Gefühl, dass seine Privatsphäre verletzt wurde. Er war froh darüber, dass Susanne und er noch nicht beschlossen hatten zusammenzuziehen. Oder wenigstens glaubte er, froh darüber zu sein. Vielleicht würde der richtige Zeitpunkt bald kommen, aber noch war es nicht so weit. Er vermutete, dass sie genauso dachte. Gleichzeitig jedoch quälte es Fabel, dass die Entscheidung hinausgezögert wurde. Beruflich musste er entschlossen auftreten, doch in seinem Privatleben schien er keine Entscheidungen treffen zu können – jedenfalls keine guten, weshalb er stets zögerte. Dabei wusste er genau, dass seine Unentschlossenheit zumindest teilweise zum Scheitern seiner Ehe mit Renate beigetragen hatte.

Er zog seine Jaeger-Sportjacke aus, löste sein Halfter mit der Pistole und legte beide auf das Ledersofa. Dann ging er zur Küchennische. Susanne briet gerade ein Omelette und hatte bereits einen Salat zubereitet. Ein gekühlter Pinot Grigio ließ zwei Weingläser beschlagen.

»Ich dachte, du würdest hungrig sein«, sagte sie, als er hinter sie trat und die Arme um ihre Taille legte. Sie hatte ihr langes dunkles Haar hochgesteckt, und er küsste ihren entblößten Hals. Ihr sinnlicher Geruch füllte seine Nüstern. Es war der Geruch des Lebens. Der Energie. Nach einem Tag mit den Toten glich schon dieser Geruch einem guten Wein.

»Ich habe Hunger«, bestätigte er. »Aber zuerst möchte ich duschen.«

»Gabi hat angerufen«, rief Susanne, als er vorsichtig unter die Dusche trat. »Nichts Wichtiges. Nur um zu plaudern. Sie hat mit deiner Mutter gesprochen: Es geht ihr gut.«

»Morgen rufe ich beide an.« Fabel lächelte. Er hatte befürchtet, dass seine Tochter Gabi Susannes Auftauchen übelnehmen würde, aber die beiden hatten sich sofort gut verstanden. Susanne war von Gabis Intelligenz und Witz angetan gewesen, und Gabi hatte sich von Susannes Schönheit, Stil und »supercoolem Job« beeindruckt gezeigt.

Nach der Mahlzeit unterhielten sich Fabel und Susanne über alle möglichen Themen, nur nicht über ihre Arbeit. Der einzige Hinweis, den Fabel auf die Ereignisse des Tages machte, bestand darin, dass er Susanne bat, an seiner Fallkonferenz am folgenden Nachmittag teilzunehmen. Sie gingen ins Bett und liebten sich langsam und schläfrig, bevor sie einschlummerten.

Er saß kerzengerade im Bett, als er aufwachte. Sein Rücken war schweißbedeckt.

»Alles in Ordnung?« Susanne klang besorgt. Er musste sie geweckt haben. »Wieder ein Traum?«

»Ja… Ich weiß nicht…« Er verzog das Gesicht in der Dunkelheit und spähte, als wolle er einen Blick auf seinen entschwindenden Albtraum erhaschen, durch die Schlafzimmertür und das Panoramafenster hinaus auf die glänzenden Lichter, die sich im Wasser der Außenalster widerspiegelten. »Wahrscheinlich.«

»Das passiert zu oft, Jan«, sagte sie und legte die Hand auf seinen Arm. »Diese Träume sind ein Zeichen dafür, dass du nicht mit den Dingen fertig wirst, mit denen du dich beschäftigen musst.«

»Mir geht's bestens.« Seine Stimme war zu kühl und hart. Er drehte sich zu ihr um und milderte seinen Tonfall. »Es geht mir gut. Wirklich. Wahrscheinlich liegt es nur an deinem Käseomelette.« Er lachte und legte sich wieder hin.

Sie hatte Recht: Die Träume wurden schlimmer. Jeder Fall schien sich nun in seinen Schlaf einzuschleichen. »Ich weiß nicht einmal mehr, worum es ging«, log er. Zwei gesichtslose Kinder, ein Junge und ein Mädchen, hatten auf einer Lichtung im Wald gesessen und sich ein karges Picknick munden lassen. Vera Schillers Villa zeichnete sich durch die Bäume ab. In dem Traum war weiter nichts geschehen, doch Fabel hatte eine überwältigende Atmosphäre des Bösen verspürt.

Er lag in der Dunkelheit und dachte über die sich draußen ausdehnende Stadt nach. Seine Gedanken schweiften zu dem einsamen Waldpark im Süden. Hänsel und Gretel. In der Finsternis des Waldes verirrte Kinder. An der dunklen Elbe entlang zum helleren Strand von Blankenese. Ein am Elbufer liegendes Mädchen. Das war der Anfang, die Noten der Overtüre. Und Fabel hatte ihre Bedeutung übersehen.

Sein ermüdeter Geist versagte und verband unzusammenhängende Dinge miteinander. Er dachte an Paul Lindemann, den jungen Polizisten, den er bei seinem letzten großen Fall verloren hatte, und dann an Henk Hermann, den Schutzpolizeikommissar, der den Tatort im Naturpark gesichert hatte, und schließlich an Klatt, den Kripokommissar aus Norderstedt. Zwei Außenseiter in der Mordkommission, doch einer würde zu ihrem ständigen Mitglied werden. Aber Fabel wusste noch nicht, welcher. Draußen war Gelächter zu hören. Irgendwo in der Milchstraße kamen Gäste aus einem Restaurant. Ein anderes Leben.

Fabel schloss die Augen. Hänsel und Gretel. Ein Märchen. Er entsann sich an das Radiointerview, das er während der Rückfahrt von Norddeich gehört hatte, doch sein erschöpftes Hirn enthielt ihm den Namen des Autors vor. Er würde seinen Freund Otto fragen, der ein Buchgeschäft in den Alsterarkaden besaß.

Ein Märchen.

Fabel schlief ein.

16.

Alsterarkaden, Hamburg, Montag, den 22. März, 10 Uhr

Die Buchhandlung Jensen lag in dem eleganten, überdachten Teil der Arkaden an der Alster. Das hell erleuchtete Buchgeschäft strahlte nordeuropäischen Chic aus und hätte sich genauso gut in Kopenhagen, Oslo oder Stockholm befinden können. Das Innere war mit Buchenregalen und -verschalungen einfach und modern eingerichtet. Alles strahlte Organisationstalent und Effizienz aus, was Fabel immer wieder schmunzeln ließ, denn er wusste, dass der Besitzer, Otto Jensen, völlig desorganisiert war. Otto war ein Kommilitone von Fabel gewesen und seitdem eng mit ihm befreundet. Er war hoch gewachsen, schlaksig und exzentrisch: ein beweglicher Konzentrationspunkt im Chaos. Aber hinter dem schlecht koordinierten Körper verbarg sich ein Geist, der einem Supercomputer glich.

In der Buchhandlung Jensen waren kaum Kunden, als Fabel eintraf. Otto hatte den Rücken der Tür zugewandt. Seine fast zwei Meter große Gestalt streckte sich, um Bücher aus einem Karton auf den Regalen einzuordnen. Ein Band entglitt Ottos Händen, und Fabel sprang vor, um ihn aufzufangen.

»Blitzschnelle Reaktionen sind vermutlich eine Voraussetzung für den Erfolg eines Verbrechensbekämpfers. Dass du sie zeigst, ist sehr beruhigend.«

Otto lächelte seinen Freund an, und sie schüttelten sich die Hand. Nach einem mehrere Minuten dauernden Geplauder über ihre Gesundheit, ihre Partner und Kinder nannte Fabel den Zweck seines Besuches.

»Ich bin auf der Suche nach einem neuen Buch. Einem Roman oder, besser gesagt, einem Krimi. An den Titel oder den Autor kann ich mich nicht erinnern, aber das Buch basiert auf der Idee, dass einer der Brüder Grimm ein Mörder war…«

Otto lächelte wissend. »*Die Märchenstraße*. Von Gerhard Weiss.«

Fabel schnippte mit den Fingern. »Ganz richtig!«

»Du brauchst nicht zu beeindruckt von meinen erstaunlichen Literaturkenntnissen zu sein – es wird zurzeit vom Verlag groß herausgestellt. Übrigens würde es vermutlich Herrn Weiss' literarisches Ehrgefühl verletzen, das Buch als Krimi bezeichnet zu hören. Es vertritt die These, dass ›die Kunst das Leben und dies wiederum die Kunst imitiert‹. Es gibt etliche Mitglieder der Literaturszene, die sich darüber aufregen.« Otto runzelte die Stirn. »Warum um alles in der Welt möchtest du einen historischen Thriller kaufen? Hast du in Hamburg nicht schon genug mit heutigen Morden zu tun?«

»Viel zu viel, Otto. Taugt es was? Das Buch, meine ich.«

»Unzweifelhaft ist es provokativ. Und Weiss ist mit der Folklore, der Philologie und den Werken der Brüder Grimm vertraut. Aber sein Stil ist protzig und gespreizt. Um ehrlich zu sein, in Wirklichkeit ist es bloß ein abgedroschener Thriller mit literarischen Ansprüchen. Das ist jedenfalls meine Meinung… Komm und lass uns einen Kaffee trinken.« Otto führte

Fabel in die Kunstabteilung des Geschäfts. Seit Fabels letztem Besuch waren zwei Regalreihen entfernt worden, um Platz zu schaffen. Die obere Galerie blickte nun hinunter auf eine Fläche mit Ledersofas und Kaffeetischen, auf denen sich Zeitungen und Bücher stapelten. In der Ecke stand ein Espressogerät auf einem Tresen.

»So ist das heute«, grinste Otto. »Ich habe diesen Laden aufgemacht, weil ich Literatur liebe und Bücher verkaufen will. Aber nun serviere ich Caffè lattes und macchiatos.« Er deutete auf ein Sofa, und Fabel setzte sich hin, während Otto an die Kaffeebar trat. Kurz darauf kam er mit einem unter den Arm geklemmten Buch und zwei Tassen Kaffee in den Händen zurück. Eine davon stellte er vor Fabel auf den Tisch. Natürlich hatte Otto ein wenig Kaffee verschüttet, der nun in der Untertasse stand.

»An deiner Stelle würde ich bei Büchern bleiben«, sagte Fabel lächelnd.

Otto reichte ihm das Buch, und ein Schluck seines eigenen Kaffees schwappte in die Untertasse. »Das ist es. *Die Märchenstraße*.« Es war ein dickes Hardcover. Auf dem düsteren Schutzumschlag prangte der Titel in gotischer Fraktur. Das Cover war in der Mitte mit einem kleinen Kupferstich aus dem neunzehnten Jahrhundert illustriert. Er zeigte ein kleines Mädchen, das einen roten Umhang mit einer Kapuze trug und durch einen Wald spazierte. Hinter dem Kind glühten rote Augen in der Dunkelheit. Fabel drehte das Buch um und betrachtete die Rückseite. Dort befand sich ein Foto von Weiss: Sein ernstes Gesicht war hart und breit, geradezu brutal, und auch seine Schultern und sein Hals sahen wuchtig aus.

»Hast du noch etwas von ihm gelesen, Otto?«

»Eigentlich nicht… ich habe nur ein, zwei seiner Bücher durchgeblättert. Er hat früher schon ähnliche Dinge veröffentlicht. Seine Anhängerschaft ist recht groß. Komische Typen. Aber hiermit scheint er den Durchbruch geschafft zu haben.«

»Was meinst du mit ›komische Typen‹?«

»Seine früheren Bücher waren Fantasy-Romane. Er nannte sie ›Wahlwelten-Chronik‹. Sie beruhten auf einer ähnlichen Voraussetzung wie dieses neue Buch, aber sie spielten in einer ganz und gar erfundenen Welt.«

»Science Fiction?«

»Nicht ganz«, sagte Otto. »Die Welt, die Weiss schuf, war immer die gleiche wie unsere, aber die Länder hatten andere Namen, eine andere Geschichte und so weiter. Es war so etwas wie eine Parallelwelt. Außerdem lud er seine Fans ein, sich einen Platz in seinen Büchern zu kaufen. Wenn sie ihm ein paar tausend Euro schickten, brachte er sie in der Story unter. Je mehr sie zahlten, desto größer war die Rolle, die sie in der Handlung spielten.«

»Warum sollte jemand dafür bezahlen?«

»Es hat alles mit Weiss' merkwürdigen Literaturtheorien zu tun.«

Fabel musterte das Gesicht auf der Rückseite des Schutzumschlags. Die Augen waren unglaublich dunkel. So dunkel, dass sich die Pupillen nicht von der Iris unterscheiden ließen. »Erklär sie mir … Seine Theorien, meine ich.«

Otto machte ein Gesicht, das die Schwierigkeit der Aufgabe andeutete. »Mein Gott, ich weiß es nicht, Jan. Eine Mischung aus Aberglauben und Quantenphysik, könnte man sagen. Oder genauer gesagt, Aberglaube, der sich als Quantenphysik ausgibt.«

»Otto …« Fabel lächelte ungeduldig.

»Okay. Stell es dir folgendermaßen vor: Manche Physiker glauben, es gebe eine unendliche Zahl von Dimensionen im Universum, stimmt's? Folglich gibt es auch eine unendliche Zahl von Möglichkeiten – und unendliche Varianten der Realität, oder?«

»Ja … vielleicht …«

»Schön«, fuhr Otto fort, »diese wissenschaftliche These

dient vielen Schriftstellern als künstlerische Überzeugung. Sie können sehr abergläubisch sein. Zum Beispiel weiß ich ganz genau, dass mehrere berühmte Autoren ihre Figuren nicht von Menschen ableiten, die sie kennen. Einfach deshalb, weil sie fürchten, ihre Fantasien über die Figuren könnten sich in der Realität widerspiegeln. Im Buch wird ein Kind getötet, und in Wirklichkeit stirbt ebenfalls ein Kind – nach demselben Muster. Oder, noch unheimlicher, man schreibt einen Roman über entsetzliche Verbrechen, und irgendwo, in einer anderen Dimension, wird die Erfindung zur Tatsache.«

»Das ist Unsinn. In einer anderen Dimension könnten du und ich also einfach erfundene Gestalten sein?«

Otto hob die Schultern. »Ich erläutere nur Weiss' Behauptung. Dem metaphysischen faulen Zauber fügt er seine Theorie hinzu, dass unsere Geschichte eher durch literarische oder – zunehmend – filmische Porträts von Charakteren vorgeprägt als durch historische Dokumente oder durch die archäologische Forschung nachgezeichnet wird.«

»Trotz all seiner Dementis will Weiss also darauf hinaus, dass Jacob Grimm, weil ein solcher Roman über ihn geschrieben wurde, letztlich diese Verbrechen in einer anderen erfundenen Dimension begangen hat. Oder dass Grimm von künftigen Generationen für schuldig gehalten werden könnte, weil sie Weiss' Roman mehr Glauben schenken als den dokumentierten Fakten.«

»Ganz genau. Wie auch immer, Jan …« Otto pochte auf das Buch, das Fabel in der Hand hielt. »Dann lies mal schön. Möchtest du noch etwas anderes?«

»Allerdings … Hast du irgendwelche Märchenbücher?«

17.

Polizeipräsidium Hamburg, Montag, den 22. März, 15 Uhr

Das Konferenzzimmer der Mordkommission hätte dem Lesesaal einer Bibliothek geglichen, wären nicht die Tatortfotos gewesen, die man neben die Vergrößerungen der in den Händen aller drei Opfer gefundenen Mitteilungen an die Schautafel geheftet hatte. Der Kirschholztisch war mit Büchern jeglicher Größe bedeckt. Einige hatten den Glanz von Neuerscheinungen, während andere abgegriffen und manche sogar antiquarisch wirkten. Fabels Beitrag waren die Werke gewesen, die er aus der Buchhandlung Jensen mitgebracht hatte: drei Exemplare von Gerhard Weiss' Thriller, eines der *Grimmschen Kinder- und Hausmärchen* und jeweils ein Band von Hans-Christian Andersen und Charles Perrault. Die übrigen Bücher hatte Anna Wolff aus der Hamburger Zentralbibliothek besorgt.

Anna Wolff, Maria Klee und Werner Meyer waren bereits vor Fabel erschienen. Kommissar Klatt von der Schleswig-Holsteiner Kripo saß ebenfalls unter ihnen, doch obwohl das Team lebhaft mit ihm plauderte, deutete die allgemeine Körpersprache auf eine gewisse Distanz gegenüber dem Neuen hin. Fabel hatte gerade am Kopf des Tisches Platz genommen, als Susanne Eckhardt eintraf. Sie entschuldigte sich mit einer Förmlichkeit bei ihm für ihre Verspätung, deren sich die beiden automatisch bedienten, wenn sich ihre beruflichen Pfade kreuzten.

»Also dann«, sagte Fabel in einem entschiedenen Tonfall, »fangen wir an. Wir haben zwei Mordszenen und drei Opfer. Und da das erste Opfer einen direkten Hinweis auf Kommissar Klatts drei Jahre alten Vermisstenfall in der Hand hielt, müssen wir leider annehmen, dass es noch ein viertes Opfer gibt.« Er wandte sich an Werner. »Was liegt bis jetzt vor?«

Werner ging die Details durch. Das erste Opfer war von

einer Frau aus Blankenese entdeckt worden, die mit ihrem Hund einen Morgenspaziergang am Strand gemacht hatte. Im zweiten Fall war die Polizei durch einen anonymen Anruf bei der Einsatzzentrale alarmiert worden. Der Anruf war aus einer Telefonzelle in einer Tankstelle an der B 73 gekommen. Fabel dachte an die Motorradspuren auf dem Weg, der aus dem Naturpark hinausführte. Aber warum sollte der Mann erst die Autos verstecken, um Zeit zu gewinnen, und dann der Polizei mitteilen, wo die Leichen zu finden waren? Werner berichtete auch über Brauners Feststellungen zu den Stiefelabdrücken. Diejenigen, die Hermann auf dem Wanderweg gefunden hatte, stimmten nicht mit denen neben dem Parkplatz überein. »Das Seltsame ist«, sagte Werner, »dass beide Paare die gleiche Größe hatten. Riesig... Größe 50.«

»Vielleicht hat er aus irgendeinem Grund die Stiefel gewechselt«, schlug Anna vor.

»Wir konzentrieren uns auf den Motorradfahrer, der den Försterpfad benutzt hat«, sagte Fabel. »Er wartete darauf, dass die beiden eintrafen, und beobachtete sie. Das ist unsere Vermutung.«

»Der Autopsiebericht für das erste Opfer steht noch aus«, fuhr Werner fort, »ebenso wie die forensischen Berichte über die Autos, die im Wald zurückgelassen wurden. Das erste Opfer wurde wahrscheinlich erwürgt. Bei dem Doppelmord hat der Täter offensichtlich eine Waffe unterschiedlich eingesetzt. Durch die kleinen Zettel, die er den Opfern in die Hand drückte, entsteht eine Verbindung zwischen den Morden.« Werner stand auf und las den Inhalt der Notizen laut vor.

»Wir müssen zunächst einmal herausfinden, ob dieser jüngste Hinweis auf das Märchen von Hänsel und Gretel so etwas wie ein krankhafter, einmaliger Witz ist, der sich damit begründet, dass der Mörder seine Opfer im Wald zurückließ«, meinte Susanne, »oder ob er wirklich eine generelle Verbindung zu den Märchen herstellen will.«

»Aber auf dem ersten Zettel deutet nichts auf ein Märchen hin.« Fabel drehte sich um und betrachtete die Vergrößerung der Nachrichten, als wolle er der winzigen, zwanghaft sauberen Handschrift einen weiteren Sinn entlocken.

»Es sei denn, wir erkennen den Hinweis nicht«, meinte Susanne.

»Bleiben wir zunächst bei ›Hänsel und Gretel‹«, schlug Fabel vor. »Nehmen wir an, er will uns etwas mitteilen. Was könnte das sein? Wer sind Hänsel und Gretel?«

»Unschuldige Kinder, die sich im Wald verirrt haben.« Susanne lehnte sich in ihrem Stuhl zurück. »Und das passt nicht zu dem, was wir über die Opfer wissen. Es ist ein traditionelles deutsches Volksmärchen... eines von denen, die die Brüder Grimm gesammelt und aufgezeichnet haben. Außerdem ist es eine Oper von Humperdinck. Hänsel und Gretel waren Bruder und Schwester – wieder etwas, das nicht zu den beiden Opfern passt. Sie verkörpern die Unschuld, die von der Verderbnis und vom Bösen bedroht wird, und sie tragen letztlich den Sieg über beides davon...« Susanne machte eine »Das ist alles«-Geste mit den Händen.

»Ich hab's!« Anna Wolff hatte eines der Bücher auf dem Tisch durchgeblättert, und nun klatschte sie mit der Hand auf die geöffneten Seiten.

»Was?«, fragte Fabel. »Die Verbindung zu ›Hänsel und Gretel‹?«

»Nein. Nein... Entschuldigung, Chef, ich meinte das erste Mädchen. Mir scheint, ich habe den Märchenbezug. Ein junges Mädchen, das an einem Strand gefunden wird, richtig? Am Wasser?«

Fabel nickte ungeduldig.

Anna hob das Buch für die anderen hoch. Die gegenüberliegende Seite vom Text zeigte die Federzeichnung eines traurig aussehenden Mädchens, das auf einem Fels am Meer saß. Die Illustration gab die berühmte kleine Plastik wieder, die auch Fabel bei einem Besuch in Kopenhagen bewundert hatte.

»Die kleine Meerjungfrau? Hans-Christian Andersen?« Fabel klang nicht überzeugt, auch wenn um den Tisch herum ein Chor der Zustimmung zu hören war. Er musterte das Bild erneut. Es war eine überaus beliebte Skulptur. Die Beine der auf dem Fels sitzenden Gestalt waren unter dem Körper verschränkt wie der Schwanz einer Nixe. Es war geradezu eine Einladung für einen Serienmörder, der ein Opfer in einer bestimmten Haltung zurücklassen wollte: in einer sofort erkennbaren Pose. Doch das Mädchen am Strand hatte nicht auf einem Fels gesessen oder sich dagegen gelehnt. In ihrer Umgebung hatten sich überhaupt keine Felsen befunden, sondern es gab nur den Zettel, die falsche Identität und die Aussage: »Ich bin unter der Erde gewesen.« Schließlich antwortete er: »Ich weiß nicht, Anna. Es ist eine Möglichkeit, aber es gibt sehr viele Abweichungen von unserer Situation. Können wir weitersuchen?«

Jedes Mitglied des Teams nahm sich ein Buch vor und schlug es auf. Fabel wählte Andersens Märchen und las rasch »Die kleine Meerjungfrau«. Er dachte an das tote Mädchen mit den himmelblauen Augen zurück. Am Rand des Wassers liegend und darauf wartend, dass sie gefunden wurde. Anna hatte das Exemplar der *Kinder- und Hausmärchen* in der Hand, während Susanne *Die deutschen Sagen* der Brüder Grimm überflog.

Plötzlich blickte Susanne auf, als hätte man ihr einen Stich versetzt. »Sie irren sich, Frau Kriminalkommissarin«, sagte sie, an Anna gewandt. »Der Mörder benutzt die Brüder Grimm als literarischen Bezug, nicht Andersen oder Perrault. Das tote Mädchen symbolisiert nicht die kleine Meerjungfrau, sondern einen Wechselbalg.«

Fabel spürte ein Kribbeln auf der Haut. »Weiter …«

»Es gibt eine von den Grimms aufgezeichnete Geschichte

mit dem Titel ›Der Wechselbalg‹ und eine andere mit der Überschrift ›Die zwei unterirdischen Weiber‹.« Fabels Haut kribbelte noch stärker. »Laut den Anmerkungen zu den Märchen existierte ein ganzes Glaubenssystem, innerhalb dessen man davon ausging, dass Kinder – besonders ungetaufte Kinder – von ›unterirdischen Personen‹ entführt wurden, die stattdessen Wechselbälger zurückließen. Hören Sie selbst: ›Diese unterirdischen Personen reisten häufig auf dem Wasser, und viele der Erzählungen handelten von Wechselbälgern, die am Ufer der Elbe oder der Saale gefunden wurden.‹«

»Und Blankenese liegt am Ufer der Elbe«, stellte Fabel fest. »Außerdem wird auf dem Zettel in der Hand des Mädchens auf einen Aufenthalt ›unter der Erde‹ hingewiesen, und sie wurde dort mit der Identität eines anderen, vermissten Mädchens zurückgelassen. Ein Wechselbalg.«

Werner atmete laut durch. »Mein Gott, das hat uns noch gefehlt. Ein literaturbesessener psychopathischer Mörder. Glaubst du, er plant, nach Vorlage jedes der Grimm'schen Märchen einen Mord zu begehen?«

»Wir können nur beten, dass er das nicht plant«, erwiderte Susanne an Fabels Stelle. »Allein dieser Band enthält mehr als zweihundert der von den Grimms gesammelten Märchen.«

18.

Institut für Rechtsmedizin, Universitätsklinikum Hamburg-Eppendorf, Montag, den 22. März, 17.10 Uhr

Möller war noch größer als Fabel und schlank. Sein Haar war blassblond, mit elfenbeinfarbenen Strähnen gesprenkelt, und er hatte eckige Züge. Für Fabel gehörte er zu jenen Menschen, deren Äußeres sich mit ihrer Kleidung jäh ändert: Möllers Gesicht konnte einem Nordseefischer oder einem Aristokraten gehören. Als sei er sich dieser Tatsache bewusst und als wolle er ein Image aufrechterhalten, das seinem gebieterischen Wesen entsprach, kleidete sich Möller in der Regel im Stil eines englischen Gentlemans. Als Fabel das Büro des Gerichtsmediziners betrat, zog Möller gerade eine grüne Cordjacke über sein Jermyn-Street-Hemd. Während er hinter seinem Schreibtisch hervorkam, erwartete Fabel fast, dass er jene grünen Gummistiefel trug, die die britische Königsfamilie Gucci-Modellen vorzuziehen schien.

»Was wollen Sie, Herr Fabel?«, fragte Möller ohne jeden Charme. »Ich fahre jetzt nach Hause. Feierabend. Was es auch sein mag, es kann bis morgen warten.«

Fabel blieb schweigend auf der Schwelle stehen. Möller seufzte, setzte sich jedoch nicht wieder hin. »Also gut. Worum geht's?«

»Sie haben doch die Obduktion des Mädchens vom Blankeneser Elbstrand vorgenommen?«

Möller nickte kurz, schlug einen Ordner auf seinem Schreibtisch auf und zog einen Bericht hervor. »Das wollte ich Ihnen morgen geben. Viel Spaß.« Mit einem müden, ungeduldigen Lächeln kam er zur Tür geschritten und drückte Fabel den Bericht an die Brust. Fabel blieb weiterhin auf der Schwelle stehen und setzte ein entwaffnendes Grinsen auf.

»Bitte, Herr Doktor. Nur die wichtigsten Ergebnisse.«

Möller seufzte. »Wie ich Kriminaloberkommissar Meyer bereits mitgeteilt habe, ist sie erstickt. Neben den Würgemalen am Hals gab es Anzeichen für eine Beschädigung der Blutgefäße um Nase und Mund. Offenbar wurde sie gleichzeitig stranguliert und erstickt. Nichts deutet auf sexuelle Gewalt oder irgendeine Form sexueller Aktivität in den achtundvierzig Stunden vor dem Tod hin. Aber dass sie sexuell aktiv war, steht außer Zweifel.«

»Sexueller Missbrauch?«

»Nichts lässt etwas anderes als ein normales Geschlechtsleben vermuten. Es fehlte die innere Narbenbildung, die für einen frühen sexuellen Missbrauch typisch ist.« Möller fuhr fort: »Zweitens zeigte die Autopsie einen schlechten Zustand ihrer Zähne. Auch das habe ich Herrn Meyer wissen lassen. Sie hat selten einen Zahnarzt aufgesucht – nur in Notfällen, wenn sie große Schmerzen hatte. Sie litt unter umfassender Karies und fortgeschrittenem Zahnfleischschwund, und einer der unteren linken Backenzähne war gezogen worden. Außerdem hatte sie zwei alte Brüche: einen am rechten Handgelenk und den anderen in der linken Hand. Die Brüche heilten offenbar unbehandelt. Das legt nicht nur den Verdacht der Vernachlässigung, sondern der Misshandlung nahe. Der Bruch des Handgelenks rührt vermutlich von einer starken Überdrehung her.«

»Von Werner habe ich erfahren, dass sie in den beiden Tagen vor ihrem Tod nicht viel zu sich genommen hat.«

Möller entriss Fabel den Bericht und überflog die Seiten. »Jedenfalls nicht in den vierundzwanzig Stunden vor dem Tod, abgesehen von etwas Roggenbrot, das ein oder zwei Stunden vorher gegessen wurde.«

Einen Moment lang war Fabel woanders: an einem dunklen, schrecklichen Ort zusammen mit einem Mädchen, das furchtsam seine letzte, karge Mahlzeit aß. Er kannte die Einzelheiten ihres Lebens nicht, aber er wusste, dass es genauso unglücklich wie kurz gewesen war. Möller gab Fabel den Bericht zurück, hob die Augenbrauen und blickte zur Tür.

»Oh, Entschuldigung, Herr Doktor.« Fabel trat zur Seite. »Danke. Vielen Dank.«

Fabel kehrte nicht zur Mordkommission zurück, sondern fuhr nach Hause und stellte den BMW in seiner Tiefgarage ab. Die blauen Augen des Mädchens verfolgten ihn noch immer. Ihr noch lebendig wirkender Blick suchte ihn mehr heim als das Grauen der zweiten Mordszene. Der Blick des Wechselbalgs. Des unerwünschten, falschen Kindes, das gegen das geliebte, wahre Kind ausgetauscht wird.

Wieder stellte er sich ihre letzten Stunden vor: die kümmerliche Mahlzeit, die sie zu sich genommen und die ihr höchstwahrscheinlich ihr Mörder gebracht hatte. Danach war sie erwürgt und erstickt worden. Er musste an die uralten Opfer denken, die hin und wieder in den Torfmooren Norddeutschlands und Dänemarks auftauchten: Leichen, die sich drei Jahrtausende oder länger in dem dunklen, feuchtweichen Boden erhalten hatten. Viele hatte man erdrosselt oder ertränkt. Sogar jenen Personen, die einen hohen Rang gehabt zu haben schienen, war ein karges letztes, rituelles Mahl aus Haferbrei verabreicht worden. Welchem Zweck war dieses Mädchen geopfert worden? Nichts deutete auf ein sexuelles Motiv hin. Also weshalb hatte sie ihr Leben lassen müssen? War sie vielleicht einfach deshalb umgebracht worden, weil sie einem anderen Mädchen, das ebenfalls tot sein musste, so sehr ähnelte?

Fabel schloss die Tür zu seiner Wohnung auf. Susanne arbeitete bis zum späten Abend im Institut und würde heute nicht mehr vorbeikommen. Er hatte die Bücher aus Ottos Geschäft mitgebracht und legte sie auf den Kaffeetisch. Dann schenkte er sich ein Glas trockenen Weißweins ein und ließ sich auf das Ledersofa sinken.

Fabels Wohnung war die frühere Mansarde einer ehemals imposanten, wuchtigen Villa und lag im eleganten Pöseldorf im Stadtteil Rotherbaum. Wenn er aus der Haustür trat, konnte er innerhalb weniger Minuten zu Fuß manche der besten Restaurants und Cafés in Hamburg erreichen. Fabel hatte seine Mittel strapazieren müssen, um sich diese Wohnung leisten zu können, wobei er eine größere Quadratmeterzahl einem wunderbaren Ausblick und einer herrlichen Umgebung geopfert hatte. Er hatte sie zu einem Zeitpunkt wirtschaftlicher Flaute erworben, als die Immobilienpreise in der Stadt gleichzeitig gesunken waren. Manchmal dachte er mit gemischten Gefühlen daran, dass die deutsche Wirtschaft und seine Ehe zur selben Zeit in die

Krise geraten waren. Bei den gegenwärtigen Preisen hätte er sich eine Bleibe wie diese niemals leisten können, nicht einmal mit seinem Gehalt als Erster Kriminalhauptkommissar.

Die Wohnung lag einen Block von der Milchstraße entfernt, und das vom Boden bis zur Decke reichende Panoramafenster blickte auf die Magdalenenstraße, den Alsterpark und die Außenalster hinaus. Vom Fenster sah er auf die Stadt und die Weite des Himmels. Vor ihm breitete sich Hamburg aus. Ein dunkler Wald, in dem sich unzählige Seelen verirren konnten.

Er rief seine Mutter an. Sie versicherte ihm, dass es ihr gut gehe, und schimpfte über das »ständige Getue«. Auch machte sie sich Sorgen, dass Lex Gäste verlieren könne, weil er bei ihr blieb, statt zu seinem Restaurant auf Sylt zurückzukehren. Wieder hatte die Stimme seiner Mutter am Telefon eine beruhigende Wirkung auf Fabel. Es war eine alterslose Stimme, die er von dem weiß werdenden Haar und den langsamer werdenden Bewegungen trennen konnte.

Danach wählte er Gabis Nummer, doch zunächst meldete sich Renate, seine Exfrau. Ihr Tonfall lag wie immer irgendwo zwischen Desinteresse und Feindseligkeit. Fabel hatte nie verstanden, warum Renate ihm gewöhnlich auf diese Weise begegnete. Es war, als mache sie ihn für ihre Untreue verantwortlich, durch die ihre Ehe unwiderruflich zerstört worden war. Gabis Stimme dagegen war wie stets voller Frohsinn. Sie plauderten eine Weile über Fabels Mutter, über Gabis Schule und ihr kommendes gemeinsames Wochenende. Nach einer Weile fragte Fabel: »Weißt du noch, wie ich dir früher Gutenachtgeschichten vorgelesen habe?«

»Ja, Papi. Sag bloß, du willst mich wieder mit warmer Milch ins Bett stecken und mir aus dem *Struwwelpeter* vorlesen.«

Fabel lachte. »Nein. Erinnerst du dich, dass ich dir nie aus *Grimms Märchen* vorlesen durfte? Nicht einmal ›Schneeweißchen‹ oder ›Dornröschen‹?«

»Ich erinnere mich sehr gut. Ich konnte diese Märchen nicht leiden.«

»Warum nicht?«

»Ich weiß nicht genau. Sie haben mir Angst eingejagt. Sie waren… gruselig. Als wären sie in Wirklichkeit nicht für Kinder, sondern für Erwachsene geschrieben worden. Es ist so ähnlich wie mit den Clowns. Die sollen lustig und freundlich sein, aber sie sind finster. Alt und finster. – Wie die geschnitzten Holzmasken, die im Süden zum Fasching getragen werden. Man merkt, dass sie mit allen möglichen alten Dingen zu tun haben, an die die Menschen früher einmal geglaubt haben. Warum fragst du?«

»Oh, kein besonderer Grund. Einfach eine Sache, über die heute gesprochen wurde.« Fabel lenkte das Gespräch wieder zurück auf die Familie und die Planung für das Wochenende. Er konnte das Thema nicht weiterverfolgen, wenn er den Schatten seiner Arbeit nicht auf die Beziehung zu seiner Tochter fallen lassen wollte. Nachdem er aufgelegt hatte, kochte er etwas Pasta, schenkte sich Wein nach und setzte sich hin, um beim Essen die Einführung zu Gerhard Weiss' Buch zu lesen.

Deutschland ist das Herz Europas, und die Märchenstraße ist die Seele Deutschlands. Die Märchenstraße ist die Geschichte Deutschlands. Die Märchenstraße ist Deutschland.

Unsere Sprache, unsere Kultur, unsere Erfolge und Fehlschläge, unsere Güte und unsere Bosheit – all dies ist in der Märchenstraße zu finden. So war es immer, und so wird es immer sein. Wir sind die Kinder, die sich im Wald verirrt haben und nur von ihrer Unschuld geleitet werden. Aber wir können auch die Wölfe sein, die die Schwachen jagen. Vor allem streben wir Deutschen nach Größe: nach der Größe des Guten und der Größe des Bösen. Dies sind die Windungen, die wir stets eingeschlagen haben, und das deutsche Volksmärchen ist eine Erzählung über Reinheit und Verderbtheit, über Unschuld und Arglist.

Diese Geschichte handelt von einem großen Mann; einem Mann, der uns half, uns selbst und unsere Sprache zu verstehen. Diese Geschichte – und es ist nicht mehr als eine Geschichte – folgt dem großen Mann über die Märchenstraße, den Pfad entlang, den er wirklich zurücklegte. Aber sie wirft auch die Frage auf: Was wäre gewesen, wenn er von dem Pfad abgekommen und in die Dunkelheit des Waldes gewandert wäre?

Fabel überflog die Seiten. Es handelte sich um ein erfundenes Tagebuch, das Jacob Grimm angeblich auf den Reisen durch Deutschland geschrieben hatte, die er mit seinem Bruder unternahm, um Märchen zu sammeln. Grimm wurde als wählerischer Pedant dargestellt, der den Details der Morde, die er beging, genauso viel Aufmerksamkeit widmete wie seiner Arbeit als Philologe und Volkskundler. Schließlich stieß Fabel auf ein Kapitel, das ihn sein Weinglas niedersetzen ließ. Es trug die Überschrift »Der Wechselbalg«.

Das Märchen vom Wechselbalg, eines unserer ältesten, soll als Warnung dienen. Es gibt nicht nur unserer größten Furcht – ein Kind zu verlieren – Ausdruck, sondern auch dem Schrecken darüber, dass etwas Falsches, Boshaftes und Schädliches in die Familie, in unser Heim, eingeschmuggelt wird. Außerdem warnt sie Eltern davor, dass ihnen wegen mangelnder Wachsamkeit im Umgang mit ihren Schutzbefohlenen eine Strafe drohen kann. Die Geschichte vom Wechselbalg ist überall in Deutschland, in den Niederlanden, in Dänemark, Böhmen, Polen und in noch ferneren Ländern in vielfacher Gestalt aufgetaucht. Sogar Martin Luther pflegte einen unerschütterlichen Glauben an Wechselbälger und schrieb mehrere Abhandlungen darüber, wie man sie verbrühen, ertränken oder prügeln könne, bis der Teufel komme, um sie zurückzuholen.

Ich schrecke nicht vor schwerer Arbeit zurück, aber diese Geschichte hat mir die größte Mühe bei meinem Versuch bereitet, sie als lebendige Wahrheit neu zu begründen. Wie im Falle jedes der

Märchen, die ich nachgespielt habe, widmete ich mich den Vorbereitungen voller Fleiß und Enthusiasmus. Für die Geschichte musste ich zwei Kinder finden: eines, das die Rolle des Wechselbalgs spielte, und ein anderes, das ich als das natürliche Kind seiner Mutter stehlen konnte.

Meine Forschungen und die meines Bruders hatten uns in den Norden Deutschlands geführt, und wir hatten eine bescheidene Unterkunft in einem Dorf nahe der Ostseeküste gefunden. Neuerdings hatte ich im Dorf eine junge Frau mit rosiger Haut und goldblondem Haar beobachtet, welche die kräftige, ehrliche und ernste Dummheit der norddeutschen Bauern verkörperte. Diese Frau hatte ein neu geborenes Kind bei sich, das sie zuerst auf dem einen und dann auf dem anderen Arm trug. Ich wusste aus der Arbeit anderer hervorragender Volkskundler und durch meine eigene Forschung, dass diese Sitte als wechselseitiges Tragen von Säuglingen bekannt ist. Vom Rheinland über Hessen bis nach Niedersachsen und Mecklenburg ist der Aberglaube weit verbreitet, dass sich die Wahrscheinlichkeit, von den unterirdischen Leuten entführt zu werden, bei einem wechselseitig getragenen Säugling stark erhöht. Ich vermutete, dass dieses Kind noch nicht getauft und weniger als sechs Wochen alt war, was, wie man weiß, den Entführern am liebsten ist. Überdies hatten weder diese Bäuerin noch ihre Familienangehörigen die vier Vorsichtsmaßnahmen zum Schutz eines Neugeborenen vor den unterirdischen Leuten befolgt. Diese habe ich bekanntlich in meinem Band Deutsche Mythologie *aufgeführt, als da sind: Lege einen Schlüssel neben das Kleinkind; lass Frauen in den sechs Wochen nach der Geburt nie allein, denn dann werden sie leicht durch den Teufel beeinflusst; gestatte der Mutter in den ersten sechs Wochen nicht zu schlafen, sofern niemand sonst da ist, um über das Kind zu wachen; wann immer die Mutter das Zimmer verlässt, sollte ein Kleidungsstück des Vaters, vornehmlich seine Hose, über das Kind gelegt werden.*

Da die Mutter keine der Maßregeln befolgt hatte, würde dies das »echte« Kind der Geschichte sein. Sein Verschwinden würde die bleibende Wahrheit der Sage auf vollkommene Art veranschaulichen und die Menschen dieser Gegend daran erinnern, wie töricht es ist, alte Verbote zu missachten.

Die Entführung des Kindes erwies sich als vergleichsweise leichter Teil des Planes. Ich hatte die Gewohnheiten der Frau sehr gründlich observiert und ausführliche Notizen darüber angefertigt. Wie ich herausfand, gab es eine Zeit unmittelbar vor Mittag, in der die Mutter das Kind unter freiem Himmel schlafen ließ, während sie sich ihren Haushaltspflichten widmete. Das war die Zeit, in der ich den Austausch vornehmen konnte. Sobald das »echte« Kind gestohlen war, würde ich es natürlich nicht mehr benötigen und rasch beseitigen. An seiner Stelle würde ich einen Wechselbalg hinterlassen, was schwerer zu bewerkstelligen ist. Wechselbälger sind, wie man weiß, grobschlächtiger als die, deren Platz sie geraubt haben. Dies erklärt sich durch ihre Herkunft von den unterirdischen Leuten, einer Rasse, die der wirklichen Menschheit so unterlegen und von so hässlichem Äußeren ist, dass sie sich unter der Erde, in der Nacht oder in den dunkelsten Schatten des Waldes verbirgt.

Ich überdachte dieses Problem ein paar Tage lang, bis ich von einigen Zigeunern reden hörte, die ihr Lager unweit des Dorfes aufgeschlagen hätten. Die Feindschaft, welche die Dorfbewohner diesen Menschen gegenüber empfanden, sorgte dafür, dass sich die Zigeuner nicht in das Dorf selbst hineinwagen würden. Falls mein Plan nicht gelang und die Bewohner nicht auf ihren uralten Glauben an die unterirdischen Leute zurückgriffen, um die Entführung und den Austausch zu erklären, dann würden sie niemand anderen in Verdacht haben als die in der Nähe lagernden Zigeuner. Überhaupt bin ich mir nicht gewiss, ob dies wirklich ein Scheitern meines Versuches gewesen wäre, die Geschichte so wieder zu erschaffen, wie ich sie aufgezeichnet habe, denn im Laufe meiner Forschungen habe ich mir häufig die Frage gestellt, ob es nicht Zigeuner und andere Wanderer gewesen sein könnten, welche Anlass zu den Erzählungen über die unterirdischen Leute gegeben haben. Das Misstrauen und die Abneigung, die wir instinktiv gegenüber dem Fremden und

Unbekannten verspüren, ist etwas, das ich stets für ein mögliches Werkzeug der Manipulation gehalten habe. In diesem Fall jedenfalls boten mir Vorurteile und Unkenntnis Schutz vor jeglichem Verdacht.

Daher schmiedete ich den Plan, aus dem Zigeunerlager ein Kind zu stehlen, falls es eines im passenden Alter gab…

Fabel legte das Buch mit der zuletzt von ihm gelesenen Seite auf den Kaffeetisch. Die Zimmertemperatur schien um mehrere Grad gefallen zu sein, als ginge ein böses Frösteln von dem aufgeschlagenen Buch aus. Hier, in einem ersonnenen Bericht, fand sich ein Entführungs- und Mordplan, der auf der grimmschen Aufzeichnung des Märchens vom Wechselbalg beruhte. Die sorgfältige Methode des fiktionalen Jacob Grimm bot eine Vorlage für die Planung und Vorbereitung des allzu realen heutigen Mörders. Fabel dachte wieder an das Mädchen am Strand. Ein zu junges Leben war ausgelöscht worden, um eine perverse Fantasie zu befriedigen.

Das Klingeln des Telefons rief ihn in die Gegenwart zurück.

»Hallo, Chef… Hier ist Anna. Ich habe eine Identität für das Mädchen am Strand. Und diesmal glaube ich, dass es die richtige ist.«

19.

Polizeipräsidium, Hamburg, Montag, den 22. März, 21.45 Uhr

»Blaue Augen« hatte nun einen Namen: Martha.

Nach dem letzten Debakel hatte sich Anna Wolff zunächst einmal vom Bundeskriminalamt das Foto des Mädchens besorgt, das seit dem vorangegangenen Dienstag vermisst wurde: Martha Schmidt aus Kassel. Fabel betrachtete das Bild, das

Anna ihm gereicht hatte. Es war die Vergrößerung eines Reisepassfotos. Diesmal gab es keinen Zweifel. Diesmal ließ das Foto keine Alarmglocken in Fabels Geist läuten, sondern es erfüllte ihn mit einer tiefen Trauer.

Anna Wolff stand neben Fabel. Ihren großen braunen Augen fehlte der übliche Glanz, und sie sah bleich und abgezehrt aus. Fabel ahnte, dass sie sich fast ununterbrochen geplagt hatte, um die Identität des Mädchens aufzudecken. Ihre Stimme war schleppend und verriet eine bleierne Müdigkeit. »Sie wurde am Dienstag vermisst gemeldet, aber wahrscheinlich fand die Entführung schon früher statt.«

Von Fabels Miene war eine Frage abzulesen.

»Die Eltern sind beide drogenabhängig«, erklärte Anna. »Martha verschwand manchmal tagelang und tauchte dann wieder auf. Die hessische Polizei maß diesem letzten Verschwinden keine allzu große Bedeutung bei. Der Vater und die Mutter sind schon zweimal wegen Vernachlässigung angezeigt worden, und ich habe den Eindruck, dass der Vater inzwischen kaum noch zu Hause anwesend ist.«

Fabel atmete tief durch und las die Aktennotizen, die man aus Kassel gefaxt hatte. Die Eltern waren Junkies und finanzierten ihre Sucht durch kleine Diebstähle. Die Mutter hatte sich manchmal prostituiert. Beide gehörten zur deutschen Unterschicht, den »unterirdischen Leuten«. Zudem wohnten sie in Kassel, der Heimatstadt der Brüder Grimm. Das sympathische, ruhige Kassel war kurz zuvor durch den Fall des »Kannibalen von Rotenburg« in die Schlagzeilen gelangt. Ein Deutschland, das geglaubt hatte, gegen jeden Schock immun zu sein, war erschüttert worden. Ein Mann namens Armin Meiwes war wegen Totschlags zu achteinhalb Jahren Gefängnis verurteilt worden, weil er den Berliner Ingenieur Bernd Brandes mit dessen Einwilligung umgebracht hatte. Meiwes besaß eine Videoaufnahme der Geschehnisse: Nach der Amputation von Brandes' Penis hatten sich die beiden hingesetzt, um das Organ zu essen. Dann hatte Meiwes den anderen betäubt, erstochen und sein Fleisch zerlegt und eingefroren. Vor seiner Verhaftung hatte Meiwes fast zwanzig Kilo seines Opfers verspeist – wenn Brandes denn als Opfer bezeichnet werden konnte. Er war einer von vielen Freiwilligen gewesen, die Meiwes angeboten hatten, sich von ihm essen zu lassen. Der Kontakt war über eine Website für schwule Kannibalen zustande gekommen.

Eine Website für schwule Kannibalen. Manchmal war es Fabel trotz der Erfordernisse seiner Arbeit fast unmöglich, sich mit der Welt abzufinden, die sich plötzlich um ihn gebildet hatte. Jeder perverse Wunsch und Trieb schien sich irgendwo stillen zu lassen. Und nun gab es ein neues grauenhaftes Ereignis, das mit Kassel verknüpft war.

»Hol am besten die Eltern hierher – oder wenigstens die Mutter, damit sie die Leiche identifiziert«, sagte Fabel.

»Ich habe mich mit Marthas Sozialarbeiterin in Verbindung gesetzt«, antwortete Anna. »Sie wird die Eltern informieren und dann einen von ihnen zur offiziellen Identifizierung herschicken.«

»Vermutlich haben wir sie erst jetzt ausfindig gemacht, weil sie selten in der Schule war.« Er musterte das Foto erneut. Es war das Gesicht, das er am Blankeneser Strand vor sich gehabt hatte. Auf dem Bild lächelte Martha, aber ihre Augen sahen traurig aus – zu alt und zu erfahren für ihre sechzehn Jahre. Ein Mädchen ungefähr im Alter seiner Tochter, doch sie betrachtete die Welt durch jene hellen, himmelblauen Augen und sah zu viel. »Irgendwelche Angaben darüber, wann und wo genau sie verschwunden ist?«

»Nein. Irgendwann zwischen Sonntagabend und… na ja, der Vermisstenmeldung zufolge am Dienstag. Möchtest du, dass ich hinfahre – nach Kassel, meine ich – und mich erkundige?«

»Nein.« Fabel rieb sich mit den Handballen über die Augen.

»Überlass das der hessischen Polizei, wenigstens vorläufig. Dort dürfte nichts Wichtiges zu finden sein, es sei denn, die Kollegen spüren noch einen Entführungszeugen auf. Aber sie sollen alle Bekannten Marthas mit Verbindung nach Hamburg überprüfen. Meiner Ansicht nach stammt der Mörder von hier – aus Hamburg oder Umgebung – und hat vorher weder mit Martha Schmidt noch mit irgendeinem ihrer Bekannten in Kontakt gestanden. Trotzdem solltest du so viele Einzelheiten wie möglich über ihre letzten Schritte in Erfahrung bringen.« Er lächelte seine Mitarbeiterin an. »Fahr aber erst einmal nach Hause, Anna, und schlaf ein bisschen. Wir machen morgen weiter.«

Anna nickte matt und ging hinaus. Fabel setzte sich an seinen Schreibtisch, holte seinen Skizzenblock hervor, strich den Namen »Blaue Augen« durch und schrieb stattdessen »Martha Schmidt« auf das Blatt. Auf dem Weg nach draußen heftete er das Foto an die Schautafel im Konferenzzimmer.

20.

Institut für Rechtsmedizin, Hamburg-Eppendorf, Dienstag, den 23. März, 11.10 Uhr

Der Vater lebte offensichtlich nicht mehr bei seiner Familie. Ulrike Schmidt war eine kleine Frau, die aussah wie Mitte vierzig, doch Fabel wusste aus den Mitteilungen der Kasseler Polizei, dass sie erst Mitte dreißig war. Früher mochte sie hübsch gewesen sein, doch nun beherrschte die gleichgültige Härte der Drogensüchtigen ihr Gesicht. Dem Blau ihrer Augen fehlte jeglicher Glanz, und die Schatten darunter waren gelblich. Ihr blondes Haar war stumpf, und sie hatte es hastig zu einem Pferdeschwanz zusammengebunden. Ihr Jackett und ihre Hose waren wahrscheinlich noch vor relativ kurzer Zeit gepflegt gewesen, doch mehr als zehn Jahre alt. Fabel vermutete, dass sie diese Sachen aus ihrem kümmerlichen Kleiderschrank geholt hatte, um dem Ereignis angemessen gekleidet zu sein. Und das Ereignis war die Identifizierung ihrer toten Tochter.

»Ich bin mit dem Zug gekommen«, flüsterte sie, um überhaupt etwas zu sagen, während die drei darauf warteten, hineingerufen zu werden. Fabel nickte kummervoll. Anna schwieg.

Vor der Fahrt zum Leichenschauhaus im Institut für Rechtsmedizin hatten sich Fabel und Anna im Polizeipräsidium mit Ulrike Schmidt zusammengesetzt und sie nach ihrer Tochter befragt. Fabel dachte daran, wie er sich darauf eingestellt hatte, in jeden Winkel des Lebens der Toten vorzudringen, dieser Fremden, die er bald ganz genau kennen würde. Aber es war ihm nicht gelungen, Einzelheiten über das Mädchen am Strand zu erfahren. Ein paar Stunden lang war sie jemand anders gewesen, um dann erneut zu einem Niemand zu werden. Im Vernehmungszimmer der Mordkommission hatten sich Anna und Fabel bemüht, dem Namen Martha Schmidt eine zusätzliche Dimension zu verleihen, damit das tote Mädchen wenigstens in ihrer Fantasie aufleben konnte. Die Autopsie hatte gezeigt, dass Martha sexuell aktiv gewesen war, und die Polizisten hatten ihre Mutter nach Freunden und Bekannten und nach dem Zeitvertreib des Mädchens befragt – besonders dann, wenn Martha in der Schule hätte sein sollen. Aber Ulrike Schmidts Antworten hatten vage, ungewiss geklungen, als beschriebe sie jemanden am Rande ihres Bewusstseins und nicht ihr eigenes Fleisch und Blut: ihre Tochter.

Nun warteten sie im Vorzimmer des Leichenschauhauses darauf, zur Identifizierung von Marthas Leiche hineingerufen zu werden. Und Ulrike Schmidt konnte von nichts anderem als ihrer Reise sprechen. »Dann bin ich mit der U-Bahn vom Hauptbahnhof weitergefahren«, sagte sie dumpf. Schließlich bat man sie hinein.

Das Laken wurde von dem Gesicht der Leiche auf der Bahre fortgezogen, und Ulrike Schmidt betrachtete es ausdruckslos. Einen Moment lang merkte Fabel, wie sich eine leichte Panik in seiner Brust ausbreitete, und er begann zu fürchten, dass auch dieser Versuch, die Leiche zu identifizieren, scheitern würde. Aber dann nickte Ulrike Schmidt.

»Ja… ja, das ist meine Martha.« Keine Tränen. Kein Schluchzen. Sie starrte das Gesicht mit leerer Miene an, und ihre Hand bewegte sich der Wange entgegen, verhielt jedoch und fiel wieder schlaff hinab.

»Sind Sie sicher, dass es Ihre Tochter ist?« Anna Wolffs Stimme hatte eine gewisse Schärfe, und Fabel warf ihr einen warnenden Blick zu.

»Ja. Das ist Martha.« Ulrike Schmidt wandte die Augen nicht vom Gesicht ihrer Tochter ab. »Sie war ein artiges Mädchen. Ein wirklich artiges Mädchen. Sie hat sich um viele Dinge gekümmert. Um sich selbst.«

»Ist etwas Ungewöhnliches an dem Tag geschehen, an dem sie verschwand?«, fragte Anna. »Haben Sie vielleicht eine ungewöhnliche Gestalt herumlungern sehen?«

Ulrike Schmidt schüttelte den Kopf. Einen Augenblick lang wandte sie sich Anna mit toten Augen zu. »Die Polizei hat mich schon danach gefragt. Ich meine, die Polizei zu Hause, in Kassel.« Sie drehte sich wieder zu dem toten Mädchen auf der Bahre um. Zu dem Mädchen, das ermordet worden war, weil es einem anderen ähnelte. »Ich habe der Polizei von dem Tag erzählt… Mir ging es schlecht. Ich war nicht ganz bei der Sache. Martha ist fortgegangen, glaube ich.«

Anna musterte Ulrike Schmidts Profil, doch die Frau merkte nichts von ihrem stummen Vorwurf.

»Wir werden Ihnen Ihre Tochter bald überlassen können, Frau Schmidt«, sagte Fabel. »Sie wollen wahrscheinlich, dass sie zur Beerdigung nach Kassel gebracht wird.«

»Warum denn? Tot ist tot. Ihr ist es egal. Nun kann es ihr

gleichgültig sein.« Ulrike Schmidts Lider waren gerötet, doch nicht von Trauer. »Gibt es hier etwas Nettes?«

Fabel nickte.

»Wollen Sie sie denn nicht besuchen?« Bitterer Unglaube schwang in Annas Stimme mit. »Ihr Grab besuchen?«

Ulrike Schmidt schüttelte den Kopf. »Ich hätte keine Mutter werden sollen. Als sie am Leben war, war ich eine miese Mutter, und ich wüsste nicht, wie ich nach ihrem Tod eine bessere sein kann. Sie hatte ein anderes Schicksal verdient.«

»Ja«, bestätigte Anna. »Das glaube ich auch.«

»Anna!«, zischte Fabel, aber Ulrike Schmidt überhörte Annas Worte entweder oder hielt sie für gerechtfertigt.

Sie schaute Marthas Leiche noch einmal kurz an und fragte dann, an Fabel gewandt: »Muss ich noch irgendetwas unterschreiben?«

Nachdem sich Ulrike Schmidt verabschiedet hatte, um die Rückfahrt nach Hause anzutreten, gingen Fabel und Anna aus dem Institut für Rechtsmedizin in den Tag hinaus. Eine milchige Wolkenschicht milderte die Helligkeit, aber Fabel setzte trotzdem seine Sonnenbrille auf. Er stemmte die Hände in die Hüften, blinzelte in den Himmel und wandte sich an Anna.

»Das war das letzte Mal, Kommissarin Wolff. Was man auch von Leuten wie Frau Schmidt denken mag, man darf seine Meinung nicht auf diese Weise kundtun. Jeder trauert auf seine Art.«

Anna schnaubte. »Sie hat überhaupt nicht getrauert. Sie ist einfach nur ein Junkie, der auf seinen nächsten Fix wartet. Es kümmert sie nicht einmal, was aus der Leiche ihrer Tochter wird.«

»Darüber steht dir kein Urteil zu, Anna. All das ist Teil der Arbeit in der Mordkommission. Wir haben nicht nur mit dem Tod, sondern auch mit der Zeit danach zu tun. Mit den Folgen des Todes. Und manchmal muss man eben diplomatisch sein und den Mund halten. Wenn du das nicht kannst, hast du hier nichts zu suchen. Ist das klar?«

»Jawohl, Chef.« Anna rieb sich frustriert die Kopfhaut unter dem kurzen schwarzen Haar. »Aber … aber sie ist doch angeblich eine Mutter, verdammt noch mal. Hier sollte doch irgendein … ich weiß nicht … Instinkt greifen. Das Bedürfnis, seine Kinder zu beschützen und zu versorgen.«

»Das ist nicht immer der Fall.«

»Sie hat es zugelassen, dass Martha so etwas zugestoßen ist.« Annas Tonfall hörte sich trotzig an. »Wahrscheinlich hat sie ihre Tochter als Kind übel zugerichtet. Denk doch nur an die Überdrehung und den Bruch des Handgelenks, als Martha ungefähr fünf Jahre alt war. Und Gott weiß, was seitdem sonst noch passiert ist. Aber noch viel schlimmer finde ich, dass sie das arme Mädchen sich selbst überlassen hat, weshalb es sich in dieser verflucht gefährlichen Welt allein durchschlagen musste. Die Folge davon war, dass ein Wahnsinniger sie entführt hat, dass sie wer weiß wie lange in Todesangst schwebte und dann ermordet wurde. Und die blöde Tussi hat nicht einmal das Herz, sie anständig beerdigen zu lassen, von Besuchen an ihrem Grab gar nicht zu reden.« Sie schüttelte ungläubig den Kopf. »Wenn ich an die Familie Ehlers denke, die sich seit drei langen Jahren quält, weil sie niemanden beerdigen kann und kein Grab hat, an dem sie trauern könnte … und dann an die kaltherzige Schlampe, der es scheißegal ist, was wir mit der Leiche ihrer Tochter machen.«

»Egal, was wir von ihr denken, Anna, sie ist die Mutter eines ermordeten Kindes. Sie hat Martha nicht getötet, und wir können nicht einmal beweisen, dass ihre Vernachlässigung die Ursache für den Tod des Kindes ist. Deshalb müssen wir sie wie jede andere trauernde Mutter behandeln. Kapierst du das?«

»Ja, Herr Hauptkommissar.« Sie stutzte. »In dem Kasseler Bericht heißt es, dass die Mutter ab und zu als Prostituierte gearbeitet hat. Meinst du, dass sie vielleicht zur Zuhälterin ihrer eigenen Tochter geworden ist? Schließlich wissen wir, dass Martha sexuelle Partner hatte.«

»Das bezweifle ich. Aus dem Bericht scheint mir nur hervorzugehen, dass sie, wie du sagst, gelegentlich als Prostituierte gearbeitet hat, um ihre Sucht zu finanzieren. Für etwas anderes wäre Frau Schmidt bestimmt nicht organisiert genug. Außerdem hast du ja gehört, wie sie von Martha gesprochen hat. Es bestand offensichtlich keine enge Beziehung, und ich habe den Eindruck, dass Mutter und Tochter ihre eigenen Wege gingen.«

»Vielleicht war Martha besser organisiert«, sagte Anna. »Vielleicht hat sie eigene Geschäfte gemacht.«

»Das ist nicht sehr wahrscheinlich. So etwas wird in keinem Bericht der Polizei oder des Sozialamts angedeutet. Sie brauchte keine Sucht zu finanzieren. Nein. Ich glaube, dass sie einfach versucht hat, ein so normaler Teenager zu sein, wie es ihre Herkunft zuließ.« Fabel schwieg einen Moment lang und dachte an seine eigene Tochter Gabi und daran, wie sehr Martha Schmidt ihn an sie erinnerte. Drei Mädchen ungefähr im selben Alter, die einander ähnelten: Martha Schmidt, Paula Ehlers und Gabi. Tief in seinem Innern schauderte es ihn bei dem Gedanken. Ein Universum unbegrenzter Möglichkeiten. »Lass uns ins Präsidium zurückkehren. Ich muss anschließend noch zu einer Bäckerei fahren.«

21.

Hamburg-Bostelbek, Dienstag, den 23. März, 14.10 Uhr

Das Wetter war umgeschlagen. Das Frühjahrsversprechen der Vorwoche, das sich noch an einem hellen Morgen bekräftigt hatte, wurde nun von der Trübheit des stürmischen Himmels verdrängt, der sich über Norddeutschland legte.

Fabel wusste nicht genau, weshalb er von dem Betrieb überrascht war – vielleicht weil es sich um ein altes Familienunternehmen handelte und er Bäckereien immer mit traditionellem Handwerk in Verbindung gebracht hatte. Jedenfalls erstaunte es ihn, dass die Backstube Albertus in Wirklichkeit eine große Fabrik unweit der A 7 war. »Um die Zustellung zu erleichtern«, hatte Vera Schiller die Lage erklärt, während sie Fabel und Werner in ihr Büro führte. »Wir bedienen Konditoreien, Cafés und Restaurants in ganz Norddeutschland. Die Beziehungen zu unserer Kundschaft sind exzellent, und oft lassen wir wichtige Kunden von bewährten Angestellten persönlich beliefern. Wir haben eine eigene Zustellung, und unsere drei Wagen sind fast ständig im Einsatz.« Fabel war klar, dass Vera Schiller ihre Standardrede für Besucher abspulte, denn ihre Worte richteten sich an potenzielle Kunden, nicht speziell an Kripobeamte.

Ihr Büro war geräumig, doch eher praktisch als luxuriös – eine ganz andere Umgebung als die Villa der Schillers mit ihrer klassischen Eleganz. Während Vera Schiller Platz nahm und Fabel und Werner aufforderte, sich ebenfalls zu setzen, stupste der Oberkommissar seinen Chef heimlich mit dem Ellbogen an und richtete den Blick auf einen zweiten Schreibtisch an der anderen Seite des Büros. Dort saß niemand, doch der Tisch war überhäuft mit Papieren und Broschüren. Auf einem Wandplan dahinter hatte jemand Termine und Orte festgehalten. Fabel wandte sich den Bruchteil einer Sekunde zu spät zu Vera Schiller um.

»Ja, Herr Kriminalhauptkommissar«, sagte sie, »das ist Markus' Schreibtisch. Bitte, nehmen Sie sich die Freiheit …« Sie suchte nach einem Wort. »… alles durchzusehen. Außerdem werde ich Sie unten mit Herrn Biedermeyer, unserem Bäckermeister, bekannt machen. Er kann Ihnen mehr über das andere Opfer mitteilen.«

»Vielen Dank, Frau Schiller. Wir wissen Ihre Kooperation zu schätzen.« Fabel schickte sich an zu wiederholen, dass dies alles sehr bedrückend für sie sein müsse. Doch dann schwieg er, weil er das Gefühl hatte, dass solche Äußerungen überflüssig waren. Nein, nicht überflüssig, sondern unangemessen. Die Angelegenheit war nicht bedrückend für sie, sondern einfach nur lästig. Er musterte ihr Gesicht. Hinter der oberflächlichen Ruhe schien sich nichts zu verbergen. Es gab keinen Hinweis darauf, dass sie in letzter Zeit Tränen vergossen oder an Schlafmangel gelitten hatte. Auch die Tatsache, dass sie Hanna Grünn als »das andere Opfer« bezeichnet hatte, deutete nicht auf Bosheit hin. Vera Schillers Kälte war kein Oberflächenfrost, sondern sie ging tief und hatte ihr Herz vereist. Fabel war ihr zweimal begegnet: zuerst in dem Haus, in dem sie mit ihrem Mann gewohnt hatte, und nun in dem Büro, das sie ebenfalls mit ihrem Mann geteilt hatte. Aber weniger als achtundvierzig Stunden nachdem sie erfahren hatte, dass Markus tot war, konnte keine Rede von einer »Lücke« sein, wie sie Anna Wolff beim Besuch des Hauses von Opfern empfand.

Fabel war nicht leicht aus der Fassung zu bringen, aber Vera Schiller gehörte zu den Furcht erregendsten Personen, die er kannte.

»Hatte Ihr Mann irgendwelche Feinde, Frau Schiller?«

Sie zog die makellos bemalten Lippen mit einem starren Lächeln von den Zähnen zurück. »Keine bestimmte Person, Herr Kriminalhauptkommissar. Niemanden, den ich mit Namen nennen könnte. Aber im allgemeinen Sinne, ja. Es muss ein Dutzend gehörnter Ehemänner und Freunde geben, die Markus feindlich gesonnen waren.«

»Hatte Hanna Grünn einen Freund?«, fragte Werner.

Frau Schiller lehnte sich zu ihm vor. Das Lächeln, das keins war, verschwand. »Ich bin nicht über das Privatleben meiner Angestellten informiert, Herr Kriminaloberkommissar Meyer.« Sie stand abrupt auf. »Ich begleite Sie jetzt hinunter in die Backstube. Wie gesagt, Herr Biedermeyer wird Ihnen mehr Einzelheiten über das ermordete Mädchen mitteilen können.«

Die Haupthalle der Backfabrik war in kurze Backstraßen unterteilt, auf denen unterschiedliche Produkte befördert oder zubereitet wurden. Sogar die Luft war teigig, gesättigt mit dem Geruch von Mehl und Backwaren. An den Wänden standen riesige Edelstahlöfen, und das Personal trug weiße Kittel und Schutzhauben. Wäre die geradezu essbare Luft nicht gewesen, so hätte man auch meinen können, in einer Halbleiterfabrik oder in der futuristischen Raumschiffzentrale aus einem Film der Sechzigerjahre zu sein. Wieder prallte die Realität mit Fabels Vorstellung von einer traditionellen deutschen Bäckerei zusammen.

Vera Schiller führte sie hinunter in die Fabrikhalle und ging auf einen sehr großen, äußerst kräftig gebauten Mann zu, den sie als Bäckermeister Franz Biedermeyer vorstellte. Bevor Fabel eine Möglichkeit hatte, ihr zu danken, drehte sie sich auf dem Absatz um. Ein verlegenes Schweigen hüllte die drei Männer ein, bis Biedermeyer freundlich lächelte und sagte: »Bitte verstehen Sie Frau Schiller. Vermutlich fällt ihr dies alles sehr schwer.«

»Sie scheint recht gut mit der Situation fertig zu werden«, erwiderte Fabel und versuchte, jede Spur von Sarkasmus in seiner Stimme zu vermeiden.

»Das ist ihre Art, Herr Fabel. Sie ist eine vorbildliche Arbeitgeberin und behandelt ihr Personal sehr gut. Ich kann mir nicht vorstellen, dass ihr der Verlust nicht zu schaffen macht. Herr und Frau Schiller haben eine sehr effektive, ja geradezu beeindruckende Partnerschaft gehabt. Jedenfalls im Geschäftsleben.«

»Und in persönlicher Hinsicht?«, fragte Werner.

Wieder lächelte der Bäckermeister freundlich, doch gleichzeitig zuckte er die Achseln. Die Fältchen um Biedermeyers Augen ließen vermuten, dass er sehr häufig lächelte. Dadurch wurde Fabel an seinen Bruder Lex erinnert, dessen fröhliche Persönlichkeit vor allem an seinen Augen und seinen Lachfältchen zu erkennen war. »Ich weiß eigentlich nichts über ihre persönliche Beziehung. Aber bei der Arbeit waren sie ein gutes Team. Frau Schiller ist eine clevere Geschäftsfrau und versteht sehr viel von kaufmännischer Strategie. Sie hat dafür gesorgt, dass die Bäckerei gute Gewinne macht, obwohl für die deutsche Wirtschaft insgesamt schlechte Zeiten herrschen. Und Herr Schiller war ein sehr, sehr guter Verkäufer. Er konnte glänzend mit den Kunden umgehen.«

»Mit Frauen auch, wie ich gehört habe«, sagte Fabel.

»Es gab Gerüchte… das kann ich nicht leugnen. Aber es steht mir nicht an, über solche Dinge zu mutmaßen. Ich weiß nicht genauer als Sie, ob Frau Schiller im Bilde war und wie sich das auf ihre Ehe ausgewirkt hat. Entschuldigen Sie…«

Biedermeyer war gerade dabei, einen besonderen Kuchen zu verzieren, und hielt ein kleines, kunstvoll geformtes Stück Zuckerguss zwischen Zeigefinger und Daumen. Nun drehte er sich um, um es vorsichtig auf den polierten Edelstahltresen zu legen. Im Einklang mit den Hygienevorschriften trug Biedermeyer weiße Latexhandschuhe, die mit feinem Mehlstaub überzogen waren. Seine Hände wirkten so groß und seine Finger so unbeholfen, dass Fabel sich kaum vorstellen konnte, wie der Bäckermeister zarte Kuchenornamente anbrachte oder ausgefallenes Feingebäck herstellte.

»Und sein Verhältnis mit Hanna Grünn?«, fragte Werner. »Wussten Sie davon?«

»Nein, aber es überrascht mich nicht. Ich wusste, dass Hanna bei der Wahl ihrer Freunde – wie soll ich es ausdrücken – ein wenig unüberlegt vorging. Auch da gab es alle möglichen Gerüchte, und viele waren natürlich boshaft. Aber ich kann mich nicht daran erinnern, dass jemand Andeutungen über Hanna und Herrn Schiller gemacht hätte.«

»Boshafte Gerüchte? Was meinen Sie damit?«

»Hanna war eine sehr attraktive junge Dame. Sie wissen

ja, wie gehässig Frauen in solchen Fällen sein können. Aber Hanna trug das ihre dazu bei. Sie machte keinen Hehl daraus, dass sie auf diese Arbeit und vor allem auf die anderen Frauen im Betrieb herabsah.«

»Hatte sie hier besondere Feinde?« Fabel deutete mit dem Kinn in die Fabrikhalle.

»Jemanden, der sie so sehr hasste, dass er sie ermorden wollte?« Biedermeyer lachte und schüttelte den Kopf. »Niemand nahm sie dafür wichtig genug. Man mochte sie nicht, aber niemand hasste sie.«

»Was hielten Sie von ihr?«, wollte Fabel wissen.

Hinter Biedermeyers gewohnheitsmäßigem Lächeln war Kummer zu erkennen. »Ich war ihr Vorgesetzter. Ihre Arbeit wurde den Anforderungen nie so ganz gerecht, und ab und zu musste ich mit ihr reden. Aber sie tat mir Leid.«

»Warum?«

»Sie war eine verlorene Seele. Ich glaube, dass man sie so beschreiben könnte. Es war ihr zuwider, hier zu arbeiten. Hier zu sein. Ich glaube, sie war ehrgeizig, hatte aber keine Möglichkeit, ihren Ehrgeiz zu befriedigen.«

»Wie sieht's mit anderen Freunden aus?«, fragte Werner.

Ein junger Lehrling schob einen zwei Meter hohen Regalständer an ihnen vorbei. Alle Tabletts waren mit Kringeln aus ungebackenem Teig bedeckt.

Die drei Männer traten zur Seite, bevor Biedermeyer antwortete. »Ja, ich glaube, es gab einen. Ich weiß nichts anderes über ihn, als dass er sie manchmal mit dem Motorrad abholte. Er schien ein übler Typ zu sein.« Biedermeyer machte eine Pause. »Stimmt es, dass sie zusammen gefunden wurden? Herr Schiller und Fräulein Grünn, meine ich.«

Fabel lächelte. »Vielen Dank für Ihre Zeit, Herr Biedermeyer.«

Sie waren bereits auf dem Parkplatz, als Fabel das aussprach, was Werner und er gedacht hatten.

»Ein Motorrad. Ich glaube, wir sollten uns bei der Spurensicherung nach dem Reifentyp und der Marke erkundigen, die zu den Abdrücken im Naturpark passen.«

22.

U-Bahn-Station Hauptbahnhof-Nord, Hamburg, Dienstag, den 23. März, 18.30 Uhr

Ingrid Wallenstein war es zuwider, in der heutigen Zeit mit der U-Bahn zu fahren. Die Welt hatte sich über ihr Begriffsvermögen hinaus verändert, und es gab hier so viele unliebsame Leute. Junge Leute. Gefährliche Leute. Verrückte Leute. Wie die verschiedenen »S-Bahn- und U-Bahn-Schubser«. Nach einem hielt die Polizei seit Monaten Ausschau. Was für ein Mensch brachte es fertig, einen anderen vor einen Zug zu stoßen? Und warum hatten sich die Dinge in den vergangenen fünfzig Jahren so sehr gewandelt?

Frau Wallenstein und ihre Generation hatten weiß Gott genug durchgemacht, um wahnsinnig werden zu können, aber sie waren es nicht geworden. Die Nachkriegsgeneration dagegen hatte nur damit fertig werden müssen, dass sie jederzeit alles haben konnte, was sie wollte. Deshalb hatte Frau Wallenstein wenig für junge Leute übrig: Ihnen war erspart geblieben, was die ältere Generation erlitten hatte, und trotzdem waren sie unzufrieden. Sie waren frech, nachlässig und respektlos geworden. Was würden sie sagen, wenn sie das erlebt hätten, was sie selbst als Kind und als junge Frau ertragen hatte! Den Krieg, den Terror und die Vernichtung. Und später den Hunger und den Mangel. Alle hatten zusammenarbeiten müssen, um den Wiederaufbau zu bewerkstelligen und die Dinge wieder in Ordnung zu bringen. Heute dagegen warfen die jungen Leute alles weg. Nichts hatte auch nur den geringsten Wert für sie. Nichts wussten sie zu schätzen.

Seit Frau Wallenstein von dem jetzigen »S-Bahn-Schubser« gehört hatte, achtete sie stets darauf, sich entweder hinzusetzen oder sich mit dem Rücken an eine der Zwischenwände auf dem Bahnsteig zu stellen, während sie auf einen Zug wartete.

Ihr Knie schmerzte, und sie stützte sich schwer auf ihren Krückstock, während sie den Blick über den Bahnsteig schweifen ließ und ihre Mitreisenden musterte. Nur ein paar Menschen befanden sich auf dem Bahnsteig. Zwei von ihnen hatten winzige Kopfhörer, von denen Drähte hinunterbaumelten, in den Ohren. Frau Wallenstein hasste diese Geräte. Wenn man im Bus oder Zug neben jemandem saß, der sich diese fürchterliche Musik der jungen Leute anhörte, so war es, als summte eine übel gelaunte Wespe durch die Luft. Warum beschäftigten sie sich nicht mit etwas Besserem? War es denn so schrecklich, andere zur Kenntnis zu nehmen und, Gott bewahre, vielleicht sogar ein Gespräch mit ihnen zu führen?

Sie betrachtete den Rest des Bahnsteigs. Auf einer Bank saß eine noch recht junge Frau. Wenigstens trug sie einen anständigen Hosenanzug. Der Schmerz in Frau Wallensteins Knie verschlimmerte sich, wenn sie längere Zeit stehen musste. Im Stillen ihre Arthritis verfluchend, ließ sie sich neben der jungen Frau nieder und sagte: »Guten Tag.« Die Frau erwiderte ihr Lächeln, doch es wirkte sehr traurig. Frau Wallenstein bemerkte, dass ihre Nachbarin offenbar nicht ganz so reinlich war, wie sie aus der Ferne angenommen hatte, und dass sich in ihrem blassen Gesicht Schatten unter ihren Augen abzeichneten. Vielleicht war es ein Fehler gewesen, sich neben sie zu setzen.

»Ist alles in Ordnung?«, fragte Frau Wallenstein. »Sie sehen nicht gut aus.«

»Doch, es ist alles bestens«, erwiderte die jüngere Frau. »Lange Zeit ist es mir schlecht gegangen, aber jetzt habe ich keine Probleme mehr. Nun kommt alles ins Lot.«

»Oh«, machte Frau Wallenstein, der keine Antwort einfiel. Sie bedauerte nun ein wenig, dass sie das Gespräch begonnen hatte. Die Jüngere sah so seltsam aus. Vielleicht nahm sie Drogen. Frau Wallenstein war eine eifrige Zuschauerin von »Adelheid und ihre Mörder« und »Großstadtrevier«. In diesen Fernsehserien sahen Drogensüchtige immer so aus wie ihre Nachbarin. Aber vielleicht war die Arme einfach nur krank.

Das Lächeln der jüngeren Frau war unsicher, als hätte es Mühe, an ihren Lippen haften zu bleiben. »Ich habe mein kleines Mädchen heute besucht.«

»Oh, das ist schön. Wie alt ist sie?«

»Sie ist sechzehn. Ja, sechzehn.« Die Jüngere kramte in ihren Taschen, und Frau Wallenstein bemerkte, dass die Bluse, die sie unter ihrem Jackett trug, verwaschen und abgetragen war und dass sie keine Handtasche bei sich zu haben schien. Die Frau holte ein zerfleddertes Foto mit Eselsohren hervor und hielt es Frau Wallenstein hin. Es zeigte ein schmächtiges, durchschnittlich wirkendes Kleinkind mit dem gleichen matten Blondhaar wie seine Mutter.

»Ja«, sagte die blasse Frau. »Meine kleine Martha. Mein Baby. Sie war immer ein so lebhaftes Ding. Ein Frechdachs. So habe ich sie früher immer genannt: meinen kleinen Frechdachs …«

Unbehagen stieg in Frau Wallenstein auf, aber zugleich machte sie sich Sorgen um die andere, die so verzweifelt aussah. Da hörte sie zu ihrer Erleichterung das Rumpeln der sich nähernden U-Bahn. Die jüngere Frau stand auf und schaute in den Tunnel in Richtung des Geräusches. Plötzlich schien sie wachsam zu sein. Auch Frau Wallenstein erhob sich, allerdings gemächlicher, und stützte sich schwer auf ihren Stock.

»Wo ist Ihr kleines Mädchen denn jetzt?«, fragte sie, eher um die letzten Momente der Bekanntschaft zu füllen als aus wirklichem Interesse.

Die junge Frau wandte ihr den Kopf zu. »Dahin bin ich jetzt unterwegs... um mit meiner kleinen Martha zusammen zu sein. Von jetzt an bin ich eine gute Mutter...« Ihr Gesicht war plötzlich munter und glücklich. Der Zug tauchte mit immer noch hohem Tempo aus dem Tunnel auf. Sie lächelte Frau Wallenstein zu. »Auf Wiedersehen. Es war schön, mit Ihnen zu sprechen.«

»Auf Wiedersehen«, sagte Frau Wallenstein und wollte noch etwas hinzusetzen, aber die Jüngere war bereits an den Rand des Bahnsteigs getreten. Und sie blieb nicht stehen. Frau Wallenstein starrte auf die Stelle, wo die andere hätte sein sollen, aber sie war verschwunden.

Ein abscheulicher, dumpfer Aufschlag war zu hören, als der Zug auf den Körper traf, und kurz darauf hallten die Schreie der anderen Passagiere auf dem Bahnsteig durch die Station.

Frau Wallenstein blieb regungslos stehen, lehnte sich auf ihren Krückstock, um den Schmerz in ihrem arthritischen Knie zu lindern, und starrte weiterhin auf die Stelle, an der die Frau, mit der sie sich gerade noch unterhalten hatte, gewesen war.

Sie hatte sich vor den Zug geworfen. Warum denn bloß? Was war aus dieser Welt geworden?

23.

Buxtehude, Mittwoch, den 24. März, 13.10 Uhr

Es dauerte etwas über eine halbe Stunde, bis Fabel und Werner Buxtehude erreichten. Der Himmel hatte sich aufgehellt und die kleine Stadt in ein gleißendes Licht getaucht. Doch ein wütender Wind zerrte immer noch an Fabels Regenmantel, als Werner und er von ihrem Auto zu einem Restaurant am Westfleth in der Altstadt gingen.

Buxtehude sieht aus wie ein niederländisches Städtchen, das irgendwie nach Osten verlagert worden ist und fast mit Hamburg zusammengestoßen wäre. Die Este spaltet sich in der Altstadt in den Ostviver und den Westviver, die in Kanäle übergehen und von einem halben Dutzend Brücken in holländischem Stil überwölbt werden. Sogar das Gebäude, in dem das kleine Restaurant lag, schien die Schultern hochgezogen zu haben, um sich zwischen seine Nachbarn zu quetschen. Fabel vermutete, dass es seit mindestens zwei Jahrhunderten auf die Kanäle und Brücken hinausblickte.

Bei der Fahrt in die Stadt hatten ihn Straßennamen wie Gebrüder-Grimm-Weg, Rotkäppchenweg und Dornröschenweg an die finsteren Töne erinnert, die in den Schatten dieser Ermittlung lauerten. Jedes Mal, wenn Fabel jetzt von den Brüdern Grimm hörte, stellte er sich Jacob Grimm als die erfundene Gestalt in dem Buch von Weiss vor. Die respektierte und einflussreiche historische Persönlichkeit wurde von Weiss' pedantischem Ungeheuer verdrängt. Die Theorie des Autors schien tatsächlich zu funktionieren.

Sie nahmen am Fenster Platz und schauten über das Fleth, den innerstädtischen Hafenkanal, der von Bäumen und weißen Zäunen gesäumt war, und weiter zum Ostfleth. Ein kleines Segelfrachtschiff aus dem neunzehnten Jahrhundert, die »Ewer Margareta«, war zu Ausstellungszwecken vertäut, und die vielfarbenen Wimpel flatterten ruhelos in der steifen Brise. Fabel überflog die Speisekarte und bestellte einen Thunfischsalat und ein Mineralwasser. Werner dagegen studierte das gesamte Angebot, bevor er sich für ein Schweineschnitzel und eine Kanne Kaffee entschied. Fabel lächelte bei dem Gedanken, wie Werner durch diesen kleinen Akt der Gründlichkeit den Unterschied zwischen ihnen verdeutlicht hatte. Als Polizisten. Als Menschen. Als Freunde.

»Ich lese gerade ein Buch von einem Autor namens Gerhard Weiss«, meinte Fabel, während er weiterhin aus dem Fenster blickte und zusah, wie der Wind das alte Segelboot zauste, das an seine Zeit in der Ewerflotte zurückzudenken schien, als es Tee, Mehl und Holz über die norddeutschen Wasserwege getragen hatte. »Es heißt *Die Märchenstraße* und handelt von Jacob Grimm… Na ja, nicht ganz, sondern von einigen Morden, die sich auf die Grimm'schen Märchen stützen.«

»Mist. Gibt es da eine Verbindung?«

Fabel wandte den Blick vom Fenster ab. »Ich weiß es nicht. Aber es ist ein merkwürdiges Zusammentreffen.«

»Das kann man wohl sagen.« Werner setzte seine Kaffeetasse nieder und runzelte die Stirn. »Warum hast du das nicht früher erwähnt?«

»Ich habe erst gestern Abend angefangen, das Buch zu lesen. Und ich bin durch reinen Zufall darauf gestoßen. Es war eher nebensächlich. Aber nun, nachdem ich mit dem Lesen begonnen habe…«

Werners Miene deutete an, dass Fabel einen unverständlichen Fehler gemacht hatte. »Das muss untersucht werden, wenn du mich fragst. Es könnte ja sein, dass sich der Mörder durch dieses Buch und nicht durch die *Grimm'schen Märchen*, die *Deutschen Sagen* oder eine der anderen Sammlungen der Grimms durcharbeitet.«

»Ein Serienmörder, der eine Anleitung benutzt?« Fabels Lachen hatte einen bitteren Unterton. »Möglich ist alles.«

»Jan, du weißt, dass wir diesen Knaben überprüfen müssen. Wie heißt er noch?«

»Weiss.« Fabel wandte sich wieder dem Frachter zu. Schiffe wie dieses waren bereits durch die Flüsse und Kanäle gezogen, bevor Jacob und Wilhelm Grimm durch Deutschland gereist waren, um Märchen, Sagen und Mythen zu sammeln. Und noch früher, als diese Märchen, Sagen und Mythen hier zum ersten Mal erzählt wurden, waren andere Schiffe an diesem Ort eingetroffen und hatten ihre Handelswaren gebracht. Ein uraltes Land. Ein uraltes Land im Herzen Europas. So hatte Fabels Vater einst seine Heimat bezeichnet. Eine Gegend, in der man die Ereignisse intensiver erlebte als anderswo. »Wir kümmern uns darum«, sagte Fabel nach einer Weile.

Der Kontrast zur Villa der Schillers hätte nicht ausgeprägter sein können. Die Familie Grünn hatte eine der Wohnungen in einem Sechserblock am Rand von Buxtehude gemietet. Das Mehrfamilienhaus, das umliegende Gelände und die Wohnung der Grünns selbst waren sauber und gepflegt. Aber als Fabel und Werner sich im Wohnzimmer zu Herrn und Frau Grünn und Hannas achtzehnjähriger Schwester Lena setzten, schien das Fassungsvermögen des Raumes bereits überschritten zu sein.

Doch nicht nur die äußeren Umstände unterschieden sich. Im Gegensatz zu Vera Schiller zeigten die Grünns einen unverfälschten Verlustschmerz. Unwillkürlich stellte Fabel einen weiteren Vergleich an, nämlich mit Herrn und Frau Ehlers, die geglaubt hatten, ihr verschollenes Kind, wenn auch tot, so doch endlich gefunden zu haben, nur um festzustellen, dass sie das Opfer einer unerträglich brutalen Irreführung geworden waren. Anders als die Familie Ehlers waren die Grünns nun in der Lage, ihrem tiefen Kummer freien Lauf zu lassen. Es gab eine Leiche, die sie beerdigen konnten.

Erich Grünn war ein großer, stämmiger Mann mit einem aschblonden Haarschopf, der in seinen zweiundfünfzig Jahren nicht lichter geworden war. Seine Frau Anja und seine Tochter Lena ließen Ansätze von Hanna Grünns Schönheit erkennen. Alle drei beantworteten die Fragen der Kriminalbeamten mit einer bleiernen Höflichkeit. Die Grünns waren offensichtlich bereit zu helfen, aber wahrscheinlich würde das Gespräch nicht viel ergeben. Hanna hatte wenig über ihr Leben in Hamburg verlauten lassen, sondern nur angedeutet, dass sie auf einen baldigen Modelvertrag hoffe. Vorläufig komme sie gut in der Backstube Albertus zurecht und stehe vor einer Beförderung.

Fabel wusste durch die kritischen Äußerungen von Biedermeyer, Hannas unmittelbarem Vorgesetzten in der Backstube, dass nichts dergleichen geplant gewesen war. Hanna hatte offenbar noch einen begrenzten Kontakt zu ihrer Familie aufrechterhalten, doch einen großen Teil von dem verschwiegen, was sich in ihrem Leben ereignete. Fabel spürte Verlegenheit, ja, geradezu ein Schuldgefühl, als er die Umstände von Hannas Tod erklärte, nämlich die Tatsache, dass sie gemeinsam mit ihrem Chef, zu dem sie ein Verhältnis gehabt hatte, umgebracht worden war. Frau Grünn reagierte aufrichtig schockiert, und Scham verdunkelte die Miene ihres Mannes. Lena starrte auf den Fußboden.

»Wie steht's mit anderen Freunden? Gab es jemanden, dem sie besonders nahe stand?« Sobald Fabel die Frage gestellt hatte, spürte er eine Spannung zwischen den drei Hinterbliebenen.

»Sie hatte keinen besonders engen Freund.« Herr Grünn antwortete ein wenig zu schnell. »Hanna konnte sich aussuchen, wen sie wollte. Sie ließ sich auf keine ernsthafte Beziehung ein.«

»Und was ist mit Herrn Schiller? Hat Hanna jemals ihre Beziehung zu ihm erwähnt?«

Nun meldete sich Frau Grünn zu Wort. »Herr Fabel, wir haben unsere Tochter nicht dazu erzogen… sich mit verheirateten Männern einzulassen.«

»Hanna hätte also nicht mit Ihnen darüber gesprochen.«

»Sie hätte es nicht gewagt«, meinte Herr Grünn. Fabel merkte, wie Hanna noch im Tod den finsteren Zorn ihres Vaters erregte. Wie finster mochte dieser Zorn in Hannas Kindheit gewesen sein, und wie sehr hatte er dazu beigetragen, dass sie den Kontakt zu ihrer Familie einschränkte?

Am Ende des Gesprächs brachten Fabel und Werner noch einmal ihr Mitgefühl zum Ausdruck. Lena sagte, sie wolle die beiden Polizisten hinausbegleiten, doch statt sich an der Tür von ihnen zu verabschieden, ging sie schweigend mit ihnen die Gemeinschaftstreppe des Wohnhauses hinunter. In dem Flur vor der Eingangstür bleib sie stehen und sagte leise, fast verschwörerisch: »Mutti und Papi wissen es nicht, aber Hanna war mit jemandem zusammen. Nicht mit ihrem Chef, sondern vorher.«

»Besaß er ein Motorrad?«, fragte Fabel.

Lena sah ein wenig verblüfft aus. »Ja… ja, das stimmt. Wissen Sie über ihn Bescheid?«

»Wie heißt er, Lena?«

»Olsen. Peter Olsen. Er wohnt in Wilhelmsburg und ist Motorradmechaniker. Ich glaube, er hat einen eigenen Betrieb.« Lenas helle Augen umwölkten sich. »Hanna mochte es gern, wenn ein Mann Geld für sie ausgeben konnte. Aber Peter war wahrscheinlich kein fester Freund. Hanna hatte es auf Geld abgesehen, nicht auf ölverschmierte Hände.«

»Sind Sie ihm je begegnet?«

Lena schüttelte den Kopf. »Aber sie hat mir am Telefon von ihm erzählt. Mutti und Papi gehen freitagabends immer aus. Dann hat sie oft angerufen und mir alles Mögliche verraten.«

»Hat sie je Markus Schiller erwähnt?«, fragte Werner. »Oder seine Frau, Vera Schiller?«

Im Treppenhaus war ein Geräusch zu hören, als öffne sich eine Tür, und Lena warf einen besorgten Blick nach oben. »Nein. Nicht, das ich wüsste. Nicht direkt. Hanna hat nur gesagt, dass sie einen Neuen gefunden hat. Ich hätte nie gedacht, dass es ihr Chef war, und mehr wollte sie mir nicht erzählen. Aber sie hatte Angst, dass Peter es herausfinden könnte. Tut mir Leid, ich habe Ihnen alles gesagt, was ich weiß. Ich wollte nur, dass Sie von Peter erfahren.«

»Vielen Dank, Lena.« Fabel lächelte sie an. Sie war eine hübsche, aufgeweckte Achtzehnjährige, die für den Rest ihres Lebens unter dieser Heimsuchung leiden würde. Vielleicht nur in ihrem tiefsten Innern, aber sie würde den Tod ihrer Schwester nie verwinden. »Das war eine sehr wichtige Information für uns.«

Lena wollte gerade die Treppe hinauflaufen, als sie plötzlich innehielt. »Da ist noch etwas … Ich glaube, Peter war gewalttätig. Deshalb hatte sie Angst, dass er etwas herausfand.«

24.

Hamburg-Wilhelmsburg, Donnerstag, den 25. März, 10.10 Uhr

Olsen aufzuspüren war nicht schwierig gewesen. Sein Vorstrafenregister hielt sich in Grenzen, aber jedenfalls war klar, dass er dazu neigte, Probleme mit den Fäusten zu lösen. Er hatte drei Vorstrafen wegen Körperverletzung und war einmal wegen Hehlerei verwarnt worden, nachdem er Teile, die von einem gestohlenen Motorrad stammten, weiterverkauft hatte.

Wilhelmsburg ist der größte Hamburger Stadtteil. Im Grunde ist es eine Insel in der Elbe, die größte Flussinsel Europas, und zu seinen vielen Brücken gehört die Köhlbrandbrücke, die die Innenstadt im Norden mit Harburg im Süden verbindet. Wilhelmsburg hat ein seltsam unentschiedenes Aussehen und vereinigt Ländliches mit Schwerindustrie. Neben mächtigen Industriebauten weiden Schafe auf den Feldern. Der Stadtteil gilt als sozialer Brennpunkt und wird häufig scherzhaft als Bronx des Nordens bezeichnet; mehr als ein Drittel seiner Bevölkerung sind Einwanderer.

Peter Olsen verkaufte und reparierte Motorräder in einer schäbigen Werkstatt am Flussufer, im Schatten einer Ölraffinerie. Fabel beschloss, Werner und Anna zur Befragung von Olsen mitzunehmen, und forderte außerdem eine Schutzpolizeieinheit an. Das vorliegende Material reichte nicht aus, um Olsen zu verhaften, aber Fabel war es gelungen, einen richterlichen Beschluss zur Beschlagnahme des Motorrads für eine forensische Überprüfung zu erhalten.

Fabel bremste an dem überwucherten Randstein neben dem zwei Meter hohen Maschenzaun, der Olsens Werkstatt umgab. Während sie auf das Eintreffen der Schutzpolizei warteten, musterte Fabel die Werkstatt und den Hof. Die Rahmen von vier oder fünf Motorrädern rosteten ineinander verschlungen im Hof vor sich hin. Außerdem lag dort ein riesiger Rottweiler auf der Seite und hob ab und zu seinen massigen Schädel, um einen trägen Blick über sein Gebiet zu werfen. Fabel konnte nicht erkennen, ob der Hund angebunden war oder nicht.

»Werner, ruf das Wilhelmsburger Polizeirevier an«, sagte Fabel, ohne Olsens Grundstück aus den Augen zu lassen. »Frag nach, ob man uns einen Hundeführer stellen kann. Olsens Haustier gefällt mir nicht.«

Hinter ihnen hielt ein grün-weiß lackierter Polizeitransporter. Es war, als wäre Olsens Wachhund darauf abgerichtet worden, auf Polizeifahrzeuge zu reagieren, denn er sprang sofort auf und bellte wütend in Richtung des Wagens. Ein großer Mann in einem Overall kam aus der Werkstatt und wischte sich die Hände an dem Stoff ab. Sein halsloser Kopf schien auf seine mächtigen Schultern gerammt worden zu sein. Er war das menschliche Gegenstück zu dem Rottweiler, der seinen Hof bewachte. Der Mann warf dem Hund einen Blick zu und murmelte etwas. Dann schaute er zu den Polizeifahrzeugen hinüber, bevor er sich umdrehte und wieder in seine Werkstatt ging.

»Vergiss den Hundeführer, Werner. Wir sprechen besser sofort mit dem Knaben.«

Als sie sich dem Tor näherten, zeigte sich, dass der Hund nicht angebunden war. Er jagte mit einem Tempo und einer Behändigkeit, die seiner Masse zu widersprechen schienen, auf die Polizisten zu. Fabel bemerkte zu seiner Erleichterung, dass das Tor mit einem Vorhängeschloss versperrt war. Der Rottweiler knurrte und bellte böse, und seine weißen Fänge blitzten. Olsen erschien erneut an der Werkstatttür.

»Was wollen Sie?« Seine Stimme war über die Entfernung und das fortgesetzte Bellen des Rottweilers hinweg kaum zu hören.

»Wir haben einen Durchsuchungsbefehl, Herr Olsen.« Fabel hielt das Dokument hoch. »Und wir möchten Ihnen ein paar Fragen stellen.« Der Hund sprang nun gegen das Tor, und es begann zu rattern. Die Kette am Vorhängeschloss spannte sich. »Würden Sie bitte Ihren Hund zurückrufen, Herr Olsen.«

Olsen machte eine verachtungsvolle Geste und schickte sich an, wieder in seiner Werkstatt zu verschwinden. Fabel nickte Werner zu, der seine Pistole zog, den Verschluss zurückschnappen ließ und auf den Kopf des Rottweilers zielte.

»Adolf!«, rief Olsen mit scharfer Stimme. Der Hund drehte sich gehorsam um und kehrte zu der Stelle zurück, wo er gelegen hatte, blieb jedoch wachsam auf den Beinen.

Anna warf Fabel einen Blick zu. »Adolf?«

Fabel nickte Werner erneut zu, der seine Pistole wieder ins Halfter steckte. Olsen trat mit einem Schlüsselbund ans Tor und öffnete das Schloss. Er ließ das Tor aufschwingen und blieb mürrisch an der Seite stehen.

»Würden Sie bitte Ihren Hund anbinden, Herr Olsen?« Fabel reichte ihm den Durchsuchungsbefehl. »Und könnten wir uns Ihr Motorrad ansehen? Ihr eigenes. Die Kfz-Nummer steht auf dem Durchsuchungsbefehl.«

Olsen ruckte mit dem Kopf hinüber zur Werkstatt. »Dort ist es. Machen Sie sich keine Sorgen wegen dem Hund. Er beißt keinen… außer wenn ich's ihm sage.«

Sie gingen zu dem Gebäude hinüber, und »Adolf« beobachtete sie von seinem Platz, wo Olsen ihn mit einer kräftigen Kette angebunden hatte. Die Haltung des Hundes war gespannt, als warte er auf den Befehl zum Angreifen.

Das Innere der Werkstatt war überraschend sauber und hell. Aus einem CD-Player dröhnte Rammstein oder etwas Ähnliches. Olsen drehte die Lautstärke herunter, stellte die Musik jedoch nicht ab, als wolle er andeuten, dass sein Tagesablauf nur kurzfristig unterbrochen worden war. Fabel hatte erwartet, dass die Wände von den üblichen Softcore- oder sogar Hardcore-Plakaten bedeckt sein würden, doch stattdessen handelte es sich bei den Bildern entweder um elegante Motorradaufnahmen oder um technische Illustrationen. Eine Reihe Motorräder, von denen einige offensichtlich alte Modelle waren, stand am hinteren Ende. Die Werkstatt hatte einen Betonfußboden, den Olsen anscheinend regelmäßig fegte, und an einer Wand befanden sich Regale, auf denen Ersatzteile in roten, sorgfältig markierten Plastikschubladen und -kästen angeordnet waren.

Fabel musterte Olsen eingehend. Er war Ende zwanzig und hätte fast attraktiv ausgesehen, wären seine Züge nicht ein wenig zu grob gewesen. Außerdem hatte er eine unreine, fleckige Haut. Für Fabel war die methodische Anordnung und Etikettierung der Ersatzteile schwer mit Olsens ungepflegter Erscheinung in Einklang zu bringen. Er beugte sich zu den Ersatzteilen vor und spähte auf die Beschriftung.

»Suchen Sie etwas Bestimmtes?« Olsens Stimme war ausdruckslos. Er hatte vermutlich beschlossen, hilfsbereit, doch gleichgültig aufzutreten. »Ich dachte, Sie wollten sich mein Motorrad ansehen?«

»Ja …« Fabel trat von den Regalen zurück. Die Buchstaben auf den Etiketten waren klein und säuberlich, aber er hätte nicht sagen können, ob sie mit der winzigen Schrift auf den Zetteln, die sie bei den Leichen gefunden hatten, identisch waren. »Ja bitte.«

Ein großes amerikanisches Motorrad in der Mitte der Werkstatt wurde durch einen Ständer abgestützt. Mehrere Teile des Motors waren abmontiert und auf dem Fußboden ausgebreitet worden. Wieder fielen Fabel die Ordnung und Sorgfalt auf, mit denen Olsen die Teile auf den Beton gelegt hatte. Er musste an diesem Motorrad gearbeitet haben, als sie eintrafen.

»Nein, das nicht. Dort drüben.« Olsen deutete auf eine silbergraue BMW. Fabel verstand nicht sonderlich viel von Motorrädern, wusste jedoch, dass es sich um ein R 1100 S-Modell handelte. Er musste zugeben, dass es eine Schönheit war: ein geschmeidiges, glattes Ungeheuer, das sogar im Stehen schnell wirkte. Auf eine seltsame Weise erinnerte es Fabel an Olsens Wachhund – voll von aufgestauter Kraft und Gewalt, die unbedingt freigelassen werden wollten. Er nickte den beiden Uniformierten zu, die das Motorrad zu dem wartenden Transporter schoben.

»Wozu brauchen Sie es denn?«, fragte Olsen.

Fabel ignorierte die Frage. »Wissen Sie Bescheid über Hanna Grünn? Sie haben es wahrscheinlich schon gehört?«

Olsen nickte. »Ja, habe ich.« Er gab sich so desinteressiert wie möglich.

»Sie scheinen nicht besonders erschüttert zu sein«, sagte Anna Wolff. »Ich dachte, Sie waren ihr Freund.«

Olsen stieß ein Lachen hervor und versuchte nicht, seine Bitterkeit zu verbergen. »Ihr Freund? Ich nicht. Ich war bloß ein Trottel. Einer von Hannas vielen Trotteln. Sie hat mir vor Monaten den Laufpass gegeben.«

»Frau Grünns Kollegen haben uns etwas anderes erzählt. Die sagen, Sie hätten Hanna manchmal von der Bäckerei mit dem Motorrad abgeholt. Bis vor kurzem.«

»Mag sein. Sie war die Ausnutzerin, und ich war der Ausgenutzte. Was kann ich sonst noch sagen?«

Fabel hatte keinen Zweifel daran, dass Olsen regelmäßig in ein Fitnessstudio ging. Die Schultern und Arme, die sich unter dem Stoff seines Overalls wölbten, verrieten eine erhebliche Kraft. Es war nicht schwer, sich vorzustellen, dass er den kleineren, schmächtigeren Schiller überwältigt und ihn mit zwei Schnitten eines scharfen Messers getötet hatte.

»Wo waren Sie am Freitagabend, Herr Olsen?« fragte Anna. »Am 19. … bis zum Samstagmorgen.«

Olsen zuckte die Achseln. Du übertreibst deinen Gleichmut, dachte Fabel. Du hast etwas zu verbergen. »Ich bin was trinken gewesen. In Wilhelmsburg. Um Mitternacht bin ich nach Hause gefahren.«

»Wo waren Sie?«

»Im ›Pelikan‹. Das ist eine neue Bar in der Stadtmitte. Ich wollte sie mir mal ansehen.«

»Kann das irgendjemand bestätigen, der auch dort war?«, fragte Anna.

Olsens Miene verriet, dass er Annas Frage für albern hielt. »Da waren Hunderte von Gästen. Wie gesagt, die Bar ist neu, und etliche Leute hatten wohl den gleichen Einfall wie ich. Aber ich kann mich an niemanden erinnern, den ich kenne.«

Fabel machte eine geradezu entschuldigende Geste. »Dann müssen wir Sie leider bitten mitzukommen, Herr Olsen. Ihre Aussagen reichen nicht aus, jeden Verdacht gegen Sie auszuräumen und Ihnen ein Verhör zu ersparen.«

Olsen seufzte resigniert. »Meinetwegen. Aber schließlich ist es nicht meine Schuld, dass ich kein Alibi habe. Wenn ich etwas verbrochen hätte, hätte ich mir bestimmt eins zugelegt. Dauert das lange? Ich muss heute noch einige Reparaturen erledigen.«

»Wir werden Sie nur so lange bei uns behalten, bis wir die Wahrheit erfahren haben. Bitte, Herr Olsen.«

»Kann ich zuerst abschließen?«

»Natürlich.«

Am anderen Ende der Werkstatt befand sich eine Hintertür. Olsen schritt hinüber und drehte den Schlüssel im Schloss um. Dann ging er, gefolgt von den drei Beamten, hinaus. Der Hund schlief inzwischen auf dem Hof.

»Wenn ich über Nacht weg bin, muss ich dafür sorgen, dass der Hund gefüttert wird.« Er blieb plötzlich stehen und drehte sich zur Werkstatt um. »Scheiße. Die Alarmanlage. Ich kann die Motorräder nicht hier lassen, ohne dass die Alarmanlage an ist. Darf ich sie noch schnell einschalten?«

Fabel nickte. »Werner, bitte begleite Herrn Olsen.«

Als die beiden außer Hörweite waren, fragte Anna: »Hast du auch das Gefühl, dass wir hier nicht viel herausholen werden?«

»Ich weiß, was du meinst. Das Einzige, was Olsen zu verbergen scheint, ist wohl, wie nahe Hannas Tod ihm wirklich geht.«

Plötzlich hörten sie ein heiseres Brüllen aus der Werkstatt. Anna und Fabel tauschten einen Blick aus und rannten auf das Gebäude zu. Der Rottweiler war aus dem Schlaf aufgeschreckt, und sein Raubtierinstinkt wurde durch die beiden laufenden Polizisten angestachelt. Er warf sich an der Kette hin und her, und seine mächtigen Kiefer schnappten ins Leere. Fabel machte einen Bogen und hoffte, die Reichweite der Kette richtig eingeschätzt zu haben. Sie hatten etwa die Hälfte der Entfernung zur Werkstatt zurückgelegt, als Olsen auf einem riesigen roten Motorrad seitlich herausschoss. Fabel und Anna erstarrten einen Moment lang, denn das hochtourige Rennmotorrad hielt genau auf sie zu. Olsen trug einen roten Helm mit heruntergeklapptem Visier, doch Fabel erkannte ihn an seinem ölbefleckten Overall. Der Mann handhabte das Motorrad wie eine Waffe. Das Vorderrad hob sich ein wenig, als er den Gashebel zu einem wütenden Winseln aufdrehte. Adrenalin schoss durch Fabels Körper und verlangsamte die Zeit. Aber das Motorrad schien sich dennoch so sehr zu beschleunigen, als habe Fabel ein Zoomobjektiv darauf gerichtet.

Anna sprang zur einen und Fabel zur anderen Seite aus dem Weg, während das Motorrad zwischen ihnen hindurchraste. Fabel rollte mehrere Male über den Boden, bevor er liegen blieb. Gerade hatte er sich auf ein Knie erhoben, als etwas Dunkles gegen ihn prallte. Für einen Sekundenbruchteil dachte er, Olsen sei mit dem Motorrad zurückgekommen, um ihm und Anna den Garaus zu machen, aber als er sich umdrehte, sah er, wie sich der Rottweiler mit aufgerissenem Maul auf ihn stürzte. Fabel riss den Kopf zurück, als die Zähne zuschnappten. Er spürte kalten Schleim und Speichel auf seiner Wange, doch er wusste, dass der Hund ihn verpasst hatte. Diesmal rollte er sich in die entgegengesetzte Richtung, und ein bohrender Schmerz durchfuhr seine Schulter. Fabel rollte weiter, und das böse Knurren des Hundes wurde zu einem wütenden, frustrierten Bellen, denn das Tier hatte das Ende der Kette erreicht.

Fabel rappelte sich auf. Anna Wolff war ebenfalls aufgestanden und schaute zu ihrem Chef hinüber, um sich zu überzeugen, dass er unversehrt war. Sie sah aus wie jemand, der vor einem Rennen die Startposition eingenommen hat, und Fabel nickte. Sie sprintete auf Fabels Auto und den grün-weißen Polizeitransporter zu. Die beiden uniformierten Beamten standen wie gelähmt an den beiden Seiten des Motorrads, das sie gerade auf die Ladefläche des Wagens hatten schieben wollen. Anna Wolff änderte ihre Bahn und rannte auf das Motorrad zu.

»Steckt der Schlüssel?«, schrie sie in Richtung der beiden immer noch bewegungslosen Schupos. Bevor sie antworten konnten, hatte Anna das Motorrad erreicht und stieß den hinten stehenden Beamten zur Seite. Sie riss die Maschine von der Heckklappe des Wagens zurück, ließ den Motor an und raste davon, um Olsen zu folgen.

Fabel packte seine Schulter. Der Stoff seines Jaeger-Jacketts war aufgerissen, und das Futter quoll dort hervor, wo der Rottweiler seine Zähne eingeschlagen hatte. Fabels Schulter schien gequetscht zu sein, aber der Stoff seines Polohemds war heil geblieben, und er konnte keine Spur von Blut entdecken. Er warf einen zornigen Blick zu dem Hund hinüber, der an seiner Kette zog, sich auf die Hinterbeine erhob und ohnmächtig mit den Vordertatzen in die Luft schlug.

»Dahin!«, rief Fabel den beiden Schutzpolizisten zu und lief zur geöffneten Tür der Werkstatt. Werner lag auf dem Boden. Er hatte sich halb aufgesetzt und drückte ein bereits scharlachrotes Taschentuch an die rechte Seite seines blutenden Kopfes. Fabel kniete neben ihm nieder und löste Werners Hand und das blutgetränkte Taschentuch vorsichtig von der Wunde. Dort klaffte ein hässlicher, tiefer Riss, und Werners mit Stoppeln bedeckte Kopfhaut schwoll bereits an. Fabel zog sein eigenes, unbenutztes Taschentuch hervor, drückte es seinem Kollegen in die Hand und schob sie zurück zur Wunde. Dann legte er einen Arm um Werners Schultern, um ihn zu ermutigen.

»Hältst du durch?«

Werners Augen wirkten glasig und verschwommen, aber er rang sich ein schwaches Nicken ab, das Fabel nicht beruhigen konnte. Die beiden Uniformierten standen nun auch in der Werkstatt. Fabel deutete mit dem Kopf zu den Regalen hinüber.

»Sie. Versuchen Sie, dort drüben einen Erste-Hilfe-Kasten zu finden.« Er wandte sich an den zweiten Beamten. »Und Sie, fordern Sie einen Unfallwagen an.«

Fabel blickte auf den Boden der Werkstatt. Ungefähr einen Meter von Werner entfernt lag ein Schraubenschlüssel. Er hatte einen schweren, massiven Kopf; der verstellbare Griff und die Backen waren von Werners Blut überzogen. Fabel sah auch, dass die Tür am anderen Ende der Werkstatt offen stand. Der Dreckskerl, dachte er. Olsen hatte einen klaren Kopf behalten. Er hatte die Tür seelenruhig vor aller Augen aufgeschlossen, während er so tat, als sichere er das Gebäude. Die Aktion war genau überlegt gewesen, denn er hatte erraten, dass ihn, solange er kooperierte, wenn auch ungeduldig und gereizt, nur ein Polizist begleiten würde, damit er »die Alarmanlage einschalten« konnte. Dann hatte er Werner mit dem Schraubenschlüssel niedergeschlagen und war durch die Hintertür hinausgelaufen, wo das rote Motorrad gestanden haben musste.

Fabel war sich sicher, es nicht unter den anderen in der Werkstatt bemerkt zu haben.

Werner keuchte und schien aufstehen zu wollen. Fabel hielt ihn fest. »Bleib sitzen, Werner, bis der Krankenwagen eintrifft.«

Der Schutzpolizist, zu dem er fragend aufschaute, nickte und sagte: »Er ist unterwegs, Herr Kriminalhauptkommissar.«

»Ich möchte nicht in Olsens Haut stecken, wenn du ihn erwischst, Chef«, meinte Werner.

Fabel sah zu seiner Erleichterung, dass Werners Augen nicht mehr so umwölkt wirkten, aber sie waren weiterhin alles andere als lebhaft. »Darauf kannst du wetten«, sagte Fabel. »Niemand vergreift sich ungestraft an einem Mitglied meines Teams.«

»Das meine ich nicht.« Werner lächelte schwach und nickte zu dem zerfetzten Stoff an Fabels Schulter hinüber. »Ist das nicht eine deiner Lieblingsjacken?«

Die letzte Kurve hatte Anna zu schnell genommen. Wie immer trug sie ihre Lederjacke, aber ihre Beine waren nur durch den Stoff ihrer Jeans geschützt, und ihre Knie hatten den Asphalt fast gestreift. Wenn Olsen sich genauso gut darauf verstand, Motorräder zu fahren wie sie zu reparieren – und das war wahrscheinlich –, dann würde sie auf die Tube drücken müssen, um ihn auch nur im Blick zu behalten. Anna trug keinen Helm und hatte nicht einmal ihre Sonnenbrille bei sich; deshalb verengte sie die Augen gegen den Luftstoß, als sie auf der Geraden beschleunigte. Sie duckte sich hinter das Visier, um die Windeinwirkung zu verringern. Die Straße führte am Zaun der Raffinerie entlang und war frei von Verkehr, sodass sie Vollgas geben konnte. Dann raste sie in die Hohe-Schaar-Straße, wo ein Mercedes notbremsen und ausweichen musste. In der Ferne blitzte etwas rot auf, das über die Reiherstieg-Brücke donnerte, und sie setzte ihm nach. Die BMW unter ihr brüllte auf. Sie schätzte die Entfernung zur nächsten Kurve.

Anna und ihr Bruder Julius hatten Motorräder besessen und waren am Wochenende manchmal nach Frankreich, nach Bayern oder sogar nach England gefahren. Aber als ihr Beruf mehr Zeit in Anspruch genommen hatte, waren ihre Ausflüge seltener und kürzer geworden. Und nach Julius' Heirat mussten sie einen Schlussstrich ziehen. Anna hatte ihr Motorrad bis zum Vorjahr behalten und es dann gegen ein Auto ausgetauscht. Nun erinnerte nur noch die übergroße Lederjacke, die sie fast jeden Tag zur Arbeit trug, an jene Zeit.

Anna bremste vorsichtig, bevor sie die scharfe Linkskurve am Ende der Geraden erreichte. Sie legte sich in die Kurve und ließ die Beschleunigungskraft an ihrem Körper zerren, während sie schneller wurde. Dann kam eine weitere lange, gerade Fläche, und sie sah den roten Fleck von Olsens Motorrad vor sich. Anna gab erneut Vollgas, und die BMW preschte voran. Ihr Mund war trocken, und sie hatte Angst, aber der Nervenkitzel ließ sie erbeben. Sie blickte nicht auf den Tachometer, denn das Motorrad näherte sich seinem Limit von 200 Kilometer pro Stunde, und sie wollte nicht wissen, wie viel Spielraum sie noch hatte.

Der Abstand zu Olsen wurde kleiner. Offenbar hatte er nicht in seinen Rückspiegel geschaut und ging kein Risiko ein. Er hatte wahrscheinlich erwartet, mit dem Auto verfolgt zu werden, und ein Polizeiwagen hätte weder die Geschwindigkeit noch die Manövrierfähigkeit seiner Maschine besessen. Guck nicht in den Spiegel, dachte sie, guck nicht in den Spiegel, du Drecksack. Und dann geschah es. Eine fast unmerkliche Bewegung seines roten, behelmten Kopfes, und Olsens Motorrad schoss voran. Er konnte Annas BMW, die ihre Höchstgeschwindigkeit erreicht hatte, nicht hinter sich lassen, aber er war fähig, die Distanz aufrechtzuerhalten, bis einer von ihnen einen Fehler machte. Es war, als wollten sie sich gegenseitig bei einem Spiel auf Leben und Tod auf die Probe stellen.

Die nächste Kurve nahm Olsen besser und schneller als

Anna, wodurch sich der Abstand wieder ein wenig vergrößerte. Sie hatten die Industrielandschaft hinter sich gelassen und waren nun von matschig wirkenden Feldern umgeben. Die Straße wand sich, und Anna trieb oftmals auf die linke Seite ab. Glücklicherweise kam ihnen niemand entgegen.

Eine weitere scharfe Kurve. Olsen schätzte sie falsch ein, bewältigte sie nur knapp und musste bremsen, um wieder einen geraden Kurs einzuschlagen. Anna verringerte den Abstand auf zwanzig Meter. Ihr Universum war implodiert und bestand nur noch aus dem Straßenband vor ihr und dem Motorrad, mit dem ihr Körper nun unlöslich verschmolzen zu sein schien. Es war, als wäre ihr zentrales Nervensystem mit der Elektronik der BMW verbunden und als würde jeder Gedanke, jeder Impuls automatisch auf die Maschine übertragen. Sie war völlig auf Olsens rotes Motorrad konzentriert und versuchte, seine nächste Aktion vorauszusehen.

Diese totale Konzentration bedeutete, dass sie keine Hand von der Lenksäule des Rades lösen konnte. Sie konnte weder nach ihrer Pistole greifen noch ihre Position telefonisch übermitteln. Plötzlich merkte Anna, dass sie die Orientierung verloren hatte. Sie war so sehr auf Olsen und den Straßenabschnitt unmittelbar vor ihr konzentriert gewesen, dass sie ihren genauen Standort nicht mehr bestimmen konnte. Ihre Kenntnis von Wilhelmsburg war ohnehin nicht besonders gut, und die Aufregung und der Reiz der Verfolgung hatten sie blind für die vorüberfliegenden Wahrzeichen werden lassen. Sie wusste nur, dass sie irgendwo in der flachen Landschaft von Moorwerder waren, dem seltsamen ländlichen Fortsatz von Wilhelmsburg, den die Stadtplaner aus irgendeinem Grund übersehen hatten.

Eine weitere Kehre und eine weitere Gerade lagen vor ihnen. Olsen beschleunigte sein Motorrad erneut auf die Höchstgeschwindigkeit. Anna merkte, wie sich ihre Brust zuschnürte, denn sie kamen in eine bebaute Gegend. Ein Wegweiser zeigte an, dass sie sich Stillhorn näherten. Olsen hatte also einen Bogen beschrieben und hielt nun auf die A 1 zu. Wenn er die Dinge auf die Spitze trieb, würde sie nachgeben und ihn ziehen lassen müssen, um nicht das Leben von Zivilisten aufs Spiel zu setzen. Aber noch war es nicht so weit.

Der Verkehr wurde stärker. Olsen und Anna schlängelten sich zwischen Autos und Lastwagen hindurch, von denen viele jäh bremsen mussten, weshalb die Fahrer wütend auf die Hupe drückten. Die Stadt verdichtete sich, als sie von den Außenbezirken zum Zentrum vordrangen. Annas Herz hämmerte in ihrer Brust. Sie hörte eine Polizeisirene hinter sich, ohne zu wissen, ob es Unterstützung für sie war oder einfach nur die Stillhorner Polizei, die auf zwei durch den Ort rasende Motorräder reagierte. Wie auch immer, sie freute sich darüber, Kollegen in der Nähe zu haben, wenn sie Olsen schließlich in die Enge trieb. Er bremste jäh und bog in eine Seitenstraße ab, wobei das Motorrad ihm fast unter dem Körper wegglitt.

Anna verpasste die Kurve und musste auf der Hauptstraße wenden, was ihr noch wütendere Huptöne von anderen Fahrern einbrachte. Sie sah Olsen am Ende der Seitenstraße verschwinden und gab Vollgas. Das Brüllen der BMW hallte in der schmalen Straße wider, und zwei Fußgänger mussten beiseite springen, als Anna vorbeidonnerte. Es wurde zu gefährlich – sie würde die Jagd aufgeben müssen, wenn sie ihn nicht erwischte, bevor er weiter in die Stadt hineinfuhr.

Anna hatte das Ende der Straße fast erreicht, als ihr ein grün-weißer Streifenwagen mit blitzendem Blaulicht entgegenkam. Der Fahrer versuchte, ihr den Weg zu versperren, und sie gestikulierte wild, damit er sie durchließ. Doch der Streifenwagen stoppte mit quietschenden Reifen, die Türen flogen auf, an beiden Seiten sprang je ein Polizist heraus und richtete seine Pistole auf Anna.

Sie bremste mit aller Kraft, sodass sich das Motorrad dem Wagen mit der Breitseite näherte. Die Maschine rutschte unter Anna weg, und sie prallte auf den Asphalt. Ihr Schenkel brannte, als der Jeansstoff unter ihrem Bein weggefetzt wurde. Sie überschlug sich mehrere Male und prallte schließlich an ein geparktes Auto. Das Motorrad, das Funken sprühend über den Asphalt schleifte, glitt weiter, bis es gegen die Vorderseite des Streifenwagens knallte.

Ein zweiter Polizeiwagen bremste hinter Anna. Die verblüfften Schutzpolizisten steckten ihre Waffen ins Halfter und gingen auf Anna zu, die immer noch auf der Straße lag, mit einer Hand ihren aufgeschürften Schenkel festhielt und ihnen mit der anderen ihre bronzene, ovale Kripomarke entgegenstreckte. Die Männer halfen ihr auf die Beine, und einer von ihnen murmelte, sie hätten nicht gewusst, dass Anna eine Kriminalbeamtin bei der Verfolgung eines Verdächtigen sei.

Anna starrte die leere Straße hinunter zu der Stelle, an der Olsen verschwunden war, und dann auf das BMW-Motorrad an der Kühlerhaube des Streifenwagens. Mit ruhiger, zurückhaltender Stimme bat sie zwei der Schutzpolizisten, die Richtung, die der Verdächtige eingeschlagen hatte, per Funk weiterzumelden und die Suche nach Olsen durch einen Hubschrauber fortsetzen zu lassen. Dann atmete sie tief durch und schrie die vier Uniformierten wütend an: »Vollidioten!«

25.

Krankenhaus Hamburg-Wilhelmsburg, Donnerstag, den 25. März, 16.30 Uhr

Maria Klee stand am Fenster. Sie trug einen dunkelgrauen Hosenanzug mit einer schwarzen Leinenbluse. Ihr blondes Haar war nach hinten gebürstet, und die grauen Augen glitzerten hell und kalt in der harschen Krankenhausbeleuchtung. Wie stets sah Maria für eine Kriminaloberkommissarin ein wenig zu elegant aus, und das nicht nur wegen ihrer Kleidung, sondern auch wegen ihres gesamten Auftretens. Hier, in diesem Krankenzimmer, war der Kontrast zu ihren ramponierten Kollegen noch krasser.

»Tja«, sagte sie lächelnd und klopfte mit dem Ende ihres Kugelschreibers an ihre perfekten Zähne, »alles in allem ist es noch mal gut ausgegangen. Wenn ihr demnächst jemanden verhören wollt, komme ich vielleicht besser mit.«

Fabel lachte freudlos. Er trug noch immer das Jaeger-Jackett mit der aufgerissenen Schulter und hatte sich auf den Stuhl neben Werners Bett sacken lassen. Werner ruhte halb sitzend auf dem Bett. Eine Seite seines Kopfes war grotesk angeschwollen und fing an, sich zu verfärben. Röntgenaufnahmen und Scans hatten einen Bruch oder eine Hirnschwellung ausschließen können, doch die Ärzte fürchteten, dass sein Schädelknochen möglicherweise einen Haarriss aufwies. Werner befand sich im Niemandsland zwischen Bewusstsein und Schlaf. Man hatte ihm ein Schmerzmittel verabreicht, das eine noch dämpfendere Wirkung zu haben schien als Olsens Schraubenschlüssel. Anna, die ein Krankenhausnachthemd trug und an deren Schenkel ein mächtiger Verband geklebt war, saß in einem Rollstuhl an der anderen Seite von Werners Bett.

»Damit ist meine Karriere als Bademodenmodel beendet«, hatte sie gesagt, als man sie ins Zimmer rollte. Durch ihre Hochgeschwindigkeitsjagd mit dem spektakulären Crash waren ihre typische Wimperntusche und ihr Lippenstift verschmiert worden, und eine der Krankenschwestern hatte ihr ein paar Wischtücher gegeben. Nun war ihr Gesicht frei von Kosmetika, und ihre Haut wirkte fast durchsichtig. Fabel hatte Anna noch nie ohne ihr Make-up gesehen und war erstaunt darüber, wie viel jünger als ihre siebenundzwanzig Jahre sie wirkte. Und wie hübsch sie war. Ihr Äußeres passte nicht mehr zu der Aggressivität, mit der sie ihren Pflichten nachging. Eine Aggressivität, die Fabel häufig zügeln musste.

Fabel erhob sich müde vom Stuhl, trat neben Maria ans

Fenster und wandte sich Anna und Werner zu. Offensichtlich wollte er eine Erklärung abgeben, und da Werner mehr physisch als geistig anwesend war, richteten sich seine Worte in erster Linie an Anna und in zweiter Linie an Maria.

»Ich brauche euch nicht zu sagen, dass dies keine günstige Situation ist«, stellte er fest. »Alles hängt nun von dir und mir ab, Maria. Werner wird wenigstens einen Monat lang ausgeschaltet sein. Anna, du bist für mindestens eine Woche nicht einsatzfähig.«

»Mir geht's gut, Chef. Ich kann weiter...«

Fabel hob die Hand. »Du bist mir keine sonderliche Hilfe, solange du nicht völlig mobil bist. Es wird mindestens eine Woche dauern, bis du an die Arbeit zurückkehren kannst. Obwohl du jetzt noch nichts spürst, meinen die Ärzte, dass du wegen der massiven Abschürfungen der Muskelmasse noch teuflische Schmerzen haben wirst. Du hast Glück, dass du kein Hauttransplantat am Bein benötigst.«

»Ich habe doch nur versucht, Olsen zu kriegen.«

»Ich verurteile deine Handlung nicht, Anna.« Fabel lächelte. »Herr Brauner war allerdings nicht allzu begeistert darüber, dass du einen Teil des forensischen Beweismaterials unter ein Auto gerammt hast. Tatsache ist jedenfalls, dass ich die Ermittlungen nicht mit Maria allein weiterführen kann.«

Annas Miene verfinsterte sich. Sie wusste, worauf er hinauswollte. »Es gibt andere Teams in der Mordkommission, von denen wir Leute anfordern können«, entgegnete sie.

»Anna, ich weiß, wie nahe du Paul gestanden hast«, erwiderte Fabel. Paul Lindemann war Annas Partner gewesen. Die beiden hatten in vieler Hinsicht Extreme dargestellt, doch sie hatten eng und äußerst effektiv zusammengearbeitet. »Aber ich muss dafür sorgen, dass das ständige Team seine volle Stärke hat. Ich werde ein neues Mitglied heranziehen.«

Annas Miene hellte sich nicht auf. »Und das wird mein neuer Partner sein?«

»Ja.«

Maria zog die Augenbrauen hoch. Sie und Anna wussten, dass Fabel bei der Rekrutierung neuer Mitglieder sehr anspruchsvoll war. Sie selbst waren von ihm persönlich ausgewählt worden. Jemand musste ihn zutiefst beeindruckt haben. »Wirst du Kommissar Klatt auffordern, zu uns zu stoßen? Den Mann aus Norderstedt?«

Fabel lächelte so geheimnisvoll, wie seine Erschöpfung und seine schmerzende Schulter es zuließen. »Wartet mal ab.«

26.

Hamburg-Wilhelmsburg, Donnerstag, den 25. März, 18 Uhr

Wenn es eine sichere Methode gibt, die gesamte Polizei gegen sich zu mobilisieren, dann ist es die, einen Beamten anzugreifen. Innerhalb von fünfzehn Minuten, nachdem Olsen Werner niedergeschlagen hatte, war ein Haftbefehl ausgestellt worden, und ein Mobiles Einsatzkommando überwachte Olsens Wohnung in Wilhelmsburg. Sie lag in der Nähe der alten Honigfabrik, des heutigen Kulturzentrums. Bisher hatte man keine Spur von Olsen entdeckt. Entweder war er sofort zu seiner Wohnung zurückgekehrt, um sich dort zu verstecken – was unwahrscheinlich und über die Maßen dumm gewesen wäre –, oder ihm war klar, dass er sich von seiner Wohnung so fern wie möglich halten musste.

Der Himmel wölbte sich schwer und grau über der Stadt, als Maria und Fabel vor Olsens Wohnblock anhielten. Fabel hatte seine Jacke gewechselt und zwei Tabletten Paracetamol geschluckt, um sowohl den Schmerz in seiner Schulter als auch das Pochen in seinem Kopf zu dämpfen. Er stieg aus dem BMW aus und machte in Richtung eines großen, unauffälligen Transporters, der in der Mitte der Straße geparkt war, ein Zeichen. Fünf kräftige Männer in Jeans und T-Shirts sprangen aus dem Fahrzeug und rannten die Straße herauf. Über ihrer Zivilkleidung trugen sie kugelsichere Westen mit der Aufschrift POLIZEI sowie Skimützen und Sturmhelme. Zwei der Männer waren mit einer kurzen Türramme ausgerüstet. Zwei weitere, in ähnlicher Bekleidung, rannten von einem Auto herbei, das rund fünfzig Meter in der anderen Richtung geparkt war. Der MEK-Leiter blieb neben Fabel stehen.

Fabel nickte ihm zu und sagte: »Zweiter Stock… 2b. Also los.«

Fabel und Maria hörten von der Straße aus das Dröhnen, als die MEK-Männer Olsens Tür mit der Ramme aufbrachen. Laute Rufe ertönten, dann war Stille. Ein paar Minuten später kam der MEK-Leiter aus der Haustür heraus. Er hatte seinen Helm in der einen, seine Sig-Sauer-Automatik in der anderen Hand.

Er lächelte resigniert. »Keiner zu Hause.«

»Danke, Herr Oberkommissar.« Fabel wandte sich an Maria. »Wollen wir?«

Die Tür hing noch in den Angeln, doch ihr Rahmen war um das Schloss in langen Splittern herausgebrochen worden. Fabel und Maria zogen weiße Latexhandschuhe an, bevor sie eintraten.

Es war eine weitläufige Wohnung mit einem geräumigen Wohnzimmer, drei weiteren Zimmern, einer großzügigen Essküche und einem Badezimmer. Die Möbel waren alt und schwer, doch Fabel fiel auf, wie sauber und aufgeräumt die Wohnung wirkte. Der Fernsehapparat im Wohnzimmer war bejahrt, doch Olsen hatte keine Kosten für seine Stereoanlage gescheut. Ein riesiges Bang & Olufsen-System beherrschte die eine Wand. Die Größe und die Wattleistung der Lautsprecher schienen für das Zimmer unangemessen zu sein, doch Fabel vermutete, dass sich keiner der Nachbarn bei Olsen über den Lärm zu beschweren gewagt hätte. An der Wand neben der Stereoanlage war ein CD-Gestell angebracht, und Fabel bemerkte, dass Olsen seine CD-Sammlung mit der gleichen systematischen Sorgfalt etikettiert hatte wie die Ersatzteile in seiner Werkstatt. Er warf einen genaueren Blick auf Olsens Musiksammlung: Rammstein, Die toten Hosen, Marylin Manson. Nicht gerade eine sanfte Hintergrundmusik.

Holger Brauner, der Chef des Spurensicherungsteams, klopfte hinter Fabel an den zertrümmerten Türrahmen. »Ist das eine Privatparty? Oder kann jeder mitmachen?« Er nickte in Richtung der CD, die Fabel in der Hand hielt. »Rammstein? Da hätte ich dir aber einen anderen Geschmack zugetraut.«

Fabel lachte und schob die CD wieder in das Gestell. »Ich wollte nur nachgucken, ob er etwas von James Last hat. Nach einem harten Tag ist Hansi kaum zu übertreffen.«

»Und du hast einen ziemlich harten Tag gehabt, wie ich höre. Ist es wahr, dass du dich zu einer Hundestaffel versetzen lassen willst?« Brauner grinste spöttisch. »Und übrigens, Herr Kriminalhauptkommissar, wie wär's mit einer Unterhaltung mit Frau Wolff? Ich glaube nicht, dass sie begriffen hat, was es heißt, die Unversehrtheit eines forensischen Beweisgegenstandes zu garantieren.«

»Tut mir Leid wegen des Motorrads, Holger. Hast du eine Übereinstimmung festgestellt?«

»Und ob. Der Abguss, den wir am Tatort gemacht haben, stammte von einem Motorradreifen der Größe 120-ZR17. Das ist der Standardvorderreifen einer BMW R1000 S. Das Abnutzungsprofil von Olsens Reifen entspricht genau unserem Abguss. Er ist also euer Mann. Oder wenigstens war sein Motorrad im Naturpark. Nun brauchen wir nur noch die Stiefel zu finden, die er trug. Ich werde mich hier mal umschauen.«

»Wahrscheinlich hat er sie an«, sagte Fabel und versuchte, sich an Olsens Fußbekleidung ein paar Stunden zuvor zu erinnern.

Maria hatte das Badezimmer durchsucht. Sie brachte ein

paar pharmazeutisch wirkende Fläschchen ins Wohnzimmer. »Herr Brauner, haben Sie eine Ahnung, welchem Zweck das hier dienen könnte?«

Brauner musterte die Fläschchen. »Isotretinon und Benzoylperoxid... Hat der Mann vielleicht eine schlechte Haut?«

»Ja«, nickte Fabel.

»Das sind Mittel zur Behandlung von Akne...« Brauners Stimme stockte, während er die Fläschchen musterte und sich bemühte, einer bestimmten Erinnerung an die Oberfläche zu verhelfen. »Die Stiefelabdrücke waren riesig. Größe 50. War der Mann sehr groß? Und hatte er sehr kräftige Muskeln?«

Maria und Fabel tauschten einen Blick aus. »Ja, wirklich groß und muskulös.«

»Es mag sich seltsam anhören, aber gab es noch etwas, na ja, Merkwürdiges an seiner Erscheinung? Hatte er eine Hühnerbrust, oder schielte er vielleicht auf einem Auge?«

»Machst du Witze? Oder glaubst du ihn zu kennen?« Fabel lachte.

Brauner schaute immer noch auf die Aknemittel und schüttelte ärgerlich den Kopf. »Habt ihr etwas Derartiges bemerkt?«

»Nein«, sagte Fabel. »Er schielt nicht und hat keine Hühnerbrust. Und er ist auch kein Buckeliger mit zwei Köpfen.«

»Nein...« Brauner reagierte nicht auf Fabels Sarkasmus, sondern murmelte vor sich hin: »Es ist keine notwendige Folge.«

»Holger?«, fragte Fabel ungeduldig.

Brauner blickte von den Fläschchen auf. »Entschuldige. Ich glaube, der Mann könnte einer unter tausend sein. Buchstäblich. Seine Vorstrafen haben ausschließlich mit Gewalttaten zu tun, stimmt's? Fälle, in denen er die Beherrschung verlor? Keine vorsätzlichen kriminellen Akte?«

»Allem Anschein nach«, bestätigte Fabel. »Abgesehen von einer Strafe wegen Hehlerei. Was hast du entdeckt, Holger?«

»Vielleicht nichts. Aber Olsen ist aufbrausend, ungewöhnlich groß und kräftig gebaut und leidet in einem Alter an Akne, in dem die meisten so etwas längst hinter sich haben. Es ist möglich, dass wir es mit einem Karyotyp XYY zu tun haben.«

»Supermann-Syndrom?« Fabel überlegte: »Ja. Ja, das könnte passen. Das mit der Akne wusste ich allerdings nicht.« Er war schon einmal einem Mann des XYY-Typs begegnet.

Das Karyotyp-XYY-Syndrom entsteht dann, wenn ein Junge statt mit dem normalen Chromosomensatz mit einem zusätzlichen Chromosom geboren wird und dem Typ 47XYY entspricht. Diese »Supermänner« sind durch außerordentliche Größe, stärkere männliche Merkmale, eine langsamere emotionale und soziale Reife sowie durch einen hohen Überschuss an Testosteron gekennzeichnet. Dadurch haben sie oft eine impulsive Neigung zur Gewalt. Die Ansichten der Mediziner über die genaue Auswirkung der genetischen Abweichung auf ein kriminelles Verhalten waren geteilt, aber der XYY-Mann, den Fabel kannte, war, wie Olsen, riesig und von unberechenbarer Brutalität gewesen. Einige noch nicht gesicherte Forschungsergebnisse schienen auf einen unverhältnismäßig hohen Anteil von XYY-Männern an der Gefängnisbevölkerung hinzuweisen. Viele Träger dieses Chromosomentyps führen jedoch ein produktives und sehr erfolgreiches Leben, indem sie ihre Aggression für eine dynamische Laufbahn nutzen.

Fabel betrachtete die CD erneut. »Ich weiß nicht, Holger. Es würde zu der aggressiven Rockmusik passen, aber sein Verhalten in der Werkstatt war sehr beherrscht… zum Beispiel die Art, wie er Werner zurück ins Gebäude lockte. Er hatte sich seine Fluchtstrategie ganz genau überlegt.«

»Wahrscheinlich brodelte es bei ihm unter der Oberfläche, aber ihm war klar, dass er sich zurückhalten musste, bis sich eine Fluchtchance ergab. Das würde die unverhältnismäßige Gewaltanwendung erklären. Er brauchte Kriminaloberkommissar Meyer nicht so brutal niederzuschlagen. Ein typischer Mangel an Selbstbeherrschung, wenn das Temperament mit einem durchgeht.«

»Wäre so etwas nicht in seinen Akten verzeichnet?«, fragte Maria.

»Mag sein«, antwortete Brauner. »Wenn er sich zur Zeit seiner Verhaftung auf einen Karyotypen-Test eingelassen hat. Und wenn er überhaupt ein XYY-Mann ist. Vielleicht ist er einfach nur ein schlecht gelaunter Riesenkerl.«

Sie machten sich getrennt daran, Olsens Wohnung zu untersuchen – wie die Besucher einer Galerie oder eines Museums, die ein Ausstellungsstück als Ganzes mustern, um sich dann den Details zu widmen. Nichts hier deutete auf das psychopathische Ego eines Serienmörders hin, aber Fabel konnte sich mit dem Widerspruch in Olsens Persönlichkeit nicht abfinden. Alles war sauber und ordentlich. Fabel betrat eines der beiden Schlafzimmer, das offensichtlich Olsen gehörte. Die Poster an den Wänden hätten eher in das Schlafzimmer eines Heranwachsenden gepasst als in die Wohnung eines Mannes von fast dreißig Jahren. Ein paar persönliche Gegenstände – eine klotzige, doch billige Armbanduhr, ein Kamm und eine Bürste, mehrere Toilettenartikel und zwei Fläschchen Rasierwasser – waren auf dem Frisiertisch angeordnet. Fabel öffnete die schweren Türen eines massiven Wandschranks. Die darin verwahrten Kleidungsstücke und Schuhe waren überdimensional, und Fabel hatte das Gefühl, in der Kammer eines schlafenden Riesen herumzustöbern. Olsens Garderobe machte einen zweckmäßigen Eindruck: ein Anzug mit einem Paar eleganter Schuhe; ein halbes Dutzend T-Shirts, versehen mit den Namen und Logos von Hatc-Rock-Bands, sämtlich gefaltet und aufgestapelt, als wäre seine Mutter am selben Morgen vorbeigekommen; zwei Paar Jeans, eine schwarz, eine blau; zwei Paar Turnschuhe, zwei Paar Stiefel.

»Holger«, rief Fabel über seine Schulter hinweg in das andere Zimmer und streifte sich ein paar Latexhandschuhe über. Er hob ein Paar Stiefel auf und betrachtete die Sohlen. Das Profil war flach. Das zweite Paar sah viel robuster aus, hatte je zehn Paar Ösen und zwei schwere Schnallen. Es mussten Motorradstiefel sein. Bevor er sich ihre Sohlen ansehen konnte, kam Brauner herein. Der Chef des Spurensicherungsteams hielt eine Hochglanzkopie des im Naturpark gefundenen Stiefelabdrucks in der Hand. Sogar Fabel konnte auf den ersten Blick feststellen, dass die Stiefel mit dem Abdruck übereinstimmten. Brauner öffnete eine durchsichtige Spurensicherungstüte, und Fabel ließ einen Stiefel nach dem anderen hineinfallen.

»Jetzt brauchen wir nur noch unser Aschenputtel zu finden.«

27.

Hamburg-Pöseldorf, Freitag, den 26. März, 21 Uhr

Es war ein weiteres Beziehungsritual: Die Freunde des jeweiligen Partners wurden zu Freunden des Paares. Fabel hatte die gemeinsame Mahlzeit vorgeschlagen, und als er sah, wie Otto, sein ältester Freund, mit Susanne, dem neusten Element in Fabels Leben, plauderte, verspürte er eine überraschende Genugtuung. Die normale anfängliche Verlegenheit bei der Begrüßung und Vorstellung hatte sich durch Susannes natürliche südliche Wärme fast sofort verflüchtigt, und es war klar, dass Otto und Else sie gern mochten und seine Wahl guthießen. Fabel wusste nicht genau, warum, aber diese Zustimmung war ihm sehr wichtig. Vielleicht lag es daran, dass Otto und Else Fabels und Renates Ehe miterlebt und häufig mit den beiden an einem Restauranttisch gesessen hatten, so wie jetzt mit Fabel und Susanne.

Er schaute zu Susanne hinüber und lächelte. Sie hatte ihr rabenschwarzes Haar hochgebunden, sodass ihr Hals und ihre Schultern frei waren. Susannes Schönheit war beeindruckend und natürlich, und ein Hauch von Make-up betonte ihre bezaubernden Augen unter den gewölbten Brauen. Sie erwiderte sein Lächeln. Fabel hatte einen Tisch in einem italienischen Restaurant in der Milchstraße reserviert, das nur zwei Minuten zu Fuß von seiner Wohnung entfernt lag. Seine Bleibe eignete sich nicht für Dinnerpartys, und Fabel suchte dieses Restaurant häufig auf, wenn er Gäste bewirtete. Die vier unterhielten sich eine Zeit lang über verschiedene Themen, bevor Otto auf die Bücher zu sprechen kam, die Fabel gekauft hatte.

»Welche Fortschritte machst du mit Weiss' Roman?«, fragte er.

»Recht gute… Ich verstehe, warum du seinen Stil für gespreizt hältst. Aber es ist erstaunlich, wie man in seine Welt hineingezogen wird. Und wie man Jacob Grimm schließlich nicht mehr mit der historischen Persönlichkeit, sondern mit der literarischen Gestalt in Verbindung bringt. Genau darum dreht sich Weiss' Theorie schließlich.« Fabel schwieg einen Moment lang. »Ich bin auch dabei, die Werke der Brüder Grimm durchzusehen. Ich wusste, dass sie eine Menge Volksmärchen gesammelt haben, aber ich hatte keine Ahnung, wie viele es wirklich waren. Und dazu noch all die Mythen und Sagen.«

Otto nickte mit seinem mächtigen Kopf. »Sie waren sehr fleißig und begabt. Und ein starkes Team. Ihre Arbeit über die deutsche Sprache im Besonderen und über die Philologie im Allgemeinen war, wie du weißt, bahnbrechend. Und sie übt immer noch einen Einfluss aus. Sie haben die Mechanik der Sprache definiert, die Art und Weise, wie sich Sprachen entwickeln und Elemente voneinander entlehnen. Die Ironie ist, dass sie als Autoren von Erzählungen, die sie gar nicht geschrieben haben, in Erinnerung bleiben. Zugegeben, sie haben die späteren Versionen bearbeitet und sie ein wenig umgeschrieben… damit sie genießbarer wurden.«

»Mmm, ich weiß…« Susanne nahm einen Schluck Wein und stellte ihr Glas ab. »Als Psychologin finde ich Märchen faszinierend. Sie enthalten so viele tiefgründige Dinge. Oftmals sexueller Art.«

»Genau.« Otto strahlte Susanne an. »Die Brüder Grimm waren keine Schriftsteller, sondern Aufzeichner – Folkloristen und Philologen, die durch abgelegene Teile von Hessen, Nord- und Mitteldeutschland reisten, um alte Volksmärchen und Sagen zu sammeln. Zuerst schrieben sie die überlieferten Geschichten, die sie zusammenstellten, nicht um und schmückten sie nicht aus. Die meisten Geschichten waren ursprünglich nicht so gemütlich, wie sie in späteren Ausgaben erschienen, und nicht so abstoßend süßlich wie ihre späteren Darstellungen durch Disney und andere. Doch als ihre Sammlungen Bestseller wurden und besonders, als sie Kindermärchen herausgaben, entfernten oder glätteten sie einige der dunkleren oder auch sexuellen Elemente.«

»Deshalb haben wir alle immer noch ein bisschen Angst vor Märchen«, sagte Susanne. »In unserer Kindheit hören wir sie als Gutenachtgeschichten, aber in Wirklichkeit sind sie Warnungen und Anweisungen, wie man alle möglichen Gefahren und bösen Dinge meidet. Und es geht auch um die Gefahren im Bekannten und Vertrauten. Im eigenen Zuhause. Die Bedrohung durch das Vertraute ist ein genauso wichtiger Teil dieser Märchen wie die Furcht vor dem Unbekannten. Und komischerweise ist die böse Stiefmutter eines der häufigsten Motive in solchen Geschichten.«

»Weiss behauptet, diese Volksmärchen seien die fundamentalen Wahrheiten hinter unseren Ängsten und Vorurteilen. Oder wie Susanne gesagt hat, hinter unserer Psyche.« Fabel hob eine Gabel mit Tagliatelle an den Mund. »Er meint, sobald wir uns hinsetzen, um einen Roman zu lesen oder uns einen Film anzusehen, hätten wir es, besonders wenn sie von etwas Bedrohlichem handeln, in Wirklichkeit nur mit einer Nacherzählung dieser Märchen zu tun.«

Otto nickte heftig und deutete mit seinem Messer auf Fabel.

»Ja, da ist etwas dran. Heißt es nicht, dass es nur vier grundlegende Geschichten gibt, die wir erzählen können ... oder sind es sechs?« Er zuckte die Achseln.

»Wie auch immer«, sagte Fabel. »Das alles hängt auf eine seltsame Art mit einem Fall zusammen, an dem ich arbeite. Also ist es etwas Berufliches in der Freizeit. Und das ist streng verboten.«

»Meinetwegen«, sagte Otto mit einem schadenfrohen Grinsen. »Nur noch ein letztes Wort: Ich kann verstehen, weshalb Jan sich für Märchen interessiert ...« Susanne zog fragend eine Augenbraue hoch. »Die Schöne ...« – Otto hob sein Glas in Susannes und dann in Fabels Richtung – » ... und das Biest.«

28.

Hamburg-Blankenese, Sonntag, den 28. März, 23.20 Uhr

In dem überdachten Schwimmbad war es dunkel und still, und das Wasser lag ungekräuselt in der Nacht da. Laura zog sich in der Umkleidekabine aus und blieb nackt vor dem Spiegel stehen. Ihre Haut war noch immer makellos, ihr Haar hatte seinen goldenen Schimmer nicht verloren, und ihr Körper war geschmeidig und glatt. Sie hatte so viel für die Pflege dieses Körpers und dieses Gesichts geopfert. Nun betrachtete sie das Ideal weiblicher Vollkommenheit, für das viele Fotografen und Modefirmen eine Menge Geld bezahlt hatten. Sie legte sich die Handfläche auf den Bauch. Er war flach und straff, denn er hatte nie anschwellen und sich dehnen müssen. Sie schaute hinunter auf ihre eigene Perfektion und war von Abscheu vor sich selbst erfüllt.

Sie ging nackt in die Schwimmhalle hinaus. Die Hauptbeleuchtung schaltete sie nicht an, um sich von der Dunkelheit und Stille einhüllen zu lassen. Laura atmete tief durch und blickte über den glänzenden Obsidian des Wassers hinweg zu dem riesigen Fenster, das den drückenden Nachthimmel einrahmte. In jenen Himmel konnte sie mit unbeschwertem Geist hineinschwimmen. Sie stellte nur die Unterwasserbeleuchtung an. Ein hellblaues Funkeln breitete sich an den Rändern des Pools aus. Laura trat ins seichtere Ende hinein, bis das kühle, fast kalte Wasser ihre Haut kribbeln und ihre Brustwarzen zu harten Spitzen werden ließ. Sie ging auf den tieferen Teil des Beckens zu, und das Wasser kräuselte sich in hellen, elektrischen Blautönen um sie herum.

Dann sah sie es.

Eine Gestalt. Eher ein großer, dunkler Schatten in der hellblauen Düsternis des Pools. Etwas völlig Unerklärliches lag auf dem Boden. Laura schob sich stirnrunzelnd vor. Was konnte denn bloß hierher gelangt sein, und wer konnte es hineingeworfen haben? Sie näherte sich dem reglosen Objekt bis auf ein paar Meter, konnte aber immer noch nicht erkennen, was es war. Noch zwei Meter.

Plötzlich entfaltete sich die Gestalt und stieß mit einer einzigen glatten Bewegung aus dem Wasser hervor. Sie erhob sich in dem trüben blauen Licht, ragte vor Laura auf und schloss in einem Sekundenbruchteil die Lücke zu ihr. Die Zeit verlangsamte sich. Sie versuchte zu begreifen, was vor sich ging. Eine menschliche Gestalt? Nein. Zu groß. Zu schnell. Der Körper war dunkel. Dunkel durch Worte. Er – es – war mit Worten bedeckt. Mit Tausenden von Worten in gotischer Fraktur. Sie zogen sich über die mächtige Brust hinweg und wanden sich spiralförmig um die Arme. Es ergab keinen Sinn. Eine Geschichte in Gestalt eines riesigen Mannes wälzte sich auf sie zu. Dann hatte sie Laura erreicht.

Eine Hand packte ihre Kehle, während die andere ihren Kopf unter das blau leuchtende Wasser drückte. Ja. Ein Mann. Ein Mann, aber ein dunkler Koloss, der mit Worten in einer altmodischen Schrift bedeckt war. Sein Griff war unüberwindlich, doch nicht vernichtend, als wisse er, wie man genug Druck ausübt, um die Kontrolle zu erringen, ohne Verletzungen hervorzurufen. Seine Hände waren von enormer Größe und unglaublich stark. Ihr Gesicht befand sich unter der Wasseroberfläche. Nun setzte die Furcht ein. Sie versuchte zu schreien, doch ihre Nase und ihr Mund füllten sich mit dem schwach gechlorten Wasser, und die Angst wurde von der blinden Panik ihres Überlebensinstinkts abgelöst. Sie schlug wild um sich und riss an den Armen und am Körper ihres Angreifers, doch er schien aus Stein zu bestehen. Laura keuchte, und mit jedem Keuchen geriet ihr schlanker Körper tiefer unter Wasser. Als das Wasser in ihre Lunge drang, ließ ihr Widerstand nach, und die Furcht verblich. Ihre Gliedmaßen schlugen nicht mehr um sich. Die Ruhe und Schönheit ihres Gesichts kehrten zurück.

Tiefste Freude erfüllte Laura von Klosterstadts sterbenden Geist. Das war passend. So musste es sein. Strafe und Vergebung. Ihre Mutter hatte Recht gehabt: Laura war schlecht. Wertlos. Untauglich als Mutter. Untauglich als Braut. Aber nun war sie erlöst. Lauras Freude am Tod speiste sich aus zwei Tatsachen: Nun würde sie nie altern. Nun würde sie mit ihrem Kind zusammen sein.

29.

Winterhuder Stadtpark, Hamburg, Montag, den 29. März, 8.40 Uhr

Fabel schaute zu dem Gebäude empor, das sich zwischen den Bäumen erhob und die vor ihm liegende ausgedehnte Grasfläche überschattete. Die unglaublich hohen Bögen der Fassade aus roten Ziegeln schienen angespannt zu sein, als werde der gesamte Bau von einer unsichtbaren Hand himmelwärts gezogen. Wolken trieben an der mächtigen Dachkuppel vorbei.

Dieses Gebäude hatte Fabel schon immer fasziniert. Wenn man nicht wusste, zu welchem Zweck es ursprünglich errichtet worden war, und wenn es seine gegenwärtige Funktion nicht mit meterhohen Lettern über den Bögen verraten hätte, wäre sein Sinn verborgen geblieben. Fabel hatte immer gefunden, dass es dem Tempel einer uralten, untergegangenen Religion glich, die teils ägyptische, teils griechische, teils außerirdische Züge trug.

Das Planetarium war zunächst lediglich als Wasserturm erbaut worden. Aber damals verband sich das wachsende Selbstvertrauen eines nicht lange zuvor vereinigten Deutschland mit dem fast religiösen Eifer der bürgerlichen Konstruktionstechnik. Nun, knapp ein Jahrhundert später, stand das Gebäude immer noch. Es hatte das Scheitern des vergangenen Jahrhunderts, die Spaltung und die Wiedervereinigung Deutschlands erlebt. Der riesige Wasserturm war nun das Planetarium und das berühmteste Wahrzeichen von Winterhude.

Fabel musterte das ausladende Parkgelände vor dem Planetarium. In zweihundert Metern Entfernung zog sich ein provisorischer Zaun aus Metallpfählen dahin, die mit Polizeiband verbunden waren. An der einen Seite hatte sich eine Reihe von Polizisten aufgestellt, an der anderen sammelte sich eine Menschenmenge.

»Es scheint, als wäre der Name des Opfers schon bekannt.« Maria Klee stellte sich neben Fabel auf die Stufen. »Kein Zweifel, dass wir die Presse und das Fernsehen bald hier haben werden.«

Sie gingen hinunter auf den Rasen. Das Spurensicherungsteam hatte ein großes weißes Zelt aufgeschlagen, um den Ort des Geschehens abzuschirmen. Fabel und Maria zogen sich Überschuhe an, die ihnen ein Techniker reichte, bevor sie die Zeltklappe öffneten und eintraten. Holger Brauner war über die Leiche gebeugt und stand nun auf. Eine junge Frau lag nackt auf dem Gras. Ihre Beine waren zusammengepresst und ihre

Hände vor der Brust gefaltet. Ihr Haar hatte einen herrlichen Goldton. Jemand hatte es gebürstet und wie einen Sonnenkranz um ihren Kopf herum ausgebreitet. Fabel bemerkte, dass ein kleiner Teil des aufgefächerten Haares abgeschnitten worden war, sodass sich eine Lücke bildete. Selbst im Tod waren das Gesicht der Frau und ihr vollkommen geformter Körper von außerordentlicher Schönheit. Ihre Augen waren geschlossen. Eine rote Rose lag zwischen ihren gefalteten Händen und ihren Brüsten, und man hätte glauben können, dass sie schlief. Fabel schaute auf die perfekte Form von Knochen und Fleisch hinunter, die bald zusammenfallen und zu Staub werden würde. Vorläufig jedoch schien die Blässe des Todes ihrer Gesichtshaut nur eine porzellanartige Makellosigkeit zu verleihen.

»Ich brauche sie euch wahrscheinlich nicht vorzustellen«, sagte Holger Brauner und hockte sich wieder neben die Leiche.

Fabel lachte leise und bitter. Er hatte Mühe gehabt, die Identität des ersten Opfers festzustellen, doch dieses würde solche Probleme nicht aufwerfen. Fast jeder in Hamburg kannte diese Frau, und auch Fabel wusste sofort, dass er Laura von Klosterstadt vor sich hatte, das »Supermodel«, das überall in Deutschland auf Reklamewänden und in Zeitschriften zu bewundern war. Die Prominenz der Familie von Klosterstadt gründete sich nicht auf ihren längst bedeutungslos gewordenen Adel, sondern auf ihren gegenwärtigen geschäftlichen und politischen Einfluss. Die Sache würde problematisch werden. Außerhalb des Zeltes braute sich bereits ein Medienansturm zusammen, und Fabels Radar nahm wahr, dass sich ihm höchste Chargen mit großer Geschwindigkeit näherten. »Mein Gott«, knurrte er. »Ich hasse Prominentenmorde.«

»Und wie wäre es mit einer Prominenten, die von dem Serienmörder, den du suchst, getötet worden ist?« Brauner reichte Fabel eine durchsichtige Spurensicherungstüte. Sie enthielt einen winzigen gelben Zettel.

»Auch das noch«, sagte Fabel. »Bitte nicht.«

»Ist leider so.« Brauner erhob sich. »Der Zettel lugte aus ihren Händen hervor. Deshalb habe ich dem ersten Team, das hier eintraf, vorgeschlagen, dich anzurufen. Das ist wieder derselbe Täter, Jan.«

Fabel musterte den Zettel durch die Klarsichthülle. Das gleiche Papier. Die gleiche winzige, obsessiv säuberliche Schrift in roter Tinte. Diesmal stand nur ein Wort darauf: »Dornröschen«.

»Seht euch das an.« Brauner deutete auf die Hand der toten Frau, die die Rose gehalten hatte. Ein Dorn war tief in das Fleisch des Daumens gestochen worden. »Kein Blut. Das ist bewusst nach dem Tod gemacht worden.«

»So fiel Dornröschen in den Schlaf. Sie stach sich den Daumen.«

»Ich dachte, mit einer Spindel, nicht mit einer Rose«, meinte Maria.

Laura von Klosterstadt lag so still da, dass Fabel fast erwartete, sie werde einen zufriedenen, schläfrigen Seufzer ausstoßen und sich auf die Seite rollen. »Er mischt Metaphern… oder verdichtet Handlungselemente, wie man's nimmt. Dornröschen stach sich tatsächlich an ihrem fünfzehnten Geburtstag mit einer Spindel in den Daumen, und während sie schlief, wurde das Schloss von einer Dornenhecke überwuchert. – Ein schöner, aber undurchdringlicher Schutz. Das Planetarium steht vermutlich für das Schloss.« Er wandte sich wieder an Brauner. »Weißt du schon etwas über die Todesursache?«

»Jetzt noch nicht. Es deutet sehr wenig auf Gewalt hin, außer einer leichten Quetschung am Hals, aber sie genügt nicht für eine Erwürgung. Möller wird dir die genaueren Einzelheiten mitteilen können, wenn er die Autopsie durchgeführt hat.«

Fabel zeigte unsicher auf den Fächer des goldenen Haares. »Was hältst du davon? Warum hat er einen Teil abgeschnitten? Ich sehe keine Verbindung zum Märchen von Dornröschen.«

»Da kann ich auch nur mutmaßen«, sagte Brauner. »Vielleicht ist es eine Trophäe. Jedenfalls hat sie wunderschönes Haar. Er meint vielleicht, es sei ihr besonderes Merkmal.«

»Nein... nein, das glaube ich nicht. Warum würde er erst jetzt anfangen, Trophäen zu sammeln? Von den drei anderen Leichen hat er sich nichts angeeignet.«

»Nicht, dass wir wüssten«, meinte Brauner. »Aber vielleicht ist dies etwas anderes. Eine Art Botschaft.«

Der Himmel hatte sich ein wenig aufgehellt, als Fabel und Maria das Zelt verließen. Die roten Ziegel des Planetariums traten, wie vom Regen gewaschen, im kalten Licht deutlich hervor.

»Der Dreckskerl wird frech, Maria. Er hat wirklich eine Botschaft hinterlassen.« Fabel winkte in Richtung der Baumwand, aber seine Geste zeigte an, dass er über sie hinaus blickte. »Von hier aus kann man das Polizeipräsidium gerade noch sehen. Wir sind genau südlich davon. Und die Spitze des Planetariums ist von den oberen Etagen des Präsidiums aus klar zu erkennen. Er führt uns an der Nase herum.«

Maria verschränkte die Arme und neigte den Kopf. »Schön, unser Hauptverdächtiger ist zurzeit Olsen, und wir sind sehr nahe an ihn herangekommen. Vielleicht verbirgt sich in seiner Ortswahl tatsächlich eine Botschaft: Wir waren in seiner Nähe, und nun kommt er in unsere Nähe. Wie du sagst, praktisch in Sichtweite des Polizeipräsidiums.«

»Könnte sein. Oder die Wahl des Ortes hat etwas mit seiner Geschichte zu tun.«

»Der Geschichte des Stadtparks?«

Fabel schüttelte den Kopf. »Nicht speziell, sondern mit dieser Gegend. Winterhude ist uralt, Maria. Schon lange vor Hamburg, das um diesen Ort herum entstand, gab es hier eine Steinzeitsiedlung. Ich nehme an, jede tiefere Bedeutung ist weniger wichtig als die Nähe zum Präsidium, aber vielleicht lässt sich ein Hinweis in der Geschichte dieses Ortes finden.«

Als Student hatte Fabel, mit einem Stapel Bücher neben sich, im Sommer viel Zeit hier im Stadtpark verbracht. Niemand wusste genau, woher der Name Winterhude kam, aber das alte plattdeutsche Wort »Hude« bedeutet »behüteter Ort«. Fabel hatte es immer als seltsam beruhigend empfunden, sich in einem Gebiet aufzuhalten, das seit sechs Jahrtausenden unablässig bewohnt worden war. Dadurch schien er noch enger mit seinem Studienfach Geschichte verbunden zu sein.

»Andererseits«, sagte Maria, »ist es vielleicht einfach eine Örtlichkeit, die er benötigte, um seine Fantasie auszuleben.«

Fabel wollte gerade antworten, als er einen großen Mercedes-Geländewagen bemerkte, der über das Gras rollte und neben der Polizeisperre anhielt. Zwei Männer, die er sofort erkannte, stiegen aus.

»Scheiße.« Fabel verschaffte es wenig Genugtuung, dass sein Radar für hohe Tiere so präzise gewesen war. »Das hat uns gerade noch gefehlt.«

Die beiden Männer aus dem Mercedes kamen auf Fabel und Maria zu. Der erste war Mitte fünfzig. Sein Haar und sein Bart waren kurz geschoren und fast weiß, abgesehen von ein paar Spuren semmelblonder Vergangenheit. Er trug einen hellgrauen Anzug, der wie immer an ihm saß wie eine Polizeiuniform.

»Guten Morgen, Herr Kriminaldirektor«, begrüßte Fabel seinen Vorgesetzten, Horst van Heiden. Der zweite Mann war kleiner und dicker und hatte ein rosiges, wie gescheuert wirkendes Gesicht. Fabel nickte ihm kurz zu. »Herr Innensenator Ganz …«

»Guten Morgen, Kriminalhauptkommissar Fabel.« Van Heiden deutete mit dem Kopf auf das Zelt. »Ist es wahr?«

»Ist was wahr, Herr Kriminaldirektor?« Fabel wusste genau, worauf van Heiden hinauswollte, aber er würde den Teufel tun, freiwillig Ermittlungsinformationen vor Ganz preiszugeben. Er hatte sich schon einige Male mit Ganz herumschlagen müssen. Dieser Berufspolitiker war für die Verbrechensbekämpfung und die Sicherheit in Hamburg verantwortlich, und er schien der Polizei die Schuld an jedem Aufsehen erregenden Fall zu geben, der in der Öffentlichkeit Ängste auslöste oder die Stadtregierung in Verlegenheit brachte.

Van Heidens Gesicht, das auch unter den besten Umständen nicht freundlich wirkte, verfinsterte sich. »Ist es wahr, Herr Kriminalhauptkommissar, dass es sich bei der heute Morgen entdeckten Leiche um Laura von Klosterstadt, das High-Society-Model, handelt?«

»Bisher ist sie noch nicht identifiziert worden, Herr Kriminaldirektor.« Fabel warf Ganz einen scharfen Blick zu. »Und ich möchte auf keinen Fall, dass etwas öffentlich bekannt gegeben wird, bevor wir selbst es tun.«

Ganz' rosige Hautfarbe ging in ein noch tieferes Rot über. »Ich bin nicht nur aus beruflichen, sondern genauso sehr aus persönlichen Gründen hier, Herr Fabel. Ich bin seit langem mit der Familie befreundet. Noch am Samstag habe ich Lauras Geburtstagsparty besucht. Besonders Helmut von Klosterstadt kenne ich seit vielen Jahren. Wenn es sich wirklich um seine Tochter handelt, würde ich der Familie die Nachricht gern persönlich überbringen.« Er dachte einen Moment lang nach. Seine Miene verriet so etwas wie Unbehagen. »Ich könnte die Leiche identifizieren, wenn Sie wollen.«

»Tut mir Leid, Herr Innensenator. Das hier ist immer noch ein gesicherter Tatort. Dafür haben Sie bestimmt Verständnis. Außerdem könnte Ihre Anwesenheit als... unangemessen erscheinen.«

»Fabel...« Van Heidens Stimme hatte eher einen flehenden als einen drohenden Ton.

Fabel seufzte. »Ja, es ist anscheinend Laura von Klosterstadt. Wir haben noch keine genaue Todeszeit und keine Todesursache, aber es ist auf jeden Fall eine zwielichtige Sache.« Er schwieg ein paar Sekunden lang. »Wir sind uns so gut wie sicher, dass sie einem Serienmörder zum Opfer gefallen ist, der vorher wenigstens drei, vielleicht vier Tode zu verantworten hatte.«

Van Heidens Miene wurde noch dunkler. Ganz schüttelte ungläubig den Kopf. »Wie konnte das geschehen? Wie konnte Laura so etwas zustoßen?«

»Ich bin mir nicht ganz sicher, ob ich Ihre Frage richtig verstehe, Herr Ganz. Meinen Sie, wie konnte das einer so berühmten Frau zustoßen statt einem anonymen kleinen Ladenmädchen?«

»Das reicht!« Fabel war es gelungen, van Heidens bekannten Jähzorn zu entfachen.

Ganz hielt eine Hand hoch und gebot dem Kriminaldirektor Einhalt. »Ist schon in Ordnung, Horst.« Das runde Gesicht barg keine Feindschaft. »Das ist es nicht, Herr Fabel. Ganz und gar nicht. Ich bin… ich war… Lauras Patenonkel. Und ich habe sie schon als kleines Mädchen gekannt.«

»Entschuldigen Sie bitte, Herr Ganz. Meine Bemerkung war fehl am Platze. Sie sagen, Sie haben Laura von Klosterstadt am Samstag gesehen?«

»Ja, auf ihrer Geburtstagsfeier zum einunddreißigsten. In ihrer Villa in Blankenese.«

»Waren viele Menschen erschienen?«

»O ja. Ich würde meinen, über hundert Gäste. Vielleicht hundertfünfzig.«

»Gab es irgendwelche besonderen Vorfälle?«

Ganz lachte leise. »Es war ein Gesellschaftsereignis, Herr Fabel. Solche Veranstaltungen sind sorgfältig arrangiert. Jeder Besucher hat sein eigenes Programm. Entweder will er mit den richtigen Leuten gesehen werden oder Geschäfte abschließen. Deshalb gab es keine Vorfälle.«

»Hatte sie einen Partner? Einen Freund?«

»Nein. Keinen Freund. Keinen Partner. Oder jedenfalls keinen von Wichtigkeit, an den ich mich erinnere. Trotz ihrer

Schönheit und ihres Reichtums war Laura sehr einsam. Am nächsten stand ihr wahrscheinlich Heinz. Heinz Schnauber. Ihr Agent.«

»Hatten sie eine Beziehung?«

Ganz lachte erneut. »Nein. Er bekennt sich zu dem Grundsatz: Schwul ist cool. Aber er war ein treuer Freund von Laura. Es wird ihn niederschmettern, von ihrem Tod zu erfahren.«

Eine Fernsehcrew war an der Absperrung eingetroffen, und Fabel sah, dass mehrere Pressefotografen lange Zoomobjektive auf sie gerichtet hatten – wie Scharfschützen, die auf eine günstige Gelegenheit warten. »Herr Ganz, ich glaube, wir erregen etwas zu viel Aufmerksamkeit. Ich würde mich gerne etwas ausführlicher mit Ihnen über Laura von Klosterstadt unterhalten, aber nicht in der Öffentlichkeit. Vorläufig wäre ich Ihnen dankbar, wenn Sie mit den Familienangehörigen reden könnten. Und wenn ich einen Vorschlag machen darf, Herr Kriminaldirektor: Ich würde es für ratsam halten, wenn Sie dabei anwesend wären.«

Van Heiden nickte. Die beiden Männer kehrten zu dem Mercedes-Geländewagen zurück, und Fabel bemerkte, dass der normalerweise pressefreundliche Ganz die Reporter genauso gereizt abwies wie van Heiden.

Bei der letzten Gelegenheit, als sich die Pfade von Fabel und Ganz gekreuzt hatten, war die Spannung beträchtlich gewesen. Der Serienmörder, den Fabel gejagt hatte, war Ganz hauptsächlich als Quelle peinlicher Schlagzeilen erschienen. Aber diesmal hatte der Tod jemanden in Ganz' unmittelbarer Nähe ereilt, und er machte sich keine Sorgen über eine schlechte Presse.

Fabel schaute zu dem riesigen Turm des Planetariums empor. Hier verbarg sich eine Botschaft, aber er wusste nicht, welche.

30.

Polizeipräsidium Hamburg, Montag, den 29. März, 10.10 Uhr

Fabel ließ den Blick über den Konferenztisch schweifen und wurde sich Werners und Annas Abwesenheit sehr bewusst. Nur Maria und er selbst waren noch vom ursprünglichen Team übrig geblieben, und er hatte zwei Kommissare, Petra Maas und Hans Rödger, von dem für Sexualdelikte zuständigen Landeskriminalamt 42 angefordert. Fabel kannte die beiden und wusste ihre Hilfe zu schätzen, aber sie gehörten nicht zu seiner regulären Mordkommission, und er fühlte sich exponiert. Olsen – wenn es denn Olsen war, der die Morde begangen hatte – wurde kühner und schlug häufiger zu, obwohl er der Verhaftung nahe gewesen war. Fabel und sein Team würden so rasch und effektiv wie möglich handeln müssen, um ihn an weiteren Morden zu hindern.

Außerdem saßen Susanne und Klatt, der Kommissar aus Norderstedt, am Tisch. Fabel hatte Maria gerade gebeten, das Team über den neuesten Mord auf den laufenden Stand zu bringen, als an die Tür des Konferenzzimmers geklopft wurde. Ein hoch gewachsener, uniformierter Schutzpolizist mit sandfarbenem Haar blieb verlegen auf der Schwelle stehen.

»Ah… Kommissar Hermann.« Fabel deutete mit einer ausladenden Handbewegung auf einen freien Platz. »Vielen Dank, dass Sie gekommen sind. Ich dachte, Sie würden bei dieser Besprechung gern dabei sein.«

Hermann strahlte, als er sich an den Tisch setzte, seine grün-weiße Schirmmütze vor sich auf den Tisch legte, ein Notizbuch hervorholte und es auf der Kirschholzplatte platzierte.

»Kommissar Hermann«, erklärte Fabel den anderen, »hat den Doppelmord im Naturpark Harburger Berge als mögliche Tat eines Serienmörders erkannt und sich bei der Sicherung des Tatorts ausgezeichnet.«

Hermann nickte dankend. Fabel bat Maria fortzufahren. Sie fasste zusammen, was man über den letzten Fall wusste, und verwies ebenfalls auf die drei vorhergegangenen Morde.

Als Maria geendet hatte, ergriff Fabel das Wort. »Wir haben einen gewalttätigen, unberechenbaren Verdächtigen, der noch auf freiem Fuß ist. Peter Olsen. Neunundzwanzig Jahre alt. Er ist wegen Gewaltverbrechen vorbestraft und war mit Hanna Grünn liiert, die wir zusammen mit Markus Schiller im Naturpark Harburger Berge gefunden haben. Es gibt also eine Verbindung und ein mögliches Motiv, aber wir müssen noch feststellen, ob er irgendeine Beziehung zu den anderen Opfern hatte. Außerdem glauben wir, dass er dem so genannten Karyotyp XYY angehören könnte. Dabei handelt es sich um einen genetischen Defekt, der bei ihm eine Veranlagung zu unkontrollierten Wutanfällen bewirkt haben könnte. Frau Dr. Eckhardt?«

»Wir alle werden mit einer bestimmten Zusammensetzung einer konkreten Anzahl von Chromosomen geboren«, erläuterte Susanne. »So haben Männer XY- und Frauen XX-Chromosomen. Hin und wieder treten jedoch Defekte auf, die zum Down-Syndrom, zum Turner-Syndrom oder zur physischen Intersexualität, dem Hermaphroditismus, führen können. Außerdem gibt es Menschen mit einem zusätzlichen männlichen oder weiblichen Chromosom. Bei Männern spricht man vom XYY- oder ›Supermann‹-Syndrom. Solche Männer können extrem groß und ungewöhnlich muskulös sein. Häufig sind sie sehr aggressiv und haben Mühe, sich zu beherrschen. Bisweilen entwickeln sie eine schwere Akne und haben Probleme mit der Skelettmuskulatur. Die gegenwärtige Forschung weist darauf hin, dass sie einen etwas unter dem Durchschnitt liegenden IQ-Wert besitzen. Manchmal gibt es Probleme bei ihrer Erziehung, weil sie in ihrer persönlichen Reife zurückbleiben. Kriminalhauptkommissar Fabel beschreibt Olsen als jemanden, der einen fast noch jugendlichen Geschmack hinsichtlich der von ihm bevorzugten Musik und Wohnkultur aufweist.«

Susanne machte eine Pause und lehnte sich in ihrem Stuhl zurück. »Der wissenschaftlichen Ausgewogenheit halber muss ich unterstreichen, dass man noch immer ausgiebig darüber diskutiert, in welchem Maße das XYY-Syndrom zur Kriminalität beiträgt. Die Debatte begann mit einem Serienmörder namens Richard Speck in den Vereinigten Staaten… in Chicago, glaube ich. Er brachte in den Sechzigerjahren des vergangenen Jahrhunderts acht Krankenschwestern um und bat dann wegen seines XYY-Genotyps um Milde. Später stellte sich heraus, dass er falsch diagnostiziert worden war, und damit geriet die ganze XYY-Diskussion für eine Weile in Misskredit. Es gibt viele XYY-Männer, die gut damit fertig werden. Ich habe einen hoch geachteten Psychologen gekannt, der an dem Syndrom litt. Er hatte Strategien, um die damit verbundenen Schwierigkeiten zu bewältigen, hauptsächlich im Hinblick auf seinen Jähzorn.«

»Und wir können nicht sicher sein, dass Olsen ein XYY-Mann ist«, setzte Fabel hinzu. »Soweit uns bekannt ist, hat er sich nie einem Karyotyp-Test unterzogen. Aber wir wissen aus eigener Erfahrung, dass er extrem gewalttätig sein kann und sich auch nicht scheut, Polizeibeamte zu verletzen. Und wenn er der Täter ist, hat er die Kraft, einen anderen Mann mühelos zu überwältigen und ihm die Kehle mit einem einzigen Schnitt zu durchtrennen.«

Fabel bemerkte, dass Susanne ihre Brille abgesetzt hatte und sie nachdenklich in den Händen drehte. »Frau Doktor?«

»Entschuldigung. Ich dachte gerade, dass genau das nicht zu dem Ganzen passt. Wenn Olsen ein XYY-Mann ist, dann ist er vermutlich auch sehr unbeherrscht. Der typische XYY-Mann, der eine Gefängnisstrafe erhält, wird wegen der Misshandlung seiner Frau oder wegen anderer Tätlichkeiten auf Grund mangelnder Selbstbeherrschung verurteilt. Als er Kriminaloberkommissar Meyer niederschlug, wandte er eine unnötige, übertriebene Gewalt an. Deshalb meine ich, dass wir, wenn er der Mann wäre, Spuren maßloser Wutausbrüche sehen würden: wiederholte Messerstiche etwa, darunter auch nach dem Tod zugefügte Wunden. Ein einziger Schnitt durch die Kehle passt nicht dazu.«

»Aber das würde ihn nicht ausschließen?«

»Nein. Wahrscheinlich nicht.«

Fabel schlug den vor ihm liegenden Ordner auf. Nicht nur Susannes Vorbehalte ließen eine Alarmglocke tief in seinem Innern schrillen. Wenn Olsen Hanna Grünn und Markus Schiller ermordet hatte, musste es ein Verbrechen aus Leidenschaft gewesen sein – aus eifersüchtiger Wut. Und das ließ sich nicht mit der seltsamen Anordnung der Leichen vereinbaren. Hinzu kamen das Mädchen, das am Blankeneser Strand gefunden worden war, und dieser neueste Mord. Alle Opfer hatten Zettel in der Hand gehabt, die, jedenfalls auf den ersten Blick, von derselben Person geschrieben worden waren.

Als hätte sie Fabels Gedanken erraten, warf Maria ein: »Ich bin nicht überzeugt, dass es Olsen ist. Meiner Meinung nach wird er sich im Moment schön unauffällig verhalten, denn schließlich sucht die halbe Hamburger Polizei nach ihm.«

»Ich weiß nicht, Maria. Er ist bisher unser Hauptverdächtiger, aber ich kann ihn nicht durchschauen. Oder vielleicht ist das Problem gerade, dass ich ihn durchschaut habe. Ich erwarte dauernd, dass mehr an Olsen dran ist, als es den Anschein hat. Vielleicht stimmt das nicht. Möglicherweise ist weniger an ihm dran. Wir können ihn mit den Morden im Naturpark in Verbindung bringen, das steht fest. Er hat dort gelauert und auf die beiden gewartet. Wir haben seinen Stiefelabdruck und einen Abdruck der Reifenspur seines Motorrads. Demnach müsste er in diesem Fall der Mörder sein. Aber ich sehe keine Beziehung zwischen ihm und den beiden anderen Morden. Oder zu der Brüder-Grimm-Thematik.« Er wandte sich an Susanne. »Warum sollte Olsen zwei Morde mit einem Motiv und zwei ohne ein Motiv begehen?«

»Es gibt keinen motivlosen Mord. Selbst die zufälligsten Gewalttaten werden durch einen Wunsch oder ein Bedürfnis ausgelöst. Es könnte sein, dass es aus Olsens Sicht keine Verbindung zu den beiden anderen Morden gibt oder höchstens die, dass er sich auf einer Art Kreuzzug, inspiriert durch die Brüder Grimm, befindet. Dann hat er Grünn und Schiller möglicherweise umgebracht, weil es ihm gefiel, unterschiedliche Motive miteinander zu verknüpfen. Oder um sozusagen das Angenehme mit dem Nützlichen zu verbinden.«

»To kill two birds with one stone«, kommentierte Fabel. Die anderen starrten ihn verständnislos an. »Egal.« Er blickte auf die Akte hinunter. Auf Olsens fast sympathisches Gesicht. »Vielleicht sind die anderen Opfer nicht so zufällig ausgewählt worden, wie wir zuerst dachten. Vielleicht sucht Olsen sie danach aus, wer sie sind oder was sie repräsentieren. Das letzte Opfer war ein für seine Schönheit bekanntes Model, und sie wurde als Dornröschen aufgebahrt. Das erste Mädchen stammte aus einer Familie der untersten Gesellschaftsschicht, also der unterirdischen Leute, die angeblich ihre eigenen Kinder anstelle der von ihnen entführten zurücklassen. Damit bleibt die Frage: Hat Olsen auch das ursprüngliche Mädchen, Paula Ehlers, vor drei Jahren entführt?«

Klatt, der Beamte aus Norderstedt, erwiderte: »Davon bin ich überzeugt. Die Ähnlichkeit zwischen den beiden Mädchen ist unglaublich. Wer immer Martha Schmidt entführt und ermordet hat, muss auch Paula Ehlers entführt haben.«

Fabel nickte. Obwohl er keines der beiden Mädchen zu Lebzeiten gesehen hatte, war ihm klar, dass ihre große Ähnlichkeit kein Zufall sein konnte. »Was ist mit den anderen Opfern – Hänsel und Gretel? Wenn Olsen beschlossen hat, seine sexuelle Eifersucht mit seinem ›Mordthema‹ zu verbinden, muss es einen Konflikt gegeben haben. Er wusste schließlich nur zu gut, dass die von ihm gewählten Opfer nicht Bruder und Schwester waren.«

»Wahrscheinlich hat er nicht das Gefühl, sich buchstäblich an die Brüder Grimm halten zu müssen«, meldete sich Petra Maas, die Kommissarin, die Fabel für das Team rekrutiert hatte, zu Wort. Sie war eine hoch gewachsene, schlanke Frau von Ende dreißig mit mittelbraunem Haar, das ein intelligentes Gesicht umrahmte. »Zum Beispiel entsprach das letzte Opfer mit seiner berühmten Schönheit dem Bild von Dornröschen, aber die Frau war doppelt so alt wie die Gestalt im Märchen. Die meisten Psychopathen haben eine undogmatische Planung. Das Gleiche erleben wir immer wieder bei Sexualdelikten. Serienvergewaltiger und Serienmörder haben ähnliche Zwangsvorstellungen. Wenn Olsen der ›Märchenmörder‹ ist, dann misst er die Tauglichkeit seiner Opfer wahrscheinlich an allgemeinen, nicht an spezifischen Maßstäben.«

»Aber vielleicht sieht er etwas Spezifisches an den beiden Opfern im Naturpark, das wir nicht erkennen«, meinte Susanne.

Fabel starrte auf die Tischplatte, während vor seinem inneren Auge die prunkvolle Villa der Schillers, ihr funktionales Büro und Vera Schillers Kälte auftauchte. »Gut, Hanna Grünn hat also in Markus Schillers Betrieb gearbeitet. Oder, genauer, in dem Betrieb seiner Frau Vera. Die Zügel im Unternehmen hält sie in der Hand, da sie es von ihrem Vater geerbt hat. Gibt es etwas, das wir übersehen?«

»Könnte der Mörder Vera Schiller allegorisch die Rolle der bösen Stiefmutter zugewiesen haben, mit Hanna und Markus als Hänsel und Gretel?«, fragte Hans Rödger, der andere Beamte aus dem LKA 42.

»Das ist nicht sehr plausibel«, widersprach Henk Hermann, der Schutzpolizei-Kommissar. »Aber wenn es stimmt, dann wusste der Mörder etwas über die Lebensumstände der Opfer. Womit wir wieder bei Olsen sind.«

»Die Frage ist, wie viel der Mörder über die anderen Opfer wusste«, sinnierte Fabel. »Welche Beziehung hatte er zu ihnen?«

Susanne drehte ihren Stuhl in Fabels Richtung und sah ihm direkt in die Augen. »Dass er ihre Umstände kannte, bedeutet nicht, dass er irgendeinen nennenswerten Kontakt zu ihnen hatte. Wenn wir Olsen für einen Moment außen vor lassen, könnte der Mörder einfach auf ein Liebespaar – irgendein Liebespaar – gewartet haben, das die Stelle zu einem Rendezvouz benutzte, um die beiden dann zu töten, etwa so, wie *Son of Sam* es in den USA tat.«

Fabel blickte aus dem Fenster zum Winterhuder Stadtpark und auf die dahinter liegende Stadt. »Was mir hauptsächlich Sorgen macht, ist die Tatsache, dass er unverschämter wird.«

»Aber das heißt auch, dass er eventuell unvorsichtiger wird.« Die Stimme kam von der Tür. Eine junge, hübsche Frau mit kurzem schwarzem Haar und zu rotem Lippenstift, die eine ziemlich ramponierte Lederjacke trug, trat an den Tisch. Sie bewegte sich mit einer übertriebenen Leichtigkeit, doch Fabel merkte, dass sie ein wenig zusammenzuckte, als sie sich hinsetzte.

»Du solltest dich erholen«, sagte er.

»Es geht mir gut, Chef«, erwiderte Anna Wolff, und da Fabel die Augenbrauen hochgezogen hatte, fuhr sie fort: »Und ich bin gesund genug, um an die Arbeit zurückzukehren.«

Nach der Besprechung rief Fabel Anna und Maria in sein Büro. Er bezweifelte, dass Anna für irgendetwas außer den leichtesten Arbeiten tauglich war. Aber er musste zugeben, dass er sich über ihre Rückkehr freute. Das Team, das er aufgebaut hatte, konnte seine höchste Schlagkraft nur in der Gemeinschaft entwickeln. Sämtliche Beamten und Beamtinnen hatten spezielle Fähigkeiten und individuelle Vorzüge, die sich gegenseitig ergänzten und verstärkten. Wenn ein Mitglied fehlte, wurde das Team nicht nur zahlenmäßig geschwächt. Fabel wusste, dass Werner, genau wie Anna, wahrscheinlich an die Arbeit zurückkehren würde, bevor es medizinisch ratsam war. Aber Werner würde durch die Schwere seiner Verletzung gezwungen sein, sich noch einige Zeit auszukurieren.

Er blickte zu den beiden sehr unterschiedlichen weiblichen Mitgliedern seines Teams hinüber. Anna saß steif auf dem Stuhl und versuchte, die Beschwerden zu verbergen, die ihr die schwere Abschürfung am Oberschenkel bereitete. Neben Anna hatte Maria, wie immer ruhig und gefasst – und in farblich abgestimmter Kleidung – Platz genommen. Weniger als ein Jahr zuvor war ihr Leben durch eine Verletzung, die sie sich bei einer Ermittlung zugezogen hatte, in Gefahr geraten. Eine wieder gesundete Beamtin, eine genesende und ein im Krankenhaus liegender Oberkommissar. Die Situation gefiel Fabel überhaupt nicht. Die Ermittlungsarbeit schien immer gefährlicher zu werden. Ihm war klar, dass er sein Team verstärken musste.

»Anna, ich muss dir wieder einen Partner geben. Dir auch, Maria, wenigstens bis Werner wieder aus dem Krankenhaus kommt. Wie ihr seht, habe ich Petra Maas und Hans Rödger vom LKA 42 angefordert, beides tüchtige Leute. Wahrscheinlich werde ich darum bitten, ihre Abordnung mindestens bis zum Ende dieses Falles auszudehnen. Trotzdem brauchen wir ein neues ständiges Mitglied im Team. Ich habe die Sache hinausgezögert, weil ich glaube, dass wir alle Zeit brauchten, um mit Pauls Tod fertig zu werden. Aber ich habe auch niemanden gefunden, der meiner Meinung nach ins Team passen würde. Bis jetzt.«

»Klatt?«, fragte Anna.

Fabel antwortete nicht, sondern stand auf, ging zu seiner Bürotür, öffnete sie und rief zum Hauptbereich der Mordkommission hinüber: »Würden Sie jetzt bitte hereinkommen?«

Ein großer uniformierter Beamter betrat das Büro. Maria erhob sich und lächelte. Anna blieb sitzen, und ihre Miene zeigte mürrische Resignation.

»Herr Kommissar Hermann«, sagte Fabel, »Sie kennen Kriminaloberkommissarin Klee bereits. Und dies ist Kriminalkommissarin Wolff, mit der Sie zusammenarbeiten werden.«

31.

Hamburg-Blankenese, Dienstag, den 30. März, 9.40 Uhr

Fabel hatte sich mit Maria vor Laura von Klosterstadts Blankeneser Villa verabredet. Es war, wie er erwartet hatte, ein riesiges Anwesen. Die Villa war später gebaut worden als die Nachbargebäude und wies Anklänge an den Jugendstil auf. In mancher Hinsicht erinnerte sie Fabel an die prunkvollen kalifornischen Art-déco-Wohnsitze, die die *films noirs* im Hollywood der Dreißiger- und Vierzigerjahre zu beherrschen schienen. Er hatte das Gefühl, in einem Oldsmobile anrollen und sich den Kragen eines Trenchcoats hochschlagen zu müssen, während er auf der Auffahrt parkte.

Das Innere des Hauses wies zahlreiche offene Flächen und gerade Linien auf. Fabel und Maria betraten einen riesigen Empfangssaal. Er war doppelt so hoch wie üblich und hatte ein elegant gewölbtes Panoramafenster, das die gesamte Höhe des Saales einnahm. Es bestand aus modernistisch gestaltetem Buntglas und setzte in dem sonst eisweißen Raum den einzigen Farbakzent. »Der einzige Nachteil des Minimalismus ist, dass man zu viel davon haben kann«, sagte Fabel leise lachend, verstummte jedoch unter Marias verständnislosem Blick.

Zu seiner Überraschung wartete Hugo Ganz, der Innensenator, im Saal auf sie. Sein Gesicht war noch rosiger als sonst. Neben ihm stand ein schlanker junger Mann von höchstens siebenundzwanzig oder achtundzwanzig Jahren. Er trug einen übertrieben konservativen Anzug, als wolle er sich die Autorität, die ihm sein Alter vorenthielt, auf diese Weise aneignen. Seine feinen Züge und sein hellblondes Haar erinnerten an die tote Frau, aber zu einem Mann schienen sie nicht zu passen.

»Herr Kriminalhauptkommissar Fabel, darf ich Ihnen Hubert von Klosterstadt vorstellen«, sagte Ganz. »Lauras Bruder.«

»Gestatten Sie mir, Ihnen mein Beileid für Ihren Verlust

auszusprechen, Herr von Klosterstadt.« Fabel schüttelte dem jungen Mann die Hand, die kühl und schlaff war. Hubert von Klosterstadt reagierte mit einem kurzen Nicken auf Fabels Beileidsbekundung. Die hellblauen Augen waren klar und freimütig. Entweder verbarg er seinen Kummer hinter eisiger Kühle, oder der Tod seiner Schwester berührte ihn tatsächlich kaum.

»Sind Sie mit Ihrer Ermittlung weitergekommen, Herr Kriminalhauptkommissar?«

Bevor Fabel antworten konnte, schaltete sich Ganz ein. »Der Hauptverdächtige hat die Flucht ergriffen, Hubert. Ein Psychopath namens Olsen. Aber es ist nur eine Frage der Zeit, bis Kriminalhauptkommissar Fabel und sein Team ihn aufspüren und verhaften werden.«

Fabel schwieg einen Moment lang. Offenkundig hielt Kriminaldirektor van Heiden den Innensenator über jedes Detail der Ermittlung auf dem Laufenden, und Ganz wiederum gab die Informationen nach Belieben weiter. Fabel beschloss, seine Fortschrittsberichte an van Heiden einzuschränken.

»Wir verfolgen mehrere Ermittlungslinien.« Fabel warf Ganz einen vielsagenden Blick zu. »Wohnen Sie hier, Herr von Klosterstadt?«

»Nein. Mein Gott, nein. Im ›Eispalast‹? Das hier war der Ort, an dem Laura Abgeschiedenheit gesucht hat. Ich habe eine Wohnung an der Alster und bin nur hier, um zu helfen, so gut ich kann.«

»Was ist mit Ihren Eltern – wissen sie Bescheid?«

»Sie sind auf dem Rückflug aus New York«, antwortete Hubert. »Sie haben an einer Wohltätigkeitsveranstaltung teilgenommen – für deutsche Opfer des 11. September.«

»Wir haben sie durch die New Yorker Polizei benachrichtigen lassen«, erklärte Maria.

Fabel nickte. »Wenn Sie nichts dagegen haben, werde ich mich hier ein wenig umschauen.«

Hubert lächelte kühl und höflich und deutete auf eine der

Türen, die von der Eingangshalle abgingen. »Ich werde mit Herrn Ganz im Arbeitszimmer sein. Einige von Lauras Papieren müssen durchgesehen werden.«

»Wenn es Ihnen nichts ausmacht, Herr von Klosterstadt«, sagte Maria, »dann wäre es uns lieber, wenn Sie vorläufig nichts anrühren würden. Wir müssen zuerst alles überprüfen.«

»Natürlich.« Die Temperatur von Huberts Lächeln schien noch um ein paar Grad zu fallen.

Ganz griff jovial nach seinem Ellbogen. »Lass uns in meinem Haus warten, Hubert.«

Fabel und Maria sahen sich wie zwei mögliche Hauskäufer ein Zimmer der Villa nach dem anderen an. Laura von Klosterstadt hatte einen ausgezeichneten Geschmack, was die Einrichtung betraf. Einen zurückhaltenden Geschmack. Zu zurückhaltend. Es war, als hätte sie bewusst Luxus und Spartanismus miteinander verknüpfen wollen. Ein Zimmer erweckte Fabels besondere Aufmerksamkeit: ein großes, luftiges Zimmer, das durch ein nach Süden blickendes Fenster mit Licht überflutet wurde. Es war ein Raum, den die meisten Menschen zum Wohnzimmer gemacht hätten, doch die einzigen Möbel bestanden aus einer Anrichte mit einer CD-Anlage an der einen Wand und einem Stuhl mit hohem Rücken, der wie ein Thron in der Mitte des Zimmers, dem Fenster gegenüber, stand.

Trotz der Leere spürte Fabel, dass dieses Zimmer benutzt worden war. Hier hatte sich ein Gefühl der Verzweiflung und Einsamkeit ausgebreitet, und Fabel wusste, dass Laura von Klosterstadt ein sehr bekümmerter Mensch gewesen war. Er schritt hinüber zur Anrichte und ließ eine Tür aufgleiten. Im Innern befanden sich ein paar CDs mit zeitgenössischer klassischer Musik. Fabel stellte zu seiner Überraschung fest, dass sich Laura von Klosterstadts musikalischer Geschmack zum Teil mit seinem deckte. Die CDs stammten von modernen skandinavischen und baltischen Komponisten. Werke von

Arvo Pärt und Georgs Pelecis sowie Peteris Vasks' *Musica dolorosa*. Fabel musterte den CD-Player. Darin lag eine Scheibe des finnischen Komponisten Einojuhani Rautavaara, *Cantus arcticus, opus 61*.

Fabel drückte auf die Abspieltaste und ließ sich auf den einzelnen Stuhl sinken. Eine Flöte imitierte den Auf- und Abstieg eines Vogels. Dann begann der Cantus, nicht mit menschlichen Stimmen, sondern mit denen von arktischen Meeresvögeln. Der Vogelgesang wurde lauter, verband sich mit den misstönenden Schreien von Seeschwalben und Möwen, und die Flöte und die Blechinstrumente wichen dem breiten, langsamen Anschwellen des Orchesters und dem Zirpen einer Harfe. Fabel kannte dieses Stück – er besaß sogar die gleiche CD –, und wie immer wurde er in eine gewaltige, arktische Eislandschaft versetzt: in ein Land der Fantasie, das ebenso schön wie unfruchtbar war. Der Eispalast. Fabel erinnerte sich an den Begriff, mit dem Lauras Bruder Hubert dieses Haus und die frostige Isolation seiner Schwester beschrieben hatte.

Er lauschte der Musik noch einen Moment lang, bevor er den CD-Player abstellte. Dann setzten Maria und er die Durchsuchung fort: ein ruhiger, doch unerbittlicher Übergriff in die Privatsphäre eines anderen. Sie blätterten Lauras Bücher durch, kramten in ihren Nachttischen, in dem Umkleideraum neben dem Schlafzimmer und in ihren Kosmetika in dem mächtigen, aus den Dreißigerjahren des zwanzigsten Jahrhunderts stammenden Frisiertisch mit dem beleuchteten Spiegel.

Fabel und Maria näherten sich dem hinteren Teil des Hauses. Eine Tür mit Doppelpaneelen führte zu einem langen Swimmingpool. Das Becken zog sich an der einen Wand entlang, während sich auf der anderen eine Umkleidekabine und eine Sauna befanden. Die Fenster am gegenüberliegenden Ende des Pools nahmen die gesamte Wand ein. Fabel konnte nichts als den Himmel sehen. Es war, als betrachte man ein sich bewegendes Wolkengebäude.

»Wow«, hörte er Maria neben sich sagen. »Das muss ein Vermögen gekostet haben.«

Fabel stellte sich vor, in diesem Pool zu schwimmen, dem Himmel entgegen. Wie in dem karg möblierten Zimmer hatte Laura von Klosterstadt hier etwas von sich selbst zurückgelassen. Dies war ein weiterer Ort der einsamen Betrachtung. Aus irgendeinem Grund wirkte die Vorstellung albern, dass hier eine Poolparty veranstaltet werden könnte. Fabel ging am Schwimmbecken entlang zur Fensterseite. Von dort konnte er auf die Terrassen von Blankenese hinabschauen, die steil unter ihm abfielen, bis sich der Boden zum Elbufer und dann zum grünen Flickwerk des Alten Landes hin ebnete. Laura hatte sich über alle anderen erhoben. Außer Reichweite.

Das plötzliche Klingeln von Fabels Handy, das sich in dem gekachelten Poolraum verstärkte und widerhallte, ließ beide Polizisten zusammenschrecken.

»Hallo Chef. Seid ihr noch in Laura von Klosterstadts Haus?«, fragte Anna.

»Ja. Maria und ich sind beide hier.«

»Gibt es dort vielleicht einen Swimmingpool?«

Fabel blickte verwirrt um sich, als müsse er bestätigen, wo er war. »In der Tat. Wir stehen gerade am Pool.«

»An deiner Stelle würde ich den Ort sichern, Chef. Ich schicke Herrn Brauner und sein Team sofort rüber.«

Fabel betrachtete das samtene Wasser. Er kannte die Antwort, bevor er die Frage stellte: »Was habt ihr herausgefunden, Anna?«

»Dr. Möller hat uns gerade Laura von Klosterstadts Todesursache mitgeteilt. Sie ist ertrunken. Das Wasser in ihrer Lunge und in ihren Luftwegen war gechlort. Es stammt aus einem Swimmingpool.«

32.

Hamburg-Bergedorf, Dienstag, den 30. März, 14.40 Uhr

Fabel verschätzte sich bei den Hausnummern und parkte zu weit unten in der Ernst-Mantius-Straße. Während er die kurze Strecke zurücklegte, kam er an drei imposanten Villen vorbei, von denen jede auf ihre eigene subtile Weise Reichtum ausstrahlte. Bergedorf lag von Blankenese aus auf der anderen Seite der Stadt, doch auch hier wurde Fabel unübersehbar daran erinnert, dass Hamburg die wohlhabendste Stadt Deutschlands war und welche Grenzen ihm sein eigenes Gehalt setzte.

Bergedorf gehört zwar zu Hamburg, aber es hat seine eigene Identität und ist als »Stadt in der Stadt« bekannt. Fabel befand sich im Bergedorfer Villenviertel, wo jedes der Häuser, an denen er vorbeischlenderte, mehrere Millionen Euro wert war. Schließlich erreichte er die gewünschte Hausnummer. Wie die Nachbargebäude war auch diese Villa dreistöckig. Die Wände waren in einem diskreten Blaugrau gehalten, von dem sich der weiße Stuck klar und frisch abhob. Eines der Zimmer im Erdgeschoss ragte hinaus in den Garten, und seine Decke bildete den Boden für einen Balkon vor dem Raum darüber. Blaue und weiße Markisen schützten die Fenster erwartungsfroh vor einer Sonne, die ihre Gegenwart noch kaum spüren ließ.

Fabel klingelte, und ein mächtiger Mann mit pechschwarzen Augen öffnete die Tür. Sein dichtes dunkles Haar war stark von Weiß durchsetzt und aus einer breiten Stirn zurückgekämmt, die sich über wulstigen Brauen erhob. Der breite, schwere Kiefer sprang unter dem fleischigen Mund ein wenig zu weit hervor. Hätte in den Augen nicht das Feuer einer dunklen Intelligenz gebrannt, wäre er einem Neandertaler nicht unähnlich gewesen.

»Kriminalhauptkommissar Fabel?« Der Mann in der Tür lächelte.

Fabel erwiderte sein Lächeln. »Vielen Dank, dass Sie mich empfangen, Herr Weiss.«

Gerhard Weiss trat zurück, machte die Tür weiter auf und bedeutete Fabel einzutreten. Fabel hatte Weiss' Foto auf dem Umschlag von *Die Märchenstraße* gesehen. Das Bild gab den Autor recht genau wieder, aber es hatte keinen Hinweis auf seine Größe geboten. Er war mindestens so hoch gewachsen wie Olsen. Fabel schätzte ihn auf zwei Meter fünf. Er war froh, sich dem Schatten des Autors entziehen zu können, als dieser ihn durch die Eingangshalle in sein Arbeitszimmer führte. Dort bot er Fabel einen Stuhl an und ließ sich hinter seinem Schreibtisch nieder. Das Arbeitszimmer war riesig. Fabel vermutete, dass es das Hauptzimmer im Erdgeschoss war und die Basis für den Balkon in der ersten Etage bildete.

Die prächtigen Möbel waren aus dunklem Holz in verschiedenen Tönen angefertigt worden. Der enorme Schreibtisch sah aus, als hätte man das Mahagoniholz eines halben Regenwaldes für ihn verwendet, und drei Wände waren mit vom Boden bis zur Decke reichenden, gut bestückten Bücherregalen gesäumt. Nur der Fußboden bestand aus hellerem Holz, wahrscheinlich aus roter Eiche, wie Fabel vermutete. Die Deckenleuchten waren eingeschaltet, ebenso wie Weiss' Schreibtischlampe, sodass Lichtkreise auf die verschiedenen Holzoberflächen fielen. Diese zusätzliche Beleuchtung war sogar jetzt am Nachmittag notwendig, denn das dunkle, polierte Holz im Arbeitszimmer schien das Tageslicht aufzusaugen, das durch die auf den Garten und die Straße dahinter hinausblickenden Terrassentüren strömte. Weiss' Schreibtischplatte war säuberlich aufgeräumt. Auf der einen Seite lag eine frühe Ausgabe der Grimm'schen Märchen, und in der Mitte stand Weiss' Laptop. Aber der Schreibtisch wurde von einer ungewöhnlichen Skulptur beherrscht. Auch sie war aus Holz, doch aus einem tiefschwarzen Ebenholz.

Weiss bemerkte Fabels Blick. »Erstaunlich, nicht wahr?«

»Ja … ja, das stimmt.« Fabel musterte die Schnitzarbeit. Es war ein stilisierter Wolf mit einem gedehnten, leicht verdrehten Körper. Der schwere Schädel schnappte mit fletschenden Zähnen nach hinten. Es sah aus, als habe der Wolf etwas hinter sich gehört, sich plötzlich umgewandt und sei in dem Moment zwischen Überraschung und Angriff verewigt worden. Es war ein prächtig ausgeführtes Stück, und Fabel konnte sich nicht entscheiden, ob er es für wunderschön oder abscheulich halten sollte.

»Ein sehr begabter, sehr bemerkenswerter Mann hat das Stück für mich angefertigt«, erklärte Weiss. »Ein einmalig talentierter Künstler und ein Lykanthrop.«

Fabel lachte. »Ein Werwolf? So etwas gibt es nicht.«

»O doch, Herr Kriminalhauptkommissar. Lykanthropie existiert … nicht als übernatürliche Verwandlung eines Menschen in ein Tier, sondern als anerkannter psychiatrischer Zustand. Es gibt Menschen, die glauben, dass sie zu Wölfen werden können.« Weiss reckte seinen gewaltigen Schädel und betrachtete die Holz-Skulptur. »Der Schnitzer war ein enger Freund von mir. Er war völlig normal, außer bei Vollmond. Dann hatte er einen Anfall … eine Attacke, bei der er sich verbog und um sich schlug, an seiner Kleidung riss und dann einschlief. Das war alles. Andere, darunter auch ich, können es bezeugen. Nur ein Anfall, ausgelöst durch die leichte Druckveränderung der Gehirnflüssigkeit, die ein Vollmond verursacht. Aber was wir sahen, war nicht das, was er erlebte. Also bat ich ihn, den Moment einzufangen.« Weiss' Augen warfen ein dunkles Licht auf die Skulptur. »Und das hier ist das Ergebnis.«

»Aha.« Fabel musterte das Kunstwerk erneut. Er hatte eine Entscheidung getroffen: Es war abscheulich. »Was ist aus ihm geworden? Wurde er geheilt?«

»Leider nicht. Er verbrachte mehr und mehr Zeit in Anstalten. Schließlich konnte er es nicht mehr ertragen und hängte sich auf.«

»Das tut mir Leid.«

Weiss' ausladende Schultern bewegten sich so unmerklich, dass man nicht von einem Achselzucken sprechen konnte. »Sie haben einen interessanten Namen, Herr Kriminalhauptkommissar. Fabel. Das passt sehr gut zu meiner Arbeit, denn schließlich könnte man sagen, dass ich Fabeln produziere.«

»Er ist offenbar dänischer Herkunft. In Hamburg scheint er verbreiteter zu sein als in jeder anderen deutschen Stadt, aber ich komme ursprünglich aus Friesland.«

»Äußerst interessant. Was kann ich für Sie tun, Herr Fabel?« Weiss betonte den Namen, als spiele er noch damit.

Fabel erklärte, welche Mordfälle er aufzuklären versuchte. Die Morde hätten ein gemeinsames, sich auf die Grimm'schen Märchen beziehendes Thema und seien vielleicht durch Weiss' Roman *Die Märchenstraße* inspiriert worden. Als er geendet hatte, herrschte ein kurzes Schweigen, und in jenem Moment glaubte Fabel einen Anflug von Befriedigung in Weiss' Miene wahrzunehmen. »Außerdem ist klar, dass wir es mit einem Serienmörder zu tun haben«, schloss Fabel.

»Oder mit Serienmördern«, schlug Weiss vor. »Sind Sie noch nicht auf den Gedanken gekommen, dass es sich um zwei Personen handeln könnte? Wenn diese Morde durch ein grimmsches Thema miteinander verbunden sind, dann sollte man daran denken, dass es schließlich zwei Brüder Grimm gab.«

»Diese Möglichkeit schließen wir natürlich nicht aus.« In Wirklichkeit hatte Fabel noch nicht daran gedacht, dass er es mit einem Team zu tun haben könnte. Allerdings war es durchaus vorstellbar, dass zwei Mörder zusammenarbeiteten, wie er aus einer seiner jüngeren Ermittlungen nur zu gut wusste. So ließe sich auch der Umstand erklären, dass Olsen ein Motiv für die Morde im Naturpark, nicht jedoch für die anderen hatte.

Fabel wechselte das Thema. »Haben Sie in letzter Zeit irgendwelche, na ja, seltsamen Briefe erhalten, Herr Weiss? Es ist möglich, dass der Mörder – oder die Mörder – versucht hat, mit Ihnen Kontakt aufzunehmen.«

Weiss lachte. »Seltsame Briefe?« Er stand auf, wobei sich seine Gestalt bedrohlich im Zimmer abzeichnete, und ging hinüber zu einem hölzernen Stehpult an der einzigen Wand, die frei von Bücherregalen war. Die Fläche oberhalb des Pultes war mit gerahmten, altmodischen Illustrationen bedeckt. Weiss nahm einen dicken Ordner vom Stehpult und knallte ihn auf den Schreibtisch, bevor er sich wieder hinsetzte. »Das sind nur die letzten drei oder vier Monate. Wenn Sie darin etwas fänden, das nicht ›seltsam‹ ist, würde es mich sehr überraschen.« Er machte eine »Bedienen Sie sich«-Geste.

Fabel klappte den Ordner auf. Er enthielt zahlreiche Briefe, einige mit Fotos, andere mit Zeitungsausschnitten, die, wie die Absender meinten, nützlich für Weiss sein könnten. Die meisten bezogen sich augenscheinlich auf Weiss' »Wahlwelten-Chronik«: Menschen mit einem traurigen, inhaltslosen Leben suchten Trost in einer alternativen, literarischen Existenz, indem sie sich von Weiss in eine seiner Geschichten einbeziehen ließen. Es gab einen sexuell sehr deutlichen Brief von einer Frau, die Weiss aufforderte, der »große, böse Wolf« für sie zu sein. Beigelegt war ein Foto der Absenderin, die nur ein rotes Käppchen und einen roten Umhang trug. Es handelte sich um eine übergewichtige Frau von etwa fünfzig Jahren, deren Körper den Kampf gegen die Schwerkraft offenbar schon vor einiger Zeit aufgegeben hatte.

»Das ist sehr wenig im Vergleich zu dem, was elektronisch an meine persönliche Website und an die meines Verlages geschickt wird«, erklärte Weiss.

»Beantworten Sie diese Briefe?«

»Jetzt nicht mehr, nein. Früher habe ich es getan – oder jedenfalls dann, wenn sie halbwegs vernünftig oder anständig waren. Aber nun habe ich einfach nicht mehr die Zeit dazu. Deshalb fing ich an, Gebühren zu verlangen, wenn Personen als Gestalten in meine *Wahlwelten*-Romane aufgenommen werden wollten.«

Fabel lachte leise. »Was müsste ich bezahlen, um eine Rolle in einem Ihrer Romane zu bekommen?«

»Herr Fabel, eine der Hauptlehren der Märchen lautet, dass man sich sehr genau überlegen muss, was man sich wünscht. Ich könnte Sie in eines meiner Werke einbauen, einfach weil ich Sie interessant finde und Ihren Namen für ungewöhnlich halte. Im Unterschied zu den Leuten, die für eine Mitwirkung bezahlen, sind Sie mir begegnet. Ich habe eine Vorstellung von Ihnen. Und sobald Sie in einer meiner Geschichten auftauchen, habe ich die totale Kontrolle über Sie. Nur ich entscheide Ihr Schicksal. Ob Sie leben oder sterben.« Weiss hielt inne, und seine schwarzen Augen unter den schweren Brauenwülsten funkelten. Die Werwolf-Skulptur blieb erstarrt in ihrem Zähnefletschen. Draußen auf der Straße fuhr ein Auto vorbei. »Aber normalerweise verlange ich fünftausend Euro für eine halbseitige Erwähnung.« Weiss lächelte.

Fabel schüttelte den Kopf. »Der Preis des Ruhmes.« Er tippte auf den Ordner auf dem Schreibtisch: »Darf ich das mitnehmen?«

Weiss hob die Schultern. »Wenn Sie glauben, dass es Ihnen hilft.«

»Vielen Dank. Übrigens lese ich gerade *Die Märchenstraße*.«

»Gefällt sie Ihnen?«

»Ich finde sie interessant, wenn ich mich so ausdrücken darf«, erwiderte Fabel. »Im Moment konzentriere ich mich zu sehr auf eine mögliche Verbindung zu den Morden, um die literarischen Vorzüge des Buches einschätzen zu können. Und eine Verbindung kommt mir sehr wahrscheinlich vor.«

Weiss lehnte sich auf seinem Stuhl zurück, verschränkte die Hände, legte die beiden Zeigefinger aneinander und pochte sich damit ans Kinn. Es war eine übertriebene Geste der Nachdenklichkeit. »Es würde mich sehr bekümmern, wenn Sie Recht hätten, Herr Kriminalhauptkommissar. Aber das Hauptthema all meiner Arbeiten lautet: Die Kunst imitiert das Leben, und das Leben imitiert die Kunst. Ich kann niemanden durch meine Texte dazu bringen, einen Mord zu begehen. Solche Leute sind bereits Mörder oder potenzielle Mörder. Sie mögen eine Methode oder einen Tatort imitieren ... oder vielleicht sogar ein Thema. Aber sie würden ohnehin morden, ob sie meine Bücher lesen oder nicht. Letzten Endes inspiriere nicht ich sie, sondern sie liefern mir eine Inspiration, wie sie es schon immer für Schriftsteller getan haben.« Weiss senkte seine Finger sanft auf den Ledereinband der Märchensammlung auf seinem Schreibtisch.

»Wie für die Brüder Grimm?«

Weiss lächelte, und wiederum flackerte etwas dunkel in seinen Augen. »Die Brüder Grimm waren Forscher. Sie haben nach absolutem Wissen gestrebt ... über die Ursprünge unserer Sprache und unserer Kultur. Wie alle Männer der Wissenschaft ihrer Zeit, als sich die Wissenschaft zur neuen Religion Westeuropas entwickelte, beabsichtigten sie, unsere Vergangenheit unter ein Mikroskop zu legen und sie zu sezieren. Aber es gibt keine absolute Wahrheit und keine definitive Vergangenheit. Sie ist ein Tempus, kein Ort. Was die Brüder Grimm entdeckten, war die gleiche Welt, in der sie selbst lebten – die gleiche Welt, in der wir heute zu Hause sind. Sie fanden heraus, dass es nur der Bezugsrahmen war, der sich geändert hatte.«

»Wie meinen Sie das?«

Weiss erhob sich erneut aus seinem Ledersessel und winkte Fabel heran, der ihm hinüber zu der mit Bildern bedeckten Wand folgte. Es waren Illustrationen aus Büchern des neunzehnten und zwanzigsten Jahrhunderts.

»Märchen lösen nicht nur literarische Interpretationen aus«, erklärte Weiss. »Einige der besten Künstler haben ihr Talent zur Verfügung gestellt, um die Geschichten zu illustrieren. Das ist meine Sammlung: Gustave Doré, Hermann Vogel, Edmund Dulac, Arthur Rackham, Fernande Biegler, George Cruickshank, Eugen Neureuther – jeder mit einer anderen Interpretation.« Weiss machte Fabel auf ein Bild aufmerksam: Eine Frau betrat einen Raum mit einem Steinfußboden und ließ dabei entsetzt einen Schlüssel fallen. Ein aus einem Baumstumpf bestehender Hackblock und ein Beil befanden sich im Vordergrund der Illustration; beide waren, wie der sie umgebende Fußboden, mit Blut besudelt. Die Leichen mehrerer Frauen, sämtlich in Nachthemden, hingen wie an Fleischerhaken an den Wänden.

»Ich nehme an«, sagte Weiss, »dass Ihnen solche Szenen, vielleicht nicht ganz so extrem, durchaus vertraut sind, Herr Fabel. Es ist ein Tatort. Diese arme Frau hier…« Er tippte an das Glas, das die Illustration schützte. »…ist offensichtlich auf den Unterschlupf eines Serienmörders gestoßen.«

Fabel wurde von dem Bild angezogen. Es war im Stil des neunzehnten Jahrhunderts gefertigt und weckte zu viele Erinnerungen bei ihm. »Woher stammt diese Abbildung?«

»Sie ist das Werk von Hermann Vogel. Späte Achtzigerjahre des neunzehnten Jahrhunderts. Eine Illustration zu Charles Perraults *La Barbe bleue* – Blaubart. Eine französische Geschichte über einen grausamen Adligen, der Frauen für ihre Neugier bestraft, indem er sie in einer geheimen Kammer seiner Burg tötet und verstümmelt. Es ist eine Erzählung, eine Fabel, und trotzdem eine universelle Wahrheit. Als Perrault seine Version niederschrieb, war die Erinnerung an reale Gräueltaten, die Adlige begangen hatten, immer noch sehr wach in der französischen Psyche. Zum Beispiel vergewaltigte und ermordete Gilles de Rais, Marschall von Frankreich und Waffengefährte der Johanna von Orleans, Hunderte von Knaben, um seine perverse, unkontrollierte Lust zu befriedigen. Oder nehmen wir Cunmar den Verfluchten, der die Bretagne im sechsten Jahrhundert regierte. Cunmar – oder auch Conomor, wenn Sie wollen – liefert vielleicht die engste historische Parallele zu

Blaubart. Er enthauptete alle seine Frauen und schlug schließlich auch der schönen, frommen und hochschwangeren Triphine den Kopf ab. Diese Geschichte existiert übrigens in ganz Europa – bei den Brüdern Grimm als ›Fitchers Vogel‹, die Italiener nennen sie ›Silbernase‹, und der englische Blaubart heißt ›Mr. Fox‹. In allen führt weibliche Neugier zur Entdeckung einer geheimen, blutigen Kammer. Eines Mordgemachs.«

Weiss machte eine Pause, als betrachte er die Illustrationen erneut. »Hermann Vogel war Deutscher. Er illustrierte eine französische Sage, aber er konnte nicht anders, als etwas aus seinem eigenen kulturellen Hintergrund einzufügen. Der Hackblock und das Beil sind aus dem Märchen ›Fitchers Vogel‹ der Brüder Grimm entlehnt. Wie gesagt, die Geschichte wird überall in Europa erzählt, und die Details sind mehr oder weniger die gleichen. Es muss reale Ereignisse, möglicherweise die Taten von Cunmar dem Verfluchten, gegeben haben, die den Ausgangspunkt bildeten. Aber worauf ich hinauswill: Diese warnenden Geschichten für Kinder, diese uralten Fabeln und Sagen… sie alle beweisen, dass der Serienvergewaltiger oder -mörder oder -kinderentführer kein heutiges Phänomen ist. Der große, böse Wolf hat nichts mit Wölfen zu tun.« Weiss lachte. »Komischerweise war der Fluch, der Cunmar seinen Beinamen einbrachte, offenbar der, dass er seiner Sünden wegen in einen Werwolf verwandelt wurde. Irgendwann überschneidet sich alles Geschichtliche mit Mythen und Sagen.«

Weiss nahm einen Roman aus dem vor ihm stehenden Regal. Im Gegensatz zu den anderen war das Buch neu: eine gebundene Ausgabe in einer glänzenden Schutzhülle. Fabel konnte den Namen des Autors nicht erkennen, aber er war kein Deutscher, sondern Engländer oder Amerikaner. Weiss ließ das Buch auf den Ordner mit den Briefen fallen. »Heute erfinden wir diese Märchen ständig neu. Die gleichen Geschichten mit neuen Gestalten. Dies ist ein Bestseller über die Jagd nach einem Serienmörder, der seine Opfer rituell zerstückelt. So sehen unsere heutigen Märchen aus. Statt Elfen und Zwergen und hungrigen Wölfen, die in der Dunkelheit des Waldes in der Wildnis lauern, haben wir Kannibalen und Sezierer und Entführer, die in der Dunkelheit unserer Städte lauern. Es liegt in unserem Wesen, unser Böses als etwas Außergewöhnliches oder Anderes zu maskieren, und deshalb ist in Büchern und Filmen von Außerirdischen, Haien, Vampiren, Geistern oder Hexen die Rede. In Wirklichkeit gibt es nur ein Tier, das gefährlicher und raubgieriger ist als jedes andere in der Geschichte der Natur. Uns selbst. Der Mensch ist nicht nur das schlimmste Raubtier des Planeten, er ist auch das einzige Geschöpf, das aus reiner Lust tötet, zur sexuellen Befriedigung oder zur Durchsetzung der abstrakten Ideen eines religiösen, politischen oder sozialen Dogmas, das von organisierten Gruppen vertreten wird. Es gibt nichts Tödlicheres oder Bedrohlicheres als den einfachen Mann oder die einfache Frau auf der Straße. Aber das wissen Sie durch Ihre Arbeit selbst nur zu gut. Alles Übrige, all die Horrorgeschichten und Märchen und der Glaube an eine noch größere Boshaftigkeit – das ist ein Schleier vor dem Spiegel, in den wir jeden Tag blicken müssen.«

Weiss setzte sich wieder und bedeutete Fabel, seinem Beispiel zu folgen. »Am meisten fürchten wir unseren Nachbarn, unsere Eltern, die Frau oder den Mann neben uns in der U-Bahn… uns selbst. Und am schwersten fällt es uns, der ungeheuren Banalität dieser Tatsache ins Auge zu sehen.« Weiss drehte die schwere Schnitzarbeit auf seinem Schreibtisch ein wenig, sodass die gefletschten Zähne auf Fabel wiesen. »Das verbirgt sich in uns, Herr Kriminalhauptkommissar. Wir sind die großen, bösen Wölfe.«

Fabel starrte die Skulptur an und wurde wiederum von ihrer schrecklichen Schönheit angezogen. Er wusste, dass Weiss Recht hatte, denn er sah die Beweise tatsächlich in seiner eigenen Arbeit. Er kannte die brutale Kreativität, zu der der menschliche Geist fähig ist, um andere zu quälen. Oder zu töten.

»Sie meinen also, dass der Serienmörder keine heutige Erscheinung ist… dass wir früher bloß keinen Namen für ihn hatten?«

»Genau. Wir alle werden arrogant geboren, Herr Fabel. Jeder von uns glaubt, die Welt neu erfinden zu können, nachdem er in sie hineingeboren worden ist. Aber die traurige Wahrheit lautet, dass wir lediglich Variationen eines Themas sind… oder wenigstens einer gemeinsamen Erfahrung. Das Gute und das Böse auf der Welt wurden bereits vom allerersten Menschen mitgebracht. Es entwickelte sich mit uns. Darum haben wir uralte Volkssagen und Mythen. Die Brüder Grimm schufen sie nicht, sondern zeichneten sie nur auf. Keine ihrer Geschichten war ihre eigene Erfindung, sondern sie sammelten nur alte Volksmärchen im Rahmen ihrer philologischen Forschung. Die Existenz dieser Erzählungen und die in ihnen allen enthaltene Warnung, sich ›nie weit von zu Hause zu entfernen‹ und ›sich vor Fremden zu hüten‹, sind ein Beweis dafür, dass der Serienmörder kein Nebeneffekt des modernen Lebens ist, sondern uns während unserer gesamten Geschichte begleitet hat. Und die Märchen müssen durch reale Ereignisse inspiriert worden sein, also durch wirkliche Entführungen und Morde. Genauso verbirgt sich die Wahrheit der Lykanthropie, des Mythos vom Werwolf, im Unvermögen früherer Generationen, Psychopathien zu erkennen, zu definieren und zu begreifen. Jeder, Herr Fabel, akzeptiert, dass wir häufig Tatsachen in Dichtung verwandeln. Und ich behaupte, dass wir umgekehrt auch Dichtung zu Tatsachen werden lassen.«

Fabel musterte Weiss bei dessen Vortrag. Er versuchte herauszufinden, was das dunkle Feuer, die Leidenschaft in den Augen des Schriftstellers anfachte. »Also wenn Sie Jacob Grimm als Kindermörder beschreiben, glauben Sie dann auch, dass sich Ihre dichterische Schöpfung in eine Art Wahrheit verwandelt?«

»Was ist die Wahrheit?« Weiss' Lächeln hatte etwas Herablassendes, als fehle Fabel der Intellekt, ihm die Frage zu beantworten.

»Die Wahrheit«, erwiderte Fabel, »ist eine absolute, unumstößliche Tatsache. Ich habe es jeden Tag mit der Wahrheit, der absoluten Wahrheit, zu tun. Mir ist klar, was Sie sagen wollen… dass die Wahrheit manchmal abstrakt oder subjektiv ist. Jacob Grimm war kein Mörder. Die Person, die ich suche, ist ein Mörder. Das ist eine unumstößliche Tatsache. Die Wahrheit. Und ich muss herausfinden, ob Ihr Buch ihn in irgendeiner Weise inspiriert hat.«

Weiss machte eine ergebene Geste mit den Händen. Mit großen, kräftigen Händen. »Stellen Sie Ihre Fragen, Herr Kriminalhauptkommissar.«

Das Gespräch dauerte weitere zwanzig Minuten. Weiss' Kenntnis von Mythen und Märchen war umfassend, und Fabel machte sich Notizen, während der Autor sprach. Aber irgendetwas an Weiss gefiel ihm nicht. Der Mann hatte etwas Bedrohliches an sich, nicht nur wegen seiner Größe – er vermittelte nicht das gleiche Gefühl aufgestauter Gewalt wie Olsen –, sondern vor allem wegen seiner pechschwarzen Augen. Sie enthielten etwas geradezu Unmenschliches.

Schließlich erklärte Fabel: »Aber das sind letzten Endes nur Märchen. Sie können doch nicht wirklich glauben, dass sie alle auf reale Ereignisse zurückgehen?«

»Wirklich nicht?«, entgegnete Weiss. »Nehmen Sie die russische Geschichte von der Hexe Baba Jaga, in deren Hütte alle Möbel aus Knochen bestehen. Sie haben bestimmt von Ed Gien gehört, dem amerikanischen Serienmörder, der als Vorbild für das Buch und den Film ›Psycho‹ und auch für ›Das Schweigen der Lämmer‹ diente. Als die Polizei sein Farmhaus durchsuchte, fand sie Stühle und Hocker aus Menschenknochen und einen fast vollständigen Bodysuit aus der Haut toter Frauen. Wie gesagt, niemand ist einzigartig. Es muss schon vorher zahllose Ed Giens gegeben haben. Höchstwahrscheinlich lieferte eine frühe russische Vorlage den Stoff für das Märchen von Baba Jaga. Und vergessen Sie nicht, Herr Fabel, dass viele dieser Volksmärchen bereinigt worden sind. Nehmen Sie Ihr ›Dornröschen‹-Opfer. In dem ursprünglichen Märchen wurde sie nicht durch einen keuschen Kuss geweckt, sondern es handelte sich um eine Geschichte von Vergewaltigung, Inzest und Kannibalismus.«

Als Fabel, den Ordner mit den an Weiss geschriebenen Briefen unter dem Arm, wieder auf der Ernst-Mantius-Straße stand, empfand er das Bedürfnis, tief durchzuatmen, als müsse er seinen Körper von innen säubern. Er wusste nicht, warum, aber er hatte das Gefühl, aus einer Höhle entkommen zu sein. In Weiss' Arbeitszimmer mit dem glänzenden dunklen Holz hatte er sich beengt gefühlt. Hier draußen war die Sonne durchgebrochen und tauchte die altehrwürdigen Villen in ein warmes Licht. Fabel betrachtete jede einzelne, während er zu seinem Auto zurückkehrte. Wie viele verborgene Zimmer, wie viele dunkle Geheimnisse verbargen sich hinter den eleganten Fassaden?

Er ließ sein Handy aufschnappen. »Maria? Fabel. Ich möchte, dass du mir detaillierte Information über Gerhard Weiss besorgst. Alles, was du finden kannst.«

33.

Krankenhaus Mariahilf, Hamburg-Heimfeld, Dienstag, 30. März, 20 Uhr

»Mama, leider kann ich heute Abend nicht so lange bleiben. Ich muss noch viele Vorbereitungen treffen. Zurzeit habe ich eine Menge um die Ohren, das kann ich dir sagen.« Er schob seinen Stuhl noch näher an das Bett heran und schaute verschwörerisch um sich, bevor er ihr ins Ohr flüsterte: »Ich habe noch eine erledigt. Wieder ist eine Geschichte zum Leben erweckt worden. Diese war sehr traurig. Ich konnte es ihrem schönen Gesicht ansehen, als sie mich in ihre riesengroße, leere Villa einließ. Eine Prinzessin in einem Elfenbeinturm. Ich habe ihr einen großen Gefallen getan, Mama. Und ich wollte wirklich nicht, dass sie sich lange quält. Nun muss ich natürlich alles für deine Heimkehr vorbereiten. Auch das kostet mich viel Mühe.«

Er schwieg eine Weile und strich über das Haar der alten Frau. »Du wirst dich schrecklich quälen. Das garantiere ich dir.« Außerhalb des Zimmers waren die Schritte von Holzschuhen zu hören, als eine Krankenschwester durch den Korridor eilte. »Was ich tue, ist wunderbar, Mutter. Ich lasse sie in ihre Kindheit zurückkehren. In den kostbaren Momenten, die ich mit ihnen teile – bevor sie sterben, meine ich –, legen sie alles ab, was sie geworden sind. Jahre des Erwachsenenlebens sind ausgelöscht, und sie werden wieder zu kleinen, verängstigten Kindern. Zu verlorenen Seelen, die entsetzt sind, weil sie so wenig von den Geschehnissen begreifen.«

Er verstummte, und es wurde still im Zimmer. Nur vom Korridor her, aus einem anderen Universum, war der ferne Klang eines von Gelächter unterbrochenen Gesprächs zu hören. Dann fuhr er fort: »Die Polizei war da, um mir Fragen zu stellen, Mama. Es sind wirklich sehr dumme Leute. Sie glauben, alle Lösungen zu kennen, aber sie wissen nichts. Sie haben nicht die geringste Ahnung, mit wem sie es zu tun haben. Und womit. Sie werden mich nie kriegen.« Er lachte leise. »Jedenfalls nicht, bevor du und ich nicht unseren Spaß gehabt haben. Was erschreckt dich mehr, Mutter: die Tatsache, dass du sterben wirst, oder die Tatsache, dass du nicht schnell genug sterben wirst? Macht der Schmerz dir Angst? Der *Gedanke* daran? Es wird unglaublich sein, das kann ich dir versichern. Dein

Schmerz wird wirklich unvorstellbar sein. Und es ist fast so weit, Mama… nicht mehr lange.«

34.

Hamburg-Pöseldorf, Sonntag, den 11. April, 2.45 Uhr

Fabel lag da und lauschte Susannes gleichmäßiger, tiefer Atmung. Ihre Gegenwart wurde immer beruhigender für ihn, und die Träume stellten sich nicht so häufig ein, wenn sie neben ihm war. Ihre Anwesenheit schien ihn zu trösten und ihm zu einem besseren, tieferen Schlaf zu verhelfen. Aber heute Nacht überschlugen sich seine Gedanken. Es gab unendlich viel zu tun. Dieser Fall breitete sich aus wie ein dunkler Tumor und verdrängte die wenigen Momente, die Fabel noch für ein Privatleben blieben. So viele Dinge auf seiner geistigen Checkliste waren noch nicht abgehakt. Seine Mutter wurde älter, und seine Tochter wuchs heran. Keine von beiden erhielt die Zeit, die sie verdiente – die Zeit, die Fabel ihnen widmen wollte. Seine Beziehung zu Susanne war gut, nahm aber nicht die klare Form an, die sie in diesem Stadium hätte bekommen sollen. Fabel wusste, dass er es auch hier an Aufmerksamkeit fehlen ließ. Er war überrascht über den scharfen Stich der Panik in seiner Brust, als er daran dachte, sie vielleicht zu verlieren.

Er hatte seine Mutter in den vergangenen Tagen mehrere Male angerufen, aber er musste die Zeit finden, sie wieder in Norddeich zu besuchen. Lex hatte dem geschäftlichen Druck nachgeben und nach Sylt zurückkehren müssen, um sein Restaurant zu führen. Seine Mutter beharrte darauf, dass sie durchaus fähig sei, für sich selbst zu sorgen, doch Fabel wollte sich persönlich davon überzeugen.

Er schwang die Beine über die Bettkante und blieb einen Augenblick lang sitzen. Wohin er sich auch wandte, es gab so vieles, was seine Aufmerksamkeit zu fordern schien. Zumindest hatte er die Lücke in seinem Team gefüllt. Doch sogar das verursachte Probleme. Anna wies Henk Hermann ein, aber Fabels unorthodoxe Rekrutierungsmethoden hatten die Bürokraten innerhalb der Hamburger Polizei verärgert. Rein formell hätte es Fabel keine Mühe bereiten sollen, Hermann aus der Schutzpolizei zu übernehmen, denn dieser hatte bereits die notwendige Ausbildung an der Landespolizeihochschule neben dem Präsidium durchlaufen. Aber dem uniformierten Dienst fehlte es immer an Beamten, und Fabel wusste, dass es schwierig werden würde, Hermann permanent zur Kriminalpolizei versetzen zu lassen. Vorläufig hatte er den Mann zur Mordkommission »abordnen lassen«, bis der Fall abgeschlossen war, und danach konnte Hermann den noch erforderlichen Kursus absolvieren.

Es herrschte stets Nervosität, wenn sich ein neues Team zusammenraufte, und Fabel machte sich Sorgen darüber, wie Anna Wolff auf einen neuen Partner reagieren würde. Sie war offensichtlich das unberechenbare Element im Team und hatte ihre Impulsivität an der rasanten Motorradjagd nach Olsen erkennen lassen. Andererseits wollte Fabel Anna nicht ganz entmutigen, denn ihr intuitives Herangehen eröffnete ihr oft eine Perspektive auf einen Fall, die den anderen entging. Aber sie benötigte ein Gegengewicht, und genau das hatte Paul Lindemann bis zu seinem Tod gebildet. Selbst diese Partnerschaft hatte jedoch nicht reibungslos begonnen. Fabel hoffte, dass die Übergangszeit mit Henk Hermann leichter werden würde, da Anna erfahrener und reifer war. Ihre mürrische Reaktion auf die Nachricht von Hermanns Rekrutierung hatte Fabel jedoch klar gemacht, dass er ein ernstes Gespräch mit ihr führen musste. Niemand war wichtiger als das Team.

Vieles an diesem Fall schien sich Fabels Kontrolle zu entziehen. Olsen war wie vom Erdboden verschluckt und der Verhaftung nun schon seit mehr als einer Woche entgangen. Die ersten drei Morde hatten das übliche Medieninteresse ausgelöst, vor allem der Doppelmord im Naturpark. Aber nachdem Laura von Klosterstadt getötet worden war, hatte sich die gesamte Situation geändert. Zu Lebzeiten hatte Laura einen hohen Gesellschaftsstatus, Ruhm und Schönheit besessen, und diese Elemente hatten sich nach ihrer Ermordung zu einer Art Sprengsatz miteinander verbunden und waren in einen unendlich scheinenden Strom von Medienberichten explodiert. Dann hatte jemand, fast unvermeidlich, die strikten Sicherheitsbestimmungen durchbrochen, mit denen Fabel die Ermittlungen zu diesem Fall hatte abschirmen wollen.

Vermutlich war seine Sorge, dass van Heiden zu viele Informationen an Senator Ganz weitergab, gerechtfertigt gewesen. Ganz hatte das Feuer der Publizität nicht schüren wollen, doch er erwies sich als unüberlegt in der Wahl seiner Vertrauten. Allerdings konnten die Einzelheiten aus hundert möglichen Quellen durchgesickert sein. Als Fabel vor ein paar Tagen die Fernsehnachrichten eingeschaltet hatte, musste er hören, dass die Polizei Hamburg nach einem »Märchenmörder« fahnde. Am folgenden Tag hatte er sich ein Interview mit Gerhard Weiss im Hamburg-Journal des NDR angesehen. Die Verkaufsziffern von Weiss' Buch waren anscheinend über Nacht hochgeschnellt, und nun verkündete er der Öffentlichkeit, dass ihn die Polizei Hamburg bereits um seinen Rat zu diesen neuesten Morden gebeten habe.

Fabel stand auf und ging aus dem Schlafzimmer ins Wohnzimmer. Das Panoramafenster ermöglichte ihm einen Blick auf die nächtlich glitzernde Außenalster und auf die Lichter von Uhlenhorst und Hohenfelde dahinter. Sogar um diese Stunde konnte er den Scheinwerfern eines kleinen Bootes folgen, das die Alster überquerte. Diese Aussicht erfüllte ihn stets mit Ruhe. Er dachte daran, wie Laura von Klosterstadt auf ihr eigenes Panoramafenster zugeschwommen war. Aber während Fabel seinen Blick aus dem Fenster liebte, weil er ihm ein Gefühl der Verbundenheit mit der Stadt vermittelte, hatte Laura ein Vermögen für eine Architektur der Abschirmung aufgewandt. Sie hatte sich ein Himmelspanorama geschaffen und sich von der Landschaft, von den Menschen distanziert. Was hatte eine so schöne, intelligente junge Frau veranlasst, sich derart abzusondern?

Fabel stellte sich vor, wie Laura in den Nachthimmel schwamm, der von ihren riesigen Fenstern umrahmt war. Aber er sah nur sie. Sie war allein. Alles an ihrem Haus deutete auf Isolation hin, auf einen Rückzug aus einem Leben vor den Kameras und vor der Öffentlichkeit. Eine einsame, schöne Frau ließ ruhige kleine Wellen im seidenen Wasser entstehen, während sie der Unendlichkeit entgegenschwamm. Nur sie. Aber es musste noch jemand anders mit ihr im Wasser gewesen sein. Die Autopsie hatte ergeben, dass sie in ihrem Swimmingpool ertränkt worden war. Die unmittelbar vor ihrem Tod am Hals erzeugten Quetschungen ließen vermuten, dass jemand sie unter Wasser gedrückt hatte. Möller, der Gerichtsmediziner, meinte, dass die Quetschungen von einer einzigen Hand – einem ausgestreckten Daumen auf der einen und dem Griff der übrigen Finger an der anderen Seite – herrührten. Die Spannweite der Hand sei enorm gewesen.

Große Hände. Wie die von Olsen oder auch von Gerhard Weiss.

Wer war es, Laura? Wer war mit dir im Pool? Warum hast du deine sorgfältig aufgebaute Isolation mit jemandem geteilt? Fabel starrte auf das Panorama und stellte einer toten Frau Fragen, die ihre Familie nicht hatte beantworten können. Fabel hatte Lauras Eltern auf ihrem großen Anwesen im Alten Land besucht. Es war eine erschütternde Erfahrung gewesen. Lauras Bruder Hubert hatte Fabel seinen Eltern vorgestellt. Peter von Klosterstadt und seine Frau Margarethe waren die Verkörperung aristokratischer Gelassenheit, doch Peter hatte angespannt gewirkt. Die Kombination aus Jetlag und Kummer ließ sich an seinen Augen und der Mattheit seiner Reaktionen ablesen. Margarethe von Klosterstadt hingegen wirkte eiskalt und gefasst. Ihr Mangel an Emotionen hatte Fabel an seine ersten Eindrücke von Hubert erinnert. Laura hatte ihre Schönheit offenkundig von ihrer Mutter geerbt, aber in Margarethes Fall war es eine harsche, unerbittliche Schönheit. Sie musste Anfang fünfzig sein, doch ihre Figur und die Straffheit ihrer Haut hätten den Neid einer um die Hälfte jüngeren Frau erwecken können.

Zuerst hatte Fabel gedacht, sie betrachte Maria und ihn mit einer eingeübten Arroganz, bis er feststellte, dass ihre Züge stets den gleichen maskenhaften Ausdruck trugen. Fabel hatte sie vom ersten Moment ihrer Begegnung an nicht leiden können. Außerdem war er verstört darüber gewesen, welche sexuelle Anziehungskraft sie auf ihn ausübte.

Das Gespräch hatte wenig erbracht, abgesehen davon, dass Fabels Aufmerksamkeit auf Heinz Schnauber, Lauras Agenten, gelenkt worden war. Schnauber, der wohl engste Vertraute des Opfers, war außer sich über Lauras Tod. »Wie nicht anders zu erwarten«, hatte Margarethe von Klosterstadt kommentiert.

Fabel merkte, dass Susanne hinter ihm stand. Sie legte die Arme um seine Taille und ließ ihr Kinn auf seiner Schulter ruhen, während sie gemeinsam auf die Alster blickten. Er spürte die Wärme ihres Körpers an seinem Rücken.

»Entschuldige«, sagte er mit einer Drei-Uhr-morgens-Stimme. »Ich wollte dich nicht wecken.«

»Das macht nichts. Was ist los? Wieder ein Albtraum?«

Er wandte den Kopf und küsste sie. »Nein. Nur Dinge, die mir durch den Kopf gehen.«

»Was denn?«

Er drehte sich um, nahm sie in die Arme und küsste sie lange auf die Lippen. Dann sagte er: »Ich möchte, dass du mit mir nach Norddeich kommst. Es wäre schön, wenn du meine Mutter kennen lernst.«

35.

Hamburg-Norderstedt, Mittwoch, den 14. April, 10.30 Uhr

Henk Hermann hatte versucht, so etwas wie ein Gespräch in Gang zu halten, aber nach zahlreichen einsilbigen Antworten hatte er seine Bemühungen eingestellt. Nun schaute er aus dem Fenster und sah die Stadtlandschaft vorbeigleiten, während Anna sie nach Norderstedt fuhr. Als sie vor dem Haus der Familie Ehlers parkten, brachte Anna den ersten vollständigen Satz hervor, seit sie das Präsidium verlassen hatten.

»Ich bin für die Befragung zuständig, okay? Deine Aufgabe ist es, den Mund zu halten und etwas zu lernen. Ist das klar?«

Hermann seufzte und nickte. »Weiß Herr Klatt, dass wir hier sind? Der Mann von der Kripo Norderstedt?« Anna antwortete nicht und hatte bereits die Hälfte des Weges bis zur Haustür zurückgelegt, bevor Hermann seinen Sicherheitsgurt öffnen konnte.

Anna Wolff hatte Frau Ehlers angerufen, bevor sie aufgebrochen waren. Sie wollte den Eindruck vermeiden, dass die Polizei Paulas Leiche gefunden oder sonstige wichtige Fortschritte erzielt hatte. Deshalb hatte sie Frau Ehlers mitgeteilt, es sei erforderlich, noch gründlicher über einige Details zu sprechen. Anna hatte nicht erwähnt, welches Rätsel sie in erster Linie lösen wollte: warum der Zettel mit Paulas Namen in der Hand des »Wechselbalg«-Opfers zurückgelassen worden war. Auch verspürte sie einen überwältigenden Drang, Paula zu finden. Sie wollte unbedingt diejenige sein, die Paula zu ihrer Familie zurückbrachte, wenn auch wahrscheinlich nur in Form ihrer Überreste.

Zu Annas Überraschung war Herr Ehlers ebenfalls zu Hause. Ein hellblauer, mit einer feinen Staubschicht überzogener Overall hing sackartig über seiner großen, mageren Gestalt. Er holte einen Küchenstuhl herbei und setzte sich darauf, um die Polster im Wohnzimmer nicht zu verstauben. Vermutlich hatte Frau Ehlers ihn an seinem Arbeitsplatz angerufen, und er war sofort hergefahren.

Wieder hatte die Haltung des Ehepaars eine Intensität, die Anna sowohl verwirrend als auch ärgerlich fand. Schließlich wussten beide, dass sie keine Neuigkeiten zu bieten hatte. Anna stellte Henk Hermann vor. Frau Ehlers ging in die Küche und brachte ein Tablett mit einer Kaffeekanne, Tassen und ein paar Keksen herein, bevor sie Platz nahm. Anna kam sofort zur Sache und erkundigte sich nach Heinrich Fendrich, Paulas früherem Deutschlehrer.

»Darüber sind wir schon so oft befragt worden.« Frau Ehlers Gesicht war müde und abgezehrt, als machten sich die drei Jahre ungenügenden Schlafes bemerkbar. »Wir können nicht glauben, dass Herr Fendrich das Geringste mit Paulas Verschwinden zu tun hatte.«

»Warum sind Sie so sicher?«, fragte Henk Hermann aus der Ecke, in der er mit einer Tasse auf den Knien saß. Anna schickte einen wütenden Blick in seine Richtung, den er nicht zu bemerken schien. »Ich meine, gibt es etwas Spezielles, das Sie überzeugt hat?«

Herr Ehlers zuckte die Achseln. »Danach … ich meine, nach Paulas Verschwinden … war er sehr hilfsbereit. Er machte sich wirklich sehr, sehr große Sorgen um Paula. Das hätte er nicht vortäuschen können. Sogar als die Polizei ihn immer wieder vernahm, wussten wir, dass sie auf der falschen Fährte war.«

Anna nickte nachdenklich. »Ich weiß, es ist eine unangenehme Frage, aber haben Sie je den Verdacht gehabt, dass Herrn Fendrichs Interesse an Paula … unpassend war?«

Herr und Frau Ehlers tauschten einen Blick aus, den Anna nicht deuten konnte. Dann schüttelte Herr Ehlers sein aschblondes Haupt. »Nein. Nie.«

»Herr Fendrich schien der einzige Lehrer zu sein, für den Paula etwas übrig hatte – leider«, sagte Frau Ehlers. »Er hat uns einmal besucht… es muss ungefähr sechs Monate vor Paulas Verschwinden gewesen sein. Ich fand es seltsam, dass ein Lehrer zu uns kam. Aber er war sehr… ich weiß nicht, wie ich es nennen soll… sehr *überzeugt* davon, dass Paula außergewöhnlich intelligent war und besonders hervorragend im Deutschen. Wir sollten zu einem Gespräch mit dem Direktor in die Schule kommen. Aber keiner von Paulas anderen Lehrern schien sie für etwas Besonderes zu halten, und wir wollten nicht, dass sie sich zu hohe Ziele steckte, nur um dann später enttäuscht zu werden.«

Anna und Hermann saßen in ihrem VW vor dem Haus der Ehlers. Sie packte das Lenkrad, rührte sich jedoch nicht, sondern starrte auf die Windschutzscheibe.

»Gehe ich recht in der Annahme, dass wir in einer Sackgasse gelandet sind?«, fragte Hermann.

Anna schaute ihn einen Moment lang mit leerem Blick an, bevor sie energisch den Zündschlüssel im Schloss umdrehte. »Noch nicht. Zuerst muss ich noch einen Umweg machen.«

Da Fendrich so empfindlich auf weitere polizeiliche Ermittlungen reagierte, beschloss Anna, auch in diesem Fall vorher anzurufen, und zwar mit ihrem Handy, während sie von Norderstedt nach Süden fuhren. Sie wählte die Nummer der Schule, in der er nun unterrichtete, erwähnte jedoch nicht, dass sie für die Polizei Hamburg arbeitete. Fendrich war alles andere als erfreut, als man ihn ans Telefon holte, doch er erklärte sich einverstanden, sich mit den beiden in einem Café am Rahlstedter Bahnhofsvorplatz zu treffen.

Sie stellten den VW auf einem Parkplatz ab, der einen Häuserblock von dem Café entfernt lag, und gingen durch einen Wechsel von Schatten und Licht, da vereinzelte Wolken die Sonne ab und zu verdunkelten. Fendrich saß bereits an einem Tisch und rührte grübelnd einen Cappuccino um. Als sie eintraten, blickte er auf und musterte Hermann mit teilnahmslosem Misstrauen. Anna stellte ihren neuen Partner vor, und die beiden nahmen ebenfalls an dem runden Tisch Platz.

»Was wollen Sie von mir, Kommissarin Wolff?« Fendrichs Tonfall war von müdem Protest durchdrungen.

Anna schob sich die Sonnenbrille hinauf ins Haar. »Ich möchte Paula finden, Herr Fendrich. Sie ist entweder noch am Leben und in den letzten drei Jahren Gott weiß welchen Qualen ausgesetzt gewesen, oder – und wir beide wissen, dass dies wahrscheinlicher ist – sie liegt irgendwo als Leiche. Verborgen vor der Welt und ihrer Familie, die einfach nur um sie trauern möchte. Ich weiß nicht, welche Grundlage Ihre Beziehung zu Paula hatte, aber ich glaube, dass Sie sich wirklich um sie kümmern wollten. Ich muss sie einfach finden. Und was ich von Ihnen will, Herr Fendrich, ist irgendetwas, das mir die Richtung anzeigt.«

Fendrich rührte seinen Cappuccino noch einmal um und betrachtete den Schaum. Dann blickte er auf. »Kennen Sie den Dramatiker George Bernard Shaw?«

Anna hob die Schultern. »Das wäre eher etwas für meinen Chef. Kriminalhauptkommissar Fabel begeistert sich für alles Englische.«

»Shaw war allerdings Ire. Er sagte einmal: ›Wer etwas kann, tut es; wer es nicht kann, unterrichtet.‹ Damit wurden im Grunde sämtliche Lehrer als Versager eingestuft, und außerdem bestritt Shaw, dass Unterrichten ein wertvoller Beruf ist. Ich bin nicht zufällig an dieses Metier geraten, Frau Wolff, sondern ich wurde dazu berufen, und ich liebe es. Jeden Tag stehe ich vor einer Klasse junger Menschen nach der anderen. Ihre Geister müssen noch ausgebildet und voll entwickelt werden.«

Er lehnte sich zurück und lachte bitter. Seine Finger ruhten immer noch auf dem Löffel, und er starrte erneut auf die schaumige Oberfläche seines Kaffees. »Natürlich gibt es sehr viel… Verschmutzung, wie man sagen könnte. Kulturelle Verschmutzung – durch das Fernsehen, das Internet und all die Wegwerf-Technologien, mit denen junge Menschen heute überschüttet werden. Aber hin und wieder stößt man auf einen frischen, klaren Geist, der nur darauf wartet, seinen Horizont zu erweitern.« Fendrichs Augen waren nicht mehr leblos. »Können Sie sich vorstellen, was es bedeutet, wenn die Polizei wegen eines solchen Verbrechens gegen jemanden ermittelt? Nein. Und Sie können keine Vorstellung davon haben, wie man sich als Lehrer in einer solchen Situation fühlt. Als jemand, dem die Eltern das anvertrauen, was ihnen am kostbarsten ist. Ihr Kollege, Herr Klatt, hat meine Karriere fast zerstört. Und mich auch. Die Schüler haben darauf geachtet, nicht mit mir allein zu sein. Und die Eltern und sogar meine Kollegen sind mir mit unverhüllter Feindseligkeit begegnet.« Er hielt inne, als wäre er gejoggt und wisse nicht, wohin. Dann schaute er beide Polizisten an. »Ich bin nicht pädophil. Ich habe kein sexuelles Interesse an Mädchen oder Jungen. Kein *physisches* Interesse. Es geht mir um ihren Geist. Und Paulas Geist war ein Diamant. Ein kristallklarer, beängstigend scharfer und durchdringender Intellekt. Der Diamant musste noch geschliffen und verfeinert werden, aber er war hervorragend.«

»Wenn das zutrifft«, sagte Anna, »dann verstehe ich nicht, wieso Sie der Einzige zu sein scheinen, der das erkannt hat. Kein anderer Lehrer hielt Paula für mehr als eine Durchschnittsschülerin. Sogar ihre Eltern sind der Meinung, dass Sie auf dem Holzweg waren.«

»Sie haben Recht. Niemand anders sah es. Aber nur, weil niemand genau hinguckte. Paula galt meistens als faul und verträumt, wenn auch nicht schwer von Begriff. Genau das geschieht, wenn ein begabtes Kind in einer erzieherischen Umgebung – oder auch in einer häuslichen Umgebung – gefangen ist, die es intellektuell nicht herausfordert. Außerdem zeigte sich Paulas Talent in meinem Fach am deutlichsten … Sie hatte ein Ohr und eine Befähigung für die deutsche Sprache. Und wenn sie etwas schrieb … dann war es, als singe sie. Aber neben denen, die es nicht sehen konnten, gab es noch andere, die es nicht sehen wollten.«

»Ihre Eltern?«, fragte Henk Hermann.

»Genau. Paula hat für mich eine Geschichte als Hausaufgabe geschrieben. Es war fast ein Märchen. Sie tanzte durch unsere Sprache hindurch. In jenem kurzen Text, mit kindlicher Hand geschrieben, bin ich jemandem begegnet, der mir das Gefühl gab, völlig unbegabt zu sein. Ich nahm die Geschichte mit, als ich ihre Eltern besuchte, und forderte sie auf, den Text zu lesen. Nichts. Es bedeutete ihnen nichts. Ihr Vater fragte mich, wie nützlich Erzählungen seien, wenn man eine Stelle suche.« Fendrich blickte plötzlich auf, als wäre all die Energie, die ihn kurzfristig beseelt hatte, abgeebbt. »Aber nun ist Paula tot. Wie Sie gesagt haben: Sie wissen es, und ich weiß es.«

»Woher wissen Sie es? Was lässt Sie so sicher sein, dass Paula, wenn sie wirklich intellektuell so eingeengt war, wie Sie meinen, nicht einfach weggelaufen ist?«, fragte Hermann.

»Weil sie mir nicht geschrieben hat. Und sonst auch niemandem. Wäre sie von zu Hause ausgerissen, hätte sie ganz bestimmt einen Brief, eine Notiz hinterlassen … etwas Schriftliches. Wie gesagt, es war so, als wäre das schriftliche Wort für Paula geschaffen worden. Sie hätte solch einen wichtigen Schritt nicht unternommen, ohne etwas darüber zu Papier zu bringen. Sie hätte mir geschrieben.«

Die drei verließen das Café gemeinsam. Hermann und Anna schüttelten Fendrich die Hand und machten sich in Richtung des Parkplatzes auf. Fendrich war zu Fuß zum Café gegangen, und die Schule lag in der entgegengesetzten Richtung. Doch er schien auf der Schwelle des Cafés zu zögern. Anna und Hermann hatten erst ein paar Meter zurückgelegt, als sie Fendrich rufen hörten: »Kriminalkommissarin Wolff!«

Etwas an Fendrichs Körpersprache – als zaudere er nicht auf der Schwelle eines Cafés, sondern anderswo – verriet Anna, dass sie sich allein um die Sache kümmern musste. Sie reichte Hermann ihre Autoschlüssel. »Du hast doch nichts dagegen?«

Hermann zuckte die Achseln und ging weiter in Richtung des vw.

Fendrich kam Anna auf halbem Wege entgegen. »Kommissarin Wolff, darf ich Ihnen etwas mitteilen? Aber nur inoffiziell?«

»Ich weiß nicht, ob ich das versprechen …«

Fendrich schnitt ihr das Wort ab, als wolle er keinen Vorwand haben, sich ihr nicht anzuvertrauen. »Da war noch etwas. Damals habe ich der Polizei nichts davon gesagt, weil… es wahrscheinlich keinen guten Eindruck gemacht hätte.«

Anna versuchte, die Ungeduld aus ihrer Miene zu verbannen, doch es gelang ihr nicht.

»Nichts an meiner Beziehung zu Paula war unpassend. Das schwöre ich Ihnen. Aber kurz bevor Paula verschwand, habe ich ihr etwas geschenkt. Ein Buch. Das habe ich damals nicht erwähnt, weil ich wusste, dass dieser Kriminalbeamte – Klatt – es falsch interpretieren würde.«

»Was war es?«, fragte Anna. »Was für ein Buch haben Sie Paula geschenkt?«

»Ich wollte, dass sie die Grundlagen der deutschen literarischen Tradition kennen lernte. Deshalb habe ich ihr ein Exemplar der *Kinder- und Hausmärchen* gegeben. Von den Brüdern Grimm.«

36.

Hamburg-Winterhude, Mittwoch, den 14. April, 15.30 Uhr

Der Himmel war nun blauer, und Hamburg schien in eine weniger sterile Helligkeit getaucht zu sein, obwohl sich die Sonne hin und wieder in milchige Wolkenfetzen hüllte. In einer Medienstadt wie Hamburg musste Fabel immer vorsichtig sein, wenn er seine Fälle außerhalb des Präsidiums besprach, aber es gab zwei Orte, die er gern als Treffpunkte für sein Team benutzte. Der eine war der Schnellimbiss am Hafen, den ein mit Fabel befreundeter ehemaliger Polizist und friesischer Landsmann betrieb. Der zweite Treffpunkt war das Café gegenüber dem Winterhuder Fährhaus. Hinter der Brücke gelegen, hatte das Café einen Freiluftbereich, der sich am Alsterstreek dahinzog und einen Ausblick auf den Turm der Johanniskirche bot. Auf der anderen Seite des weiß gestrichenen Eisenzauns steckten zwei Schwäne den Schnabel gleichgültig ins Wasser. An dieser Stelle hatte ein früherer Cafébesucher ein paar Brotkrumen hineingeworfen. Die Ausstattung des Geländes bestand aus weißen Polypropylentischen und -stühlen im Schatten von Sonnenschirmen, auf denen Reklame für Zigaretten gemacht wurde. Das Café lag zwar in Reichweite des Präsidiums, aber weit genug entfernt, um einen Szenenwechsel zu ermöglichen.

Sie waren insgesamt zu sechst, und Fabel zog zwei Stühle von einem leeren Tisch herüber, damit alle sitzen konnten. Anna und Maria waren an Fabels Besprechungen unter freiem Himmel gewöhnt. Doch während die beiden Mitglieder der Abteilung Sexualdelikte, Petra Maas und Hans Rödger, verblüfft über die Umgebung zu sein schienen, ließ der Ausdruck von Henk Hermanns Gesicht erkennen, dass er glaubte, in einen äußerst exklusiven und sehr geheimen Club aufgenommen worden zu sein.

Der Kellner kam, um ihre Kaffeebestellung entgegenzunehmen. Er begrüßte Fabel mit Namen und plauderte kurz mit ihm über das Wetter. Natürlich ahnte er nicht, dass er es mit Mitgliedern der Mordkommission zu tun hatte, sondern er hielt sie wahrscheinlich für irgendwelche Geschäftsleute, die sich eine Pause von einem Seminar gönnten. Fabel wartete, bis sich der Kellner zurückgezogen hatte, bevor er sein Team ansprach.

»Wir sind nicht auf der richtigen Spur. Ich weiß, dass ihr all eure Energie für diese Fahndung aufbringt, aber wir scheinen auf keinen grünen Zweig zu kommen. Wir haben drei Verdächtige: den Lehrer Fendrich, den Schriftsteller Weiss, der wohl eher nicht als Täter in Frage kommt, und unseren Hauptverdächtigen, Olsen. Aber keiner von ihnen passt völlig ins Bild.« Fabel unterbrach sich, als der Kellner den Kaffee an den Tisch brachte. Dann fuhr er fort: »Vielleicht sollten wir mit in Erwägung ziehen, dass es sich um zwei kooperierende Mörder handeln könnte. Das würde das von Henk entdeckte zweite Paar Fußabdrücke am Tatort im Naturpark erklären. Möglicherweise war es ein Fehler, die separaten Abdrücke nicht miteinander in Verbindung zu bringen.«

»Oder könnten wir es vielleicht mit einem Hauptmörder und einem Nachahmer zu tun haben?«, fragte Hermann vorsichtig.

Fabel schüttelte den Kopf. »Das ›Thema‹ der Morde ist absolut einheitlich, und wir haben eine direkte forensische Beziehung zwischen ihnen. Die kleinen gelben Zettel, die wir an jedem Tatort gefunden haben, sind nicht nur völlig gleich, sondern scheinen von einem einzigen Stück Papier abgeschnitten worden zu sein. Auch die Handschrift ist identisch. Wenn zwei Täter zusammengearbeitet haben, könnte Olsen vielleicht die Morde im Naturpark und ein Partner die beiden anderen begangen haben, wobei einer von ihnen sämtliche Notizen schrieb.«

»Aber …?« Maria Klee lächelte vielsagend.

»Aber … ich sehe hier einfach kein Team am Werk. Wir haben so etwas in früheren Fällen erlebt, und dies hier ist anders. Es muss ein einzelner Mörder sein. Also zuerst zu Olsen. Was haben wir über ihn?«

»Er kommt eindeutig für die Morde im Naturpark in Frage«, meinte Maria. »Er hat ein Motiv gehabt, Grünn und Schiller umzubringen. Sexuelle Eifersucht. Aber du hast Recht: Wie lässt sich das mit den anderen, offenbar willkürlichen Morden in Einklang bringen?«

Fabel nahm einen Schluck von seinem Espresso. »Es passt nicht zu dem Bild, das wir von Olsen zusammengefügt haben. Er wird von seiner Wut beherrscht. Unser Mann dagegen sieht Poesie in seiner Gewalt. Olsen bleibt oben auf der Liste. Aber um mehr herauszufinden, müssen wir ihn erst einmal schnappen. Bis dahin: Was ist mit Fendrich, Anna?«

»Er ist nicht unser Mann. Da bin ich mir sicher. Wenn er sexuelle Motive hatte, was er bestreitet, glaube ich nicht, dass er ihnen nachgab. Ich bin seine Biografie immer wieder durchgegangen. Keine Vorstrafen. Kein vorheriger Verdacht und keine Beschwerden, was sein Verhalten als Lehrer betrifft. Er scheint seit drei Jahren, seit er sich von seiner langjährigen Freundin Rona Dorff trennte, keine ständige Beziehung mehr gehabt zu haben. Ich habe mit Rona gesprochen. Sie ist Musiklehrerin an einer anderen Schule. Nach ihren Worten war die Beziehung bestenfalls lau, und sie sind auseinander gegangen, nachdem Paula verschwunden war.«

»Gibt es da eine Verbindung?«, fragte Fabel.

»Ja, schon. Aber dadurch wird Fendrich eher entlastet als belastet. Rona sagt, Fendrich sei besessen von dem Gedanken gewesen, den Ehlers zu helfen und Paula zu finden. Dann, als ihm Klatt von der Polizei Norderstedt ständig im Nacken saß, wurde er wütend und deprimiert.«

»Gewalttätig?«

»Nein. Distanziert. Rona meinte, ihre Beziehung habe sich nicht zerschlagen, sondern sei schlicht abgestorben.«

»Vielleicht war Fendrichs Verhalten nach Paulas Verschwinden eine Tarnung«, gab Henk Hermann mit eifriger Stimme zu bedenken. »Etliche Mörder verkleiden ihre Gefühle der Schuld und der Furcht vor einer Entdeckung als Kummer oder Sorge.«

Genau das hatte Fabel etliche Male selbst erlebt, und sogar er war hin und wieder von den Krokodilstränen eines kaltblütigen Mörders getäuscht worden.

»Und dann ist da noch die Analogie zu den Grimm'schen Märchen, deren sich der Mörder bedient.« Hermann schien dadurch, dass sein neuer Chef seinen letzten Beitrag gewürdigt hatte, ermutigt worden zu sein. »Wir wissen, dass Paulas Doppelgängerin, Martha Schmidt, die am Strand gefunden wurde, aus der so genannten Unterschicht stammte und dass ihr Mörder diese Herkunft mit den ›unterirdischen Leuten‹ gleich setzte. Möglicherweise glaubte Fendrich, dass Paula durch die niedrigen Erwartungen ihrer Eltern eingeengt oder sogar gefangen war. Dachte er vielleicht, dass er sie durch ihre Ermordung ›befreit‹ hat?«

Fabel schaute Hermann an und lächelte. »Noch jemand, der Weiss' Buch gelesen hat, stimmt's?«

Hermanns Gesicht rötete sich ein wenig unter den Sommersprossen, als sei er in einer Prüfung beim Mogeln erwischt worden. »Ja, Herr Erster Kriminalhauptkommissar. Ich halte das Buch für eine gute Grundlage.«

»Das ist es auch. Und sag Chef zu mir, das spart Zeit. Was meinst du, Anna?«

»Es ist denkbar. Obwohl er die Familie Ehlers stark unterstützt hat, konnte er seine Verachtung für ihre niedrigen Erwartungen und Ambitionen nicht verbergen. Allerdings steht Fendrich, wenn überhaupt, nur im Zusammenhang mit Paula Ehlers' Verschwinden, und das bildet noch keinen Bestandteil unserer Ermittlung. Er hat kein Alibi für die anderen Fälle. Aber er wohnt schließlich auch allein in dem großen Haus, das er sich früher mit seiner Mutter geteilt hat. Wenn er Alibis für die anderen Fälle vorgewiesen hätte, wäre ich misstrauisch geworden. Gefühlsmäßig halte ich ihn nicht für unseren Mann. Trotzdem, es macht mir zu schaffen, dass er Paula die *Kinder- und Hausmärchen* geschenkt hat, obwohl er freiwillig darauf zu sprechen kam.«

»Okay, aber Fendrich bleibt auf der Verdächtigenliste. Dann haben wir noch Weiss, den Schriftsteller …«

»Schön, Chef«, sagte Maria, »für den bist du in erster Linie zuständig. Warum sollen wir ihn als Verdächtigen betrachten?«

»Weil es beunruhigende Parallelen zwischen den Morden und Weiss' Roman *Die Märchenstraße* gibt. Bei beiden geht es um die Themen der Gebrüder Grimm und um einen Serienmörder, der Märchen zum Leben erweckt. Weiss zieht dadurch die Aufmerksamkeit der Medien auf sich und erhöht die Verkaufszahlen seines Buches.«

Anna lachte leise. »Du willst doch wohl nicht behaupten, dass diese Morde so etwas wie ein verrückter PR-Event für sein Buch sind?«

»Nicht unbedingt. Aber Weiss ist vielleicht fähig, seine Ideen in die Tat umzusetzen. Jedenfalls ist er ein eitler, arroganter Sack. Damit nicht genug, er kann einem Angst einjagen. Und er ist groß. Wirklich groß und kräftig. Laura von Klosterstadts Autopsie hat ergeben, dass sie von jemandem mit einer gewaltigen Handspanne festgehalten wurde.«

»Das könnte Olsen sein«, sagte Anna. »Oder sogar Fendrich.«

Fabel wandte sich Maria zu. »Was hast du über Weiss herausgefunden, Maria?«

»Keine Vorstrafen. Er ist siebenundvierzig Jahre alt, zweimal verheiratet, zweimal geschieden, keine Kinder. Geboren in Kiel. Seine Mutter ist Ausländerin – eine Italienerin aristokratischer Herkunft –, und sein Vater war Eigentümer eines Unternehmens in Kiel, das mit Schifffahrt zu tun hatte. Er ging auf teure Internate hier in Hamburg sowie in England und Italien. Dann auf die Universität Hamburg… Sein Debütroman wurde kurz nach seinem Studienabschluss veröffentlicht, ohne sonderlichen Erfolg. Sein erster ›Wahlwelten‹-Roman kam 1981 heraus und schlug groß ein. Das ist es mehr oder weniger. Ach ja, er hatte einen Bruder. Einen jüngeren Bruder. Doch der ist vor ungefähr zehn Jahren gestorben.«

Fabel wirkte wie von der Tarantel gestochen. »Einen Bruder? Gestorben? Wie denn?«

»Anscheinend Selbstmord. Irgendeine Geisteskrankheit.«

»War er vielleicht zufällig Bildhauer?«

Maria war überrascht. »Das stimmt. Woher weißt du das?«

»Ich glaube, ich habe eines seiner Werke gesehen«, sagte Fabel, und das Gesicht des fauchenden, aus Ebenholz geschnitzten Wolfes ging ihm durch den Kopf. Er schaute hinunter ins Wasser neben der Gaststätte. Die Schwäne hatten dem durchweichten Brot den Rücken zugewandt und paddelten träge zurück in Richtung der Brücke. Er drehte sich wieder zu seinem Team um. »Henk hat Recht. Wir alle sollten Weiss' Buch *Die Märchenstraße* zu unserer Pflichtlektüre machen. Ich sorge dafür, dass jeder von euch bis heute Abend ein Exemplar bekommt. Und lest es auf jeden Fall.«

Fabel hatte Anna aufgefordert, noch ein wenig zu warten, und ihr angeboten, sie zum Präsidium zu fahren. Henk Hermann hatte unschlüssig herumgelungert, bis Fabel ihn anwies, Maria zu begleiten. Sie saßen allein am Tisch. Fabel bestellte einen weiteren Kaffee und hob fragend eine Augenbraue. Anna schüttelte den Kopf.

»Hör zu, Anna«, sagte Fabel, nachdem sich der Kellner entfernt hatte. »Du bist eine außergewöhnliche Polizistin, eine wirkliche Bereicherung für das Team. Aber es gibt Dinge, über die wir uns unterhalten müssen…«

»Zum Beispiel?«

Er drehte ihr das Gesicht zu. »Zum Beispiel deine Aggressivität. Du musst stärker als Teammitglied, nicht als Individuum arbeiten.«

Annas Miene verhärtete sich. »Ich dachte, dass du uns deshalb herangezogen hast… wegen unserer Individualität. Weil wir alle verschieden sind.«

»Richtig, Anna. Aber deine individuellen Fähigkeiten nützen mir nur dann etwas, wenn du dich ins übrige Team einfügst.«

»Ich weiß schon, worauf du hinauswillst... Henk Hermann?«

»Er ist gescheit, Anna, und aufgeweckt. Er ist ein guter Polizist, und ihr beide könntet vorzüglich zusammenarbeiten. Aber nur, wenn du ihm die Chance dazu gibst.«

Anna schwieg einen Moment lang. Dann musterte sie Fabel mit ihrem gewohnten herausfordernden Blick. »Bin ich die Einzige, die das bemerkt, und ist es bloß ein verdammter Zufall, dass er Paul Lindemann so ähnlich sieht? Ich frage mich langsam, ob wir unseren eigenen ›Wechselbalg‹ haben.«

Annas Scherz verärgerte Fabel, und er antwortete nicht sofort. Sie gingen zurück zu seinem BMW. Er drückte auf seine Fernbedienung, um den Alarm abzustellen und die Zentralverriegelung zu öffnen, bevor er sich mit den Ellbogen auf das Autodach stützte und zu Anna hinüberschaute. »Ich übernehme keine Beamten aus sentimentalen Gründen, Kommissarin Wolff.« Doch dann lächelte Fabel, denn er wusste, was sie meinte. Hermann hatte die gleiche schlaksige Gestalt und die gleichen sandfarbenen Haare wie Paul Lindemann, der Kollege, den sie verloren hatten. »Er sieht tatsächlich ein bisschen so aus. Aber er ist nicht Paul, und ich habe mich wegen seiner eigenen Vorzüge und seines eigenen Potenzials für ihn entschieden. Ich möchte, dass du ihm entgegenkommst. Es ist nicht nur meine, sondern auch deine Aufgabe, dieses Potenzial zu entwickeln... das Beste aus ihm herauszuholen. Und bevor du protestierst: Ich bitte dich nicht, das Kindermädchen für ihn zu spielen. Aber er muss viel lernen, und ich möchte, dass du ihn nicht behinderst, sondern ihm hilfst. Außerdem glaube ich, dass umgekehrt auch du ein paar Dinge von ihm lernen könntest.«

Sie fuhren zurück in Richtung des Polizeipräsidiums in Winterhude. Die von Wolken überzogene Sonne verdunkelte und erhellte sich, als wisse sie nicht, was sie mit dem Tag anfangen sollte. Anna blieb fast bis zum Ende der Fahrt stumm, doch dann platzte es aus ihr heraus: »In Ordnung, Chef. Ich werde versuchen, mich mit Hermann zu arrangieren. Ich weiß, dass ich manchmal unerträglich sein kann, aber die ganze Sache letztes Jahr mit Paul... und mit Marias Verletzung... das alles macht mir Sorgen. Paul war so verdammt geradlinig, so penibel und exakt. Das ging mir manchmal auf die Nerven. Aber er war ein guter, ehrlicher Mann, und man wusste bei ihm immer, woran man war.« Sie machte eine Pause. Fabel blickte sie nicht an, denn die robuste kleine Anna wollte bestimmt nicht, dass er ihre bestürzte Miene sah. »Er hat auf mich aufgepasst...« Ihre Stimme war angespannt. »Das lässt mich nachts nicht schlafen. Dass er versucht hat, mich zu retten. Ich habe überlebt und er nicht.«

»Anna...«, begann Fabel, aber sie schnitt ihm das Wort ab und zwang sich dabei zu einem normalen Tonfall.

»Ich werde Henk Hermann vorschlagen, dass wir uns zu einem Gespräch treffen. Vielleicht zusammen etwas trinken. Damit wir einander kennen lernen. Okay?«

»Okay, Anna.«

Sie parkten am Präsidium, und Anna legte die Hand auf die Tür, machte aber keine Anstalten auszusteigen. Sie richtete ihren offenen Blick auf Fabel. »Warum nicht Klatt?«, fragte sie unverblümt, und als Fabel einen Moment lang verwirrt schien, setzte sie hinzu: »Ich war überzeugt, dass du Klatt ins Team aufnehmen würdest. Ihm selbst ist der Gedanke wahrscheinlich auch gekommen. Warum hast du dich stattdessen für Henk Hermann entschieden?«

Fabel lächelte. »Klatt ist ein guter Polizist, aber ihm fehlt einiges für die Mordkommission. Er hat sich zu sehr auf Fendrich konzentriert. Mag sein, dass Fendrich unser Mann ist, aber Klatt wollte keine Alternativen sehen. Wenn Fendrich nicht der Mörder ist, dann könnte Klatt in den ersten Tagen der Fahndung, vielleicht sogar in den wichtigen ersten Stunden, etwas entgangen sein, das die Lücke zwischen ihm und Paulas Entführer geschlossen hätte.«

»Mein Gott, Chef, das ist ein ziemlich hartes Urteil. Es gab nicht viele Anhaltspunkte, und Klatt hat sich auf Fendrich konzentriert, weil ihm kaum etwas anderes übrig blieb.«

»Seiner Meinung nach. Trotzdem ist er, wie gesagt, ein guter Polizist. Du hast mich gefragt, weshalb ich Henk Hermann und nicht Robert Klatt ausgewählt habe. Es hatte mehr mit dem zu tun, was Hermann zu bieten hat, als mit dem, was Klatt fehlt. Henk Hermann war der erste Beamte, der am Tatort im Naturpark erschien. Er stand auf einer winzigen Lichtung vor zwei Opfern, denen man die Kehle durchgeschnitten hatte, und als Allererstes richtete er seine Aufmerksamkeit auch auf andere Dinge. Sofort. Er tat das Gegenteil von Klatt. Er erweiterte seinen Aktionsraum und ging gleichzeitig in zwei Richtungen: zurück vom Ort der Entdeckung zum Moment des Todes und vorwärts in einem Radius, in dem die Autos wahrscheinlich abgestellt worden waren. Alles begann damit, dass er eine künstliche Pose sofort erkannte.« Fabel beugte sich vor und legte die Unterarme aufs Lenkrad. »Wir alle nehmen an einem Rennen teil, Anna. Jeder von uns in der Mordkommission. Und es beginnt, wenn jemand die Startpistole abfeuert und einen anderen Menschen tot zurücklässt. Henk Hermann kommt schneller aus den Startblöcken. So einfach und so kompliziert ist das. Und ich möchte, dass du so gut mit ihm zusammenarbeitest, wie du kannst.«

Anna sah Fabel einen Moment lang an und ließ sich seine Worte durch den Kopf gehen. Dann nickte sie. »In Ordnung, Chef.«

37.

Hamburg-St. Pauli, Mittwoch, den 14. April, 21.30 Uhr

Max war Künstler. Ihm lag außerordentlich viel an seiner Kunst. Und er hatte diese Kunst studiert, hatte ihre Ursprünge, ihre Geschichte, ihre Entwicklung erforscht. Max war klar, dass er das Privileg genoss, mit dem besten Medium zu arbeiten, dem edelsten und ältesten. Er benutzte den gleichen Untergrund, den Künstler seit Jahrtausenden während der gesamten menschlichen Kulturgeschichte verwendeten, wahrscheinlich schon, bevor sie begannen, Höhlengemälde anzufertigen. Ja, es war eine großartige, noble und schöne Kunst.

Deshalb war Max auch so sauer darüber, dass er jetzt bei der Arbeit einen Riesenständer bekam. Er tat, was er konnte, um sich von der Erektion abzulenken, die das Leder seiner Hose spannte. Zwar versuchte er, sich auf die Einzelheiten seiner Arbeit zu konzentrieren, aber es war eines der schlichtesten Motive, ein von Blumen umranktes Herz, und er hätte es im Schlaf ausführen können. Dabei wäre er ganz sicher nicht bereit gewesen, es zu dieser abendlichen Stunde auf den rasierten Schamhügel der Hure zu tätowieren, hätte ihn nicht einer seiner allerbesten Kunden angerufen und ihn gefragt, ob er um 22 Uhr bei Max vorbeikommen könne. Da er ohnehin bis dahin herumhängen musste, dachte er, er könne genauso gut etwas Geld verdienen, als die Nutte an der Tür auftauchte.

»Auuu … das tut weh.« Die junge, hübsche Prostituierte wand sich, und Max musste die Tätowiernadel hastig zurückziehen. Ihre Vulva schob sich dicht vor Max' Gesicht hin und her, und er merkte, wie er noch ein bisschen steifer wurde.

»Nicht mehr lange«, sagte er ungeduldig. »Aber du musst still halten, damit ich keinen Fehler mache.«

Das Mädchen lächelte. »Das wird einfach schick aussehen!«, meinte sie und zuckte zusammen, als Max die Nadel wieder ansetzte. »Die anderen Mädchen lassen sich echt geschmackloses Zeug machen, aber ich hab gehört, dass du wirklich gut bist. Ein wahrer Künstler, sozusagen.«

»Ich fühle mich geehrt«, erwiderte Max wenig überzeugend. »Lass es mich nur noch beenden.« Er wischte die Tusche und das Blut von der Tätowierung, wobei sein Daumen über ihre Schamlippen streifte.

Das Mädchen kicherte wieder. »Weißt du, Schatz, wir könnten uns wegen der Bezahlung was einfallen lassen. Ich kann's nämlich gut auf Französisch …«

Max blickte hinauf in ihr Gesicht. Sie konnte nicht älter als neunzehn Jahre sein. »Nein danke.« Er wandte sich wieder seiner Arbeit zu. »Wenn du nichts dagegen hast, nehme ich lieber Bares.«

»Meinetwegen«, sagte sie. »Du weißt nicht, was dir entgeht.«

Max atmete lang und tief durch und versuchte, nicht an ihre Muschi zu denken. Sein Kunde würde bald eintreffen, und Max verspürte ein Beben der Vorfreude, denn der Mann war ein Kenner. Max hielt die Arbeit, die er an ihm vollbracht hatte, für sein Meisterwerk. Aber der Kunde hatte seine Bitte abgelehnt, ein Foto davon machen zu dürfen. Und Max hatte ihm nicht widersprochen. Der Mann war ein Gigant, und niemand hätte sich mit ihm gestritten. Aber seine Dimensionen waren ein Vorteil für Max, denn dadurch hatte er eine größere Hautoberfläche zur Verfügung. So hatte dieser Mann ihm ermöglicht, das größte Gemälde seiner Karriere herzustellen.

Es hatte Wochen und Monate gedauert, die Arbeit abzuschließen. Sein Kunde musste unglaubliche Schmerzen ertragen haben, denn ein großer Teil seiner Haut war entzündet gewesen. Doch er war einmal pro Woche wiedergekommen und hatte stets darauf bestanden, dass Max sein Geschäft schloss und sich Stunde um Stunde nur auf ihn konzentrierte. Und dieser Kunde wusste wirklich zu schätzen, was Max zu bieten hatte.

All das hatte gründliche Recherchen und Vorbereitungen erfordert, und während der Arbeit hatte Max dem Mann von der Brillanz seiner Kunst und darüber erzählt, wie er selbst ein blasses, kleines, kränkliches Kind mit einer künstlerischen Begabung gewesen sei, dem jedoch kaum jemand viel Aufmerksamkeit geschenkt habe. Mit zwölf Jahren habe er sich mit einer Nadel und etwas Tusche daran gemacht, seine erste Tätowierung anzufertigen. Auf seiner eigenen Haut. Zuerst habe er sich über die Moko-Tätowierungen der Maori in Neuseeland informiert. Die Maori lägen stundenlang wie in Trance da, während die »Tohungas«, die Tätowiermeister, die den gleichen Status wie Medizinmänner genossen, mit einer Nadel und einem winzigen Holzhammer an ihnen arbeiteten. Die Tohungas waren für Max die besten Könner der Tätowierkunst: Sie waren zugleich Bildhauer und Maler, denn sie färbten die Haut nicht nur, sondern gestalteten sie um. Ihre Kunst wurde dreidimensional, indem sie Falten und Erhebungen der Haut mit verarbeiteten. Und jedes Moko war einzigartig, nur für seinen Träger entworfen und angefertigt.

Genau um 22 Uhr ertönte der Summer. Max schloss die Tür auf und öffnete sie weit. Vor ihm stand die dunkle Gestalt eines riesigen Mannes. Er überragte Max und füllte den Türrahmen aus, bevor er sich stumm an dem Tätowierer vorbeischob und das Studio betrat. »Ich freue mich, Sie wiederzusehen«, sagte Max. »Es war eine Ehre, für Sie zu arbeiten… Was kann ich heute Abend für Sie tun?«

38.

Hamburg-St. Pauli, Mittwoch, den 14. April, 21.30 Uhr

Henk Hermann hatte Annas Einladung, mit ihr ein Glas trinken zu gehen, bereitwillig akzeptiert, doch in seinen Augen war eine Spur von Misstrauen gewesen.

»Keine Sorge«, hatte Anna ihn beruhigt. »Ich werde dich nicht vergewaltigen. Aber lass dein Auto hier am Präsidium stehen.«

Henk Hermann war noch unbehaglicher zumute gewesen, als Anna ein Taxi anrief, das die beiden im Kiez an der Bar »Weiße Maus« absetzte. Hier wimmelte es gewöhnlich von Gästen, aber an einem Abend wie diesem mitten in der Woche hatten sie keine Mühe, einen Tisch zu finden. Anna bestellte einen Rye and Dry und warf Henk einen Blick zu.

»Bier?«

Henk hob die Hände. »Ich bleibe lieber bei …«

»Einen Rye und Dry und ein Bier also«, sagte sie zu dem Kellner.

Hermann lachte. Er schaute das zierliche, hübsche Mädchen an, das ihm gegenüber saß. Kaum jemand hätte sie für eine Polizistin gehalten. Ihre großen, dunklen Augen wurden durch den etwas übertriebenen Lidschatten betont, ihre vollen, herzförmigen Lippen waren feuerwehrrot bemalt, und sie hatte ihr kurzes, schwarzes Haar fast stachelig gegelt. All das, verbunden mit ihrem üblichen Punkensemble aus T-Shirt, Jeans und übergroßer Lederjacke, hatte offenbar den Zweck, sie wehrhaft wirken zu lassen. Aber davon war keine Rede: Die Elemente verschworen sich miteinander, um ihre mädchenhafte Weiblichkeit noch stärker hervorzuheben. Doch Henk hatte gehört, dass sie hart im Nehmen war. Wirklich hart im Nehmen.

Anna plauderte halbherzig, während sie auf ihre Getränke warteten. Sie fragte Henk, was er von der Mordkommission halte, wie sich die Arbeit von seinen Pflichten als Schutzpolizist unterscheide, und machte überhaupt eine einfallslose Konversation. Die Getränke kamen.

»Ach, weißt du, du musst das hier nicht tun«, meinte Henk und trank einen Schluck Bier.

»Wie meinst du das?« Anna zog ihre dunklen Augenbrauen hoch, und ihr Gesicht ließ nur eine schulmädchenhafte Unschuld erkennen.

»Ich weiß, dass du mich nicht leiden kannst ... nein, das ist zu stark ausgedrückt. Ich weiß, dass du dich nicht sonderlich darüber freust, dass Herr Fabel mich ins Team aufgenommen hat.«

»Blödsinn«, widersprach Anna. Sie schlüpfte aus ihrer Lederjacke und legte sie über ihre Stuhllehne. Dabei glitt ihre Halskette unter ihrem T-Shirt hervor. Sie lehnte sich zurück und schob die Kette wieder unter das Hemd. »Er ist der Boss, und er weiß, was er tut. Wenn er meint, dass du der Aufgabe gewachsen bist, dann reicht mir das.«

»Aber du bist nicht froh darüber.«

Anna seufzte. Sie nahm einen ausgiebigen Schluck von ihrem Bourbon mit Ginger Ale. »Tut mir Leid, Henk. Ich weiß, dass ich nicht gerade den roten Teppich für dich ausgerollt habe. Es ist einfach ... Also, es fällt mir einfach schwer, mich mit Pauls Tod abzufinden. Fabel hat dir wahrscheinlich davon erzählt?«

Henk nickte.

»Schön, ich weiß, dass wir jemanden benötigen, der seinen Platz einnimmt. Oder, besser gesagt, ihn nicht ganz einnimmt. Verstehst du?«

»Ja, sehr gut«, sagte Henk. »Aber das ist, um ehrlich zu sein, nicht mein Problem. Mit dieser Vorgeschichte habe ich nichts zu tun. Du musst akzeptieren, dass ich ins Team gekommen bin und mein Bestes geben will. Ich habe Paul Lindemann nicht gekannt und war an der damaligen Fahndung nicht beteiligt.«

Anna nahm einen weiteren Schluck von ihrem Drink und rümpfte die Nase, als ihr die Flüssigkeit durch die Kehle rann. »Nein. Du irrst dich. Du hast etwas mit der Vorgeschichte zu tun. Wenn du zum Team gehörst, bist du auch ein Teil seiner Geschichte. In der Nacht dort draußen im Alten Land haben wir uns alle verändert. Ich, Maria – Gott weiß, wie sehr sich Maria verändert hat –, sogar Werner und Fabel. Und wir haben einen unserer Kollegen verloren. Damit schlagen wir uns immer noch herum.«

»Okay.« Henk beugte sich vor und stützte die Ellbogen auf den Tisch. »Erzähl mir davon.«

39.

Hamburg-Eppendorf, Mittwoch, den 14. April, 21.30 Uhr

Fabel brauchte Heinz Schnaubers Wohnung nicht lange zu suchen. Er kannte Eppendorf sehr gut, denn das Institut für Rechtsmedizin, das er so häufig aufsuchte, befand sich im dortigen Universitätsklinikum. Schnaubers Wohnung lag in einem der eleganten, im neunzehnten Jahrhundert gebauten Häuser an der noblen Eppendorfer Landstraße.

Schnauber erwartete ihn, doch als er die Tür öffnete, hielt Fabel ihm trotzdem seine ovale Kripo-Dienstmarke und seinen Ausweis hin. Der Mann war Mitte fünfzig, nicht allzu groß und schlank, ohne schmächtig zu wirken. Er führte Fabel in einen stilvollen Salon. Das Mobiliar entsprach der Epoche, aus der das Gebäude stammte, war jedoch weitaus bequemer als das in Vera Schillers Villa in Hausbruch.

Fabel wusste nie so recht, wie er auf schwule Männer reagieren sollte. Er betrachtete sich als weltgewandt, modern und rational, und er hatte nichts gegen Schwule, doch seine protestantische friesische Erziehung ließ ihn in ihrer Gesellschaft unsicher und verlegen werden. Er war zutiefst verärgert über seinen eigenen Provinzialismus, besonders als er sich seiner milden Überraschung darüber bewusst wurde, dass Schnauber eine sehr maskuline Sprechweise und ein ebensolches Verhalten an den Tag legte. Allerdings übersah Fabel den intensiven Schmerz in Schnaubers Augen nicht, wenn er sich über Laura von Klosterstadt äußerte. Ob Schnauber schwul war oder nicht, jedenfalls hatte er Laura geliebt. Es musste eine geradezu väterliche Liebe gewesen sein.

»Sie war meine Prinzessin«, erklärte Schnauber. »So nannte ich sie: ›meine kleine zerbrochene Prinzessin‹. Ich kann wirklich sagen, dass sie wie eine Tochter für mich war.«

»Wieso ›zerbrochen‹?«

Schnauber lächelte bitter. »Ich bin sicher, dass Sie auf alle möglichen gestörten Familien stoßen, Herr Kriminalhauptkommissar. Bei Ihrer Arbeit, meine ich. Eltern, die Junkies sind, kriminelle Kinder, Missbrauch und so weiter. Aber es gibt Familien, in denen man sich darauf versteht, die Probleme zu vertuschen. Ihre Leichen bleiben für immer im Keller. Na ja, wenn man so viel Geld und Einfluss hat wie die von Klosterstadts, kann man sich einen großen Keller leisten.«

Schnauber setzte sich auf das Sofa und lud Fabel mit einer Geste ein, auf einem großen Ledersessel mit hoher Rückenlehne Platz zu nehmen.

»Ich wollte Sie nach der Party fragen«, sagte Fabel. »Nach Laura von Klosterstadts Geburtstagsparty, meine ich. Ist es dort zu irgendwelchen außergewöhnlichen Vorfällen gekommen? Gab es beispielsweise ungebetene Gäste?«

Schnauber lachte. »Es gibt keine ungebetenen Gäste auf einem meiner Events, Herr Fabel.« Er betonte das *gibt.* »Nein, soweit ich weiß, hat sich nichts Ungewöhnliches oder Unangenehmes ereignet. Zwischen Laura und ihrer Mutter herrschte die übliche eisige Distanz. Und Hubert war wie immer ein hochnäsiger kleiner Drecksack. Aber davon abgesehen verlief die Party traumhaft. Auch ein paar Amerikaner waren gekommen, von einem exklusiven Segelbekleidungs-Hersteller aus New England. Sie wollten Laura als ›ihr Gesicht‹ unter Vertrag nehmen. Die Amis lieben ihr aristokratisches, europäisches Aussehen.« Seine Miene umwölkte sich noch mehr. »Arme Laura. Jede Geburtstagsparty, die sie als Kind feierte, diente den gesellschaftlichen Verpflichtungen ihrer Mutter. Als sie dann erwachsen war, erfüllten die Partys nur den Zweck, sie möglichen Kunden vorzustellen. Ich habe mich scheußlich dabei gefühlt, aber es war meine Aufgabe als Agent, sie möglichst bekannt zu machen.« Sein Blick traf sich mit dem von Fabel. Seine Augen waren ernst, als wolle er unbedingt, dass Fabel ihm glaubte. »Ich tat, was ich konnte, um die Partys zu mehr als dem üblichen Promi-Tamtam zu machen. Deshalb kaufte ich ihr immer kleine Überraschungsgeschenke zum Geburtstag oder besorgte ihr einen besonderen Kuchen – solche Dinge. Ich habe wirklich versucht, ihr auf den Partys Spaß zu verschaffen.«

»Ja, Herr Schnauber, ich verstehe.« Fabel lächelte. Er gestattete Schnauber, seine Gedanken zu sammeln, bevor er die nächste Frage stellte. »Sie sagten, die Klosterstadts hätten eine Menge Leichen im Keller. Was für Leichen? Ging in Lauras Familie etwas vor?«

Schnauber trat hinüber zum Getränkeschrank und schenkte sich recht unbeholfen, wie es Fabel schien, einen Single Malt ein. Er neigte die Flasche in Fabels Richtung und setzte eine fragende Miene auf.

»Nein, danke … Nicht im Dienst.«

Schnauber setzte sich wieder hin und kippte einen erheblichen Teil des allzu großen Scotch hinunter. »Haben Sie mit den Eltern gesprochen? Und mit Hubert?«

»Ja.«

»Der Vater ist ein Mistkerl. Sein Gehirn ist so dürftig, wie seine Brieftasche dick ist. Und er ist hemmungslos. Seit fünfzehn Jahren vögelt er eine Sekretärin nach der anderen. Andererseits ist das nicht schwer zu verstehen, wenn man sich seine Frau Margarethe anguckt.«

Fabel wirkte verwirrt. »Ich halte sie für eine sehr attraktive Frau. Offensichtlich eine frühere Schönheit, ähnlich wie später Laura.«

Schnauber lächelte bedeutungsvoll. »Manchmal... nein, meistens... bin ich verdammt dankbar dafür, schwul zu sein. Das macht mich auch immun gegen Margarethes Zauberkraft. Aber ich merke, dass Sie schon verhext sind, Herr Fabel. Glauben Sie für keine Minute, dass Margarethe gut im Bett ist, nur weil sie über solch eine sexuelle Ausstrahlung verfügt. Man kann nicht ficken, wenn man keine Eier mehr hat, und Margarethe ist ihr ganzes Leben lang damit beschäftigt gewesen, Männer zu kastrieren. Deshalb steckt Lauras Vater den Schwanz rein, wo immer er kann. Um zu beweisen, dass er ihn noch hat.« Er leerte sein Glas. »Aber das ist nicht der Grund, warum ich Margarethe von Klosterstadt hasse. Ich verachte sie wegen der Art, wie sie Laura behandelt hat. Es war, als hätte sie Laura eingesperrt und verhungern lassen – ohne Liebe, ohne Zuneigung, ohne die tausend kleinen Dinge, die eine Mutter und ihre Tochter verbinden.«

Fabel nickte nachdenklich. Nichts von alledem hatte direkt mit seinen Ermittlungen zu tun, aber der Whisky und der Kummer hatten Schnaubers Wut über einen ungerechten Tod freigesetzt, durch den ein ungerechtes und unglückliches Leben beendet worden war. Nun verstand Fabel, was das leere Zimmer und der Ausblick ins Nichts vom Schwimmbecken aus zu bedeuten hatten.

Schnauber stand auf, ging erneut zum Schrank hinüber und füllte sein Glas. Er blieb einen Moment lang mit der Flasche in der einen und dem Glas in der anderen Hand stehen und schaute aus dem Fenster, die Eppendorfer Landstraße entlang. »Manchmal hasse ich diese Stadt. Manchmal hasse ich es, ein verfluchter Norddeutscher mit all den Verklemmungen und all den Schuldgefühlen zu sein. Schuld ist etwas Schreckliches, nicht wahr?«

»Sie könnten Recht haben«, antwortete Fabel. Schnaubers Gesichtsausdruck kündigte jetzt etwas an, das Fabel während seiner Laufbahn schon oft gesehen hatte: die nervöse Unentschlossenheit eines Menschen, der kurz davor steht, ein Geheimnis zu enthüllen. Fabel durchbrach das Schweigen nicht und erlaubte Schnauber, eine Entscheidung zu treffen.

Schnauber wandte sich vom Fenster ab. »Sie erleben es wahrscheinlich dauernd. Als Polizist, meine ich. Ich wette, es gibt da draußen Leute, die die fürchterlichsten Verbrechen begehen – Mord, Vergewaltigung, Kindesmissbrauch – und die dabei überhaupt keine Schuldgefühle kennen.«

»Leider ja, solche Leute gibt es.«

»Und das macht mich wütend... dass man ohne Schuldgefühle nicht bestraft wird. Wie die alten Nazischeusale, die sich weigern, das Unrecht einzugestehen, das sie begangen haben, während die nächste Generation von einem Schuldgefühl für etwas gequält wird, das vor ihrer Geburt geschehen ist... Aber wir dürfen auch die andere Seite der Medaille nicht vergessen.« Schnauber setzte sich wieder auf das Sofa. »Menschen, die im Grunde nur kleine Sünden begehen und den Rest ihres Lebens von Schuldkomplexen heimgesucht werden.«

Fabel beugte sich in seinem Sessel vor. »Wurde Laura von solch einem Schuldkomplex heimgesucht?«

»Von einer der vielen Leichen im Keller der von Klosterstadts, ja. Von einer Abtreibung. Vor Jahren. Sie war fast noch ein Kind. Niemand weiß es. Die Sache wurde durch Sicherheitsmaßnahmen vertuscht. Margarethe hat alles arrangiert und dafür gesorgt, dass es geheim blieb. Aber Laura hat es mir erzählt. Sie hat Jahre dafür gebraucht, und es brach ihr das Herz.«

»Wer war der Vater des Kindes?«

»Ein Niemand. Das war sein Verbrechen: ein Niemand zu sein. Also ließ Margarethe ihn von der Bühne verschwinden.

Vor allem deshalb habe ich Laura meine ›zerbrochene Prinzessin‹ genannt. Ein medizinischer Eingriff von einer Stunde und eine lebenslange Schuld.« Schnauber nahm noch einen Schluck. Seine Augen röteten sich, aber offensichtlich nicht durch den Whisky. »Wissen Sie, was mich am traurigsten stimmt, Herr Kriminalhauptkommissar? Dass Laura, als das Ungeheuer sie umbrachte, wahrscheinlich meinte, es verdient zu haben.«

40.

Hamburg-St. Pauli, Mittwoch, den 14. März, 22 Uhr

Hermann lehnte sich in seinem Stuhl zurück. Er hatte Annas Beschreibung des Einsatzes gelauscht, bei dem Paul Lindemann getötet, Maria durch eine Stichwunde lebensgefährlich verletzt worden und Anna selbst nur knapp dem Tod entgangen war.

»Mein Gott, das muss schlimm gewesen sein. Ich verstehe, was du meinst. Natürlich habe ich davon gehört, aber nicht in allen Einzelheiten. Ich kann mir gut vorstellen, dass das Team erschüttert worden ist. Es muss eure Arbeit beeinträchtigt haben.«

»Ich weiß, dass es Fabel sehr zugesetzt hat. Hast du seine Miene gesehen, nachdem Werner von Olsen niedergeschlagen wurde? Er lässt nicht mehr zu, dass wir in eine gefährliche Situation geraten, bevor ein MEK-Kommando eintrifft. Wahrscheinlich muss er… müssen wir unser Selbstvertrauen zurückgewinnen.«

Es kam zu einem verlegenen Schweigen, als liege Henk etwas auf der Zunge, das er jedoch nicht aussprechen wollte.

»Was ist los?«, erkundigte sich Anna. »Nur zu. Was wolltest du mich fragen?«

»Es ist eine persönliche Sache. Ich hoffe, es macht dir nichts aus.«

Anna setzte eine neugierige Miene auf. »Also…«

»Es ist nur, dass ich deine Halskette gesehen habe.«

Das Lächeln wich von Annas Lippen, aber ihr Gesichtsausdruck blieb entspannt. Sie zog einen Davidstern aus ihrem T-Shirt. »Das hier? Beunruhigt es dich?«

»Nein… meine Güte, nein.« Henk sah plötzlich verwirrt aus. »Ich war bloß neugierig, weil ich gehört hatte, dass du in Israel in der Armee gedient hast. Und zurückgekommen bist.«

»Ist das so erstaunlich? Ich bin Deutsche. Hamburg ist meine Heimatstadt. Hier gehöre ich hin.« Sie beugte sich vor und flüsterte verschwörerisch: »Verrat's niemandem… aber es gibt fünftausend von uns in Hamburg.«

Henk war mehr als unbehaglich zumute. »Entschuldige. Ich hätte dich nicht fragen sollen.«

»Warum nicht? Findest du es seltsam, dass ich hier leben möchte?«

»Na ja, nach unserer schrecklichen Geschichte. Ich könnte es dir nicht verübeln, wenn du nicht in Deutschland leben wolltest.«

»Wie gesagt, ich bin zuerst Deutsche und dann Jüdin.« Sie schwieg ein paar Sekunden lang. »Weißt du, dass Hamburg bis zur Machtübernahme der Nazis eine der am wenigsten antisemitischen Städte in Europa war? In ganz Europa waren die Juden in ihrer Berufsausübung eingeschränkt, und auch ihr Stimmrecht war begrenzt. Aber nicht in der Hansestadt Hamburg. Deshalb hatte Hamburg, bis die Nazis an die Macht kamen, die größte jüdische Gemeinde in Deutschland: fünf Prozent der Bevölkerung. Sogar während der ›finsteren Zeit‹ wurden meine Großeltern von Hamburger Freunden versteckt. Das erforderte eine Menge Mut. Mehr Mut, als ich selbst gehabt hätte, um ehrlich zu sein. Jedenfalls ist Hamburg heute eine Stadt, in der ich mich wohlfühlen kann. Zu Hause. Ich bin keine Wüstenblume, Henk. Ich brauche immer wieder Regen.«

»Ich weiß nicht, ob ich so nachsichtig sein könnte …«

»Es hat nichts mit Nachsicht zu tun, Henk, sondern mit Genauigkeit und Wachsamkeit. Ich habe das, was unter den Nazis geschah, nicht erlebt. Und du auch nicht. Niemand in unserem Alter. Aber ich werde nicht vergessen, dass es geschah.« Sie drehte ihr Glas langsam in den Händen und lachte dann leise. »Außerdem bin ich nicht allzu nachsichtig. Du hast bestimmt gehört, dass ich hin und wieder in … *Auseinandersetzungen* gerate, wenn ich mich so ausdrücken darf.«

»Das habe ich gehört«, lachte Henk. »Es hatte mit einem Rechtsradikalen und einem Paar gequetschter Eier zu tun, oder?«

»Wenn ich diese traurigen Wichser mit ihren Glatzen und ihren Bomberjacken sehe, werde ich, gelinde ausgedrückt, ein bisschen wütend. Wie gesagt, ich bleibe wachsam. Und mein Bruder Julius hat sich in der jüdischen Gemeinde von Hamburg sehr engagiert. Er ist Sozialanwalt und sitzt im Vorstand der Deutsch-Jüdischen Gesellschaft. Außerdem arbeitet er nebenberuflich in der Talmudschule im Grindelviertel. Julius glaubt, dass man kulturelle Brücken bauen muss. Ich glaube an Wachsamkeit.«

»Das klingt so, als hieltest du die Meinung deines Bruders für falsch.«

»Wir brauchen keine kulturellen Brücken. Meine Kultur ist die deutsche. Das Gleiche galt für meine Eltern, Großeltern und deren Eltern. Wir sind nicht anders. Wenn ich mich selbst als anders einschätze und wenn du mich als anders behandelst, dann hat Hitler gesiegt. Mein Erbe hat einen zusätzlichen Aspekt, das ist alles. Ich bin stolz auf mein Erbe und stolz darauf, Jüdin zu sein. Aber das, was mich ausmacht, liegt hier in Deutschland.«

Henk bestellte noch eine Runde, und sie ließen ihrem Gespräch freien Lauf. Anna erfuhr, dass Henk zwei Schwestern und einen Bruder hatte und in Cuxhaven geboren worden war.

Aber er war noch als Kind mit seiner Familie nach Marmstorf gezogen, wo sein Vater eine Schlachterei hatte.

»Metzgerei Hermann – die beste in Süd-Hamburg«, sagte Henk. Er versuchte, einen gewissen Spott anklingen zu lassen, aber Anna lächelte, denn Henks aufrichtiger Stolz war nicht zu verkennen. »Wie die meisten Gemeinden an den Stadträndern von Hamburg wirkt Marmstorf fast wie ein Dorf. Ich weiß nicht, ob du es kennst. Im Zentrum stehen lauter alte Fachwerkhäuser.« Henk schien plötzlich traurig zu sein. »Ich habe noch immer ein Schuldgefühl, weil ich die Metzgerei meines Vaters nicht übernommen habe. Mein Bruder studiert Medizin an der Universität Hamburg. Und meine Schwestern haben auch kein Interesse an dem Geschäft. Die eine ist Buchhalterin, und die andere wohnt mit ihrem Mann und ihren Kindern in der Nähe von Köln. Mein Vater betreibt die Metzgerei noch, aber er wird allmählich zu alt. Wahrscheinlich hofft er immer noch, dass ich meinen Beruf aufgebe und den Laden übernehme.«

»Davon kann wohl keine Rede sein?«

»Nein, leider nicht. Ich wollte schon als Kind Polizist werden. Es war eines der Dinge, die man ganz genau weiß.« Er machte eine Pause. »Also, was meinst du? Bestehe ich die Prüfung?«

»Worauf willst du hinaus?«

»Na, darum geht es doch wohl, oder nicht? Herauszufinden, ob du mit mir zusammenarbeiten kannst.«

Anna grinste. »Wahrscheinlich bist du tauglich … aber das war nicht meine Absicht. Ich weiß, dass wir zusammenarbeiten müssen und dass ich nicht sehr entgegenkommend gewesen bin. Das bedaure ich. Aber du verstehst bestimmt, dass die Wunden noch nicht ganz geheilt sind. Nach Paul, meine ich. Egal …« Sie hob ihr Glas. »Willkommen bei der Mordkommission.«

41.

Hamburg-St. Pauli, Mittwoch, den 14. März, 22.15 Uhr

Max hatte sich daran gewöhnt, dass sein Kunde lange schwieg, während er an ihm arbeitete. Es war ihm als Zeichen des Interesses oder sogar der Bewunderung für das erschienen, was Max über sein Handwerk erzählte. Heute Abend jedoch hatte der riesige Mann überhaupt noch kein Wort gesagt, seit er durch die Tür getreten war, und nun stand er stumm in der Mitte von Max' Studio. Er beherrschte es, füllte es aus. Und nichts war zu hören außer seiner Atmung. Langsam. Schwer. Entschlossen.

»Stimmt etwas nicht? Ist alles in Ordnung?«, fragte Max.

Das Schweigen schien sich ewig hinzuziehen, bis der Mann schließlich sprach. »Bei meinem letzten Besuch habe ich Sie gebeten, keine Unterlagen zu führen. Und niemandem von mir zu erzählen. Dafür habe ich extra bezahlt. Haben Sie sich an meine Bitte gehalten?«

»Ja, selbstverständlich!«, beteuerte Max. Er wünschte, dass sich der große Mann hinsetzte. Dadurch, dass Max in der Enge des Studios so dicht vor ihm stand, bekam er Nackenschmerzen, während er zu dem anderen aufblickte. Der große Mann hob eine Hand. Er zog seinen Mantel und sein Hemd aus und enthüllte Max' Werk. Sein mächtiger, muskulöser Rumpf war mit Worten, Sätzen und ganzen Geschichten bedeckt, die Max ihm in schwarzer Fraktur in die Haut tätowiert hatte. Bei der geringsten Bewegung, bei jedem Zucken eines Muskels wanden sich die Worte, als wären sie lebendig.

»Stimmt das? Niemand weiß von Ihrer Arbeit an mir?«

»Niemand. Das schwöre ich. Es ist so wie bei einem Arzt mit seinem Patienten... Wenn Sie sagen, ich soll den Mund halten, dann halte ich den Mund. Aber es wäre schön, wenn ich darüber sprechen könnte. Verflucht noch mal, es ist die beste Arbeit, die ich je gemacht habe. Und das sage ich nicht nur, weil Sie mein Kunde sind.«

Der große Mann schwieg erneut. Auch diesmal war nur das Geräusch seiner Atmung zu hören, das das winzige Studio erfüllte. Tief, hallend aus dem tonnenartigen Brustkasten. Er atmete schneller.

»Sind Sie sicher, dass alles in Ordnung ist?«, fragte Max. Seine Stimme klang nun schrill, verursacht durch ein Gefühl zwischen Unbehagen und eindeutiger Furcht.

Keine Antwort. Stattdessen griff der große Mann nach seinem Mantel und holte etwas aus einer der Taschen hervor. Es war eine winzige Kindermaske aus Gummi. Eine Wolfsmaske. Er zog sie über sein breites Gesicht, und die wölfischen Züge spannten und verzerrten sich.

»Was soll die Witzmaske?« Max' Mund war trocken, und seine Stimme verzerrte sich seltsam. Er merkte, wie das Herz in seiner Brust hämmerte. »Hören Sie, ich habe noch viel zu erledigen. Das Studio ist nur Ihretwegen geöffnet. Also, wenn Sie etwas wollen…« Er gab sich alle Mühe, so etwas wie Autorität in seine gedehnte, verängstigte Stimme zu legen.

»Gescheiter Hans…« Der große Mann lächelte und neigte den Kopf zur Seite. Es war eine kindliche Geste, die bei einem Mann seiner Statur merkwürdig, unwirklich aussah. Sein gestreckter Hals verformte die Silben, die tief aus seiner Kehle drangen.

»Was? Ich heiße nicht Hans. Das wissen Sie doch. Ich heiße Max…«

»Gescheiter Hans«, wiederholte der große Mann und neigte den Kopf zur anderen Seite.

»Max… Ich bin Max. Hören Sie, Sie Riese, ich weiß nicht, was mit Ihnen los ist. Haben Sie sich vielleicht heute Abend was reingezogen? Sie sollten lieber wiederkommen, wenn…«

Der große Mann trat vor, schlug beide Hände gleichzeitig

an Max' Kopf, packte die Seiten wie mit einer Klammer und drückte kräftig zu.

»Oh«, sagt er. »Gescheiter Hans, gescheiter Hans.«

»Ich heiße nicht Hans! Ich heiße nicht Hans!« Max schrie jetzt. Seine gesamte Welt war von einer weißen, elektrischen Furcht erfüllt. »Ich bin Max! Erinnern Sie sich? Max! Der Tätowierer!«

Hinter der gedehnten, grotesken Maske schienen die Züge des großen Mannes plötzlich traurig zu werden, und sein Tonfall war bittend, wehmütig. »Gescheiter Hans, gescheiter Hans… warum wirfst du ihr keine freundlichen Augen zu?«

Max fühlte, wie seine Wangen an seine Zähne gedrückt wurden. Die Klammer an seinem Kopf quetschte und entstellte sein Gesicht.

»Gescheiter Hans, gescheiter Hans… warum wirfst du ihr keine freundlichen Augen zu?«

Max' Schrei wurde zu einem tierischen Wimmern, als sich die breiten Daumen des Angreifers unter seinen Augenbrauen, knapp oberhalb der Wölbung seiner Lider, ins Fleisch gruben. Der Druck verstärkte sich und wurde zu einem unerträglichen Schmerz. Die Daumen drangen tiefer in die Augenhöhlen. Max' Wimmern wurde zu einem plärrenden Gurgeln, als ihm die Augen aus dem Kopf gepresst wurden und Übelkeit in seiner Kehle aufstieg.

Nun erblindet, hing Max schlaff im unentrinnbaren Griff seines unglaublich starken Angreifers. Sein Universum blitzte und funkelte, und er glaubte sogar wieder die Umrisse des Mannes, wie in Neon geätzt, zu erkennen, während seine Sehnerven und sein Gehirn versuchten, mit dem plötzlichen Verlust seiner Augen fertig zu werden. Dann Finsternis. Die Klammer wurde entfernt. Aber bevor Max zu Boden sacken konnte, packte eine Hand sein Haar und riss ihn hoch. Ein Moment der Stille breitete sich in Max' Finsternis aus. Wieder konnte er nur den ebenmäßigen, tiefen Atem des Riesen hören, der ihn geblendet hatte. Dann das Geräusch von Metall, das aus etwas herausgezogen wurde. Vielleicht aus einer Lederscheide.

Max zuckte überrascht zusammen, als er den Hieb an seiner Kehle spürte. Ein Sekundenbruchteil, in dem er überlegte, warum der Mann nicht stärker zugeschlagen hatte, breitete sich aus zu einer Ewigkeit. Als Max begriff, dass seine Kehle durchgetrennt worden war und dass die Wärme, die wellenartig über seine Schultern und seine Brust strömte, von seinem Blut herrührte, wurde er bereits vom Tod übermannt.

Das Letzte, was er hörte, war die ungewöhnliche Mischung aus der tiefen, hallenden Stimme und dem kindlichen Tonfall seines Angreifers.

»Gescheiter Hans, gescheiter Hans… warum wirfst du ihr keine freundlichen Augen zu?«

42.

Hamburg-St. Pauli, Freitag, den 16. April, 19.40 Uhr

Was war das für ein Geruch? Ein unsauberer Geruch. Schwach, diffus und nicht identifizierbar, aber unangenehm. Scharf. Es war wie der Geruch, den er manchmal bei sich zu Hause wahrnahm. Aber nun schien er ihm zu folgen. Ihn heimzusuchen.

Bernd hatte die S-Bahn genommen. Es war schwierig, auf dem Kiez zu parken, und ihm gefiel die Anonymität öffentlicher Verkehrsmittel, wenn er einen seiner Ausflüge machte. Außerdem würde er wahrscheinlich ein paar Gläschen trinken. Danach.

Eine junge Frau saß ihm gegenüber in der S-Bahn. Sie war Anfang zwanzig und hatte jungenhaft kurz geschnittenes, blondes Haar mit einer rosa Strähne. Ihr Afghanenmantel reichte bis zur Hälfte ihrer Waden und war offen. Ihre Figur war üppig, fast drall, und das T-Shirt straffte sich über ihren Brüsten. Er starrte auf die blasse, glatte Haut zwischen dem unteren Rand ihres T-Shirts und dem niedrigen Bund ihrer Hipster-Jeans. In der Mitte des nackten Fleisches sah er das Grübchen ihres gepiercten und mit einem Stecker versehenen Bauchnabels.

Das Mädchen blickte hoch, und ihre Augen trafen sich. Er lächelte mit einer, wie er hoffte, spitzbübischen Miene, aber um seine Lippen bildete sich nur ein anzügliches Grinsen. Das Mädchen mimte ein angeekeltes Schaudern, schlug die Seiten ihres Mantels übereinander und legte sich ihre Umhängetasche auf den Schoß. Er zuckte die Achseln, behielt sein Lächeln jedoch bei. Nach ein paar Minuten, in denen seine Augen wieder den entzückenden, doch ihm verborgenen Kurven ihres jungen Körpers zu folgen versuchten, hielt die S-Bahn an der Königstraße. Das Mädchen sprang auf, als sich die automatische Tür öffnete, und funkelte ihn an. »Verpiss dich, du Kotzbrocken.«

Bernd fuhr weiter bis zur nächsten Station. Seine Vorfreude stieg, während er die Treppe hinaufging und in den Abend hinaustrat. Er atmete tief durch und merkte, dass der Geruch immer noch da war. Irgendwo zwischen der feuchten Abendluft und den Verkehrsschwaden. Und überall um ihn herum glänzte St. Pauli.

Die S-Bahnstation liegt im äußersten Westen der Sündigen Meile. Die Reeperbahn zieht sich durch den Kern des Stadtteils St. Pauli. In den Tagen, bevor die Gegend den Namen der örtlichen St. Paulskirche erhalten hatte, hieß sie Hamburger Berg. Es war ein Niemandsland zwischen zwei benachbarten, rivalisierenden Städten gewesen: zwischen dem deutschen Hamburg und dem dänischen Altona. Ein niedrig gelegenes, durchnässtes Sumpfgebiet, in dem beide Städte ihre Abfälle entsorgt hatten. Und ihre unerwünschten Personen. Die Leprakranken wurden hierher geschickt, um, von beiden Gemeinden ausgestoßen, unten am Fluss, im unwirtlichsten Teil eines ohnehin unwirtlichen Sumpfes, zu leben. Dann erhielten diejenigen, die nicht in die Zünfte von Altona oder Hamburg aufgenommen wurden, die Erlaubnis, ihr Gewerbe hier auszuüben. Unter ihnen waren die Taumacher oder Reepschläger, die der Reeperbahn ihren Namen verliehen. All diese Handwerker hatten die Freiheit, ihrer anderswo nicht genehmigten Beschäftigung nachzugehen, und die zweitberühmteste Straße der Gegend erhielt den Namen Große Freiheit.

Aber auch andere Gewerbe wurden von dieser großen Freiheit angezogen und gediehen in dem Gebiet. Das waren beispielsweise die Gewerbe der Prostituierten und der Pornografen.

Inzwischen waren die Dänen längst verschwunden, und Altona gehörte zu Hamburg. Aber die Gegend dazwischen blieb eine Halbwelt der Lüsternheit und der wilden Vulgarität. In den letzten Jahren hatte St. Pauli versucht, seine Unanständigkeit mit eleganten Bars, Nachtclubs, Discos und Theatern zu verdecken, aber in den schmalen Straßen, die von der Reeperbahn abzweigten, wurde immer noch mit Lust, Fleisch und Geld gehandelt.

Und hier hatte Bernd seine eigene große Freiheit gefunden. Irgendetwas, das er nicht erklären konnte, war in ihm vor kurzer Zeit abgelaufen. Eine Art Befreiung. Eine Loslösung von allen moralischen Zwängen, die ihn seit seiner Kindheit belastet hatten. Nun pirschte er durch die Nacht und ließ jedem dunklen Gelüst freien Lauf.

Dies war seine Lieblingsstelle, sein Ausgangspunkt. Er stand vor der S-Bahn, und die Reeperbahn erstreckte sich in eine Richtung, während die Große Freiheit von der anderen Straßenseite her frech glitzerte und einladend zu blinzeln schien. Es war nicht nur ein Ort, sondern auch eine Zeit: der helle, köstliche Moment zwischen Vorfreude und Erfüllung. Aber heute Abend war Bernds Verlangen stärker denn je, und er hatte keine Muße, den Augenblick zu genießen. Das Kribbeln dunkler Begierde, dass in der S-Bahn begonnen hatte, war wie immer zu einer unangenehmen Bedrängnis geworden, zu einem Druck, der gelindert, oder einem Geschwür, das aufgestochen werden musste.

Er schritt zielbewusst die Reeperbahn entlang und achtete nicht auf die Schaufenster mit bizarr proportionierten Sexartikeln oder auf die zudringliche Einladung der Anreißer an den »Videolounges«. Er bog in den Hans-Albers-Platz ein. Der Druck in seinem Unterleib und die Unruhe in seiner Brust erreichten eine neue Intensität, und er hätte schwören können, dass er den Geruch noch deutlicher wahrnahm, als wären die beiden Dinge miteinander verbunden, als vereinten sich in dem Duft Begierde und Abscheu. Er war kurz vor seinem Ziel und ließ die Barrieren hinter sich, welche die Herbertstraße, die hundert Meter lange Bordellstraße, vom übrigen Hamburg abschirmen.

Danach überquerte Bernd die Reeperbahn und steuerte auf ein kleines Lokal in der Hein-Hoyer-Straße zu. Es war eine typische St.-Pauli-Kneipe. Schlagermusik dröhnte aus der Jukebox, und die Wände waren mit Fischernetzen, Schiffsmodellen, Prinz-Heinrich-Mützen und den unvermeidlichen Fotos von mehr oder weniger berühmten Besuchern bedeckt. Ein Bild von Jan Fedder, dem in St. Pauli geborenen Star der langjährigen Polizei-Fernsehserie »Großstadtrevier«, war aus einer Zeitschrift ausgeschnitten und – neben einem verblassten Foto des berühmtesten Sohnes von St. Pauli, Hans Albers – an die Wand geklebt worden. Bernd bahnte sich einen Weg durch die Bar, bestellte ein Astra und lehnte sich an die Theke. Die Bardame war übergewichtig, hatte unreine Haut und wenig überzeugendes blondes Haar, doch er überlegte unwillkürlich, welche Chancen er bei ihr haben würde. Wieder bemerkte er den gleichen Geruch.

Dann wurde Bernd auf den riesigen Mann aufmerksam, der neben ihm an der Bar hochragte.

43.

Norddeich, Ostfriesland, Sonntag, den 18. April, 11.20 Uhr

»Ich weiß wirklich nicht, warum du diese Gegend nicht leiden kannst.« Susanne hielt ihr Gesicht in die Sonne und in die Brise, die ungehindert über die gewaltige Fläche des Wattenmeers, ungebrochen von Horizont zu Horizont, wehte. Sie spazierten am Sandstrand entlang, der in das glänzende Schwarz der Watten überging. Der feuchte Schlick drang zwischen Susannes nackten Zehen hindurch. »Ich finde sie wunderbar.«

»Und sie hat so viel zu bieten.« Gekünstelte Begeisterung kam in Fabels Lächeln und Tonfall zum Ausdruck. »Vielleicht können wir heute Nachmittag ein nettes Teemuseum besuchen oder im ›Wellenpark Ocean Wave‹ schwimmen gehen.«

»Das klingt beides Vertrauen erweckend«, erwiderte sie. »Es gibt keinen Grund, so sarkastisch zu sein. Ich glaube, im tiefsten Innern hasst du diesen Ort gar nicht so sehr, wie du behauptest.«

Eine Gruppe von Wattwanderern kam vorbei, und man grüßte sich mit »Moin, moin«. Geleitet wurden die Naturfreunde von einem lokalen Führer, und sie trugen Shorts über nackten Beinen, die von dem üppigen Schlick des Watts schwarz glänzten. Susanne hakte sich bei Fabel ein, zog ihn enger an sich und legte den Kopf auf seine Schulter, während sie weitergingen.

»Nein, ich hasse diese Gegend nicht«, beteuerte Fabel. »Es ist nur eine allgemeine Abneigung gegen den Ort, an dem wir aufgewachsen sind. Man will entkommen, besonders aus der Provinz. Ich hatte immer das Gefühl, dass es nichts Provinzielleres als Norddeich gibt.«

Susanne lachte. »Ganz Deutschland ist provinziell, Jan. Jeder hat sein Norddeich. Jeder hat seine Heimat.«

Er schüttelte den Kopf, und die steife Brise zerzauste sein blondes Haar. Auch Fabel war barfuss. Er trug ein altes Drillichhemd, eine verblichene blaue Windjacke und Chinos, die er sich bis über die Knöchel hochgekrempelt hatte. Seine hellblauen Augen verbargen sich hinter einer Sonnenbrille. Susanne hatte Fabel noch nie in so lässiger Kleidung gesehen. Dadurch wirkte er jungenhaft. »Vielleicht haben Märchen deshalb in Deutschland länger als anderswo Bestand gehabt… weil wir die Warnung befolgt haben, uns nie zu weit von dem Bekannten und Vertrauten und Behaglichen zu entfernen… von unserer Heimat. Aber dies hier ist nicht meine Heimat, Susanne. In Wirklichkeit gehöre ich nach Hamburg.« Er lächelte und steuerte sie sanft in einem weiten Bogen in die entgegengesetzte Richtung, bis sie auf die Küste blickten, wo sich die Farbe des Sandes von schimmerndem Braun zu Weißgold änderte und wo der Horizont vom dünnen, grünen Band der Deiche eingegrenzt wurde. »Lass uns umkehren.«

Sie gingen eine Zeit lang in besinnlichem Schweigen dahin. Dann zeigte Fabel auf den Deich vor ihnen. »Als Junge habe ich dort Stunden verbracht und aufs Meer hinausgeguckt. Es ist verblüffend, wie sehr sich der Himmel und die See hier ändern… und wie schnell.«

»Das kann ich mir vorstellen. Du bist wahrscheinlich ein sehr ernster kleiner Junge gewesen.«

»Du hast wohl mit meiner Mutter gesprochen.« Fabel lachte. Aus unerklärten Gründen hatte es ihm Sorgen bereitet, Susanne hierher mitzubringen und sie seiner Mutter vorzustellen. Vor allem, da er beschlossen hatte, diesen Besuch auf das Wochenende zu legen, das er gleichzeitig zusammen mit seiner Tochter verbringen würde. Aber wie an dem Abend mit Otto und Else waren Susannes Schönheit, Unbekümmertheit und Charme unwiderstehlich gewesen, sogar als sie angemerkt hatte, seine Mutter habe immer noch die Spur eines bezaubernden britischen Akzents.

Fabel war innerlich zusammengezuckt, denn seine Mutter war überzeugt davon, ein perfektes, akzentfreies Deutsch zu sprechen, und als Kinder hatten Fabel und sein Bruder Lex gelernt, ihre Mutter, die von Beruf Lehrerin war, nicht zu korrigieren, wenn sie den einen oder anderen Artikel verwechselte. Aber irgendwie hatte Susanne seiner Mutter das Gefühl vermittelt, ihr sei ein Kompliment gemacht worden.

Sie waren alle zusammen mit dem Auto aus Hamburg angereist. Susanne und Gabi hatten den größten Teil der Fahrt damit verbracht, gutmütige Scherze über Fabel zu machen. Die Reise und das Wochenende hier in Norddeich hatten Fabel gleichermaßen erfreut und verstört. Zum ersten Mal seit seiner Scheidung von Renate hatte er wieder die Empfindung gehabt, Teil einer Familie zu sein.

Am Morgen war Fabel als Erster aufgestanden und hatte Susanne weiterschlafen lassen. Gabi war schon früh nach Norden aufgebrochen, in die Stadt, in die Norddeich eingemeindet worden war. Er hatte zusammen mit seiner Mutter das Frühstück zubereitet und sie beobachtet, wie sie in der Küche die gleichen Handgriffe machte wie in seiner Kindheit. Aber nun bewegte sie sich trotz ihrer raschen und fast vollständigen Genesung langsamer, vorsichtiger. Und sie sah zerbrechlicher aus. Sie hatten sich über Fabels verstorbenen Vater, über seinen Bruder Lex und dessen Familie und dann über Susanne unterhalten. Fabels Mutter hatte ihm die Hand auf den Unterarm gelegt und ihm versichert: »Ich möchte nur, dass du wieder glücklich wirst, Junge.« Sie hatte englisch mit ihm gesprochen, denn dies war seit seiner Kindheit die Sprache der Vertraulichkeit zwischen ihm und seiner Mutter. Geradezu eine Geheimsprache.

Fabel wandte sich Susanne zu und bestätigte ihre Vermutung. »Du hast Recht, ich war vermutlich ein ernster kleiner Junge… Zu ernst. Als Junge und als Mann. Bei meinem letzten Besuch hier hat mein Bruder Lex genau das Gleiche gesagt. Ich hab früher immer auf dem Deich hinter dem Haus gesessen, aufs Meer geguckt und mir vorgestellt, wie die Langschiffe der

Angeln und Sachsen zur keltischen Küste von Britannien segelten. Das hielt ich für das Entscheidende an dieser Gegend, an dieser Küste. Ich blickte auf die See hinaus und war mir der Weite Europas hinter mir und des offenen Meeres vor mir bewusst. Wahrscheinlich hatte es auch damit zu tun, dass meine Mutter Britin ist. So vieles hat hier begonnen. England wurde hier geboren. Amerika auch. Die gesamte angelsächsische Welt von Kanada bis nach Neuseeland. Hier kamen sie zusammen, die Angeln, die Jüten, die Sachsen… all die Ingwäonen.« Er hielt inne, als hätten ihn seine eigenen Worte überrascht.

»Was ist?«, fragte Susanne.

Er lachte bitter. »Dieser Fall. Die Grimm-Geschichte. Ich kann mich einfach nicht davon lösen. Oder, genauer gesagt, ich scheine nie weit von einem oder beiden der Brüder Grimm entfernt zu sein.«

»Ich hoffe, wir gleiten nicht ins Berufliche ab.« Susanne übertrieb ihren warnenden Tonfall.

»Das liegt daran, dass ich die Ingwäonen erwähnt habe, das ›Volk des Meeres‹, die Kinder von Ing. Plötzlich fiel mir ein, wo ich zum ersten Mal von ihnen gelesen hatte… in der *Deutschen Mythologie* von Jacob Grimm. Man braucht nur irgendwo an der Oberfläche der deutschen Geschichte oder Philologie zu kratzen, und schon stößt man auf eine Verbindung zu den Grimms.« Er machte eine entschuldigende Geste. »Entschuldige. Das ist im Grunde nichts Berufliches, sondern ich habe gerade mit Gerhard Weiss, dem Schriftsteller, geredet. Er meint, dass wir uns alle für einzigartig hielten, aber nur Variationen desselben Themas seien. Und deshalb hätten Fabeln und Märchen eine unveränderliche Resonanz und Bedeutung. Aber ich kann mich des Gefühls nicht erwehren, dass die Grimm'schen Märchen so… so *deutsch* sind. Obwohl manche von ihnen Wurzeln und Parallelen außerhalb Deutschlands haben. Vielleicht ist es vergleichbar mit dem Gespür der Franzosen und Italiener für gutes Essen. Vielleicht haben wir einen

Instinkt, der sich auf Mythen und Sagen richtet. Das Nibelungenlied, die Brüder Grimm, Wagner und all das.«

Susanne zuckte die Achseln, und sie schwiegen erneut. Auf dem breiten Streifen aus weißgoldenem Sand und Dünen kehrten sie zu dem Strandkorb zurück, in dem sie ihre Handtücher und Schuhe abgelegt hatten. Sie setzten sich in den Strandkorb, der ihnen Schutz vor dem Wind bot, und küssten einander.

»Tja«, sagte Susanne, »wenn du mich nicht zur wunderbaren Wasserwelt des Wellenparks oder zu den kulturellen Reichtümern des Teemuseums ausführen willst, dann sollten wir vielleicht mit deiner Mutter und Gabi zum Mittagessen in ein schönes Restaurant fahren.«

44.

Hamburg-Ottensen, Sonntag, den 18. April, 22.20 Uhr

Maria Klee lehnte sich mit dem Rücken an ihre Wohnungstür, als wolle sie die Schranke zwischen ihrer Privatsphäre und der Außenwelt verstärken. Das Essen war großartig und die Verabredung eine Katastrophe gewesen. Sie hatten sich zum Abendessen im Restaurant Eisenstein getroffen, einer stilvoll umgebauten früheren Schiffsschraubenfabrik. Es war eines von Marias Lieblingsrestaurants und, da es sich in Ottensen befand, günstig für sie gelegen. Ihr Partner hieß Oskar, ein Anwalt, den sie durch gegenseitige Freunde kennen gelernt hatte. Oskar war intelligent, aufmerksam, charmant und attraktiv, und es hätte kaum einen besseren Kandidaten für einen festen Freund geben können.

Aber wann immer Maria das Gefühl hatte, dass er in ihren persönlichen Bereich vordrang, war sie zurückgeschreckt. So war es jedes Mal gewesen, seit sie fast erstochen worden wäre.

Bei jeder Verabredung, bei jedem Treffen mit einem Mann. Fabel, ihr Chef, ahnte nichts davon. Er durfte es nicht wissen, denn es bestand ein wirkliches Risiko, dass dies ihre Einsatzfähigkeit als Polizeibeamtin behinderte. Doch was immer ihr das Ungeheuer, das ihr das Messer in den Leib gejagt hatte, genommen haben mochte, es würde sie nicht auch noch ihrer Karriere berauben. Nun, da Werner Krankenurlaub hatte, um sich von Olsens Angriff zu erholen, war Maria Fabels einzige Stellvertreterin. Sie würde ihn nicht enttäuschen. Sie konnte ihn nicht enttäuschen.

Aber tief in ihrem Inneren brannte ein dunkles, unerbittliches Feuer der Furcht: Was würde im Ernstfall geschehen? Was würde geschehen, wenn sie wieder einem gefährlichen Straftäter gegenüberstand? Das war früher oder später unvermeidlich. Würde sie der Situation gewachsen sein?

Vorläufig kämpfte Maria bei jeder neuen Verabredung gegen die Panik an, die eine mögliche Intimität mit einem Mann in ihr aufkommen ließ. Oskar war höflich bis zuletzt gewesen, bis endlich der Zeitpunkt gekommen war, den Abend ohne allzu große Peinlichkeit zu beenden. Er hatte sie nach Hause gefahren, an der Tür ihres Wohnhauses abgesetzt und sich mit einem flüchtigen Kuss von ihr verabschiedet. Maria hatte ihm nicht angeboten, zu einem Kaffee hereinzukommen, und er hatte es offensichtlich auch nicht erwartet.

Maria streifte ihren Mantel ab und warf ihre Schlüssel in die Holzschüssel neben der Tür. Geistesabwesend ließ sie die Hand über das Schulterband ihres Kleides gleiten, bevor ihre Finger knapp unterhalb des Brustbeins über die Seide fuhren. Sie spürte nichts durch die feine Seide, aber sie wusste, was dort war. Ihre Narbe. Das Zeichen, das er hinterlassen hatte, als er ihr die Klinge in den Bauch stieß.

Sie zuckte kaum merklich zusammen, als an die Tür geklopft wurde. Dann seufzte sie irritiert. Oskar. Hatte er die Anspielung etwa nicht verstanden? Sie legte die Türkette vor, bevor sie den Griff niederdrückte. Fast fühlte sie sich enttäuscht, als sie sah, dass es nicht Oskar war, der draußen stand. Sie koppelte die Kette ab und hielt die Tür weit auf, um Anna Wolf und Henk Hermann einzulassen.

»Was gibt's?«, fragte sie, doch sie griff bereits nach der Schrankschublade neben der Tür, wo sie ihre Dienstpistole, eine Sig-Sauer, aufbewahrte.

»Unser gebildeter Freund ist wieder aktiv gewesen. Wir haben ein männliches Opfer. Diesmal im Sternschanzenpark... unter dem Wasserturm.«

»Habt ihr Fabel benachrichtigt?«

»Ja, aber er ist in Ostfriesland. Er hat mir gesagt, dass ich dich sofort zum Tatort bringen soll, damit die Ermittlungen eingeleitet werden können. Er ist bereits zurück auf dem Weg nach Hamburg und trifft uns später im Präsidium.« Anna lächelte, als Maria, ihre Sig-Sauer in der einen Hand, an ihrem schwarzen Abendkleid hinunterschaute, als überlege sie, wo sie das Halfter anbringen konnte. »Hübsches Kleid. Wir warten, bis du dich umgezogen hast.«

Maria lächelte dankend und ging in Richtung ihres Schlafzimmers.

»Oh, noch etwas«, sagte Anna. »Etwas besonders Feines... Der Scheißkerl hat ihm die Augen ausgedrückt.«

Die Schutzpolizei und das Spurensicherungsteam hatten bereits fünfzig Meter vom Tatort entfernt weiße Schirme aufgestellt. Die Leiche selbst war durch einen zweiten Absperrungsring geschützt. Die Szene war durch Scheinwerfer erhellt, und der mobile Generator, mit dem sie betrieben wurden, summte im Hintergrund. Um den Sternschanzenpark rangelten sich die jungen, ehrgeizigen Familien, die in die zunehmend beliebte Gegend zogen, mit den Drogenhändlern und Junkies, die den Park nach Einbruch der Dunkelheit heimsuchten. Heute Abend ragten die von den Scheinwerfern angestrahlten

Bäume drohend über die Szene, und hinter ihnen erhob sich der aus roten Ziegeln erbaute Wasserturm in den Nachthimmel.

Dieser Leichenfundort war, wie Maria feststellte, fast identisch mit dem des letzten Mordes: Laura von Klosterstadt war im Winterhuder Stadtpark im Schatten des Planetariums gefunden worden, das ursprünglich ebenfalls ein Wasserturm gewesen war. Der Mörder versuchte offenbar, ihnen etwas mitzuteilen. Maria verfluchte die Tatsache, dass sie nicht Fabels Fähigkeit besaß, die verdrehten Hinweise von Psychopathen zu deuten.

Der Dienst habende Leiter des Spurensicherungsteams war diesmal nicht Brauner, sondern ein jüngerer Mann, den sie nicht kannte. Maria verdrängte den Gedanken, dass dies ein Abend für Stellvertreter war. Als sie den abgesperrten Ereignisort betrat – die Hände in Latexhandschuhen und die Füße in Überschuhen –, tauschte sie ein geschäftsmäßiges Nicken mit dem Leiter des Spurensicherungsteams aus, und er stellte sich als Grueber vor. Er trug eine Brille, hinter der große, dunkle Augen funkelten. Sein fast noch jungenhaftes Gesicht war bleich, und sein dunkles Haar hing ihm nachlässig in die hohe, breite Stirn. Maria taufte ihn insgeheim »Harry Potter«.

In der Mitte des gesicherten Fundorts lag ein Mann, der von einem Leichenbestatter hätte aufgebahrt sein können. Er trug einen hellgrauen Anzug, ein weißes Hemd und eine goldfarbene Krawatte. Seine Hände waren über der Brust gefaltet, und zwischen ihnen hatte jemand eine blonde Locke hinterlassen, genau wie die Rose, die in Laura von Klosterstadts Händen gefunden worden war. Unter den gefalteten Händen konnte Maria einen dunkelroten Fleck auf dem weißen Hemd erkennen.

Die Augen waren verschwunden. Die gequetschten Lider hingen in die Höhlen hinein und bedeckten sie nicht ganz. Blut hatte sich dort verkrustet, wo die Augen gewesen waren.

Es war weniger Blut, als Maria erwartet hatte. Ihr Blick fiel immer wieder auf das augenlose Gesicht. Es war, als wäre mit den Augen auch die Menschlichkeit entfernt worden. Selbst wenn die Leiche mit geschlossenen Augen dagelegen hätte, wäre ihr etwas Menschliches geblieben.

»Erschossen?«, fragte sie Grueber und zeigte auf den Blutfleck unter den Händen. Es gab keine anderen offensichtlichen Wunden an dem Körper, die auf einen Kampf oder eine Messerstecherei hingedeutet hätten.

»Das habe ich noch nicht untersucht«, erwiderte Grueber. Er ging um die Leiche herum und kniete sich neben sie. »Könnte eine Kugel oder ein einzelner Messerstich gewesen sein. Aber das, womit die Augen entfernt wurden, war nicht scharf. Ich vermute, dass der Mörder sie mit den Daumen herausgepresst hat. Wir haben es mit einem Mörder zu tun, der ›Handarbeit‹ liebt.« Er stand auf und drehte sich zu Maria um. »Das Opfer ist ungefähr fünfunddreißig bis vierzig Jahre alt, männlich, wie wir sehen, einen Meter siebenundsiebzig groß und vielleicht fünfundsiebzig Kilo schwer. Um Nase und Lippen sind Kapillarrisse zu sehen, abgesehen von den Würgemalen am Hals. Das scheint also die Todesursache zu sein.«

»Die Sache mit den Augen … vor oder nach dem Tod?«

»Im Moment schwer zu sagen, aber der relative Blutmangel deutet auf einen Zeitpunkt nach oder kurz vor dem Tod hin. Allerdings wäre dabei ohnehin nicht viel Blut geflossen.«

Anna Wolf trat zusammen mit Henk Hermann unter den zur Abdeckung der Leiche aufgespannten Baldachin. Sie zuckte beim Anblick des augenlosen Gesichts zusammen.

Hermann kniete neben der Leiche nieder. »Ich wette, die Analyse wird zeigen, dass dies der fehlende Teil von Laura von Klosterstadts Haar ist.« Er wandte sich an Grueber. »Darf ich die Hände berühren? Ich vermute, dass wir unter einer von ihnen eine Nachricht des Mörders finden werden.«

»Lassen Sie mich das machen«, erwiderte Grueber. »Wie gesagt, ich glaube, dass unser Mörder ›Handarbeit‹ liebt. Vielleicht hat sich das Opfer gewehrt. Vielleicht hat es Hautzellen des Mörders unter den Fingernägeln.« Behutsam hob er eine Hand, schob sie ein wenig zur Seite, nahm die Haarsträhne und ließ sie in eine Spurensicherungstüte gleiten. Er hob die zweite Hand. Darunter lag ein kleiner Zettel aus gelbem Notizpapier.

»Da ist er«, rief Hermann. Grueber hob den Zettel mit einer Pinzette auf und legte ihn ebenfalls in einen durchsichtigen Plastikbeutel. Er reichte ihn Hermann, der den Beutel ins Scheinwerferlicht hielt und den Zettel musterte. »Rapunzel, Rapunzel, lass mir dein Haar herunter.« Wieder war die Schrift klein, straff und mit der gleichen roten Tinte geschrieben. »Rapunzel, Rapunzel, lass mir dein Haar herunter«, las Hermann laut vor.

»Prächtig«, sagte Maria. »Nun hat er also Nummer vier auf dem Gewissen.«

»Nummer fünf«, meinte Anna, »wenn wir Paula Ehlers mitrechnen.«

Grueber untersuchte die Hemdbrust, öffnete vorsichtig einen Knopf und betrachtete die Wunde darunter. Er schüttelte den Kopf. »Komisch ... Er ist nicht erschossen worden. Sieht nach einer einzelnen Stichwunde aus. Warum hat er sich nicht verteidigt?«

»Und was soll das mit den Augen?«, fragte Henk Hermann. »Sieht so aus, als wenn der Knabe jetzt Trophäen sammelt.«

»Nein«, widersprach Maria und schaute zum Wasserturm empor. »Er hat sie nicht als Trophäen genommen. Dies« – sie deutete mit einer leichten Kopfbewegung auf die Leiche – »soll der Prinz sein. In dem Märchen von Rapunzel wird die Prinzessin von ihrer Stiefmutter, der Zauberin, in einen Turm gesperrt. Als sie herausfindet, dass Rapunzel und der Prinz sich heimlich treffen, stellt die Zauberin dem Prinzen eine Falle. Er springt vom Turm und wird von Dornen geblendet.«

Anna und Henk setzten eine beeindruckte Miene auf.

Maria lächelte bitter. »Fabel ist nicht der Einzige, der Märchen liest.«

Zu dem Zeitpunkt, als Fabel das Präsidium erreichte, war die Identität des augenlosen Mannes im Sternenschanzenpark bereits festgestellt worden: Er hieß Bernd Ungerer, war Vertreter für Gastronomiegeräte und kam aus Ottensen. Man hatte die Fotos der Leiche und des Fundorts entwickelt und sie an die Schautafel gehängt. Fabel hatte Maria mit seinem Handy angerufen und sie gebeten, das gesamte Team zusammenzuholen, darunter Petra Maas, Hans Rödger und Kommissar Klatt von der Kripo Norderstedt.

Es war zwei Uhr morgens, als sich alle im Hauptbüro der Mordkommission versammelt hatten. Jeder der Anwesenden schien unter der Wirkung der gleichen Mischung aus Müdigkeit, Adrenalin und Kaffee zu stehen. Nur das neueste Teammitglied, Henk Hermann, hätte nicht frischer – oder eifriger – aussehen können.

Nachdem Maria alle bekannten Einzelheiten über das Opfer und die bisher vorliegenden Fakten vorgetragen hatte, musterte Fabel die Schautafel. Sein Blick schweifte zwischen dem Fundort der Leiche von Laura von Klosterstadt und den Bildern aus dem Sternschanzenpark hin und her, dann weiter zu den anderen Fotos aus dem Naturpark Harburger Berge und der Aufnahme von Martha Schmidts Leiche am Blankeneser Strand. Nach einem fast endlosen Schweigen drehte Fabel sich zum Team um.

»Der Mörder teilt uns etwas mit«, sagte er schließlich. »Ich konnte es zuerst nicht herauskriegen, aber dann halfen mir die Wassertürme weiter. Er verbindet die Morde miteinander, und nicht nur durch die Motive aus den Grimm'schen Märchen. Er lässt uns wissen, was er als Nächstes tun wird… oder wenigstens macht er Andeutungen.« Fabel trat vor die Bilder von Martha Schmidt und schlug mit der Hand an ein Foto des toten Mädchens. »Wir haben immer vermutet, dass er Paula Ehlers ermordet hat. Nun bin ich davon überzeugt. Deshalb hat er die Wechselbalg-Geschichte für Martha Schmidt verwendet. Er hat Martha ausgewählt, weil sie so viel Ähnlichkeit mit Paula hatte, und verband ihren Tod mit dem Grimm'schen Märchen vom Wechselbalg... um uns zu zeigen, dass es eine Leiche gab, die wir noch nicht gefunden haben. Er benutzte Marthas Gesicht, um uns mitzuteilen, dass er Paula getötet hat.«

Fabel legte die Hand auf ein zweites Bild: eine Panoramaaufnahme des Elbstrandes, an dem Martha gefunden worden war. »Aber er hat bei seinen Geständnissen nicht nur zurückgeblickt, sondern auch nach vorn.« Fabel wies auf den Hintergrund des Bildes, wo sich die Terrassen von Blankenese steil vom Strand erhoben. Über den Bäumen und dem Gebüsch ragte der Teil eines Gebäudes hervor. »Das ist der Swimmingpool-Anbau von Laura von Klosterstadts Villa. Er hatte sich Laura bereits als Opfer ausgewählt und Marthas Leiche in Sichtweite von Lauras Haus hingelegt. Laura war schon sein Dornröschen, durch ihren Reichtum und ihre gesellschaftliche Stellung abgetrennt von ›unterirdischen‹ Menschen wie der armen Martha.« Er trat hinüber zu dem Abschnitt der Tafel mit den Bildern zum Klosterstadt-Mord. »Und hier haben wir ein Opfer, das unter einem Wahrzeichen aus zwei Grimm'schen Märchen, dem Turm, in Pose gelegt ist. Hier vermischt er zwar seine Metaphern, aber auf beherrschte Art. Das Planetarium im Winterhuder Stadtpark steht gleichzeitig für Rapunzels Turm und für Dornröschens Schloss.« Er näherte sich der Nahaufnahme von Laura von Klosterstadts Haar mit der herausgeschnittenen Locke. »Und dann legt er ihr Haar in die Hände seines nächsten Opfers und drückt dessen Augen aus, damit die Beziehung zum Märchen von Rapunzel hergestellt wird.«

»Was ist mit dem Doppelmord im Naturpark Harburger Berge? Wie passt der ins Bild?«, fragte Anna.

Fabel rieb sich nachdenklich das Kinn. »Es könnte sein,

dass sich die Verbindung auf die Gegend beschränkt. Zwei Morde, ein Ort; zwei Gestalten, eine Geschichte. Das Märchen, Hänsel und Gretel, liefert die Verbindung. Aber daran glaube ich nicht. Am Anfang dachte ich, dass die Morde im Naturpark nichts mit den anderen zu tun hatten, sondern durch Olsens sexuelle Eifersucht ausgelöst worden waren. Aber das stimmt auch nicht. Ich meine inzwischen, dass die Morde im Naturpark mit einem oder mehreren weiteren Morden in Verbindung stehen, aber nicht mit denen, die bisher geschehen sind. Es gibt ein Bindeglied zu einem Mord, der noch begangen werden muss, und ich glaube, dass wir dann einen Querverweis – eine weitere Anspielung auf ein Märchen – zu einem oder mehreren der uns schon bekannten Morde erhalten werden. Und ich habe das Gefühl, dass diese Verbindung etwas mit den fehlenden Augen zu tun hat.«

Nach der Besprechung saß Fabel allein in seinem Büro. Das einzige Licht stammte von seiner Schreibtischlampe, die eine helle Scheibe auf die Tischplatte warf. In diesen Lichtkreis legte Fabel den Skizzenblock, in den er die Details der Schautafel sowie seine eigenen Kommentare eingetragen hatte.

Fabels gesamtes Bewusstsein richtete sich auf diese kleine, helle Fläche. Er ergänzte den Inhalt des Skizzenblocks um die Einzelheiten des neuesten Mordes. Sie würden in den kommenden Tagen mehr über das letzte Opfer erfahren, doch vorläufig wussten sie, dass Bernd Ungerer ein zweiundvierzigjähriger Vertreter war und für ein in Frankfurt ansässiges Unternehmen Gastronomiegeräte vertrieb. Anscheinend war Ungerer der einzige für Hamburg und Norddeutschland zuständige Vertreter der Firma. Er war verheiratet, hatte drei Kinder und wohnte in Ottensen. Fabel starrte auf die nüchternen Tatsachen, die er niedergeschrieben hatte. Was war das für eine Welt, in der ein Vertreter mittleren Alters durch einen Stich ins Herz endete, wonach ihm die Augen aus dem Kopf gerissen wurden?

Fabel konzentrierte sich auf die weiße Seite voller Anmerkungen in schwarzem Filzstift und roter Filzstiftlinien, die Namen, Orte und Kommentare miteinander verbanden. Er begann, die seltsamen Formeln der Ermittlung niederzuschreiben: Paula Ehlers + Martha Schmidt = Der Wechselbalg; Martha Schmidt »unten platziert« + Laura von Klosterstadt »oben platziert« = Der Wechselbalg/Dornröschen; Grünn + Markus Schiller = Hänsel und Gretel; Bernd Ungerer + Laura von Klosterstadt = Rapunzel. Mindestens eine Gleichung fehlte.

Er starrte auf die Seite, als wolle er ihr die Lösung abringen. Dann schrieb er: Grünn/Schiller + Bernd Ungerer ? = ?. Er strich die Zeile durch und notierte: Grünn/Schiller + ? = ?; Ungerer + ? = ?. Mehr wollte die Seite Fabels hartnäckigem Blick zum Trotz nicht preisgeben. Er spürte, wie sich Besorgnis in seinem Magen zusammenballte: Die noch fehlenden Stücke würden durch weitere Morde geliefert werden. Irgendjemand würde mit Angst, Schmerz und mit dem Leben für Fabels Unfähigkeit, das Gesamtbild zu sehen, bezahlen müssen.

Olsen. Fendrich. Weiss. Gab es hier noch eine andere Gleichung? Irrte sich Fabel mit seiner Annahme, dass es sich um einen einzelnen Mörder handelte? Hatte er es mit Olsen plus Fendrich, Weiss oder einem anderen zu tun? Er öffnete seine Schreibtischschublade und holte ein Exemplar von Weiss' Buch hervor. Er hatte die *Märchenstraße* bereits von Anfang bis Ende gelesen, aber nun hatte er ein spezifisches Thema im Visier. Eines der Kapitel hieß »Rapunzel«. Wiederum wurde die Erzählung mit der Stimme des fiktiven Jacob Grimm wiedergegeben.

In Rapunzel verbirgt sich, wie in jeder dieser Geschichten, eine Darstellung des ursprünglichen Guten und Bösen; ein Verständnis der Kräfte der Schöpfung und des Lebens; der Zerstörung und des Todes. Ich habe in diesen alten Sagen und Erzählungen eine solche Gemeinsamkeit der Themen gefunden, dass sich die Vermutung an-

bietet, ihre Wurzeln lägen nicht einfach in unserer nicht schriftlich festgehaltenen heidnischen Vergangenheit, sondern in den frühesten Ausdrucksformen jener ursprünglichsten Kraft. Mehr noch, einige der Geschichten müssen tief aus der frühen Gemeinschaft des Menschen herrühren, als unsere Zahl auf der Erde noch gering war. Wie sonst lässt sich erklären, dass das Märchen von Aschenputtel in fast identischer Form nicht nur in ganz Europa, sondern auch in China existiert?

Von diesen ursprünglichen Kräften erhält die Natur, wie ich entdeckt habe, in ihrer großzügigsten und zerstörerischsten Form besonders häufig menschliche Gestalt. Die Mutter. Die mütterlichen und die natürlichen Kräfte werden sehr oft als parallele Elemente gesehen, und in den alten Volkssagen und -märchen verkörpert die Mutter beide. Die Natur spendet Leben, nährt und unterstützt, aber sie ist auch zu Wut und Grausamkeit fähig. Diese Dichotomie des Wesens der Natur wird in den Geschichten durch die doppelte (und manchmal dreifache, wenn man das Motiv der Großmutter mitrechnet) Darstellung der Mütterlichkeit überwunden.

Es gibt das Bild der Mutter selbst, die gemeinhin Herd und Heim und alles Gute und Gesunde repräsentiert. Sie bietet Sicherheit und Schutz, sie nährt und leistet Beistand, sie spendet Leben. Das Motiv der Stiefmutter dagegen wird oft benutzt, um die Verneinung normaler mütterlicher Instinkte auszudrücken. Die Stiefmutter ist es, die ihren Ehemann überredet, Hänsel und Gretel im Wald auszusetzen; die Stiefmutter ist es, die, von wahnsinnigem Neid und von Eitelkeit getrieben, den Tod Schneewittchens anstrebt. In Gestalt der bösen Zauberin ist es die Stiefmutter, die Rapunzel entführt und peinigt.

In der Stadt Lübeck wohnte eine schöne und vermögende Witwe, die ich Frau X nennen werde. Frau X hatte selbst kein Kind geboren, wurde jedoch zum Vormund Imogens, der Tochter ihres verstorbenen Gatten aus einer früheren Ehe. Imogens Schönheit ließ sich in jeder Hinsicht mit der ihrer Stiefmutter vergleichen, und sie besaß ein Vermögen, das bei Frau X mit jedem Tag abnahm: Jugend. Ich muss betonen, dass weder ich noch sonst jemand den geringsten Grund zu der Annahme hatte, Frau X sei neidisch auf Imogen oder ihr in irgendeiner Weise übel gesonnen. Im Gegenteil, sie schien ihr Mündel höchst fürsorglich und liebevoll zu behandeln, als wäre es ihr eigenes Kind. Aber das machte nichts. Es genügte, dass ich eine schöne Stiefmutter und eine ebensolche Tochter gefunden hatte, eines der gebräuchlichsten Märchenmotive. Da Imogen kein dunkles Haar hatte, konnte ich sie nicht Schneeweißchen spielen lassen. Dafür besaß sie glänzende goldene Haare, auf die sie offenbar recht stolz war. Ich hatte meine Rapunzel gefunden! Ich vermied es, irgendeinen Kontakt zu Frau X oder Imogen entstehen zu lassen, denn das hätte mich in Zukunft belasten können, und machte mich daran, meine Nachschöpfung zu planen.

Im Laufe der vorhergehenden Monate hatte ich eine große Menge Laudanum erworben. Ich erhielt es nach und nach, indem ich auf meinen Reisen verschiedene Ärzte wegen vorgeblicher Schlaflosigkeit aufsuchte. Wieder machte ich mich über die Bewegungen meines Objekts kundig und wählte die beste Gelegenheit zuzuschlagen. Imogen begab sich täglich auf einen Spaziergang in dem bewaldeten Park im Norden der Stadt. Als junge Dame aus gutem Hause wurde sie stets von einer Gefährtin begleitet. Ich kannte weder die Identität von Imogens Anstandsdame, noch hatte ich das geringste Interesse an ihr, doch sie war eine stumpfe, reizlose Begleiterin, wie sie sich schöne Frauen üblicherweise wählen, um ihre eigene Wohlgestalt hervorzuheben. Ich begann die Gefährtin wegen der Albernheit ihrer Kopfbedeckung zu verabscheuen: einer lächerlich bunten Haube, für die sie sich vermutlich in der irrigen Annahme entschied, sie mildere die Schlichtheit ihrer Züge.

Auf einer bestimmten Strecke des Pfades waren die beiden Spaziergängerinnen zeitweilig vor den anderen Parkbesuchern verborgen. Und an jenem Tag hatte der verhangene Himmel viele daran gehindert, sich ins Freie zu begeben, was mir glücklicherweise eine Flucht im Schutz der Bäume gestattete. Ich näherte mich den Frauen von hinten und schlug, nicht ohne Genuss, mit einer schwe-

ren Eisenstange, die ich unter meinem Umhang versteckt hatte, auf den albern geschmückten Kopf der Begleiterin ein. Doch ich war in einer solchen Eile, Imogen zu überwältigen, dass ich nur die flüchtigste Befriedigung über die Art empfinden konnte, mit der ich die lächerliche Haube der Begleiterin in ihren zerschmetterten Schädel gezwungen hatte.

Imogen begann jedoch zu schreien, und ich war genötigt, ihr einen kräftigen Hieb ans Kinn zu versetzen. Das beunruhigte mich sehr, denn jegliche Beschädigung ihrer Schönheit gefährdete den Erfolg meiner Nachschöpfung. Ich hob sie auf und trug sie zwischen die Bäume, gerade weit genug, dass sie außer Sicht war. Dann zerrte ich die tote Gefährtin in den Wald. Eine Blutlache hatte sich um ihren hässlichen Kopf gebildet und besudelte das Pflaster, während sich ihre Haube von ihrem zerschmetterten Schädel trennte und eine graue Masse hervorquoll. Ich muss zu meiner großen Beschämung gestehen, dass ich einen recht üblen Fluch ausstieß, als ich sie hinwegschleifte. Nachdem ich einige reichlich mit Blättern bestückte Zweige gesammelt hatte, kehrte ich zurück, um den Schmutz wegzufegen, aber es gelang mir nur, den Fleck noch weiter auszubreiten.

Ich wusste, dass ich die Entdeckung – die wohl baldige Entdeckung – der Leiche nicht verhindern konnte, doch das focht mich nicht an, denn es war einzig wichtig, Imogen rasch und unbemerkt aus dem Park fortzubringen. Ich hatte eine Droschke am fernen Ende des Waldes zurückgelassen, hievte mir Imogen über die Schulter und trug sie mit der Hast davon, die mir meine Bürde und das Gelände erlaubten. Imogen begann, sich zu rühren, als ich sie in meine Kutsche legte, aber ich machte sie gefügig, indem ich ihr ein wenig Laudanum in die Kehle träufelte.

Ich hatte mich als Kutscher verkleidet, und nachdem ich Imogen in der Kabine der Droschke untergebracht hatte, kletterte ich auf den Bock der Droschke und entschwand ohne Eile. Niemand hatte mich bei meiner Entführung bemerkt. Mehr noch: Durch einen sehr glücklichen Zufall wurde die Leiche der Gefährtin nicht innerhalb von Minuten, wie ich befürchtet hatte, sondern erst viel später am

Tag gefunden, nachdem Leute aus der Stadt, die sich um die Sicherheit der verschwundenen Damen sorgten, eine Suche eingeleitet hatten.

Der Notwendigkeit eines Verstecks eingedenk hatte ich mir in Lübeck eine von dem Quartier meines Bruders getrennte Unterkunft verschafft: ein kleines Haus am Stadtrand. Nach Einbruch der Dunkelheit schleppte ich Imogen, die ich fortan »Rapunzel« nennen werde, ins Haus und trug sie ins Kellergeschoss hinunter. Dort fesselte ich sie straff, verabreichte ihr noch etwas mehr Laudanum und knebelte sie, damit sie nicht in meiner Abwesenheit, sollte sie wach genug werden, Passanten durch ihre Schreie alarmierte.

Dann schloss ich mich meinem Bruder zu einer prächtigen Mahlzeit aus frisch erlegtem Wildbret an. Ich gestattete mir einen Augenblick der Belustigung bei dem Gedanken, solches Fleisch zu genießen, da ich doch selbst gerade direkt von der Jagd gekommen war. Ich merkte jedoch, dass mich mein Sinnen über meine Jagdbeute männliche Erregung verspüren ließ, und ich verbannte den Gedanken aus meinem Geist.

In mein Quartier zurückgekehrt, stellte ich fest, dass meine schöne Rapunzel aus ihrem Schlummer erwacht war. Rapunzel oder Dornröschen? Die Misslichkeit war mir schon zuvor aufgefallen: Diese Erzählungen sind im Wesentlichen Variationen und keine gesonderten Geschichten. Bei beiden hatte mein Bruder darauf bestanden, die Darstellung ein wenig »gesitteter« zu machen, indem wir Dornröschen durch einen Kuss erwecken ließen. In dem Original, dass wir gefunden hatten, wird sie dagegen in ihrem hundertjährigen Schlaf von einem verheirateten König, keinem Prinzen, entdeckt, der mehrere Male Beischlaf mit ihr hat. Erst nachdem sie Zwillinge gebiert und einer bei dem Versuch zu säugen den Splitter aus ihrem Daumen entfernt, erwacht sie aus ihrem Zauberschlaf.

Auch in dem Märchen von Rapunzel ist die junge Prinzessin in ihrem Turm nicht so keusch, wie spätere Versionen, darunter die von uns aufgezeichnete, vermuten lassen. Wiederum wird ein Schleier darüber gelegt, dass Rapunzel nach ihren Begegnungen mit dem

Prinzen zwei Kinder zur Welt bringt. Das spiegelt die Moral einer früheren Zeit wider, als christliche Werte einen geringeren oder überhaupt keinen Einfluss hatten. Sowohl Rapunzel als auch Dornröschen gebären in der ursprünglichen Fassung Kinder aus nichtehelichen Beziehungen …«

Fabel legte das Buch nieder. Er erinnerte sich an das, was Heinz Schnauber über Laura von Klosterstadts geheime Schwangerschaft und Abtreibung gesagt hatte. Wenn der Mörder dem Vorbild authentischer, ursprünglicher Versionen der Märchen oder dem Inhalt von Weiss' Buch folgte, dann erhöhte Lauras Vorgeschichte ihre »Tauglichkeit« als Opfer. Aber es war ein sorgfältig gehütetes Geheimnis gewesen. Wenn der Mörder davon wusste, verfügte er über intime Kenntnisse der Familie von Klosterstadt. Oder er war der Vater. Fabel las weiter.

Zur wahrheitsgetreuen Nachahmung des Märchens war ich deshalb gezwungen, meine Rapunzel zu schänden, aber erst nachdem sie eingeschlafen war. Sie betrachtete mich mit flehenden Augen, die sie ungemein reizlos werden ließen. Als ich ihr den Knebel entfernte, bettelte sie um ihr Leben. Interessanterweise bat sie, obwohl eine Frau von Stand, nicht darum, ihre Tugend zu schonen. Diese hätte sie ohne Zögern aufgegeben, wäre ihr Überleben dadurch gesichert worden. Ich ließ sie erneut Laudanum trinken, und die Ruhe und Schönheit ihres Gesichts und ihrer Gestalt wurden wiederhergestellt.

Sobald ich ihre Kleidung entfernt hatte, wurde ich von der Schönheit ihres Körpers berauscht, und ich gebe zu, dass ich mich einige Male an ihrem Fleisch labte, während sie schlief. Dann legte ich sanft ein Seidenkissen auf ihr Gesicht. Es kam zu keinem erbitterten letzten Kampf ums Leben, und sie gab ihren Geist auf.

Wieder legte Fabel das Buch hin, diesmal um Laura von Klosterstadts Autopsiebericht hervorzuholen. Ihr Körper wies keinerlei Spuren sexueller Gewalt auf; vielmehr schien sie seit einiger Zeit enthaltsam gelebt zu haben. Er wandte sich wieder der *Märchenstraße* zu.

Am folgenden Abend kehrte ich in den Park zurück und legte meine Rapunzel in seine Mitte unter dem Zierturm. Der Mond schien hell und beleuchtete ihre Schönheit. Ich bürstete ihr glänzendes Haar aus, das im Mondlicht wie Weißgold schimmerte. Dort ließ ich sie, meine Rapunzel, zurück, damit andere sie finden und der alten Märchen gedenken konnten.

Ich hielt meine Nachschöpfung für vollständig und war höchst zufrieden damit. Es war eine große und willkommene Überraschung, als sich ein paar Tage später herausstellte, dass Frau X zum Gegenstand von Gerüchten und Mutmaßungen über ihre Rolle beim Tod ihrer Stieftochter geworden war. Der Verdacht – allerdings nicht von offizieller Seite – war so ausgeprägt, dass nicht nur ihr gesellschaftliches Ansehen in der Lübecker Oberschicht völlig zerstört wurde, sondern auch das gemeine Volk die Frau, wenn sie auf der Straße erschien, mit Beschimpfungen bedachte. Das war ein eindeutiger Beweis dafür, dass die Vorurteile der Bauern in der so genannten zivilisierten Welt weiterleben und dass die alten Märchen im Wesentlichen wahr sind.

Fabel schloss das Buch und ließ die Hand auf dem Einband ruhen, als könne er wie durch Osmose mehr daraus erfahren. Er dachte über den glänzenden Umschlag, über das kommerzielle Verlagsprodukt hinaus und stellte sich den Moment der Schöpfung vor: wie sich Weiss' bedrohliche Riesengestalt mit den zu schwarzen, funkelnden Augen in dem Licht aufsaugenden Arbeitszimmer über den Laptop beugte. Er dachte an die Wolf- oder Werwolf-Skulptur, die wahrscheinlich von Weiss' wahnsinnigem Bruder angefertigt worden war und die unablässig die Zähne fletschte, während Weiss seine Serienmorde zu Papier brachte.

Fabel stand auf, zog sich sein Jaeger-Jackett an und schaltete die Schreibtischlampe aus. Die Lichter Hamburgs glänzten durch sein Bürofenster. Da draußen schliefen anderthalb Millionen Seelen, während andere durch die Nacht schlichen. Bald, das wusste Fabel, bald würde sich der nächste Mord ereignen.

45.

Altes Land, südwestlich von Hamburg, Montag, den 19. April, 11 Uhr

Fabel wartete.

Er begann, eine Art Trunkenheit zu empfinden, wie sie sich bei Schlafmangel einstellt. Es hätte ihm gut getan, wenn er nicht mitten in der Nacht von Norddeich nach Hamburg hätte zurückfahren müssen. Susanne hatte beschlossen, ihre beiden freien Tage zu nutzen und mit Gabi bei seiner Mutter zu bleiben, bevor sie am Mittwoch mit dem Zug zurückkehrte.

Der Mörder strapazierte das Team. Es musste sich nun so vielen Morden, Spurensicherungen und Vernehmungen gleichzeitig widmen, dass Fabel die Ermittlungen im Fall Ungerer vollständig Maria übertragen hatte. Die Entscheidung war ihm nicht leicht gefallen. Er schätzte Marias Fähigkeiten höher ein als die der anderen Teammitglieder, vielleicht sogar höher als die von Werner. Sie war eine überaus intelligente Frau, die Methodik und Detailgenauigkeit mit Schnelligkeit verband. Aber er bezweifelte, dass sie solch einer Aufgabe tatsächlich schon wieder gewachsen war. Physisch war sie gesund, und man hatte ihr auch die psychische Genesung bescheinigt. Offiziell. Doch Fabel konnte etwas in Marias Augen erkennen, das er noch nie zuvor bei ihr gesehen hatte. Er konnte es nicht benennen, aber es beunruhigte ihn.

Leider hatte er im Moment keine andere Wahl, als Maria den Fall Ungerer zu übergeben. Etliche Kompromisse wurden eingegangen: Anna war wieder im Dienst, obwohl sie vor Schmerz zusammenzuckte, wenn etwas ihren verletzten Schenkel berührte; Hermann arbeitete vollamtlich in der Mordkommission, obgleich er keine umfassende Kripo-Ausbildung erhalten hatte; und Fabel hatte zwei Mitglieder der Abteilung Sexualdelikte herangezogen, um sein Team zu ergänzen.

Er wartete immer noch. Zwei Dinge hätte er während seiner Fahrt ins Alte Land voraussagen können: erstens, dass die Klosterstadts nicht zu denen gehörten, die selbst an die Tür gingen; zweitens, dass sie ihn warten lassen würden. Bei seinem letzten Besuch hatte Lauras überraschender Tod ihm eine sofortige Audienz gesichert. Diesmal hatte der mit einem blauen Anzug bekleidete Butler, der die Tür geöffnet hatte, ihn in ein Empfangszimmer geführt, in dem er nun schon seit zwanzig Minuten herumsaß. Eine halbe Stunde war sein Limit. Dann würde er sich selbst auf die Suche nach der Hausherrin machen.

Margarethe von Klosterstadt tauchte aus dem Salon auf, in den Fabel während seines letzten Besuchs gebeten worden war. Sie schloss die Türen hinter sich, was bedeutete, dass das Gespräch im Empfangszimmer stattfinden würde. Fabel stand auf und schüttelte ihr die Hand. Sie lächelte höflich und entschuldigte sich, dass sie ihn hatte warten lassen. Beides, das Lächeln und die Entschuldigung, wirkte unaufrichtig. Frau von Klosterstadt trug ein dunkelblaues Kostüm, das ihre schmale Taille betonte. Die hochhackigen Pumps sorgten dafür, dass sich ihre Wadenmuskeln spannten, und Fabel musste wieder den Gedanken verdrängen, wie verführerisch sie aussah. Sie deutete an, dass er sich wieder hinsetzen solle, und nahm auf dem Sessel neben ihm Platz.

»Was kann ich für Sie tun, Herr Kriminalhauptkommissar?«

»Frau von Klosterstadt, ich möchte offen mit Ihnen reden. Einige Ergebnisse unserer Ermittlungen lassen uns vermuten, dass der Tod Ihrer Tochter das Werk eines Serienmörders gewesen sein könnte. Eines Psychopathen. Seine perverse Obsession veranlasst ihn, bestimmten Einzelheiten aus dem Leben seiner Opfer – Einzelheiten, die uns als an den Haaren herbeigezogen oder unwesentlich erscheinen mögen – eine besondere Bedeutung zuzumessen.«

Margarethe von Klosterstadt zog eine ihrer perfekt geformten Augenbrauen fragend hoch, doch Fabel konnte nichts als geduldige Höflichkeit in den eisigen Augen erkennen. Er wartete einen Herzschlag lang, bevor er fortfuhr.

»Ich muss Sie über die Schwangerschaft Ihrer Tochter und die spätere Abtreibung befragen, Frau von Klosterstadt.«

Die geduldige Höflichkeit wich aus den hellblauen Augen. Ein Polarsturm schien tief in ihnen aufzusteigen, brach jedoch noch nicht hervor.

»Was, bitte sehr, veranlasst Sie zu einer so ungebührlichen Fragestellung, Herr Kriminalhauptkommissar?«

»Sie bestreiten also nicht, dass Laura eine Abtreibung hatte?«, hakte Fabel nach. Sie antwortete nicht, sondern schaute ihn nur unverwandt an. »Hören Sie, Frau von Klosterstadt, ich gebe mir alle Mühe, diese Dinge so diskret wie möglich abzuwickeln, und es würde die Dinge erheblich vereinfachen, wenn Sie mir gegenüber offen sein würden. Wenn Sie mich dazu zwingen, werde ich mir alle möglichen Durchsuchungsbefehle besorgen und in Ihren Familienangelegenheiten herumstöbern, bis ich die Wahrheit erfahre. Das wäre, nun ja, unangenehm. Und es könnte an die Öffentlichkeit dringen.«

Der Polarsturm wütete nun hinter Margarethe von Klosterstadts Augen, aber dann legte er sich plötzlich. Ihre Miene, ihre perfekte Haltung und ihre Stimme blieben unverändert, doch sie hatte kapituliert – etwas, das ihr offensichtlich selten widerfuhr. »Es war kurz vor Lauras einundzwanzigstem Geburtstag. Wir schickten sie in die Hammond Clinic. Das ist eine Privatklinik in London.«

»Wie lange vor ihrem Geburtstag?«

»Ungefähr eine Woche.«

»Es war also vor fast genau zehn Jahren?« Fabels Frage war eher an ihn selbst gerichtet. Ein Jahrestag. »Wer war der Vater?«

Sie straffte sich fast unmerklich. Dann glitt ein Lächeln über ihre Lippen. »Ist das wirklich erforderlich, Herr Fabel? Müssen wir wirklich in all diese Einzelheiten vordringen?«

»Leider ja, Frau von Klosterstadt. Sie haben mein Wort, dass ich diskret sein werde.«

»Also gut. Er hieß Kranz und war Fotograf. Genauer gesagt, war er Assistent von Pietro Moldari, dem Modefotografen, der Lauras Karriere einleitete. Damals war er ein Niemand, aber seitdem scheint er ziemlich erfolgreich gewesen zu sein.«

»Leo Kranz?« Fabel konnte den Namen sofort einordnen, aber er brachte ihn nicht mit Modeaufnahmen in Verbindung. Kranz war ein angesehener Fotojournalist, der in den vergangenen fünf Jahren in einigen der gefährlichsten Kriegszonen der Welt gearbeitet hatte.

Margarethe von Klosterstadt sah die Verwirrung in Fabels Miene. »Er hat die Modefotografie aufgegeben und ist zur Presse gegangen.«

»Hatte Laura irgendwelche Kontakte zu ihm? Danach, meine ich.«

»Nein. Ich glaube nicht, dass sie eine besonders starke Beziehung hatten. Es war eine unglückliche… Episode, und beide ließen die Sache hinter sich.«

Wirklich?, dachte Fabel. Er sah Lauras strenge, einsame Villa in Blankenese vor sich und bezweifelte sehr, dass Laura von Klosterstadt auch nur einen Teil ihres Kummers hinter sich gelassen hatte.

»Wer wusste von der Abtreibung?«, fragte er.

Margarethe von Klosterstadt schwieg eine Weile und musterte Fabel. Irgendwie schaffte sie es, gerade so viel Geringschätzung in ihren Blick zu legen, dass Fabel sich unbehaglich fühlte, ohne jedoch zu einer Konfrontation bereit zu sein. Unwillkürlich dachte er an Möller, den Gerichtsmediziner, der stets versuchte, dieses Niveau von Hochmut zu erreichen. Verglichen mit Frau von Klosterstadt war er ein unbeholfener Amateur. Fabel überlegte, ob sie ihre Kunst an den Bediensteten ausfeilte.

»Wir pflegen familiäre Details nicht mit der Außenwelt zu teilen, Herr Fabel. Und ich bin sicher, dass Herr Kranz absolut kein Interesse daran hatte, seine Rolle weithin bekannt zu machen. Wie gesagt, es war eine Familienangelegenheit, und sie blieb innerhalb der Familie.«

»Hubert wusste also davon?«

Ein weiteres frostiges Schweigen, bevor sie antwortete: »Das hielt ich nicht für nötig. Ob Laura ihn ins Bild setzte, weiß ich nicht. Aber leider standen sie einander als Bruder und Schwester nie sehr nahe. Laura war immer distanziert. Schwierig.« Fabel setzte eine ausdruckslose Miene auf. Es lag auf der Hand, wer das Lieblingskind der Familie gewesen war. Er erinnerte sich an die Verachtung, mit der Heinz Schnauber über Hubert gesprochen hatte. Zwei Dinge waren ihm jetzt klar: Heinz Schnauber war wirklich der Einzige gewesen, den Laura als Familienangehörigen hätte bezeichnen können; und dieses Gespräch würde keine Früchte tragen. Der Grund war, dass Fabel seine Fragen ein weiteres Mal lediglich einer Bekannten, nicht einer Mutter stellte.

Er betrachtete Margarethe von Klosterstadt: Sie war elegant, von klassischer Schönheit und eine jener Frauen, deren Alter ihre Sinnlichkeit nur zu verstärken schien. Im Geiste beschwor er das Bild Ulrike Schmidts herauf, der früh gealterten Gelegenheitsprostituierten und Drogensüchtigen, deren Haut und Haar matt geworden waren. Die beiden Frauen waren so verschieden, dass sie nicht zur selben Gattung zu gehören schienen. Aber eines verband sie: ihre umfassende Unwissenheit über die eigene Tochter.

Etwas Trübes und Schweres zerrte an Fabel, als er zu seinem Auto zurückkehrte – eine bleierne, finstere Trauer. Er warf einen Blick auf das mächtige, makellose Haus und dachte an ein kleines Mädchen, das dort aufgewachsen war. Isoliert. Abgetrennt von jeder wirklichen familiären Geborgenheit. Er dachte daran, wie sie diesem goldenen Käfig entflohen war, nur um sich hoch oben über dem Elbstrand von Blankenese einen eigenen Käfig zu bauen.

Fabel musste zugeben, dass der Mörder keine bessere Wahl für seine Märchenprinzessin hätte treffen können. Und er war nun überzeugt davon, dass der Täter irgendwann zuvor Kontakt mit seinem Opfer gehabt haben musste.

46.

Hamburg-Ottensen, Montag, den 19. April, 13.15 Uhr

Fabel hatte Maria beauftragt, die Frau des letzten Opfers, Bernd Ungerer, zu befragen. Sie würde sich immer noch als seine Frau, nicht als seine Witwe fühlen. Maria wusste, dass sie jemandem begegnen würde, dessen Kummer so sehr schmerzte wie verbranntes Fleisch und der darum rang, sich mit einer neuen, absurden, doch dauerhaften Realität abzufinden.

Ingrid Ungerers Augen waren durch die Tränen gerötet, die sie vor Marias Eintreffen vergossen hatte. Aber da war noch etwas anderes. Eine Bitterkeit. Sie führte Maria ins Wohnzimmer. Die beiden waren allein, doch die Oberkommissarin hörte gedämpfte Stimmen aus der oberen Etage.

»Meine Schwester«, erklärte Ingrid. »Sie hilft mir mit den Kindern. Bitte, nehmen Sie Platz.«

Eine Regalkombination aus Kiefernholz deckte eine Wand ab. Sie war mit der üblichen unsystematischen Mischung aus Büchern, CDs, Ziergegenständen und Fotos gefüllt, die sich typischerweise in einer Familie ansammeln. Maria bemerkte, dass die meisten Fotos Ingrid und einen Mann zeigten, den sie für Bernd hielt. Allerdings sah sein Haar grauer aus als das des toten Mannes, der im Park gefunden worden war. Und im Unterschied zu der Leiche im Park hatte der Mann auf dem Bild Augen, mit denen er in die Kamera schaute. Auf allen Fotos waren zwei Jungen, die das dunkle Haar und die dunklen Augen ihrer Mutter geerbt hatten. Wie Familien es auf solchen Bildern immer tun, sahen alle glücklich aus. Bernd Ungerers Gesicht strahlte in die Kamera, und er schien ungemein glücklich zu sein. Zufrieden. Auch Ingrids Lächeln wirkte natürlich und entspannt, aber als Maria die vor ihr sitzende Frau ansah, merkte sie, dass Glück etwas Fremdes für Ingrid Ungerer sein würde. Und das schien seit einiger Zeit der Fall zu sein.

»Wann werde ich ihn sehen können?« Ingrid Ungerers Gesicht ließ eine erzwungene, dumpfe Fassung erkennen.

»Frau Ungerer…« Maria beugte sich in ihrem Sessel vor. »Ich muss Sie warnen, dass Ihr Mann gewisse… Verletzungen davongetragen hat, die Sie beunruhigen könnten. Ich glaube, es wäre am besten…«

»Was für Verletzungen?«, unterbrach Ingrid. »Wie wurde er getötet?«

»Soweit wir ermittelt haben, wurde Ihr Mann erstochen.« Maria zögerte. »Hören Sie, Frau Ungerer, die Person, die Ihren Mann ermordet hat, ist offensichtlich geistesgestört. Ich muss Ihnen mitteilen, dass sie die Augen Ihres Mannes entfernt hat. Das ist furchtbar, ich weiß.«

Ingrid Ungerers Miene blieb gefasst, doch Maria bemerkte ein Zittern beim Sprechen. »War es der Ehemann irgendeiner Frau? Oder ein Freund?«

»Ich verstehe leider nicht, was Sie meinen, Frau Ungerer.«

»Wurde mein Mann mit einer anderen Frau erwischt? Oder war es ein eifersüchtiger Ehemann, der ihm gefolgt ist? Dann könnte ich die Sache mit den Augen verstehen. Er starrte dauernd andere Frauen an. Immer.«

Maria musterte Ingrid Ungerer. Sie war mäßig attraktiv, hatte eine durchschnittliche Größe und Figur sowie kurzes kastanienbraunes Haar. Ein sympathisches Gesicht, das kaum jemandem auffiel. Aber wer es bemerkte, nahm einen schwach verhüllten Kummer wahr. Maria sah eine alte Trauer, eine Melancholie, die Ingrids neuer Schmerz nur zeitweilig verdrängt hatte.

»Ihr Mann hat sich mit anderen Frauen getroffen?«, fragte Maria.

Ingrid lachte bitter. »Lieben Sie Sex?« Sie stellte die Frage, als wolle sie sich nach der Uhrzeit erkundigen. Maria war verblüfft, denn die Frage ging ihr näher, als Frau Ungerer beabsichtigt hatte. Zum Glück erwartete sie keine Antwort. »Bei mir war es früher so. Ich bin ein sehr physischer Mensch. Aber Sie wissen ja, wie es bei einer langen Ehe ist. Die Leidenschaft schwindet, denn Kinder rauben einem die Kraft und töten den Sexualtrieb ab.«

»Entschuldigung, das weiß ich nicht. Ich bin nicht verheiratet.«

»Aber Sie haben einen Freund?«

»Im Moment nicht.« Marias Tonfall war unverändert. Über diesen Bereich ihres Lebens wollte sie nicht mit einer Fremden sprechen, auch wenn es eine Hinterbliebene war.

»Die Dinge kühlten sich ein wenig ab, nachdem Bernd und ich geheiratet hatten. Wie das so ist. Es war ein bisschen zu kühl für mich, um ehrlich zu sein, aber Bernd hatte eine anstrengende Arbeit und war oft todmüde, wenn er nach Hause kam. Doch er war ein wunderbarer Ehemann, Frau Klee. Treu, hilfsbereit, fürsorglich und ein großartiger Vater.« Ingrid stand auf und holte einen Schlüsselbund aus ihrer Handtasche. »Ich möchte Ihnen etwas zeigen.« Sie führte Maria hinaus auf den Flur, durch einen Torbogen und eine Treppe hinunter. Im Keller schaltete sie das Licht an. Es gab die übliche Ansammlung von Gegenständen, die keinen Platz in den Wohnräumen fanden: Fahrräder, Vorratskästen, Winterstiefel. Ingrid blieb vor einer großen Truhe stehen und legte die Hand darauf, machte jedoch keinen Versuch, sie zu öffnen.

»Es hat vor ungefähr sechs Monaten angefangen. Bernd begann, sagen wir mal, aufmerksamer zu werden. Zuerst hatte ich nichts dagegen. Aber wir schienen von einem Extrem ins andere zu wechseln. Wir schliefen jede Nacht miteinander, manchmal zweimal pro Nacht. Es wurde immer... heftiger. Und dann war es nicht mehr so, als ob wir uns liebten. Er tat es, und ich schien gar nicht da zu sein. Als ich eines Nachts sagte, ich sei nicht in der Stimmung...« Ingrid hielt inne, betrachtete den Schlüsselbund und befingerte ihn wie einen Rosenkranz. »In der Nacht machte er ganz deutlich, dass es ihn überhaupt nicht kümmerte, ob ich in der Stimmung war oder nicht.«

Maria legte die Hand auf Ingrids Arm, doch diese wich ein wenig zurück. »Damals erfuhr ich von den anderen Frauen. Er arbeitete noch für die alte Firma, die ihn seit Jahren beschäftigt hatte, und plötzlich musste er zu dem Unternehmen wechseln, bei dem er jetzt ist...« Sie schüttelte den Kopf, als sei sie verärgert über sich selbst, und korrigierte sich: »Ich meine, die Firma, für die er bis jetzt gearbeitet hat. Erst vor kurzem fand ich heraus, dass sich zwei Frauen in dem alten Betrieb über ihn beschwert hatten.«

»Das ist schlimm, Frau Ungerer. Deshalb glauben Sie also, es könnte ein eifersüchtiger Ehemann gewesen sein? Aber das ist vermutlich nicht der Fall. Wir haben Grund zu der Annahme, dass der Mord an Ihrem Mann von jemandem begangen wurde, der schon eine Reihe nicht miteinander zusammenhängender Personen getötet hat.«

Ingrid Ungerer sah Maria mit leerer Miene an und fuhr fort, als hätte sie ihre Worte nicht gehört. »Ich weiß von einem halben Dutzend Frauen allein in den letzten sechs Monaten. Und von zahllosen mehr, die ihn abwiesen. Er hat sich überhaupt nicht geschämt. Es schien ihm gleichgültig zu sein, dass er sich blamierte … oder mich und die Kinder.« Sie lachte erneut leise und bitter. »Und nicht, dass er mich in Ruhe gelassen hätte. Obwohl er mit anderen Frauen zusammen war, musste ich auch dauernd für ihn bereit sein. Er wurde unersättlich.«

Mit den Schlüsseln, die sie aus ihrer Handtasche genommen hatte, öffnete sie die Truhe und klappte den Deckel auf, um ihren Inhalt zu enthüllen. Die Truhe war mit harter Pornografie vollgepackt: Zeitschriften, Videos, DVDs. »Er befahl mir, nie in den Keller zu gehen. Nie diese Truhe zu öffnen, wenn ich gesund bleiben wollte.« Sie schaute Maria flehend an. »Warum hat er das getan? Warum hat er mich bedroht? Das war vorher nie passiert.« Sie deutete mit dem Kinn auf den Inhalt der Truhe. »Oben auf seinem Computer ist noch mehr. Verstehen Sie das? Warum hat er sich so verändert? Wie konnte sich ein freundlicher, liebevoller Mann in eine Bestie verwandeln? So plötzlich? Alle wussten Bescheid. Das machte mich so traurig. Nachbarn und Freunde lächelten und plauderten mit mir, und ich merkte, dass ich ihnen entweder Leid tat oder dass sie versuchten, noch mehr schmutzige Einzelheiten herauszufinden. Nicht, dass wir noch viele Freunde gehabt hätten. Wir verkrachten uns mit allen Ehepaaren, die wir kannten, weil Bernd immer versuchte, sich an die Frauen heranzumachen. Sogar seine Kollegen rissen Witze darüber … und hatten einen Spitznamen für ihn. Seine Kunden anscheinend auch. Ich sage Ihnen, Frau Klee, ich glaube nicht, dass der Mord nichts mit seinem Benehmen in letzter Zeit zu tun hat.«

Ingrid verschloss die Truhe wieder, und sie kehrten ins Wohnzimmer zurück. Maria fragte nach Bernd Ungerers Aufenthaltsorten in der vergangenen Woche, aber sie musste ständig an die verriegelte Truhe im Keller und das heimliche Leben des Mannes denken. Ohnehin war es schwierig, Einzelheiten in Erfahrung zu bringen, denn Bernd Ungerer war plötzlich offenbar nicht nur ausschweifend, sondern auch verschwiegen und geheimniskrämerisch geworden. Er war abends häufiger ausgegangen, »um Kunden zu bewirten«, und genau das hatte er auch in der Nacht seiner Ermordung vorgeschützt. Als er bis zum Morgen nicht zurückkehrte, war Ingrid verärgert, aber nicht besorgt gewesen, denn er blieb nicht selten über Nacht fort. Sie hatte versteckte Kreditkartenbelege gefunden, diese jedoch ohne Kommentar zurückgelegt. Alle waren für Begleitagenturen, Clubs und Saunen in St. Pauli ausgestellt worden.

»Irgendetwas stimmte nicht mehr mit Bernd«, erklärte Ingrid. »Er wurde ein anderer Mensch. Und es gab auch sonst seltsame Dinge: Manchmal kam er nach Hause und beschwerte sich, weil es angeblich schmutzig roch. Das stimmte nie, aber ich musste das Haus von oben bis unten saubermachen, selbst wenn ich es am selben Tag bereits geputzt hatte, um ihn zufrieden zu stellen. Danach erhielt ich meine ›Belohnung‹, wie er sich ausdrückte. Ich glaubte, dass er eine Art Nervenzusammenbruch hatte, und schlug ihm vor, zu unserem Hausarzt zu gehen. Aber Bernd wollte nichts davon hören.«

»Also haben Sie nie eine professionelle Meinung über sein Verhalten eingeholt?«

»Doch, das habe ich. Ich bin von mir aus zu Herrn Doktor Gärten gegangen und habe ihm die Sache erzählt. Er meinte, es handele sich um eine Krankheit namens Satyriasis … die männliche Form der Nymphomanie. Er machte sich große Sorgen um Bernd und wollte ihn sehen. Aber als ich Bernd sagte, dass ich ohne ihn beim Arzt war, hinter seinem Rücken, wurde die Situation noch *unangenehmer.*«

Die beiden Frauen saßen eine Weile schweigend da. Dann erläuterte Maria, auf welche Hilfestellungen Ingrid zurückgreifen konnte, und beschrieb das Verfahren der kommenden Tage und Wochen. Schließlich stand sie auf. Als sie die Tür fast erreicht hatte, drehte sie sich um.

»Darf ich Ihnen noch eine letzte Frage stellen, Frau Ungerer?«

Ingrid nickte matt.

»Sie haben gesagt, die Kollegen und Kunden hätten einen Spitznamen für Ihren Mann gehabt. Was für einen?«

Tränen stiegen in Ingrid Ungerers Augen auf. »Blaubart. Das war ihr Spitzname für meinen Mann … Blaubart.«

47.

Krankenhaus Mariahilf, Hamburg-Heimfeld, Montag, den 19. April, 15 Uhr

Die Krankenschwestern waren entzückt. Was für eine wunderbare Idee, eine Riesenschachtel des köstlichsten Gebäcks mitzubringen, das sie beim Kaffee essen konnten. Es sei ein kleines »Dankeschön« an die Oberschwester und das übrige Personal, hatte er erklärt, für die großartige Fürsorge, die sie seiner Mutter hätten angedeihen lassen. Wie nett. Wie aufmerksam.

Er war fast eine halbe Stunde lang beim Stationsarzt, Herrn Dr. Schell, gewesen. Der Arzt ging mit ihm noch einmal die wesentlichen Punkte der Pflege seiner Mutter durch, wenn sie bei ihm zu Hause sein würde. Dr. Schell lag ein Plan der Wohnung vor, die der Sohn eingerichtet hatte, um sie mit seiner kranken Mutter zu teilen. Die Wohnung war mit dem höchsten Komfort ausgestattet, und der Stationsarzt lobte den Sohn für sein Engagement, seiner Mutter die bestmögliche Pflege zukommen zu lassen.

Als der große Mann das Sprechzimmer des Arztes verließ, schickte er ein strahlendes Lächeln zur Schwesternstation hinüber. Er konnte es offensichtlich kaum abwarten, mit seiner Mutter nach Hause zurückzukehren. Wieder bezweifelte die Oberschwester, das irgendjemand aus ihrer undankbaren Brut auch nur ein Viertel dieser Anstrengungen auf sich nehmen würde, wenn sie alt war. Er setzte sich wieder ans Bett der alten

Frau, zog seinen Stuhl dicht heran und versenkte sich in ihr enges, abgeschlossenes, giftiges Universum.

»Weißt du was, Mama? Ende dieser Woche werden wir zusammen sein. Ist das nicht herrlich? Das Einzige, worum ich mir dann Sorgen machen muss, sind gelegentliche Besuche der Gemeindeschwester, die sehen will, wie wir zurechtkommen. Aber ich lasse mir etwas einfallen. Nein, es wird überhaupt kein Problem sein, wenn uns die Gemeindeschwester besucht. Ich habe nämlich eine hübsche kleine Wohnung, die mit all dem Zeug ausgestattet ist, das wir nie benutzen werden… Denn wir werden fast nie da sein, stimmt's, Mama? Ich weiß, dass du viel lieber in unserem alten Haus sein möchtest, nicht wahr?«

Die alte Frau lag wie immer starr und hilflos da.

»Weißt du, was ich vor ein paar Tagen gefunden habe, Mama? Deine alte Tracht von der Speeldeel. Erinnerst du dich, wie wichtig das Theater für dich war? Die deutschen Traditionen des Tanzes und Gesangs? Ich glaube, ich werde einen Gebrauch für das Kostüm finden.« Er machte eine Pause. »Möchtest du, dass ich dir etwas vorlese, Mama? Vielleicht aus den Grimm'schen Märchen? Das werde ich tun, wenn wir zu Hause sind. Unaufhörlich. Wie früher. Entsinnst du dich, dass die einzigen Bücher, die du geduldet hast, die Bibel und die Märchen der Brüder Grimm waren? Gott und Deutschland. Nichts anderes brauchten wir…« Seine Stimme wurde zu einem verschwörerischen Flüstern. »Du hast mir so wehgetan, Mama. So weh, dass ich manchmal dachte, ich würde sterben. Du hast mich so schlimm verprügelt und mir dauernd gesagt, wie wertlos ich bin. Ein Niemand. Immer wieder. Als Junge und als Erwachsener habe ich von dir gehört, dass du mich für nutzlos hieltest. Ich hätte es nicht verdient, von jemandem geliebt zu werden. Deshalb konnte ich nie eine dauerhafte Beziehung anknüpfen.«

Das Flüstern wurde zu einem Zischen. »Aber du hast dich geirrt, du alte Schlampe. Du dachtest, dass wir immer allein waren, wenn du mich zusammengeschlagen hast. Aber er war bei uns. Mein Märchenbruder. Unsichtbar. Du hast lange kein Wort mit mir gesprochen. Dann hörte ich ihn. Nur ich, du konntest ihn nicht hören. Er hat mich vor deinen Schlägen gerettet und mir die Worte für die Geschichten gegeben. Er hat mir eine neue Welt eröffnet. Eine wunderbare, glänzende Welt. Und dann habe ich meine wahre Berufung gefunden, mit seiner Hilfe. Vor drei Jahren. Weißt du noch? Das Mädchen. Das Mädchen, das du mit mir begraben hast – aus Angst vor dem Skandal, vor der Schande, dass dein Sohn ins Gefängnis muss. Du hast geglaubt, mich unter Kontrolle halten zu können. Aber er war stärker … *ist* stärker, als du dir je vorstellen kannst.«

Er lehnte sich zurück und musterte ihren Körper von Kopf bis Fuß. Nun war seine Stimme nüchtern, kalt, drohend.

»Du wirst mein Meisterstück werden, Mutter. Mein Meisterwerk. Deinetwegen – mehr als wegen all der anderen Dinge, die ich getan habe – wird man sich an mich erinnern.«

48.

Polizeipräsidium Hamburg, Dienstag, den 20. April, Mittag

Werner hatte nur noch einen kleinen Verband an der einen Seite seines Kopfes, und seine Gesichtshälfte war nicht mehr geschwollen, aber um die Wunde herum war immer noch ein Bluterguss zu sehen. Fabel hatte ihn nur unter der Bedingung zurückkehren lassen, dass er im Büro blieb und bei der Zusammenstellung und Auswertung des vom übrigen Team gesammelten Materials half. Außerdem sollte Werner nur halbtags arbeiten. Mit seinem methodischen Vorgehen würde er die absonderlichen Briefe und E-Mails sichten, die Weiss' Theorien ausgelöst hatten. Bis jetzt hatten diese Ergüsse Hans Rödger und Petra Maas mit Beschlag belegt. Es lag in der Natur der Sache, dass sie auf eine Menge Spinner gestoßen waren, die überprüft werden mussten. Dadurch waren sie kaum noch zu den anstehenden Verhören gekommen.

Insgeheim war Fabel genauso froh über Werners Rückkehr ins Team wie über Annas. Allerdings kam er sich verantwortungslos vor, weil er zwei verletzten Beamten gestattet hatte, den Dienst vorzeitig wieder anzutreten. Zum Ausgleich plante er, ein paar zusätzliche bezahlte Urlaubstage für Werner und Anna herauszuholen, wenn dieser Fall abgeschlossen war.

Er holte Werner an die Schautafel. Es war frustrierend, die bisherigen Fortschritte – oder den Mangel daran – durchzugehen. Fabel war gezwungen gewesen, den Medienrummel, den Laura von Klosterstadts Ermordung ausgelöst hatte, zu seinem Vorteil zu nutzen: Olsens Bild erschien nun in allen Nachrichtensendungen und Zeitungen mit dem Hinweis, dass die Polizei Hamburg ihn im Zusammenhang mit den Morden suche. Anna und Henk Hermann hatten den Auftrag gehabt, Leo Kranz zu befragen, den Fotografen, der zehn Jahre zuvor ein Verhältnis mit Laura von Klosterstadt gehabt hatte, aber er befand sich im Ausland, um über die angloamerikanische Besetzung des Iraks zu berichten. Seine Redaktion hatte der Polizei mitgeteilt, dass er auch zur Zeit der Morde im Nahen Osten gewesen sei.

Fabel beschrieb sein durch Werner angeregtes Treffen mit Weiss und erklärte, dass auch Fendrich noch zum Kreis der Verdächtigen gehöre.

»Was mich an Fendrich stutzig macht«, sagte Fabel, »ist die Tatsache, dass seine Mutter vor sechs Monaten starb. In ihrem Psychoprofil des Mörders meinte Susanne, der Abstand zwischen dem ersten und dem zweiten Mord könne andeuten, dass zuvor von einer beherrschenden Gestalt eine gewisse Kontrolle über den Mörder ausgeübt wurde, vielleicht von einer Ehefrau oder einer Mutter, die inzwischen gestorben ist.«

»Ich weiß nicht, Jan.« Werner nahm einen Stuhl von dem in

der Nähe stehenden Tisch, drehte ihn zur Schautafel um und ließ sich darauf nieder. Sein Gesicht war grau und müde. Zum ersten Mal merkte Fabel, dass Werner älter wurde. »Fendrich ist mindestens zweimal durch die Mühle gedreht worden. Er passt nicht ins Bild. Aber dieser Weiss gefällt mir nicht. Glaubst du, dass wir es wieder mit einem Hohenpriester und seinem Jünger zu tun haben? Weiss zieht die Fäden, und Olsen begeht die Morde? Es wäre ja nicht das erste Mal.«

»Mag sein.« Fabel betrachtete die Schautafel mit all den Bildern, Daten und Verbindungen. »Aber kommt dir Olsen wie jemand vor, der sich durch Märchen oder durch Weiss' halbgare Literaturtheorien inspirieren lassen würde?«

Werner lachte. »Vielleicht machen wir uns zu viel Mühe. Vielleicht sollten wir einfach nach jemandem suchen, der in einem Lebkuchenhaus wohnt.«

Fabel lächelte grimmig, aber etwas blieb in seinem Gehirn hängen. Ein Lebkuchenhaus. Er zuckte die Achseln. »Du könntest Recht haben. Dass wir uns zu viel Mühe machen, meine ich. Vielleicht ist Olsen unser Mann. Lass uns nur hoffen, dass wir ihn bald erwischen.«

Es war ungefähr fünfzehn Uhr, als sich Fabels Wunsch erfüllte. Ein Wagen der Schutzpolizei meldete, jemand, der Olsens Beschreibung entspreche, sei beobachtet worden, wie er eine Wohnung in einem leerstehenden Häuserblock am Hafen betrat. Die Beamten waren vernünftig genug gewesen, MEK-Fahnder in Zivil anzufordern und das Gebäude von ihnen überwachen zu lassen. Die Meldung schlug bei der Mordkommission wie eine Rakete ein. Fabel musste alle beruhigen, bevor er seine Befehle erteilte.

»Hört zu, Leute. Es ist unser Fang. Ich habe dem MEK-Leiter schon mitgeteilt, dass wir die Verhaftung vornehmen. Wir schnappen ihn. Kein anderer.« Er blickte zu Maria hinüber. Wie immer war ihre Miene schwer zu durchschauen, aber sie nickte entschlossen. »Wenn wir dort eintreffen, gehen wir strategisch vor. Ich möchte, dass Olsen auch bei brutalster Gegenwehr am Leben bleibt und eine Aussage machen kann. Ist das klar? Okay, dann los.«

Fabel musste Werner zurückhalten, der bereits seine schwarze Lederjacke angezogen hatte und sich dem übrigen Team anschließen wollte.

»Nur als Beobachter?« Werner lächelte sanft. »Bitte, Jan, der Mistkerl hat mir den Schädel eingeschlagen. Ich möchte wenigstens sehen, wie er verhaftet wird.«

»In Ordnung, aber du bleibst schön im Hintergrund. In diesem Fall ist Maria meine Stellvertreterin.«

Früher war es eine lebendige Gemeinde gewesen. Ein Ort, an den die Hafenarbeiter heimkehrten, an dem Familien wohnten und Kinder spielten. Aber nun war die Gegend unbewohnt und wartete auf die unerbittlichen Kräfte der Stadtentwicklung und Wertsteigerung, die alle früheren Arbeiterbezirke von Hamburg zu überrollen schienen. Sogar Fabels geliebtes Pöseldorf, die Heimat der vermögenden Hamburger Schickeria, war bis in die Sechzigerjahre hinein als Arme-Leute-Gegend verschrien gewesen, bevor man es in einen der modischsten Hamburger Stadtteile verwandelt hatte.

Aber diese Gegend unten am Hafen hatte einen solchen Status noch nicht erworben. Architektonisch schien sie mit ihren gepflasterten Straßen und gewaltigen Mietshäusern in der Zeit erstarrt zu sein. Die einzigen Anzeichen des einundzwanzigsten Jahrhunderts lieferten die hässlichen Graffiti, welche die Gebäude entstellten, und die stille Masse eines Containerschiffs, das man durch die Lücken zwischen den Häusern langsam vorbeigleiten sehen konnte.

Alle Beamten waren angespannt. Das Gebäude, in dem Olsen entdeckt worden war, befand sich am Ende der Hafenstraße, die seit Dezember 1995 der Genossenschaft »Alternativen am Elbufer« gehört und von ihr verwaltet wird. Davor war dieser Stadtteil ein politisches und soziales Schlachtfeld gewesen. Buchstäblich.

Im Herbst 1981 waren die leerstehenden Wohnhäuser in der Hafenstraße und der Bernhard-Nocht-Straße systematisch besetzt worden. Alfons Pawelczyk, der damalige Innensenator, hatte der Polizei befohlen, die Gebäude zu räumen. Anarchie und Chaos waren die Folge gewesen. Ein mehr als zehn Jahre langer Krieg zwischen Hausbesetzern und der Polizei Hamburg hatte sich angeschlossen, und die deutschen Fernsehschirme waren voll von Bildern brennender Barrikaden, brutaler Straßenkämpfe und Hunderter von verletzten Polizeibeamten und Hausbesetzern gewesen. Letzten Endes hatte die Situation den damaligen Ersten Bürgermeister, Klaus von Dohnanyi, das Amt gekostet. Erst als man im Dezember 1995 einen Kompromiss fand, endeten die Unruhen. Trotzdem brodelte es noch in der Gegend um die Hafenstraße, und die Polizei konnte hier nur mit besonderer Vorsicht operieren.

Deshalb hatte das MEK-Team einen Wohnblock von dem Eckgebäude entfernt Stellung bezogen. Der MEK-Leiter war froh über Fabels Ankunft. In einer Umgebung wie dieser wäre es unmöglich gewesen, die Anwesenheit der Polizei noch viel länger geheim zu halten. Er teilte Fabel mit, man glaube, Olsen halte sich in der Wohnung im ersten Stock auf. Jedenfalls war sein Motorrad draußen geparkt, und einer der MEK-Männer hatte sich herangeschlichen und die Benzinzufuhr für den Fall gekappt, dass Olsen mit dem Fahrzeug zu fliehen versuchte. Das Erdgeschoss war so übel zugerichtet worden, dass auch dort niemand wohnte. Das erleichterte die Sache, denn es gab nur einen Eingang und einen Ausgang.

Fabel teilte das Team auf. Maria übernahm die Führung über Anna und Henk Hermann. Sie würden die Außenseite des Gebäudes sichern. Fabel, Hans Rödger und Petra Maas würden ins Haus gehen und zwei MEK-Beamte mitnehmen, falls einer der Hausbesetzer ihnen Schwierigkeiten bereitete. Er forderte den MEK-Leiter auf, Maria mit seinen übrigen Männern beim Abschneiden jedes möglichen Fluchtwegs zu unterstützen.

Sie verteilten sich auf den MEK-Transporter, Fabels BMW und Marias Auto. Dann fuhren sie gleichzeitig vor dem Gebäude vor, die Motorhauben auf die Tür gerichtet. Maria und ihr Team waren in Sekundenschnelle einsatzbereit.

Fabel und seine Gruppe rannten zur Tür. Die beiden MEK-Männer stießen eine Ramme in den Mittelpunkt der Doppeltür, die zersplitternd aufsprang. Fabel zog seine Pistole und führte das Team hinein. Der Flur stank nach Urin und nach einer anderen Substanz, die Fabel nicht einordnen konnte. Oben waren Geräusche zu hören, und Fabel schob sich rasch und stumm das Treppenhaus hinauf, wobei er sich an die abbröckelnde hellgrüne Farbe schmiegte und den Lauf seiner Pistole auf den höchsten sichtbaren Punkt richtete. Die Tür der Wohnung stand offen, und Fabel wartete, bis die anderen in Deckung gehen konnten, bevor er eintrat.

Er musterte das Zimmer. Es war groß und überraschend hell. Und leer. Drei breite Fenster blickten auf die Straße hinaus. Fabel brauchte eine Sekunde, um die Gestalt eines auf dem äußeren Sims sitzenden Mannes wahrzunehmen, die gerade hinunterspringen wollte. Fabel rief: »Olsen!«, doch die Gestalt war schon verschwunden.

»Er ist gesprungen!«, rief Fabel in sein Funkgerät. »Maria, er ist gesprungen!« Kaum hatte er die Meldung durchgegeben, als er begriff, dass er schon einmal in dieser Situation gewesen war: er selbst im Innern und Maria draußen, während ein Verdächtiger floh.

»Scheiße!«, brüllte er und hätte Petra Maas und einen MEK-Beamten beinahe umgestoßen, als er wieder aus der Wohnung raste und jeweils drei Stufen auf einmal nach unten nahm.

Auf der Straße mochte Maria ihren Augen kaum trauen. Olsen war nicht nur eine ganze Etage heruntergesprungen, sondern hatte sich sofort aufgerappelt und sprintete nun auf das Wasser zu. Als sie Fabels Stimme aus dem Funkgerät hörte, war sie bereits in Bewegung. Ihre Zeit war gekommen. Nun würde sie herausfinden, ob sie der Arbeit noch gewachsen war. Sie schrie ins Funkgerät, dass sie zum Hafen laufe, und sie wusste, dass Anna und Henk nicht weit hinter ihr waren, aber sie wusste auch, dass sie Olsen als Erste erreichen würde. Und kaum jemand war größer und brutaler als dieser Mann.

Vor ihr drehte Olsen in ein anderes leer stehendes Gebäude ab. Maria rannte hinterher und fand sich in einer breiten, von Säulen gestützten Fabrikhalle wieder. Rostende Ketten, die von Flaschenzügen an der Decke herunterhingen, deuteten darauf hin, dass hier einst Maschinen zusammengebaut worden waren. Olsen war nirgends zu sehen, aber die mächtigen Werkbänke, auf denen früher schweres Gerät geruht haben musste, boten ein Dutzend Möglichkeiten, sich zu verstecken. Maria blieb jäh stehen, zog ihre Sig-Sauer aus dem Halfter und streckte die Arme vor sich aus. Sie spitzte die Ohren und versuchte, trotz ihrer eigenen schweren Atmung und des Hämmerns in ihrer Brust ein Fluchtgeräusch zu hören.

»Olsen!«, rief sie.

Stille.

»Olsen! Geben Sie auf. Jetzt sofort!«

Ein heftiger Schmerz durchfuhr sie, als etwas vor ihrem Gesicht aufblitzte und gegen ihre Handgelenke prallte. Ihre Pistole flog davon, und Maria krümmte sich nach vorn, wobei sie ihr rechtes Gelenk mit der linken Hand umklammerte. Sie drehte sich um und sah Olsen zu ihrer Rechten. Er hatte eine Eisenstange hoch über den Kopf gehoben – wie ein überdimensionaler mittelalterlicher Henker, der eine Axt schwang, um ihr den Hals zu durchtrennen. Maria erstarrte. Für einen Sekundenbruchteil war sie anderswo und wurde von einem anderen bedroht, der keine Eisenstange, sondern ein großes Messer hatte. Ein Gefühl, das jede ihr bekannte Furcht übertraf, durchfuhr sie wie kalter Strom und ließ sie in ihrer gekrümmten Stellung verharren. Olsen stieß einen tiefen, tierischen Schrei aus, während er die Eisenstange schwang, und plötzlich verwandelte sich Marias Furcht. Sie warf sich nach vorn wie eine Schwimmerin, die einen Hechtsprung macht, und rollte über den schmutzigen Fabrikboden. Olsens Wut und die Wucht seines misslungenen Schlages ließen ihn aus dem Gleichgewicht geraten. Maria war wieder auf den Beinen und trat mit ihrem Fuß an Olsens Schläfe. »Du Dreckstück!«, schrie sie.

Olsen stemmte sich hoch. Maria, die noch immer ihr verletztes Handgelenk gepackt hielt, sprang vor und rammte ihre Stiefelsohle an seinen Hals. Olsens Kopf schnappte nach hinten und knallte auf den Betonfußboden. Er stöhnte, und seine Bewegungen wurden langsamer. Maria suchte den Fußboden nach ihrer Pistole ab, fand sie und ergriff die Waffe mit ihrer unverletzten Hand. Sie richtete die Mündung auf Olsens Kopf, während er sich auf den Rücken rollte und die Hände über den Kopf verschränkte.

Maria betrachtete ihr Handgelenk. Es war verletzt, aber nicht gebrochen, und der Schmerz ließ bereits nach. Sie blickte an ihrem Pistolenlauf entlang auf Olsen und zischte: »Was für ein großer Mann. Ein großer, fürchterlicher XYY-Scheißkerl. Es macht dir also Spaß, Frauen zu schlagen, du Arschloch?« Sie trat noch einmal mit dem Stiefel an die Seite von Olsens Gesicht.

Inzwischen rannte Anna Wolff durch die Fabrikhalle auf sie zu. »Alles in Ordnung, Maria?«

»Ja, alles in Ordnung.« Maria wandte die Augen nicht von Olsen ab. Ihre Stimme war gepresst. »Dir macht es Spaß, Frauen Angst einzujagen? Ist das der Grund? Dir macht es Spaß, ihnen wehzutun?« Sie trat kraftvoll mit dem Stiefelabsatz an Olsens Wange. Die Haut platzte auf, und Blut trat aus der Wunde hervor.

»Maria!« Anna stand nun neben ihr und richtete ihre Sig-Sauer ebenfalls auf Olsens blutendes Gesicht. Sie schaute zu ihrer Kollegin hinüber. »Maria… wir haben ihn. Wir haben ihn. Alles klar. Du kannst jetzt aufhören.« Henk Hermann war plötzlich ebenfalls da, und Maria hörte, wie Fabel und die anderen auf sie zu rannten. Hermann kniete sich neben Olsen, rollte ihn auf den Bauch, drehte ihm die Arme auf den Rücken und legte ihm Handschellen an.

»Alles okay?« Fabel legte sanft einen Arm um Marias Schultern und schob sie von Olsen weg.

Maria lächelte breit und herzlich. »Ja, Chef. Mir geht's prächtig. Wirklich.«

Fabel drückte ihre Schulter. »Gute Arbeit, Maria. Vorzügliche Arbeit.« Als Henk Hermann Olsen wieder auf den Rücken rollte, sah Fabel die Platzwunde in seinem Gesicht.

»Er ist hingefallen, Chef«, sagte Maria und versuchte, ein Grinsen zu unterdrücken.

Mittlerweile waren auch Werner und die MEK-Mitglieder eingetroffen. Werner schaute hinunter auf Olsens ramponiertes Gesicht und berührte den Verband an seinem eigenen Kopf. Er grinste Maria an. »Saugeil!«

49.

Polizeipräsidium Hamburg, Dienstag, den 20. April, 18 Uhr

Manche Dinge sind bei der Polizeiarbeit vorhersehbar. Dazu gehörte Olsens Weigerung, ohne Beisein eines Anwalts den Mund aufzumachen. Er war ins Krankenhaus gebracht worden, um seine Platzwunde nähen zu lassen. Fabel hatte ihn darauf hingewiesen, dass er sich die Verletzungen selbst zuzuschreiben habe und das Einlegen einer Beschwerde kaum Erfolg haben werde. Olsen hatte bitter gelacht. »Wie die Dame gesagt hat, ich bin hingefallen.«

Nicht zu erwarten war, dass Olsens Anwalt nach einem zwanzigminütigen Gespräch mit seinem Mandanten erklärte, Olsen wolle uneingeschränkt mit der Polizei kooperieren. Er habe einige äußerst wichtige Informationen.

Bevor Fabel das Verhör begann, rief er seine führenden Mitarbeiter zusammen. Anna Wolff, mit stacheligem Haar und roten Lippen, trug wie immer ihre Lederjacke und ihre Jeans, aber ihr verletztes Bein bereitete ihr offensichtlich noch Beschwerden. Werner saß an seinem Schreibtisch, und der Bluterguss unter seinem weißen Kopfverband schimmerte bunt. Maria lehnte sich mit ihrer üblichen eleganten Gelassenheit an ihren Schreibtisch, doch ihr grauer Hosenanzug war abgeschabt und wies Risse auf. Im Krankenhaus hatte man ihre rechte Hand bis über das Gelenk eingebunden.

»Was ist los, Chef?«, fragte Anna.

Fabel grinste. »Einer von euch muss Olsen zusammen mit mir vernehmen … Ich habe mir gerade überlegt, wer von euch die besten Aussichten hat, nicht vom Stuhl zu fallen und sich etwas zu brechen.«

»Ich mache das«, sagte Maria.

»Möglicherweise wird sich Olsen offener gegenüber jemandem äußern, zu dem er keine derart *physische* Beziehung hat.«

»Also komme ich nicht in Frage«, meinte Werner bekümmert.

»Anna?« Fabel nickte in Richtung von Kommissarin Wolff.

»Mit Vergnügen.«

Olsen saß Anna und Fabel mürrisch gegenüber. Der Anwalt war ein Pflichtverteidiger: ein kleiner, mausähnlicher Mann. Zu allem Überfluss trug er auch noch einen faden grauen Anzug, der die Bleichheit seiner Haut betonte. Neben dem riesigen Olsen schien er einer ganz anderen Spezies zu entstammen. Olsens Gesicht wies einige Abschürfungen und Blutergüsse auf, besonders im Umfeld der genähten Platzwunde.

Der mausähnliche Mann ergriff als Erster das Wort. »Herr Kriminalhauptkommissar, ich habe die Möglichkeit gehabt, mich mit Herrn Olsen hinreichend über die Angelegenheit zu unterhalten, in der Sie ihn befragen wollen. Lassen Sie mich gleich zur Sache kommen. Mein Mandant hat weder den Mord an Laura von Klosterstadt noch an jemand anderem begangen. Er gibt zu, die Flucht ergriffen zu haben, als er der Polizei für die Ermittlung wesentliche Auskünfte hätte geben sollen, aber wie deutlich werden wird, hatte er gute Gründe zu befürchten, dass man seine Darstellung nicht für glaubhaft halten würde. Außerdem gibt er zu, Kriminaloberkommissar Meyer und Kriminaloberkommissarin Klee während der Ausübung ihrer Pflichten angegriffen zu haben. Aber hier bitten wir um etwas Nachsicht, da Herr Olsen auf eine Beschwerde über das, sagen wir, *enthusiastische* Vorgehen von Frau Klee bei seiner Verhaftung verzichtet.«

»Das war's?«, schnaubte Anna. »Drei Polizeibeamte sind bei dem Versuch verletzt worden, diesen Riesenklotz hier zu schnappen. Wir haben zweifelsfreie forensische Beweise für seine Anwesenheit am Tatort des Doppelmordes, dazu persönliche Erfahrungen mit seinem krankhaften Temperament gesammelt… Und Sie erwarten ernsthaft, dass wir mit Ihnen verhandeln, weil er sich eine Schramme zugezogen hat, als er sich der Verhaftung mit Gewalt widersetzte und eine Beamtin mit dem Tod bedrohte?«

Olsens Anwalt schwieg und schaute Fabel flehend an.

»Na schön«, meinte Fabel. »Lassen Sie uns mal hören, was Sie zu sagen haben, Herr Olsen.«

Der Anwalt nickte. Olsen beugte sich vor und stützte die Ellbogen auf den Vernehmungstisch. Er trug noch Handschellen und machte eine ausladende Geste. Fabel bemerkte, wie enorm groß und kräftig seine Hände waren. Wie die von

Weiss. Aber sie erinnerten auch an die Hände eines anderen, den er im Moment nicht einordnen konnte.

»Okay, zuerst möchte ich sagen, dass ich niemanden ermordet habe.« Olsen wandte sich an Anna Wolff. »Und an meinem Temperament kann ich nichts ändern. Es ist eine Krankheit. Eine Art Erbkrankheit. Dadurch raste ich manchmal aus. Und zwar mächtig.«

»XYY-Syndrom?«, fragte Fabel.

»Dadurch gerate ich dauernd in Schwierigkeiten. Jemand macht mich wütend, und ich schnappe über. Kann nichts dagegen tun.«

»Und ist das auch bei Hanna Grünn geschehen?«, erkundigte sich Anna. »Sind Sie bei ihr und Markus Schiller auch ›mächtig ausgerastet‹?« Bevor Olsen antworten konnte, ließ Anna ein paar Fotos aus einem Spurensicherungsumschlag gleiten. Sie legte vier davon vor Olsen auf den Tisch, als teile sie Karten aus. Die Bilder zeigten die Leichen von Hanna Grünn und Markus Schiller. Gemeinsam und einzeln. Fabel beobachtete Olsens Gesicht, während Anna die Fotos hinlegte. Er zuckte zusammen, und seine riesigen gefesselten Hände begannen zu zittern. »O verflucht.« Olsens Stimme schien zu beben. »O verflucht. Es tut mir Leid. O Gott, es tut mir Leid.« Seine Augen glänzten vor Tränen.

»Gibt es etwas, das Sie uns mitteilen möchten, Herr Olsen?« Fabels Stimme war ruhig, fast tröstend. »Warum haben Sie es getan?«

Olsen schüttelte heftig den Kopf. Eine Träne sickerte aus seinem Augenwinkel und rollte auf den Verband an seiner Wange zu. Olsen weinen zu sehen war verwirrend. Es schien überhaupt nicht zu seiner massigen Gestalt und seinen groben Gesichtszügen zu passen. »Ich habe es nicht getan. Ich habe das nicht getan.«

Anna legte zwei weitere Fotos auf den Tisch. Es waren forensische Vergleiche von Stiefel- und Reifenabdrücken. »Ihre Stiefel. Ihr Motorrad. Sie waren dort. Natürlich haben Sie es getan. Sie konnten Hanna nicht verzeihen, oder? Sie wollte sich verbessern, also tauschte sie den übergroßen Schmiermaxen gegen eine übergroße Brieftasche ein. Das konnten Sie nicht aushalten, stimmt's?«

»Ich bin sehr eifersüchtig geworden. Ich habe sie geliebt, aber sie hat mich nur benutzt.«

Anna beugte sich eifrig vor. »Sie müssen die beiden wochenlang verfolgt haben. Sie haben zugeguckt, wie sie in seinem protzigen Wagen bumsten. Im Schatten, zwischen den Bäumen, haben Sie gelauert. Sie haben zugeguckt und Pläne geschmiedet und sich ausgemalt, wie Sie mit den beiden das machen, was sie verdient hatten. Habe ich Recht?«

Olsens kräftige Schultern sackten zusammen. Er nickte wortlos. Anna ließ keinen Herzschlag vergehen.

»Und dann haben Sie es getan. Sie haben wirklich das mit ihnen gemacht, was sie verdient hatten. Das verstehe ich. Wirklich, Herr Olsen. Aber warum die anderen? Warum das Mädchen am Strand? Das Model? Und den Vertreter?«

Olsen trocknete sich die Augen mit den Handballen. Etwas Härteres, Entschlosseneres breitete sich in seiner Miene aus. »Ich weiß nicht, wovon Sie reden. Ich hab niemanden getötet. Alles, was Sie über Hanna und den Wichser Schiller gesagt haben, ist wahr. Ich wollte ihnen Angst machen. Sie windelweich schlagen. Das war alles.«

»Aber Sie sind übergeschnappt, stimmt's?«, fragte Anna. »Sie haben zugegeben, dass Sie sich nicht beherrschen können. Es ist nicht Ihre Schuld. Sie wollten ihnen Angst einjagen, aber mit einem Mal hatten Sie Hanna und Schiller ermordet. Ist es nicht ungefähr so gelaufen?«

Nein, dachte Fabel, so war es nicht. Die Morde deuteten nicht auf Wut oder Mangel an Selbstbeherrschung hin, sondern auf vorherige Planung. Er schaute zu Anna hinüber. Sie erkannte das Zeichen und lehnte sich widerwillig in ihrem Stuhl zurück.

»Wenn Sie die beiden nicht getötet haben und nicht einmal eine Chance hatten, sie zu verprügeln«, fragte Fabel, »was tut Ihnen dann eigentlich Leid?«

Olsen starrte auf das Bild der mit aufgeschlitzter Kehle daliegenden Hanna Grünn. Dann riss er den Blick von ihr los und richtete seine schmerzerfüllten, flehenden Augen auf Fabel. »Ich habe es gesehen. Ich habe es gesehen. Ich habe ihn gesehen und ihn nicht daran gehindert.«

Etwas kribbelte in Fabels Nacken. »Was haben Sie gesehen, Herr Olsen? Von wem reden Sie?«

»Ich habe sie nicht getötet. Wirklich nicht. Ich erwarte nicht, dass Sie mir glauben. Deshalb bin ich geflohen. Ich weiß nicht einmal, was Sie mit diesen anderen Morden meinen. Aber es stimmt, ich war da, als Hanna und Schiller ermordet wurden. Ich hab die ganze Sache mit angesehen. Ich hab sie mit angesehen und nichts dagegen getan.«

»Warum, Herr Olsen? Wollten Sie, dass die beiden sterben?«

»Nein. Herrje, nein.« Er hielt Fabels Blick stand. »Ich hatte Angst. Todesangst. Ich konnte mich nicht bewegen. Ich wusste, dass ich der Nächste sein würde, wenn er mich bemerkte.«

Fabel betrachtete Olsen. Die mächtigen Hände. Die massigen Schultern. Es war schwer vorstellbar, dass irgendetwas oder irgendjemand ihn verängstigen konnte. Aber Fabel bezweifelte nicht, dass Olsen Angst gehabt hatte. Angst um sein Leben. Diese Furcht machte er nun vor den Polizisten erneut durch. »Wer war es, Herr Olsen? Wer hat sie getötet?«

»Ich weiß nicht. Ein großer Mann. So groß wie ich, vielleicht größer.« Er richtete die Augen wieder auf Anna Wolff. »Sie hatten Recht. Alles, was Sie gesagt haben, stimmt. Ich habe die beiden beobachtet und gewartet, um sie zu Tode zu erschrecken und Schiller ordentlich zu verprügeln. Aber ich wollte niemanden töten. Okay, wenn ich die Beherrschung verloren hätte, wäre ich dazu fähig gewesen, Schiller zu töten. Aber niemals Hanna. Egal, was sie mir angetan hat. Außerdem hatte ich was Besseres vor: Ich wollte Schillers Frau informieren. Sie hätte ihn zur Schnecke gemacht, und Hanna hätte erfahren, wie ernst er sein Versprechen, seine Frau für sie zu verlassen, wirklich meinte. Hanna sollte sich benutzt fühlen. Sie sollte sich genauso fühlen wie ich.«

»In Ordnung, Herr Olsen. Was ist geschehen?«

»Ich habe mich im Wald versteckt und auf sie gewartet. Hanna ist als Erste aufgetaucht, und dann er. Aber bevor ich etwas unternehmen konnte, ist etwas aus dem Wald gekommen. Anfangs hab ich nicht geglaubt, dass es ein Mann war. Ein Riesenkerl. Ganz in Schwarz gekleidet und mit einer Art Maske. Eine Maske wie bei einer Kinderparty. Irgendein Tier… ein Bär oder ein Fuchs. Vielleicht auch ein Wolf. Sie sah ganz klein an ihm aus. Zu klein. Und völlig überdehnt, sodass sie noch gespenstischer wirkte. Sogar die Art, wie er sich bewegte, war erschreckend. Er schien sich aus dem Schatten gebildet zu haben.

Dann ist er einfach zum Auto gegangen – inzwischen waren die beiden in Schillers Mercedes – und hat ans Fenster geklopft. Schiller hat es geöffnet. Ich konnte nicht viel hören, aber es klang so, als wäre Schiller wütend geworden. Er fing an zu schreien. Anscheinend war er sauer darüber, unterbrochen zu werden. Plötzlich hat er den großen Kerl gesehen, mit der Maske und allem. Ich konnte nicht verstehen, was Schiller sagte, aber er klang verängstigt. Der große Mann in Schwarz stand einfach da und hörte ihm zu. Er sagte nichts. Dann ging es los. Ich traute meinen Augen nicht. Der Arm des großen Mannes schoss hoch, und das Mondlicht blitzte auf einen Gegenstand. Sah aus wie eine breite Klinge. Er hat sie durch das geöffnete Autofenster gestoßen. Ich hörte Hanna schreien, aber ich konnte nichts tun. Ich hatte Angst. Die Hosen voll. Ich kann fast jeden aufs Kreuz legen, aber ich wusste, dass dieser große Kerl mich erledigt hätte.«

Olsen hielt inne, und wieder stiegen ihm Tränen in die

Augen. »Er war so ruhig. Langsam sogar. Wie heißt es noch? Methodisch. Er war methodisch. Als hätte er alle Zeit der Welt. Er ist einfach um das Auto herumgegangen, völlig gelassen, hat die Tür geöffnet und Hanna rausgezerrt. Sie schrie. Arme Hanna. Ich hab nichts getan, war wie angewurzelt. Wissen Sie, Herr Fabel, ich hatte Angst um mein Leben. Ich wollte nicht sterben.«

Fabel nickte, als verstünde er ihn wirklich. Olsen fürchtete keinen Menschen, aber an der Gestalt, die er beschrieb, war etwas, das man nicht als menschlich bezeichnen konnte.

»Er hat sie an der Kehle gepackt.« Olsens Unterlippe zitterte. »Mit einer Hand. Sie hat geweint und ihn immer wieder gebeten, ihr nichts zu tun. Sie nicht umzubringen. Er hat sie nur ausgelacht. Es war ein schreckliches Lachen. Kalt und leer. Dann hat er gesagt: ›Jetzt werde ich dich töten‹, einfach nur: ›Jetzt werde ich dich töten‹. – Ganz ruhig. Nicht, als wäre er wütend oder als würde er sie hassen. Er hat sie auf die Kühlerhaube gedrückt – fast sanft. Dann hat er die Klinge über ihre Kehle gezogen. Ganz langsam. Überlegt. Behutsam. Danach ist er eine Weile stehen geblieben und hat sich die Leichen angeguckt – wieder so, als hätte er keine Eile, als könnte niemand vorbeikommen. Er stand nur da und guckte sie an. Dann ist er ein bisschen zur Seite getreten und hat sie noch einmal angeschaut. Am Ende hat er Schillers Leiche in den Wald geschleppt.«

»Sind Sie hinübergelaufen, um nachzusehen, ob Hanna noch am Leben war?«, fragte Anna.

Olsen schüttelte den Kopf. »Ich hatte zu viel Angst. Außerdem wusste ich, dass sie tot war. Ich hab gewartet, bis der große schwarze Mann mit Schillers Leiche im Wald verschwunden war. Dann bin ich an die Stelle zurückgeschlichen, wo ich das Motorrad versteckt hatte. Ich habe es noch etwa hundert Meter den Pfad entlang geschoben. Er sollte nicht hören, wie ich den Motor anließ. Dann bin ich so schnell wie möglich davongerast. Ich wusste nicht, was ich tun sollte. Niemand würde meine Geschichte glauben, also hab ich einfach so weitergemacht, als wäre nichts geschehen. Gott weiß, warum, aber ich hab gedacht, es wäre das Beste, nichts mit der Sache zu tun zu haben. Aber auf der Rückfahrt habe ich an einer Raststätte Halt gemacht und die Polizei angerufen. Ich hab gedacht, dass Sie ihn vielleicht noch erwischen – schließlich schien er nicht in Eile zu sein. Und wenn Sie ihn dort geschnappt hätten, wäre ich aus dem Schneider gewesen.«

Anna legte ein Band in den Kassettenspieler und drückte auf den Knopf. Es war die Aufnahme des Anrufs bei der Polizeieinsatzzentrale. Die Stimme am anderen Ende der Leitung war gedehnt vor Erschütterung, aber es handelte sich offenkundig um Olsen. Er teilte der Polizei mit, wo die Leichen zu finden seien.

»Bestätigen Sie, dass das Ihre Stimme ist?«, fragte Anna.

Olsen nickte. Er blickte Fabel wieder flehend an. »Ich habe es nicht getan, das schwöre ich. Ich habe Ihnen die Wahrheit gesagt. Aber wahrscheinlich werden Sie mir nicht glauben.«

»Möglicherweise doch«, erwiderte Fabel. »Aber Sie müssen noch einige Fragen beantworten, und es gibt weitere Anklagepunkte gegen Sie.« Er schaute zu Olsens mausähnlichem Anwalt hinüber. Der Mann nickte. »Kriminalkommissarin Wolff wird Sie nach den anderen Morden befragen: danach, wo Sie zum Zeitpunkt der Morde waren und was Sie über die Opfer wissen.« Fabel stand auf und lehnte sich an den Vernehmungstisch. »Sie stecken immer noch im Schlamassel, Herr Olsen. Sie sind die einzige Person, der wir nachweisen können, dass sie am Tatort war, und Sie haben ein Motiv. Ich rate Ihnen, sämtliche Fragen von Frau Wolff vollständig und wahrheitsgetreu zu beantworten.«

Anna bat Olsens Anwalt: »Entschuldigen Sie mich einen Moment«, und folgte Fabel hinaus auf den Korridor.

»Glaubst du ihm?«, fragte sie, als niemand in der Nähe war.

»Ja. Wirklich. Es gab immer etwas an Olsen, das nicht ins Bild passte. Diese Morde waren keine Verbrechen aus Leidenschaft. Jemand plant das Ausleben dieser grässlichen, wahnsinnigen Fantasien sehr sorgfältig.«

»Glaubst du wirklich, dass Olsen Angst vor einem anderen Mann hätte? Er hat sich auf einen Kampf mit Werner eingelassen, und Werner ist kein Leichtgewicht.«

»Stimmt. Aber ich glaube, Olsen hat mehr von Maria als von Werner zu fürchten.« In Fabels Lächeln zeigte sich eine Spur von Missbilligung. »Ich hoffe, sie ist nicht bei dir in die Lehre gegangen, Anna.«

Sie reagierte mit einer verständnislosen Miene. Dadurch kam unter dem kurzen, stacheligen schwarzen Haar und hinter dem Make-up eine schulmädchenhafte Unschuld hervor. Fabel hatte sie bereits zweimal wegen ihres aggressiven Verhaltens verwarnt.

»Jedenfalls«, fuhr sie fort, »weiß ich nicht, ob Olsens Geschichte von dem gespenstischen Riesen genügt, um ihn zu entlasten. Schließlich haben wir nur seine eigene Aussage.«

»Ich glaube ihm. Er hat Angst gehabt dort draußen im Naturpark… Todesangst. Der Mörder ist besessen von den Grimm'schen Märchen… Und Olsen hatte keine Angst davor, sich mit einem anderen Mann, einem anderen Kraftprotz, anzulegen. Er war allein in der Finsternis, im Wald, und hat etwas gesehen, das nicht menschlich zu sein schien. Das hat ihn erschreckt… Das Gespenst, der Menschenfresser, der Werwolf. Ich konnte zuerst nicht begreifen, weshalb Olsen wie angewurzelt dastand. Aber dort draußen war er nicht der klotzige Schläger, der bei uns im Vernehmungszimmer sitzt, sondern ein kleiner Junge, der eine Gruselgeschichte gehört hat und dann unter einem Albtraum leidet. Das will der Mörder, und deshalb hat er Erfolg… Er verwandelt seine Opfer in verängstigte Kinder.« Fabel blickte in Richtung der geschlossenen Tür. »Jedenfalls werden wir bald herausfinden, ob er die Wahrheit sagt, Anna. Darum versuch, ihm noch einiges mehr zu entlocken.«

Anna kehrte ins Vernehmungszimmer zurück, und Fabel machte sich zu seinem Büro in der Mordkommission auf. Irgendetwas wollte sich in seine Gedanken drängen, aber es befand sich knapp außerhalb seiner Reichweite.

Fabel setzte sich an seinen Schreibtisch. Er blickte schweigend durch das Fenster auf den Winterhuder Park. Unter ihm erstreckte sich Hamburg über den weiten Horizont. Fabel versuchte, das Gewirr der Details, die abertausend Worte, die er über den Fall gehört und gelesen hatte, die Schautafel und die Tatortfotos zu verdrängen. Er beobachtete, wie der blauweiße, seidene Himmel über die Stadt glitt. Irgendwo gab es den Schlüssel zur Wahrheit, der auf seine Entdeckung wartete. Etwas Einfaches. Etwas Reines, Kristallklares mit scharfen Umrissen.

Märchen. Alles drehte sich um Märchen und zwei Brüder, die sie gesammelt hatten. Zwei Brüder, die philologisches Forschungsmaterial zusammentrugen und nach der »wahren und ursprünglichen Stimme der deutschsprachigen Völker« suchten. Sie waren von der Liebe zur deutschen Sprache und dem innigen Wunsch getrieben worden, die mündliche Tradition am Leben zu erhalten. Vor allem aber waren sie Patrioten, Nationalisten. Sie machten sich zu einer Zeit auf ihre Suche, als Deutschland eine Idee, keine Nation war; als die napoleonischen Machthaber die örtlichen und regionalen Kulturen auslöschen wollten.

Aber die Grimms hatten ihre Richtung geändert. Nachdem die erste Sammlung von Erzählungen veröffentlicht worden war, hatten nicht die deutschen Hochschulen mit überwältigender Begeisterung reagiert und zahlreiche Exemplare des Werkes gekauft, sondern es waren die einfachen Bürger gewesen. Genau die Menschen, deren Stimme die Brüder hatten aufzeichnen wollen. Und vor allem waren es Kinder gewesen.

Jacob, der Sucher nach der philologischen Wahrheit, hatte sich Wilhelm gefügt, und sie hatten die Geschichten für die zweite Ausgabe bereinigt und manchmal ausgeschmückt, bis sie doppelt so lang waren. So verschwand Hans Dumm, der Frauen schwängern konnte, indem er sie bloß anschaute. Die schwangere, doch naive Rapunzel fragte nicht mehr, weshalb ihre Kleidung ihr nicht passte. Dornröschen wurde nicht mehr in ihrem Zauberschlaf vergewaltigt. Und das liebliche Schneeweißchen, das am Ende des ursprünglichen Märchens zur Königin gekrönt wurde, befahl nicht mehr, dass ihre böse Stiefmutter gezwungen wurde, Schuhe aus glühendem Eisen anzuziehen und sich zu Tode zu tanzen.

Die Wahrheit. Die Brüder Grimm hatten die wahre Stimme der Deutschen gesucht und ihre eigene Pseudoliteratur geschaffen. Aber was war denn eine authentische deutsche Stimme? Wie Weiss unterstrichen hatte, hallten französische, italienische, skandinavische, slawische und andere Erzählungen in den Märchen und Sagen wider, die die Grimms gesammelt hatten. Was suchte der Mörder? Die Wahrheit? Oder wollte er die Dichtung zur Wahrheit machen wie Weiss' ersonnener Jacob Grimm?

Fabel stand auf, trat ans Fenster und beobachtete die Wolken. Er begriff es nicht. Der Mörder versuchte nicht nur, mit Fabel zu reden, sondern er brüllte ihm ins Gesicht. Aber Fabel konnte ihn nicht hören.

Werner klopfte an die Tür und kam mit einem Ordner herein. Fabel bemerkte, dass er ein Paar Spurensicherungshandschuhe aus Latex trug, und warf einen fragenden Blick auf den Ordner.

»Außer dem Zeug, das du von Weiss bekommen hast, habe ich mich durch Säcke voll Fanpost von seinem Verlag gequält. Das Material, das der Verlag geschickt hat, reicht fast ein Jahr zurück, und ich bin nun bei den Briefen angekommen, die vor ungefähr sechs Monaten geschrieben wurden. Dabei bin ich auf allerlei Verrückte gestoßen, mit denen ich ganz gern mal plaudern würde«, sagte Werner. Er öffnete den Ordner und ergriff mit seinem in Latex gehüllten Zeigefinger und Daumen vorsichtig den Rand eines Blattes. »Dann habe ich das hier gefunden… « Er zog das Blatt aus dem Ordner.

Fabel starrte den Brief an, den Werner hochhielt. Es war ein gelbes Blatt Papier, bedeckt mit einer winzigen Schrift in roter Tinte.

Holger Brauner hatte bestätigt, dass das Papier identisch mit dem der kleinen, aus einer Seite geschnittenen Zettel war, die man in den Händen jedes der Opfer gefunden hatte. Brauner hatte auch erklärt, dass seine anfängliche Vermutung zugetroffen habe: Die Papiersorte war ein weit verbreitetes Massenprodukt, das überall im Land in Supermärkten, Bürobedarfsläden und Computergeschäften verkauft wurde. Deshalb ließ sich nicht herausfinden, wo und wann es erworben worden war.

Auch die Handschrift stimmte mit der auf den Zetteln überein, und von der chemischen Analyse der roten Tinte wurde keine Überraschung erwartet. Besonders interessant an Werners Fund war für Fabel die Tatsache, dass es sich um einen Brief handelte. Fanpost. Nicht etwas an einem Tatort Hinterlassenes. Möglicherweise hatte sich der Mörder hier keine sonderliche Mühe gegeben, Spuren zu vermeiden. Aber Fabel sollte enttäuscht werden: Brauner konnte auf dem Brief weder DNS-Überreste noch Fingerabdrücke noch sonst etwas finden, das eine Identifikation des Verfassers ermöglichte.

Als der Mann an Weiss geschrieben hatte, wusste er bereits, dass er Morde begehen würde. Und er wusste auch, dass die Polizei den Brief irgendwann finden würde.

Brauner hatte vier Kopien beigelegt, auf denen das Schreiben auf das Zweieinhalbfache des Originals vergrößert worden war. Eine davon hing nun an der Schautafel.

Lieber Herr Weiss,
ich wollte Ihnen nur mitteilen, wie entzückt ich über Ihr jüngstes Buch, Die Märchenstraße, *bin. Ich sah der Lektüre mit großem Interesse entgegen und sollte nicht enttäuscht werden. Meiner Ansicht nach ist dies eines der bedeutendsten, profundesten Werke der modernen deutschen Literatur.*

Während ich Ihr Buch las, wurde mir sehr deutlich, dass Sie mit der wahren Stimme Jacob Grimms sprechen, genau wie sich Jacob bemühte, mit der wahren Stimme Deutschlands zu sprechen: Es sind unsere Geschichten, unser Leben und unsere Ängste; unser Gutes und unser Böses. Wussten Sie, dass der britische Dichter W. W. Auden zu einer Zeit, als sein Land in einen tödlichen Kampf mit unserem verstrickt war, schrieb, dass die Grimm'schen Märchen, zusammen mit der Bibel, die Grundlage der westlichen Kultur bildeten? Eine solche Kraft haben diese Märchen, Herr Weiss. Eine solche Kraft hat die wahre, klare Stimme unseres Volkes. Ich habe sie so viele, viele Male gehört, und ich weiß, dass Sie mich verstehen, dass auch Sie die Stimme hören.

Sie haben oft davon gesprochen, dass Menschen Teile von Geschichten werden können. Glauben Sie auch, dass Geschichten zu Menschen werden können? Oder dass wir alle eine Geschichte sind?

Ich bin auf meine Weise ein Schöpfer von Geschichten. Nein, ich übertreibe meine Rolle: Ich bin eher ein Aufzeichner von Geschichten. Ich ordne sie an, damit andere sie lesen und ihre Wahrheit verstehen können. Wir sind Brüder, Sie und ich. Wir sind Jacob und Wilhelm. Aber während Sie, wie Wilhelm, diese Geschichten bearbeiten und ihre Einfachheit verschönern, um Ihr Publikum anzusprechen, strebe ich, wie Jacob, danach, ihre hohe, leuchtende Wahrheit darzubieten. Stellen Sie sich Jacob vor, wie er, verborgen außerhalb des Waldhäuschens von Dorothea Viehmann, den Geschichten lauscht, die sie nur Kindern erzählte. Stellen Sie sich das Wunderbare vor: jahrhundertealte, zauberhafte Geschichten, die über die Generationen hinweg weitergegeben wurden. Ich habe

Ähnliches erlebt. Das ist es, was ich meinem Publikum bieten werde – und es wird Ehrfurcht empfinden.

Mit der Liebe eines Bruders zum anderen
Ihr Märchenbruder

Fabel las den Brief ein zweites Mal. Der Text sagte nichts Konkretes aus. Er konnte weder Weiss' Argwohn noch den seines Verlags geweckt haben. Das Ganze klang eher nach einem verschrobenen Fan, der sich über seine eigene schriftstellerische Arbeit äußert, nicht nach einem Mörder, der seinen Plan enthüllt, die Grimm'schen Märchen mit echten Leichen nachzuspielen.

»Wer ist Dorothea Viehmann?« Werner stand neben Fabel und schaute zu der vergrößerten Kopie des Briefes hinauf.

»Sie war eine von den Grimms entdeckte alte Frau. Genauer gesagt, war es Jacob, der sie fand«, antwortete Fabel. »Sie wohnte in der Nähe von Kassel. Obwohl sie eine berühmte Geschichtenerzählerin war, weigerte sie sich, auch nur eine davon an Jacob Grimm weiterzugeben. Daher setzte er sich vor ihr Fenster und lauschte, während sie den Kindern des Dorfes die Geschichten erzählte.«

Werner wirkte beeindruckt.

Fabel drehte sich zu ihm um und lächelte. »Ich habe meinen Horizont erweitert.«

Inzwischen hatten sich die übrigen Teammitglieder versammelt, und ein Summen aufgeregter Stimmen war zu hören, während sie das neue Beweisstück begutachteten. Fabel meldete sich zu Wort.

»Das hier verrät uns nicht mehr, als wir schon wissen. Die einzige zusätzliche Information, die wir daraus entnehmen können, ist möglicherweise eine weitere psychologische Erkenntnis, die Frau Dr. Eckhardt durch den Text gewinnt.« Susanne würde am folgenden Tag aus Norddeich zurückkehren, und Fabel hatte bereits eine Kopie zum Institut für Rechtsmedizin schicken lassen. Außerdem plante er, sie später im Haus seiner Mutter anzurufen und ihr den Inhalt vorzulesen, um ihre erste Reaktion zu hören.

Henk Hermann hob die Hand, als säße er in einem Klassenzimmer. Fabel nickte lächelnd. Hermann ließ die Hand verlegen sinken. »Er unterzeichnet mit ›Ihr Märchenbruder‹. Was soll das bedeuten?«

»Er sieht offenbar eine starke Beziehung zwischen sich und Weiss. Aber vielleicht steckt noch mehr dahinter. Und ich kenne die ideale Person, bei der ich mich erkundigen kann.«

»Die ideale Person wäre der Mörder selbst«, schaltete sich Werner ein.

»Und vielleicht ist es genau der, mit dem ich sprechen werde«, erwiderte Fabel grimmig.

Weiss nahm den Hörer bereits nach zweimaligem Läuten ab. Fabel vermutete, dass er sich gerade in seinem Arbeitszimmer aufgehalten hatte. Er erklärte dem Schriftsteller, die Polizei habe unter der an den Verlag adressierten Fanpost einen Brief entdeckt, der eindeutig von dem Mörder stamme. Weiss hörte schweigend zu, während Fabel ihm den Text vorlas.

»Und Sie sind überzeugt davon, dass er sich auf diese Morde bezieht?«, fragte Weiss, als Fabel geendet hatte.

»Ja. Es ist unzweifelhaft dieselbe Person. Gibt es in dem Brief etwas, das bedeutsam sein könnte? Zum Beispiel die Erwähnung von Dorothea Viehmann?«

»Dorothea Viehmann!« Weiss' Tonfall klang zynisch. »Die Quelle der Weisheit der deutschen Volkskunde, zu der Jacob Grimm aufschaute. Und Ihr irregeleiteter Verrückter denkt natürlich das Gleiche.«

»Warum ist das ein Fehler?«

»Was ist nur los mit uns Deutschen? Wir suchen dauernd nach einer Identität. Wir wollen wissen, wer wir sind, und finden unweigerlich die falsche Antwort, verdammt noch mal.

Die Grimms beteten Dorothea Viehmann an und hielten ihre Versionen deutscher Märchen für maßgeblich. Aber den Namen Viehmann erhielt sie durch ihre Heirat, ihr Mädchenname war Pierson. Sie war französischer Abstammung. Dorothea Viehmanns Eltern wurden, weil sie Protestanten – Hugenotten – waren, aus Frankreich vertrieben. Sie behauptete, ihre Geschichten seien deutsche Märchen, die sie von Reisenden auf dem Weg nach und von Frankfurt gehört hatte. In Wirklichkeit waren viele der Geschichten, die sie den Kindern erzählte, französischer Herkunft. Die gleichen Erzählungen waren ein Jahrhundert vorher oder noch früher von Charles Perrault in Frankreich aufgezeichnet worden. Und Dorothea Viehmann war nicht die Einzige. Da gab es noch die geheimnisvolle ›Marie‹, die ›Schneewittchen‹, ›Rotkäppchen‹ und ›Dornröschen‹ übermittelt haben soll. Wilhelm Grimms Sohn behauptete, sie sei eine alte Dienerin der Familie gewesen. Wie sich später herausstellte, war sie eine vermögende junge Gesellschaftsdame namens Marie Hassenpflug, ebenfalls französischer Abstammung, und hatte die Geschichten von ihrem französischen Kindermädchen gehört.« Weiss lachte. »Also lautet die Frage, Herr Fabel: Ist Dornröschen in Wirklichkeit *la belle au bois dormant*? Und ist Rotkäppchen nicht *le petit chaperon rouge*? Wie gesagt, wir suchen dauernd nach der Wahrheit über unsere Identität, und wir tappen immer wieder daneben. Am Ende verlassen wir uns darauf, dass ausländische Beobachter sagen, wer wir sind.«

»Ich glaube nicht, dass dieser Wahnsinnige patriotische Haarspalterei betreibt.« Fabel hatte keine Zeit für einen weiteren Vortrag von Weiss. »Ich wollte nur wissen, ob es irgendeine Bedeutung haben könnte, dass er Viehmanns Namen erwähnt.«

Ein kurzes Schweigen am anderen Ende der Leitung. Fabel stellte sich den riesigen Schriftsteller in seinem Arbeitszimmer mit dem dunklen, das Licht absorbierenden Holz vor. »Nein.

Das glaube ich nicht. Seine Opfer gehören beiden Geschlechtern an, nicht wahr?«

»Ja. Er scheint auf Gleichberechtigung Wert zu legen.«

»Das Einzige, was mir an seiner Erwähnung von Dorothea Viehmann wichtig vorkommt, ist die Tatsache, dass die Grimms sie für eine geradezu beispiellose Quelle uralter Weisheit hielten. Und sie meinten offenbar, dass Frauen die Hüterinnen der deutschen mündlichen Tradition seien. Wenn sich Ihr Mörder auf Frauen, besonders auf alte Frauen, konzentrieren würde, dann könnte es eine Verbindung geben.« Wieder ein kurzes Schweigen. »Eines an dem Brief macht mir zu schaffen. Und zwar sehr. Die Art, wie der Mann unterschrieben hat.«

»Was ... ›Ihr Märchenbruder‹?«

»Ja ...« Fabel spürte ein Unbehagen in Weiss' Stimme. »Ihr Märchenbruder. Wie Sie vielleicht wissen, starb Jacob vier Jahre vor Wilhelm. Wilhelm hielt eine gefühlvolle Grabrede bei Jacobs Beerdigung. Er nannte ihn seinen Märchenbruder. Scheiße. Herr Fabel, dieser Verrückte glaubt, dass er und ich unter einer Decke stecken.«

Fabel atmete tief durch. Es hatte bei all den Morden tatsächlich eine Partnerschaft gegeben. Und Weiss war der andere Partner – allerdings, ohne etwas davon zu ahnen.

»Ja, Herr Weiss. Das fürchte ich auch.« Fabel machte eine Pause. »Mir fällt Ihre Theorie ein, dass Literatur zur Realität gemacht werden kann und dass Sie umgekehrt Menschen in Ihren Büchern ›leben‹ lassen.«

»Ja und?«

»Es sieht so aus, als hätte er Sie in seine eigene Geschichte einbezogen.«

50.

Institut für Rechtsmedizin, Universitätsklinikum Hamburg-Eppendorf, Mittwoch, den 21. April, 9.45 Uhr

Fabel hasste die Leichenhalle. Und Autopsien konnte er nicht ausstehen. Es lag weniger an einem natürlichen Abscheu vor Blut und Eingeweiden, obwohl auch dieses Gefühl eine Rolle spielte und einen ekelhaften Druck in der Magengegend auslöste. Der Hauptgrund jedoch war die unfassbare Tatsache, dass ein Mensch, der sich selbst als Zentrum seines gewaltigen und komplexen Universums begriff, plötzlich zu bloßem Fleisch werden konnte. Es war die absolute Leblosigkeit der Toten, die plötzliche, totale und unwiderrufliche Zerstörung der Persönlichkeit, die er hasste. Bei jedem Mordfall versuchte Fabel, in seinem Geist etwas von dem Opfer am Leben zu erhalten, als ob es sich noch in einem anderen, fernen Zimmer befände. Für ihn waren es Menschen, denen man Unrecht getan hatte und denen er so etwas wie Gerechtigkeit verschaffen musste, als wäre es eine Schuld gegenüber den Lebenden. Nicht einmal das Aufsuchen eines Tatorts oder die Betrachtung der Fotos von tödlichen Verletzungen schien dieses Gefühl, es mit einer Person zu tun zu haben, zu beeinträchtigen. Aber wenn Fabel zusah, wie der Mageninhalt eines Menschen in eine Waagschale geschöpft wurde, dann wurde die Person zu einer Leiche.

Möller war gut in Form. Als Fabel den Obduktionssaal betrat, betrachtete der Gerichtsmediziner ihn mit seiner wie üblich geringschätzigen Miene. Er trug noch den blauen Obduzierkittel, und seine wegwerfbare hellgraue Plastikschürze wies verschmierte Blutspuren auf. Der rostfreie Autopsietisch war leer, und Möller spritzte ihn fast geistesabwesend mit dem daran angebrachten Sprühkopf sauber. Aber irgendetwas schien in der Luft zu schweben. Fabel hatte lange zuvor festgestellt, dass die Toten die Lebenden nicht als Geister, sondern mit ihren Gerüchen heimsuchen. Möller hatte seine Reise durch die Materie eines Menschen, der früher Gerd Ungerer hieß, offenbar gerade abgeschlossen.

»Interessant«, sagte Möller und sah müßig zu, wie das Wasser rosa herumwirbelte und das Blut zum Abfluss trieb. »Sehr interessant.«

»Wieso?«, fragte Fabel.

»Die Augen wurden nach dem Tod entfernt. Die Todesursache war ein einzelner Messerstich in die Brust. Eine geradezu klassische Methode… unter dem Brustbein nach oben direkt ins Herz. Ihr feiner Herr hat das Messer fast fünfundvierzig Grad im Uhrzeigersinn gedreht. Dadurch wurde das Herz wirkungsvoll zerstört, und das Opfer war innerhalb von Sekunden tot. Wenigstens hat er nicht lange gelitten und wusste nicht, dass seine Augen entfernt wurden. Wozu der Täter übrigens seine Hände benutzte. Nichts deutet auf ein Instrument hin.« Möller schaltete den Sprühkopf aus und lehnte sich auf den Tischrand. »Es gab keine Kampfspuren. Überhaupt keine. Keine Kerben oder Schnitte an den Händen oder Unterarmen und auch keine anderen Hinweise auf eine Gegenwehr.«

»Also wurde das Opfer überrascht, oder es kannte den Mörder – oder beides.«

Möller richtete sich wieder auf. »Das ist Ihr Gebiet, Herr Hauptkommissar. Ich nenne die Fakten, und Sie ziehen die Schlüsse. Aber es gibt noch ein paar andere Dinge an diesem Herrn, die Sie vielleicht interessant finden werden.«

»Ach ja?« Fabel widerstand der Versuchung, Möller anzutreiben, und lächelte geduldig.

»Zum einen war Herr Ungerer vorzeitig ergraut und hat sein Haar dunkel gefärbt, ganz im Gegensatz zu unserem lieben Kanzler, versteht sich. Aber das, was ich unter seiner Kopfhaut fand, war noch faszinierender. Der Mörder hat das Leben von Herrn Ungerer nicht allzusehr verkürzt, er ist dem Tod nur um ein paar Monate zuvorgekommen.«

»Ungerer war krank?«

»Todkrank. Aber es ist durchaus möglich, dass er nichts davon wusste. Er hatte ein großes Gliom im Zerebrum. Einen Hirntumor. Der Größe nach ist er schon seit einiger Zeit gewachsen, und die Lage lässt vermuten, dass die Symptome irreführend gewesen sein könnten.«

»Konnten Sie feststellen, ob er deshalb behandelt worden ist?«

»Nein, meines Wissens nicht. Es gab kein Anzeichen für eine Krebstherapie oder den Einsatz von Kortison, das in solchen Fällen gewöhnlich zum Abschwellen des Hirngewebes verschrieben wird. Vor allem aber deutet nichts auf einen chirurgischen Eingriff hin, und das ist der erste Schritt bei dieser Art von Tumor. Ich brauche eine vollständige Histologie für das Gliom, aber es sieht mir nicht nach einem Astrozytom, einer gutartigen Geschwulst, sondern nach einem aggressiven Primärtumor aus, der noch nicht metastasiert hat. Deshalb hat es in seinem Körper nirgendwo sonst einen Befund gegeben, der die Aufmerksamkeit eines Arztes erregt hätte. Meistens sind Hirntumore Metastasen von Primärtumoren an anderen Körperstellen, aber das scheint hier nicht der Fall gewesen zu sein. Und noch ein erschreckender Gedanke für Sie: Er war genau im richtigen Alter. Männer mittleren Alters bilden diese aggressiven Hirntumore am häufigsten aus.«

»Aber er muss doch Symptome gehabt haben – beispielsweise Kopfschmerzen?«

»Nicht unbedingt. Hirntumore können sich kaum ausdehnen. Sie liegen im einzigen Teil des Körpers, der völlig von Knochen umgeben ist, und während der Tumor wächst, verstärkt sich der Druck innerhalb des Schädels auf das gesunde Gewebe. Das kann schwere Kopfschmerzen verursachen, die manchmal schlimmer werden, wenn man sich hinlegt, aber nicht immer. Wie gesagt, der Tumor von Herrn Ungerer wuchs zwar ziemlich schnell, aber er war so gelagert, dass sich die Hirnschädigung schleichend vollzog. Die Symptome können subtil gewesen sein.«

»Was heißt das?«

»Zum Beispiel können sie eine Änderung der Persönlichkeit bewirkt haben, des Verhaltens. Er könnte seinen Geruchssinn verloren oder vielleicht durchdringende Düfte gerochen haben, die gar nicht da waren. Er spürte möglicherweise ein Kribbeln an einer Körperseite, oder ihm war häufig übel. Ein verbreitetes Symptom ist auch ein plötzliches Erbrechen ohne vorherige Übelkeit.«

Fabel dachte über Möllers Worte nach. Er erinnerte sich an Marias Bericht über ihr Gespräch mit Frau Ungerer, die den Wandel der Persönlichkeit ihres Mannes beschrieben hatte. Sein sexuelles Verlangen sei unersättlich geworden; ein treuer, liebevoller Ehemann habe sich in einen lüsternen Wüstling und einen gewohnheitsmäßigen Ehebrecher verwandelt. Er sei zum »Blaubart« geworden. Als Fabel dies und Marias Schilderung des »verbotenen« Kellers und der Truhe darin gehört hatte, war das Blut in seinen Adern zu Eis gefroren. Eine weitere Märchenverbindung, abgesehen davon, dass »Blaubart« eine französische Geschichte von Perrault war. Aber sie hatte in »Fitchers Vogel« eine deutsche Entsprechung bei den Brüdern Grimm. Dieser Mörder kannte Ungerer. Oder wenigstens wusste er genug über ihn, um in ihm eine perfekte Wahl für seine wahnsinnige grimmsche Märchenthematik zu erkennen.

»Könnte die Krankheit im sexuellen Verhalten des Opfers zum Ausdruck gekommen sein?« Fabel skizzierte kurz Ungerers dramatischen Persönlichkeitswandel.

»Das ist möglich«, nickte Möller. »Wenn die Veränderung so radikal war, wie Sie es beschreiben, dann lag die Ursache dafür höchstwahrscheinlich im Tumor. Wir halten Sex für etwas Physisches, aber das stimmt nicht. Bei der Bestie Mensch spielt sich alles hier oben ab.« Möller tippte sich mit dem Zeigefinger an die Stirn. »Wenn sich die Struktur oder die Chemie des Gehirns wandelt – und der Tumor des Opfers hat höchstwahrscheinlich beides beeinträchtigt –, kommt es zu allen möglichen Veränderungen der Persönlichkeit und des Verhaltens. Dann ist es durchaus möglich, dass Ihr moralischer Familienvater zu einem lüsternen Wolf wurde.«

Während Fabel zurück ins Präsidium fuhr, schien die Aprilsonne freundlich auf Hamburg nieder. Die Stadt sah munter und frisch aus und bereitete sich auf den Sommer vor. Aber Fabel bemerkte nichts davon. Er war sich nur der dunklen, bedrohlichen Gegenwart eines Wahnsinnigen bewusst, der auf der Suche nach einer verdrehten literarischen oder kulturellen Wahrheit Menschen ermordete und verstümmelte. Er war so nahe, dass Fabel ihn fast riechen konnte.

51.

Hamburg-Altona, Donnerstag, den 22. April, 21.30 Uhr

Lina Ritter zwängte sich in das Kostüm und gelangte zu der Einsicht, dass sie allmählich zu alt für dieses Geschäft wurde. Nein, sie war schon zu alt dafür. Seit fast fünfzehn Jahren war dies ihr Beruf, und nun, mit vierunddreißig, hatte sie genug. Das war eine Sache für jüngere Frauen. Sie musste sich zunehmend »spezialisieren«, was bedeutete, auf die absonderlichen Wünsche bestimmter Kunden einzugehen. Die Rolle der Domina passte besser zu ihr, außerdem brauchte sie meistens niemanden zu ficken: Sie kommandierte irgendeinen fetten Geschäftsmann eine halbe Stunde lang herum, verprügelte ihm den Arsch, wenn er zu lange brauchte, ihren Anweisungen zu folgen, um ihm dann, während er sich einen runterholte, zu beschimpfen, wie unartig er sei und wie wütend er sie mache. Es wurde einigermaßen gut bezahlt, die gesundheitlichen Risiken waren geringer, und ihre Kunden wurden häufig damit bestraft, dass sie die Hausarbeit für sie erledigten.

Heute würde es jedoch schwieriger werden. Der Mann, der ihre Dienste gebucht hatte, hatte ihr im Voraus ein Bündel Bargeld überreicht. Dann hatte er von ihr verlangt, heute Abend die Kleidung zu tragen, die er für sie mitgebracht hatte. Dieses alberne, verdammte Kostüm ließ sie annehmen, dass sie diesmal nicht die dominierende Partnerin sein würde, und sie hatte sich darauf eingestellt, von dem großen Kerl gefickt zu werden.

Er war pünktlich eingetroffen, und nun wartete er im Schlafzimmer auf sie, während sie sich in das Kostüm quetschte. Es hätte sich besser für jemanden geeignet, der ein oder zwei Größen kleiner als Lina war. Was eine Frau alles tun musste, um sich ihren Lebensunterhalt zu verdienen! Lina hatte vergessen, wie groß ihr Kunde war. Groß, aber still. Fast scheu. Er würde ihr keinen Kummer machen.

Lina ging ins Schlafzimmer und drehte eine Pirouette. »Gefällt's dir?« Sie blieb mitten in der Drehung stehen, als sie ihn sah. »Oh… du hast auch ein besonderes Kostüm an…«

Der Mann stand neben dem Bett. Er hatte alle Lichter außer der kleinen Nachttischlampe hinter sich ausgeschaltet, sodass sich nur seine halbe Silhouette abzeichnete. Alles im Zimmer wirkte winzig neben seiner dunklen Masse. Er trug eine kleine Gummimaske, wie sie gelegentlich von Kindern verwendet wurde; sie hatte die Form eines Wolfsgesichts. Die Züge des Wolfes waren verzerrt, da sich die winzige Maske über ein zu großes Gesicht dehnte. Dann erkannte Lina, dass er kein hautenges Kostüm trug, wie sie zuerst gedacht hatte, sondern dass sein ganzer Körper, von den Knöcheln bis zu seiner Kehle und die Arme hinunter bis zu seinen Handgelenken, mit Tätowierungen bedeckt war. Mit Worten in der alten Vorkriegsschrift. Er stand wuchtig und schweigend da, mit der blöden Maske und seinem tätowierten Körper, das Licht hinter sich. In Lina stieg eine unbestimmte Angst hoch. Dann begann er zu sprechen.

»Ich habe dir ein Geschenk mitgebracht, Gretel«, sagte er, und seine Stimme wurde durch die Gummimaske gedämpft.

»Gretel?« Lina schaute an ihrem Kostüm hinunter. »Das ist kein Gretel-Kostüm. Habe ich einen Fehler gemacht?«

Der Kopf hinter der zu kleinen Gummi-Wolfsmaske bewegte sich langsam hin und her. Er streckte die Hand aus und hielt ihr eine hellblaue Schachtel hin, die mit einem gelben Band verschnürt war.

»Ich habe dir ein Geschenk mitgebracht, Gretel«, wiederholte er.

»Oh … oh, vielen Dank. Ich liebe Geschenke.« Lina machte einen, wie sie glaubte, koketten Knicks und nahm die Schachtel entgegen. Sie versuchte zu verbergen, dass ihre Finger zitterten, während sie das Band löste. »Na … was haben wir denn hier?«, sagte sie, als sie den Deckel hob und in die Schachtel hineinblickte.

Als Linas Schrei ihrer Kehle entwich, hatte der Mann das Zimmer bereits durchquert.

52.

Polizeipräsidium Hamburg, Donnerstag, den 22. April, 21.30 Uhr

Fabel stand an der Schautafel und stützte sich auf den davor stehenden Tisch. Er betrachtete alle Informationen auf der Tafel, sah jedoch nicht das, was er dort sehen wollte, was er sehen musste. Außer ihm befand sich nur noch Werner im Büro. Er saß mit herabhängenden Schultern auf der Tischkante, und der

Bluterguss an seinem Kopf trat durch die Blässe seines Gesichts noch stärker hervor. »Ich glaube, du solltest Feierabend machen«, sagte Fabel. »Der erste Tag nach der Rückkehr, du weißt schon.«

»Mir geht's bestens«, beteuerte Werner ohne große Überzeugungskraft.

»Bis morgen dann.« Fabel sah zu, wie Werner hinausging, und drehte sich wieder zur Schautafel um. Der Mörder hatte erwähnt, dass Jacob Grimm die Märchen von Dorothea Viehmann gehört und dass er, der Mörder, eine ähnliche Erfahrung gemacht habe. Um wen handelte es sich dabei? Wer hatte ihm die Märchen erzählt? Er musterte die Fotos von Weiss, Olsen und Fendrich, die er an die Tafel geheftet hatte. Alte Frauen. Mütter. Weiss hatte eine italienische Mutter, die großen Einfluss auf ihn ausübte. Fabel wusste nichts über Olsens Eltern, aber Fendrich hatte bis zum Tod seiner Mutter offensichtlich eine enge Beziehung zu ihr gehabt. Und sie war kurz vor den Morden gestorben. Weiss und Olsen erschienen Fabel inzwischen nicht mehr verdächtig, also blieb nur noch Fendrich. Aber sobald man ihn unter die Lupe nahm, wirkte die Sache nicht mehr einleuchtend. Fabel betrachtete die Bilder der drei Männer erneut. Sie hätten kaum unterschiedlicher sein können, und keiner schien der Richtige zu sein. In diesem Moment bemerkte Fabel, dass Anna Wolff neben ihm stand. »Hallo, Anna. Bist du mit Olsen fertig?« fragte er.

Anna schüttelte ungeduldig den Kopf. Sie hielt das Foto des letzten Opfers hoch, des augenlosen Bernd Ungerer. »Es gibt eine Verbindung«, sagte sie mit beherrschter Aufregung. »Olsen kennt Ungerer.«

Olsen saß noch an dem Tisch im Vernehmungszimmer, doch seine gesamte Körpersprache hatte sich geändert. Er sah eifrig, fast aggressiv aus. Sein Anwalt wirkte jedoch weniger munter. Schließlich waren sie mit der hartnäckigen kleinen Anna Wolff fast vier Stunden lang eingesperrt gewesen. »Herr Kriminalhauptkommissar, mein Mandant riskiert, sich noch weiter zu belasten, wenn er Ihnen bei Ihrer Ermittlung hilft.«

Fabel nickte ungeduldig. »Lassen Sie uns bitte hören, was Herr Olsen über seine Beziehung zu Herrn Ungerer zu sagen hat.«

»Ich hatte keine Beziehung zu Ungerer«, widersprach Olsen. »Er ist mir nur zwei- oder dreimal über den Weg gelaufen. Er war Vertreter. Ein schmieriger Drecksack.«

»Wo sind Sie ihm begegnet?«

»In der Backstube Albertus. Er hat teure italienische Backgeräte verkauft. Ganz modernes Zeug. Er ist monatelang hinter Markus Schiller hergelaufen, weil er ihn überreden wollte, sich neue Backöfen zuzulegen. Schiller und er sind gut miteinander ausgekommen … zwei Schleimscheißer, die zueinander passten. Ungerer ging dauernd mit Schiller auf Spesen zum Essen, aber er war auf dem Holzweg. Alle Entscheidungen wurden von Schillers Frau getroffen. Sie hatte das Geld und, wie ich gehört habe, auch den Mumm.«

»Wo und wann haben Sie ihn gesehen?«, fragte Anna.

»Ein paar Mal, als ich Hanna von der Bäckerei abgeholt habe.«

»Sie scheinen allerlei Informationen über ihn zu haben, wenn man bedenkt, dass Sie ihm nur flüchtig begegnet sind.«

»Hanna hat mir viel über ihn erzählt. Er hat sie dauernd angeglotzt. Jedes Mal, wenn er vorbeikam. Er war verheiratet, aber er galt als Frauenjäger. Ein Widerling – so hat Hanna ihn immer genannt.«

»Sie haben nie persönlich mit ihm geredet?«

»Nein. Ich hätte mich gern … unter vier Augen mit ihm unterhalten, wenn Sie wissen, was ich meine. Aber Hanna hat mich aufgefordert, es bleiben zu lassen. Außerdem hatte sie sich schon bei ihrem Chef über Ungerer beschwert.«

»Und Hanna hatte nichts mit ihm zu tun, weder bei der Arbeit noch privat?«

»Nein. Sie meinte, dass es ihr kalt über den Rücken lief, weil er sie immer mit den Augen aufgefressen hat. Übrigens kann ich keinen Unterschied zwischen Ungerer und Markus Schiller erkennen. Beides Schleimscheißer. Aber Hanna muss das wohl anders gesehen haben.«

Fabel, der bisher Anna die Gesprächsführung überlassen hatte, beugte sich vor. »Herr Olsen, Sie sind das Bindeglied zwischen drei von fünf Mordopfern …« Er sortierte die Fotos auf dem Tisch und schob die Bilder von Paula Ehlers, Martha Schmidt und Laura von Klosterstadt zu Olsen hinüber. »Sagen Ihnen diese Gesichter etwas?« Er nannte die Namen und die Örtlichkeiten.

»Das Model kenne ich. Ich meine, ich weiß, dass sie berühmt ist und so weiter. Aber persönlich kenne ich keine von ihnen.«

Fabel beobachtete Olsen. Der Mann sagte entweder die Wahrheit, oder er war ein geschickter Lügner. Aber an Geschick fehlte es ihm. Fabel dankte Olsen und seinem Anwalt und ließ den Mechaniker in seine Untersuchungshaftzelle zurückbringen. Anna und Fabel blieben im Vernehmungszimmer. Sie hatten endlich eine Verbindung – eine Spur, der sie folgen konnten. Aber es war frustrierend, dass sie keinen weiteren Anhaltspunkt finden konnten, der sie näher an den Gesuchten heranführte.

Fabel rief seine Mutter an. Er fragte nach ihrem Befinden und bat sie dann, mit Susanne sprechen zu dürfen. Als sich Susanne meldete, teilt er ihr mit, dass er eine Kopie des Briefes zum Institut für Rechtsmedizin geschickt habe, und ging schon mal die Einzelheiten mit ihr am Telefon durch. Er verwies auf die Erwähnung von Dorothea Viehmann und die Unterzeichnung als »Märchenbruder« und wiederholte, was er von Weiss über beides erfahren hatte.

»Eine Möglichkeit scheint sich anzubieten«, sagte Susanne. »Vielleicht ist oder war eine Mutter oder eine andere ältere

Frau der dominierende Faktor im Leben des Mörders. Aber genauso gut könnte sich aus der Unterschrift ›Märchenbruder‹ folgern lassen, dass ein Bruder eine große Rolle in seinem Leben spielte und dass er diese Beziehung nun auf Weiss überträgt. Ich werde mir den Brief sehr genau ansehen, wenn ich am Mittwoch zurückkomme, obwohl ich nicht glaube, dass ich viel herauskriegen werde.« Sie hielt inne. »Ist bei dir alles in Ordnung? Du klingst müde.«

»Die nächtliche Fahrt und der Schlafmangel machen sich allmählich bemerkbar«, bestätigte er. »Gefällt es dir bei uns?«

»Deine Mutter ist wunderbar. Und Gabi und ich lernen einander gut kennen. Aber ich vermisse dich.«

Fabel lächelte. Es war schön, vermisst zu werden. »Ich dich auch, Susanne. Dann bis Mittwoch.«

Er legte den Hörer auf und wandte sich zu Anna um, die grinste, als wollte sie sagen: »Ach, wie süß.« Er ignorierte ihren Blick.

»Anna…« Sein Ton war nachdenklich, als wäre die Frage noch nicht ausformuliert. »Du weißt doch, dass Fendrichs Mutter tot ist?«

»Ja.«

»Woher denn?«

»Na ja… weil er es mir erzählt hat. Ich habe nicht weiter nachgeforscht… Warum sollte er gelogen haben?« Sie überlegte, und dann leuchtete etwas hinter der Müdigkeit in ihren Augen auf. »Ich überprüfe die Sache, Chef.«

53.

Hamburg-Ohlsdorf, Freitag, den 23. April, 7.30 Uhr

Fabel war am Vorabend spät aus dem Präsidium nach Hause gekommen. Er war erschöpft und gereizt gewesen – eine überdrehte Müdigkeit, die ihn nicht schlafen ließ. Deshalb war er noch lange aufgeblieben und hatte ferngesehen, was er sehr selten tat. Er hatte sich Ludger Abeln angeschaut, der die Nachrichten in der plattdeutschen Sendung des Regionalmagazins »Hallo Niedersachsen« verlas, mit der der Norddeutsche Rundfunk die alte Sprache förderte. Abelns Emsländer Stimme hatte Fabel beruhigt. Sie erinnerte ihn an seine Heimat, seine Familie, an die Menschen, mit denen er aufgewachsen war. Ihm fiel ein, wie er Susanne gegenüber beteuert hatte, dass nun Hamburg seine Heimat sei, dass er hierher gehöre. Doch entmutigt und bis zur Schlaflosigkeit erschöpft, hatte er das Gefühl gehabt, dass sich der Dialekt seines Geburtsorts wie eine Schmusedecke um ihn legte.

Im Anschluss an die Nachrichten hatte Fabel ziellos von einem Kanal zum anderen gezappt. 3sat zeigte den Stummfilm *Nosferatu*, F.W. Murnaus expressionistischen Horrorklassiker. Fabel hatte beobachtet, wie sich das flackernde Schwarzweiß des Filmes über die Wände seiner Wohnung tastete und wie der von Max Schreck gespielte Vampir Orlok drohend auf ihn zuzuschleichen schien. Noch eine Legende. Noch eine gruselige Geschichte von Gut und Böse, die zu einem deutschen Meisterwerk geworden war. Fabel wusste, dass auch dieser Stoff ausländischen Ursprungs war: Murnau hatte die Geschichte schamlos von dem britischen Autor Bram Stoker plagiiert. Stokers Buch trug den Titel *Dracula*, und seine Witwe hatte eine Verfügung gegen Murnau erwirkt. Alle Kopien des Filmes wurden daraufhin vernichtet – alle bis auf eine. Dadurch war ein klassisches Werk erhalten geblieben. Während Fabel zuschaute, wie der gespenstische Orlok eine ganze norddeutsche Stadt mit der Pest infizierte, ging ihm der Text des Rammstein-Songs durch den Sinn, den er in Olsens Wohnung gehörte hatte. Grimm, Murnau, Rammstein – unterschiedliche Generationen, doch die gleichen Legenden. Weiss hatte Recht. Alles wiederholt sich. Wir brauchen immer noch Märchen, um uns Angst einjagen zu lassen. – Eingebildete Schrecken und reale Gräuel. Daran hat sich nichts geändert.

Fabel war gegen zwei Uhr ins Bett gegangen. Ihm war klar, dass er in dieser unruhigen Nacht unablässig geträumt hatte. Wie er von Susanne wusste, waren seine ständigen Träume ein Zeichen von Stress, die krampfhaften Bemühungen seines Geistes, die Probleme in seinem Privat- und Berufsleben zu lösen. Ganz besonders ärgerte es Fabel, wenn er sich an seine Träume nicht erinnern konnte. Und als er um halb sechs durch Anna Wolffs Anruf geweckt worden war, hatten sich die Träume der Nacht verflüchtigt. »Guten Morgen, Chef. An deiner Stelle würde ich aufs Frühstück verzichten. Der Mistkerl hat schon wieder zugeschlagen.« Annas direkte Art grenzte manchmal an Respektlosigkeit. »Übrigens glaube ich, dass wir Bernd Ungerers fehlende Augen gefunden haben. Oh… und ich habe noch ein zusätzliches Paar, für alle Fälle…«

Mehr als die Hälfte von Hamburg-Ohlsdorf wird von einem Friedhof eingenommen. Es ist die größte Grünfläche der Stadt: über vierhundert Hektar voller Bäume, liebevoll gepflegter Beete und prächtiger Skulpturen. Viele Bewohner von Hamburg und nicht weniger auswärtige Besucher kommen hierher, um das Grün und die Ruhe zu genießen. Es ist einer der größten Friedhöfe der Welt. Seine eleganten Skulpturen schmücken die Mausoleen und Gräber der Hamburger Toten. Der riesige Friedhof enthält eine halbe Million Gräber.

Der heller werdende Himmel war so gut wie unbewölkt und bereits von den roten Streifen des nahenden Morgens überzogen, als Fabel am Leichenfundort eintraf. Ein Ohlsdorfer Schutzpolizist geleitete ihn an der Cordesallee entlang – der Hauptstraße, die durch den weitläufigen Friedhof führt – und am Wasserturm vorbei zu einer großen Fläche, die einen separaten Friedhof zu bilden schien. Sie war von breitblättrigen Bäumen umsäumt, die bereits ihr gesamtes Frühjahrslaub besaßen. Figuren aus weißem Marmor, Bronze und rotem Granit hielten schweigend Wache an den Gräbern, während Fabel auf die Stelle zuging, an der man die Leiche entdeckt hatte. Anna war bereits da, genau wie Holger Brauner und sein Team, das den Fundort gesichert hatte. Alle tauschten grimmige, für eine frühmorgendliche Mordszene typische Begrüßungen aus, als Fabel sich näherte. Eine Frau lag wie schlafend auf dem Rücken. Ihre Hände waren über der Brust gefaltet. An ihrem Kopf schaute die mächtige Figur eines weiblichen Engels, eine Hand ausgestreckt, zu Boden, als wolle sie der Toten helfen. Fabel blickte sich um. Sämtliche Skulpturen waren weiblich, genau wie die Namen auf den Grabsteinen. »Das hier ist der Garten der Frauen«, erklärte Anna. Fabel wusste, dass der Mörder ihnen sogar durch die Wahl des Fundortes etwas mitteilen wollte. Er blickte zurück zu der toten Frau. Ihre Pose war fast identisch mit derjenigen, die Laura von Klosterstadts Leiche eingenommen hatte. Aber diese Frau hatte dunklere Haare, und ihr fehlte Lauras Schönheit. Auch war sie nicht nackt. »Was für eine Kleidung ist das?«, fragte Anna.

»Ein traditionelles norddeutsches Frauenkostüm. Wie es in einem plattdeutschen Theater getragen wird«, sagte Fabel. »Zum Beispiel in der Finkwarder Speeldeel.«

Anna sah nicht klüger aus als zuvor. »Und da sind die Augen.« Sie zeigte auf die Brust der Frau, auf der vier blutverschmierte Papiertaschentücher lagen. »Wir scheinen ein Überangebot zu haben – zwei Augen zu viel.«

Fabel betrachtete die Leiche eingehend von Kopf bis Fuß. Sie trug eine hellrote Trachtenhaube, die mit weißen Spitzen abgesetzt und unter ihrem Kinn verschnürt war. Über ihren Schultern lag ein bunter Schal, und ihre breitärmelige weiße Bluse wurde von einem schwarzen Mieder mit goldenen und roten Stickereien bedeckt. Die klebrigen Augäpfel hatten Flecke auf dem Mieder hinterlassen. Ihr roter, knöchellanger Rock wurde fast verhüllt von einer ebenfalls bestickten weißen Schürze. Außerdem hatte sie dicke weiße Strümpfe und schwarze Schuhe mit niedrigen Absätzen an. Neben sie hatte jemand einen Korb gestellt, in dem ein Mohnbrot lag. »Sieht echt aus«, sagte Fabel. »Diese Trachten werden gewöhnlich von Vereinsmitgliedern der Speeldeel hergestellt oder von den Müttern an die Töchter weitergegeben. Kennen wir ihre Identität?« Anna schüttelte den Kopf. »Dann sollten wir ein Foto von ihr und den Einzelheiten des Kostüms in Umlauf bringen. Sicher wird eines der Vereinsmitglieder sie oder es erkennen.«

»Ist dir die Farbe der Haube aufgefallen?« Anna reichte Fabel eine transparente Spurensicherungstüte. Darin befand sich ein weiterer gelber Zettel. Fabel las die winzige Schrift im bleichen Morgenlicht: »Rotkäppchen.«

»Verdammt.« Fabel gab Anna die Tüte mit einer ruckartigen Bewegung zurück. »Der Kerl wird sich durch die ganze Sammlung durcharbeiten, wenn wir ihn nicht bald erwischen. Die Zeitabstände zwischen den Morden werden kürzer, aber seine blutigen Tableaus sind nicht weniger raffiniert. Er muss die Sache schon vor einiger Zeit geplant haben.«

»Die Augen, Chef«, sagte Anna. »Wir haben ein Paar, dessen Herkunft wir nicht kennen. Das bedeutet, es gibt noch ein Opfer, von dem wir nichts wissen.«

»Es sei denn, es sind Paula Ehlers' Augen, und er hat sie eingefroren oder so was.«

»Nein, glaube ich nicht.« Holger Brauner war zu ihnen gestoßen. »Zwei Augenpaare. Beide menschlich, beide mit Gewalt und nicht chirurgisch entfernt. Soweit ich es beurteilen kann, sind beide Paare am Austrocknen, aber eines ist stärker ausgetrocknet als das andere. Also muss es einige Zeit vor dem zweiten Paar rausgerissen worden sein. Und ich sehe keine Anzeichen eines Versuches, die Augen durch Marinieren oder Einfrieren zu konservieren.«

»Warum haben wir dann keine andere Leiche gefunden?«, fragte Anna.

Fabel schnippte mit den Fingern. »Der gescheite Hans... Teufel noch mal, das ist es: Der gescheite Hans.« Anna sah ihn verwirrt an. »Ich beschäftige mich seit Tagen mit diesen verdammten Märchen«, fuhr Fabel fort. »Es gibt so viele, dass er seine Morde an jedem beliebigen der ein- oder zweihundert Themen orientieren könnte. Aber ich erinnere mich an den ›Gescheiten Hans‹. Ich weiß nicht, ob er dieselbe Person wie in ›Hänsel und Gretel‹ sein soll, aber jedenfalls heißt das Mädchen in dem Märchen ebenfalls Gretel. Egal, der gescheite Hans wird mehrere Male von seiner Mutter zu Gretel geschickt. Jedes Mal soll er eine einfache Aufgabe ausführen, aber hauptsächlich geht es darum, Gretel ein Geschenk zu überreichen. Er vermasselt die Sache immer wieder, übergibt Gretel das Geschenk nicht und kommt mit irgendeinem Gegenstand heim, den sie ihm gegeben hat. Beim letzten Besuch stellt seine Mutter ihm die einfachste Aufgabe: ›Gescheiter Hans, warum wirfst du ihr keine freundlichen Augen zu?‹ Der gescheite Hans nimmt die Worte wörtlich, geht aufs Feld und in die Scheune und schneidet den Kühen und Schafen die Augen aus. Dann wandert er zu Gretel und schleudert ihr die Augen entgegen.«

»Scheiße.« Anna schaute die Leiche an. »Das ist also die Verbindung, von der du gesprochen hast. Genau wie er ›Dornröschen‹ durch Laura von Klosterstadt mit ›Rapunzel‹ verbunden hat, stellt er nun durch Bernd Ungerer eine Beziehung zwischen ›Rapunzel‹ und ›Der gescheite Hans‹ her.«

»Richtig. Und nun haben wir auch noch ›Rotkäppchen‹.«

Fabel sah hinunter auf das Gesicht der Frau. Es war stark

geschminkt, wodurch ein Kontrast zu dem Trachtenkostüm entstand. Er wandte sich mit fast flehender Stimme an Brauner, den Spurensicherungschef. »Holger, irgendwas. Bitte. Gib mir etwas, das mich an den Burschen rankommen lässt.« Er seufzte. »Anna, ich fahre zurück ins Präsidium. Komm in mein Büro, sobald du die Sache hier abgewickelt hast.«

»In Ordnung, Chef.«

Fabel ging die Cordesallee in Richtung Ausgang entlang. Die Vögel sangen nun aus Leibeskräften. Er erinnerte sich, irgendwo gelesen zu haben, dass es auf dem Ohlsdorfer Friedhof eine verblüffende Vielfalt sonst recht seltener Vögel und sogar Fledermauskolonien gebe, die die Mausoleen als Nisthöhlen benutzten. Der Friedhof steht sogar unter Naturschutz. So viel Leben an einem Ort, der die Toten aufnimmt. Fabel wurde in seinen Gedanken durch Anna aufgeschreckt, die hinter ihm her rief: »Chef! Chef! Komm und sieh dir das hier an.« Sie winkte heftig. Fabel kehrte im Laufschritt zu der Toten zurück. Man hatte sie in eine Leichenwanne gelegt. Der weibliche Engel zeigte immer noch auf den Boden, aber nicht mehr auf die ermordete Frau in dem norddeutschen Trachtenkostüm. Stattdessen wies der ausgestreckte Finger des Engels auf eine weiße Marmorplatte mit einem Namen:

Emilia Fendrich. 1930–2003.

54.

Hamburger Hafen, Freitag, den 23. April, 10.15 Uhr

Maria, Werner, Henk Hermann und die beiden von der Abteilung Sexualdelikte abgeordneten Beamten tauchten zehn Minuten, nachdem Fabel und Anna eingetroffen waren, an Dirk Stellamanns Schnellimbiss am Hafen auf. Der Himmel hatte sich getrübt, und die Luft wirkte dicht und schwer, als könne sie nur durch einen heftigen Sturm vertrieben werden. Um die makellos saubere Imbissbude und ihre durch Sonnenschirme geschützten Tische ragte ein Wald von Werftkränen in den stahlgrauen Himmel. Dirk, ein ehemaliger Hamburger Schutzpolizist, war wie Fabel Friese, und die beiden plauderten kurz in ihrem Heimatdialekt Frisk, bevor der Hauptkommissar Kaffee für sein Team bestellte.

Die Polizisten gruppierten sich um zwei der brusthohen Tische und fragten sich mit Blick auf den Himmel, ob sie genug Zeit haben würden, ihren Kaffee vor dem Beginn des Sturmes auszutrinken. Fabel ergriff das Wort:

»Wir haben es mit einem neuen Opfer zu tun, das auf die gleiche Art ermordet wurde. Aber diesmal liegt die Ermordete auf dem Grab der Mutter eines unserer Verdächtigen – wenn auch keines übermäßig Verdächtigen. Ich würde gern eure Meinung dazu hören.«

»Wenigstens brauche ich nun nicht auf dem Standesamt nachzufragen, ob Fendrichs Mutter wirklich tot ist«, sagte Anna. »Die Friedhofsbehörden haben bestätigt, dass Emilia Fendrich tatsächlich vor sechs Monaten beerdigt wurde. Ihre Adresse stimmte mit der ihres Sohnes in Rahlstedt überein.«

Henk nickte. Rahlstedt war nicht weit von Ohlsdorf entfernt. »Was sollen wir tun?«, fragte er. »Verhören wir Fendrich wegen des letzten Mordes?«

»Auf welcher Grundlage?« Anna verzog das Gesicht, als sie an dem zu heißen Kaffee nippte. »Weil seine Mutter wirklich tot ist und er uns nicht belogen hat?«

Henk ignorierte Annas Sarkasmus. »Gut, es könnte ein Zufall sein. Aber rechnet mal nach: Fünfhunderttausend Gräber, auf denen man die Leiche zurücklassen könnte, aber sie landet ausgerechnet auf einem, in dem die Mutter eines unserer drei Verdächtigen liegt. Und wir wissen, dass der Kerl uns durch jeden Bestandteil seiner Szenen etwas mitteilen will.«

»Wir müssen wenigstens mit Fendrich reden«, meinte Maria. »Sobald wir die genaue Todeszeit haben, sollten wir uns nach seinem Alibi erkundigen.«

»Holger Brauner hat unserem hoch geachteten Gerichtsmediziner, Herrn Doktor Möller, eine Schätzung abgerungen, als er am Tatort ankam«, sagte Fabel. »Irgendwann zwischen zwanzig Uhr und Mitternacht gestern Abend. Ihr habt Recht, wir müssen wissen, wo Fendrich in diesem Zeitraum war. Aber wir sollten äußerst diplomatisch vorgehen.«

»Ich kümmere mich darum«, erbot sich Anna. Alle starrten sie an. »Was ist los? Ich kann auch diplomatisch sein.«

»Einverstanden«, sagte Fabel und ließ Bedenken in seiner Stimme mitschwingen. »Aber rege ihn nicht auf.«

»Wieso nicht?«, wollte Henk wissen. »Fendrich steht nun doch wohl wieder ganz oben auf unserer Liste. Schließlich hat die Leiche auf dem Grab seiner Mutter gelegen …«

»Er ist nicht unbedingt unser Hauptverdächtiger«, meinte Anna. »Paula Ehlers' Verschwinden wurde weithin bekannt gemacht. Es ist kein Geheimnis, dass die Polizei Fendrich vernommen hat. Wir müssen daran denken, dass der Mörder höchstwahrscheinlich auch Paula entführt und ermordet hat. Also dürfte er die Ermittlungen verfolgt haben. Jedenfalls kann ich euch jetzt schon versichern, dass Fendrich kein Alibi hat.«

»Wieso?«, fragte Fabel.

»Weil er nicht weiß, dass er eines benötigt. Und weil er ein Einzelgänger ist.«

Fabel nahm einen Schluck von seinem Kaffee und schaute zum Himmel hinauf. Die stahlgraue Decke war mit dunkleren Wolken durchsetzt. Wie immer vor einem Sturm spürte er den Druck in der Luft, denn er hatte dumpfe Schmerzen in den Nebenhöhlen. »Du glaubst wirklich nicht, dass Fendrich schuldig ist, Anna?«

»Ich glaube nicht, dass seine Beziehung zu Paula Ehlers völlig harmlos war. Aber er ist nicht unser Mann.«

Fabel massierte sich die Nebenhöhlen mit Daumen und

Zeigefinger. »Du hast wahrscheinlich Recht. Vermutlich ist das ein Ablenkungsmanöver. Alles, was dieser Knabe tut, hängt miteinander zusammen. Jeder Mord verbindet ein Märchen mit einem anderen. Er tanzt mit uns, und er hat die Führung. Hinter seinen Taten verbirgt sich ein System. Er ist gut organisiert und kreativ, und er hat sich all diese Dinge lange im Voraus ausgemalt. Mir scheint, dass wir uns dem Ende nähern. Er hat mit Paula Ehlers angefangen und dabei keine Spur hinterlassen, aber ihre Identität für seinen zweiten Mord drei Jahre später benutzt. Im Fall von Martha Schmidt, dem Mädchen in Blankenese, hat er uns nur die falsche Identität wissen lassen. Erst nach der Ermordung von Laura von Klosterstadt haben wir gemerkt, dass er Martha Schmidt ›unter‹ Laura gestellt hatte. Im Laufe der Zeit hat er uns immer mehr Informationen geliefert. Er möchte uns raten lassen, was er als Nächstes unternehmen wird, aber dazu braucht er Zeit. Deshalb versucht er, uns auf Fendrich zu lenken.«

»Und wenn du dich irrst, Chef?« Werner stützte seine Ellbogen auf den Tisch. »Wenn Fendrich tatsächlich unser Mann ist und will, dass wir ihn aufhalten. Wenn er uns mitteilt, dass er der Mörder ist?«

»Dann wird Anna die Wahrheit erfahren, wenn Hermann und sie ihn befragen.«

»Ich würde es lieber allein machen, Chef«, sagte Anna. Henk Hermann schien weder überrascht noch verärgert zu sein.

»Nein, Anna«, widersprach Fabel. »Fendrich ist immer noch ein Verdächtiger, und du darfst sein Haus nicht allein betreten.«

»Kein Sorge, Frau Wolff«, spottete Henk. »Ich werde Ihnen die gesamte Gesprächsführung überlassen.«

»Zunächst müssen wir die Botschaften analysieren, die uns der Kerl schickt«, fuhr Fabel fort. Irgendwo im Norden blitzte es hinter den Wolken. Es dauerte mehrere Sekunden, bis das Donnergrollen über sie hinwegzog. »Ich glaube, wir sollten ins Präsidium zurückkehren.«

Als Fabel im Präsidium eintraf, erfuhr er, dass Kriminaldirektor Horst van Heiden ihn sprechen wolle. Damit war zu rechnen gewesen. Die Medien brachten nun Schlagzeilen und Leitartikel über den »Märchenmörder«, und Fabel wusste, dass Reporter und Fotografen die Presseabteilung übergingen und van Heiden direkt zusetzten. Ein Fernsehteam hatte dem Kriminaldirektor sogar aufgelauert und ihn beim Verlassen des Präsidiums zu einem Interview zu drängen versucht, was noch zehn Jahre zuvor undenkbar gewesen wäre. Das »angelsächsische Modell« schien auch in Deutschland immer stärker um sich zu greifen und die Tradition der Höflichkeit und des Respekts auszuschalten. Van Heiden war unzufrieden und benötigte jemanden, dem er die Schuld zuschieben konnte. Als Fabel das Büro des Kriminaldirektors betrat, machte er sich daher auf alles gefasst. Wie sich jedoch herausstellte, war van Heiden weniger wütend als auf eine gute Nachricht erpicht. Fabel erinnerte sich daran, wie er selbst Holger Brauner gerade angefleht hatte, ihm irgendeinen Hinweis zu liefern. Van Heiden war in seinem Büro nicht allein. Außer ihm saßen dort auch Innensenator Hugo Ganz und der Leitende Oberstaatsanwalt Heiner Goetz. Goetz stand auf und schüttelte Fabel mit einem herzlichen Lächeln die Hand. Fabel hatte oft mit dem Staatsanwalt die Klinge gekreuzt, hauptsächlich weil Goetz ein hartnäckiger und methodischer Beamter war, der sich auf keine Vereinfachung einließ. Trotz Fabels gelegentlicher Frustration hatten die beiden eine Menge fundierter Urteile erwirkt und dabei einen starken gegenseitigen Respekt und eine Art kollegialer Freundschaft entwickelt.

Auch Ganz schüttelte Fabel die Hand, doch mit weitaus weniger Wärme. Aha, dachte Fabel, die Flitterwochen sind vorbei. Er vermutete, dass er während seines Besuchs bei Margarethe von Klosterstadt deren aristokratische Federn zerzaust und Ganz deshalb einen Anruf erhalten hatte. Er irrte sich nicht. »Herr Hauptkommissar«, begann der Innensenator, bevor van Heiden das Wort ergreifen konnte. »Wie mir mitgeteilt wurde, haben Sie es für nötig gehalten, Frau von Klosterstadt noch einmal zu befragen.«

Fabel warf van Heiden einen fragenden Blick zu, doch dieser reagierte nicht.

»Sicher ist Ihnen bewusst«, fuhr Ganz fort, »dass dies eine sehr bedrückende Zeit für die Familie von Klosterstadt ist.«

»Es ist auch eine bedrückende Zeit für die Familien Schmidt und Ehlers. Dass ich die Angehörigen dieser Familien noch einmal befragt habe, finden Sie wohl nicht zu beanstanden?«

Das wie gescheuert wirkende Gesicht von Ganz wurde noch rosiger. »Hören Sie, Herr Fabel, ich habe Ihnen bereits gesagt, dass ich seit längerer Zeit mit der Familie von Klosterstadt befreundet bin …«

Fabel schnitt ihm das Wort ab. »Und ich muss Ihnen sagen, dass mich das nicht im Geringsten interessiert. Wenn Sie in Ihrer Eigenschaft als Hamburger Innensenator hier sind und objektiv mit mir über den Fall in seiner Gesamtheit sprechen wollen, dann würde ich genau das sehr gern tun. Aber wenn man Sie hergeschickt hat, weil Frau von Klosterstadt darüber aufgebracht ist, dass ich ihr ein paar persönliche Fragen über ihre Tochter stellen musste, dann sollten wir dieses Gespräch besser beenden.«

Ganz sah Fabel wütend an. Aber es war eine ohnmächtige Wut, denn er hatte Fabels Worten nichts entgegenzusetzen. Er stand auf, wandte sich an van Heiden und wetterte: »Das ist eine Unverschämtheit. Ich werde nicht hier sitzen bleiben und mir Belehrungen über Protokollfragen von einem unteren Beamten anhören.«

»Herr Erster Hauptkommissar Fabel ist schwerlich ein unterer Beamter«, entgegnete van Heiden schlicht. Ganz griff nach seiner Aktentasche und stürmte aus dem Büro. »Mein Gott, Herr Fabel«, seufzte van Heiden, nachdem Ganz verschwunden war. »Sie könnten wenigstens versuchen, mir das

Leben ein bisschen leichter zu machen. Sie tun der Polizei Hamburg keinen Gefallen, wenn Sie sich mit dem Hamburger Innensenator verfeinden.«

»Ich bedaure, Herr Kriminaldirektor, aber habe ich etwa nicht Recht gehabt? Herr Ganz war hier, weil ich herausgefunden habe, dass Laura von Klosterstadt vor zehn Jahren eine Abtreibung hatte, die, um es klar auszudrücken, von ihrer kaltherzigen Rabenmutter arrangiert wurde. Der Vater war der Fotograf Leo Kranz – aber bevor er berühmt wurde, weshalb er auf Margarethe von Klosterstadts Gesellschaftsradar damals noch nicht aufgetaucht war.«

»Ist das Ihrer Ansicht nach für diesen Fall von Bedeutung?«, fragte Heiner Goetz.

»Es könnte ein Hinweis darauf sein, dass der Mörder intime Kenntnisse über die Familie von Klosterstadt besitzt. Schließlich geht es bei der ›Rapunzel‹-Thematik um Schwangerschaft und uneheliche Geburt. Und ich behalte mir das Recht vor, sämtliche Spuren zu verfolgen.«

»Das versteht sich, Herr Fabel«, sagte van Heiden finster. »Aber Sie könnten vielleicht versuchen, eine Trennungslinie zwischen Verdächtigen und hohen Hamburger Politikern zu ziehen. Aber wie auch immer, was wissen wir über den neuesten Mord? Diese Mordserie wird allmählich zum zentralen Gesprächsthema in Hamburg.«

Fabel fasste die Fakten zusammen. Dabei erwähnte er auch die Wahl des Grabes durch den Mörder und seine eigene Vermutung, dass es sich um ein Ablenkungsmanöver handelte.

»Ich glaube, es ist gerechtfertigt, wenn Sie Herrn Fendrich nicht zu aggressiv nachsetzen«, sagte Heiner Goetz. »Ich habe mich bei der Generalstaatsanwaltschaft Schleswig-Holstein erkundigt. Man hatte nie mehr als den Verdacht eines einzigen Beamten gegen ihn. Wir sollten vermeiden, dass er behauptet, er würde schikaniert werden.«

Van Heiden lehnte sich in seinem Stuhl zurück und stützte

die Hände mit verschränkten Fingern auf die breite Fläche seines Kirschholzschreibtisches. Es war eine konzentrierte Haltung, als bereite er sich auf eine dynamische Aktion vor. Er schaute Fabel an, doch er schien woanders und in einer anderen Zeit zu sein.

»Als Kind war ich begeistert von den Grimm'schen Märchen. ›Das singende, klingende Bäumchen‹ und so weiter. Was mir wahrscheinlich am besten gefiel, war die Tatsache, dass sie immer so viel düsterer waren als die üblichen Kindererzählungen. Deshalb mögen Kinder sie.« Van Heiden beugte sich vor. »Sie müssen ihn finden, Fabel. Und zwar bald. Bei dem Tempo, mit dem dieser Wahnsinnige die Morde begeht, können wir uns nicht den Luxus leisten, ihn erst nach Wochen oder Monaten zu fassen. Die Eskalation ist mir zu heftig.«

Fabel schüttelte den Kopf. »Nein, es ist keine Eskalation, Herr Kriminaldirektor. Keine Raserei. Alle Morde sind bis ins kleinste Detail vorbereitet worden… vielleicht schon Jahre vorher. Er hält sich an einen festen Zeitplan.«

Damit verstumme er, aber sein Tonfall deutete an, dass er noch nicht all seine Vermutungen ausgesprochen hatte. Das entging van Heiden nicht. »Bitte, Herr Fabel, Sie brauchen sich nicht zurückzuhalten.«

»Es ist einfach ein Gefühl. Noch ein Grund, warum wir ihn bald erwischen müssen. Ich glaube, dass das, was wir bisher gesehen haben, nur das Vorspiel ist. Er scheint auf etwas Großes hinzuarbeiten. Ein Finale. Etwas Aufsehen Erregendes.«

In sein Büro zurückgekehrt, holte Fabel den Skizzenblock hervor. Er schlug die Seite um, auf der er die bisherigen Ermittlungsergebnisse zusammengefasst hatte, und begann auf einem neuen Blatt. Es lud ihn geradezu ein, einen neuen Gedankengang zu Papier zu bringen. Diesmal schrieb er am oberen Rand die Namen der Märchen nieder, die der Mörder nachgeahmt hatte, und darunter notierte er Begriffe, die er selbst mit jeder

Erzählung in Verbindung brachte. Wie erwartet, schrieb er desto mehr, je näher er dem jüngsten Mordfall, repräsentiert durch Rotkäppchen, kam. Themen, Namen, Beziehungen: Großmutter, Stiefmutter, Mutter, Hexe, Wolf. Er war noch mitten in seinen Assoziationen, als sein Schreibtischtelefon klingelte. »Hallo, Chef. Maria. Könntest du mich am Institut für Rechtsmedizin treffen? Die Wasserschutzpolizei hat gerade eine Leiche aus der Elbe gezogen. Und Chef, ich würde alle Pläne für das Mittagessen streichen.«

Jeder, der in Hamburg eines unerklärlichen oder gewaltsamen Todes stirbt, endet in der Sektionshalle des Instituts für Rechtsmedizin. Wenn jemand unerwartet dahinscheidet und kein Arzt einen Totenschein ausstellt, wird er hierher gebracht. Eine Leiche, an die man ein Gewicht gebunden und die man dann in die Elbe geworfen hatte, war hier natürlich nicht fehl am Platze. Sobald Fabel die Leichenhalle betrat, verspürte er die übliche Mischung aus Abscheu und Furcht. Wie immer peinigte ihn der Geruch. Nicht nur der Geruch des Todes, sondern auch von Desinfektions- und Fußbodenreinigungsmitteln – ein Ekel erregender Cocktail, der nie übermächtig, doch stets präsent war. Ein Angestellter führte Fabel, Maria und den Kommissar des Patrouillenbootes der Wasserschutzpolizei, das auf die Leiche gestoßen war, in die kühle, von Stahlschränken gesäumte Halle. Fabel bemerkte zu seinem Unbehagen, dass der Wasserschutzpolizist äußerst widerwillig aussah, als der Angestellte stehen blieb und die Hand auf den Griff eines der Kühlfächer legte. Der Hafenpolizist hatte die Leiche natürlich schon gesehen, als sie aus dem Fluss gefischt worden war, und war offensichtlich nicht geneigt, sie noch einmal zu betrachten.

»Der hier stinkt ein bisschen.« Der Sektionsgehilfe wartete einen Moment, um seine Warnung wirken zu lassen. Dann drehte er den Griff, öffnete die Tür und ließ den Metallkasten mit der Leiche herausgleiten. Der Gestank überflutete sie.

»Verdammt!« Maria wich einen Schritt zurück, und Fabel merkte, wie sich der Wasserschutzpolizist neben ihm anspannte. Er selbst hatte Mühe, seinen Magen zu beherrschen, der beim Anblick und Geruch der Leiche zu schlingern begann. In dem Kasten lag ein nackter Mann. Er war ungefähr einen Meter fünfundsiebzig groß. Sein Körperbau und sogar seine Rassenzugehörigkeit waren schwer zu erkennen, denn die Leiche war im Wasser aufgedunsen und hatte sich verfärbt. Der größte Teil des angeschwollenen Rumpfes war von kunstvollen Tätowierungen bedeckt, die sich auf der fleckigen Haut gedehnt hatten und blasser geworden waren. Sie bestanden hauptsächlich aus komplizierten Mustern und Strukturen, nicht aus den üblichen nackten Frauen, Herzen, Totenköpfen, Dolchen und Drachen. Eine tiefe Einkerbung zog sich wie eine mächtige Falte um den aufgedunsenen Körper, und die überdehnte Haut war eingerissen. Der Tote hatte lange ergraute Haare, die zu einem Pferdeschwanz gebunden waren. Jemand hatte ihm die Kehle durchgeschnitten. Fabel konnte die Spuren des geraden, seitlichen Schnittes erkennen, aber an anderen Stellen der Wunde schienen die Haut und das Fleisch zerrissen zu sein. Doch das eigentliche Grauen ging von der Verwüstung des Gesichts aus. Das Fleisch um die Augenhöhlen und den Mund war eingerissen und zackig. Knochen glänzten durch Fetzen aus purpurn verfärbter Haut und rosigem Fleisch. Die Zähne des Opfers waren zu einem lippenlosen Grinsen gefletscht.

»Meine Güte! Was zum Teufel ist mit seinem Gesicht passiert?«, fragte Fabel.

»Aale«, meinte der Kommissar der Wasserschutzpolizei. »Sie fallen immer als Erstes über die Wunden her. Deshalb vermute ich, dass seine Augen ausgestochen worden sind, bevor man ihn ins Wasser warf. Die Aale erledigten den Rest. Sie nahmen den einfachsten Weg in den Kopf hinein, zu einer erstklassigen Proteinquelle. Das Gleiche gilt für die Halswunde.«

Fabel dachte an Günter Grass' *Blechtrommel*: Ein Angler fischt mit einem Pferdekopf nach Aalen, und als er ihn aus dem Wasser zieht, wimmelt es in den Augenhöhlen von den Fischen. Er stellte sich vor, wie der Tote aus dem Wasser gezogen wurde und wie sich die Aale an ihre kostbare Nahrungsquelle klammerten. Sein Ekel verstärkte sich. Er schloss die Augen einen Moment lang und konzentrierte sich darauf, die Übelkeit in seiner Brust zu verdrängen, bevor er sagte: »Die Verformung um den Rumpf. Haben Sie eine Ahnung, wie die zustande gekommen ist?«

»Ja«, erwiderte der Hafenkommissar. »Ein Seil war um den Körper geknotet worden. Wir haben ziemlich viel davon geborgen. Wahrscheinlich war daran ein Gewicht befestigt, bevor er ins Wasser geworfen wurde. Offenbar ist das Seil gerissen, oder das Gewicht hat sich irgendwie von ihm gelöst. Deshalb ist er an die Oberfläche getrieben.«

»So? Nackt?«

»Ja. Keine Kleidung, kein Ausweis – nichts.«

Fabel nickte dem Sektionsgehilfen zu, der die Leiche zurück in das Kühlfach gleiten ließ und die Tür zuschlug. Ihr Geist blieb in der Leichenhalle als Verwesungsgestank zurück. »Wenn's recht ist«, sagte Fabel zu den beiden anderen Beamten, »sollten wir jetzt hinausgehen.«

Er führte Maria und den Wasserschutzpolizisten an die frische Luft des Parkplatzes. Niemand sprach, bis sie unter freiem Himmel waren, und auch dann erst, nachdem sie einen tiefen, reinigenden Atemzug genommen hatten.

»Herrje, das war fürchterlich«, seufzte Fabel schließlich. Er ließ sein Handy aufschnappen und rief Holger Brauner an. Der Spurensicherungschef sollte einen DNS-Test durchführen, um festzustellen, ob das zusätzliche Augenpaar, das sie auf dem Friedhof gefunden hatten, zu der Leiche aus dem Fluss gehörte. Nachdem Fabel das Telefonat beendet hatte, dankte er dem Hafenpolizisten für seine Mühe. Als sie allein waren, fragte er Maria: »Weißt du, was das Seil und das Gewicht zu bedeuten haben?«

»Ja«, antwortete sie. »Diese Leiche sollten wir nicht finden.«

»Ganz genau. Nehmen wir einmal an, dass die zusätzlichen Augen von diesem Körper stammen. Dann ist das Opfer schlicht ein Organspender. Es wurde nur wegen seiner Augen getötet.«

»Das könnte sein.«

»Vielleicht. Aber gewinnt die Szene wirklich sehr dadurch, dass Gretel ein zweites Paar Augen ›zugeworfen‹ wird? Warum hat er nicht einfach Ungerers Augen benutzt? Oder wenn er glaubte, mehr als ein Paar Augen zu benötigen, warum dann nicht noch mehr? Warum kein halbes Dutzend?«

Maria runzelte die Stirn. »Worauf willst du hinaus?«

»Ich bin genau wieder dort, wo ich war, als wir in Olsen unseren Hauptverdächtigen sahen… als wir ein Motiv für einen Mord an Grünn und Schiller hatten, aber für keinen der anderen Fälle.« Er nickte zum Institut für Rechtsmedizin hinüber. »Der Mann da ist nicht nur wegen seiner Augen gestorben, sondern aus einem bestimmten Grund. Er dient einem Ablenkungsmanöver, dass der Mörder vornehmen musste. Deshalb wollte er nicht – oder hielt er es nicht für nötig –, dass wir die Leiche finden.«

»Warum?« Marias Stirn lag immer noch in Falten. »Warum musste er diesen Mann umbringen?«

»Vielleicht ahnte er, wer die Morde verübt. Oder vielleicht hatte er Informationen, die der Mörder uns vorenthalten wollte.« Fabel stemmte die Hände in die Hüften und wandte das Gesicht zum grauen Himmel empor. Er schloss die Augen und rieb sich erneut die Schläfen. »Sieh zu, ob die Spusi noch ein paar anständige Fingerabdrücke machen kann, und lass seine Tätowierungen fotografieren. Und wenn wir bei jedem Tätowierer in Hamburg vorsprechen – wir müssen seine Identität feststellen.«

Während sie zum Präsidium zurückfuhren, brach der Sturm los, der den ganzen Tag in der drückenden Luft gelauert hatte.

55.

Hamburg-St. Pauli, Montag, den 26. April, 15 Uhr

Wie Anna vorausgesagt hatte, war Fendrich nicht in der Lage gewesen, ein entlastendes Alibi für den Abend des letzten Mordes vorzuweisen. Er hatte nicht einmal behauptet, er habe ferngesehen, und dann das Abendprogramm beschrieben. Stattdessen wollte er gelesen und sich auf den Schulunterricht des folgenden Tages vorbereitet haben. Offenbar hatte Anna inzwischen Mitleid mit Fendrich. Er war anscheinend völlig verstört über den Missbrauch des Grabes seiner Mutter gewesen. Fabel fand, dass Anna etwas zu weit gegangen war, weil sie Fendrich beruhigend mitgeteilt hatte, dass ihn der wirkliche Mörder laut der Theorie des Hauptkommissars nur zur Ablenkung benutze.

Zumindest wussten sie nun, wem die Augen gehörten. Die entsprechenden DNS-Tests hatten bestätigt, dass ein Paar von Bernd Ungerer stammte, während das zweite zu der aus der Elbe gefischten Leiche gehörte. Holger Brauner hatte auch die Körperbehaarung der Wasserleiche untersucht. Daraus ging hervor, dass der tätowierte Mann Drogen genommen hatte, allerdings in letzter Zeit in geringer Dosierung. Gerichtsmediziner Möller bestätigte, dass die Todesursache ein einziger langer Schnitt durch die Kehle gewesen war und dass sich kein Wasser in der Lunge angesammelt hatte. Das Opfer war schon tot gewesen, bevor man es ins Wasser warf.

Außerdem hatte sich das Team zwei Durchsuchungsbeschlüsse beschafft. Der erste war für die Wohnung von Lina Ritter bestimmt, einer Prostituierten, die von ihrer Schwester als vermisst gemeldet worden war. Anhand ihrer Akte konnte festgestellt werden, dass sie mit der Frau identisch war, die man ermordet in einem Trachtenkostüm im Ohlsdorfer Friedhof aufgefunden hatte. Der zweite Durchsuchungsbeschluss galt für ein Tätowierstudio in einem besonders anrüchigen Teil von St. Pauli. Man hatte es recht schnell gefunden. Die Hamburger Schutzpolizei war angewiesen worden, jeden Tätowiersalon in ihrem jeweiligen Bezirk aufzusuchen und die Fotos der Tätowierungen herumzuzeigen. Vielleicht würde jemand sie erkennen. Ein aufgeweckter junger Obermeister hatte bemerkt, dass das betreffende Studio dauernd geschlossen war, und in der Nachbarschaft Erkundigungen eingezogen. Niemand wusste, wo Max Bartmann war, aber es sei ungewöhnlich für ihn, seinen Laden zu schließen. Das Geschäft schien sein ganzer Lebensinhalt zu sein, und außerdem wohnte er über dem Laden.

Das Studio war winzig: ein einziges Zimmer mit einem Fenster, das direkt auf die Straße hinausgeblickt hätte, wäre es nicht mit Fotos und Illustrationen zugeklebt gewesen, die den Passanten die Fähigkeiten des Tätowierers verdeutlichen sollten. Kaum ein Strahl natürlichen Lichtes drang durch die Collage aus Abbildungen, und Fabel musste die nackte Birne an der Decke anschalten, um sich orientieren zu können. Er dankte dem Schutzpolizisten und bat ihn, draußen zu warten, während er mit Werner in dem engen Studio zurückblieb. Zwei alte, abgenutzte Ledersessel säumten einen kleinen Tisch, auf dem mehrere Zeitschriften lagen. Eine zerschlissene Massagebank, neben der ein Drehstuhl stand, war an eine Wand geschoben worden. Am Rand der Massagebank war eine Anglepoise-Leuchte befestigt. Eine Leitung führte von einer Wandsteckdose zu einer Metallbox mit einem Schalter und einer Skalenscheibe und von dort zu einem Tätowierapparat aus Aluminium. Auf der Massagebank lagen drei weitere Apparate. Ein Wandschränkchen enthielt säuberlich aufgereihte Tätowiertinte in den verschiedensten Farben, Tätowierstifte und -nadeln sowie einen Karton mit medizinischen Handschuhen und sterilen Tupfern.

Bevor Fabel etwas anfasste, holte er ein Paar Einweghandschuhe aus seiner Jackentasche und zwängte seine Hände hinein. Wie das Fenster waren die Wände voll von Tätowierungsmustern und Fotos zufriedener Kunden. Es würde eine Ewigkeit dauern, all die Bilder zu sichten, um herauszufinden, ob irgendein Beispiel mit den Tätowierungen des Toten übereinstimmte. Ein großes Poster, das ein Gebirgs- und Meerespanorama zeigte und in Großbuchstaben die Überschrift »NEUSEELAND« trug, war eine von nur zwei Dekorationen, die nichts mit dem Tätowiergewerbe zu tun hatten. Die andere war eine mit Filzstift geschriebene Auflistung der für das Studio geltenden Regeln: Rauchen verboten, keine Kinder, kein Alkohol, keine Drogen und keine Unhöflichkeiten.

Fabel betrachtete die Fotos eingehender. Nicht alle zeigten Großaufnahmen von leuchtenden neuen Tätowierungen, sondern auf einigen grinsten zwei oder mehr Personen in die Kamera und entblößten eine Schulter oder eine Hüfte, um die Motive an ihren Körpern zu präsentieren. Auf sämtlichen Bildern war ein hagerer Mann zu sehen: Er hatte dunkle, ergraute Haare, die zu einem Pferdeschwanz gebunden waren. Sein verkniffenes Gesicht und die eingefallenen Wangen ließen an einen Trinker denken. Fabel konzentrierte sich auf eine Aufnahme: Es war Sommer, und der Mann mit dem Pferdeschwanz trug ein schwarzes Unterhemd. Er stand neben einer dicken Frau, der offenbar kurz vorher ein Blumenmotiv auf die fleischige Brust tätowiert worden war. Auch der Mann war mit Tätowierungen bedeckt, doch sie wirkten weniger farbenprächtig als die seiner Kunden. Und sie bestanden aus abstrakten Mustern.

»Werner …« Fabel rief seinen Kollegen zu sich, ohne die Augen von dem Bild abzuwenden. »Ich glaube, wir haben ihn gefunden. Kein Kunde, sondern der Tätowierer selbst.«

Es gab einen Ausgang aus dem Studio. Die Tür war entfernt worden, wohl um die knappe Fläche optimal zu nutzen, und nun durch einen Vorhang aus bunten Plastikstreifen ersetzt. Werner durchsuchte das Studio, während sich Fabel daranmachte, die übrigen Räume zu inspizieren. Er schob die Plastikstreifen auseinander und trat in einen kleinen, quadratischen Flur. Zur Rechten lag ein schrankgroßes Zimmer, das eine Toilette und ein Waschbecken enthielt. Direkt vor Fabel befand sich eine steile Treppe, die zweimal scharf nach rechts abbog, bis sie das Obergeschoss erreichte. Hier gab es zwei kleine Zimmer. Eines diente als Küche und Wohnzimmer und war mit einem Sofa und einem Ledersessel möbliert. Der Sessel glich denen im Studio, war jedoch in einem erheblich besseren Zustand. Fabels Blick fiel auf ein uraltes Fernsehgerät und eine Stereoanlage. Der zweite Raum war das Schlafzimmer. Es war ebenfalls so winzig, dass es nur Platz für das Bett, ein Bücherregal an einer Wand und eine Lampe auf dem Fußboden neben dem Bett bot.

Die kümmerliche Wohnung deprimierte Fabel. Sie war schäbig, aber Bartmann hatte sie sauber gehalten. Es waren die zweckmäßigen, seelenlosen Räume eines Mannes, der allein lebt. Fabel dachte an seine eigene Wohnung mit den eleganten Möbeln, den Buchenfußböden und dem überwältigenden Ausblick auf die Alster. Es handelte sich um eine ganz andere Kategorie, aber irgendetwas an dieser Unterkunft, in der sich Bartmanns Leben abgespielt hatte, war bedrückend ähnlich. Während Jan Fabel in der toten Wohnung eines toten Mannes stand, traf er eine Entscheidung für sein eigenes Leben.

Fabel schaute unter das Bett und entdeckte eine große, flache Zeichenmappe. Er zog sie hervor und legte sie aufs Bett, bevor er sie öffnete. Sie enthielt Bleistift- und Tintenzeichnungen, Kohleskizzen und ein paar Gemälde. Die Studien waren nicht aufregend und hatten offensichtlich den Zweck, die technischen Fähigkeiten, nicht die Fantasie des Künstlers auf die Probe zu stellen. Fabel sah, dass der Mann über ein hohes handwerkliches Können verfügte. Sämtliche Studien trugen die Initialen »M. B.«. Er ließ die Mappe auf dem Bett liegen und trat an den Bücherschrank. Der enthielt Bartmanns Bibliothek über alles, was mit dem Tätowieren zu tun hatte. Fabel fand wissenschaftliche Werke über die Geschichte der Körperkunst, Bücher über halb pornografische »Fantasiekunst« und Anleitungen für die Handhabung von Tätowiergeräten. Doch drei Bände passten nicht zu den übrigen. Einer ließ Fabel eine Gänsehaut über den Kopf laufen: *Sämtliche Werke* der Gebrüder Grimm. Daneben standen zwei Bücher über die Schriftarten Fraktur, Kupferstich und Sütterlin. Altdeutsche Schriften und ein Exemplar der Grimm'schen Märchen – in der Wohnung eines Tätowierers hätte man etwas anderes erwartet. Ein weiterer Mord mit einer Beziehung zu den Grimms. Und eine weitere Leiche, die die Polizei jedoch nicht hatte finden sollen.

Fabel nahm die drei Bücher aus dem Regal und legte sie zur Seite, damit sie später in eine Spurensicherungstüte gesteckt werden konnten. Er blieb einen Moment lang in dem schäbigen Schlafzimmer stehen und betrachtete die Bücher. Ihre genaue Bedeutung musste noch geklärt werden, aber er wusste, dass er gerade einen großen Schritt auf den Mörder zu gemacht hatte. Er ließ sein Handy aufschnappen und wählte eine eingespeicherte Nummer.

»Anna … hier ist Fabel. Ich habe eine seltsame Bitte. Ruf Fendrich an und versuch so geschickt wie möglich herauszufinden, ob er irgendwelche Tätowierungen hat.«

56.

Hamburg-Neustadt, Dienstag, den 27. April, 14.10 Uhr

Weiss war höflich und hilfsbereit gewesen, als Fabel ihn zu Hause angerufen hatte, aber in seinem Tonfall hatte er eine winzige Spur überstrapazierter Geduld mitschwingen lassen. Am folgenden Tag sei er beschäftigt, da er Bücher signieren und Recherchen für ein neues Buch anstellen müsse. Er werde in Neustadt sein, teilte er Fabel mit und schlug ihm vor, sich gegen 11.30 Uhr dort mit ihm zu treffen. »Sofern es Ihnen nichts ausmacht, mich a fresco zu befragen.«

Fabel traf wie gewohnt zehn Minuten vorher ein und setzte sich auf eine Bank in der Peterstraße, die zur Fußgängerzone gemacht worden war. Die letzten Wolkenreste hatten sich verflüchtigt, und der Himmel zeigte sich in makellosem, hellem Blau. Fabel verwünschte sein warmes Jaeger-Jackett. Sich angemessen für das wechselhafte Wetter anzuziehen war ein Problem, das er mit der übrigen Hamburger Bevölkerung teilte. Er konnte sein Jackett nicht ablegen, weil er seine Dienstpistole am Gürtel trug. Also entschied er sich für eine Bank im Schatten einer Baumreihe, die das Kopfsteinpflaster unterbrach. Die Peterstraße war von fünf- und sechsstöckigen, barock wirkenden Stadthäusern flankiert, deren Fassaden zahlreiche Fenster und Giebel niederländischen Stils aufwiesen.

Kurz nach 11.30 Uhr kam Weiss' mächtige Gestalt aus dem imposanten Eingang von Nummer 36 an der Ecke Peterstraße/Hütten hervor. Fabel kannte das Gebäude, denn er hatte es als Student häufig aufgesucht. Er stand auf, und die beiden Männer schüttelten einander die Hand. Weiss deutete mit einer Geste an, dass sie beide auf der Bank Platz nehmen sollten.

»Geht es in Ihrem neuen Buch um eine ähnlich traditionelle Thematik?«, fragte Fabel. Weiss hob seine schweren Augenbrauen, und Fabel zeigte auf die Nummer 36. »Die Niederdeutsche Bibliothek… Ich nehme an, Sie befassen sich gerade mit plattdeutscher Literatur. Früher habe ich dort auch viel Zeit verbracht.«

»Wie kann ich Ihnen helfen, Herr Kriminalhauptkommissar?« Weiss' Tonfall enthielt immer noch eine Spur von Gereiztheit.

Es nagte an Fabel, aber er sah darüber hinweg. »In diesem Fall treffen mehr Umstände zusammen, als mir lieb ist, Herr

Weiss. Vermutlich hat der Mörder Ihr Buch gelesen und wird dadurch beeinflusst.«

»Oder der Mörder und ich benutzen einfach das gleiche Quellenmaterial, wenn auch auf radikal unterschiedliche Art. Damit meine ich die ursprünglichen Grimm'schen *Kinder- und Hausmärchen*.«

»Das ist unzweifelhaft richtig, aber ich habe auch das Gefühl, dass...« Fabel rang nach den angemessenen Worten. »... hier noch ein zusätzliches Element mitspielt. Eine Form der Interpretation sozusagen.«

»Womit Sie meinen, dass er sich nicht strikt an das Buch hält?«

»Ja.« Fabel hielt inne. Eine alte Frau ging mit einem Hund an einer Leine vorbei. »Warum haben Sie mir nicht gesagt, dass der Schnitzer Ihr Bruder war? Dass er die Wolfsskulptur in Ihrem Arbeitszimmer geschaffen hat?«

»Weil ich nicht fand, dass es Sie etwas angeht. Oder dass es irgendetwas mit Ihren Ermittlungen zu tun hat. Deshalb drängt sich die Frage auf, weshalb Sie es für Ihre Angelegenheit halten. Gehöre ich zu den Verdächtigen, Herr Fabel? Möchten Sie, dass ich Ihnen vollständig Rechenschaft über meine Aufenthaltsorte gebe?« Weiss' Augen verengten sich, und die schweren Brauen überschatteten die ersten Funken eines dunklen Feuers. »Oh, ich verstehe Ihre Logik. Vielleicht liegt Wahnsinn in der Familie.« Er neigte seinen massiven Kopf zu Fabel vor. »Vielleicht bin ich auch mondsüchtig.«

Fabel widerstand der Versuchung zurückzuweichen und hielt Weiss' Blick stand. »Na schön, sagen wir, es gibt Verdachtsmomente. Ihr Buch kommt heraus, und plötzlich ereignet sich eine Serie von Morden, die sich genau an den Themen Ihres Romans orientieren. Außerdem erhöhen die Morde das öffentliche Interesse an Ihrem Buch – und die Verkaufszahlen. Das legitimiert meine Fragen an Sie.«

»Aha... Ich stehe also nicht nur im Licht der Öffentlichkeit, sondern auch im Scheinwerferlicht der Polizei.« Weiss verzog die Lippen zu einem kalten Lächeln. »Wenn Sie mir eine Liste der Daten und Uhrzeiten geben, für die ich ein Alibi brauche, werde ich Ihnen die Informationen liefern.«

»Das habe ich schon vorbereitet.« Fabel zog ein gefaltetes Stück Papier aus seiner Innentasche. »Hier stehen sämtliche Zeiten und Daten. Und es wäre nützlich, wenn Sie zusätzlich die Personen benennen könnten, die in der Lage sind, Ihre Angaben zu bestätigen.«

Weiss nahm das Blatt und steckte es in seine Jackentasche, ohne auch nur einen Blick darauf zu werfen. »Ich kümmere mich darum. Ist das alles?«

Fabel beobachtete die Frau und ihren Hund, die nach Hütten einbogen. »Hören Sie, Herr Weiss, Sie sind ein sehr intelligenter Mann. Die Übereinstimmungen zwischen Ihrem Buch und den Morden sind nicht der Hauptgrund für mein Kommen. Sie sind wahrscheinlich mein, wenn ich mich so ausdrücken darf, einziger Experte für das, was den Mörder antreibt. Ich muss ihn verstehen. Ich muss verstehen, was er in diesen Märchen sieht.«

Weiss lehnte sich auf der Bank zurück und spreizte seine großen Hände auf den Knien. Er betrachtete die Kopfsteine einen Augenblick lang, als denke er über Fabels Worte nach. »Meinetwegen. Aber ich weiß nicht, wie ich Ihnen helfen soll. Ich kenne seine Motive nicht. Es ist seine Realität, nicht meine. Meiner Ansicht nach hat das Ganze nichts mit den Grimm'schen Märchen zu tun. Es geht ihm um seine eigene Erfindung. Schließlich hat auch mein Buch, *Die Märchenstraße*, in Wirklichkeit nichts mit Jacob Grimm oder den Grimm'schen Märchen zu tun. Sie dienen nur als Hintergrund für das, was ich mir ausgedacht habe.« Weiss deutete auf die barock wirkenden Bürgerhäuser vor ihnen. »Schauen Sie dorthin. Wir sind hier von Geschichte umgeben. In der Hochsaison drängen sich Touristen, hauptsächlich Amerikaner, auf der

Peterstraße – genau wie in Hütten und auf der Neanderstraße um die Ecke. Die Leute wollen den historischen Glanz der Gebäude genießen. Aber Sie wissen bestimmt sehr gut, dass alles eine Illusion ist. Die prächtigen barocken Stadthäuser wurden in den späten Sechziger- und frühen Siebzigerjahren errichtet. Früher gab es hier keine derartigen Gebäude. Sie sind nicht einmal Rekonstruktionen, sondern schlicht Fälschungen. Gewiss, sie wurden historischen Plänen nachempfunden, aber sie gehören nicht hierher, an diesen Ort, in diese Zeit. In überhaupt keine Zeit.«

»Worauf wollen Sie hinaus, Herr Weiss?«

»Nur darauf, dass Sie und ich Bescheid wissen, wie jeder, der die Hamburger Geschichte kennt. Aber die meisten Menschen haben keine Ahnung. Sie kommen hierher, setzen sich auf diese Bänke, genau wie wir jetzt, und saugen etwas in sich auf, das sie für deutsche Geschichte halten und das ein entsprechendes Gefühl in ihnen erzeugt. Das hier ist ihre Erfahrung und ihre Realität, weil sie daran glauben. Sie sehen keinen Betrug, weil er nicht zu erkennen ist.«

Weiss rieb seine Knie frustriert mit den Handballen, als falle es ihm schwer, seine Gedanken zu formulieren. »Sie haben nach meinem Bruder gefragt. Ich habe nicht erwähnt, dass er die Figur in meinem Arbeitszimmer geschaffen hat, weil alles noch zu real für mich ist. Zu schmerzhaft. Ich war froh, als Daniel sich umgebracht hatte, aber es fällt mir immer noch schwer, damit fertig zu werden. Er hatte sich am Ende so sehr gequält, dass ich erleichtert war, als er Schluss machte. Ich habe Ihnen bereits erzählt, dass sich Daniel für einen Lykanthropen, einen Werwolf, hielt. Tatsache ist, dass er wirklich daran glaubte. Für ihn war es eine unbestreitbare, grässliche Realität. Er war mein älterer Bruder, und ich habe ihn innig geliebt. Er hat alles verkörpert, was ich werden wollte. Dann, als ich ungefähr zwölf und er siebzehn Jahre alt war, begannen die psychotischen Schübe. Ich habe sie miterlebt, Herr Hauptkommissar. Ich war Zeuge, wie mein Bruder von einer unsichtbaren Kraft zerrissen wurde. Es war nicht bloß eine psychische Qual, die ihn brüllen und heulen ließ, sondern zugleich ein intensiver physischer Schmerz. Wir sahen einen Teenager, der einen Anfall hatte, aber Daniel empfand wirklich, wie sich jede Sehne verdrehte und streckte, wie sich seine Knochen bogen, wie sein Körper eine unglaubliche Folter durchmachte, während er seine Gestalt veränderte. Ich will darauf hinaus, dass er all das spürte. Für ihn war es real, wenn auch nicht für uns.« Weiss wandte den intensiven Blick ab, mit dem er Fabel bisher angesehen hatte. »Dadurch erhielt ich die Idee für meine ›Wahlwelten‹-Romane. Im ersten schrieb ich über Daniel. Ich machte ihn zu einem Wolf, nicht zu einem Werwolf, sondern zu einem Wolfskönig, der über sämtliche Rudel der Welt herrscht. In meiner Geschichte war er glücklich und frei – frei von Schmerz. Und das wurde meine Realität für ihn.« Fabel bemerkte die Trauer in den dunklen Augen. »Deshalb irren Sie sich, wenn Sie meinen, dass sich der Mörder nicht an das Buch, an die authentischen Märchen, hält. Das tut er, denn es ist sein Buch. Es ist seine Realität.«

»Aber er wird durch die Grimm'schen Märchen und vielleicht sogar durch Ihr Buch inspiriert?«

»Offensichtlich. Nur können wir nicht vorhersagen, wie er sie interpretiert… Erinnern Sie sich noch an meine Illustrationssammlung?« Fabel nickte. »Gut. Dann machen Sie sich bewusst, wie viele äußerst individuelle, künstlerische Interpretationen der Grimm'schen Märchen die Bilder wiedergeben. Und das ist nur ein Bruchteil der Gemälde, Zeichnungen, Buchillustrationen und Skulpturen, die von den Märchen inspiriert worden sind. Nehmen Sie Humperdincks Oper… Das Sandmännchen kommt und streut Hänsel und Gretel Zaubersand in die Augen, um sie einschlafen zu lassen. Das hat nicht das Geringste mit dem ursprünglichen Märchen zu tun. Die Interpretation des Mörders – und er hält sich offensichtlich für einen Künstler – ist so subjektiv und persönlich wie alle übrigen. Solche Interpretationen können verzerrt sein. Die Nazis verleibten sich die Grimm'schen Märchen genauso ein wie alles andere von unserer Kultur, das sie für ihre Zwecke verdrehen und korrumpieren konnten. Es gibt eine besonders scheußliche, berüchtigte Buchillustration, auf der eine sehr ›arische‹ Gretel die alte Hexe in den Ofen stößt. Die alte Hexe hat stereotyp-jüdische Züge. Es ist eine abstoßende Arbeit und, wenn man darüber nachdenkt, ein ziemlich gruseliges Omen der kommenden Gräuel.«

»Sie meinen also, dass es bei diesem Fall nicht um einen Plan, sondern um ein Thema geht?

Weiss zuckte die Achseln. »Ich meine, wir können nicht ahnen, was er unternehmen wird oder wie sich sein Werk entfaltet. Aber das Material, mit dem er arbeitet, gibt ihm einen schrecklichen Spielraum und eine Auswahl an Geschichten, die er seinen Zielen anpassen kann.«

»Dann möge Gott uns helfen«, sagte Fabel.

57.

Hamburg-Othmarschen, Donnerstag, den 29. April, 21 Uhr

Der Himmel über Hamburg war nach einem weiteren reinigenden Sturm klar geblieben und glühte nun am späten Abend. Ein warmes, sanftes Licht durchflutete Fabels Wohnung. Er war bis ins Mark erschöpft. Nachdem er seine Jacke und sein Pistolenhalfter aufs Sofa geworfen hatte, blieb er einen Moment lang stehen und betrachtete sein kleines Reich. Er hatte es gut, sogar anspruchsvoll, eingerichtet, und es war zu einem Abbild seiner Persönlichkeit geworden. Sauber, effizient, fast zu stark durchorganisiert. Er musterte den Ausblick und das Mobiliar, die Bücher und Bilder und die teuren elektronischen

Geräte. Aber war es in seiner Wohnung tatsächlich weniger einsam als in Max Bartmanns mieser Bleibe über dem Studio in St. Pauli?

Bevor er sich auszog und unter die Dusche trat, rief Fabel Susanne an. Sie hatten sich für diesen Abend nicht verabredet, und sie war überrascht, von ihm zu hören – überrascht, doch glücklich. »Susanne, wir müssen uns heute Abend treffen. Bei dir, bei mir, in der Stadt … egal, wo.«

»Einverstanden. Stimmt etwas nicht?«

»Nein. Alles in Ordnung. Ich muss einfach mit dir reden.«

»Ach so …« Sie hatte offenbar angenommen, es gehe um den Fall. »Warum kommst du nicht hierher? Bleib über Nacht.«

»Ich bin in einer halben Stunde da.«

Susannes Wohnung lag in einem wilhelminischen Gebäude in Övelgönne. Zum Stadtteil Othmarschen gehörend, liegt Övelgönne an der Elbchaussee kurz vor Blankenese, sowohl geografisch als auch hinsichtlich seiner Attraktivität. Er hatte häufig bei Susanne übernachtet, doch meist hielten sie sich in seiner Wohnung auf. Fabel vermutete, dass Susanne ihre Sphäre bewusster als er schützte. Aber sie hatte ihm ihren Wohnungsschlüssel gegeben. Er parkte auf der anderen Straßenseite und schloss die Haustür auf. Susanne hatte ihn eintreffen sehen und erwartete ihn an ihrer Wohnungstür. Sie trug das übergroße T-Shirt, in dem sie auch schlief. Ihr glänzendes dunkles Haar fiel auf ihre Schultern, und ihr Gesicht war ungeschminkt. Manchmal, ganz unerwartet, fühlte Fabel sich überwältigt von ihrer Schönheit. Und das war auch in diesem Augenblick der Fall, als er sie auf der Schwelle zu ihrer Wohnung stehen sah. Susannes Wohnung war viel größer als seine und geschmackvoll eingerichtet. Der Stil hatte etwas Traditionelles, das dem nordischen Minimalismus von Fabels Mobiliar fehlte. »Du siehst müde aus«, sagte Susanne und strich ihm über das Gesicht. Sie führte ihn ins Wohnzimmer, bevor sie in die Küche ging und mit einem Glas Weißwein und einer Flasche Bier zurückkam. »Bitte sehr, ein Jever.« Sie reichte ihm die Flasche. »Ich habe extra für dich einen Vorrat angelegt.«

»Danke. Das kann ich gebrauchen.« Er nahm einen Schluck von dem kühlen, würzigen friesischen Bier. Susanne setzte sich mit untergeschlagenen Beinen neben Fabel auf das Sofa. Das T-Shirt schob sich dabei nach oben, sodass die seidene Haut ihres Schenkels entblößt wurde. »Worüber möchtest du so dringend sprechen?« Sie grinste. »Nicht, dass ich nicht froh wäre, dich zu sehen. Aber es klang so, als wolltest du über den Fall reden, und du weißt ja, wie ich zu beruflichen Gesprächen in der Freizeit stehe.«

Fabel brachte sie zum Schweigen, indem er sie an sich zog und sie lange und intensiv küsste. Als er sie losließ, blickte er sie unverwandt an. »Nein«, sagte er schließlich. »Ich bin nicht hergekommen, um mit dir über den Fall zu reden. Ich habe gründlich nachgedacht. Über uns beide.«

»Oh … Das klingt bedrohlich.«

»Wir scheinen in unserer Beziehung keine Fortschritte zu machen. Vielleicht weil wir beide auf unsere Art zufrieden sind. Und möglicherweise willst du nicht mehr als das, was wir haben.« Er suchte in ihren Augen nach einer Reaktion, doch er nahm nichts als Geduld wahr. »Es hat mich aus der Bahn geworfen, dass meine Ehe zerbrochen ist. Ich weiß nicht, was ich falsch gemacht habe, aber vielleicht hätte ich mehr tun sollen, um sie am Leben zu erhalten. Ich möchte nicht, dass uns das Gleiche passiert. Du bist mir sehr wichtig, Susanne. Ich möchte, dass es mit uns klappt.«

Sie lächelte und liebkoste seine Wange erneut. Ihre Hand war durch das Weinglas kühl geworden. »Aber Jan, alles ist bestens. Ich möchte auch, dass es klappt.«

»Wir sollten zusammenleben.« Sein Tonfall war entschieden, fast schroff. Dann lächelte er, und seine Stimme wurde sanfter. »Es wäre wirklich schön, wenn wir zusammenleben könnten, Susanne. Was meinst du?«

Sie zog die Augenbrauen hoch und atmete tief aus. »Wow. Ich weiß nicht. Ich weiß es wirklich nicht, Jan. Wir brauchen beide unseren Freiraum. Wir sind beide sehr eigenwillig. Das ist zurzeit kein Problem, aber wenn wir zusammenleben würden… Ich weiß nicht, Jan. Wie du sagst: Wir kommen gut miteinander aus, und ich möchte das nicht vermasseln.«

»Das würde nicht passieren. Ich glaube, wir würden stärker werden.«

»Ich war schon einmal in einer Beziehung.« Susanne schwang die Beine von der Couch. Sie beugte sich vor, stützte die Ellbogen auf die Knie und hielt ihr Weinglas mit beiden Händen fest. »Wir haben eine Zeit lang zusammengelebt. Zuerst habe ich es nicht gemerkt, aber er war ein sehr besitzergreifender Mensch.« Sie lachte bitter. »Ich, die Psychologin, konnte einen Kontroll-Freak nicht durchschauen. Jedenfalls war es nicht gut für mich. Ich fühlte mich herabgesetzt und wertlos. Bald glaubte ich nicht mehr an mich selbst und an mein eigenes Urteil. Ich bin aus der Beziehung rausgegangen, bevor er meine letzte Selbstachtung zerstören konnte.«

»Und du denkst, dass ich auch so bin?«

»Nein… natürlich nicht.« Sie nahm seine Hand. »Ich habe einfach lange gebraucht, um wieder ein gewisses Gefühl der, na ja, Unabhängigkeit aufzubauen.«

»Mein Gott, Susanne, ich suche keine Hausfrau, sondern eine Partnerin. Jemanden, mit dem ich mein Leben teilen kann. Und der Grund, warum ich das tue, bist ganz allein du. Bevor ich dich kennen lernte, habe ich keinen Gedanken darauf verwandt. Magst du nicht wenigstens mal darüber nachdenken?«

»Natürlich, Jan. Ich sage nicht nein, ganz und gar nicht, aber ich brauche noch etwas Zeit.« Sie lächelte strahlend. »Hör zu, nimm mich mit nach Sylt, wie du es seit einer Ewigkeit versprichst. Ins Hotel deines Bruders. Wenn du das tust, werde ich dir eine Antwort geben.«

Fabel lächelte zurück. »Abgemacht.«

Sie hatten sich gierig und leidenschaftlich geliebt, und ein Gefühl der Zufriedenheit hatte Fabel in einen tiefen Schlaf fallen lassen – tiefer und fester als seit Wochen.

Dann wachte er jäh auf. Etwas hatte nach ihm gegriffen und ihn an die Oberfläche gezogen. Er lag mit weit aufgerissenen Augen da und beobachtete die Schatten an der Decke. Susanne neben ihm schlief. Etwas in einer dunklen, fernen Ecke seines Geistes wollte unbedingt herausgelassen werden. Er setzte sich auf den Bettrand. Was konnte es sein? Etwas, das gesagt worden war oder das er gesehen hatte? Oder beides? Auf jeden Fall hatte es mit den Morden zu tun: irgendein Anhaltspunkt, den er am Rande seines Bewusstseins wahrgenommen hatte. Er stand auf, schritt durch das Wohnzimmer und schaute durch Susannes Fenster. Ihre Wohnung konnte sich, was die Aussicht anging, nicht mit der von Fabel messen. Man blickte über den Park hinweg zur Elbe hinunter, aber die Perspektive wurde durch andere Gebäude eingeengt. Zwei Autos fuhren vorbei und steuerten auf die Liebermannstraße zu. Ein einsamer Hund überquerte die Straße, und Fabel folgte ihm mit den Augen, bis er aus dem Blickfeld verschwand.

Etwas, das er gehört hatte. Etwas, das er gesehen hatte. Oder beides. Sein erschöpftes, um den Schlaf gebrachtes Gehirn weigerte sich, ihm zu helfen. Fabel ging in die Küche, schaltete das Licht an und kniff die Augen zusammen, um nicht geblendet zu werden. Er kochte sich eine Tasse Tee. Als er die Milch aus dem Kühlschrank nahm, fiel sein Blick auf drei Flaschen Jever. Er lächelte bei dem Gedanken, dass Susanne das Bier für ihn gekauft und hier verwahrt hatte. Für Fabel waren Kühlschränke eine Art intimer Bereich; ihr Inhalt war so persönlich wie der einer Brieftasche oder eines

Portemonnaies. An einem Tatort öffnete er gewöhnlich auch den Kühlschrank, um sich einen Eindruck von den Bewohnern zu bilden. Nun teilte sich sein Bier diesen persönlichen Bereich mit Susannes Joghurt, ihren Lieblingskäsesorten aus Süddeutschland und dem Gebäck, für das sie eine Schwäche hatte.

Er trug seinen Tee hinüber zur Frühstücksbar und nahm einen Schluck. Das Getränk war zu heiß, und er stellte die Tasse zum Abkühlen hin. Er hörte, wie Susanne in die Küche tappte. Sie rieb sich die Augen.

»Alles in Ordnung?«, fragte sie schläfrig. »Wieder ein Albtraum?«

Er stand auf und küsste sie. »Nein. Ich konnte bloß nicht schlafen... Entschuldige, wenn ich dich gestört habe. Möchtest du einen Tee?«

»Keine Ursache... und nein, danke.« Sie sprach durch ein Gähnen hindurch. »Ich wollte nur sicher sein, dass es dir gut geht.«

Fabel verspürte einen Schub dunkler Energie. Seine Müdigkeit hatte sich verflüchtigt, und auf einen Schlag war er so wach, wie er nur sein konnte. Alle Sinne und Nerven waren angespannt. Er betrachtete Susanne ausdruckslos.

»Was ist?«, fragte Susanne. »Jan, stimmt etwas nicht?«

Fabel durchquerte die Küche und öffnete die Kühlschranktür. Er musterte das Gebäck: Apfel in einer leichten, flockigen Kruste. Er schloss die Tür und drehte sich zu Susanne um. »Das Lebkuchenhaus«, sagte er, aber er schien mit sich selbst zu sprechen.

»Was?«

»Das Lebkuchenhaus. Werner hat gesagt, wir sollten nach jemandem Ausschau halten, der in einem Lebkuchenhaus wohnt. Dann habe ich das Gebäck im Kühlschrank gesehen und bin daran erinnert worden.«

»Jan, wovon redest du bloß?«

Er legte die Hände auf ihre Schultern und küsste sie. »Ich muss mich anziehen und ins Präsidium fahren.«

»Weshalb denn, um Himmels willen?« Sie folgte Fabel ins Schlafzimmer, wo er hastig in seine Kleidung schlüpfte.

»Ich habe ihn gehört, Susanne. Von Anfang an hat er mir etwas mitteilen wollen, und jetzt habe ich ihn gehört.«

Von seinem Auto aus rief er Weiss an. »Herrgott, Herr Fabel ... Es ist erst fünf Uhr morgens. Was zum Teufel wollen Sie?«

»Warum spielen Backwaren in den Grimm'schen Märchen eine so große Rolle?«

»Was? Verflucht ...«

»Hören Sie, Herr Weiss, mir ist klar, dass es spät ist ... oder früh ..., aber es ist wichtig. Überlebenswichtig. Warum gibt es in den Grimm'schen Märchen so viele Hinweise auf Backwaren: auf Brot und Kuchen, auf Lebkuchenhäuser und dergleichen?«

»O Gott ... ich weiß nicht ... dadurch wird so viel symbolisiert.« Der Schriftsteller klang verwirrt wie jemand, der im Halbschlaf in seinem Gedächtnis stöbert. »Verschiedene Dinge in verschiedenen Märchen. Nehmen wir zum Beispiel ›Rotkäppchen‹: Das frisch gebackene Brot für ihre Großmutter ist ein Symbol der unverdorbenen Reinheit des Mädchens, während der Wolf Verderbtheit und unersättliche Gelüste repräsentiert. Was er haben will, ist nicht das Brot, sondern ihre Jungfräulichkeit. Hänsel und Gretel hingegen, obwohl unschuldige Kinder, die sich in der Dunkelheit des Waldes verirrt haben, werden von ihren Gelüsten und ihrer Gier überwältigt, als sie auf das Lebkuchenhaus stoßen. In diesem Fall steht es also für die Versuchung. Backwaren können so viele unterschiedliche Dinge repräsentieren. Einfachheit und Reinheit oder sogar Armut ... die kümmerlichen Brotkrumen, die Hänsel heimlich aufbewahrt, damit sie ihn und seine Schwester wieder in Sicherheit führen. Warum?«

»Ich kann es im Moment nicht erklären. Aber vielen Dank.«

Fabel legte auf und wählte sofort eine neue Nummer. Es dauerte eine Weile, bis sich jemand meldete.

»Werner, hier ist Fabel… Ja, ich weiß, wie spät es ist. Kannst du jetzt gleich ins Präsidium kommen? Und versuch auch, Anna und Maria herbeizuholen.« Fabel hielt inne. Gerade hatte er Werner auffordern wollen, Paul Lindemann ebenfalls anzurufen. Die späte Stunde und die Gewohnheit hatten eine Sekunde lang die Tatsache verdrängt, dass Paul ein Jahr zuvor im Dienst gestorben war. »Und Anna soll Kontakt mit Henk Hermann aufnehmen.« Er schaltete das Handy aus.

So viele Tote. Wie hatte es geschehen können, dass er von so vielen Todesfällen umgeben war? Die Geschichtswissenschaft war sein Lieblingsfach gewesen, und er hatte sich zum Leben eines Historikers hingezogen gefühlt, als wäre dies der durch seine Gene vorgegebene Pfad. Aber Fabel glaubte nicht an das Schicksal, sondern an die grausame Unberechenbarkeit des Lebens. Denn in diesem Leben hatte eine zufällige Begegnung einer jungen Studentin, Fabels damaliger Freundin, mit irgendjemandem, der unter einer schweren Psychose litt, zu einer Tragödie geführt. Und dadurch war eine Folge unvorhergesehener Ereignisse in Gang gesetzt worden, die damit endete, dass Fabel eine Laufbahn in der Mordkommission einschlug, statt Historiker oder Archäologe oder Lehrer zu werden.

So viele Tote. Und nun war er einem weiteren Mörder dicht auf den Fersen.

Es war fast sechs Uhr, als sich alle in der Mordkommission versammelt hatten. Niemand beklagte sich darüber, aus dem Bett gerissen worden zu sein, doch alle hatten die trübe Miene von nur halb wachen Personen aufgesetzt. Ganz im Gegensatz zu Fabel. Seine Augen glänzten vor kalter Entschlossenheit. Er hatte den anderen den Rücken zugewandt und ließ seinen forschenden Blick über die Bilder an der Schautafel schweifen.

»Manchmal habe ich gedacht, dass wir diesen Burschen

nicht erwischen werden.« Fabels Stimme war ruhig und überlegt. »Dass wir mit mehreren Wochen heftiger Aktivität und einem Haufen Leichen rechnen mussten, bevor er wieder verschwand. Bis zu seiner nächsten Orgie.« Er wartete einen Herzschlag lang und wandte sich zu seinem Publikum um. »Wir haben einen sehr arbeitsreichen Tag vor uns, und an seinem Ende möchte ich den Mörder hinter Gittern haben.« Niemand sagte ein Wort, doch plötzlich sahen alle wacher aus. »Er ist schlau. Wahnsinnig… aber schlau«, fuhr Fabel fort. »Dies ist sein Lebenswerk, und er hat es bis ins kleinste Detail durchdacht. Alles, was er tut, ist von Bedeutung. Jede Einzelheit ist ein Bindeglied zu einer anderen. Aber eines ist uns entgangen.« Er schlug mit der offenen Handfläche auf das erste Bild. »Paula Ehlers… Das ist das Foto, das am Tag vor ihrem Verschwinden aufgenommen wurde. Was seht ihr?«

»Ein fröhliches Mädchen.« Werner starrte das Bild konzentriert an, als könne er ihm dadurch zusätzliche Informationen entlocken. »Ein fröhliches Mädchen auf ihrer Geburtstagsparty…«

»Nein.« Maria Klee trat dichter heran und musterte die Bilderserie, genau wie Fabel es getan hatte. »Nein… das ist es nicht…« Sie blickte Fabel fest in die Augen. »Der Geburtstagskuchen. Es ist der Geburtstagskuchen.« Fabel lächelte grimmig, schwieg jedoch und lud Maria dadurch ein, den Faden aufzunehmen. Sie ging an die Tafel und zeigte auf das zweite Foto.

»Martha Schmidt… das Mädchen, das am Blankeneser Strand gefunden wurde. Ihr Magen war leer, abgesehen von den Resten einer kargen Mahlzeit aus Roggenbrot.« Sie bewegte sich auf das nächste Bild zu, und ihre Stimme wurde fester. »Hanna Grünn und Markus Schiller… die auf einem Taschentuch verstreuten Brotkrümel. Und Schiller war Mitbesitzer einer Bäckerei.« Während Maria sprach, nickte Fabel zu Anna hinüber. »Setz dich mit der Haftanstalt Vierlande in Verbindung. Ich muss unbedingt mit Peter Olsen reden.«

Maria schritt zu dem nächsten Bild. »Laura von Klosterstadt?«

»Noch eine Geburtstagsparty«, antwortete Fabel. »Eine protzige, die ihr Agent Heinz Schnauber organisiert hatte. Die Speisen und Getränke wurden bestimmt geliefert. Schnauber sagte mir, er habe immer dafür sorgen wollen, dass Laura ihre Geburtstagsparty als persönliches Ereignis und nicht bloß als PR-Event empfand. Deshalb arrangierte er gern kleine Überraschungen für sie: Geschenke … und eine Geburtstagstorte. Wir müssen herausfinden, wer für das Catering zuständig war.«

»Bernd Ungerer.« Maria bewegte sich an der Schautafel entlang, als wäre sie allein im Zimmer. »Natürlich, Gastronomiegeräte. Bäckereiöfen … Und hier … Lina Ritter. Als Rotkäppchen mit einem frisch gebackenen Brotlaib in ihrem Korb.«

»Märchen«, sagte Fabel. »Wir haben es mit Märchen zu tun. Mit einer Welt, in der nichts so ist, wie man glaubt. Alles hat eine Bedeutung, eine Symbolik. Der böse Wolf repräsentiert nicht die Wölfe, sondern uns. Die Menschen. Die Mutter ist das Großzügige und Gute in der Natur, während die Stiefmutter die andere Seite verkörpert – alles, was in der Natur tückisch und destruktiv und böse ist. Und Backwaren: einerseits die einfache, ehrliche Nahrhaftigkeit von Brot; andererseits die wollüstige Verlockung von gebackenen Köstlichkeiten. Es ist ein Motiv, das sich durch sämtliche Grimm'schen Märchen zieht.«

»Chef«, rief Anna und bedeckte die Muschel des Telefons mit der Hand. »Der Aufsichtsbeamte war grantig, aber ich habe Olsen an der Strippe.« Fabel nahm den Hörer entgegen. »Olsen, Sie haben die Chance, Ihre Unschuld an den Morden zu beweisen. Sie erinnern sich daran, dass wir über Ungerer, den Gerätevertreter, gesprochen haben?«

»Ja …«

»Was hat Hanna noch darüber gesagt, wie er sie angesehen hat?«

»Was?… Ich weiß nicht… ach ja, dass er sie mit den Augen aufgefressen hat.«

Ja, dachte Fabel, und die Augen sind ausgedrückt worden und fressen niemanden mehr auf. »Gab es noch jemanden in der Bäckerei, der Hanna attraktiv fand?«

Olsen lachte. »Die meisten männlichen Angestellten wahrscheinlich.«

»Aber gab es eine bestimmte Person?« Fabels Stimme war ungeduldig. »Jemanden, der sie vielleicht bedrängt hat?«

Stille am anderen Ende der Leitung.

»Bitte, Herr Olsen. Es ist sehr wichtig.«

»Nein… nein. Ich glaube, dass ihr Chef, Herr Biedermeyer, der Bäckermeister, in solchen Fällen sehr streng war. Sie hat sich sogar bei ihm über Ungerer beklagt. Er wollte mit Frau Schiller darüber reden.« Nun war es an Fabel zu schweigen.

»War es das, was Sie wissen wollten?«, fragte Olsen unsicher. »Bin ich damit entlastet?«

»Vielleicht… vermutlich. Ich melde mich wieder bei Ihnen.« Fabel legte auf. »Ruf die Kasseler Kripo an«, bat er Anna. »Finde heraus, ob Martha Schmidt in den Wochen unmittelbar vor ihrer Entführung eine Geburtstagsparty oder eine Veranstaltung, bei der Lebensmittel geliefert wurden, besucht hat.«

»Okay, Chef. Aber bei ihrer Herkunft kommt mir das unwahrscheinlich vor. Ihre Junkie-Eltern waren bestimmt nicht organisiert oder interessiert genug, um eine Einladung anzunehmen und sie zu einer Party zu bringen.«

»Das Traurige ist, Anna, dass Martha sich vermutlich selbst um diese Dinge gekümmert hat. Sie hatte in der Familie offenbar mehr Verantwortungsgefühl als die Erwachsenen.« Fabel seufzte. Der Gedanke an die verwahrloste Martha Schmidt, die allein und ohne Geschenk auf einer Geburtstagsparty erschien, machte ihm zu schaffen. »Außerdem möchte ich, dass du bei der Familie Ehlers nachfragst – schließlich kennt man dich dort –, woher Paulas Geburtstagstorte kam.« Er rief zu Maria Klee hinüber: »Maria, nimm Kontakt mit Heinz Schnauber, Laura von Klosterstadts Agenten, auf und erkundige dich bei ihm, wer das Catering für ihre Party besorgt hat. Auch in diesem Fall möchte ich wissen, woher die Torte gekommen ist.«

58.

Hamburg-Bostelbek, Freitag, den 30. April, 10 Uhr

Fabel hatte die Antworten, die er brauchte. Oder jedenfalls genug erforderliche Antworten. Die Kasseler Polizei hatte bisher nicht sagen können, ob Martha Schmidt vor ihrer Entführung eine Geburtstagsparty besucht hatte. Außerdem hatte Anna festgestellt, dass Marthas Mutter nach der Identifizierung ihrer Tochter in Hamburg nicht mehr nach Hause zurückgekehrt war. Es ärgerte Fabel, von einer fernen Polizeibehörde erfahren zu müssen, dass Ulrike Schmidt noch in Hamburg Selbstmord begangen hatte. Das hätte ihm die zuständige Polizeidirektion mitteilen müssen. Nachdem sich Fabels Zorn über die Kommunikationspanne bei der Polizei Hamburg gelegt hatte, fiel ihm ein, wie unnachsichtig Anna mit Ulrike Schmidt umgesprungen war, weil sie die Frau für eine herzlose, egozentrische Süchtige gehalten hatte. Aber sie war – auf ihre eigene Art – doch eine Mutter gewesen.

Anna hatte die Familie Ehlers angerufen und sich bestätigen lassen, dass Paulas Torte von der Backstube Albertus geliefert worden war. Maria fand heraus, dass Heinz Schnauber eine riesige, reich verzierte Torte eigens für Laura von Klosterstadt bestellt hatte, aber nicht bei der Catering-Firma, die die übrigen Speisen und Getränke anlieferte, sondern bei einer auf solche Anlässe spezialisierten Bäckerei: bei der Backstube Albertus, welche die Torte hatte vorbeibringen lassen.

Das Mädchen am Verkaufstresen der Backstube Albertus war durch das plötzliche Erscheinen so vieler Polizisten sichtlich aus der Fassung geraten. Als Fabel ihr seine ovale Kripomarke hinhielt und fragte, ob Frau Schiller in ihrem Büro sei, nickte sie nur.

Fabel hatte uniformierte Schutzpolizisten am Haupteingang der Bäckerei, an den Notausgängen und an der Anlieferbucht Stellung beziehen lassen. Anna Wolff und Henk Hermann warteten unten in der Fabrikhalle. Die Luft war mit den Gerüchen von Teig und warmem Brot gesättigt, doch als Fabel, Werner und Maria Vera Schillers Büro betraten, strahlte es wie immer die harte Funktionalität eines industriellen Verwaltungszentrums aus. Und Markus Schillers Schreibtisch wirkte, als wäre er noch vor kurzem benutzt worden. Vera Schiller, glühende Wut in den Augen, sprang auf. »Was soll das bedeuten? Ich fordere Sie auf, mir zu sagen, warum Sie in meinen Betrieb … in mein Büro … eingedrungen sind.«

Fabel hob eine Hand und erwiderte mit ruhiger Autorität: »Frau Schiller, wir haben ein paar sehr wichtige Fragen an Sie und Ihr Personal. Ich weiß, es sind bedrückende Tage für Sie. Bitte, machen Sie die Situation nicht noch schwieriger, als sie es ohnehin ist.«

Vera Schiller nahm wieder Platz, doch ihre Haltung blieb straff. Das dunkle Feuer brannte weiterhin in ihren Augen. »Sie sollten nicht unterstellen, dass Sie das Geringste über mich wissen, Herr Kriminalhauptkommissar. Sie wissen überhaupt nichts über mich.«

Fabel setzte sich ihr gegenüber. »Das ist möglich. Aber eines weiß ich bestimmt: Sieben Morde sind begangen worden … vielleicht sogar acht. Jeder einzelne ist ein grässlicher

Mord, der an Ihrem Mann eingeschlossen, und jeder ist mit der Backstube Albertus verknüpft.«

»Wie denn verknüpft?« Vera Schiller sah aus, als wäre sie von einem schweren Stromschlag getroffen worden. »Was soll das heißen?«

»Laura von Klosterstadt. Sie müssen von dem Mord an ihr gelesen haben, und trotzdem hielten Sie es nicht für nötig, uns wissen zu lassen, dass Sie die Torte für die Geburtstagsfeier geliefert haben.«

»Ich habe keine Ahnung, wovon Sie reden. Wir haben ihr keine Torte geliefert. Daran könnte ich mich erinnen.«

Fabel nannte ihr die Daten. Ein Computer stand seitlich auf ihrem Schreibtisch. Sie drückte auf ein paar Tasten.

»Nein, nichts. Überzeugen Sie sich selbst.« Sie drehte den Monitor in seine Richtung.

»Da ist es.« Fabel zeigte auf einen Eintrag in einer Tabelle. »Im Namen von Heinz Schnauber. Er war Laura von Klosterstadts Agent.«

Vera Schiller starrte auf den Monitor. »O ja, eine große Torte. Eine Sonderanfertigung. Dazu ein volles Sortiment Brötchen und sonstiges Gebäck. Ich erinnere mich an die Bestellung. Aber er hat nichts davon gesagt, dass sie für die Klosterstadts bestimmt war.«

»Wer?«, fragte Fabel, aber vor seinem geistigen Auge sah er bereits die gewaltigen Hände vor sich, die mit überraschender Zartheit arbeiteten.

»Herr Biedermeyer natürlich. Unser Bäckermeister.« Sie öffnete ihre Schreibtischschublade, zog ein schweres Hauptbuch hervor, blätterte die Seiten durch, warf noch einen Blick auf den Monitor und fuhr dann mit einem rot lackierten Fingernagel an einer der Spalten entlang. »Ja… hier ist es… Herr Biedermeyer hat die Bestellung selbst erledigt. Er ist sehr gründlich.«

Fabel schaute über seine Schulter hinweg auf Werner und

Maria. »Könnte ich mir Ihr Lieferbuch ansehen?«, fragte er Frau Schiller. Sie hielt seinem Blick einen Moment lang stand, doch ihr Zorn hatte sich gelegt. Sie drehte das Buch zu Fabel um. Er zog sein Notizheft aus der Tasche und überprüfte das Datum von Martha Schmidts Verschwinden. Danach blätterte er zurück, bis er die gewünschte Angabe gefunden hatte. Die Sekunden schienen sich zu strecken, und er spürte ein Kribbeln im Nacken. »Herr Biedermeyer unterbricht seine Aufsichtspflichten, um solche Bestellungen auszuführen?« Er deutete auf den Eintrag im Hauptbuch.

»Ja. Jedenfalls in Fällen wie diesem. Die Konditorei Wunderlich ist einer unserer größten Kunden. Herr Biedermeyer sorgt dafür, dass man dort das Gefühl hat, von der Führungsebene gewürdigt zu werden.«

»Und die Konditorei Wunderlich ist in Kassel?« Fabel hörte, wie sich Werner und Maria zur Tür bewegten, bevor Frau Schiller antworten konnte.

»Ja. Warum?«

»Benutzt Herr Biedermeyer einen Ihrer Lieferwagen, um die Waren zu überbringen?«

»Manchmal. Ja. Warum erkundigen Sie sich nach Herrn Biedermeyer?«

Fabel ignorierte die Frage. »Ist er zurzeit hier?«

»In der Fabrikhalle…«

Bevor sie weitersprechen konnte, war Fabel aufgesprungen und folgte seinen Kollegen die Treppe hinunter.

Biedermeyer beugte sich vor und setzte, wie bei seiner ersten Begegnung mit Fabel, ein kleines Blumenornament auf einen Kuchen. Wiederum schien es eine unmöglich komplizierte Aktion für seine riesigen, schweren Hände zu sein, und die Zuckergussblumen wirkten winzig und zerbrechlich zwischen seinem massiven Zeigefinger und Daumen. Als er die Gruppe von Polizeibeamten herankommen sah, richtete er sich auf, und seine gutmütigen Züge ließen ein breites Grinsen erkennen. Anna und Henk trennten sich von der heranrückenden Gruppe und schoben die Arbeiter aus der Produktionshalle. Biedermeyer schaute belustigt zu.

»Guten Tag, Herr Kriminalhauptkommissar. Bitte, entschuldigen Sie mich einen Moment, ich muss die beiden letzten Blumen an diesem Kuchen anbringen.« Wieder ergriffen sein Zeigefinger und Daumen eine Verzierung von seiner anderen Handfläche und drückten sie in den Kuchen. Dies wiederholte er mit der letzten Blume. Biedermeyer richtete seine gewaltige Gestalt erneut auf, trat einen Schritt zurück, um sein Werk zu mustern, und sagte: »Na also!« Dann wandte er sich wieder Fabel zu. »Entschuldigen Sie, dass ich Sie habe warten lassen, aber das musste beendet werden.« Das Lächeln auf seinem großen Gesicht blieb freundlich, geradezu herzlich, und die Fältchen um seine Augen wurden tiefer. »Ich tue diese Dinge gern. In solchen Fällen wie diesem hier finde ich immer, dass die Details am wichtigsten sind.« Er musterte die anderen Beamten, bevor er Fabel erneut ansah. »Aber das habe ich wahrscheinlich längst bewiesen, oder? Hat Ihnen meine Arbeit gefallen, Herr Hauptkommissar? Habe ich Sie unterhalten?«

Fabels Hand schob sich zu seiner Hüfte, und er zog die Pistole aus dem Halfter. Er hob sie nicht, sondern hielt sie einsatzbereit an seiner Seite. Biedermeyer richtete die Augen auf die Pistole und schüttelte den Kopf, als wäre er enttäuscht.

»Das ist nicht nötig, Herr Fabel. Ganz und gar nicht. Meine Arbeit ist abgeschlossen. Ich habe alles getan, was ich tun sollte.«

»Herr Biedermeyer…«, begann Fabel. Doch Biedermeyer hob die Hand wie ein Verkehrspolizist, der sich nähernde Fahrzeuge stoppt. Er lächelte immer noch, aber seine schiere Größe war bedrohlicher, als sein Gesichtsausdruck es hätte sein können.

»Also, Herr Fabel, Sie wissen doch, dass das nicht mein richtiger Name ist. Nach allem, was Sie gesehen haben, oder?«

»Und wie ist Ihr Name?«

»Grimm.« Biedermeyer lachte, als werde er gezwungen, etwas völlig Einleuchtendes zu erklären. »Ich bin Bruder Grimm.«

Fabel hörte, wie mehrere Feuerwaffen aus den Halftern gezogen wurden.

»Franz Biedermeyer, Sie sind verhaftet, denn Sie werden verdächtigt, Paula Ehlers, Martha Schmidt, Hanna Grünn, Markus Schiller, Bernd Ungerer, Lina Ritter und Max Bartmann ermordet zu haben. Alles, was Sie sagen, kann gegen Sie verwendet werden.« Fabel ließ seine Pistole ins Halfter gleiten, nachdem er sich durch einen Blick über die Schulter überzeugt hatte, dass Werner und Maria ihm Deckung gaben. Er zog die Handschellen aus seiner Gürteltasche, packte Biedermeyers Gelenke und drehte ihn um. Während er den Bäckermeister festhielt, wurden ihm dessen Masse und potenzielle Kraft noch bewusster. Die Handgelenke waren breit und hart. Aber zu Fabels Erleichterung leistete Biedermeyer keinen Widerstand.

Auf dem Weg zu den wartenden Autos kamen sie an Vera Schiller vorbei. Ihre dunklen Augen waren auf Biedermeyer gerichtet, der die Treppe hinauf und durch den Korridor zum Ausgang geführt wurde. Er blieb stehen, und das Lächeln auf seinem Gesicht erstarb.

»Es tut mir Leid«, sagte er mit leiser Stimme. Vera Schiller schnaubte, als weise sie etwas Verachtenswertes von sich. Biedermeyer ging weiter. Frau Schiller legte eine Hand auf Fabels Arm, und er bedeutete Henk und Anna, Werner und Biedermeyer nach draußen zu begleiten. In Vera Schillers Augen zeichnete sich ein gewisser Trotz ab. Ihre Stimme war kalt und scharf.

»Ich habe meinen Mann geliebt, Herr Fabel. Ich habe Markus wirklich sehr geliebt.« Ihr Gesicht blieb unbewegt, doch eine Träne sickerte aus ihrem Augenwinkel und lief ihr über die Wange. »Ich möchte, dass Sie das wissen.«

Sie ließen Biedermeyer auf dem Rücksitz von Fabels Auto Platz nehmen. Er musste in der Enge einen Buckel machen, als wäre er versehentlich in einen zu kleinen Raum gepresst worden. Werner setzte sich neben ihn. Trotz seiner Größe wirkte er im Vergleich zu dem Bäcker geradezu zierlich.

Bevor Fabel den Motor anließ, drehte er sich zu Biedermeyer um. »Sie haben gesagt, dass Ihre Arbeit abgeschlossen ist. Warum? Ich weiß, dass Sie nicht all Ihre Pläne ausgeführt haben. Ich bin der Fährte gefolgt, all den Märchen, und mir ist klar, dass Sie wenigstens noch eines vor sich haben …«

Biedermeyer grinste, und die Fältchen um seine Augen vertieften sich erneut. Wiederum erinnerte sein Gesichtsausdruck Fabel an das Lächeln seines Bruders Lex, und der Gedanke ließ ihn frösteln.

»Geduld, Herr Kriminalhauptkommissar. Nur Geduld.«

59.

Polizeipräsidium Hamburg, Freitag, den 30. April, 13.30 Uhr

Fabel, Maria und Werner warteten im Vernehmungszimmer. Sie hatten ihre Verhörstrategie vorher besprochen und saßen nun in ungewolltem Schweigen da. Jeder versuchte, sich irgendeine Bemerkung einfallen zu lassen – vielleicht sogar einen Witz –, um die Stille zu sprengen. Aber keinem gelang es. Fabel und Werner saßen an dem Tisch mit dem Aufnahmegerät und dem Mikrofon in der Mitte, während sich Maria an die Wand lehnte. Sie warteten darauf, dass ein Ungeheuer zu ihnen gebracht wurde.

Dann hörten sie Schritte. Fabel hätte schwören können,

dass er spürte, wie sein Blutdruck anstieg. Seine Brust spannte sich: Aufregung, Furcht und Entschlossenheit verbanden sich zu einem undefinierbaren Gefühl. Die Schritte verklangen, und dann riss ein Schutzpolizist die Tür zum Vernehmungszimmer auf. Zwei weitere Beamte hatten den mit Handschellen gefesselten Biedermeyer in die Mitte genommen und führten ihn in den Raum. Sie verschwanden geradezu neben ihm.

Biedermeyer nahm Fabel gegenüber Platz. Allein. Er hatte auf sein Recht, sich einen Anwalt zuweisen zu lassen, verzichtet. Die beiden Schutzpolizisten standen schweigend an der Wand hinter ihm Wache. Biedermeyers Gesicht wirkte immer noch gelöst, freundlich, sympathisch. Ein Gesicht, dem man vertrauen konnte. Er war jemand, mit dem man sich in einer Bar auf eine Plauderei einließ. Er streckte die Hände aus und schob sie zur Seite, sodass die Handschellen ins Auge stachen. Sein Kopf war ein wenig geneigt. »Bitte, Herr Fabel. Ich glaube, Sie wissen, dass ich keine Gefahr für Sie oder Ihre Kollegen darstelle. Und ich habe nicht die Absicht, aus der Haft zu fliehen.«

Fabel nickte einem der beiden Schutzpolizisten zu, der vortrat und die Handschellen entfernte, bevor er wieder an der Wand Position bezog. Fabel schaltete das Aufnahmegerät an.

»Herr Biedermeyer, haben Sie Paula Ehlers entführt und ermordet?«

»Ja.«

»Haben Sie Martha Schmidt entführt und ermordet?«

»Ja.«

»Haben Sie …«

Biedermeyer hob die Hand und lächelte entwaffnend und gutmütig. »Bitte. Um Zeit zu sparen, ist es am besten, wenn ich folgende Erklärung abgebe: Ich, Jacob Grimm, Bruder von Wilhelm Grimm, Aufzeichner der Sprache und der Seele der deutschen Völker, bin verantwortlich für den Tod von Paula Ehlers, Martha Schmidt, Hanna Grünn, Markus Schiller,

Bernd Ungerer, der Hure Lina – ihren Familiennamen kenne ich leider nicht – und des Tätowierers Max Bartmann. Ich habe sie alle getötet. Und ich habe jede Sekunde jedes einzelnen Todes genossen. Ich gebe gern zu, sie umgebracht zu haben. Aber ich habe keine Schuld auf mich geladen. Ihr Leben war unwesentlich. Die einzige Bedeutung, die sie hatten, lag in der Art ihres Todes – und in den universellen, zeitlosen Wahrheiten, die sie durch ihren Tod ausgedrückt haben. Im Leben waren sie wertlos. Durch ihre Tötung habe ich ihnen einen Wert verliehen.«

»Herr Biedermeyer, aus formellen Gründen hat ein Geständnis nur unter Ihrem eigenen Namen Gültigkeit.«

»Aber ich habe Ihnen meinen eigenen Namen genannt. Ich habe Ihnen den Namen meiner Seele genannt, nicht die Erfindung in meinem Personalausweis.« Biedermeyer seufzte und lächelte dann wieder, als gehe er auf ein Kind ein. »Wenn es Ihnen lieber ist: Ich, Bruder Grimm, Ihnen unter dem Namen Franz Biedermeyer bekannt, gebe zu, all diese Personen getötet zu haben.«

»Hat Ihnen jemand bei der Ausführung der Morde geholfen?«

»Aber sicher! Natürlich.«

»Wer denn?«

»Mein Bruder, wer denn sonst?«

Fabel drehte sich zu Maria um, die sich immer noch an die Wand hinter ihm lehnte. Sie schüttelte den Kopf.

»Aber Sie haben keinen Bruder, Herr Biedermeyer«, sagte sie. »Sie waren ein Einzelkind.«

»Natürlich habe ich einen Bruder.« Das Lächeln auf Biedermeyers Lippen verschwand. Zum ersten Mal wurde seine liebenswürdige Miene von etwas unendlich Bedrohlicherem verdrängt, von etwas Raubtierhaftem. »Ohne meinen Bruder bin ich nichts. Ohne mich ist er nichts. Wir ergänzen einander.«

»Wer ist Ihr Bruder?«

Biedermeyers nachsichtiges Lächeln kehrte zurück. »Aber Sie kennen ihn doch. Sie sind ihm begegnet.« Fabel machte eine verständnislose Geste. »Sie kennen meinen Bruder Wilhelm Grimm unter dem Namen Gerhard Weiss.« Biedermeyer seufzte.

»Weiss?« fragte Maria. »Behaupten Sie, dass der Schriftsteller Gerhard Weiss die Verbrechen zusammen mit Ihnen begangen hat?«

»Erstens sind es keine Verbrechen. Es handelt sich um schöpferische Akte, die nichts Destruktives an sich haben. Sie verkörpern Wahrheiten, die viele Generationen zurückreichen. Mein Bruder und ich zeichnen diese Wahrheiten auf. Er hat nichts mit mir zusammen *begangen*. Er hat mit mir zusammengearbeitet, genau wie vor fast zweihundert Jahren.«

Fabel lehnte sich in seinem Stuhl zurück, streckte die Arme aus und ließ die Handballen auf dem Tischrand ruhen. Er betrachtete Biedermeyer und das freundliche, stets lächelnde Gesicht, das die von der enormen Gestalt ausgehende Bedrohung nicht zu bestätigen schien. Deshalb hast du die Maske getragen, dachte Fabel. Deshalb hast du dein Gesicht versteckt. Er stellte sich vor, wie erschreckend der maskierte Biedermeyer gewirkt haben musste und welch pure Angst seine Opfer vor ihrem Tod empfunden hatten. »Aber Gerhard Weiss hat doch von alledem keine Ahnung, Herr Biedermeyer. Abgesehen von dem Brief, den Sie an seinen Verlag geschickt haben, gibt es keinen direkten Kontakt zwischen Ihnen.«

Wieder lächelte Biedermeyer. »Nein. Sie verstehen die Zusammenhänge nicht. Habe ich Recht, Herr Kriminalhauptkommissar?«

»Mag sein. Sie müssen mir helfen, das alles zu verstehen. Aber vorher muss ich Ihnen eine sehr wichtige Frage zu stellen. Vielleicht ist es die wichtigste. Wo ist Paula Ehlers' Leiche?«

Biedermeyer beugte sich vor und stützte die Ellbogen auf den Tisch. »Sie werden Ihre Antwort bekommen, Herr Fabel. Das verspreche ich Ihnen. Ich werde Ihnen sagen, wo Sie Paula

Ehlers' Leiche finden können. Und ich werde es Ihnen heute sagen… aber noch nicht jetzt. Erst möchte ich Ihnen schildern, wie ich sie gefunden und warum ich sie ausgewählt habe. Und ich werde Ihnen helfen, die spezielle Beziehung zwischen meinem Bruder Wilhelm, den Sie als Gerhard Weiss kennen, und mir zu verstehen.« Er unterbrach sich. »Könnte ich ein Glas Wasser haben?«

Wieder nickte Fabel einem der uniformierten Beamten zu. Dieser füllte einen Pappbecher neben dem Wasserspender und stellte ihn vor Biedermeyer hin. Der trank den Becher in einem Zug aus. Seine Schluckgeräusche verstärkten sich in der Stille des Vernehmungszimmers.

»Ich habe die Torte am Tag vor der Geburtstagsparty – zwei Tage bevor ich Paula mitnahm – bei den Ehlers abgeliefert. Ihre Mutter eilte mit der Torte davon, um sie zu verstecken, bevor Paula aus der Schule zurückkam. Ich fuhr gerade weg, als Paula um die Ecke bog und auf das Haus zuging. Ich dachte: ›So ein Glück! Wenn ich die Torte etwas später abgegeben hätte, wäre ihr die Überraschung verdorben worden.‹ Dann forderte Wilhelm mich auf, das Mädchen mitzunehmen und ihrem Leben ein Ende zu machen.«

»Wilhelm war bei Ihnen im Auto?«, fragte Werner.

»Wilhelm ist immer bei mir, überall. Er hat sehr lange Zeit geschwiegen. Seit meiner Kindheit. Aber ich wusste immer, dass er bei mir war und mich beobachtete. Er hat meine Geschichte, mein Schicksal geplant und alles aufgeschrieben. Ich war so froh, wieder seine Stimme zu hören.«

»Was hat Wilhelm zu Ihnen gesagt?«, hakte Fabel nach.

»Er hat mir gesagt, dass Paula rein ist. Unschuldig. Unbefleckt von der Verdorbenheit und dem Schmutz unserer Welt. Wilhelm meinte, dass ich dafür sorgen kann, dass sie so bleibt. Dass ich sie vor der Fäulnis und dem Zerfall rette, wenn ich sie in einen ewigen Schlaf versetze. Er sagte, dass ich ihre Geschichte beenden muss.«

»Durch Mord, meinen Sie?«, fragte Fabel. Biedermeyer zuckte die Achseln, um zu verdeutlichen, dass ihn die Bedeutung des Begriffs nicht berührte. »Wie haben Sie das Mädchen getötet?«

»An den meisten Tagen fange ich sehr früh morgens mit der Arbeit an. Das ist ein Teil des Bäckerhandwerks, Herr Fabel. Mein halbes Leben lang habe ich zugesehen, wie die Welt um mich herum langsam erwachte, während ich das Brot, die älteste und lebenswichtigste Speise, für den kommenden Tag backte. Sogar nach all den Jahren liebe ich es, wenn im ersten Morgenlicht der Geruch frisch gebackenen Brotes aufsteigt.« Biedermeyer war kurzfristig vom Zauber dieses Moments in seiner Erinnerung übermannt. »Jedenfalls ist meine Arbeit, je nach Schicht, oft früh beendet, und ich habe den größten Teil des Nachmittags für mich. Diese Freiheit habe ich genutzt, um Paulas Schritte am nächsten Tag zu beobachten. Sie waren untypisch, denn sie hatte ja Geburtstag. Am folgenden Tag, einem Schultag, bot sich, während ich sie im Auge behielt, plötzlich eine Gelegenheit, als sie die Hauptstraße von ihrer Schule zu ihrem Elternhaus überquerte. Ich musste eine Entscheidung treffen und hatte große Angst, erwischt zu werden, aber Wilhelm sagte: ›Nimm sie jetzt mit. Es ist in Ordnung, du riskierst nichts. Beende ihre Geschichte nun.‹ Ich antwortete Wilhelm, das sei unrecht und ich würde dafür bestraft werden. Aber er versprach, mir ein Zeichen zu geben. Etwas, das mir den Beweis lieferte, dass ich das Richtige tat und alles gut ausgehen würde. Und, Herr Fabel, er gab mir wirklich ein Zeichen, dass er mein Schicksal, Paulas Schicksal, das von uns allen kontrollierte. Sie hielt nämlich ein Exemplar des ersten Bandes unserer Märchen in der Hand. Also folgte ich seinem Rat. Es ging sehr schnell und war ganz einfach. Ich ergriff sie auf der Straße, ließ sie von dieser Welt verschwinden, und ihre Geschichte war beendet.« Seine breiten Züge ließen Wehmut erkennen. Dann kehrte er rasch in die Gegenwart zurück. »Ich möchte nicht auf die unerfreulichen Details eingehen, aber Paula hat wenig von dem gespürt, was sich abspielte. Wie Sie hoffentlich wissen, bin ich nicht pervers, Herr Fabel, und das war nicht der Grund, weshalb ich ihr ein Ende machte. Ich habe ihre Geschichte beendet, weil Wilhelm mich dazu aufforderte. Er sagte, ich solle sie vor dem Übel der Welt beschützen, indem ich sie daraus entferne. Und das habe ich so rasch und unter so wenig Schmerzen für sie wie möglich getan. Sogar nach all der Zeit werden Sie sich davon überzeugen können, wenn Sie die Leiche bergen. Und ich stehe zu meinem Versprechen, dass ich Ihnen mitteilen werde, wo genau sie zu finden ist. Aber noch nicht.«

»Wilhelms Stimme. Sie sagten, Sie hätten ihn lange nicht mehr gehört. Wann war das letzte Mal gewesen? Haben Sie schon vorher jemanden getötet oder verletzt?«

Das Lächeln verschwand wieder. Und diesmal wich es Schmerz und Trauer in Biedermeyers Miene. »Ich habe meine Mutter geliebt, Herr Fabel. Sie war wunderschön und klug, und sie hatte üppiges rotblondes Haar, das nach Äpfeln roch. Das ist fast alles, woran ich mich erinnere. Daran und an ihre Stimme. Sie sang mir vor, wenn ich im Bett lag. Ihre Sprechstimme ist mir nicht im Gedächtnis geblieben, nur ihre Gesangsstimme. Und ihr herrliches langes Haar, das nach Äpfeln duftete. Dann hat sie aufgehört zu singen. Ich war zu jung, um den Grund dafür zu verstehen, aber sie sang mir kaum noch etwas vor, und dann war sie verschwunden. Sie ist an Krebs gestorben, als sie dreißig und ich vier Jahre alt war.«

Er schien auf einen Kommentar, Mitgefühl oder Verständnis zu warten.

»Fahren Sie fort«, meinte Fabel nur.

»Sie kennen die Geschichte, Herr Fabel. Sie müssen die Märchen gelesen haben, während Sie meiner Spur gefolgt sind. Mein Vater hat wieder geheiratet. Eine strenge Frau. Eine falsche Mutter. Eine grausame, böse Frau, die mich zwang, sie

Mama zu nennen. Mein Vater hat sie nicht aus Liebe geheiratet, sondern aus praktischen Gründen. Er war ein sehr praktischer Mann. Als Erster Offizier auf einem Handelsschiff war er monatelang fort und konnte sich nicht um mich kümmern. So verlor ich eine wunderbare Mutter und erhielt eine böse Stiefmutter. Verstehen Sie? Verstehen Sie mich endlich? Meine Stiefmutter zog mich auf, und ihre Grausamkeit nahm zu. Papi bekam dann einen Herzinfarkt, und ich blieb allein mit ihr zurück.«

Fabel nickte. Biedermeyers Wahnsinn war monumental. Ein riesiges, kunstvolles Gebäude, das durch eine komplizierte Geisteskrankheit entstanden war. Im Schatten eines riesigen Mannes mit einem riesigen Wahn sitzend, verspürte Fabel fast so etwas wie Ehrfurcht.

»Sie war eine grauenhafte, schreckliche Frau, Herr Fabel«, setzte Biedermeyer seine Rede fort. »Gott und Deutschland waren die einzigen Dinge, die sie interessierten. Unsere Religion und unsere Nation. Die beiden einzigen Bücher, die wir im Haus hatten, waren die Bibel und die Grimm'schen Märchen. Alles andere war Schmutz. Pornografie. Sie nahm mir auch alle Spielsachen weg. Angeblich, weil ich dadurch faul wurde. Aber ein Geschenk, das mir mein Vater vor seinem Tod gekauft hatte, konnte ich verstecken: eine Maske. Eine Wolfs-Spielzeugmaske. Sie stellte meine geheime Rebellion dar. Dann, als ich ungefähr zehn Jahre alt war, lieh mir ein Freund eines Tages ein Comic-Heft. Ich schmuggelte es ins Haus und versteckte es, aber sie fand es trotzdem. Zum Glück lag es nicht im selben Versteck wie die Wolfsmaske. Aber damit fing es an. Meine Stiefmutter sagte, wenn ich lesen wolle, müsse es etwas Reines und Edles und Wahrhaftiges sein. Sie gab mir einen Band der Grimm'schen Märchen, den sie seit ihrer Kindheit besaß, und befahl mir ›Hänsel und Gretel‹ auswendig zu lernen. Dann musste ich das Märchen aufsagen. Ich stand da, mit meiner Stiefmutter neben mir, und sollte es ohne jeden Fehler wiedergeben.« Er schaute Fabel flehend an, und sein großes Gesicht hatte etwas Kindliches. »Ich war ein kleiner Junge, Herr Fabel. Ein kleiner Junge. Ich machte Fehler. Selbstverständlich, es war solch eine lange Geschichte. Dann schlug sie mich. Mit einem Stock, bis ich blutete. Jede Woche musste ich ein neues Märchen lernen. Und jede Woche wurde ich verprügelt. Manchmal war es so schlimm, dass ich das Bewusstsein verlor. Und sie schlug mich nicht nur, sondern redete auch auf mich ein. Mit lauter Stimme, immer ganz ruhig. Sie sagte, dass ich nichts taugte. Ich sei eine Missgeburt, und ich würde so groß und hässlich werden, weil ich etwas Großes, Böses in mir hätte. Ich lernte zu hassen. Ich hasste sie, aber viel mehr noch hasste ich mich selbst.« Biedermeyers Gesicht war bekümmert. Er hob bittend seinen Wasserbecher, und einer der Beamten füllte ihn wieder. Der Bäckermeister trank einen Schluck, bevor er weitererzählte. »Aber ich lernte etwas aus den Märchen. Ich begann, sie zu verstehen, während ich sie aufsagte. Außerdem fiel mir ein wertvoller Trick ein, durch den ich sie mir leichter einprägen konnte. Ich blickte über die Worte hinaus und versuchte, die Botschaft zu durchschauen. Mir wurde klar, dass die Gestalten keine wirklichen Menschen, sondern Symbole waren. Gute und böse Kräfte. Schneewittchen und Hänsel und Gretel waren genau wie ich: hoffnungslos gefangen von dem Übel, das meine eigene Stiefmutter verkörperte. Dadurch konnte ich mich besser an die Erzählungen erinnern, und ich machte immer weniger Fehler. Nun hatte meine Stiefmutter weniger Vorwände, mich zu schlagen. Aber was sie an Häufigkeit verlor, machte sie durch die Schwere ihrer Bestrafungen wett.

Dann unterlief mir eines Tages ein Fehler. Ich vertauschte ein einziges Wort im Satz. Ich weiß nicht mehr, was es war, aber sie prügelte auf mich ein, ohne wieder aufzuhören. Die ganze Welt schien zu wanken. Es war wie ein Erdbeben in meinem Kopf, und alles wogte hin und her. Ich glaubte, sterben zu müssen. Und ich war froh darüber. Können Sie sich das vorstellen, Herr Fabel. Elf Jahre alt und froh zu sterben. Ich stürzte zu Boden, und da hörte sie auf, mich zu schlagen. Sie befahl mir aufzustehen, und ich merkte, dass sie Angst hatte, diesmal zu weit gegangen zu sein. Ich wollte ein artiger Junge sein, wirklich, und bemühte mich aufzustehen, aber ich konnte nicht. Es war unmöglich. Ich schmeckte Blut. Es war in meinem Mund und in meiner Nase, und ich spürte es heiß in meinen Ohren. Nun, dachte ich, nun werde ich sterben.« Biedermeyer beugte sich mit vor Eifer und Intensität glühenden Augen nach vorn. »Und dann hörte ich ihn. Es war das erste Mal, dass ich seine Stimme hörte. Am Anfang war ich verängstigt. Sie können es sich bestimmt ausmalen. Aber seine Stimme war wohltönend und freundlich und sanft. Er sagte mir, er sei Wilhelm Grimm und er habe die Erzählungen zusammen mit seinem Bruder geschrieben. ›Du bist nicht mehr allein‹, versicherte er mir. ›Ich bin hier. Ich bin der Geschichtenerzähler, und ich werde dir helfen.‹ Und das tat er auch, Herr Fabel. Er half mir, die Märchen zu lernen, die ich für meine Mutter aufsagen musste. Danach, nachdem ich ihn das erste Mal gehört hatte, misslang mir kein einziges Wort mehr, denn er ließ mich wissen, was ich sagen musste.«

Biedermeyer unterbrach sich erneut und warf einen Blick von Fabel zu Werner und dann zu Maria. Er lachte leise, wie über einen Witz, den die anderen nicht verstehen konnten.

»Irgendwann wurde ich so groß, dass Mama mich nicht mehr schlagen konnte. Vielleicht hatte sie jetzt sogar Angst vor mir. Aber ihre Grausamkeit endete nicht, doch nun benutzte sie keinen Stock mehr, sondern Worte. Jeden Tag musste ich mir anhören, wie wertlos ich sei. Keine Frau würde mich je haben wollen, denn ich sei ein großes, hässliches Monster und schlechter als jeder andere. Aber Wilhelms Stimme beruhigte mich immer wieder. Nach jeder Beschimpfung, die sie sich einfallen ließ, machte er mir Mut. Dann schwieg er. Ich wusste, dass er da war, aber er redete einfach nicht mehr mit mir, und ich war der Gehässigkeit meiner Stiefmutter ausgesetzt.«

Fabel nickte und fragte: »Schließlich hat er wieder zu Ihnen gesprochen und Sie aufgefordert, Paula Ehlers zu töten?«

»Ja… ja, genau. Und ich wusste, dass er auch weiter mit mir sprechen würde, solange ich tat, was er mir befahl. Aber sie war zu stark. Meine Stiefmutter. Sie fand heraus, was mit Paula passiert war, und sagte, man werde mich einsperren. Dann werde sie in Schande leben müssen. Meine Stiefmutter zwang mich, Paula zu beseitigen, bevor ich sie verwenden… bevor ich mit ihrer Hilfe ein Märchen nachleben konnte.«

»Verflucht.« Werner schüttelte ungeduldig den Kopf. »Ihre Stiefmutter wusste, dass Sie ein Schulmädchen entführt und ermordet hatten?«

»Sie half mir sogar, die Leiche zu verstecken… Aber, wie gesagt, dazu kommen wir später. Vorher müssen Sie verstehen, dass ich eine Berufung hatte, die von meiner Stiefmutter durchkreuzt wurde. Sie hinderte mich daran, Wilhelms Anweisungen zu folgen. Daraufhin verstummte er wieder. Fast drei Jahre lang. Doch vor ungefähr drei Monaten wurde meine Stiefmutter für immer zum Schweigen gebracht.«

»Sie ist gestorben?«, fragte Fabel.

Biedermeyer schüttelte den Kopf. »Ein Schlaganfall. Danach hielt die Hexe den Mund. Sie war gelähmt und wurde ins Krankenhaus gebracht. Es war vorbei. Sie konnte mir nicht länger wehtun oder mich beschimpfen oder mich daran hindern, das zu tun, was ich tun sollte. Was ich tun musste.«

»Lassen Sie mich raten«, sagte Fabel, »die Stimme in Ihrem Kopf kam zurück und befahl Ihnen, wieder zu morden?«

»Nein. Noch nicht. Wilhelm blieb stumm. Dann entdeckte ich das Buch von Gerhard Weiss. Sobald ich es zu lesen anfing, wusste ich, dass er Wilhelm ist. Dass er nicht mehr in meinem Kopf mit mir zu sprechen brauchte. Alles war in dem Buch, in *Die Märchenstraße*, ausgeführt. Den gleichen Weg hatten wir vor anderthalb Jahrhunderten zurückgelegt. Und es war der Weg, den wir wieder einschlagen würden. Am selben Abend, an dem ich zu lesen begann, kehrte Wilhelms sanfte, liebliche Stimme zu mir zurück, aber diesmal aus den schönen Seiten des Buches. Ich wusste, was ich zu tun hatte. Aber ich wusste auch, dass ich die Rolle spielen musste, die ich früher übernommen hatte: die der Stimme der Wahrheit, der Genauigkeit. Wilhelm – oder Gerhard Weiss, wenn Sie wollen – war gezwungen, die Dinge auf den Geschmack des Publikums abzustimmen. Aber ich nicht.«

»Also töteten Sie Martha. Sie beendeten ihre Geschichte«, sagte Fabel.

»Ich war frei von meiner Stiefmutter und wieder mit meinem Märchenbruder, mit Wilhelm, vereint. Es wurde Zeit. Ich hatte mein Meisterwerk durchgeplant: eine Reihe von Geschichten, die zur Erfüllung meines Schicksals führen würde. Zum Happyend meiner Geschichte. Aber andere mussten vorher abgeschlossen werden. Und Martha, das Mädchen aus Kassel, war die Erste. Ich hatte eine Bestellung abgeliefert und sah sie in der Stadt. Zuerst dachte ich, sie sei Paula und aus einem Zauberschlaf erwacht. Aber dann begriff ich, was sie war: ein Zeichen von Wilhelm. Genau wie das Exemplar der Märchen, das Paula bei sich gehabt hatte. Es war ein Zeichen für mich, ihr ein Ende zu setzen, damit sie ihre Rolle in der nächsten Geschichte spielen konnte.«

»Sie haben sie am Leben erhalten und ein paar Tage lang versteckt, bevor Sie ›ihre Geschichte beendeten‹. Warum?«

Wieder sah Biedermeyer Fabel enttäuscht an, als läge die Antwort auf der Hand. »Weil sie zu den unterirdischen Leuten gehören sollte. Sie musste unter der Erde versteckt werden. Sie hatte große Angst, aber ich versprach ihr, dass ich ihr nichts antun würde. Deshalb brauche sie keine Angst zu haben. Sie erzählte mir von ihren Eltern. Sie war wie ich: gefangen in einer Geschichte über Eltern, die sie in der Dunkelheit ausgesetzt hatten. Im Wald. Sie wusste nicht, was Liebe ist, deshalb habe ich ihre Geschichte beendet, indem ich sie zum Wechselbalg machte und sie Eltern übergab, die sie lieben und sich um sie kümmern würden.«

Werner schüttelte seinen immer noch lädierten Kopf. »Sie sind verrückt. Irre. Wissen Sie das nicht? All die Unschuldigen, die Sie ermordet haben. All der Schmerz und all die Furcht, für die Sie verantwortlich sind.«

Biedermeyer grunzte. Seine Miene verfinsterte sich plötzlich und verzerrte sich vor Verachtung. Es war, als hätte sich ein unvorhergesehener Sturm zusammengeballt, und Fabel warf den beiden Schutzpolizisten an der Wand einen bedeutungsvollen Blick zu. Sie richteten sich auf, um jederzeit eingreifen zu können.

»Sie kapieren es einfach nicht, oder? Sie sind zu dumm.« Biedermeyer hatte die Stimme nur ein wenig erhoben, aber nun schwang ein drohender Unterton in ihr mit. »Warum können Sie mich nicht verstehen?« Er schwenkte die Hände und ließ die Augen über seine Umgebung gleiten. »All das... all das... Sie glauben doch nicht, dass das *real* ist? Herrgott, es ist nur eine Geschichte. Begreifen Sie das nicht? Es ist nur ein Mythos... ein Märchen... eine Legende.« Frustriert suchte er in den Augen der Beamten nach Verständnis. »Wir glauben es nur, weil wir selbst in der Geschichte auftreten. Eigentlich habe ich niemanden ›ermordet‹.« Biedermeyer benutzte den Zeigefinger, um das Wort »ermordet« hervorzuheben. »Schon als Kind habe ich erkannt, dass es nur eine Geschichte ist. In Wirklichkeit konnte niemand so unglücklich sein wie ich. So traurig und einsam. Lächerlich. An dem Tag, als meine Mutter mich so sehr verprügelte, dass meine ganze Welt ins Wanken geriet, half Wilhelm mir nicht nur, mich an die Geschichte zu erinnern, die ich aufsagen musste – nein, er erklärte mir auch, dass sich all das in Wirklichkeit gar nicht ereignete. Nichts davon. Alles war eine Geschichte, die er sich ausgedacht hatte.

Erinnern Sie sich daran, dass er sich als Geschichtenerzähler bezeichnete? Ich bin nämlich sein Bruder, weil er mich als seinen Bruder in eine der Geschichten aufgenommen hat. Dies hier ist einfach nur ein Märchen.«

Biedermeyer nickte wissend, als müssten sich alle am Tisch außerordentlich erleuchtet fühlen. Fabel dachte an das, was Otto über die Theorie des Schriftstellers Gerhard Weiss gesagt hatte: Es sei pseudowissenschaftliches Geschwätz, dass Literatur über die Dimensionen des Universums hinweg Realität werden könne. Fauler Zauber. Aber dieses traurige, elende Ungeheuer hatte jedem Wort Glauben geschenkt und die Theorie ausgelebt.

»Was ist mit den anderen?«, fragte Fabel. »Erzählen Sie uns von den anderen Morden. Fangen wir mit Hanna Grünn und Markus Schiller an.«

»So wie Paula alles Gute und Gesunde auf der Welt repräsentierte, wie ein frisch gebackenes, noch ofenwarmes Brot, stand Hanna für alles, was schal und ekelhaft geworden ist. Sie war eine liederliche, schamlose, eitle und verdorbene Frau.« Aus Biedermeyers Lächeln sprach Stolz – der Stolz eines Experten, der seine beste Arbeit zur Schau stellt. »Ich merkte, dass sie nach mehr dürstete. Nach immer noch etwas mehr. Eine Frau, die von Wollust und Gier angetrieben wurde. Sie benutzte ihren Körper als Instrument, um sich ihre Wünsche erfüllen zu können, aber bei mir beklagte sie sich, weil der Vertreter Ungerer sie lüstern ansah und unzüchtige Bemerkungen machte. Ihre Geschichte musste beendet werden, deshalb beobachtete ich sie. Ich folgte ihr, wie früher Paula, aber länger, und führte ein exaktes Tagebuch über ihre Schritte.«

»Und auf diese Weise entdeckten Sie ihr Verhältnis mit Markus Schiller?«, fragte Fabel.

Biedermeyer nickte. »Ich folgte ihnen mehrere Male in den Wald. Dann wurde alles vollkommen klar. Ich las *Die Märchenstraße* noch einmal, dazu die Originaltexte. Wilhelm hatte mir wieder ein Zeichen gegeben, verstehen Sie? Der Wald. Die beiden sollten Hänsel und Gretel werden.«

Fabel hörte zu, während Biedermeyer seine übrigen Verbrechen schilderte. Er habe geplant, sich Ungerer als Nächsten vorzunehmen, aber es sei bei der von Schnauber bestellten Geburtstagstorte zu einer Verwechslung gekommen, und Biedermeyer habe sie persönlich abgeliefert. Dabei sei er Laura von Klosterstadt begegnet. Er habe ihre hochmütige Schönheit und ihr langes blondes Haar bewundert und gewusst, dass eine Prinzessin vor ihm stand. Nicht bloß irgendeine Prinzessin, sondern Dornröschen. Deshalb habe er sie für immer in den Schlaf versetzt und einen Teil ihrer Haare geraubt.

»Dann habe ich Ungerers Geschichte beendet. Er war ein geiler Dreckskerl. Er hat dauernd nach Hanna und sogar nach Vera Schiller geschielt. Ich bin ihm ein paar Tage lang gefolgt und habe gesehen, wie abscheulich er sich benahm und mit welchen Huren er sich abgab. Ich habe es dann so eingefädelt, dass wir uns auf St. Pauli begegneten. Ich lachte über seine schlüpfrigen Witze und seine verwerflichen Bemerkungen. Er schlug mir vor, noch woanders mit ihm etwas trinken zu gehen. Aber ich wollte nicht in der Öffentlichkeit mit ihm gesehen werden und behauptete, zwei Frauen zu kennen, die wir besuchen könnten. Wenn die Märchen uns etwas mitteilen, dann wohl hauptsächlich, wie leicht es ist, andere vom Pfad abzubringen und in die Dunkelheit des Waldes zu locken. Er hat ein gutes Beispiel dafür geliefert. Ich führte ihn … also, ich führte ihn zu einem Haus, das Sie bald auch selbst sehen werden, und versprach ihm, dass die Frauen dort sein würden. Dann habe ich ein Messer gezogen und es in seinem schwarzen, verdorbenen Herzen umgedreht. Er hatte nicht damit gerechnet, und es war innerhalb von Sekunden vorbei.«

»Und Sie nahmen seine Augen mit?«

»Ja. Ich hatte Ungerer die Rolle des Königssohnes in ›Rapunzel‹ gegeben und habe ihm die lüsternen, schamlosen Augen rausgerissen.«

»Was war mit Max Bartmann, dem Tätowierer?«, fragte Fabel. »Sie haben ihn vor Ungerer ermordet, und er hat keine Rolle in einem Ihrer Märchen gespielt. Schließlich haben Sie versucht, seine Leiche für immer zu versenken. Warum haben Sie ihn getötet? Nur seiner Augen wegen?«

»In gewisser Weise, ja. Wegen der Dinge, die seine Augen gesehen hatten. Er wusste, wer ich bin. Da ich nun die Freiheit hatte, meine Arbeit durchzuführen, hätte er im Fernsehen oder in der Zeitung irgendwann einen Bericht bemerkt und die Verbindung hergestellt. Deshalb musste ich auch seine Geschichte beenden.«

»Wovon reden Sie?« Werners Tonfall verriet Ungeduld. »Woher wusste er, wer Sie sind?«

Biedermeyer bewegte sich so rasch, dass keiner der Beamten im Zimmer rechtzeitig reagierte. Er sprang auf, sein Stuhl flog auf die Wand zu, und die beiden Schutzpolizisten hinter ihm warfen sich zur Seite. Seine mächtigen Hände fuhren an seine muskulöse Brust. Die Knöpfe lösten sich von seinem Hemd, und der Stoff riss, während er sich davon zu befreien suchte. Wuchtig wie ein Koloss stand er im Vernehmungszimmer. Fabel hob eine Hand, und die Schutzpolizisten, die ihn packen wollten, hielten inne. Werner und Fabel waren beide ebenfalls aufgesprungen, und auch Maria hatte mehrere Schritte nach vorn gemacht. Alle drei standen nun im Schatten von Biedermeyers enormer Gestalt und starrten den Körper des riesigen Mannes an.

»Ach du Scheiße«, sagte Werner leise.

Biedermeyers Oberkörper war vollständig mit Worten bedeckt. Mit Tausenden von Worten, die seinen Körper schwarz wirken ließen. Märchen waren mit schwarzer Frakturschrift in seine Haut tätowiert worden, und zwar in so kleinen Buchstaben, wie es die menschliche Haut und das Geschick des Tätowierers zuließen. Die Titel waren klar zu erkennen: »Dornröschen«, »Schneewittchen«, »Die Bremer Stadtmusikanten«.

»Mein Gott.« Fabel konnte die Augen nicht von den Tätowierungen abwenden. Die Worte schienen sich mit jedem Atemzug Biedermeyers zu bewegen, die Sätze wanden sich auf seinem Körper. Fabel erinnerte sich an die Bände in der winzigen Wohnung des Tätowierers: die Bücher über die altdeutsche gotische Schrift, über Fraktur und Sütterlin und Kupferstich.

Biedermeyer stand einen Moment lang schweigend da. Als er schließlich sprach, hatte seine Stimme den gleichen tiefen, drohenden Klang wie zuvor. »Verstehen Sie mich nun? Begreifen Sie? Ich *bin* Bruder Grimm. Ich *bin* der Inbegriff der Erzählungen und Märchen unserer Sprache, unseres Landes, unseres Volkes. Er musste sterben, denn er hatte dies alles gesehen. Max Bartmann hatte geholfen, dies zu schaffen, und es angeschaut. Ich konnte nicht zulassen, dass er jemandem davon erzählt. Deshalb habe ich ihm ein Ende gesetzt und seine Augen genommen, damit er eine Rolle in der nächsten Geschichte spielen konnte.«

Alle blieben stehen, gespannt, abwartend. »Nun wird es Zeit«, sagte Fabel. »Nun müssen Sie uns wissen lassen, wo Paula Ehlers' Leiche ist. Die Sache passt nicht in den Rahmen. Die einzige andere Leiche, die Sie versteckt haben, war die von Max Bartmann, und das lag daran, dass er nicht zu Ihren Märchenszenen gehörte. Warum haben wir Paula noch nicht gefunden?«

»Weil sich der Kreis geschlossen hat. Sie ist meine Gretel. Ich bin ihr Hänsel. Sie muss ihre Aufgabe noch erfüllen.« Sein Gesicht verzog sich zu einem Lächeln, aber es war anders als alles, was Fabel bis dahin in Biedermeyers normalerweise freundlichem Gesicht beobachtet hatte. Seine schreckliche, leuchtende Kälte ließ den Polizisten erstarren. »Öfter als jedes andere Märchen musste ich ›Hänsel und Gretel‹ für meine Mutter aufsagen. Es war lang und schwierig, und ich machte dauernd Fehler. Dann hat sie mich immer verprügelt. Sie verletzte meinen Körper und meinen Geist, bis ich dachte, sie seien für immer zerbrochen. Aber Wilhelm hat mich gerettet. Wilhelm ließ mich durch seine Stimme, seine Zeichen und dann durch seine neuen Schriften ins Licht zurückkehren. Er versprach mir beim ersten Mal, als ich ihn hörte, dass ich eines Tages fähig sein würde, Rache an meiner Stiefmutter, der bösen Hexe, zu nehmen und dass ich mich ihrem Griff entziehen würde – so wie Hänsel und Gretel Rache an der alten Hexe nahmen und sich befreiten.« Biedermeyer beugte seinen massigen Oberkörper vor, und die Tätowierungen dehnten und verzogen sich auf seiner Haut. Fabel unterdrückte den Drang zurückzuweichen. »Ich selbst habe Paulas Torte gebacken«, fuhr Biedermeyer mit seiner dunklen, kalten, tiefen Stimme fort. »Ich arbeite manchmal freiberuflich für kleinere Veranstaltungen, und ich habe eine vollständig ausgerüstete Bäckerei im Keller, darunter einen Spezialofen. Er ist sehr, sehr groß und muss durch einen Betonsockel gestützt werden.«

Fabels Miene ließ Verwirrung erkennen. Er hatte einen Streifenwagen losgeschickt, um Biedermeyers Wohnung sichern zu lassen. Sie lag im Parterre eines Hauses in Heimfeld-Nord. Die Schutzpolizisten hatten ihm mitgeteilt, dass sie leer sei und nichts Ungewöhnliches berge. Allerdings schien sie für eine alte oder behinderte Person umgebaut worden zu sein.

»Das verstehe ich nicht. Zu Ihrer Wohnung gehört kein Keller.«

Biedermeyers kaltes Grinsen wurde breiter. »Das ist nicht mein Zuhause, Sie Trottel, sondern bloß die Unterkunft, die ich gemietet hatte, um die Leute von der Krankenfürsorge davon zu überzeugen, dass sie Mama meiner Obhut anvertrauen können. Mein wirkliches Zuhause ist dort, wo ich aufgewachsen bin, und ich habe es mir mit dem gehässigen alten Luder geteilt. Rilkestraße 156 in Heimfeld. Nicht weit von der Autobahn. Dort werden Sie sie finden… Paula Ehlers, meine ich.

Unter dem Fußboden, wo Mama und ich sie vergraben haben. Holen Sie das Mädchen raus, Herr Fabel. Holen Sie meine Gretel aus der Dunkelheit, und wir werden beide frei sein.«

Fabel nickte den Schutzpolizisten zu. Sie packten die Arme Biedermeyers, der keine Gegenwehr leistete, zogen sie nach hinten und legten ihm Handschellen an.

»Dort werden Sie Paula finden«, rief Biedermeyer hinter Fabel her, der den Raum mit seinem Team verließ. Dann lachte er. »Und könnten Sie, wenn Sie dort unten sind, meinen Ofen ausschalten? Ich habe ihn heute Morgen angelassen.«

60.

Hamburg-Heimfeld, Freitag, den 30. April, 16.20 Uhr

Das Haus stand am Rande des Staatsforstes, unweit der Gegend, wo der Wald von der A 7 durchschnitten wird. Es war groß und alt und sah deprimierend aus. Fabel nahm an, dass es in den Zwanzigerjahren gebaut worden war, aber das Haus wies keine typischen Züge auf. Es erhob sich in einem großen, verwilderten Garten und machte einen verwahrlosten Eindruck. Sein trister Anstrich war fleckig und schuppig wie eine kranke Haut.

Irgendetwas erinnerte Fabel an die Villa, in der Fendrich wohnte und die er sich, bis zu ihrem Tod, mit seiner Mutter geteilt hatte. Auch dieses Haus wirkte verloren und deplatziert, als befände es sich nun in einer Umgebung und in einer Zeit, die nichts mehr mit ihm gemein hatten. Sogar seine Lage, mit dem Waldstreifen im Hintergrund und der Autobahn dicht neben ihm, wirkte unangemessen.

Sie waren mit zwei Autos gekommen und hatten außerdem einen Streifenwagen angefordert. Fabel, Werner und Maria gingen sofort zur Haustür und klingelten. Nichts rührte sich.

Anna und Henk Hermann standen hinter ihnen und winkten den Schutzpolizisten zu, die eine Türramme aus dem Kofferraum ihres grün-weißen Opels hervorholten. Die Kriminalbeamten traten zur Seite, sodass die Schutzpolizisten die Ramme knapp unterhalb des Schlosses gegen die Tür wuchten konnten. Die Tür war aus massivem Eichenholz, das sich im Laufe der Jahre fast schwarz verfärbt hatte. Die Männer schwangen die Ramme dreimal, bevor das Holz vom Schloss absplitterte und die Tür gegen die Wand der Eingangshalle knallte.

Fabel und die anderen wechselten einen Blick, bevor sie Biedermeyers Haus betraten. Alle wussten, dass sie mit einem außergewöhnlichen Wahnsinn konfrontiert werden würden, und sie rüsteten sich für das, was kommen mochte.

Sie begannen in der Eingangshalle.

Das Innere des Hauses war düster, und eine Glastür trennte die Halle vom Flur dahinter. Fabel schob die Tür behutsam auf, obwohl er mit keiner Gefahr rechnete. Biedermeyer war nun in seiner Zelle eingesperrt – oder auch nicht, denn seine mächtige Präsenz war hier immer noch zu spüren. Der Flur war groß und schmal; an der hohen Decke hing eine Lampe mit drei Glühbirnen. Fabel schaltete das Licht an, und der Flur füllte sich mit einem öden, gelblichen Schimmer.

Die Wände waren mit einer Art Patchwork aus Bildern sowie bedruckten und handschriftlichen Seiten bedeckt. Blätter des vertrauten gelben Papiers, voll mit den vertrauten winzigen roten Buchstaben, waren an eine Wand geklebt worden. Fabel musterte sie: Sämtliche Grimm'schen Märchen waren völlig fehlerfrei von derselben zwanghaften Person niedergeschrieben worden. Ein unglaublicher Wahnsinn. Zwischen den Blättern hingen Druckseiten aus verschiedenen Ausgaben der grimmschen Werke. Und Bilder – Hunderte von Märchenillustrationen. Viele erinnerten Fabel an die Originale, die der Schriftsteller Gerhard Weiss gesammelt hatte. Andere stammten aus der Nazizeit und ähnelten den von Weiss beschriebenen Bildern. Fabel bemerkte, dass Anna Wolff stehen geblieben war, um eines zu betrachten. Es stammte aus den Dreißigerjahren, und die alte Hexe hatte die Gesichtszüge einer jüdischen Karikatur. Mit krummem Rücken schürte sie das Feuer unter dem Ofen, den sie mit gierigem, kurzsichtigem Blick anschaute. Es war eine der ekelhaftesten Abbildungen, die Fabel je gesehen hatte. Darin verbarg sich eine Bedrohung, eine Ankündigung des Bösen. Er konnte nur ahnen, was Anna empfinden musste.

Sie schoben sich durch den Flur. Mehrere geräumige Zimmer gingen von ihm ab, und an einer Seite führte eine Treppe nach oben. Alle Zimmer waren unmöbliert, doch Biedermeyers irre Collagen hatten sich auch hier und an der Seite der Treppe ausgebreitet wie Schimmel oder Fäulnis. Ein Geruch, den Fabel nicht identifizieren konnte, lauerte in dem Haus, haftete an den Wänden und klammerte sich an die Kleidung der Polizisten.

Fabel nahm sich das erste Zimmer zur Linken vor und bedeutete Werner durch ein Zeichen, den gegenüberliegenden Raum zu untersuchen. Maria ging den Flur entlang, und Anna und Henk stiegen die Treppe hinauf. Fabel musterte seine Umgebung. Der dunkle Holzfußboden war staubig, und wie in den anderen Zimmern fehlten Möbel, als ob hier niemand wohnte.

»Chef«, rief Anna von oben. »Sieh dir das an.« Fabel, gefolgt von Werner, stieg hastig die Treppe hinauf. Anna stand an einer offenen Tür, die in ein Schlafzimmer führte. Hier musste sich, im Gegensatz zu den anderen Räumen, jemand aufgehalten haben. Die Wände waren, wie die im Flur, mit handgeschriebenen Seiten, Bildern und Abschnitten aus Büchern bedeckt. Mitten im Zimmer stand ein Klappbett mit einem kleinen Serviertisch daneben. Doch nichts davon weckte Fabels Aufmerksamkeit. An zwei Wänden waren Regale voller Bücher angebracht. Fabel trat näher. Nein, keine Bücher. Ein Buch.

Biedermeyer musste Jahre damit verbracht und fast sein gesamtes Geld dafür aufgewandt haben, sich diese Ausgaben der Grimm'schen Märchen zu kaufen. Antiquarische Exemplare standen neben nagelneuen Paperbacks; goldgeprägte Buchrücken neben billigen Taschenbucheinbänden. Französische, englische und italienische Editionen befanden sich neben ungezählten deutschen Ausgaben aus einer fast zweihundertjährigen Publikationsgeschichte. Kyrillische, griechische, chinesische und japanische Titel lösten sich mit Werken in lateinischer Schrift ab.

Fabel, Werner, Anna und Henk waren ein paar Sekunden lang sprachlos, bevor Fabel sagte: »Ich glaube, wir sollten in den Keller gehen.«

»Mir scheint, ich habe ihn gefunden oder wenigstens den Eingang.« Maria war hinter ihnen in der Tür erschienen. Sie führte ihre Kollegen die Treppe hinunter und den Flur entlang. Der Raum am hinteren Ende war die Küche des Hauses oder hatte früher als Küche gedient. Sie war ausladend, und an der Wand stand ein Herd. Seine relative Sauberkeit und das schwache Summen des großen, neu wirkenden Kühlschranks ließen vermuten, dass dies neben der Schlafzimmer-Bücherei im ersten Stock die einzige bewohnte Fläche im Haus war. Zwei Türen waren nebeneinander in die Wand eingelassen. Die eine stand offen und führte in eine Speisekammer, die andere war mit einem Schloss abgesperrt.

»Die hier führt wahrscheinlich in den Keller«, sagte Maria.

»Und zu Paula …« Anna starrte die Tür an.

Werner verließ die Küche und eilte zur Haustür, wo die beiden Schutzpolizisten Wache standen. Kurz darauf kam er mit einem Brecheisen zurück.

»Dann man los.« Fabel nickte zu dem Schloss hinüber.

Sobald das Schloss aufgebrochen und die Tür geöffnet war, merkte Fabel, dass der Geruch, den er vorher bemerkt hatte, deutlich intensiver wurde. Die Stufen verschwanden unten in der Dunkelheit. Werner ertastete einen Lichtschalter, und als er darauf drückte, erwachten Neonröhren flackernd zum Leben. Fabel führte sein Team in den Keller.

Es war eine Bäckerei. Eine richtige, funktionsfähige Bäckerei. Wie Biedermeyer gesagt hatte, war hier ein riesiger italienischer Backofen eingebaut worden. Auf dem Tablettwagen davor hätte man ein Dutzend Brotlaibe unterbringen können. Anders als im übrigen Haus wirkte im Keller alles makellos sauber. Ein Vorbereitungstisch aus rostfreiem Stahl glänzte unter den Neonröhren. An einer Seite stand eine Gebäckformmaschine. Fabel sah hinab auf den Betonfußboden. Darunter lag Paula.

Der Geruch. Brandgeruch. Fabel erinnerte sich daran, dass Biedermeyer ihn und seine Kollegen aufgefordert hatte, den Ofen abzuschalten, der seit dem Morgen angestellt war. Fabel hatte das für einen Witz gehalten, aber offensichtlich hatte Biedermeyer begonnen, etwas zu backen, bevor er zur Arbeit gefahren war, und er hatte erwartet, am Nachmittag zurück zu sein.

Die Zeit schien für Fabel stehen zu bleiben. Das in ihm aufschießende Adrenalin verlängerte jede Sekunde, und in jenem Moment legte er eine größere Entfernung zurück als während der gesamten Ermittlung. Er drehte sich zu seinen Kollegen um. Die standen da und musterten den Betonfußboden, als könnten sie Paula darunter erspähen. Nicht Paula, sondern Gretel. Fabel warf einen Blick zurück auf den Tablettwagen, der innerhalb des Ofens hätte sein müssen. Und nichts wird einen ganzen Tag lang gebacken.

»O mein Gott«, rief er und griff nach dem Tuch auf dem Vorbereitungstisch. »O nein …«

Er wickelte das Tuch um den Ofengriff und drehte ihn um. Dann schwenkte er die Tür auf.

Eine Welle aus Hitze und ekelhaftem Gestank rollte über Fabel hinweg in die Kellerbäckerei. Es war der klebrige, erstickende Gestank von bratendem Fleisch. Fabel wich zurück und presste das Tuch auf seine Nase und seinen Mund. Sein Universum faltete sich tausendmal zusammen, bis es nichts mehr als ihn selbst und das sich ihm darbietende Grauen enthielt. Er hörte nicht, wie Henk Hermann würgte, Maria einen Aufschrei unterdrückte und Anna Wolff schluchzte. Das Einzige, was in sein Bewusstsein drang, war der Anblick dessen, was im Inneren des Ofens lag.

Ein großes Metalltablett ruhte auf dem Boden des Backofens. Darauf lag, in Embryohaltung gefesselt, der nackte und halb gekochte Körper einer alten Frau. Ihr Haar war fast verschwunden, nur ein paar klumpige Fetzen hafteten noch an der gerösteten Kopfhaut. Die Haut war geschwärzt und aufgeplatzt. Die Hitze hatte die Sehnen ausgetrocknet und gestrafft, sodass der Körper noch krummer geworden war.

Fabel betrachtete die Leiche. Dies war Biedermeyers Meisterstück – Bruder Grimms letztes Märchen, durch das der Kreis geschlossen wurde. Das Ende von »Hänsel und Gretel«: Die böse Hexe wird in ihren eigenen Backofen gestoßen.

Danksagung

Es hat mir viel Spaß gemacht, dieses finstere Garn zu spinnen, und ich möchte allen danken, die mir geholfen und das Vergnügen erhöht haben:

An erster Stelle danke ich meiner Frau Wendy, die sich von Anfang an für WOLFSFÄHRTE begeisterte und deren Unterstützung und Kommentare zum ersten Entwurf dieses Buch verbessert haben; meinen Kindern Jonathan und Sophie, meiner Mutter Helen, die Thriller liebt, und meiner Schwester Marion. Mein besonderer Dank gilt Bea und Colin Black, Alice Aird und Tony Burke sowie Holger und Lotte Unger für ihre Freundschaft, ihren Beistand und ihren wertvollen Rat.

Wieder schulde ich Bernd Rullkötter, meinem hervorragenden deutschen Übersetzer und Freund, großen Dank. Er hat sowohl beim Entstehen der deutschen als auch der englischen Fassung von WOLFSFÄHRTE sehr eng mit mir zusammengearbeitet. Bernds Detailgenauigkeit und Verständnis für mich und meine Arbeit haben entscheidend zur Verbesserung dieses Buches beigetragen. Danke, Bernd, für deinen Einsatz und deine Hilfe.

Besonders faszinierend waren der unablässige Enthusiasmus und das Engagement meines wunderbaren Verlages, der Verlagsgruppe Lübbe. Ich danke Marco Schneiders aus ganzem Herzen. Marcos Vision, seine Energie und sein Eintreten für meine Bücher kannten von Beginn an keine Grenzen. Apropos Enthusiasmus: Auch Stefan Lübbe und Karlheinz Jungbeck bin ich für ihre nachhaltige Unterstützung dankbar.

Ich bedanke mich ferner bei Barbara Fischer und Vibeke Wagner, die meine PR-Reisen durch Deutschland zu einem außerordentlichen Erfolg und einem großartigen Erlebnis gemacht haben; außerdem bei Andrea Fölster und Rosi Köllner.

Hervorheben muss ich auch den Lübbe-Außendienst mit seinen unglaublich einsatzfreudigen Mitarbeitern. Ich kann mir nicht vorstellen, dass es im deutschen Verlagswesen ein besseres Team gibt. Ausdrücklich danke ich Olaf Meininghaus, Petra Lang, Manuel Knemöller, Oliver Pux, Frank Annas und Maria Köpp; zudem Dr. Anita Krätzer, meiner Lektorin bei Lübbe, für ihre Arbeit an WOLFSFÄHRTE.

Eine besondere Erwähnung verdienen folgende Personen für ihre großzügige Unterstützung. Mein tiefer Dank gilt: der Journalistin Anja Sieg, die mein Manuskript las, um die ostfriesischen Details zu überprüfen, und die mir außerdem eine Menge anderer wertvoller Hinweise gab; Dr. Anja Lowit, die ebenfalls den ersten Entwurf las und mit Anmerkungen versah. Besonders dankbar bin ich Katrin Frahm, meiner Sprachlehrerin, die vortreffliche Arbeit geleistet und mein Deutsch auf ein neues Niveau gehoben hat; DagmarFörtsch von GLS Language Services (und Honorarkonsulin der Bundesrepublik Deutschland in Glasgow) für ihre enthusiastische Hilfe; Udo Röbel, dem früheren Chefredakteur der *Bild-Zeitung*, der heute ebenfalls Kriminalromane schreibt, für sein Entgegenkommen und seine Freundschaft; Menso Heyl, dem Chefredakteur des *Hamburger Abendblatts*, für sein Interesse an meiner Arbeit und für die tägliche Zusendung eines Luftpostexemplars seiner Zeitung.

Die Polizei Hamburg hätte nicht offener und hilfsbereiter sein können, und ich weiß die Unterstützung, die sie mir von Anfang an zuteil werden ließ, sehr zu schätzen. Zutiefst danke ich der Ersten Hauptkommissarin Ulrike Sweden, die meinen ersten Entwurf gelesen und technische Ungenauigkeiten korrigiert sowie mir mit Auskünften, Hilfe und Kontakten zur Seite gestanden hat; Dirk Brandenburg und Birte Hell von der Hamburger Mordkommission; dem Ersten Hauptkommissar Jörg Ley, dem stellvertretenden Leiter der Einsatzzentrale des Hamburger Polizeipräsidiums; Kriminaloberrat Wolfgang Weidemann und dem Ersten Hauptkommissar Ullrich von der Davidwache; sowie den Beamten der Schutzpolizei Boris Manzella, Andre Schönhardt und Rene Schönhardt.

Meine dankbare Anerkennung gilt auch allen Mitarbeitern meiner Verlage im Vereinigten Königreich, in Deutschland und überall auf der Welt, die einen wichtigen Beitrag zum Erfolg der Jan-Fabel-Reihe geleistet haben.

Auch diesmal ist der eigentliche Held dieses Buches keine Person, sondern eine der großen Städte der Welt. Bei allen Bewohnern von Hamburg bedanke ich mich herzlich.

Die 12 schlimmsten Stunden im Leben einer Frau könnten auch ihre letzten sein ...

Greg Iles
12 STUNDEN ANGST
Thriller
Aus dem amerikanischen
Englisch von
Axel Merz
432 Seiten
ISBN 978-3-404-16408-0

Laurel lebt mit ihrem Mann Warren und ihren beiden Kindern in der perfekten Nachbarschaft. Doch Laurel hat ein Problem: Sie ist schwanger, und zwar wahrscheinlich nicht von ihrem Ehemann. Eines Morgens stellt sie fest, dass Warren nicht neben ihr liegt. Er ist dabei, das Haus zu durchsuchen. Als Laurel später von der Arbeit heimkehrt, sitzt Warren auf dem Sofa, mit einem wilden Ausdruck im Gesicht. Vor ihm liegt ein Brief, den Laurel sorgsam versteckt hatte - ein Brief von ihrem Liebhaber. Und dann sieht sie den schwarzen Revolver in Warrens Hand ... Doch Warren hat ein noch viel größeres Problem als die Untreue seiner Frau ...

Bastei Lübbe Taschenbuch

Ein Fünf-Sterne-Krimi aus Finnland

Matti Rönkä
RUSSISCHE FREUNDE
Kriminalroman
Aus dem Finnischen
von Gabriele
Schrey-Vasara
192 Seiten
ISBN 978-3-7857-6022-2

Helsinki 2004: Viktor Kärppä ist cool, smart – und er hat eine Spezialausbildung bei der Roten Armee hinter sich. Inzwischen lebt er in Finnland und arbeitet erfolgreich in der Baubranche. Das beschauliche Leben endet abrupt, als zwei Russen in Kärppäs Büro auftauchen und von ihm verlangen, die Geschäfte komplett an sie abzugeben. Als kurz darauf das Haus, das er sich mit seiner Lebensgefährtin Marja eingerichtet hat, niederbrennt, ahnt er, dass er sich jemanden ganz Großes zum Feind gemacht hat. Kärppä bleibt nichts anderes übrig, als nach Russland zu reisen und herauszufinden, bei wem er solchen Zorn ausgelöst hat …